ROUGE MONDE

David ANQUETIL

Rouge monde

Éditions Baudelaire

Envois de manuscrits :
Éditions Baudelaire – 27, place Bellecour – 69002 Lyon

Sommaire

Introduction : Genèse, I, 1

Je ne pense pas que l'homme ait de grandes capacités de développement. Il est allé aussi loin qu'il le pouvait, ce qui n'est pas bien loin.
Oscar Wilde

Quand j'étais enfant, j'étais fasciné par les championnats de dominos. Pas le jeu où on compte les points, celui où on les dispose en hauteur en arabesques follement inventives, pour les faire tomber l'un après l'autre, d'une seule légère poussée de l'index. Je ne sais pas si ça existe encore. Une fois, je devais avoir huit ans, mon père m'a emmené voir de mes yeux l'un de ces concours. Si l'on veut, c'est un éloge de l'inutile ou de la stupidité. Le type qui concourait disposait de milliers de dominos. Il les avait dressés, à cinq millimètres d'écart, dans des figures incroyablement complexes, avec des éléments mécaniques aussi, des décors. Ça lui avait pris des jours pour mettre tout ça en place. « Et maintenant, dit le commentateur solennel, le moment que vous attendez tous ! » Le type aux dominos était habillé d'un smoking blanc pour l'occasion, avec un canotier et une canne, comme Mick Jagger quand il s'est ridiculisé à chanter *Angie* à la télé. C'était très théâtral, tout le palais omnisports retenait son souffle. Le Jagger de la patience et de la futilité s'est approché du tout premier domino, s'est assis en tailleur et s'est concentré un moment. C'était les années 70, chaque événement se devait d'avoir une résonance « cosmique », ou quelque chose dans ce goût-là. Puis, très lentement, il a avancé son index, toujours plus près du premier domino. Plus personne ne respirait : c'était un record mondial, homologué. Et voilà, le doigt a fait basculer le premier domino, et tout s'est cassé la gueule en chaîne, mais c'était d'une beauté foudroyante aussi. En quelques minutes, des jours de dextérité inouïe se trouvaient anéantis, pour que l'auteur de cet exploit ait son nom inscrit au panthéon des gloires éphémères. Et pour achever de souligner combien tout cela était grandiose et ridicule, comme un discours au Soldat inconnu, toute la salle s'est levée et s'est mise à applaudir à tout rompre, sans fin, l'exploit le plus inutile du monde.

Cet événement dérisoire fut capital dans mon choix de carrière professionnelle. Ça, et bien sûr, mes dispositions intellectuelles. Je suis devenu physicien par passion pour les secrets de la Nature. Enfant, adolescent, pendant mes études, je me suis repassé la scène du « premier coup de pouce » des milliers de fois dans mon esprit. Ce qui me fascinait, ce n'était pas le temps de préparation phénoménal pour aboutir à une broutille, ni le décorum, ni le détail du parcours compliqué des dominos. Ce qui concentrait toute mon attention, c'était le geste ultime, cet index bien droit comme dans *La création d'Adam* par Michel-Ange, et l'aspect irrémédiable de l'acte. C'est comme s'élancer d'un plongeoir : une fois dans le vide, on ne peut plus revenir en arrière. Pour rejoindre mon domaine de prédilection, le Big Bang avait été, lui aussi, d'une nature irrémédiable. Comme les dominos tombent les uns après les autres, il avait entraîné toute une série de conséquences, dont l'existence de l'Humanité. Question : le Big Bang est-il un acte au sens plein du terme, c'est-à-dire un événement planifié, prémédité, envisagé jusque dans ses ultimes conséquences, comme des figures de dominos ? Si oui, par qui, ou par quoi ? Un dieu coiffé d'un canotier ? C'est là que la physique rejoint les abîmes de la métaphysique, et que l'on tombe dans un enchaînement de questions sans réponses.

Je ne donnerai pas la réponse ici, bien sûr. Toutefois je vais vous raconter comment j'ai été le témoin, et le seul à ce jour, d'un événement ou d'un acte comparable au « coup de pouce », et qui a entraîné comme conséquence pas moins que toute l'Histoire humaine.

Physicien, je suis avant tout chercheur. Comme beaucoup de mes collègues, j'ai travaillé sur l'origine de notre Univers, la Cause première si l'on veut. Et, comme tout le monde, je me suis heurté à ce moment où le calcul vous amène fatalement là où les valeurs deviennent folles. Même la vitesse de la lumière n'a pas de limite. J'ai apporté ma petite pierre à l'édifice théorique, et je me suis avoué vaincu. Je sais que l'Humanité peut attendre longtemps le prochain génie, qui lui fera faire un saut cognitif comparable à celui qui sépare Newton d'Einstein. Il n'y en aura pas. Nous sommes allés aussi loin que nous le pouvions dans la Connaissance, la Vérité dépasse notre entendement.

Un peu par désœuvrement, je me suis mis à faire des recherches sur la possibilité du voyage dans le Temps. Occupation en dilettante, au début, d'un sexagénaire qui n'avait plus rien à prouver et qui cherchait à distraire son ennui, entre les cours à l'université et l'opiniâtre recherche fondamentale. Or, à ma grande surprise, j'y suis parvenu.

Déplacer un objet, animé ou pas, dans l'espace-temps, cela revient à déplacer une certaine quantité de matière, et donc d'énergie, les deux s'équivalant selon la célèbre équation d'Einstein. Seulement voilà : l'Univers repose sur un principe d'équilibre rigoureux. Si on enlève de la matière en un point de l'espace-temps, et qu'on l'envoie ailleurs, on crée un vide à un endroit et un trop-plein en un autre. J'ai donc mis au point une méthode pour compenser le vide d'un côté, le plus de l'autre. En gros, je couillonnais l'espace-temps, en lui faisant croire que l'objet déplacé ne manquait pas ici et n'était pas en trop là. Il m'a fallu beaucoup de tâtonnements, parce que toute l'opération doit être contrôlée au quart de poil de cul près. Plutôt que « Machine à voyager dans le Temps », qui dégageait des relents de positivisme triomphant, je baptisai mon invention le « compensateur spatiotemporel ».

J'ajoute que j'ai mené ces recherches dans la solitude de mon laboratoire privé. Je n'ai mis personne au courant, pas même mon plus proche ami. Car, dès les premiers résultats, pour moi les choses étaient claires. J'étais un scientifique qui exploitait une possibilité passée inaperçue de la Relativité générale. Si j'aboutissais pleinement, il était hors de question que mon invention tombât entre de mauvaises mains. J'entends par là la Main invisible du Marché, qui tire les ficelles du système néolibéral. C'était une invention fabuleuse, si l'on veut. Utilisé à bon escient, le compensateur spatiotemporel était de nature à bouleverser nos connaissances dans maints domaines scientifiques. Et grâce à lui, j'ai vu de mes yeux ce qu'aucun humain n'a jamais vu, et ne verra jamais. Néanmoins, c'était aussi une invention redoutablement dangereuse. Car l'être humain, et encore moins les Maîtres, n'est ni sage ni même raisonnable par nature. C'était couru d'avance, le compensateur spatiotemporel ouvrait la porte à toutes sortes de dérives. La première, la plus évidente, consisterait à s'en servir pour la domination du monde. Par exemple, si l'on éliminait Karl Marx, on empêcherait l'émergence du communisme et de son cortège de revendications sociales. Sans les communistes, pas de Sécurité sociale ni de caisses de retraite autonomes, pas d'anomalie comme la cotisation, qui contraint l'Entreprise à participer au bien commun. Les Maîtres éradiqueraient un siècle de luttes et de conquêtes sociales. Plus besoin de démanteler le Service public : on ferait en sorte que l'idée même de Service public n'éclose jamais. Et ce ne serait qu'un début. Le compensateur spatiotemporel offrait sur un plateau, au néolibéralisme autoritaire, la concrétisation de ses rêves les plus fous.

Il est hors de question que j'y participe. Ceux qui nous dominent ont déjà bien trop de pouvoir, à mon avis, inutile d'en rajouter. C'est pourquoi, à l'heure où j'écris ces lignes, j'ai détruit toute trace de mes recherches et, cela va de soi, mon invention elle-même. Et je sais, pour avoir exploré l'avenir, que personne ne retrouvera ce que j'ai trouvé. Enfin, pour être tout à fait exact, une seule personne dans le futur développera la même intuition que moi. Une jeune fille remarquable, une authentique princesse ouïghoure élevée par des moines bouddhistes. Cependant elle laissera de côté l'équation, griffonnée rêveusement sur un bout de papier. Ce n'était pas l'objet de ses recherches. J'ai fait une découverte orpheline et, heureusement, sans descendance. Il n'y aura pas d'exploitation commerciale du genre « Combat de titans au Crétacé », pas de services secrets temporels, « dans l'intérêt supérieur de la Nation » (hypocrite prétexte dont on se sert pour justifier le pire), pas de réécriture du passé pour changer le présent.

Mon tout premier essai, je l'ai effectué à l'aide d'une banale montre mécanique. Je l'avais reçue en cadeau pour ma communion, par une espèce de tradition tribale sur laquelle mes parents, au demeurant gens excellents, restaient intransigeants. La ponctualité était une vertu, dans le milieu modeste qui m'a vu naître, une façon de se faire bien voir des Maîtres. J'ai remonté le mécanisme de ma montre qui, après toutes ces années au fond d'un tiroir, fonctionnait toujours. Qualité suissesse. Sa fabrication remontait à une époque révolue, où notre consumérisme débridé n'avait pas encore inventé l'obsolescence programmée, sans quoi nul bonheur terrestre n'est possible. Je réglai la montre sur midi pile et la plaçai dans le compensateur spatiotemporel. Je projetai l'objet deux heures dans l'avenir. Pendant ce temps-là, je ferais mes courses et mon tiercé. La montre disparut sous mes yeux et, pendant un laps de temps qui n'existait pas pour elle, elle se trouva extraite de l'espace-temps, pour être rematérialisée en un autre point. Exactement deux heures plus tard, la montre réapparut. Elle marquait midi pile. Pour elle, le Temps n'avait pas passé. J'avais réussi.

Dans l'autre sens, envoyer un objet dans le passé, c'était plus délicat. On peut attendre deux heures qu'un objet réapparaisse, mais on ne peut pas se tromper soi-même sur le passé, parce qu'on a de la mémoire. Si j'envoyais ma montre deux heures dans le passé, certes elle continuerait de marquer son heure de départ, mais cela ne prouvait pas qu'elle avait *vraiment* voyagé dans le Temps. Je résolus le problème en utilisant une vieille sonde atmosphérique, retrouvée dans un débarras de l'université. Je savais qu'en d'autres époques, le climat et la teneur en gaz de l'atmosphère terrestre avaient été très différents d'aujourd'hui. Grâce aux données mises en ligne par les glaciologues, il était facile de trouver une époque où ma sonde enregistrerait des températures, des teneurs en oxygène, azote, dioxyde de carbone différentes des nôtres. J'optai pour le Carbonifère où l'atmosphère était, notamment, plus riche en oxygène, ce qui avait permis l'émergence d'insectes géants. J'équipai aussi la sonde d'une caméra miniature, parce que j'avais très envie de voir à quoi ressemblait la Terre au temps de la Pangée. Ma sonde me rapporta des données en tout point conformes à celles que les glaciologues fournissaient. En outre, elle capta des images tout à fait étonnantes de libellules et d'araignées géantes, de reptiles, dans les forêts de prêles et de fougères qui formeraient, quelques millions d'années plus tard, nos gisements pétrolifères.

La technologie du compensateur spatiotemporel était fondée sur les propriétés quantiques de simultanéité et d'intrication. Car l'étrange bestiaire des particules élémentaires possède des facultés observables, mais incompréhensibles. Ainsi une particule peut se trouver en deux endroits *en même temps.* Ici et maintenant, et simultanément ailleurs. C'est pourquoi les objets que j'extrayais du flux spatiotemporel ne se désagrégeaient pas. En outre, une particule peut se trouver intriquée à une autre, quels que soient la distance et le temps qui les séparent. Si l'une change de propriétés (la charge électrique pour un électron, par exemple), l'autre subit *immédiatement* la même altération. Ce phénomène, hors de portée de l'entendement humain, m'a servi de base pour élaborer la méthode de la « matrice d'accueil ». C'était une sorte d'image quantique de l'objet (puis de l'être vivant) que je projetais au lieu et à la date où je l'envoyais, un cocon virtuel dans lequel l'objet venait se matérialiser, comme on se glisse dans une combinaison de plongée.

L'étape suivante de son perfectionnement fut de le doter d'un GPS, de façon à pouvoir jouer avec les coordonnées non seulement temporelles, mais aussi spatiales. Pour envoyer n'importe quel objet, n'importe où et n'importe quand, dans l'espace et dans le temps. Ça fonctionnait pour l'époque, somme toute restreinte, où les satellites de géolocalisation existaient, c'est-à-dire de 1959 à la moitié du XXIIe siècle. Après l'année 2154, ma sonde n'émettait plus. La raison en était un conflit mondial entre l'Est et l'Ouest, où les deux blocs avaient anéanti les satellites l'un de l'autre. Je dus donc améliorer encore mon système. Je le munis d'un logiciel capable de calculer toute position, à partir des coordonnés de départ, d'arrivée et de la position des étoiles en un point donné de l'espace-temps. Une sorte d'horloge-boussole, qui pouvait trouver sa position par triangulation, de façon complètement autonome. Ça prenait tournure.

Grâce à ma nouvelle sonde améliorée, à laquelle j'avais encore ajouté un micro, j'avais déjà pu rapporter des films extraordinaires du passé et de l'avenir. Entre mille autres choses, un stupéfiant combat entre un tyrannosaure et un tricératops, qui se soldait par un match nul. Il y avait des limites, bien sûr. Par exemple, je ne pouvais pas envoyer ma sonde trop loin en arrière, dans le passé de l'Univers. Car, en deçà d'un certain point, les conditions physiques qui y régnaient étaient si extrêmes qu'elles eussent détruit ma sonde. Et le matériau capable de résister à de telles conditions n'était pas encore inventé (et, à vrai dire, ne le sera jamais par les Humains). Quant à l'avenir lointain, mieux vaut ne pas trop en dire, parce que les Humains ne sont pas prêts à l'entendre. Nous sommes condamnés. Nous allons nous éteindre comme des milliers d'espèces avant, pendant et après nous. C'est un phénomène bien connu depuis Darwin, que par dissociation cognitive nous refusons d'admettre, ou même d'envisager pour notre propre espèce. Nous nous croyons éternels, aussi nous ne songeons pas une seconde à nous préserver. Bien au contraire nous accélérons notre extinction. C'est ainsi. Néanmoins j'avais tout de même une fenêtre d'un bon milliard d'années, que je voulais explorer par moi-même.

Car la dernière étape, c'était de tester le compensateur spatiotemporel avec un être vivant. Là aussi, je procédais par tâtonnements. Un organisme vivant est autrement plus complexe qu'une montre ou une sonde. J'ai occis une quantité non négligeable de souris blanches avant de parvenir à mes fins. Le vivant, en effet, on a du mal à le définir, et donc à maîtriser tous les paramètres pour le maintenir tel quel lors d'un déplacement spatiotemporel. Basiquement, le vivant c'est un ensemble de réactions électrochimiques, de plus en plus complexes, entre la simple cellule et les organismes pluricellulaires. Il fallait préserver l'ensemble des fonctions vitales pour les transporter d'un point A vers un point B, et ce n'est pas aussi simple que de prendre le train.

Une fois, pour joindre l'utile à l'agréable, je fis une plaisanterie de collégien à une de mes collègues. Elle était du genre pète-sec, lèvres pincées, jupes droites, cheveux presque masochistement tirés en arrière, un balai dans son cul de dame patronnesse. Vers dix heures du matin, j'envoyai une souris dans sa chambre, dans le passé, à six heures, à l'heure où je savais que ses habitudes de sœur tourière la faisaient invariablement se lever, même le dimanche pour le premier office. Elle haïssait les rongeurs. Quand j'arrivai à l'université, sur le coup de midi, la vieille fille était encore tout en émoi, répétant à qui voulait l'entendre sa bataille épique, au balai, avec « cette sale bestiole aux yeux rouges ». La souris, pensais-je avec une pointe de compassion, avait dû être tout aussi terrifiée que la mégère était hystérique. J'imaginais avec amusement la poursuite, les invectives, les manœuvres sans fin pour expulser la pauvre créature de laboratoire. Ça me rendit joyeux pour la journée. Moi, le premier et dernier homme à avoir découvert le moyen de voyager dans le Temps, j'étais comme un dieu. Et, comme eux, il fallait bien que je rigole un peu aux dépens des Humains.

Puisque mon compensateur spatiotemporel fonctionnait sur de petites créatures, je voulus le tester sur un animal plus gros, d'une masse sensiblement comparable à celle d'un être humain. Je choisis le mouton de soixante kilos, dont un ami m'avait confié la garde, alors qu'il partait pour un trek je ne sais plus où. Je dus améliorer encore mon système. Jusque-là, je me servais d'une cage de téléportation de petite dimension, 60 x 60 centimètres, suffisante pour ma sonde. Cette fois, je construisis une cage bien plus grande, capable de contenir un être humain dans la position de l'homme de Vitruve. Je dus encore bricoler pour augmenter la puissance de mon appareil, refaire des calculs insensés pour ajuster cette puissance à la masse conséquente des sujets à téléporter. Je le concède : au fond, tout cela m'amusait. J'étais émerveillé et enthousiaste, comme un spéléologue qui aurait découvert une grotte pariétale et décidé de la garder pour son seul plaisir. Je décidai d'envoyer le mouton une heure dans le futur. J'aurais le temps de m'envoyer deux ou trois muscadets avec mon ami Loulou, qui avait du flair question chevaux. Cependant, le dieu du Temps me punit de la petite farce que j'avais jouée à ma collègue revêche. Je fis une petite erreur quand j'entrai les coordonnées d'arrivée. Aussi, quand je revins du PMU une heure plus tard, l'innocent ovin se matérialisa en haut des marches de l'escalier, à bêler comme un con. Contrairement à une idée reçue, les moutons ne sont pas des créatures naturellement dociles. Il me fallut déployer des trésors de patience pour faire descendre ce satané animal au rez-de-chaussée. Néanmoins, je souris : le dieu du Temps était d'un caractère facétieux qui me plaisait bien.

Enfin, tous les résultats étant probants, le moment vint de mon premier voyage dans le Temps. Il fallut encore mettre au point une télécommande. Car, jusque-là, c'était moi qui contrôlais les déplacements depuis le poste fixe de mon laboratoire. Toutefois, quand je serais « là-bas », il n'y aurait personne, ici, pour me faire revenir. Cette difficulté résolue, il me restait l'embarras du choix sur le lieu et la date de ma destination.

Tout le monde aimerait savoir de quoi demain sera fait. Moi qui joue aux courses, j'aimerais connaître à l'avance les résultats, et une fois dans ma vie, toucher le quinté dans l'ordre. D'ailleurs je le pourrais si je le voulais. Mais où serait le plaisir du jeu ? On a tous des envies comme ça, je pense, comme savoir ce que deviendront nos enfants, ou connaître la mode de demain pour la devancer. Être non pas du dernier, mais du *prochain* chic, puis par crainte d'être déjà démodé quand viendra la nouvelle mode, être du chic d'après le prochain, qui est un retour au premier. Voilà l'Humanité.

Mon premier saut, je voulais le faire dans l'avenir de l'Humanité. Avant de me rendre en personne dans le futur, toutefois, j'envoyai ma sonde faire des sauts, tous les dix ans. Je vis que le néolibéralisme avait la peau dure. Malgré toutes les catastrophes dont il était responsable, les gens persistaient à élire et réélire les pantins du Marché, qui leur promettaient bonheur et prospérité. Les cataclysmes naturels du XXIe siècle n'étaient qu'un gentil petit prélude à ceux du XXIIe. Au milieu de ce siècle, une nouvelle guerre mondiale éclata, comme je l'ai dit plus haut, pour le contrôle total des ressources, au terme de laquelle l'Humanité fut presque entièrement décimée. Et puis, des communautés de survivants se constituèrent çà et là. J'envoyai ma sonde au milieu du XXIIIe siècle. La caméra me rapporta des images d'un monde renaissant, peu peuplé, par des humains plus préoccupés par leur survie que par leur entre-extermination. « Parfait, me dis-je, va pour le XXIIIe siècle. »

Je réglai l'horloge sur l'année 2250, avec pour coordonnées ma propre maison qui se trouverait, dans deux cents ans, depuis longtemps rongée par la forêt tropicale. Mais quelque chose perturba le voyage. Une force irrésistible m'attirait en un autre point de l'espace-temps que celui que j'avais programmé. Ça commençait bien, les voyages… Le chronomètre de ma télécommande s'affolait, moi aussi, pour finalement se stabiliser en 2312. Je transmis immédiatement mes nouvelles coordonnées au compensateur spatiotemporel qui m'attendait sagement chez moi.

J'étais dans un désert : du sable, des dunes à perte de vue. Balayant l'horizon du regard à trois cent soixante degrés, je crus distinguer, à quelques kilomètres, les hauts palmiers paresseux d'une oasis. Ma boussole m'indiquait le sud-ouest. Je bus une gorgée d'eau. Déjà, la chaleur et la sécheresse de l'air m'assoiffaient. La marche allait être pénible.

C'était une petite oasis. Quelques chameaux se reposaient à l'ombre des palmiers, deux hommes discutaient autour du puits, des enfants jouaient autour des cinq tentes que je dénombrai. Les deux hommes m'aperçurent, voyageur incongru dans ma combinaison absolument pas adaptée à cet environnement. J'étais couvert de poussière, ruisselant de sueur. Bien que je n'eusse marché que deux heures, j'étais épuisé. Les deux hommes me firent signe d'approcher du puits pour me désaltérer. Ils me parlaient dans une langue où je crus reconnaître de l'arabe, mais transformé par le temps. J'avais quelques notions dans cette langue, et j'adressai un salut très *Mille et une nuits*. L'un des hommes me tendit une coupelle d'eau, que je bus d'un trait. Ils n'étaient ni surpris ni hostiles. Ils me désignèrent une tente, un peu à l'écart des autres, l'auvent ouvert sur d'impénétrables ténèbres.

« Aïchaëlle, compris-je. Elle t'attend. »

Je pénétrai sous la tente et fus saisi par une odeur d'encens et d'aromates, épaisse. Mes yeux s'accoutumaient peu à peu à la pénombre, après la lumière incroyablement crue du désert. Je distinguai une forme humaine, agenouillée devant ce qui me semblait être un petit autel, avec un miroir et deux bougies allumées qui l'encadraient, deux halos orangés qui faisaient danser les ombres et les lueurs.

« Hum, hum », toussotai-je un peu gêné pour signaler ma présence.

Le burnous se redressa immédiatement, se déploya debout et se tourna lentement vers moi. Malgré le peu de lumière, je devinai les traits d'une femme. Je me souvins des deux hommes, dehors.

« Aïchaëlle, je présume ? » dis-je en tendant une main amicale.

Elle avança vers moi. J'y voyais beaucoup mieux à présent, et je ne pus manquer de remarquer qu'elle se déplaçait à l'aide de béquilles. Elle était amputée de la jambe droite, juste sous le genou. Elle s'arrêta, à cinq pas de moi. Son visage était d'une beauté extraordinaire. Elle s'inclina, puis dit dans un arabe que je pouvais comprendre :

« Bienvenue à toi, voyageur du Temps. C'est moi qui t'ai fait venir ici. Je suis chamane, c'est l'un de mes pouvoirs. J'ose espérer que tu me le pardonneras, je n'avais pas de moyen de te prévenir. J'ai besoin de ton aide. »

J'étais un peu chamboulé. Cette splendide créature avait donc quelque pouvoir sur le Temps ? Jusque-là j'avais tenu chamanisme, sorcellerie et autre magie noire ou blanche pour des attrape-nigauds, valables au mieux pour l'effet placebo. Visiblement je me trompais.

Elle m'invita à m'asseoir, et je me calai sur un pouf, les bras sur des coussins moelleux.

« Toutes tes questions recevront réponses, voyageur. »

Puis, elle me fit du thé et me proposa des pâtisseries et des fruits secs.

« Les orages magnétiques, me dit-elle, et une certaine incantation récitée à la bonne heure, c'est comme ça que je t'ai fait venir. On voit beaucoup de choses dans les miroirs, comme le Temps lui-même et ceux qui s'y promènent. Tu crois que c'est ton premier voyage, mais l'Éternité est une mer étale qui ne connaît ni passé, ni présent, ni futur, juste sa propre éternité. De même que l'océan contient en même temps toutes ses gouttes d'eau, l'Éternité contient tous les instants qui la composent. Et moi, je peux les voir, me déplacer en elle à ma guise. En vérité, tu as déjà fait de nombreux voyages et je sais où te mène le dernier. On ne peut contrôler les orages magnétiques, ni les prévoir. Mais on peut détourner un peu de leur puissance dans des objets comme celui-ci. »

Elle me tendit une boule de verre, irradiant d'une lumière mauve, malveillante, dans laquelle se débattaient, comme des serpents, des filaments extrêmement lumineux.

« Je n'aurais jamais cru qu'on puisse maîtriser et contenir une telle énergie, c'est un bel exploit, félicitations », lui dis-je en lui rendant le dangereux objet.

Son sourire, doux et fier, illuminait son visage.

« Il y a eu une guerre, reprit-elle, il y a deux cent ou trois cents ans, personne ne sait exactement. C'est là que les orages magnétiques ont commencé. C'est notre fléau. Ils nous tombent dessus comme ça, comme la mort qui fauche qui bon lui semble. Je pensais que tu pourrais m'expliquer leur origine, pour savoir comment les combattre. »

J'étais désolé, je ne connaissais pas le moyen de contrer ce phénomène. Toutefois, j'avais une petite idée de leur cause, et ma belle hôtesse m'écoutait tout ouïe.

« Il y a eu une guerre, c'est vrai, il y a environ deux cent cinquante ans. Les uns l'appelaient noire, les autres rouge. Durant cette guerre, on utilisait une arme terrible, des canons à énergie noire. Ils étaient capables de faire un trou dans l'espace-temps, qui engloutissait un millier d'hommes d'un coup. Mais ces armes ont été détruites. Cependant, elles ont laissé des micro-trous noirs un peu partout. Je pense que les orages magnétiques viennent de là. C'est l'énergie noire qui s'est dégradée, en absorbant d'autres formes d'énergie. »

Aïchaëlle buvait mes paroles comme moi son thé.

« Ce sont des forces élémentaires, ajoutais-je. On ne peut rien faire contre elles, malheureusement. »

Je lus le désarroi sur ce beau visage et, comment dire, c'était comme si la *Vénus d'Urbino* se mettait à pleurer. Ému, je dis :

« Attends, j'ai ici un objet qui peut t'être utile. »

Je sortis de ma besace un détecteur à longue portée. C'était un petit boîtier qui tenait dans la main. J'en expliquai le fonctionnement à la belle chamane.

« Regarde, le bouton du milieu sert à sélectionner la forme d'énergie que tu veux détecter : électrique, magnétique, noire, toutes les formes connues. Si la petite lumière verte s'allume, c'est qu'il n'y a rien de dangereux. Mais si c'est la rouge, il vaut mieux déguerpir ou se protéger. Avec cet appareil, en mettant le bouton central comme ça, tu peux détecter un orage magnétique à cinquante kilomètres. Tu vois ce compteur, il t'indique la distance qui te sépare du phénomène. »

Le détecteur fonctionnait à l'énergie solaire. Je lui montrai la cellule photovoltaïque et la jauge sur le côté. Elle était ravie : dans son monde, un tel cadeau n'avait pas de prix, elle ne saurait jamais me remercier comme il convenait. Je lui assurai que dans mon monde, ce n'était pas grand-chose, que j'étais heureux d'avoir pu lui rendre service, cela me suffisait.

J'étais à l'aise avec elle, comme avec une vieille amie. Il y avait de la malice dans ses yeux, mais pas de perfidie.

« Est-ce qu'il y a des Maîtres dans ton monde, demanda-t-elle, de mauvais hommes et de mauvaises femmes qui asservissent le Peuple et le font souffrir ? »

Je dus bien admettre que oui. D'une manière ou d'une autre, nous servions tous des Maîtres, ceux qui avaient le vrai pouvoir, celui de l'argent. On nous maintenait dans une certaine illusion de liberté, avec le droit de vote. Néanmoins, le candidat vainqueur était toujours le pantin que les Maîtres avaient désigné. Il y avait eu de nombreuses révoltes, au cours des siècles, des soulèvements populaires, mais rien n'avait pu renverser les Maîtres, jamais. À chaque fois ils avaient exercé une répression sévère, ou s'étaient débrouillés pour reprendre la main et voler sa victoire au Peuple. À ces mots, elle se redressa fièrement.

« Moi, Aïchaëlle de Kûm, et mon mari Hirkam-le-Magnifique, sommes en train d'organiser la Révolution dans les oasis. Le Peuple est avec nous, nous allons réussir ! »

Elle était si belle, quand elle prêchait comme un leader bolchevique, que je n'eus pas le cœur de briser ses illusions. Je gardai pour moi cette vérité fondamentale que « le Peuple » est ataviquement velléitaire. Toujours prêt, quand on lui échauffe les sangs, pour une bonne bagarre, mais versatile dès que tombent les premiers morts et que les vivres viennent à manquer. Les Maîtres ont la force armée, bien préparée, et des ressources immenses. Et le Temps. Perdre une place forte, une bataille, ça ne compte guère pour eux. Ils jouent sur l'usure et la désunion. Ils savent que la colère s'évanouit quand vient la faim et que la lassitude et la douleur s'installent. Et là, ils frappent sans pitié et matent la révolte. Chacune a suivi ce même schéma immuable. Mais je n'avais pas le droit d'entamer la foi d'Aïchaëlle en des valeurs que je partageais entièrement. Je songeais un peu amèrement : « Voilà bien les Humains ! À peine remis des catastrophes et des guerres, ils recommencent à s'entre-tuer. » Je lui souhaitai bonne chance, sincèrement.

« Reviens me voir dans un an, dit-elle. Tu verras de tes yeux un monde heureux et en paix. »

Je promis, sachant que je ne tiendrais pas cette promesse. Dans un an, il y aurait eu une révolte puis une défaite, c'était couru. Et Aïchaëlle serait peut-être morte, ou pire. Sur ces pensées nauséeuses, je pris congé et, tandis que je me dématérialisais, je fixais jusqu'au dernier instant les grands yeux noirs, brûlants d'espoir et de gratitude.

Comme je l'ai dit, le mystère des origines m'a toujours fasciné. Pour les raisons que j'ai déjà indiquées : savoir l'extrême hostilité du milieu, je ne pouvais pas remonter aux origines de l'Univers. Donc, plus modestement, je me rabattis sur les origines de l'espèce humaine, qui n'étaient pas un mystère moins troublant. Je me heurtai aux lacunes de la paléontologie. Le plus ancien crâne connu de *Sapiens* remontait à deux cent mille ans. Cependant, rien ne prouvait que notre espèce n'était pas plus ancienne. À quel moment *Erectus* avait-il commencé à muter en *Sapiens* ? Personne ne le savait vraiment.

En réalité, l'émergence de Sapiens s'est produite dans des conditions follement anarchiques. Mais un mot, d'abord, sur Erectus. Il était beaucoup moins limité qu'on ne le croit. Il possédait le langage articulé et une fascinante spiritualité. Il est le premier humain à être sorti d'Afrique pour découvrir le vaste monde. Il connaissait les vents et les courants et maîtrisait la construction navale. C'est comme ça qu'il a trouvé et colonisé, entre autres, l'île de Florès, contrairement à ce que des élucubrations franchement comiques laissent croire. Les Erectus vivaient en tribus et se tatouaient ou se peignaient le corps, pour marquer leur appartenance et leur place dans le clan. Les tribus se connaissaient entre elles et entretenaient des liens cordiaux. Elles échangeaient aussi bien des objets que des individus, à la fois pour se lier d'amitié et pour éviter l'appauvrissement génétique. La guerre est une invention de Sapiens. Et puis soudain, il y a deux cent soixante-dix mille ans, les femmes erectus ont commencé à mettre au monde des bébés, pas très différents des autres, mais avec une tête plus grosse, qui avait du mal à passer le col de l'utérus. Et puis, en grandissant, ces enfants d'un genre nouveau se différenciaient vraiment des autres. Ils étaient plus grands, graciles, quasiment sans poils. La plupart du temps, plusieurs Sapiens naissaient dans la tribu, et manifestaient une nette propension à ne se reproduire qu'entre eux. Même, ils allaient chercher des semblables dans les tribus voisines. À la longue, ils formèrent leurs propres communautés. Inexorable poussée de l'Évolution.

L'Afrique était vaste, riche en territoires fertiles. Pendant des millénaires (j'ai effectué des centaines de sauts dans le Temps pour le vérifier), Erectus et Sapiens ont cohabité paisiblement. Erectus a fini par s'éteindre, comme une branche morte tombée de l'arbre du vivant. J'ajoute ici que les Erectus qui ont suivi le soleil levant pour aboutir en Asie se sont éteints sans descendance. N'en déplaise au

Parti communiste chounois, les Erectus asiatiques n'ont pas muté localement pour accoucher d'un Sapiens distinct des autres. Il n'y a guère qu'en Europe que les Erectus ont évolué en une espèce humaine endogène, les Néandertaliens. Ceux-ci, du reste, se sont également éteints, après quelques millénaires de cohabitation avec les Sapiens venus d'Afrique. Sapiens, justement, a crû et prospéré dans deux directions « idéologiques » (si j'ose cet anachronisme) radicalement différentes. Pour faire simple, il y avait d'un côté la Meute, de l'autre la Communauté. Deux systèmes d'organisation de la tribu, dont l'un aussi a fini par disparaître.

La Meute était violente, belliqueuse et fortement hiérarchisée. À sa tête, le mâle ou la femelle alpha, qui ne devaient leur légitimité et leur position qu'à la force physique pour les premiers, à l'adresse et la ruse pour les secondes. Tous les ans, à la nouvelle lune d'été, le chef remettait son titre en jeu dans un combat rituel. Un jeune mâle impétueux, gorgé de testostérone, une femelle agile, armée d'un pieu, tentaient de le renverser. Tous les coups étaient permis, et c'était un combat à mort, ce qui distinguait déjà Sapiens du reste des animaux. Le Maître demeurait le chef tant qu'il n'avait pas eu le crâne fracassé par un rival. Sa position était enviable : il avait accès à tous les partenaires sexuels de la tribu, on lui réservait les meilleurs morceaux des proies et une part garantie des fruits de la cueillette. Il laissait mourir de faim même les enfants, quand les ressources alimentaires venaient à diminuer, plutôt que de partager ce qui lui revenait *de droit*. Cependant, au fil du temps, le rôle du leader se complexifia. Le Maître dut aussi arborer la casquette d'arbitre, dans les nombreux conflits internes et meurtriers de la Meute. Car il n'était pas dans son intérêt que ses esclaves s'entre-tuent. Ainsi s'ébauchèrent les premières lois. Le Maître était flanqué d'une garde rapprochée, de lieutenants et de conseillers. Ses fonctions se diversifiant, il dut apprendre à déléguer le pouvoir, à accorder sa confiance et, par conséquent, les intrigues, les complots et les trahisons se multiplièrent. Enfin, les Meutes, par leur caractère intrépide, firent beaucoup pour améliorer l'armement et les techniques de chasse. Ils passaient des journées à l'entraînement, à répéter des tactiques proto-militaires de chasse et de mise à mort de gros animaux.

La Communauté avait adopté une organisation rigoureusement inverse. Le concept de pouvoir lui était inconnu, elle n'avait pas de chef désigné comme tel. Tous les individus étaient strictement égaux entre eux. Pour toutes les décisions importantes, comme le choix d'un lieu d'hivernage, d'une grotte sacrée, quelque innovation sur la taille du silex ou la confection des pigments, l'arbitrage des conflits, etc., la Communauté tenait un grand conseil. Tout individu nubile, homme ou femme, pouvait le convoquer et y exposer son point de vue. Les propositions qui méritaient réflexion étaient patiemment, méticuleusement discutées. Au fil du temps, le Conseil devint une institution où siégeaient, de façon permanente, les individus les plus sages, les plus avisés. Il acquit ainsi le devoir de rendre la justice, établissant là aussi une jurisprudence. La Communauté, à part sa survie, était motivée par son insatiable curiosité et sa créativité. Elle élargit considérablement les connaissances en matière culinaire et médicinale. Elle inventa « l'art », ou plutôt l'esthétique. Ce n'était pas l'Art au sens où nous l'entendons, c'est-à-dire une activité à part entière uniquement préoccupée d'elle-même. Les premières œuvres de la Beauté étaient d'essence magique. Elles devaient être « belles » pour plaire aux dieux, et jouaient un rôle central dans la vie spirituelle et les rites de la Communauté. Le travail était réparti selon les aptitudes naturelles de chacun. En général les activités liées à la survie du groupe, comme la chasse et la cueillette, se pratiquaient le matin. Prendre une vie était considéré comme nécessaire et déshonorant. Aussi, chaque soir, la Communauté se livrait à un rituel pour, d'une part remercier la Nature et lui demander pardon, d'autre part se purifier de cet acte terrible. Une fois les activités utiles accomplies, chacun était libre d'occuper son temps comme bon lui semblait. La Communauté inventa les loisirs, c'est-à-dire les activités dévolues au plaisir, forme suprême de la civilisation. La plupart des arts, comme je l'ai indiqué, furent d'abord d'essence spirituelle : on dansait, on chantait des poèmes, on jouait de la musique dans des cérémonies pour les dieux. Les premières histoires racontaient la cosmogonie, la théogonie. Les premières épopées mettaient en scène des héros légendaires, dotés de pouvoirs surnaturels. L'imaginaire et le langage organisaient le monde et lui donnaient sens.

Il paraît que ces deux modes d'organisation sociale des premiers Sapiens se retrouvent aussi, chez les grands singes, entre les chimpanzés et les bonobos. Fondamentalement, il s'agit de la même espèce au départ. Mais un accident naturel a séparé la communauté initiale en deux groupes, qui ont évolué séparément. Les chimpanzés sont restés violents, agressifs, hiérarchisés selon la loi du plus fort. Au contraire, les bonobos forment une société pacifique, jouisseuse, plutôt matriarcale (ceci expliquant sans doute cela).

Eh bien, il y a exactement 153 207 ans, six mois et dix-sept jours, j'ai vu la toute dernière Communauté anéantie par les efforts conjugués de trois Meutes, qui convoitaient leur territoire de refuge. Car, quand il s'agit d'anéantir, d'asservir, de piller, les Maîtres ont toujours su faire cause commune. Ce fut aussi triste que de voir la *Joconde* détruite par les flammes en 2157.

Pendant des millénaires, Meutes et Communautés avaient cohabité sans trop de heurts. La Terre était vaste, les Hommes peu nombreux, il était facile de s'éviter. Les Communautés, connaissant la nature belliqueuse des Meutes, se débrouillaient pour ne pas se trouver dans leurs parages. Puis, assez vite, apparurent les premiers conflits de voisinage. On croit, à tort, que la guerre fait son apparition au Néolithique. Non. Elle existe depuis l'émergence de Sapiens, comme si elle était inscrite dans ses gènes. Les Communautés, partageuses, invitaient volontiers les Meutes sur le territoire où elles s'étaient installées pour la saison. La Nature était généreuse, profuse, ses richesses étaient pour tous. Mais on ne peut pas arrêter la marche de l’Évolution. Les Meutes, jalouses, voulurent tous les territoires et toutes leurs richesses pour elles seules.

Le premier meurtre territorial ouvrit la voie au massacre systématique des Communautés. Celles-ci, ne sachant pas se battre et répugnant à la violence, fuyaient devant l’envahisseur. Bientôt, il y eut beaucoup plus de Meutes que de Communautés, décimées et réduites en esclavage les unes après les autres.

La toute dernière Communauté s’était réfugiée dans une vallée de moyenne montagne, et connut quelques années de paix. C’est sans doute le premier cas de sédentarisation, qui se produisit par nécessité, sous l’effet de la terreur : en bas, au pied des montagnes, des hordes assoiffées de sang s’entre-tuaient impitoyablement, fendaient les crânes des hommes, enlevaient les femmes, étripaient les enfants. Des pisteurs finirent par débusquer l’ultime Communauté. Trois Meutes s’organisèrent pour la massacrer. Une seule aurait suffi, mais les Maîtres avaient convenu que ce serait plus amusant, et bon pour les hommes, d’effectuer une grande manœuvre coordonnée. Donc, trois colonnes armées, chacune portant les couleurs de sa tribu, investirent la haute vallée à l’aube. Les membres de la Communauté ne se défendaient que très maladroitement, c’était trop facile.

« Des faibles ! lâcha un chef de Meute avec mépris.

— Tuons-les tous, jusqu’au dernier de leur race débile », conseilla un autre.

Voilà. L’Histoire humaine (je veux dire : le choix d’un seul mode d’organisation sociale) était en marche. Elle s’ouvre sur un génocide, le premier d’une longue série. La paix, jamais plus, ne régnerait sur le monde. La guerre s’était imposée, qui allait être, jusqu’à aujourd’hui, le moteur de la Civilisation. De ces premiers carnages découlent, pêle-mêle, les pogroms, les purifications ethniques, l’esclavage, les courses à l’armement, les dragonnades, les ratonnades, les guerres de religion, le système néolibéral avec ses guerres commerciales et ses stratégies de précarisation et de paupérisation des esclaves, et j'en passe, la liste est sans fin. Depuis l'époque des Meutes triomphantes, les Hommes n'ont eu de cesse que d'inventer des moyens toujours plus efficaces de s'asservir ou de s'exterminer les uns les autres. Le premier meurtre territorial, c'est le « coup de pouce » qui a mis l'Histoire en marche, qui est au fond comme une longue chute de dominos. La décision du premier assassinat politique n'a même pas été consciente. Le tout premier meurtrier d'État a été fêté comme un héros. Sa Meute ne mesurait absolument pas l'effarante portée de ce geste. Exactement comme, aujourd'hui, la Meute qui nous domine et nous mène à notre perte n'a que faire de la sagesse, de la Connaissance (autre que destructrice), du plein épanouissement de chacun des individus qui forment « le Peuple ».

Comme je l'ai dit, j'ai tout détruit : mes notes, mes appareils, et jusqu'au disque dur de mon ordinateur. J'ai même formaté et replacé la sonde dans le débarras de l'université. Je peux dire que, la Préhistoire, c'était le Paradis, à condition bien sûr d'éviter les fâcheux. Un air d'une pureté incroyable, un ciel épargné par l'éclairage nocturne, de grands espaces. Vraiment chouette. Mais les Meutes ont gagné, je l'ai vu de mes yeux. Cependant, je me console. J'ai vu l'avenir aussi. Je sais qu'à un moment, je ne dirai pas comment, il n'y aura plus d'Humains et l'air redeviendra respirable.

Quant aux diverses espèces conscientes qui nous succèdent, elles n'ont pas la moindre idée, quand, au hasard des fouilles archéologiques, elles tombent sur des vestiges de nos civilisations, de ce que les mots guerre et domination veulent dire. Après l'avenir radieux du néolibéralisme, c'est la Communauté qui s'impose. Nos successeurs sont des gens tout à fait charmants. J'ai décidé d'aller finir mes jours parmi les Delphinides. Évidemment, ils ont découvert le principe de la téléportation temporelle. Ils viennent me chercher, comme convenu, dans une heure.

Il s'en passe des choses en sept millions d'années. Le monde de nos successeurs est très différent du nôtre à tous les points de vue. La tectonique des plaques, pour commencer, a redessiné la carte du globe et englouti les vestiges de nos civilisations sous de nouvelles strates rocheuses. Le climat et la composition de l'air ont changé. La grande extinction des espèces de notre XXIe siècle a laissé vacantes des niches écologiques que de nouvelles espèces ont conquises. Plusieurs d'entre elles ont accédé à ce que nous appelons la conscience. Elles forment des civilisations tout à fait originales, dont le principe fondamental est de vivre en bonne intelligence avec leurs milieux naturels. Elles ont développé une technologie, d'ailleurs très en avance sur la nôtre. Cependant, c'est la curiosité, le pur amour de la Connaissance qui les motivent. Elles ont des villes, des infrastructures, des institutions, mais en aucun cas elles ne prennent à la Nature plus qu'elle ne peut donner, en aucun cas elles n'interfèrent ni ne compromettent l'existence les unes des autres. Chaque décision est mûrement réfléchie dans toutes ses conséquences selon les principes d'une éthique sans failles. Par exemple, elles ont conçu la monnaie fiduciaire et l'ont collectivement rejetée. Elles en ont perçu les dangers : aboutir à un système similaire au nôtre, où tout le pouvoir est concentré entre les quelques mains qui détiennent l'argent. Chez elles, seule la sagesse confère le pouvoir et les sages ne l'exercent jamais de façon coercitive. Politiquement, nous dirions que ce sont des communistes, dans l'acception la plus lucide, la plus égalitaire, et la plus généreuse du terme. Leur système éducatif vise au plein épanouissement de chaque individu dans le respect de sa personnalité. Toute leur période de formation intellectuelle, sociale, affective, éthique, est centrée sur le premier de leurs préceptes, duquel découlent tous les autres : le principe de non-nuisance. Un individu libre ne commet nul acte qui nuise à autrui ou à soi-même. Elles sont pacifiques et joyeuses. Elles ont établi le contact avec différentes civilisations extraterrestres et obtenu un siège permanent au Conseil intergalactique.

L'assemblée de Sages delphinides a répondu positivement à ma demande de vivre parmi eux le reste de mes jours. Ils m'ont posé une seule question en guise d'oral d'admission.

« Pour que tu puisses vivre parmi nous, nous adapterons tes fonctions vitales à notre environnement. Désires-tu que nous préservions également ton corps de la corrosion du Temps ? »

Je savais que je jouais ma place sur mes prochaines paroles. J'ai réfléchi un moment et j'ai dit que non, je ne désirais pas prendre au Temps plus d'années qu'il ne m'en avait naturellement données. Les Sages me souhaitèrent la bienvenue parmi eux. Et me voici réfugié temporel. On m'a même trouvé un emploi. J'aiderai leurs archéologues à classifier les objets de notre monde que les fouilles révèlent, ce qui leur évitera de fastidieux bonds dans le Temps pour déterminer la fonction d'un grille-pain. D'ailleurs ils éprouvent un sentiment ambivalent de curiosité et de répugnance vis-à-vis de l'Humanité. Ils nous considèrent comme des dieux ratés. Ils ont raison. Nous avons reçu tant de dons merveilleux, nous aurions pu être tellement plus. À l'échelle du Temps et de l'Évolution nous sommes une expérience manquée de la Nature, que sa complaisance atavique dans la médiocrité condamnait de toute façon.

Première partie : Amorces

La communauté

Plusieurs versions de la fin du monde circulent dans la communauté, et toutes sont vraies. Certains ont fui un tsunami, une vague insensée, haute comme un gratte-ciel. D'autres ont échappé à une série de séismes, qui ont creusé dans la terre des gouffres profonds comme les abysses et larges comme une métropole. D'autres encore ont eu la chance de se trouver suffisamment loin, quand les volcans ont craché leur feu liquide, qui a tout consumé à des lieues à la ronde, sous des nuages de vapeurs mortelles, noirs comme la dernière nuit d'un homme. Il y a aussi ceux qui se sont trouvés miraculeusement immunisés contre un virus inconnu, extrêmement vivace, qui vous rongeait les entrailles en quelques heures, et qui ont vu les gens tomber d'un coup par millions, foudroyés par la mort microscopique. Ce qu'on peut en conclure, c'est que la Nature s'est déchaînée sur nous, de façon variable selon les endroits, mais avec une violence qui nous expulsait : « On ne veut plus de vous ici ! » Je ne veux pas dire que la Nature est douée de conscience au sens où nous l'entendons. Elle ne s'est pas « vengée » des torts irréparables que l'Humanité des deux ou trois derniers siècles lui a fait subir. Ce qui est certain c'est que la Terre est elle-même un super-écosystème, et que nous l'avons poussée à bout. Comme le dit le Barde Automne dans *Monde Rouge* : « Nous avons rendu folle la planète à lui dénier tout droit sur nous. » Nous nous sommes comportés comme si la Terre nous appartenait, et non le contraire. Autrement dit nous sommes nous-mêmes les responsables des multiples catastrophes qui ont poussé notre espèce au bord de l'extinction.

Des survivants, nous sommes, venus de tous les horizons. On a tous grimpé de plus en plus haut, tandis que les eaux montaient, inexorablement, et on a fini par converger vers ce point culminant, qui jadis était un haut plateau dans les montagnes, et qui est maintenant une île. On parlait des langues différentes, alors on a bricolé notre sabir pour se comprendre et on s'est organisé. À peine avions-nous atteint ce refuge, que les Chounois et les Américains d'entre nous ont voulu en prendre le contrôle, au nom de la suprématie de leur civilisation sur toutes les autres. C'était invivable et totalement absurde, étant donné les circonstances. Alors on les a laissés se battre à mort entre eux, puis on a achevé les survivants. Fin de la guerre territoriale.

Chacun contribue à sa manière à la survie de la communauté. On a tout mis en commun, à commencer par les précieuses graines que certains avaient judicieusement emportées avec eux, au cas où. On a partagé les savoir-faire, les cultures, les religions. On a même des bêtes, rescapées comme nous des catastrophes. Imaginez des poules et des porcs au sommet de l'Everest ! Et puis, on pêche, bien sûr.

Parfois, des débris de l'Ancien Monde remontent à la surface et s'échouent sur une plage. Une fois, j'ai trouvé un ours en peluche, complètement incongru dans ce décor. Aussi, j'ai vu non loin de la côte la coque d'un voilier renversé, comme le ventre gris-blanc d'une baleine morte. Ça arrive. C'est comme un rappel dérisoire d'où nous venons. Mais l'Ancien Monde est mort, englouti sous des centaines de mètres d'eau.

Il arrive que le soir, autour du feu, on rêve. On se dit qu'on va construire un bateau et partir à l'aventure, sur le vaste océan qui recouvre la planète. Ça nous fait du bien d'exercer notre imagination. On se figure d'autres communautés, des rencontres, tout ce qui pourrait en ressortir de bon.

Toutefois, un non-dit brise nos rêves. Ce n'est pas exactement un tabou, juste quelque chose dont on évite de parler. Ça fait vingt-quatre années lunaires qu'on est ici, et il ne nous est pas né plus de huit enfants, et encore dans les tout premiers temps. Ce n'est pas faute d'essayer, ici chacun couche avec qui bon lui semble. Nous avons épuisé toutes les combinaisons possibles. Force est de constater que nous devenons stériles. Probablement, ces enfants miraculeux, qui sont devenus des adultes et qui n'ont pas de descendance forment l'ultime génération d'êtres humains.

On est là, sur notre île, à se maintenir en vie. On évite de se demander pourquoi, de se pencher sur le gouffre anxiogène des questions sans réponses. On se laisse absorber par les tâches quotidiennes, moitié concentrés, moitié hagards. « Demain », ça veut de moins en moins dire quelque chose. De toute évidence, notre communauté va s'éteindre. Un jour, il n'en restera qu'un, ou qu'une, et pour lui ou pour elle, il y aura un dernier jour, sans demain, tout son temps écoulé, et avec lui, tout le temps de l'Humanité.

C'est maintenant, après l'avenir, à la fin de tout, qu'on comprend enfin les conneries que *Sapiens* a pu commettre, avec une insouciance criminelle. Si on pouvait envoyer un message à ceux qui nous ont précédés, si on pouvait leur montrer, au bout du bout, vers quelle conséquence finale converge chacun de leurs actes… Parce qu'on est à la pointe, ici. Personne n'ira plus loin que nous. Bah, quand l'Humanité était au maximum de ses activités mortifères, il ne manquait pas de voix pour clamer qu'on allait dans le mur. Les gens savaient. On a choisi de ne pas en tenir compte. La température annuelle moyenne ne cessait d'augmenter, les espèces animales et végétales s'éteignaient les unes après les autres, la pollution atmosphérique tuait, *tuait des enfants*. Mais ce n'était rien, des détails, on allait s'adapter et survivre, n'est-ce pas ? D'ailleurs, tout n'allait pas si mal : après la 7G, on aurait bientôt la 8 et des iPhone 21.

C'est simple : la seule chose certaine avec les Hommes, c'est le pire. On a tout saccagé, on s'est entre-tués, réduits en esclavage au nom de la loi du Marché, autodétruits en fin de compte. Alors, avec le dernier d'entre nous, l'Humanité disparaîtra et avec elle ce qui la condamnait depuis le début : sa culpabilité dans cette bagatelle qu'est son propre anéantissement.

Le voyageur

C'était pendant la guerre que la propagande, dans sa ferveur sensationnaliste, avait qualifiée de noire. J'étais le commandant d'une escouade de douze soldats, hommes et femmes, qui avaient réussi à passer dans la taïga, derrière le front ennemi. C'était une chance inespérée pour nous tous de nous illustrer. À l'instruction, du troufion de seconde classe à l'officier supérieur, on nous informait que si nous avions l'opportunité de passer en territoire ennemi, il fallait tenter de gagner la ville de Smolska, et saboter leur centrale à énergie noire, source de leur puissance. Sur le papier, ça avait l'air d'une simple promenade.

Le matin même, on s'était entre-tués à quelques kilomètres à l'est de notre position. Et soudain, sans qu'on sache pourquoi, les ennemis avaient battu en retraite, loin derrière la ligne de front. Ça arrivait fréquemment aux Rouges de se retirer comme la marée, alors qu'ils n'étaient même pas en difficulté. Notre QG ne comprenait rien à leur stratégie. Nous, sur le terrain, nous tâchions d'en profiter. Les soldats de notre Armée se préparèrent à avancer. Moi, j'ordonnai à mon escouade de rester en place, à l'abri dans ce petit village en ruines, qu'on n'arrêtait pas de perdre et de reprendre. Je suis du genre entreprenant. Mon escouade et moi nous sommes retrouvés dans la terre-à-personne. Nous avons attendu le soir, et nous sommes partis vers le nord-est, vers la taïga et son couvert de bouleaux et de sapins. Je me disais que, si nous restions discrets, nous pourrions gagner Smolska en quelques semaines. Là-bas, nous fondre dans la population, parvenir au centre de contrôle de la centrale et le détruire.

Sur le papier encore, le plan semblait simple. Il restait vague encore, mais j'avais devant moi des jours et des jours de marche dans la taïga pour le peaufiner. Mon escouade était enthousiaste, ils se sentaient déjà comme des héros. Il est vrai que, depuis le début de la guerre, personne n'avait eu l'opportunité d'aller aussi loin que nous, aussi près de la centrale ennemie.

Les Hommes ne sont jamais satisfaits de ce qu'ils ont, c'est pourquoi ils ont inventé la guerre. Pour s'approprier ce qu'ils jalousent, c'est-à-dire les richesses d'autrui, parce que les leurs ne leur suffisent pas. Prises, ces richesses enrichissent les riches. Les braves soldats ont droit à des médailles et des défilés, puis on les oublie, et le petit monde néolibéral oublie la guerre, jusqu'à la suivante. Cette guerre-ci avait donc pour but, comme toutes les autres, la domination du monde. Toutefois, il fallait remonter au milieu du xxe siècle pour trouver une proportion de forces en présence comparable. La moitié du monde combattait l'autre. Il y avait bien, d'un côté comme de l'autre, des justifications idéologiques, sous lesquelles nos propagandes respectives dissimulaient la vraie raison de ce merdier : savoir l'appétit sans fin des riches. En réalité, les deux blocs utilisaient rigoureusement les mêmes ficelles éculées (à mon avis) pour galvaniser les foules, et inciter la jeunesse au sacrifice : Liberté, Égalité, Justice, Prospérité. Autant de coquilles vides, dotées d'un extraordinaire pouvoir d'attraction. Nous nous entre-tuions entre pauvres bougres, endoctrinés de la même manière. Des deux côtés nous étions « les bons » et notre cause était juste. C'est vieux comme la guerre. La vraie raison derrière tout ça, c'était la Loi du Marché. Nous, à l'Ouest, voulions imposer notre version du néolibéralisme à ceux de l'Est, qui en retour se battaient, luttaient, mouraient pour la version orientale de la même idéologie. En définitive, nous les soldats, de l'Ouest ou de l'Est, donnions nos vies pour que nos boutiquiers respectifs, que la guerre enrichissait encore au passage, gagnent la mainmise sur le monde entier. Leur moitié leur paraissait trop étriquée, ils avaient besoin de nouvelles perspectives de croissance. C'est vieux comme la guerre, je l'ai déjà dit. Les nobles idéaux n'étaient qu'un prétexte, personne dans la troupe n'était dupe. Néanmoins on faisait le boulot pour survivre un jour de plus, ou pour éviter le peloton d'exécution comme déserteur.

Nous ne pouvions pas communiquer notre position au QG sans risquer de se faire repérer. Personne ne savait que nous étions là, laborieuses petites fourmis chargées de C4, à deux cents kilomètres au nord-ouest de Smolska. Nous avions dû être portés disparus, depuis le jour de notre percée historique du front. C'est que l'ennemi avait développé une arme terrible, que nous n'évoquions pas sans trembler : le canon à énergie noire. L'ennemi était capable de faire disparaître comme ça, en un tir, un millier d'hommes dans un trou noir. Évaporés, dissous, happés par une force irrésistible et imparable. Le trou noir se résorbait alors sur lui-même avec un bruit de succion vampirique, et succédait un silence de quelques secondes, effrayant, celui de l'espace-temps qui se reforme, après avoir été déchiré pour escamoter du réel quelques tonnes de matière, vivante ou non, qui avaient été nos camarades et nos défenses. Toutefois, les canons avaient un point faible. Pour fonctionner, ils avaient besoin d'énormes quantités d'énergie, c'est pourquoi l'ennemi n'en usait que stratégiquement, avec parcimonie. On savait en haut lieu, nous disaient les sergents-instructeurs, que l'ennemi avait construit une gigantesque centrale à énergie noire au cœur de son territoire, c'est-à-dire aux abords de Smolska. Quelle victoire décisive si nous parvenions à détruire cette centrale ! Mon unité et moi aurions peut-être nos noms dans les livres d'Histoire. La gratitude des Maîtres, ça, non, il ne fallait pas y compter. S'ils en étaient arrivés aux sommets qu'ils occupaient, c'était bien parce qu'ils s'étaient débarrassés, comme on pèle une orange, de tout sentiment humain (excepté la cupidité), à commencer par l'amour ou la compassion. En revanche, des figures de « héros populaires » étaient susceptibles de servir leurs intérêts.

Cependant, avant que notre image ne se fige pour la postérité, dans la position triomphale du héros portant l'étendard de la Victoire, il fallait en sortir vivants. Dans la journée, nous progressions sous le couvert de la forêt. Les drones et les androïdes de surveillance, qui quadrillaient les airs et le sol, se faisaient de plus en plus nombreux à mesure que nous approchions de Smolska. Nous ne pouvions pas détruire ces satanées machines, bardées de capteurs, sans déclencher une alerte. Nous n'avancions que très prudemment, de quelques kilomètres par jour.

Smolska se nichait au cœur d'une vallée. Nous avions enfin atteint le bord d'un plateau qui la dominait. C'était, comme toutes les mégalopoles de l'Est ou de l'Ouest, l'équivalent d'un gros chancre cancéreux, qui épuisait peu à peu toutes les ressources de l'écosystème sur lequel il prospérait, sans états d'âme. Mes jumelles à très haute résolution balayaient ce triste et banal spectacle de l'inconséquence humaine. Assez vite, je repérai la centrale. Dans les miradors et les tourelles, veillaient des sentinelles cybernétiques aux yeux rouges, au corps de métal météorique, qui ignoraient le besoin de repos et l'hésitation. Plusieurs enceintes ceinturaient les lieux, infranchissables, blindées, hérissées de canons automatiques, disposés de façon à ne pas laisser le moindre angle mort. Dans le ciel, des drones à l'air de prédateurs aux aguets patrouillaient sans relâche. Je me tournai vers Djouri, mon second qui, comme moi, examinait chaque détail.

« C'est pas bon, lâcha-t-il, découragé.

— Pas facile, rectifiai-je pour tenir mon rang, mais pas impossible. »

Le soir, j'exposai mon plan à l'escouade. J'avais repéré, à quelques kilomètres de Smolska, un caravansérail. Des caravanes marchandes s'y rejoignaient, venues par différentes pistes. C'était un point névralgique, où les nomades se reposaient et faisaient affaire, avant d'affronter l'épreuve des bazars sous contrôle de la ville. Nous allions nous y introduire, droguer et ligoter quelques nomades, pour prendre à la fois leurs vêtements et leur cargaison. Ensuite, on intégrerait la caravane, et on entrerait en ville ni vus ni connus. Là, fidèles aux coutumes des caravaniers, nous logerions dans une auberge, le temps d'écouler nos marchandises dans l'un des nombreux marchés de la ville.

« Nous en choisirons un, le plus près possible de la centrale. Nous collecterons des informations, nous chercherons le point faible dans la carapace. »

Le plan était extrêmement risqué, avec des « si » en cascade. Cependant, nous étions parvenus jusqu'ici, plus près du centre vital ennemi qu'aucun des nôtres auparavant, nous ne pouvions pas renoncer. Les membres de mon unité se regardaient, las et résignés. On ne se battait même pas pour une cause qui eût mérité d'être qualifiée de juste. Les raisons profondes de l'ennemi, les nôtres, c'était la même merde néolibérale de toute façon. Notre loyauté ne tenait qu'à un fil, lourde était la tentation de déserter. La seule chose qui pouvait encore nous motiver, et je m'en servis, c'était que nous avions le pouvoir d'arrêter la guerre. On se regardait, en silence, sans montrer de désapprobation. J'avais trouvé le bon levier, apparemment. Tout le monde était fatigué de l'horreur, écœuré des Maîtres qui nous envoyaient sans scrupule à l'abattoir. Ça durait depuis treize années de feu et de sang. Si ça pouvait se terminer… Une main volontaire se leva, « D'accord, j'en suis », puis une deuxième, puis pour finir, toute l'escouade.

Ce n'est pas mon but, aujourd'hui, de tout raconter en détail. Pour ça, maintenant, j'ai plus de soixante mille ans devant moi. Pour résumer, donc, la première partie du plan a fonctionné, on est entré dans la ville déguisés en nomades. Puis, au gré des péripéties de la mission, je perdis nombre de camarades. À la fin, il ne restait que Djouri, le sergent Claude et moi. Nous nous étions fait embaucher comme agents de maintenance dans la centrale. Ça nous a pris un an pour dérober les clés, les mots de passe et les empreintes génétiques, dont nous avions besoin pour parvenir jusqu'au cœur du système.

Nous disposâmes des pains de C4 autour du réacteur à énergie noire. Au petit jour, nous quittâmes la ville comme de simples promeneurs, sous l'œil assoupi des miliciens de garde. Aucun de nous n'était assez calé en science pour anticiper les conséquences de la destruction d'un tel réacteur. Instinctivement, nous avons regagné le plateau par lequel nous étions arrivés, pour nous mettre à l'abri et sur le chemin du retour. La ville insouciante s'éveillait en contrebas.

À midi pile, je déclenchai le détonateur. Presque immédiatement, mais dans un silence total, anxiogène, toute la centrale et ses alentours disparurent sous une bulle noire, comme celles qui se forment à la surface des gisements de goudron. Une grosse cloque de matière noire, qui absorbait les sons et la lumière. Elle grossit dans des proportions titanesques, toute la mégalopole et ses abords immédiats furent engloutis en un éclair. Puis, en une demi-seconde, la bulle noire, insondable comme la mort, se résorba sur elle-même et, à la place de Smolska, ne laissa qu'un trou béant, parfaitement circulaire et à la paroi lisse comme l'intérieur d'un saladier. Ainsi disparut, dans l'œil de verre de nos jumelles, la force de frappe de l'ennemi, et accessoirement, une population de vingt-deux millions d'âmes. À nous seuls, nous avions causé d'un coup presque autant de pertes humaines que treize années de guerre fratricide. Privés de leur source d'énergie, les drones tombaient du ciel comme des insectes foudroyés en plein vol, les androïdes s'affalaient sur place, comme des pantins désarticulés. Il ne nous restait plus qu'à rentrer à la maison et à faire notre rapport. Une promenade.

Sur le chemin glorieux du retour, je fus happé par un micro-trou noir. J'étais tranquillement en train de pisser contre un arbre et, sans même que du temps passe, je me retrouvai plus de deux mille ans en arrière, froc ouvert sur le Mont Aventin, au temps des manigances de Caius Julius, pas encore César.

Je n'eus que vingt-deux siècles plus tard l'explication de ce qui m'était arrivé. J'étais revenu à mon époque, et un physicien quantique de mes amis me dit que l'explosion de la centrale de Smolska avait libéré de l'énergie noire un peu partout sur la planète. Des trous noirs aléatoires se formaient, de tailles variables, absorbant dans leur insondable puits des villages, des montagnes, des quartiers. Celui qui m'avait happé devait être minuscule.

« La matière que le trou noir absorbe se trouve immédiatement transportée ailleurs dans l'espace-temps, complètement au hasard. »

Ainsi, de nombreuses personnes, comme moi, s'étaient trouvées aspirées dans un gouffre spatiotemporel, pour être rematérialisées nul ne savait où. Pour les plus chanceux, ça pouvait être plus tôt que l'Antiquité, mais forcément avant leur naissance : on ne peut pas exister en double dans le même continuum. Il était impossible de connaître le point d'arrivée. En outre, moi qui avais été recraché plus de deux millénaires en arrière, je ne vieillirais ni ne mourrais, tant que je n'aurais pas retrouvé mon continuum d'origine. C'était l'effet d'une loi de la physique quantique, qui disait qu'un objet envoyé ailleurs dans le Temps conservait l'intégralité de ses propriétés, jusqu'à ce qu'il retrouve sa temporalité.

Je ne le savais pas, au moment où je me matérialisais en pleine Rome antique. Toutefois, je ne tardai pas à me rendre compte que mes propriétés physiques étaient, comment dire, altérées, ou modifiées. Quoi qu'il m'arrive, mon corps demeurait intègre. Rien ne pouvait me blesser, encore moins me tuer. Je n'avais besoin ni de boire ni de manger. Et, les années passant, je vis que mon visage demeurait le même : pas de rides, pas de cheveux blancs. Je me croyais devenu immortel et indestructible. C'est d'ailleurs le cas, mais pas comme on l'imagine d'ordinaire.

J'avais appris, pendant l'instruction militaire, toutes les techniques de camouflage, pour passer inaperçu où que je me trouve. Je commençai par refermer ma braguette, en sifflotant, l'air de rien. Je n'eus aucun mal à me fondre dans la foule des citoyens romains. J'appris le latin usuel, les codes sociaux, les libertés et les interdits. Rome, au temps de Jules César, c'était autant dire une autre planète.

Une culture, une mentalité, une vie quotidienne dont les témoignages écrits (et falsifiés, plus tard, par les moines) qui nous sont parvenus ne donnent qu'une idée très éloignée de la réalité. C'était un monde très cosmopolite, et bien plus tolérant que le nôtre. Je regrettais mon manque de culture historique. J'étais un soldat, pas un intellectuel. Si j'en avais eu la connaissance, j'aurais pu, sans doute, mieux profiter des trésors de cette période. Évidemment j'ignorais que j'étais désormais prisonnier d'une boucle temporelle, et que j'aurais l'Éternité pour parfaire mes connaissances historiques et autres. En résumé, l'image que nous pouvons nous faire des civilisations qui ont précédé la nôtre est très, très approximative.

Quand la guerre civile éclata, je m'engageai du côté de César. Même moi, je savais qu'il serait vainqueur. Mon centurion remarqua ma bravoure et mon intelligence tactique. Quand on a eu affaire à des cyborgs armés de torpilles à énergie noire, le combat au glaive et à la lance paraît étrangement lent et gourd. Il me prit à son service et, ensemble, nous partîmes en Gaule, où quelques tribus persistaient à semer le trouble. Puis, nous fûmes appelés en Grèce, pour escorter un diplomate. Là, je fus totalement saisi par le ravissement. La lumière était d'une qualité inégalable. Le Parthénon, pour ne parler que de lui, resplendissait de couleurs. Les Grecs savaient donner aux cérémonies à la fois solennité et joie de vivre. Mon centurion, qui comme tous les Romains était d'une superstition presque puérile, m'emmena avec lui à Délos, pour y entendre l'oracle d'Apollon. C'est là que mon étrange nature se révéla, à moi et aux yeux de tous. Je voyageais en litière et, sur un petit sentier rocailleux, tout l'équipage versa dans un profond ravin. Le conducteur se rompit le cou, les chevaux agonisaient, les membres brisés. Moi, j'en sortis indemne, sans même une égratignure. Je me suis extrait de la litière réduite en miettes et fis signe que j'allais bien, à ceux qui vingt-cinq mètres plus haut se lamentaient déjà de ma perte. Mon centurion vit dans ce prodige un excellent présage pour lui-même, et m'adopta.

Selon lui, les dieux m'étaient favorables, et m'avoir à ses côtés lui garantissait leurs bonnes grâces. Je devins un talisman vivant.

Quand nous revînmes à Rome, la nouvelle du « prodige de Délos » nous avait précédés. On a tendance à croire, dans notre civilisation hyperconnectée, que nous avons inventé la communication longue distance. Rien de plus faux. Dans l'Antiquité, les nouvelles allaient certes moins vite qu'avec Internet, mais elles se propageaient tout de même avec une vélocité étonnante parmi les territoires sous domination romaine. Revenus à Rome, donc, mon « père » me fit passer par les principales avenues, où l'on m'acclamait en me jetant des brassées de fleurs. Jules César lui-même voulut me voir. Je rencontrai un homme extrêmement intelligent et vif, le fond de l'œil allumé d'une terreur secrète, comme tous les hommes de pouvoir.

« Es-tu un dieu ? » me demanda-t-il, alors que les esclaves remplissaient nos coupes de vin.

C'était, je le sentais, un moment important pour moi. Les yeux qui fouillaient mon âme y cherchaient le mensonge ou la dissimulation.

« Non, César, répondis-je. Je ne suis pas un dieu. Je suis né sur Terre, de parents mortels. Seulement, d'où je viens, j'ai reçu la protection d'une des Puissances élémentaires qui font ce monde. »

Je ne m'avançais pas plus, par ignorance de ma propre nature. Seule mon intuition me disait que le trou noir y était pour quelque chose, donc, en un sens, je ne mentais pas.

« Vraiment ? reprit César. Et cette Puissance a-t-elle un nom ? »

Je comprenais où il voulait en venir. Pour les Romains, connaître le nom d'une chose, c'était avoir un pouvoir sur elle. Lui aussi, comme le centurion, escomptait un bénéfice à travers moi.

« Oui, César, c'est le Temps. »

Puis, j'ajoutai avec prudence :

« Tu n'es pas sans savoir combien ce maître est versatile. »

César aussi voulut me garder auprès de lui. Mon « père » ne pouvait s'y opposer. On me donna des appartements dans le palais, des esclaves, que j'affranchis aussitôt. Je fréquentais les riches familles patriciennes. On m'invitait, on me faisait des cadeaux. Au lupanar, les prostituées ne me faisaient pas payer : le privilège de servir un demi-dieu (telle était ma réputation parmi le peuple) leur suffisait. Bien sûr, j'attirai sur moi la médisance et la jalousie. Je me contentais d'aller là où on me réclamait, notez bien, je ne prenais en rien part aux affaires publiques. Toutefois, on fomenta un complot contre moi, ce qui était l'une des distractions favorites des sénateurs, chevaliers et autres princes. La lame qui devait me transpercer le cœur, lors d'une orgie privée, plia contre ma poitrine devant une vingtaine de témoins. Effet garanti.

Je refusais de toutes mes forces le début de culte dont je faisais l'objet. Je dis à Cicéron en personne que c'était offenser les dieux que de me vénérer comme l'un d'entre eux. Ils me protégeaient, je ne pouvais le nier ; cependant, je n'étais qu'un homme. Le sévère philosophe écrivit un discours sur moi, que les moines copistes ont jugé préférable de laisser se perdre, parce qu'un homme invincible faisait quelque peu d'ombre à leur Dieu tout-puissant. J'acceptai en mariage une riche patricienne. Je me retirais, le plus souvent et le plus longtemps possible, dans l'une de nos villas. L'agitation de la Ville éternelle, ses intrigues et ses banquets servis par des esclaves, son opulence et sa misère me portaient sur les nerfs. Tout cela me rappelait trop mon propre monde. La politique, à Rome, ne différait en rien de la nôtre. Les tribuns flattaient le peuple, avec leur langue habile, pour gagner ses suffrages, organisaient des distributions de denrées ou même d'argent (comme on promet de hausser le pouvoir d'achat). Après les élections, le Peuple, cette sempiternelle dupe de l'Histoire, gorgé des faux espoirs que les politicards de toutes les époques ont toujours su susciter chez lui, n'avait plus qu'à ruminer la trahison dont il avait été la victime, une fois de plus.

Mon épouse et moi ne pûmes avoir d'enfants de notre sang. Elle s'accusait de stérilité, offrait des sacrifices à Junon, consulta la grande prêtresse des Vestales. De mon côté, je pensais que c'était un effet secondaire de mon voyage dans le Temps. Je commençais à y voir plus clair sur le prix à payer. Je ne pouvais pas avoir de descendance dans une époque où je n'étais pas censé exister, ça me paraissait logique. Aussi, nous adoptâmes un frère et sa sœur, orphelins de sang princier. Mon épouse s'en contenta, et nous eûmes une vie de famille épanouie et heureuse.

Tibère succéda à Octave, qui succédait à César. Le temps passait. Mon épouse vieillissait, nos enfants grandissaient mais mon apparence, elle, ne changeait pas. Pour toujours, semblait-il, j'avais trente-deux ans. Je ne paraissais que rarement en public. Partout courait la rumeur que j'étais immortel. Des curieux, d'importuns philosophes, médecins et autres mages, m'adressaient des courriers depuis toutes les Provinces de l'Empire. On voulait me voir, on me soupçonnait de détenir le secret de la jouvence éternelle, cette malédiction qui a toujours tant fait rêver les hommes. Moi-même, j'étais un mystère à mes propres yeux. Pourquoi le Temps, la maladie, la faim, la soif et la mort m'étaient-ils épargnés ? Cela n'avait pas de sens, ou, pour le dire autrement, je ne parvenais pas à donner sens à ce phénomène. Fatalement, je vis mourir mon épouse, mes enfants et leurs enfants, etc. Ma dernière descendante adoptive, Livia, périt sous le fer des Goths d'Alaric lors du sac de Rome en août 410. L'Empire se désagrégeait, comme tous les empires. Je savais même, de mes lointaines leçons d'Histoire, la date à laquelle il cesserait d'être pour toujours.

Les événements se déroulaient, inexorablement, et j'avais toujours jeunesse, force et fortune. Je ne savais pas pour combien de temps. Après tout, il était possible que ce miracle cesse brutalement, ou qu'un nouveau micro-trou noir m'aspire et me dépose je ne savais où. Je résolus que, tant que les choses resteraient ainsi, je devais occuper mon temps, vouer mon existence à quelque tâche utile. Pour prendre du recul et arrêter ma décision, je me mis à voyager de par le monde.

Au début du VIe siècle, après avoir traversé déserts et montagnes, j'étais en Choune. J'avais remonté la Route de la Soie jusqu'à son origine. La civilisation était brillante, industrieuse, régie par des lois et des codes sociaux extrêmement complexes. Néanmoins, sous ce vernis de convenances un peu rigide, je trouvai le même moteur qu'à Rome, ou que dans mon propre monde : le Pouvoir, avec son lot d'intrigues et de corruption.

Je vis de nombreux peuples et de nombreux territoires : les Japonais, les Scythes, les Évenks, les Indusiens, et tant d'autres. Je vis les grandes invasions déferler sur l'Europe. Et partout, toujours, une constante : l'appât du gain. On a tort de croire que le libéralisme est une invention récente. Enrichir les riches, ça ne date pas d'hier. Adam Smith n'a fait que théoriser une pratique multimillénaire. L'organisation sociale est toujours pyramidale, avec un chef au sommet, quelques familles autour et, tout en bas, le Peuple qui sue sang et eau pour maintenir les Maîtres dans l'opulence. Certes, le système s'est raffiné au cours des siècles, mais il repose fondamentalement sur les mêmes bases depuis les premières tribus et les premiers échanges. J'ai vu ça de mes yeux, en de multiples occasions. Les plus forts soumettent toujours les plus faibles. Ceux-ci se révoltent de temps à autre, alors on leur envoie l'Armée, les forces de l'Ordre et du Contrôle. Ça se termine dans un bain de sang, et la défaite de ceux qui ne réclament que du pain pour vivre. J'en ai vu, des jacqueries, par dizaines, matées par les forces de répression des Maîtres. En outre, très tôt dans l'Histoire, les rois et les cours sont devenus les débiteurs des banquiers, pour financer leurs interminables querelles de territoire. Autrement dit, très tôt dans l'Histoire, le vrai pouvoir passa entre les mains des Maîtres qui possédaient les ressources financières.

Mais moi, qui jouissais du privilège incompréhensible de traverser l'Histoire sans dommages, je pouvais changer ça. Ce fut la justification que je me trouvai. J'allais lutter contre le pouvoir corrupteur de l'argent. J'allais rééquilibrer le monde, extraire le Peuple de la fange et de la misère, où les puissants le maintenaient d'une main de fer. J'avais pour moi ce que tout l'or du monde ne pouvait acheter : le

Temps. J'espérais modifier le cours des choses, pour éviter d'aboutir à cette guerre stupide, hors de laquelle j'avais été aspiré.

Je parvins à cette décision vers l'an 800. Je savais que je m'affrontais à une hydre, que si je coupais la tête d'un usurier, un autre prendrait immédiatement sa place. Cette méthode était vaine. Ce qu'il fallait, en revanche, c'était faire prendre conscience au Peuple de sa puissance, et l'instruire pour qu'il soit à même de prendre en main son destin. Ainsi, escomptais-je, quand la flèche du Temps m'aurait ramené à mon point de départ, ce serait une époque de paix, de justice, de solidarité, d'amour (soyons fous).

J'avais quatorze siècles devant moi. Cependant, si le temps ne me manquait pas, l'ampleur de la tâche exigeait que je fonde un Ordre, dont les activités pédagogiques devraient se dérouler dans la plus grande discrétion. Car les puissants, temporels et spirituels, avaient des yeux et des oreilles partout. Main dans la main, ils terrorisaient les peuples, sous la double menace du châtiment ici-bas et de la damnation dans l'au-delà. Le péché, le libre arbitre, quelles inventions géniales ! Quels instruments d'asservissement imparables ! Il serait extraordinairement difficile d'extraire les braves gens crédules de la chape de peurs, de préjugés et de superstitions qui les maintenaient dociles.

Je n'ai pas eu trop de mal à recruter des soldats pour mon armée de l'ombre. En tout temps il existe des esprits libres, et malheureux, et j'avais l'œil pour les repérer dans la foule anonyme. J'étais le Maître, immortel et incorruptible, et ils servaient fidèlement la Cause, génération après génération. Non par crainte, mais par foi en les idéaux que nous défendions : stricte égalité entre tous les individus, non-nuisance envers autrui ou soi-même, éducation fondée sur le libre épanouissement des qualités de chacun, participation aux travaux collectifs utiles selon ses compétences. Et je vais vous dire : tout le truc n'a strictement servi à rien. Au fil des siècles, inlassablement, on a ouvert les yeux de ceux qui venaient nous écouter. On a même réussi à échapper à la « Sainte » Inquisition. Une bande de fanatiques, qui satisfaisaient leurs pulsions sadiques au nom du Dieu d'Amour qui, comme chacun sait, approuve la torture et l'humiliation pour se faire aimer. On a échappé à la Gestapo. Des sadiques d'un autre genre, qui se recrutaient parmi les hommes les plus violents, les plus frustrés et les plus dénués de scrupules. La haine du Juif n'était pour eux qu'un prétexte à exercer leurs pulsions mortifères de petits chefs, dont les nazis savaient jouer à la perfection. On est passé sous le radar de tous les dispositifs vicieux par lesquels le Pouvoir tient le Peuple en laisse. Cependant, à chaque fois qu'on a réussi à mettre en place une action décisive, le plan tombait à l'eau d'une manière ou d'une autre. C'était aussi incompréhensible que mon inaltérable jeunesse. Mon Armée ne se décourageait jamais : des individus d'exception, et des deux sexes, je tiens à le préciser.

Les grandes batailles, où les riches se disputent les richesses les uns des autres, avaient bien lieu à la date prévue. La Main du Marché continuait de tirer les ficelles et d'étendre son *araigne* emprise sur le monde. Nous n'avons rien pu empêcher des guerres, des massacres, des morts par millions, qui sont les ornements de l'Histoire comme un collier de perles de sang. L'an 2153 est arrivé, l'inévitable déclaration de la Guerre noire. Ses grandes étapes se succédaient, implacablement. En 2167, vint l'année de ma deuxième disparition.

Ici, je clarifie un point. Je n'existais pas en double. J'avais rejoint mon continuum, où la réalité était exactement la même. À la seconde où le spermatozoïde Y de Papa pénétra l'ovule de Maman, je fus, comment dire, dissous, résorbé sur moi-même, sous les yeux de mes généraux. Je me rematérialisai en œuf fécondé, et après neuf mois de gestation, je renaquis à la même date et suivis exactement le même parcours, sans mémoire aucune de ce que j'avais vécu auparavant. La première fois, mon Ordre essaya vainement d'entrer en contact avec moi, toujours quelque chose l'en empêcha. Quand j'eus plus d'expérience de ma condition, après deux ou trois sauts temporels, je leur dis de ne plus essayer, c'était voué à l'échec : quoi qu'on veuille y faire, je ne pouvais que revivre exactement la même existence. Le jour même de cette année fatidique, où j'avais été transporté dans la Rome antique, exactement au moment où je commençais à me soulager contre le même tronc d'arbre en revenant de Smolska par la taïga, je fus de nouveau happé par un micro-trou noir aléatoire et ramené... au début du Néolithique, en Mésopotamie. Neuf mille ans à constater que l'Histoire se répéterait. La fois d'après, j'ai passé dix mille ans dans les deux Amériques, au début de leur peuplement. La fois d'après, ce fut la Choune des Royaumes combattants. Etc. Et maintenant, bien des cycles plus tard, je suis à l'Âge de Pierre.

C'est arrivé, encore et encore, d'innombrables fois. Toute la mémoire de mes innombrables existences me revient au moment précis où le micro-trou noir qui m'avale me dépose ailleurs dans l'espace-temps, mais toujours dans le passé et toujours avant la seconde de ma conception. Quelques fois j'ai eu de la chance, je me suis rematérialisé seulement un mois, un an, ou même dix ans avant la fécondation fatale. Mais mon cauchemar n'a pas de fin apparemment. Il faut toujours que je traverse des siècles, des millénaires, des dizaines de millénaires, pour renaître à la même date, amnésique, éprouver les mêmes joies et les mêmes peines, rencontrer les mêmes personnes, connaître les horreurs de la guerre noire, détruire Smolska, et finalement tout perdre. Le moment le plus sinistre qu'il m'est donné de vivre, ce n'est pas le décès de mes épouses et de mes descendants adoptifs. Le pire c'est cette demi-seconde qui revient sempiternellement, où dans un rêve, je revois mon vieil ami Herian Kreütz. À ce que je crois percevoir il est en pleine bataille. Dans mon rêve je suis dilué dans un flux d'énergie noire. Tout est vide, silencieux, d'un noir parfait. Soudain je me retrouve sur la face externe du flux. Herian Kreütz est là et il me voit. Je lui tends la main, je le supplie de me tirer de là. Il reste me fixer, ahuri, il n'a pas le temps de réagir. Que pourrait-il faire de toute façon ? Une demi-seconde après je suis de nouveau dans un néant d'énergie noire et je me réveille, en nage, suffocant. Et je pleure, longtemps. Je me suis habitué à perdre celles et ceux que j'aime, c'est une fatalité à laquelle ma longue expérience m'a préparé. Mais éprouver et perdre aussitôt l'espoir, le fol espoir, fût-ce en l'espace d'une demie seconde, c'est plus terrible que la mort.

J'ignore combien nous sommes, et où et quand, d'immortels coincés comme moi dans leur boucle temporelle. J'en ai rencontré pas mal, qui en avaient rencontré pas mal. Seule certitude, nous venons tous des années 2154 et suivantes. Apparemment, les micro-trous noirs empoisonnent l'Humanité jusqu'à son déclin. Ma plus belle histoire d'amour a duré trois mille sept cent soixante-treize ans, onze mois et vingt-trois jours. Oui, l'amour peut durer tout ce temps. Ishaëlle vient du début du XXIVe siècle, de l'année 2311 exactement. C'est une fille des oasis, du vent et du désert. Elle fait partie de la milice privée d'un caravanier. Le plus souvent possible, elle participe à des réunions secrètes organisées par un certain Hirkam. Cet homme et sa belle compagne, Aïchaëlle, fomentent une révolte populaire contre les Maîtres des oasis, cupides et cruels comme tous les capitalistes. Hirkam-le-Magnifique et Aïchaëlle de Kûm propagent les valeurs de l'Égalitarisme, exactement celles que l'Ordre prêche à travers les siècles. Je ne sais pas si Hirkam a quelque rapport avec l'Ordre que j'ai fondé, ni comment sa révolution se termine. Mais quelque part, nous avons gagné. Au moins les idées que je ne cesse de transmettre, d'existence en existence, parviennent-elles jusqu'à un futur très lointain pour moi.

Ishaëlle est happée par un micro-trou noir un soir, au bivouac, alors qu'elle se rend sous la tente de son amant. Elle porte son enfant depuis deux mois, son ventre en aménorrhée a à peine commencé à s'arrondir. Et l'enfant ne naîtra jamais. Pour toujours, Ishaëlle porte la vie en elle. Comme pour nous tous, sa physiologie est en pause, et la grossesse ne peut être menée à terme. Elle cherche un moyen de briser cette cruelle malédiction. Je n'ai pas le droit de la priver de cet espoir. Quand nous nous sommes rencontrés, j'en étais à mon cent quinzième saut en arrière, Ishaëlle seulement au troisième. Elle n'avait pas encore admis l'inadmissible : qu'elle resterait enceinte de deux mois pour l'éternité, qu'elle n'aurait plus jamais d'avenir. La veille de ma résorption dans les abysses amniotiques, je lui ai fait mes adieux. En bonne égalitariste, elle avait rejoint l'Ordre et elle me promit de continuer l'œuvre, dans le temps qui lui restait avant sa propre renaissance. Nous nous sommes revus, à l'occasion, dans différentes existences, mais nous n'avons jamais renoué. C'est mieux comme ça. L'étrange fatalité qui nous frappe nous condamne à l'impuissance quant aux événements, qui se déroulent inexorablement. Toutefois, au cœur même de cette impossibilité à changer quoi que ce soit à l'inaltérable passé, nous sommes libres de nos actes : ils ne peuvent nuire à personne. Pourquoi nous donner rendez-vous quelque part dans l'espace-temps, à supposer que ce soit possible, et revivre notre amour encore et encore ? Une fois suffit. Ce fut un grand amour, un bel amour, passionné, intense jusqu'au bout, et magnifique. Nous craignons de l'émousser, et du reste, la paradoxale marge de liberté que le Temps nous laisse nous est plus précieuse que tout. La beauté de cet amour c'est justement qu'il est unique. Chercher à le revivre, ce serait abdiquer notre liberté, et nous priver de l'infinité des possibles que notre condition nous offre.

Certains petits salopards, qui ont découvert les particularités de leur nature, se sont monté le bourrichon. Ils se sont pris pour des dieux, tout permis, et en ont profité pour se comporter comme des despotes, aussi dégueulasses et impitoyables que les Maîtres de toutes les époques. Ceux dont j'ai entendu parler, je suis allé les voir, et je leur ai remis les pendules à l'heure. Je leur ai botté le cul en public. C'était simple : je les mettais au défi d'empêcher quelque événement de se produire. La grêle sur les blés, une épidémie, une guerre avec une tribu voisine, une éclipse, n'importe quoi de ce genre. Évidemment, ces imposteurs ne pouvaient rien changer. Et les gens avaient la preuve qu'ils vénéraient un faux dieu. Mais ces cas pitoyables demeurent rares. La plupart du temps, ils sont le fait de débutants dans la carrière de prisonnier temporel. En général on vit plutôt discrètement, soit loin des Hommes, soit parmi eux en adoptant leur mode de vie.

Pendant pas mal de cycles j'ai cru que le futur était un matériau malléable. Tout à mon enthousiasme je n'ai pas sondé en profondeur la nature du Temps et toutes les conséquences de notre condition. Comme Ishaëlle, j'entretenais mes propres illusions, je travaillais âprement à modeler l'avenir selon les valeurs égalitaristes qui, je le croyais, finiraient par triompher. Le cas d'Ishaëlle aurait dû m'ouvrir les yeux, mais l'amour est aveugle. Je me suis peu à peu dessillé de ma naïveté en rencontrant d'autres voyageurs, venus d'après la Guerre noire. Ce qui était l'avenir pour moi était le passé pour eux. Or, je le savais par expérience, on ne peut pas changer le passé d'un iota. Ce qui signifie que ce qui est pour moi le futur est tout aussi inaltérable que le passé. Je ne vois rien au-delà de l'année 2167, bien qu'un nombre incalculable d'événements, qui viennent ensuite, se soient déjà produits pour les voyageurs qui viennent d'époques postérieures à cette date. Conclusion effarante, contre-intuitive et d'une effroyable logique : l'avenir lui aussi a déjà eu lieu.

J'ai appris des Futuriens, dans les grandes lignes, ce qui attend l'Humanité : l'extinction. La femme la plus avancée dans le Temps que j'aie connue venait de l'année 2341. À cette époque, beaucoup d'individus étaient stériles. Les enfants qui naissaient, malgré tout, s'avéraient stupides trois fois sur quatre. L'Humanité entrait dans sa phase finale de dégénérescence.

Ceux qui ont défini la nature humaine comme changeante se sont profondément trompés. Ils en sont restés à des observations superficielles : les mœurs, les cultures, les lois, les tabous, les techniques, les duperies et les parjures. Or fondamentalement, la nature humaine est remarquablement stable au contraire, depuis l'origine de notre espèce. Je l'ai vu de mes yeux. Le Pouvoir, qu'il soit spirituel ou temporel, est la clef de tout. Il y a toujours eu une classe minoritaire de Maîtres pour exercer le pouvoir, qu'ils l'aient obtenu par la force, par héritage ou par la ruse, peu importe. Et sous leur domination, la majorité, dont le plus profond et le plus secret désir est d'obéir à un chef. La plupart des Humains n'aspirent pas à la liberté et à l'autonomie, mais à la servitude. Il en est ainsi depuis toujours, ce qui me fait conclure que nous ne sommes jamais sortis de la Préhistoire, psychologiquement parlant. Depuis le Néolithique, tous nos efforts ont tendu à dominer notre environnement. Et nous y sommes parvenus, mais sans sagesse, sans garde-fou. Si bien que nous avons finalement « saccagé le paradis qui nous vit naître », comme dit le Barde Automne. Nos seuls progrès sont d'ordre scientifique, technologique, mais sur le plan de notre structure mentale nous sommes demeurés strictement les mêmes depuis notre apparition. Et toutes nos civilisations, si diverses soient-elles en apparence, sont structurées sur le même modèle, autour des deux pôles du Pouvoir que sont le Commandement et l'Obéissance.

Dans mes interminables sauts temporels dans le passé, j'ai pu observer un nombre considérable de civilisations. Toutes ont reconnu que le Pouvoir était nécessaire à l'organisation sociale pour la survie de la communauté. Mais j'en ai connu certaines, à vrai dire marginales, qui ont par expérience établi le caractère corrupteur de la fonction de commandement. Chez ces rares peuples hautement sages, la fonction royale était à la fois sacrée et maudite. Celui ou celle qui l'assumait était rituellement sacrifié. e au terme de son mandat. Sacrifié.e, parce qu'inévitablement corrompu. e par l'exercice du Pouvoir. Sans aller jusqu'à cette extrémité, on trouve des traces de cette antique vision des choses chez des peuples plus récents. Chez les Vikings, par exemple, en cas de besoin les différentes tribus se désignaient un chef commun, par élection, et pour une mission et une durée limitées dans le temps. Cependant, dans l'écrasante majorité des cas, les Hommes ont résolu que le dépositaire du Pouvoir était une personne sacrée, d'essence divine (des Égyptiens aux Romains, en passant par les Mayas, et les Chounois). Le Roi transmet le Pouvoir à l'un de ses descendants, qui le transmet à son tour, et la lignée se perpétue. C'est le modèle le plus courant. Comme si le sperme contenait le signe de l'élection divine. Bien sûr, c'est stupide, mais le Pouvoir est par nature une chose stupide. Si le père est un bon roi, rien ne garantit que son fils le sera. Du reste, que le Roi soit un bon Maître ou pas, des intrigues se nouent à la cour pour le renverser. Le Pouvoir ne corrompt pas seulement celui qui l'exerce mais encore tout ce qui le touche de près ou de loin. Invariablement le Pouvoir excite la convoitise et les manœuvres pour s'en emparer. Tous les centres de pouvoir sont des nids de vipères où les instincts prédateurs les plus exempts de scrupules et d'éthique se donnent libre cours. Le Pouvoir a du sang sur les mains et le cœur rongé de poison. Et nous ne nous en sommes jamais méfiés. C'est la seule vraie tragédie de l'espèce humaine. Je ne dis pas que nous n'avons pas besoin de cadre. L'absence de cadre est anxiogène et mène, elle aussi, aux pires excès, au règne de l'arbitraire et du caprice. Simplement nous avons choisi le mauvais cadre. Eussions-nous opté pour une éducation à la Liberté, que nous serions sortis de la Préhistoire pour réaliser la destinée à laquelle nous étions appelés. Hélas, le profond désir d'obéissance de la grande majorité, sa paresse et sa crédulité, laissent par compensation toute latitude, aux hommes désignés pour exercer le pouvoir selon leur bon plaisir. La démocratie est une belle idée, mais s'avère un leurre. Certes elle brise la loi idiote de la transmission héréditaire du Pouvoir, ce qui est un pas en avant. Mais fondamentalement elle consiste à élire un Roi provisoire, qu'un autre détrône après de nouvelles élections et qui, comme tous ses prédécesseurs, est investi non seulement des pleins pouvoirs, mais encore de l'impunité juridique. Comme les insanes.

Enfin, je ne saurais être complet sans mentionner le cas des femmes. Très tôt, elles ont été écartées des fonctions de commandement. Car à l'origine, les femmes aussi pouvaient prendre le Pouvoir. On les a interdites de compétition, en cessant de leur apprendre à se battre. Et surtout, les hommes ont été très tôt terrifiés par le Pouvoir des Pouvoirs, l'incommensurable privilège des femmes : perpétuer la Vie. Sans femmes, pas de descendance, pas d'héritiers mâles à asseoir sur le trône. Il fallait que les hommes circonscrivent le pouvoir de la matrice à leur usage. C'est pourquoi ils ont assigné aux femmes « leur place et leurs tâches ». C'est-à-dire le cadre du foyer, et toutes les responsabilités afférentes, comme l'éducation des enfants, pendant que la Meute est partie chasser le mammouth. Le machisme est vieux comme l'Humanité, et lui aussi nous retient dans notre Préhistoire. Bien sûr, il y a eu des sociétés matriarcales, des Reines et même des Impératrices, des guerrières et des femmes d'esprit. Ces cas sont extrêmement rares dans le passé. Pendant des dizaines de siècles, des scholiastes misogynes ont « démontré », par toutes sortes de contorsions absolument absurdes, que la Femme était inférieure à l'homme, et sa servante « naturelle ». On les a pris très au sérieux. Dans ce qui est mon présent, hommes et femmes sont égaux en droit depuis un siècle seulement. C'est trop peu, pour que de profondes inégalités ne subsistent pas, et surtout pour que le regard des hommes sur les femmes s'en soit déjà trouvé sensiblement modifié. Pour la Guerre noire, on a enrôlé les femmes parce que le péril est tel que c'est un cas de force majeure.

L'Ordre, le moyen que cherche Ishaëlle de briser le cycle, mes propres espoirs, et les nombreux espoirs que j'ai entendus formuler par d'autres voyageurs, tout ça n'a aucun sens. J'ai arrêté de fonder l'Ordre : aucun de mes actes dans l'Histoire ne peut avoir la moindre conséquence. Une fois, par hasard, après mon éveil à l'amère vérité, j'ai revu Ishaëlle. Elle étudiait très sérieusement la sorcellerie. Chimère ! Toutefois je ne lui ai rien dit de ce que je sais. Il faut qu'elle arrive par elle-même aux conclusions qui s'imposent. Quant à moi je reste parfois un siècle ou deux sans parler à quiconque, retiré. Ou, pendant mille ans je me fonds dans la masse, je me fais des amis. J'observe l'évolution d'une civilisation. Je vais parfois jusqu'à aimer une femme. Je reste fidèle à mon éthique égalitariste, qui m'empêche de sombrer dans la folie et l'irresponsabilité, qui sont précisément les tares que je reproche au Capitalisme.

La fille de l'orage

La petite fille est une guerrière
Nicola Sirkis

En bas, dans la vallée de Karkayane, s'étendait la ville caravanière de Ghâzim. J'étais arrivé par les montagnes du Shimkaz, une longue route. J'avais décidé de bivouaquer là pour la nuit, sur cette éminence depuis laquelle j'avais une vue splendide sur toute la vallée. J'avais déchargé Don Van Vliet, mon chameau, mon fidèle compagnon, qui paissait tranquillement la maigre végétation des montagnes, tandis que je montais ma tente de musicien nomade.

Je prenais le thé en contemplant la ville en contrebas, fleur de lumière dans la vaste oasis. Demain, je serais sur la place du marché de Tâaz-Ekmir, là où les riches clients se procuraient étoffes et pierre précieuses, épices et coffrets de santal finement sculptés. Ceux qui appréciaient ma musique me donnaient quelques pièces de menue monnaie. J'aimais faire étape à Ghâzim. En général, en quelques jours, je gagnais de quoi vivre un mois entier.

Et soudain, toutes les lumières s'éteignirent en même temps. Mon chameau s'était relevé sur ses longues pattes et reniflait nerveusement. Je balayai l'horizon du regard sous le ciel étoilé. Et je vis, à l'ouest, les lueurs mauves, parcourues de filaments plus brillants que le soleil, qui ondulaient comme des serpents pris de folie. Aucun doute : un orage magnétique se préparait. La ville se calfeutrait. Je savais que, dans chaque maison de chaque quartier, on se dépêchait de débrancher les appareils électriques, on dévissait prestement les ampoules des plafonniers et des lampes, on rangeait sous des couches de coton les objets métalliques. Un vieux dicton de la vallée de Karkayane disait : « L'orage rend les femmes égales et nues. » Elles (comme les hommes d'ailleurs) ne devaient garder aucun bijou sur elles, sous peine de se trouver électrocutées, grillées vives par les éclairs anarchiques.

L'orage ne m'atteindrait pas où j'étais. Je calmai mon chameau en lui caressant la tête et l'encolure.

« N'aie pas peur, mon vieil ami, nous sommes en sécurité ici. »

Il rechigna encore un peu, son instinct millénaire faisant luire dans ses grands yeux noirs des éclats de terreur. Ma voix assurée l'apaisa, et il se remit à brouter les maigres arbustes accrochés à cette terre aride de la montagne. L'orage approchait de la ville. Je sortis mon oud de son étui et me mis à chanter l'antique romance, appropriée, de Yassim et Yasmina, les amants séparés par la tempête. Les notes s'égrenaient, l'orage déferlait. Vu de loin, c'était une pieuvre violet sombre, au cerveau translucide brassé de pensées mauvaises, fulgurantes, qui ondoyaient comme des néons souples, irradiant le ciel d'encre. Un monstre aux tentacules luminescents, mortels, qui se déployaient dans toutes les directions. Un animal maléfique, d'énergie pure, furieux et implacable. Les plus anciens, dans les villes et les villages, racontaient que, dans leur enfance, les Anciens parlaient déjà des Anciens qui avaient vu les premiers orages magnétiques. C'était l'un des nombreux fléaux laissés par la Guerre rouge (que loin à l'ouest, je le savais pour y être allé, on appelait noire). Comme les zones radioactives, où rien ne vivait ni ne survivait que les scorpions et les rats mutants, les épaves éventrées, rongées de rouille, de bateaux de guerre aux noms indéchiffrables, dont les proues émergées formaient des récifs dans les baies. Au fil de mes voyages, j'avais vu de nombreuses cités fantômes en ruines, habitées ou non, des ponts écroulés sur des fleuves asséchés, des carcasses carbonisées de véhicule, avec parfois un squelette au volant.

Les dernières traces de l'Ancien Monde se désagrégeaient au vent du désert, s'effritaient, tombaient dans la poussière du Temps. Les pluies, les vents secs, le gel, tous les éléments se conjuguaient pour faire disparaître à jamais ce qui fut, comme il en a toujours été. La Guerre rouge avait anéanti une bonne partie de l'Humanité et de ses réalisations grandioses. Il y avait deux cent ou trois cents ans, personne ne savait exactement, la moitié du monde avait déclaré la guerre à l'autre. Les armes et les technologies que les hommes employèrent pour se détruire mutuellement dépassent mon entendement, et je ne suis pas le plus ignorant des hommes. En tout cas, deux cents ou trois cents après, elles continuaient d'agir. Le monde était devenu un grand désert, avec çà et là des oasis comme Ghâzim, et bien d'autres encore.

Je suis un musicien itinérant, comme mon père et son père avant lui. J'apporte la joie et la danse où je passe, je sais des contes et des chants qui viennent de nos plus lointaines racines. Je sais les contes de Shéhérazade et les poèmes du Barde Automne. J'apporte des nouvelles, aussi, des autres oasis, des autres foyers de vie humaine. Parfois, on loue mes services pour une occasion spéciale, un mariage, une naissance, des funérailles. Je connais tous les chants qui conviennent à chaque situation. Je chante, je joue de l'oud, du luth et de la harpe. Je gagne ainsi de quoi subsister. J'aime cette vie, parce que je suis totalement libre. Je connais toutes les pistes du désert, et les noms de tous les maîtres caravaniers, avec qui je chemine parfois. Depuis que mon épouse, Aïchaëlle, est morte, il y a onze années, j'ai appris à aimer la solitude des grands espaces. Elle dansait comme une déesse et m'accompagnait au tambourin, les clochettes de cuivre tintaient à ses chevilles. Deux ombres couvrent mon cœur et m'avalent certains soirs : le deuil de mon épouse et notre absence de descendance. Car beaucoup de couples sont stériles aujourd'hui. On dit que la Guerre rouge en est responsable, que les hommes d'alors ont semé un poison dans l'air. Certains sont immunisés, pas mon épouse et moi. Et, dans les oasis, les hommes et les femmes fertiles ont beau se partager entre plusieurs partenaires, pour augmenter les chances de naissances, les enfants se font rares, c'est ce que je vois.

Le lendemain, j'entrai dans Ghâzim aux mille splendeurs, par la porte ouest. Celle des caravanes qui apportaient, des confins du monde, des peaux de léonards ocellés, ou de lartres irisées, des pierres précieuses, des étoffes, des épices, et surtout le précieux sel qui, paraît-il, vient de la mer d'Occident. Les gardiens, à la porte, me reconnurent et me saluèrent avec respect. Je n'étais pas, comme eux, soumis aux ordres des Maîtres et, en général, on enviait mon statut d'homme libre. Pour les Maîtres, je n'étais qu'un va-nu-pieds, mais pour le Peuple, j'étais un fils du vent et du désert, un homme sans joug, à qui l'on devait la déférence des humiliés.

« Bienvenue à toi ! me dit Yussif, à qui je tendais la pièce de cuivre qui achetait mon droit d'entrée.

— La paix soit dans ton cœur et ta maison », répondis-je, en ne manquant pas de saluer aussi le second gardien par son nom.

Il était encore tôt, cependant la ville était fort animée. J'avais choisi mon moment : la fête en l'honneur d'Injhit, le dieu des récoltes, se préparait. La terre avait été généreuse cette année, ce qui ajoutait à la joie des préparatifs. Les festivités dureraient une décade, durant laquelle la statue du dieu, en calcaire jaune du Bas-Nizami, serait exposée sur le parvis du palais royal. Le roi lui-même présidait à la cérémonie de distribution des céréales, où chaque habitant de l'oasis recevait sa part pour l'année. La fête, évidemment, était aussi l'occasion d'une grande foire commerciale, qu'aucun caravanier n'aurait manquée.

Je menai mon chameau par la bride, entre les porteurs d'eau, les hommes poussant des brouettes chargées de gros sacs de toile remplis d'épices, les blanchisseuses livrant le linge propre, soigneusement plié, empilé en équilibre sur leur tête, les gosses jouant aux billes ou aux osselets, les étals avec leurs pyramides de fruits et de légumes. Je traversai le quartier des plaisirs avec ses lupanars, ses fumeries, ses maisons de jeu. Je continuai par l'avenue Takir, vertueux (paraît-il) dynaste qui avait fondé et organisé l'oasis et, enfin, je débouchai sur la place marchande de Tâaz-Ekmir. La vie sociale et économique de Ghâzim n'est régie par aucun code écrit, cependant tout le monde connaît et respecte la Loi immuable. C'est pourquoi chaque fois que je venais, je trouvais libre l'emplacement qu'on me réservait tacitement. C'était un bon emplacement, sous un cèdre qui me dispensait son ombre tout au long de la journée. Ombre bienfaisante, ombre précieuse dans la fournaise de l'après-midi. J'avais composé un chant, *Bénie soit la ténèbre*, en son honneur. Je décidai de commencer mon premier récital par lui.

J'attachai mon chameau à l'anneau, vissé à même le tronc du cèdre et je montai ma tente. J'étendis mon goum, disposai mes coussins, déballai mes instruments. Puis, comme de coutume, je fis le tour de la place pour saluer mes amis marchands. Soledad, la chamane qui composait également parfums et onguents médicinaux, et sa fille Soraya, les frères Tâharchev, spécialisés dans les noix, les amandes et les fruits secs, Shimoun, l'écrivain public, la belle Rahâzad, joaillière et bijoutière qui arborait un cimeterre dissuasif à la ceinture, et tant d'autres. Il y avait des années, Shimoun avait proposé de fonder une Union des commerçants de la place Tâaz-Ekmir. C'était commode. Nos statuts avaient été déposés à l'Hôtel de Ville, ainsi nous n'avions aucun mal à obtenir notre licence pour toute la durée de la fête d'Injhit. Simple formalité administrative, dont j'allai m'acquitter après le salut rituel à la grande famille des marchands ambulants.

Il n'était pas dix heures au soleil, mais l'Hôtel de Ville était déjà bondé, avec une file d'attente le long de son mur blanchi à la chaux.

« Les bonheurs de la vie citadine », soupirai-je en prenant ma place dans la queue.

Tous ceux qui entraient à Ghâzim pour y exercer une activité devaient se faire enregistrer au Bureau des Entrées. Les Maîtres étaient très pointilleux sur le contrôle de la population en leurs murs. Les caravaniers envoyaient un esclave pour cette procédure. J'en apercevais deux ou trois, quelques rangs devant moi. Pour eux, ce moment où ils étaient employés à attendre était une pause bienheureuse dans leur quotidien laborieux. À l'intérieur, un chamelier se disputait avec un officier enregistreur au sujet de la hausse honteuse des tarifs en période de festivités. Ça n'en finissait pas, et nous attendions, dehors, que le conflit prenne fin comme c'était prévisible : le vendeur de bestiaux allait payer, un point c'est tout.

Une heure avait passé. J'étais sur le seuil de l'Hôtel de Ville, à trente minutes environ de ma délivrance. J'avais meublé mon attente en dressant la liste des chansons de mon premier récital. Impatientes, ma gorge réclamait le chant et mes mains les cordes et le bois du manche. Et soudain, je la vis, au coin de la rue. C'était une fillette d'à peu près dix ans, une mendiante en hardes, qui avaient dû être une robe des tribus du Nord. Je remarquai d'abord sa beauté à couper le souffle, la ligne pure de son profil qui avait plutôt l'air de défier les passants que de les supplier. Puis les béquilles, avec lesquelles elle compensait sa jambe manquante, sous le genou droit. Il n'était pas rare, chez les mendiants, qu'on mutile les enfants pour susciter la pitié. « Pauvre petite ! » pensais-je, au moment où l'officier enregistreur m'appelait à mon tour.

Un soir que nous rentrions du lupanar, Shimoun et moi, enivrés de délices féminines et d'alcool de coco, un orage magnétique se leva brusquement. Les guetteurs firent retentir la sirène d'alarme et tous les volets, toutes les portes de la rue claquèrent presque en même temps. Les lumières s'éteignaient une à une, au son des gamelles, des ustensiles qu'on entrechoquait en les rangeant précipitamment dans des coffres de bois. La rue était déserte et, dégrisés par la peur, nous vîmes s'élever aux abords de la ville le bulbe monstrueux et violacé de l'orage, parcouru d'arcs électriques brefs et éblouissants. Nous nous mîmes à courir vers la place Tâaz-Ekmir à toutes jambes. Shimoun était plus jeune et plus vif que moi, il me distança vite. Il se retourna et s'immobilisa pour m'attendre.

« Cours, pauvre fou ! Sauve ta vie ! Cours ! »

La peur eut heureusement raison de sa loyauté. Je le vis disparaître dans les ténèbres de la place où se dressaient nos tentes. L'orage était tout près. Comme toujours, à son approche, les détritus, les cailloux, tout ce qui traînait au sol entra en lévitation, à un mètre du sol, dans un crépitement d'électricité statique. Elle soulevait mes cheveux et grésillait dans ma barbe. Je courais toujours quand, à la lueur d'un éclair qui s'abattit à dix pas de moi, j'aperçus la petite mendiante, accroupie dans le renfoncement d'une devanture, à quelques pas sur ma gauche. Personne ne devait rester dehors pendant un orage magnétique. Le poulpe malveillant aux tentacules de feu n'épargnait aucune vie humaine. Je ne réfléchis pas. Je déviai de ma route et empoignai la petite fille, la pris dans mes bras et me remis à courir. Au moment où je pénétrai sous ma tente, un lasso d'énergie s'abattit juste devant l'entrée et explosa en une gerbe d'étincelles. Je déposai la mendiante sur ma paillasse et la couvris d'un drap de coton épais.

« Tu es en sécurité, surtout ne bouge pas. »

Vite, j'entassai mes couverts, mes plats, mon poignard, mon fusil, mes amulettes, mes instruments de musique et ma bourse coquette sous trois épaisseurs de toile. Je m'encapuchonnai sous ma djellaba, assis, sans bouger, attendant que cesse l'orage. Un ligament lumineux enflamma le haut de mon chapiteau, que j'aspergeai d'eau en pressant mon outre. L'horrible monstre d'énergie furieuse n'était pas très puissant. Il disparut, avec ce bruit de succion caractéristique quelques instants plus tard. Je poussai un profond soupir de soulagement : cette fois encore, j'en avais réchappé. Le silence régnait sur la place, sur la ville. Prudemment, chacun sortit de sa tente pour s'enquérir des autres.

« Yahweh soit loué ! dit Shimoun en me serrant dans ses bras, tu es sauf ! »

Les dégâts n'étaient pas très importants, quelques brûlures sur les tentes, ici ou là, quelques cordages sectionnés par des couperets de feu. Chacun remerciait son ou ses dieux, ses lares ou, tout simplement, comme moi, la chance.

Je rentrai sous ma tente et vis la forme du corps de la petite mendiante, recroquevillée sous le drap. J'avoue que, dans mon émotion, je l'avais oubliée. Je me mis à genoux et, doucement, soulevai le drap. Elle me regardait avec des yeux terrifiés.

« Tout va bien, la rassurais-je, l'orage est passé. »

Elle ne bougeait pas, hésitant entre la peur et le soulagement. Je ne savais pas m'occuper d'une enfant, je me sentais démuni. C'était peut-être moi qui l'effrayais. Je me dis que le mieux, c'était d'agir comme avec un hôte à qui on offre l'hospitalité.

« Tu as faim ? demandais-je. Tu veux que je te fasse à manger ? »

Ses yeux s'illuminèrent et elle hocha vivement la tête. Je réchauffai un reste de tajine qu'elle avala goulûment. Je lui tendis une orange, qu'elle pela au couteau avec une grande dextérité. Nous ne parlions pas. J'étais heureux. Cette enfant n'avait sans doute pas mangé à sa faim depuis des jours. C'était notoire : à Ghâzim, les mendiants travaillaient pour leur confrérie, à laquelle ils versaient les deux tiers de leurs gains, en échange de leur protection. Les enfants étaient à peine nourris, pour leur laisser un aspect pitoyable. Au moins, ce soir, cette pauvre créature avait fait un vrai repas, et cette nuit elle dormirait sur des coussins moelleux. Demain ? Eh bien, demain était un autre jour, j'aviserais. Pour l'heure, j'admirais cette merveille qu'est un enfant heureux. Je fis du thé, sans oser parler, de peur de briser la magie. Elle soufflait dessus, ce qui la faisait ressembler à un angelot aux joues roses, gonflées d'un souffle de grâce, comme j'avais pu en voir en peinture, autrefois, sur le mur rescapé d'une église en ruine. Elle buvait en piochant dans un petit tas d'amandes grillées et de noix de cajou. Nous restions silencieux. Elle était vraiment d'une beauté incroyable. Apprêtée, ses longs cheveux noirs peignés, peut-être des perles aux oreilles, une belle robe de coton blanc, et elle aurait été tout à fait semblable à une jeune princesse. Elle n'aurait pas détonné dans un palais des Maîtres de Ghâzim, elle eût été l'ornement gracieux et innocent de la cour princière. Je rêvais, et je m'enhardis enfin :

« Dis-moi, petite, as-tu un nom ? »

Elle fit oui de la tête et, bombant le torse, sous ses haillons crasseux d'ange égaré dans une réalité indigne d'elle, elle déclara, la main sur le cœur :

« Je suis Aïchaëlle, du village de Kûm. »

Je connaissais de nom ce village de montagne et je ne m'étais donc pas trompé, elle venait du Nord. Cependant, par-dessus tout, le fier énoncé de son nom m'avait abasourdi et voilé mon cœur, car c'était le même que ma défunte femme, ma belle danseuse qui vibrait au son de ma musique. La petite sentit ma tristesse et craignit d'avoir fait quelque chose de mal.

« Non, ce n'est rien, ce n'est pas de ta faute. Tu me rappelles quelqu'un que j'ai beaucoup aimé, c'est tout. »

Elle picora quelques amandes avec la gourmandise d'un jeune sapajou.

« Et dis-moi encore, petite Aïchaëlle, connais-tu ton âge ? »

Elle me dit qu'il y avait un an, à la nouvelle lune d'été, on avait fêté ses dix ans au village. La coïncidence était encore plus troublante que celle des noms : elle était née l'année même où ma chère femme était décédée, et un peu moins de deux mois plus tard. Quarante-neuf jours, si je comptais bien. Je fus grandement troublé, mais je tâchai de le dissimuler pour ne pas paraître inconvenant devant mon invitée. Du reste, sa langue s'était déliée, et elle me racontait la triste et sanglante histoire de sa jeune vie.

Elle était née et avait grandi dans le village de Kûm. Ses parents, prolifiques, avaient eu sept enfants, six garçons et elle, qui était la dernière. Sa Maman l'appelait « mon Cadeau » et la couvrait de tendresse. Son Papa l'appelait « ma perle » et lui racontait des histoires pour l'endormir. Le village était joyeux et simple. On possédait le secret du safran, et l'on vendait la production à un caravanier qui s'appelait Mourad (que je connaissais de longue date).

Peu après la fête de ses dix ans, sa mère l'envoya jusqu'au puits. L'eau est rare dans les montagnes arides, et le puits se trouvait à une heure de marche du village. Quand elle revint, elle vit une horde de Kroutcheks, des pillards nomades qui hantaient les hauts plateaux. Ils avaient décapité les hommes, ils faisaient des choses aux femmes, ils ligotaient les enfants pour les emmener au marché les vendre comme esclaves. Elle reconnut ses frères, les mains dans le dos, tête pendante, en larmes. Aïchaëlle était restée cachée, terrifiée. Mais un des Kroutcheks aperçut la manche de sa robe, qui dépassait du rocher derrière lequel elle s'était abritée. Il s'était approché, terrible du haut de son cheval, et elle avait fui. Le pillard la poursuivit et, d'un coup de hallebarde, lui trancha la jambe droite, juste au-dessous du genou. « Comme ça, tu resteras tranquille. » Mais, soudain, déséquilibrée alors qu'elle tentait de se relever, elle roula au fond d'un ravin, où on ne prit pas la peine de descendre la chercher. Elle avait perdu connaissance jusqu'à la nuit. Elle aurait dû mourir, sinon de sa chute, au moins de sa blessure, ou des deux. Elle s'éveilla dans une mare de sang et se sentait extrêmement faible, mais elle était vivante et sans un os brisé. Les Kroutcheks étaient partis, un silence de mort plombait la nuit sur la montagne. Aïchaëlle parvint à remonter du ravin, s'écorchant les mains et les genoux, sa robe déchirée. Les Kroutcheks avaient incendié le village et mis le feu aux cadavres empilés à la va-vite. Une atroce odeur de chair brûlée, froide, flottait dans le vent. Elle rampa à quatre pattes jusqu'à la carcasse encore fumante de sa maison. Parmi les poutres effondrées encore chaudes, les meubles calcinés, elle trouva le pot de terre cuite, épargné, où l'on conservait la viande séchée. Elle mangea pour restaurer ses forces, hébétée parmi les décombres. Il fallait qu'elle s'occupe de sa jambe, de sa blessure. Elle savait qu'il fallait cautériser la plaie, elle l'avait déjà vu faire. Ce serait extrêmement douloureux, mais c'était ça ou la gangrène. Une enfant des montagnes savait parfaitement cela. D'abord, il fallait trouver de l'eau. Elle avait terriblement soif, après la viande salée et en outre, elle devait soigneusement laver la plaie avant de la brûler. Elle rampa encore, de maison en maison, et finit par trouver une jarre pleine. Elle but, puis, déchirant une manche de sa robe, elle en fit un tampon qu'elle imbiba d'eau et nettoya sa plaie, sans pouvoir s'empêcher de crier. Elle attrapa quelques braises éparpillées à l'aide d'un tisonnier, ce qu'elle put de bois, et alluma un petit feu dans l'âtre. Elle y plongea la pelle à cendres, en fer, à peu près du même diamètre que son moignon. Quand le métal rougit, elle le sortit du feu et l'appliqua d'un coup sur sa blessure à vif. La douleur, fulgurante et intense, lui fit de nouveau perdre connaissance. Elle ne se réveilla qu'au milieu de l'après-midi. Elle rampa hors de la maison. Sur la place du village, trônait le tas de cadavres à demi consumés. Dans le fatras de membres et de têtes, elle reconnut sa mère et elle se mit à pleurer, longtemps. Elle se vida de toute sa tristesse, de tout son désespoir de dernière survivante d'une communauté paisible. Elle se jura qu'elle exterminerait tous les Kroutcheks, jusqu'au dernier, dût-elle leur arracher la trachée avec les dents. Cependant, pour l'heure, il fallait fuir si elle voulait vivre. Sacrifiant sa robe, elle fit un coussinet pour sa jambe amputée. Dans un jardin, elle trouva ce qu'elle cherchait : deux pieux terminés en Y, qui soutenaient une branche sur laquelle on étendait le linge mouillé, et qui lui serviraient de béquilles. Ainsi munie, elle reprit la station verticale, propre à l'Humanité. Elle explora les maisons encore fumantes. Elle y trouva une tenue de pâtre à sa taille et se fit un baluchon chargé de choses utiles : de la nourriture, le couteau de chasse du chef de clan, du savon, une robe de rechange, un tricot de laine. Elle prit le chemin qui descendait vers la vallée, vers Ghâzim. Elle ne se retourna pas. Elle n'entretenait pas de grands espoirs quant à son avenir. De vagues espoirs d'enfant traumatisée. Son infirmité la condamnait à mendier, ça, elle le savait. C'est pourquoi elle allait en ville, là où il y avait le plus de chances que quelques piécettes tombent sur sa misère.

Ainsi avait-elle survécu jusqu'à maintenant. Contrairement à ce que j'avais pu croire, elle ne faisait pas partie de la Confrérie des mendiants. Elle avait acheté sa liberté grâce au magnifique couteau à manche d'ivoire sculptée. Personne, ici, ne savait son nom ni son histoire. Elle était devenue une figure familière des quartiers commerçants de la ville, connue comme « l'infirme » ou « la petite béquillarde. » Voilà. Aïchaëlle avait débité toute son affreuse histoire d'un ton détaché, effrayant de froideur chez une si jeune enfant. Il ne restait rien, à présent, de la petite fille heureuse et choyée du village de Kûm. Ce destin-là avait été éradiqué, avec la même violence impitoyable et arbitraire qu'un orage magnétique. Mon cœur se remplit de pitié pour elle, une compassion à la beauté orangée des couchants sur l'oasis d'Alaliq, une compassion pure comme un nuage dont la frange mordorée touchait à l'amour. En mon cœur refleurissait un sentiment fané depuis de nombreuses années d'errance et de solitude. La gratitude. Les dieux, le destin ou le chaos du monde m'avaient renvoyé Aïchaëlle. Mon devoir était de veiller sur elle.

« Tu peux rester ici, avec moi, lui dis-je. Cette nuit, et toutes les nuits que tu voudras. »

J'appris à Aïchaëlle tout ce que je savais. Les pistes caravanières et annexes, les recoins les plus secrets du désert, lire dans les étoiles et les dunes changeantes les chemins sûrs, soigner son chameau et faire corps avec lui. Je lui transmis les chants, que ma mémoire avait gardés intacts depuis mon enfance et que je tenais de mon père, les poèmes de *Monde Rouge* de Datchko, le Barde Automne. Je lui appris à jouer de l'oud, du luth et de la harpe. C'était une élève douée, une musicienne née. Ses doigts volaient sur le manche, elle jouait avec passion et soulignait d'un accord appuyé ou d'un subtil arpège les modulations de sa voix de soprano céleste. Notre duo avait beaucoup de succès dans les oasis. Son charme et la pureté de sa voix enchantaient les badauds. Elle retrouva, dans la dignité de musicienne itinérante, la fierté et la joie de vivre qui avaient déserté son âme. Puis, le moment arriva où elle devint femme. Heureusement, les femmes ne manquaient pas dans mon entourage. En particulier, Aïchaëlle s'était attachée à la belle Soledad, parfumeuse et chamane, qui lui apprit tout ce qu'une femme doit savoir sur sa nature. Soledad avait une fille, Soraya, juste un peu plus âgée qu'Aïchaëlle. Les deux jeunes filles s'étaient liées d'amitié et passaient tout leur temps libre ensemble quand, au hasard des itinéraires, Soledad et moi nous trouvions dans la même oasis.

Malgré son handicap, Aïchaëlle plaisait aux garçons. Dès que notre présence était signalée, dans une oasis, les jeunes hommes se précipitaient sur la place du marché pour l'écouter, lui lancer des regards langoureux et lui offrir de petits cadeaux. Aïchaëlle en jouait, malicieusement, accordant un rendez-vous sur la terrasse, un baiser sur la joue, que l'heureux élu promettait de ne pas raser jusqu'au retour de la belle. Un coin m'entrait dans le cœur. Inévitablement, le jour viendrait où mon ange descendu des montagnes me quitterait pour l'amour d'un homme. Je n'en concevais ni jalousie ni rancœur, c'était dans l'ordre des choses. Aïchaëlle m'avait été confiée, elle ne m'appartenait pas. Je regardais la fleur de sa jeunesse s'épanouir avec bonheur, tâchant de profiter de chaque instant que le Temps me laissait partager avec elle.

Toutefois, quand Aïchaëlle m'annonça qu'elle avait choisi de s'unir à Hirkam, mon cœur se serra. Hirkam était un jeune homme très honorable de l'oasis de Qêsh. Il était forgeron comme son père (et le père de son père), brave et habile. Comme, dans cette oasis, les artisans avaient droit à l'instruction élémentaire et accès aux bibliothèques, Hirkam était devenu un fin lettré, par lui-même, et poète à ses heures. Un homme en tout point digne d'Aïchaëlle. Cependant, Hirkam, c'était notoire, s'était engagé sur une voie dangereuse. Il voulait mettre à bas l'autorité des Maîtres. Il tenait des réunions secrètes, dans des caves, de Qêsh à Ghâzim, de Maskande à Eskantylène. Moi-même j'étais allé l'écouter. Il avait raison sur de nombreux points et savait convaincre. Cependant, comme c'est fréquent chez les jeunes gens, l'expérience lui manquait et il mesurait mal les conséquences concrètes de ses paroles. S'il parvenait à gagner le petit peuple à sa cause je ne voyais pas comment il pourrait éviter d'entrer en conflit ouvert avec les Maîtres. Mille dangers l'attendaient sur cette voie, et Aïchaëlle s'était résolue à l'y suivre et à partager les risques avec lui. Comment mon cœur n'aurait-il pas tremblé ? Partout, ses talents d'orateur et de meneur né valaient à Hirkam de nombreux partisans. « Le Pouvoir doit revenir à ceux qui produisent les richesses, non aux Maîtres, qui vivent dans l'opulence grâce à nous, et nous traitent moins bien que du bétail. » Des espions, naturellement, s'étaient infiltrés dans les réunions secrètes, et Hirkam avait été arrêté et condamné à un an de travaux forcés pour insubordination. Cela n'avait fait que renforcer son prestige et sa réputation. Rendu à la liberté, il avait repris de plus belle ses activités clandestines. C'était à ce moment-là qu'Aïchaëlle l'avait connu. Difficile de dire, quand deux êtres exceptionnels se rencontrent, lequel tombe sous le charme de l'autre, lequel entraîne l'autre dans son destin. Toujours est-il qu'Aïchaëlle et Hirkam se marièrent. Dans les réunions, elle jouait, entre deux harangues de son compagnon, des chants de sa composition aux paroles sans équivoque, reprises dans toutes les oasis.

Aïchaëlle m'a quitté avec beaucoup de larmes. Elle avait pleuré sa famille, massacrée par les Kroutcheks. Mais elle avait accepté son brutal orphelinat comme la rude vie, dans les montagnes et ailleurs, vous apprend à accepter l'irrémédiable et à y survivre. Cette fois, les adieux étaient un déchirement d'une autre nature. Ils procédaient d'un choix conscient, sa première grande décision de femme. Et elle l'entraînait loin d'une existence paisible de maîtresse de maison, peut-être de mère comblée si le couple était fertile. D'un autre côté, je ne pouvais pas m'imaginer Aïchaëlle se contenter de faire la cuisine et de donner le biberon, elle était trop libre, d'un tempérament trop sauvage pour être une simple femme au foyer. Elle s'engageait, aux côtés de son mari, sur le chemin de la clandestinité, semé de dangers, de trahisons, une vie de traques et de planques, avec peut-être, au bout, la défaite et la mort infamante des rebelles à l'autorité. Elle le savait, tout comme moi. Mon cœur était brisé. Pour la seconde fois, je perdais Aïchaëlle. Cependant, je ne devais pas chercher à la retenir par les ruses du chantage affectif. C'était indigne de nous, qui placions notre liberté au-dessus de tout.

J'ai repris mon existence solitaire, dans le désert parsemé d'oasis. Je commençais à sentir le poids des ans, rendu plus lourd encore par un voile perpétuel d'inquiétude, qui troublait mon âme à chaque instant. Chaque fois que j'entrais dans une oasis, je m'attendais à ce qu'on m'annonce la capture ou la mort, ou pire, du couple d'agitateurs politiques. Toutefois, Aïchaëlle avait gardé une place pour moi dans son cœur. Elle se débrouillait pour me faire parvenir un message, partout où je passais.

« Il y a trois jours, disait le messager, elle était ici même avec Hirkam. Ils ont tenu une réunion dans la crypte de l'ancienne mosquée. Ils ont été dénoncés et ont dû fuir en hâte la police du roi. Ils sont sains et saufs, n'aie crainte. »

Facile à dire, j'étais mort de peur.

J'ai constaté, au fil des mois, un changement souterrain parmi les gens du peuple. Une nouvelle lueur brillait dans leurs yeux, comme le reflet d'une nouvelle étoile apparue dans le ciel. L'industrieux petit peuple se sentait investi d'une fierté, d'une force et d'une dignité neuves. On ne marchait plus les yeux baissés, de peur d'importuner les Maîtres. On prenait conscience de la force du nombre, et que les miliciens, même bien armés et entraînés, étaient en quantité inférieure. Un vent de révolte soufflait.

« Elle te fait dire d'éviter l'oasis de Ghâzim dans les jours à venir, m'a dit un messager de Touliq. Il se prépare un soulèvement populaire. Elle ne veut pas que tu sois blessé dans l'affrontement imminent. »

Voilà, la guerre, inévitable, était déclarée.

J'ai vu cela, depuis le plateau du Shimkaz, exactement où débute ce récit, Don Van Vliet broutant l'herbe rase. Au lieu d'un orage magnétique, c'était une révolte qui avait lieu. L'insurrection a commencé au crépuscule, avant que la garde de nuit ait eu le temps de rejoindre ses positions. Je suivais la progression de la bataille aux traînées de feu qu'elle laissait derrière elle. Les hauts quartiers ont été investis. On m'a raconté en détail, plus tard, comment l'épaisse porte de bois ferrée de la citadelle intérieure a été enfoncée. Tous les Maîtres qui n'avaient pas été décapités, égorgés, éventrés, s'étaient réfugiés là. La colère du Peuple, libéré de son joug de terreur et d'oppression, se donnait libre cours. Bientôt, la citadelle intérieure a été prise, et les Maîtres exécutés jusqu'au dernier. Triomphants sur un tas de cendres et des ruisseaux de sang, Aïchaëlle et Hirkam ont proclamé, sur la place Tâaz-Ekmir, la naissance de « la Cité libre de Ghâzim. » Le Peuple, à ce qu'on m'a rapporté, s'est montré plutôt indifférent la première fois. Il a fallu organiser à la hâte une parade triomphale, avec chameaux d'apparat, qui marquât davantage les esprits.

D'autres oasis se sont révoltées, avec plus ou moins de bonheur ou de malheur, selon le point de vue. Les Maîtres, bien sûr, ont organisé la riposte. Ils ne pouvaient pas permettre que leur pouvoir multiséculaire tombe aux mains de la populace. Mais Qêsh est tombée à son tour, puis Maskande, Alaliq, Eskantylène et tant d'autres. Les combats font rage depuis près de deux années. Les Maîtres ou la Révolution gagnent ou perdent des territoires, les reconquièrent, les reperdent, dans un cycle sans fin de sièges et de batailles. Toute la région est instable, aussi je reste dans la montagne, loin de ces événements qui défient mon entendement. Est-ce folie ? Est-ce justice ? Je ne suis qu'un pauvre vieux musicien, je ne sais pas juger de ces choses-là. Ce que je vois, c'est que les pertes en vies humaines sont énormes des deux côtés, « comme si vous pouviez vous permettre de les gâcher », ajoutait Don Van Vliet avec dégoût. Ce que je vois, c'est que les caravaniers se font rares, et que désormais les marchés se tiennent à l'extérieur des enceintes des villes, sous la protection de la police ou de la garde révolutionnaire. La vie est dure pour les hommes libres comme moi. Je vis dans une grotte maintenant, je subsiste des ressources de la Nature et le soir, je chante pour la Lune et pour les bêtes sauvages. J'attends que cesse la guerre, si je vis jusque-là. Elle prendra fin, comme tout ce qui commence, au bénéfice de je ne sais quel parti.

Après, une fois la paix revenue, les poètes feront des épopées à la gloire des vainqueurs, ne retenant de l'histoire que des épisodes glorieux, de hauts faits d'armes, amplifiés jusqu'à l'emphase, pour flatter l'auditoire. Moi aussi je compose un chant, pour Aïchaëlle, un chant que le désert et les cités en flammes m'inspirent, un chant pour les chacals et les étoiles, un chant de beauté et de mort, à la mémoire de celle dont le mystère me demeure insondable, qui dans une vie fut ma femme et dans une autre ma fille.

Lézarde

Nostalgies reptiliennes, mon dernier essai paru aux éditions *Aube Rouge*, avait connu un certain succès. Cela se mesurait en partie grâce aux chiffres des ventes, agréablement inhabituels, et d'autre part aux vociférations irrationnelles de la phallocratie institutionnalisée. On se sentait menacé par mes déductions, pourtant neutres en termes de genres sexuels, dans ses certitudes d'intelligence virile. On les attaquait avec une mauvaise foi pitoyable. Ma thèse centrale était que nos hautes fonctions intellectuelles telles que le raisonnement, l'imagination, la mémoire, plongeaient probablement (je demeurais prudente) leurs racines dans la zone reptilienne de notre cerveau. Les plus belles floraisons de l'esprit émergeant du plus archaïque des terreaux.

À mon avis, ces nobles fonctions qui nous avaient permis d'aboutir aux raffinements, apparemment indispensables, de la civilisation néolibérale avaient une origine bien plus ancienne, plus « primitive » que nous voulions le croire. Nous prenions pour des acquis strictement mammaliens l'exploitation de l'homme par l'homme, l'enrichissement des riches par toute une stratégie complexe de paupérisation et de précarisation des classes pauvres et précaires. Or, défendais-je, les structures les plus élaborées de notre conscience avaient sans doute commencé à se former bien avant dans l'Évolution. Mon intuition était simple, ce qui encouragea mes détracteurs et mes détractrices, nombreuses dans la phallocratie installée (des nostalgiques de la reconnaissance du Père, je suppose), de la taxer de simplisme et de bien rigoler de la bonne blague.

Voilà : comme chacun sait, les reptiles ont besoin de la chaleur du soleil pour échauffer leur sang et se mettre en action. Question : que font-ils pendant le temps qu'ils se réchauffent ? Physiquement, rien de spécial, ils demeurent immobiles. Mais, la Nature ayant horreur du vide, ils ne s'y passent jamais totalement rien. Donc, si l'activité des reptiles, pendant que leur sang atteint la température propice à l'action, n'est pas physique, elle ne peut être que cérébrale. Je soutenais que des dizaines, des centaines de millions d'années « d'attente » avaient fait émerger les principales fonctions cognitives dont nous avions ensuite hérité. Il n'était pas impossible que les dinosaures, nos prédécesseurs en tant que rois du monde, aient atteint un niveau de conscience plus élevé que nous ne leur concédions. Comme on le voit, je ne formulais qu'une hypothèse, je ne menaçais en rien l'intelligentsia décorée, honorée, garantie de confortables avances sur droits d'auteur. Je tâchais seulement, comme tout le collectif Ea Vicarelli, d'apporter ma modeste contribution à l'édifice de la Connaissance, officielle et non officielle.

La revue *Science et Conscience* publia une courte critique de mon essai, avec cette conclusion lapidaire : « Une pensée bourbeuse et à ras de terre, qui ne peut avoir pris naissance que dans les méandres marécageux d'une conscience mal dégrossie de l'oviparité. » En tout cas, malgré les coups bas, la publication et l'audience de mon essai étaient une victoire et une confirmation pour le collectif, car nous sortions encore un peu plus de l'ombre. Nous sortions de la confidentialité depuis quelques années déjà, pas à pas, publication après publication, pour atteindre un cercle toujours plus large de lecteurs. Nous avions attiré sur nous l'attention, même hostile, de la critique officielle, qui nous gratifiait par-là même d'une forme de reconnaissance. Si âpre, si débattue, si entravée était la lutte pour l'égalité entre les sexes et plus généralement entre tous les membres de l'espèce humaine que, oui, c'était une victoire dont le collectif Ea Vicarelli pouvait être fier.

Tant restait à faire cependant. Et notre collectif, et tous les autres collectifs internationalistes et égalitaristes, qui bataillaient pied à pied pour atteindre une certaine audience, le savaient parfaitement. Et demain, dès demain reprendrait notre travail semi-clandestin d'infiltration des consciences. Nous étions trop peu nombreux, d'un poids intellectuel insuffisant dans l'opinion, et sans base électorale assez conséquente pour combattre le néolibéralisme de front. C'est pourquoi nous avions adopté une stratégie oblique, qui au moins nous évitait la censure, la prison, la rééducation ou l'extermination, selon les régimes dans lesquels les collectifs opéraient. Nous avions la chance d'exercer dans un pays où la liberté d'expression était encore garantie. Nous sapions peu à peu le néolibéralisme à la base, patients comme le ruisselet qui polit les cailloux. Par exemple, nous montrions que la domination masculine avait des origines bien antérieures à l'apparition du genre *homo.* Ce qui signifiait, pour ceux qui savaient lire entre les lignes, que notre équipement cérébral était assez mûr pour nous permettre de passer à autre chose. Notre objectif premier de par le monde, dans notre réseau de collectifs interconnectés, était d'un énoncé fort simple : amener chacun, homme et femme, vers l'Humain. Dépasser nos appartenances nationales, locales, ethniques, familiales, culturelles, religieuses, communautaires, pour enfin former ce que nous étions fondamentalement : une seule et même espèce. « *Une même planète, une seule Humanité* », résumions-nous. Génétiquement (scientifiquement) parlant, nous avions raison. Pourtant, dans leur ensemble, les Humains tendaient plutôt à accentuer leurs différences qu'à les accepter et à se considérer, soi et autrui, Humains avant tout. On formait des communautés, qui se méfiaient les unes des autres, s'ignoraient, s'entre-déchiraient. Chacune créait sa norme, et donc son seuil de tolérance. Alors que nous avions tout à gagner à nous unir. Mais le modèle néolibéral, dans son essence, avait besoin de diviser, de « segmenter » pour mieux régner. Il avait des stratégies, marketings et politiques, ciblées pour chaque communauté, et pas du tout intérêt à ce qu'elles abattent les murs entre elles. Car plus il y avait de segments, plus il y avait de parts de marché.

Comme on le voit, l'objectif était d'une simplicité biblique. À tel point qu'on nous traitait fréquemment d'utopistes naïfs. Notre but, lui, était hors de portée dans ce siècle-ci, et sans doute encore dans les deux suivants. L'objectif avait besoin de petites fourmis comme nous, laborieuses et patientes, dévouées, dotées d'une intelligence collective et d'une loyauté sans faille à la Cause. Même quand le feu de joie de l'espoir se réduisait à une flammèche vacillante, mourante, c'était toujours de la lumière contre les ténèbres. Nous n'avions pas le droit de la laisser s'éteindre et de nous avouer vaincus.

Ce soir-là l'espoir brillait d'une lumière accrue. Comme je l'ai dit, *Nostalgies reptiliennes* avaient reçu un accueil public favorable. Les vitupérations de la critique inféodée à la propagande officielle ne faisaient que renforcer notre succès. Minuscule victoire en attendant le Grand Soir, dans deux ou trois siècles. Cependant, le collectif s'offrit un dîner dans notre habituelle et modeste brasserie. Depuis le plus que généreux legs d'Eleuthéra Monceau, nous aurions largement eu les moyens pour les ors étoilés des grands restaurants, où se décidaient les grandes manœuvres financières, où se décernaient les prix littéraires. Mais nous dédaignions ces endroits à la mode, qui empestaient le bon goût et l'entre-soi petit et grand bourgeois. À la fin du repas, égayés par le vin, grisés par le premier millième de pas accompli sur un chemin qui se mesurait en années-lumière, nous entonnâmes, oh pas trop fort, *Le Chant des Partisans*. Les jeunes du coin, entretenus dans l'inculture sur ce chapitre, nous ignoraient. Des intellos un peu pétés qui poussaient la chansonnette. Au comptoir, les épaves gorgées de gros rouge semblaient peiner à retrouver, dans les brumes cotonneuses de leur mémoire, ce que la mélodie ressuscitait en eux. De vagues souvenirs de grèves et de manifestations, *avant*. À côté, une tablée de touristes asiatiques prêtait une attention discrète à cette éruption folklorique spontanée. Le patron, qui trouvait notre enthousiasme sympathique, nous offrit le digestif.

Sur le trottoir nous nous dîmes au revoir sans pouvoir se décider à se séparer. Aimantés les uns aux autres, notre conversation trouvait toujours un prétexte pour se prolonger, se ramifier jusqu'au bout de son développement, et rebondir sur un autre, et repartir de plus belle.

« Bon, dis-je, je crois que je vais rentrer. »

J'avais conscience de rompre un charme, d'être celle par qui la magie retombe. J'étais vraiment fatiguée et je me levais tôt le lendemain. Je regrettais de jouer ce rôle, néanmoins chacun convint qu'il était effectivement temps de rentrer chez soi.

Comme toutes les femmes je n'aime guère marcher seule en ville la nuit. Ça aussi c'est un instinct ancestral, mais purement humain : une lionne n'a aucune crainte à sortir chasser la nuit. Il faut lire l'analyse qu'en fait Louise Stephenson, du collectif Perestroïka, dans son article *Elle et la Lune.* Toutefois, mon immeuble se trouvait à dix minutes à pied, laps de temps que j'estimais trop court, quartier que je connaissais trop bien pour envisager qu'il m'arrive quoi que ce soit de fâcheux. Des dizaines de fois j'avais effectué ce parcours, de notre gargote attitrée à mon domicile. Pourtant j'étais bien placée pour savoir que le malheur frappe à l'improviste, qu'on y soit ou non préparé, qu'on dispose ou non des armes pour le contrer.

Mon agresseur surgit d'une ruelle adjacente. Le halo pâle du réverbère mordait à peine les ténèbres. Il était massif et puissant. D'une main il tenait solidement mon bras replié dans mon dos, de l'autre il m'empêchait de crier. Il m'obligea à pénétrer dans l'ombre de la ruelle pour me violer en toute discrétion. Son visage était très près du mien, je sentais la chaleur de sa joue, les phéromones du désir des brutes dans sa sueur, son haleine d'alcool fort et de tabac brun. Il émettait de petits grognements d'anticipation de sa jouissance. Sans nul doute, l'acte serait bref et brutal.

L'homme me plaqua contre le mur et sortit un couteau à cran d'arrêt de sa poche. C'est là, dans ce court instant où son attention était détournée et où son étreinte se desserra quelque peu, que je décidai de frapper la première. Je crachai mon cache dents et, de mes incisives taillées en pointes, de mes canines aiguisées comme des dents de requin, je lui arrachai une bouchée de trachée-artère. Le violeur recula de quelques pas, les yeux écarquillés, portant la main à sa gorge dont la tuyauterie sectionnée privait son cerveau d'oxygène. Dans la lueur grelottante du réverbère je vis ses petits yeux porcins gagnés par l'effroi. Le sang pompé par le cœur vers les organes supérieurs dégoulinait sur sa chemise. Il fit quelques pas indécis, une ridicule danse dégingandée d'homme ivre, puis s'écroula comme une masse, mort.

Cet homme était probablement une victime. Un père alcoolique qui le battait, violé par un oncle, une mère battue aussi et peu protectrice, quelque chose dans ce goût-là, de tragiquement banal. Il n'avait pas eu la chance de rencontrer, dans son jeune âge, un adulte qui détecte en lui l'abîme de sa détresse, s'intéresse à lui et l'aide à se construire autrement que dans la rancœur et la violence. Il n'avait pas eu non plus, intellectuellement, les ressources pour s'extirper par lui-même du piège que l'existence lui avait tendu dès le berceau. Il avait reporté toute sa frustration sur des femmes prises au hasard. Sa méthode était rudimentaire mais sûre : je n'étais certainement pas sa première victime. Mais moi je n'y étais pour rien, et je n'allais pas payer pour sa souffrance. Adieu, pauvre con.

Voilà pour la nécrologie. Je ne suis pas ici pour le juger ni pour lui pardonner. Je l'ai tué parce que c'était lui ou moi. Il ignorait que j'étais impitoyable quand on s'en prenait à ma personne, et bien plus dangereuse que lui. Certains comme moi, dans le collectif Ea Vicarelli, s'étaient fait limer et aiguiser les dents, pour se défendre dans des situations de ce genre. Tous et toutes dans le collectif avions appris à mordre l'ennemi à la gorge, métaphoriquement et parfois littéralement.

Maintenant, il fallait maquiller le crime, brouiller les pistes pour la Gestapo. C'était un cas de légitime défense, limpide. Mais on ne court pas au commissariat faire une déposition quand on a égorgé son assaillant à pleines dents, et que son sang dégouline sur votre chemisier. En outre, notre collectif avait juré solennellement de ne jamais se compromettre avec la police, avec les chiens de garde des Maîtres du Capital. Idéologiquement ils étaient serviles, or nous refusions la soumission. De plus, ils étaient gangrenés par le racisme, l'homophobie et la misogynie, que nous combattions ardemment. L'occasion était trop belle pour semer la confusion, là où régnait déjà la plus grande confusion, c'est-à-dire dans la liste des myriades de collectifs politiques, littéraires, socio-économiques, artistiques, l'identité de leurs membres actifs et de leurs objectifs. Les Gestapo de tous les États ne s'y retrouvaient pas, et nous entretenions leur ignorance, et augmentions leur confusion. Par exemple, plusieurs membres de différents collectifs formaient un collectif éphémère, jetable, juste pour une opération d'agit-prop, et s'évanouissaient en laissant un nom de plus et des photographies ambiguës. Puis, le collectif bidon reparaissait sous le même nom, mais avec d'autres membres et dans un tout autre secteur de l'activité intellectuelle, comme la publication d'un roman ou d'un essai critique, un meeting.

Je décidai, plus pernicieusement, de revendiquer ce crime au nom d'un collectif imaginaire, Mégalodon. Il venait de porter son premier coup de mâchoire à la gorge de cette civilisation porcine et inculte. D'un coup de dent je coupai le majeur de ma victime ou de mon agresseur. De son sang je signai mon forfait sur le mur de crépi pelé, agrémenté d'un slogan : « Tu verras, verrat ! » C'était juste assez crédible pour déclencher une enquête et juste assez énigmatique pour donner des névralgies aux limiers de la Gestapo.

Aujourd'hui je suis considérée comme une héroïne, la précurseure, l'étincelle initiale. Et cela part d'un contresens et me désole au plus haut point. Je n'ai jamais voulu ce qui est advenu ensuite, la Guerre des Amazones, leur « Révolution Utérine ». Et je n'y ai pas pris part, tant les présupposés sur lesquels elle s'appuyait et la barbarie de ses actions me répugnaient. Malgré ses appels, je n'ai pas rejoint le collectif Amazones, émanation plus structurée, idéologiquement et pratiquement, que le fantomatique collectif Mégalodon. Il paraît néanmoins que ma statue trône en bonne place, dans le Panthéon de Shangri-La, capitale de l'État des Amazones. Il paraît qu'un mois de leur calendrier porte mon nom. Là-bas, ma biographie, mes livres ainsi que les recueils de mes articles sont des classiques, que toutes les femmes connaissent pour les avoir étudiés à l'école, que les intellectuelles citent et commentent dans leurs travaux, universitaires ou non. Elles ignorent, elles veulent ignorer que pour ma part, de ce côté-ci de la frontière, j'ai fermement condamné la Révolution Utérine, à cause de ses excès et de ses exactions indéfendables. Toutefois mon article critique de désolidarisation, paru dans *Aube Rouge*, est tombé dans l'oubli du déni.

Trois choses. D'abord, j'ai dit, et je maintiens, que l'instinct prédateur *serait* inscrit dans notre cerveau reptilien, la couche la plus primitive de notre cortex. En second lieu, toute ma vie je me suis battue contre la domination masculine, qui me semble une absurdité venue du fond des âges. Elle est fondée sur le constat que la force physique est, en général, supérieure chez les mâles. D'où on a inféré la conclusion simpliste que les hommes sont *naturellement* les maîtres. Enfin, tout le sens de mon travail, et du collectif Ea Vicarelli, est de sortir l'Humanité de la Préhistoire, de l'Âge des Meutes. Or je n'ai jamais dit que l'instinct prédateur, contrairement à ce que prétendent les Amazones, est plus marqué chez les hommes que chez les femmes. D'ailleurs, on touche là à l'une des contradictions fondamentales de leur idéologie. Car dans la traque et l'exécution systématique des mâles qu'elles ont menées, elles ont montré une cruauté, une absence de pitié, une iniquité qui sont les fondements mêmes de l'instinct prédateur. Et pour conclure, si je me suis battue contre la domination masculine, ce n'est absolument pas pour aboutir à la domination féminine, mais au contraire pour établir une stricte égalité entre les hommes et les femmes.

Rétablissons les faits. « Mégalodon » était une signature générique. D'autres salopards sont morts, et leur sang a servi à signer les crimes sous ce nom à la fois frappant et fuyant. Je l'ai employé comme par jeu, la seule fois de ma vie où j'ai dû tuer un homme. Je ne renie pas cet acte. Je suis une meurtrière. Et toute une existence passée à assumer mes responsabilités, inhérentes à toute liberté, me rend peu encline à le regretter. Je n'avais aucun besoin d'appeler les secours gestapistes. J'étais seule face à un violeur, un homme dangereux, mais je n'étais pas sans défense. Alors j'ai tué mon agresseur. L'enquête de la Gestapo elle-même, telle que résumée dans la presse, a conclu à « un cas probable de légitime défense ». Passons, je ne cherche pas à me justifier. J'ai signé « Mégalodon » encore hagarde, sous le choc. Je désirais marquer les esprits alors j'ai pris le premier mot qui m'est venu pour signifier l'horreur. Le nom de l'un des plus monstrueux prédateurs de tous les temps, même pas un reptile d'ailleurs. Ça voulait dire à tous les agresseurs, pas seulement les violeurs, à tous ceux qui avaient la force et en faisaient un usage dévoyé : « Attention, dans les profondeurs rôde une créature bien plus puissante et bien plus terrible que vous, invincible, qui vous connaît et qui est en mesure de vous châtier. » Bien sûr, j'étais encore confuse, il entrait un peu de vanité bravache dans mon geste, un peu de « c'est moi la plus forte ». Et comme il arrive la plupart du temps, c'est le pire, cette vanité revancharde qui a servi de terreau à l'idéologie des Amazones. Car elles n'ont pas les outils conceptuels, le recul, pour savoir que la violence brute, la colère ont pour secret moteur un terrible désespoir.

Leur organisation en collectif structuré, unifié autour de valeurs extrêmement hostiles à la gent masculine, s'est faite à mon insu d'abord, puis sans mon accord ni ma participation quand elles sont venues me trouver chez moi. « Grandes lectrices de mes travaux », les premières Amazones sont venues me solliciter. Cinq femmes de tous les âges, peu éveillées à la politique, mal dégrossies d'une rancœur tenace contre « les oppresseurs », qui mettaient tous les hommes dans le même sac, avec une conviction et une désinvolture inquiétantes. Elles savaient déjà, comme pas mal de monde dans le milieu des collectifs, que j'étais l'auteure du premier « jugement » (c'est ainsi qu'elles appelaient l'assassinat d'un pauvre bougre inculte) signé « Mégalodon ». Elles venaient me dire qu'il fallait passer à la vitesse supérieure, punir *tous les coupables*. Je les trouvais déjà trop extrêmes dans leur volonté de se faire justice soi-même, porte ouverte à tous les arbitraires. Nous vivions dans un État de droit, quoi qu'on en pense, avec une police et une Justice à qui ces tâches étaient dévolues. Je m'y étais substituée par la force des choses, en aucun cas cela ne devait servir d'exemple ni de prétexte. Elles firent mine d'acquiescer : bien sûr un cas isolé ne suffisait pas à établir une règle générale. Elles poursuivirent leur laïus dont je commençais à percevoir, et le simplisme, fruit vénéneux d'une lecture superficielle de mes travaux qui menait à de glaçants contresens, et la finalité. Elles désiraient, en définitive, que je les approuve, que je les cautionne même, « vous qui tenez la plume », dans un Manifeste que je rédigerais à partir du programme en dix-neuf points qu'elles me soumettaient humblement. Leur présence, à la fois pleine de ferveur et d'impatience, m'importunait à la fin. Je les congédiai, au motif d'un rendez-vous avec mon éditeur, non sans qu'elles m'aient arraché la promesse de lire attentivement les articles de leur programme, « et d'en tirer les conclusions qui s'imposaient ».

C'était un torchon, rédigé dans un français de CE1 laborieux. On y affirmait, entre autres, que « les homes son sicologiquement inates au comendement. Seul lés Femmes conècent les sutilités de la comunicassion et on le dont de s'entrédé entre elles. » Sick sic. Et plus loin (article 13 si ma mémoire est bonne) : « Les homes cherche naturèlement la baggard, pas la conciyassion. Sait tousjour par la force quil zenimpausent. Les Femmes sont plus malignes et solidères et d'ayeur dans le ménage cé tousjour ailes qui tire les fisselles. » Enfin, le gigantesque effort conceptuel que j'ai pu trouver, dans ce tissu de préjugés et de maximes vipérines, était formulé dans le dernier article : « Il faux les Femmes elles se racemble en une comunoté dans la comunoté et la ranverce de l'intéryeur ».

J'étais au bord d'éclater de rire. Un ramassis de conneries ! Du grain à moudre pour les misogynes de la littérature officielle, s'ils étaient tombés sur un tel document. Je le détruisis aussitôt après en avoir pris connaissance. Hélas, il en circulait déjà bien des « edzemplèrent » sous le manteau. Sans doute, pour le collectif Amazones c'était un *travail*, le résultat d'une réflexion commune, qui avait sûrement demandé plusieurs séances pour être élaboré sous cette forme synthétique. Cependant, malgré l'immense respect que j'éprouve envers le sexe, non pas faible mais opprimé, malgré mon combat notoire et constant pour la cause des femmes, je ne pouvais pas accorder le moindre crédit à ce, disons brouillon de la pensée du collectif Amazones. Au mieux j'y décelais l'expression d'une révolte, premier pas vers l'engagement. Au pire j'y trouvais des citations (« Come le die notre Seur… »), entre autres de mes ouvrages, tronquées, sorties de leur contexte ou comprises à l'inverse de ce qu'elles signifiaient. Et entre les deux, une bouillie de colère, de frustration, de haines recuites et d'injonctions radicales à la guerre des sexes, franchement effrayantes.

Malgré leurs demandes réitérées, les Amazones ne reçurent ni mon aval ni ma caution intellectuelle. Comme je l'ai dit, je leur répondis par une lettre ouverte dans *Aube Rouge*, en tâchant d'être la plus aimable et la plus claire possible. J'expliquais que selon moi la lutte armée contre les hommes ne mènerait à rien de bon. Ma lutte, la lutte de tout le collectif Ea Vicarelli tendait vers l'Égalitarisme, la paix, la reconnaissance de chaque individu dans sa singularité, quel que soit son sexe. Je me désolidarisais des principes de celles que, très imprudemment, pour les ramener au calme, j'appelais encore « mes sœurs ». Toutefois, encore plus imprudemment, je ne contestais pas fermement leur idéologie naissante ni leur programme. À ce moment, j'ai été naïve. J'ai voulu croire que le collectif Amazones ne dépasserait pas le stade, fusionnel et sans conséquence, d'un genre un peu particulier de réunion Tupperware. Je voulais croire qu'elles n'auraient pas les moyens ni les soutiens pour passer à l'action. Je me trompais lourdement.

En réalité, les premières Amazones diffusèrent leur *Programme d'émancipation de la Femme* par tous les médias disponibles. Il avait été amendé, réécrit dans une langue correcte, car les Amazones comptaient désormais dans leurs rangs plusieurs intellectuelles féministes, engagées et enragées, qui leur ouvrirent les portes des salles de rédaction. Le programme comportait désormais vingt-trois articles. Le collectif se servait de notre entretien et de mon « oreille attentive » comme d'une approbation suffisante. Ainsi mon nom se trouva mêlé à cette embarrassante affaire malgré mon démenti formel. À part nos lecteurs habituels, personne n'en prit connaissance ni ne le relaya. Je reçus des dizaines, des centaines de lettres et de mails, dont la teneur allait de l'admiration inconditionnelle (sans recul) à la menace de mort. Les choses prirent une tournure effroyable. On fit exploser mon appartement à la bombe artisanale, on menaça mes proches, on s'en prit à ma personne en pleine rue. Heureusement la Gestapo arriva à temps : on me tenait par les bras, on apportait un marteau et des clous, on allait me crucifier sur la porte des locaux d'*Aube Rouge*. Pour sauver ma peau je dus entrer malgré moi dans la clandestinité, d'où je ne suis plus jamais sortie, mais passons.

En quelques mois le collectif Amazones rallia des dizaines de millions de membresses actives dans le monde entier, dans les démocraties néolibérales comme dans les dictatures néolibérales, ainsi que dans tous les régimes néolibéraux intermédiaires. Les hommes en étaient expressément exclus. L'un d'eux, un journaliste indépendant, sympathisant féministe, se créa un profil numérique mensonger. Fausse identité, fausse photo, afin de suivre et de documenter la riche et féconde période où les Amazones se fédéraient, s'organisaient, débattaient, dégageaient les lignes de force de leur idéologie résolument androphobe. L'une des premières idées les plus clairement formulées consistait à affirmer que, depuis toujours, les femmes étaient les petites mains qui faisaient l'Histoire. C'était bien connu, derrière tout grand homme, dans l'ombre, il y avait son épouse en soutien, qui repassait ses chemises et choisissait ses cravates. L'énormité, qui au fond, ne rendait pas honneur aux femmes, prit de la consistance par un raccourci grossier : quand ledit grand homme était pris de doute, il se confiait sur l'oreiller à son épouse, qui trouvait la solution, *grâce au bon sens inné des femmes*. D'innombrables problèmes sensibles avaient ainsi été résolus par des femmes, sans que jamais leurs contributions capitales n'aient été reconnues. Consciencieux, le journaliste notait chaque jour, plusieurs fois par jour, les multiples rebondissements du débat international et exclusivement féminin. Il enregistrait les contradictions, les idées neuves et les vieilles idées, remises au goût du jour par des féministes d'arrière-garde, les abus de langage (toujours « les hommes », comme s'il s'agissait d'une communauté homogène), la lente élaboration du *Programme d'émancipation de la Femme*. Il comptait en faire un livre mais il n'en eut pas le temps, car il fut démasqué. Le jour même, funeste jour, il fut retrouvé mort dans son appartement par la Gestapo, après un appel anonyme. Il avait été poignardé en plein cœur, avec le même couteau qui avait servi, vraisemblablement ante mortem, à trancher ses parties génitales, qu'on lui avait fourrées dans la bouche. La guerre, qui n'attendait qu'un signal pour débuter, était déclarée.

Le lendemain de ce meurtre, le hashtag #egorgetonporc fut créé. Toutes les membresses du collectif Amazones, soit plus de trois milliards de femmes, furent appelées toute affaire cessante à se saisir d'une arme, et à massacrer tout homme qu'elles pourraient trouver. Les Érinyes se déchaînaient. Il serait exagéré de dire que toutes les Amazones participèrent au carnage. Certaines avaient gardé la tête froide. Mais enfin, en vingt-quatre heures, des centaines de millions d'hommes périrent. Dans son historiographie le collectif Amazones appelle cette boucherie « La journée menstruelle », tant le sang coula. Dans leur État c'est un jour férié. Il y avait des salauds parmi les victimes, des violeurs, des pédophiles, des proxénètes, des harceleurs, des connards de la pire espèce. Mais la plupart étaient des innocents, de bons compagnons affectueux et attentionnés, des pères de famille dévoués, des petits garçons tout amour pour leur Maman. Car dans leur furie sanguinaire, les Amazones tuèrent aussi des enfants, sous les yeux horrifiés de leurs petites sœurs, en beuglant : « C'est pour ton bien ! ». Partout des femmes couraient une arme à la main, couteau de cuisine, hachoir, cloueuse, tronçonneuse, revolver, fusil-mitrailleur, lance-flammes, tout ce qui pouvait tuer. Les Amazones des contingents militaires et policiers firent des ravages. D'ailleurs l'Armée comme la Gestapo étaient débordées. Dans le chaos, les secours aux blessés n'arrivaient pas à destination, et de toute façon les hôpitaux étaient saturés, et les infirmières Amazones achevaient les blessés.

L'attaque était si soudaine et brutale que les hommes ne purent organiser une défense, encore moins une riposte. La plupart ne comprenaient même pas ce qui se passait, que c'était *eux* qui étaient visés, simplement parce qu'ils étaient des hommes. On avait entendu parler du collectif Amazones, mais on ne fit pas immédiatement le lien entre la virulence de ses propos outranciers dans les médias (qu'on ne peut d'ailleurs pas totalement dédouaner de toute responsabilité dans cette affaire), et la violence sans retenue de cette tuerie de masse. Pour beaucoup d'hommes, le collectif Amazones était une bande d'allumées hystériques qu'on ne prenait pas trop au sérieux. C'est malheureusement le péché originel des hommes que de ne pas prendre les femmes au sérieux. Adam avait croqué la pomme par jeu, sans mesurer les conséquences, parce que c'était Ève qui la lui tendait : comme tout ce qui venait de la Femme, ça ne pouvait pas être bien dangereux.

En trois jours et trois nuits folles, deux milliards sept cent mille quatre cents hommes furent assassinés, sans autre motif que le crime de masculinité. Leurs cadavres gisaient partout : dans les rues, sur les lieux de travail, dans les salles de sport, les ministères, les monastères, les maisons où ils s'étaient calfeutrés. Les Amazones venaient les débusquer pour « libérer la famille ». Datchko Braumann, le Barde Automne, mourut fauché par une rafale d'automitrailleuse, qui ne laissa qu'un corps déchiqueté. Ironiquement, il était attablé à la terrasse d'un café, absorbé dans l'écriture de la trente-neuvième ode de son recueil. *En plein cœur*, publié à titre posthume, était entièrement dédié aux femmes. Datchko Braumann était convaincu que le monde ne changerait que par les femmes, qu'il n'y avait pas d'alternative. Elles seules pouvaient nous sortir de l'impasse, et faire franchir à l'Humanité le saut cognitif dont elle avait besoin d'urgence. J'ajoute que cet homme facétieux aimait à répéter à qui voulait l'entendre : « Je suis le seul homme connu à toujours avoir tort sur tous les plans. »

Puis les Amazones profitèrent de la stupeur générale pour se regrouper par avions, par bateaux, par trains, par tous les moyens à leur portée jusqu'en Choune. Elles avaient choisi, dans le plus grand secret, ce qui était alors le territoire de la Deuxième République populaire pour fonder leur nation. Crèvecœur fut rebaptisé Shangri-La, en hommage à un groupe vocal féminin de la Renaissance tardive. Là-bas, les épouses tirées à quatre épingles des plus hauts dignitaires, secrétaires généraux, patrons d'entreprise, de tous les hommes clefs du système, avaient méticuleusement assassiné leurs époux dans leur sommeil et pris le contrôle, à l'aube, de tous les organes du pouvoir. Elles organisèrent le regroupement de tous les individus de sexe masculin, survivants du carnage, dans des camps de fortune. Le sort des hommes était scellé : désormais ils serviraient d'esclaves dans ce qui était depuis plusieurs siècles l'usine du monde, et qui comptait bien le rester. Le pouvoir changea de mains mais pas de nature. Les Chounoises avaient sous leur coupe tous les moyens de surveillance, de coercition et de répression que les hommes avaient mis en place. Les Sœurs affluaient de toutes les parties du globe, et trouvèrent à leur arrivée un État organisé sur mesure, par et pour les femmes. La Choune resta la première puissance mondiale, et une terre d'accueil pour toutes les Sœurs qui le désiraient. Les Amazones poursuivirent la stratégie économique du capitalisme d'État, mais revirent la Constitution. La Troisième République populaire résolut le problème crucial de la sexualité et de la reproduction. Les femmes pouvaient posséder autant d'esclaves sexuels qu'elles le voulaient, ou se livrer aux amours saphiques, ou les deux. Cependant, pour maintenir les cadences de production, assurées par les mâles, il fallait paradoxalement que chaque femme ait deux garçons. La technologie médicale étant assez avancée, on obtenait par incubation artificielle des embryons masculins que l'on implantait dans l'utérus des femmes. Cela s'appelait la ponte. En revanche, la grossesse proprement dite, porter une fille, et autant de filles qu'on en désirait, pouvait avoir lieu une fois cette obligation acquittée. Ainsi l'équilibre était maintenu et le bonheur régnait dans le Cosmique Empire.

Dans les autres États, passé l'effarement de l'holocauste, les hommes survivants et les femmes innocentes se serrèrent les coudes. Les meurtrières, empêchées de quelque manière de rejoindre la Choune, furent jugées et condamnées. Les thèses du collectif Amazones furent publiquement réfutées une à une, pour désamorcer la bombe idéologique. Hommes et femmes, main dans la main, firent le travail de deuil et de mémoire. Sagement, dans ces sociétés qui se reconstruisaient avec beaucoup d'absents, on prit bien garde d'instaurer la stricte égalité entre les hommes et les femmes. On avait pris la mesure des ravages à bas bruit que produisait la servitude féminine, culturellement admise. C'était un pas vers l'Égalitarisme, mais le système économico-politique demeurait fondamentalement néolibéral. L'État continuait d'obéir au Capital et d'ajuster ses lois à celle du Marché. Il y avait davantage de femmes parmi les Maîtres, voilà tout. Le mécanisme de paupérisation et de précarisation des travailleurs demeurait intact et continuait d'engendrer toujours plus de richesses et d'inégalités. Les intellectuels de la gauche molle se trouvèrent une nouvelle cible, ce qui rénova un peu leur ronron sempiternel, sous l'espèce de l'esclavagisme masculin sous la Troisième République populaire. Auparavant, leurs smartphones étaient fabriqués par des enfants douze heures par jour, dans l'indifférence générale. À présent, c'était des hommes privés de droits et de liberté qui assuraient la production, et cela leur paraissait soudain scandaleux. Passons.

Est-ce mon héritage ? Suis-je responsable de la Révolution Utérine, de ces odieux meurtres de masse et de ce féminisme radical ? Est-ce que Mégalodon n'a pas été le monstre catalyseur de toutes ces atrocités ? Après tout, je suis allée jusqu'à me faire limer les dents parce que je me sentais en danger, et que j'avais besoin d'une arme pour me défendre. Je ne comptais pas m'en servir, mais enfin c'est une forme de préméditation. Et j'ai tué un homme. Les Amazones ont usé d'armes plus conventionnelles, mais leur motif central reste le même : la meilleure défense, c'est l'attaque. La seule différence entre elles et moi, c'est que les Amazones ont frappé à l'aveuglette, arbitrairement (elles disaient « préventivement »), avec l'impunité en prime. Je ne veux pas instruire mon propre procès, mais je ne peux pas non plus me soustraire à mes responsabilités face à l'Histoire. Je ne parle pas de culpabilité. Le coupable c'est le système néolibéral qui a fabriqué le monstre qui m'a agressé, ce qui a tout déclenché ensuite. Si l'on veut trouver des coupables il faut aller chercher, en définitive, du côté des instigateurs, à leur profit, des sidérantes inégalités dont souffrent nos sociétés – y compris l'État des Amazones.

Comme je l'ai dit, je n'ai plus quitté la clandestinité depuis les premières heures du collectif Amazones. Elles m'y ont acculée : les services secrets, différentes mafias, ont mis un contrat sur ma tête, qui court toujours. Je vis désormais retirée du monde, dans la région du Pahn-Lhong, dans un endroit perdu connu de mes seuls intimes.

J'écris, oui, j'écris sans cesse parce que c'est ma raison d'être, mais je ne publie plus une ligne. Je porte seule mon fardeau, si lourd, qui me ronge et menace mon équilibre mental. Des amis viennent ici, ils restent une semaine, une quinzaine, parfois plus. Ils comprennent que je me sois coupée du monde. Je ne veux plus avoir la moindre responsabilité quant à sa course. Ce que j'ai causé, dans un moment de panique, est trop grave et suffit pour une vie. Je ne dirais pas que je suis malheureuse, plus maintenant. Longtemps j'en ai voulu aux Amazones. C'était leur faute si j'en étais là, à vivre en fugitive, alors qu'elles demeuraient intouchables derrière leurs frontières. Leur sottise avait fait de moi une victime de la phallocratie et m'avait érigé une statue. Dans les communiqués qu'elles adressent parfois aux médias du monde entier, elles n'oublient jamais, à bonne entendeuse, de réitérer leur invitation à me rendre chez elles, parmi mes « sœurs de lutte ». Au début cela me mettait dans une rage folle. J'ai noirci des pages et des pages de vociférations contre elles, pour les leur expédier comme un crachat, et qu'heureusement j'ai brûlées. Maintenant cela m'indiffère. Non, nous ne sommes pas des sœurs. Enfin, il me faut être honnête envers moi-même. Mégalodon a été le révélateur d'un conflit qui couvait sans doute depuis des décennies. Il aurait éclaté sous une forme ou sous une autre, même sans Mégalodon. Mais il y a eu Mégalodon, c'est un fait, et Mégalodon à l'origine c'est moi, c'est un fait. Je l'ai acceptée, ma responsabilité. Je suis en paix à présent. Mon environnement est une source constante de ravissement. Mais je me sens dépossédée, c'est le mot. Dépossédée du droit de prendre part au débat public, dépossédée du pouvoir d'agir sur les consciences, dépossédée même du devoir de sortir l'Humanité de la Préhistoire. J'ai tout perdu un certain soir. Il est logique que, n'ayant plus rien, je choisisse de me taire.

Jenny

Je n'ai jamais aimé les Hommes. Des expressions comme « mes semblables » ou « mes frères et mes sœurs » m'ont toujours paru ressortir d'un consensus absurde. Admis, mais reposant sur des prémisses erronées. Comme si on essayait de concilier l'évidence scientifique (nous sommes tous de la même espèce) avec les mièvreries frauduleuses de la religion. La vérité, c'est qu'eux, le troupeau, et moi, n'avons rien en commun. Les gènes, une certaine similitude physique, le fait d'être dotés d'une conscience ne font rien à l'affaire. Et maintenant que le genre humain semble à peu près totalement éradiqué de la surface du globe, j'avoue que je respire enfin librement, pour la première fois de ma vie.

Je me souviens que tout a commencé par une pandémie mondiale. Un virus inconnu s'est réveillé quand le permafrost a dégelé, et s'est propagé si vite que les autorités n'ont même pas eu le temps de prendre les mesures sanitaires d'urgence. Je doute que les scientifiques aient pu apprendre quoi que ce soit sur la façon de combattre cette mort invisible, qui fauchait les gens à la vitesse d'une moissonneuse-batteuse lâchée à la diable sur un champ de blé mûrs.

J'habitais un appartement sur la 5e, au dernier étage, quand la panique a commencé à défaire les lois hypocrites du savoir-vivre, que l'on s'imposait pour se conforter dans l'idée (erronée) qu'on était un peu plus que des animaux. Dans la débandade, alors que des gens crevaient dans la rue en vomissant leurs tripes, que les cadavres étaient abandonnés sur place, les gens justement se comportaient comme des bêtes sauvages. Chacun pour soi, farouchement, on pillait les magasins, on s'entre-tuait pour une boîte de conserve. Certains se terraient dans les caves, comme si la mort n'allait pas venir les débusquer dans les ténèbres, un fusil d'assaut à la main, prêts à flinguer tout ce qui s'approchait. Bien sûr, il y en a qui ont tenté de fuir la ville en voiture, ce qui a créé des embouteillages pires qu'à l'heure de pointe, et des règlements de compte comme au temps du Far West. C'était la jungle, la loi du plus fort régnait, mais ça n'a pas duré longtemps, parce que même les gorilles alpha finissaient les tripes liquéfiées, de toute façon. Je regardais tout ça du haut de mon balcon, la violence, les saccages, la terreur meurtrière de l'instinct de survie, et je songeais : « Voilà l'Humanité qui montre enfin son vrai visage. »

Et moi, je ne suis pas morte. Je dois faire partie de ceux qui sont naturellement immunisés, comme ça arrive toujours, statistiquement, en cas de pandémie. Enfin, mort ou vivant, ça ne veut plus dire grand-chose. Les morts sont les gens qui ont cessé de m'importuner, avec leur mesquinerie et leurs pulsions carnassières, derrière les sourires polis de la Civilisation. Mais quand on est seul, absolument, est-ce que ça fait de nous des vivants, ou des fantômes qui s'attardent en ce bas monde ? Bah, quelle importance après tout ?

Une fois que les choses se sont tassées, j'ai parcouru la ville. J'ai pris une arme et deux chargeurs sur le cadavre en décomposition d'un flic, et j'ai rayonné en ville, à partir de mon quartier. Ça puait la mort et la pourriture, la charogne, c'était épouvantable. J'ai noué un foulard autour de mon nez et de ma bouche. Il fallait faire attention où je mettais les pieds, parce qu'il y avait des flaques de sang caillé mélangé à des entrailles verdâtres partout, ce qui rendait le sol glissant. Il fallait enjamber les morts. Mais je n'ai rencontré personne. J'ai remarqué le silence singulier sur la ville, à peine troublé par les criaillements des oiseaux de proie. C'était comme être dans un musée après la fermeture.

Je me suis installée dans un grand loft, sur la 24e. J'ai descendu les corps des anciens propriétaires jusque sur le trottoir, et là je les ai arrosés d'essence et je les ai brûlés. Je leur ai offert des funérailles, en quelque sorte, par respect envers ceux dont je prenais la place. Je l'ai dit, je n'aime pas les gens, donc cette petite cérémonie était aussi ridicule qu'inutile. Mais au fond de moi, je me disais que si j'étais morte et que quelqu'un avait emménagé chez moi, j'aurais bien apprécié qu'on traite mon corps avec déférence.

Au début, pour manger, je fouillais les magasins, les appartements, je trouvais toujours quelque chose qui avait échappé au pillage. Mais même les meilleures conserves ont une date limite de consommation. Alors j'ai aménagé un jardin sur le toit du loft. J'ai apporté de la terre, j'ai trouvé une boutique pleine à craquer de graines, j'ai même un système de récupération des eaux de pluie. C'est mon Éden : j'y fais pousser des légumes et des fruits, mais aussi des fleurs, des plantes d'ornement, et j'ai monté une balancelle où je m'installe confortablement pour lire des heures durant.

Mon loft est parfait. Je m'y sens bien. Il appartenait à des gens cultivés et raffinés dans leur goût de l'aménagement. J'ai dévoré tous les livres de la bibliothèque que je n'avais pas déjà lus, et j'en rapporte constamment de nouveaux, que je trouve au hasard de mes pérégrinations, surtout dans les médiathèques. Car souvent, je me balade en ville. L'air est redevenu respirable, les oiseaux, les insectes et les bactéries ont fait leur travail. Il ne reste dans les rues que des squelettes impeccables, d'un blanc d'ivoire, figés dans la position parfois incongrue dans laquelle leur mort les a achevés, jusqu'à ce qu'ils s'effritent en poussière à leur tour, au fil des siècles.

Une fois, je suis tombée sur les locaux d'une station de radio. Évidemment, il n'y avait plus d'électricité depuis longtemps, et j'en ai été dépitée. Je n'attendais rien de particulier de ces équipements, c'était juste le dépit qu'on peut ressentir si on vous offre une voiture neuve mais que son réservoir est à sec. Pas moyen de s'amuser avec le nouveau joujou. En explorant un peu le bâtiment, cependant, j'ai trouvé le groupe électrogène de secours. Il fonctionnait au fuel et était en parfait état de marche. Je l'ai mis en route et je suis retournée dans le studio. Quand j'ai appuyé sur l'interrupteur et que la lumière s'est allumée, ça m'a fait un choc. Je n'avais plus vu une ampoule électrique fonctionner depuis… Je ne me rappelais pas, j'avais cessé de compter les jours, les semaines, les années. C'était beau comme un soleil miniature captif d'une boule de verre. J'ai mis en marche l'émetteur-récepteur et, machinalement, j'ai tourné le bouton pour changer de fréquence, très lentement. Ce n'était qu'un jeu, un peu puéril, dû davantage aux fantaisies du désœuvrement qu'à la curiosité véritable : j'avais placé le casque avec les écouteurs et un micro sur ma tête, et j'étais une petite fille qui jouait à la présentatrice d'une grande émission quotidienne. À chaque fréquence que j'essayais, les écouteurs se contentaient de bourdonner dans le silence de la cabine. Et soudain, j'ai entendu une voix. Nouvel électrochoc. Je n'avais même pas envisagé que ça puisse arriver, ni ce que je ferais dans ce cas-là. La voix masculine implorait :

« Ici Michael Morrison, de Philadelphie. Je suis seul ici, il n'y a plus que moi. Si vous captez ce message, je vous en supplie, répondez-moi ! Je me sens si seul… »

Et la voix larmoyante se brisait, avant de reprendre ses jérémiades.

C'était pathétique ! On vivait la période la plus heureuse de notre longue histoire, enfin débarrassé de tous ces cafards, de tous ces vampires sociaux, de tous ces crétins qui nous pourrissaient la vie, quand on avait le malheur d'avoir affaire à eux, et ce type vagissait comme un nourrisson après le sein maternel. Je songeais un instant à l'agonir d'insultes pour lui remettre les pendules à l'heure, mais je me suis ravisée. À tous les coups, ce lamentable individu allait s'accrocher à moi comme à une bouée de sauvetage, essayer de me convaincre qu'on se rencontre. Il pouvait peut-être localiser mon appel et venir jusqu'ici me chercher, en braillant comme un marsouin dans toutes les rues jusqu'à ce que je réponde. C'eût été mettre le doigt dans un engrenage infini d'emmerdes. Alors, j'ai coupé l'interrupteur de la machine et hurlé à pleins poumons dans le studio vide :

« Mais quel connard ! C'est pas vrai, quel abruti ! »

Depuis, il a dû se tirer une balle dans la tête, ou alors il a trouvé le grand amour, pour ce que ça peut me faire…

Je n'ai pas tenu le compte des jours. Tout ce que je peux dire, c'est que je ne saigne plus tous les mois comme avant, et que ça doit faire un bout de temps, je ne sais pas. J'ai donc dépassé la cinquantaine. J'avais vingt-trois ans quand tout le monde est mort. Donc on est quelque part, plus de vingt-sept ans après l'avenir. Ça n'a aucune importance. Je suis heureuse comme jamais je ne l'avais été. Ce n'est pas très charitable de ma part, mais c'est la vérité. Et je me fous de la charité. C'est un truc de droite qui n'a jamais coûté un centime au Capital. Où était-elle, la charité, quand les gens se tiraient dessus pour un sachet de chips ? Tous nos problèmes venaient du fait qu'on forçait à la cohabitation et à l'aliénation par le travail des gens qui n'en avaient probablement aucune envie. On les a obligés à suer sang et eau pour enrichir les riches et pour finir enterrés dans une petite boîte bien close, à l'image de la prison qu'était leur existence. Ça n'avait aucun sens. La fin de ce monde n'a pas davantage de sens. Punition divine ? Mon œil : Dieu n'a jamais été là pour nous, je ne vois pas pourquoi il se serait décidé subitement à nous exterminer. Non, je crois que, tout simplement, l'Humanité a fait son temps et qu'elle doit céder la place. J'aurai vu ça de mes yeux, et j'en suis contente : je suis probablement la dernière de mon espèce à profiter pleinement de la vie.

Les Ambiguïtes

À J. L Borges

Selon Clodomar-le-Sage, qui vécut dans la seconde moitié du IIIe siècle après l'avenir, la secte des Ambiguïtes apparut au début des années 30 du Premier siècle.

Son émergence, dans la région du delta marécageux de Mormaker, où les populations vivaient dans de petites bourgades sur pilotis, n'est pas documentée. Très tôt, en effet, les Ambiguïtes avaient banni l'écriture. Car, selon leur rigoureuse théologie, c'était une impiété gravissime que de laisser derrière soi quelque trace matérielle de son passage de ce côté-ci de la réalité.

Ce que l'on sait de cette secte disparue provient de trois sources principales. D'abord, des témoignages oraux recueillis par des clercs, de la bouche même de certains membres de la secte, ainsi que quelques sermons retranscrits de mémoire (avec les inévitables omissions, contradictions et interpolations). Ensuite, on trouve nombre de traces de l'activité ambiguïte dans les Chroniques des différents Royaumes, parmi lesquels les caravanes de la secte allaient et venaient. Enfin, l'importante compilation des *Œuvres spirituelles* de Clodomar, réalisée vers 280, qui consacre un important chapitre aux Ambiguïtes. Il reprend des données des sources susmentionnées, mais surtout le sage érudit donne en intégralité le précieux entretien qu'il eut avec le dernier des Ambiguïtes. Ce qui est établi avec certitude c'est que, de sa naissance obscure au Premier siècle à son extinction à la fin du IIIe, la secte itinérante gagna de nombreux adeptes, rayonna dans tout le monde connu, avec un apogée entre 70 et 210, avant que l'Église du Renouveau (que les Ambiguïtes tenaient pour hérétique), fondée en 153, ne la supplante.

Selon la cosmogonie ambiguïte, l'Univers fut créé par un dieu siamois, un être double qu'ils appelaient « le Un-en-Deux ». Dans leur peinture et leur statuaire, les Ambiguïtes représentaient cette divinité avec deux têtes, un seul corps à deux bras et quatre jambes (qui étaient « les Piliers du Cosmos »), et asexué (dans la langue des pêcheurs de Mormaker, *Anhn'Utav*, « Un-en-Deux » était du genre neutre). Or, quand ce dieu bifide avait créé l'Univers, il l'avait fait en double, chacune des deux têtes régnant sur sa moitié. Chaque chose, dans une moitié de l'Univers, avait son pendant exact dans l'autre, mais rigoureusement inversé, comme dans un miroir qui dévoile la paume, alors que de l'autre côté on voit le dos de la main.

Les conséquences théologiques que les Ambiguïtes en tiraient, étaient que tout ce qui se produisait dans notre réalité se produisait exactement à l'inverse dans l'autre. Par exemple, notre Terre avait été frappée par une série de catastrophes subites, qui avaient quasiment décimé toute l'Humanité. C'est pourquoi nous avions recommencé à compter le Temps, à partir de cet événement pivot, que, dans l'Ancien Monde on appela « la fin de l'avenir radieux du néolibéralisme ». Cela signifiait que la Terre jumelle à laquelle nous étions reliés connaissait, au contraire, une période extraordinairement florissante. De même, quand notre monde était peuplé de milliards d'individus et que la Civilisation y triomphait, le Monde inversé était presque désert, dans l'état dans lequel se trouvait le nôtre au début du Premier siècle : des îlots disparates de petites communautés, survivant avec peine dans la Nature hostile.

Pour les Ambiguïtes, le Temps était cyclique : un temps l'Humanité croissait et se multipliait, pendant que dans l'autre réalité, elle dépérissait. Puis venait le dépérissement du monde de l'abondance et, à l'inverse, la Renaissance dans le monde en déshérence. Dans cette opération, les âmes du monde opulent qui s'effondrait allaient s'incarner dans l'autre monde. Pour les Ambiguïtes, en effet, un nombre fini d'âmes avaient été créées au Commencement. Elles passaient alternativement, d'un monde à l'autre, perdant à chaque fois le souvenir de leur précédente incarnation. Le Cycle était à l'image de leur dieu : éternel et imprévisible.

Comme je l'ai dit, les Ambiguïtes étaient nomades à l'origine. Toutefois, au fil des années, leur communauté grossissait. Alors, ils décidèrent de bâtir leur Citadelle, sur une terre à l'écart des Royaumes. Elle comprenait un monastère pour former les disciples et les prêcheurs, un observatoire astronomique, des quartiers d'habitation et de travail. Tout autour, des champs et des pâturages. Au centre de la Citadelle, les Ambiguïtes érigèrent un temple à leur divinité, à l'architecture strictement symétrique. Au cœur du sanctuaire, là où se trouvait la statue gigantesque de l'Un-en-Deux, le sol et le plafond étaient couverts de miroirs. C'est en ce lieu hautement sacré que les novices étaient initiés. Le Grand Prêtre disait :

« Le reflet qui marche sous tes pieds, c'est toi dans l'autre monde, quand le Temps t'y envoie. Celui qui te domine, au-dessus de ta tête, c'est ton reflet dans l'œil de l'Un-en-Deux. Toutes tes actions y sont inscrites, de sorte que tu dois t'appliquer à suivre la Voie juste ainsi que les Préceptes. »

La Citadelle était le centre du monde, selon les Ambiguïtes. Elle était le siège d'une intense activité intellectuelle et spirituelle. Cependant, l'enseignement demeurait purement oral. C'était de la Citadelle, également, que partaient dans les six directions, chaque année à la nouvelle lune de printemps, les caravanes qui sillonnaient les Royaumes, pour y prêcher et rallier de nouveaux fidèles. Une septième caravane, constituée de moines-soldats aguerris, était chargée de s'aventurer toujours plus loin dans les terres inconnues, bien au-delà des Royaumes, à la recherche d'autres communautés humaines, pour nouer des liens avec elles. Parfois, la septième caravane ne revenait jamais. Parfois elle rentrait, après plusieurs saisons, dans des conditions diverses : chargée de trésors tels que des présents de fraternisation ou des artefacts de l'Ancien Monde, cadeaux de quelque tribu éloignée, ou décimée aux trois quarts, en haillons, à bout de forces.

Comme je l'ai dit, selon leur théologie, fondée sur leur conception d'un Univers double, les Ambiguïtes étaient pénétrés de la conviction que chaque action, en ce monde, produisait l'effet inverse dans l'autre. Si un homme, ici, assassinait un homme, un homme, dans le second Univers, sauvait la vie d'un autre. Cela entraînait un autre meurtre dans ce monde-ci, et ainsi de suite à l'infini, pour chaque action, de la plus anodine à la plus lourde de conséquences. Il ne s'agissait pas de Bien et de Mal, comme nous l'entendons maintenant, mais d'un éternel rapport de cause à effet, auquel il était impossible de se soustraire. C'est pourquoi les Ambiguïtes réglaient leur conduite sur un Principe fondamental : la non-nuisance. Nul acte ne devait nuire à quiconque, ni à autrui ni à soi. C'était la façon la plus sage d'interférer le moins possible, dans ce monde-ci, avec ce qui se produisait dans l'autre. De même, il convenait de ne pas prendre à la Terre plus que nécessaire, car ce qu'on prenait dans ce monde-ci venait forcément à manquer dans l'autre. Enfin, l'eschatologie ambiguïte prévoyait que le Cycle cesserait quand l'Équilibre régnerait entre les Mondes. C'est-à-dire quand les Hommes cesseraient de se nuire les uns aux autres et à eux-mêmes.

Toute une école philosophique, dans les Royaumes, construisit sa théorie sur ces bases théologiques. Ces « jeux d'esprits oisifs », comme la secte les nommait, furent le premier signe de sa perte d'influence. Indépendante du clergé ambiguïte, cette école avait déterminé par le raisonnement que « ne pas nuire » ne signifiait pas nécessairement faire le bien. Car si un bien découlait de l'observation du principe de non-nuisance, c'était une conséquence secondaire, dont le sujet agissant ne pouvait pas se déclarer légitimement la cause. En effet, selon le système des mondes inversés, on était agi autant qu'on agissait, mais chacune de nos actions était le reflet d'une autre, qui était elle-même le reflet d'une autre, etc. Pour remonter aux Causes premières, il fallait remonter aux tout premiers êtres, dont nous ne faisions que répéter ou refléter les actions. Cette philosophie, qui pour se démarquer de la théologie ambiguïte se baptisa « neutraliste », établit que nul acte n'était digne d'être appelé un acte libre. Car il provenait de la cause d'une cause d'une cause, etc., et ne produisait que la conséquence d'une conséquence d'une conséquence, etc. Tout était déterminé, depuis le début, par les Premiers Actes, fondateurs du monde tel qu'il était. Mais la philosophie se perdait en vaines conjectures quant à la nature de ces actes, desquels découlait toute la réalité. Est-ce que nos actions étaient leur sempiternelle répétition à l'identique ? Est-ce qu'avec le Temps les conséquences des Actes premiers s'amplifiaient ou s'amenuisaient ? Les débats étaient aussi houleux que stériles, comme seules peuvent se le permettre les classes aisées.

Inévitablement, la philosophie influença à son tour la politique. Les Ambiguïtes s'en tenaient fermement éloignés, car leur règle leur interdisait de prendre part aux affaires temporelles. Mais les rois, les ministres, les cours comprirent l'usage qu'ils pourraient faire de ce déterminisme des actes. La noblesse et l'esclavage étaient justifiés, comme des conséquences naturelles d'un Acte premier. Donc, l'assassinat politique, les intrigues, les querelles de frontière, les mariages arrangés, l'exécution des serfs rétifs, et autres divertissements, qui font la joie de l'existence des Maîtres du monde, étaient dans l'ordre naturel des choses. Les Ambiguïtes, partout où ils passaient, dénonçaient ce dévoiement de leur Principe fondamental, par des hypocrites qui s'en servaient de prétexte à leurs abus et leurs crimes, en toute impunité.

Des tensions naquirent entre la Citadelle et les Royaumes. La critique ambiguïte des justifications de l'ordre établi par les soi-disant Causes premières ouvrait les yeux du Peuple, qui se rebellait. Le principe de juste équilibre contrariait les intérêts des rois et des puissants qui, comme chacun sait, n'en ont jamais assez et en veulent toujours plus. Ceux-ci finirent par interdire aux caravanes de parcourir librement leurs terres. Après un temps de stupeur et de désarroi, l'habitude se perdit, de recevoir les Ambiguïtes du printemps à l'automne. Ceux-ci se replièrent dans leur Citadelle. Pendant une cinquantaine d'années, elle attira encore à elle quelques candidats au noviciat et à l'initiation. Puis, les chemins qui menaient dans cette partie reculée du monde, de moins en moins fréquentés, tombèrent dans l'oubli, reconquis par la végétation sauvage.

Cependant, le vide spirituel fut bientôt rempli par notre religion, minoritaire à l'apogée des Ambiguïtes, qui prit son nom d'Église du Renouveau, fondée par Talomar-le-Saint. Celle-ci prêchait une foi plus conforme aux conceptions des puissants. Chacun était appelé à accepter son sort, à rester à la place que les dieux avaient décidé de lui assigner. Une nouvelle cosmogonie et un nouvel ordre du monde remplacèrent l'ancien.

Aujourd'hui, l'Église et le Pouvoir marchent la main dans la main, l'une soutenant l'autre. Le Pouvoir, délivré de la pesante éthique ambiguïte, s'est réaffirmé tel qu'il a toujours été : la loi du plus fort. Le Destin justifiant tout, dans un monde unique, les esclaves restent des esclaves et les rois des rois, sans que personne ne songe à remettre en cause ce système. En ces temps d'infamie, les clercs comme moi ont la vie difficile. Nous sommes employés dans les cours, au bon vouloir des Maîtres. À l'heure où j'écris ces lignes, l'un d'eux me rémunère pour que je transforme ses carnages, ses cuissages, ses fourberies en épopée à la gloire de ses hauts faits.

Quand nous nous retrouvons entre intellectuels et que le désespoir de notre condition nous rend amers, nous ressuscitons la vieille théologie ambiguïte. Nous spéculons, à partir de l'hypothèse qu'elle était peut-être fondée en vérité, parce qu'elle contenait sans doute quelque vérité fort ancienne, qui avait résisté à l'anéantissement de l'Ancien Monde, et même à l'anéantissement des mondes qui l'avaient précédé. Une Vérité originelle, qui remontait à la toute première génération d'Hommes, et faisait partie des Causes premières. Pourquoi pas ? Si les Ambiguïtes ont raison, rien, pas même les idées, ne disparaît totalement. Les choses passent d'un monde à l'autre, dans un cycle sans fin de dépérissements et de renaissances. Alors, nous nous disons que, peut-être, en ce moment même, l'autre monde vit dans la Justice et l'Équilibre, selon le principe de non-nuisance. Ces discussions nous rendent la réalité plus supportable. Il existe un espoir qu'après notre mort, l'Un-en-Deux envoie nos âmes dans ce paradis, gouverné par de sages préceptes. Ici, nous sommes juste au-dessus de la catégorie des esclaves, alors nous attendons, patiemment, la mort qui délivre et fait renaître ailleurs, dans un monde meilleur où nous avons nécessairement notre juste place.

Les Édénites

Il y a une question philosophique qui peut paraître oiseuse à première vue, mais qui en réalité se trouve au point de convergence de la philosophie, de la théologie et de la science : pourquoi y a-t-il quelque chose plutôt que rien ? Toutes les religions ont répondu de la même manière, au moyen d'un dieu créateur. Ce qui ne répond pas à la question, car ce dieu, d'où vient-il ? Il a fallu des siècles de contorsions scolastiques pour forger des concepts tels qu'« incréé » ou « inengendré », qui, à bien y réfléchir, ne sont guère convaincants. Ils noient l'ignorance de leurs inventeurs sous un fatras de sophismes qui ne démontrent rien du tout. La philosophie ni la science, quant à elles, ne sauraient trancher. C'est un indécidable. On se heurte toujours, en définitive, au paradoxe de l'œuf et de la poule. Ou à l'abyssale question de savoir ce qu'il y avait avant le Big Bang. L'esprit humain ne peut pas concevoir qu'un Tout (l'Univers) soit né d'un Rien, ex nihilo. Notre structure mentale est fondamentalement causaliste. Nous avons besoin de remonter toute la chaîne des conséquences jusqu'à la Cause première qui les a toutes engendrées, et qui finalement, expliquerait pourquoi il y a des Humains plutôt qu'une autre espèce, aux commandes de la planète Terre.

Les Humains. Il s'en est fallu de peu que nous ne soyons totalement exterminés, que par une soustraction massive, nos erreurs (et notre vanité) ne nous réduisent à zéro. Les insouciants sont morts. Seule une petite communauté a survécu, des femmes et des hommes sages, qui avaient anticipé les multiples catastrophes qui ont frappé le monde. J'ai contribué à fonder cette nouvelle communauté originelle qui, après l'avenir, a essaimé de par le monde et lui a donné son visage actuel. En un sens, je fais partie des causes premières qui ont remodelé cette planète de façon radicalement différente. Voici comment.

Il y eut de nombreux signes avant-coureurs de la catastrophe qui nous menaçait. Par exemple, le réchauffement climatique qui, au début du XXIe siècle, a commencé à alarmer sérieusement la communauté scientifique. On produisit des rapports, on préconisa des solutions, et l'on soumit le tout aux décisionnaires politiques. Or, ceux-ci étaient gênés aux entournures, pas libres de leurs mouvements, à cause des intérêts supérieurs de la Loi du Marché, qu'ils servaient docilement. Le Capital disait : « Pas question de décarboner l'industrie maintenant. Il y a encore beaucoup de ressources et d'argent à faire. Quand les réserves atteindront la cote d'alerte, nous vous préviendrons. Vous lèverez des impôts et augmenterez les taxes pour verdir l'économie. Ce n'est quand même pas à l'Entreprise de payer pour ça. En tout cas, attendez nos ordres, compris ? » Donc, les politiciens ne firent rien de notable. Et vers la fin de ce siècle, les températures moyennes à la surface du Globe, ainsi que la qualité de l'air et de l'eau, devinrent invivables. Il fallut se résoudre à se réfugier sous terre, avec des systèmes de recyclage de l'air dignes des anciennes stations spatiales. La crise de l'énergie, aussi, frappa le monde à l'aube des années 2050. En effet, malgré les conseils avisés des scientifiques, malgré des soulèvements populaires massifs, on n'avait pas été autorisé à initier la transition écologique. Le plus gros de la production énergétique continuait à se faire à partir de matières non renouvelables (gaz, pétrole, charbon, uranium), qui généraient des déchets toujours plus nombreux, dont on ne savait que faire, ainsi que des émissions de gaz et de particules fines délétères dans l'atmosphère. Enfin, le Marché lui-même, qui était la base des échanges internationaux, montra des signes de faiblesse chroniques. La machine à produire s'était emballée, mais la production ne trouvait que peu de débouchés, presque pas d'acheteurs. Car, pour rendre le Capital toujours plus puissant, on avait dû paupériser et précariser toujours plus les travailleurs. Les salaires, rognés, grignotés, rabotés, suffisaient tout juste à couvrir les besoins vitaux. Les soulèvements, les révoltes, les émeutes devinrent fréquents. Et la répression d'autant plus sévère. Les Maîtres du monde donnaient à leurs milices l'ordre de tirer à vue sur les « ennemis de l'État ». Ils craignaient par-dessus tout d'être renversés, détrônés. Ils aboyaient leurs ordres sanguinaires, à l'abri dans leurs palais-forteresses. La paranoïa les rendait hystériques et les bains de sang se multiplièrent, et les arrestations, et les exécutions à l'aube pour « complotisme aggravé ». Oui, ça, les signes, ils ne manquaient pas. Et on n'en était qu'au début.

J'étais archiviste au moment des grands tremblements de terre, qui détruisirent de nombreuses villes souterraines. Même là, nous n'étions plus en sécurité. La Terre entrait dans une période volcanique et sismique qui dura plusieurs décennies. Les failles étaient si gigantesques qu'elles semblaient plonger jusqu'au centre de la Terre. Des populations quittèrent leur abri, comme des fourmis affolées. Cependant, ce qui les attendait à la surface était encore pire. Partout, des volcans étaient entrés en éruption, même de très anciens, qui avaient ressemblé à de petits monts inoffensifs couverts de verdure, et qui crevaient en expulsant magma et lapis, comme des boutons d'acné pressés de toutes parts par les secousses sismiques. L'air, déjà irrespirable sans masque, se chargea de vapeurs toxiques dans un ciel zébré de jets de pierres brûlantes. Il semblait que la tectonique des plaques avait décidé de violer les lois solides qu'on avait établies. C'était comme si les plaques, continentales et océaniques, étaient montées sur roulement à billes et n'en faisaient qu'à leur tête. Elles se séparaient ou entraient en collision les unes avec les autres en quelques jours. En conséquence, il y avait des séismes en dehors de toute échelle et des tsunamis effroyables, qui s'abattirent sur les zones côtières et jusque loin dans les terres. Les vagues monstrueuses noyèrent ceux qui avaient péniblement réussi à survivre sous terre, comme des rats au fond d'une cale envahie par une lame de fond.

Je vivais dans une zone étrangement calme. Nous n'avions eu à déplorer que quelques répliques sismiques, qui n'avaient causé que des dégâts matériels mineurs. Au début, on avait même encore une liaison satellite, des télécommunications. Les chaînes d'information diffusaient des images terrifiantes d'autres parties du monde, moins chanceuses que la nôtre. Pour juguler la panique avant qu'elle n'atteigne la cote d'alerte, les haut-parleurs dans les couloirs, à tous les niveaux de la cité souterraine miraculée, diffusaient des messages apaisants, des consignes à respecter pour le bien-être de tous. Moi, je n'étais pas dupe. Les autorités savaient tout autant que moi que nous ne jouissions que d'un répit, par la seule grâce d'un hasard géographique. Très bientôt, la catastrophe nous atteindrait. Il était impératif de prendre les devants.

C'est inouï ce que la dissociation cognitive peut accomplir. Pendant ces quelques jours sans incidents, où tout fonctionnait encore, les gens vaquaient à leurs occupations quotidiennes. Comme si les images d'apocalypse qu'ils voyaient le soir, aux informations, étaient la bande-son de quelque film à grand spectacle. Moi seul, apparemment, prenais la pleine mesure de la réalité. On était comme un jardin d'Éden incongru, sur lequel l'Ange de la Mort allait déchaîner ses légions, c'était couru. Les gens de ma zone ne se rendaient absolument pas compte de ce qui les attendait. Ils se berçaient d'illusions, se raccrochant à l'espoir que ce qui n'était, somme toute, qu'un sursis, allait durer toujours. Les autorités ne faisaient rien pour préparer la cité à l'évacuation. On était d'une insouciance telle qu'on ne se préoccupait pas, par exemple, de la gestion des stocks de vivres et de matières premières, de notre approvisionnement qui dépendait en grande partie d'autres cités, qui étaient rayées de la carte, une à une, sous nos yeux. On ne se souciait pas de rationnement. La longue habitude de l'abondance néolibérale ne se perdait pas du jour au lendemain. La propagande continuait de distiller ses mièvreries anxiolytiques. Nos dirigeants craignaient par-dessus tout la panique, perdre le contrôle de la situation, et donc perdre le pouvoir, qui était la chose la plus précieuse pour eux.

Bien que le temps pressât, je mis méticuleusement mon plan au point. Moi, tout ce que je pouvais, c'était essayer de sauver la Connaissance. C'est-à-dire, tout ce que je pourrais emporter, loin de l'enfer tout proche, de livres, de fichiers numériques et de matériel pour les lire. Je ne savais pas s'il y aurait des survivants, ni si je le trouverais. Néanmoins, il fallait impérativement essayer. C'était un devoir pour un homme comme moi. Si une communauté sauve existait quelque part, ma part à moi serait de lui apporter le Savoir.

Je vivais seul dans mon appartement troglodyte. On me surnommait « l'ermite ». Les gens, allez savoir pourquoi, me manifestaient un respect mêlé de crainte. On me foutait la paix, c'était tout ce que je demandais. Aux Archives, nous étions une petite équipe de quatre collègues. On s'entendait bien. Les autres s'en tenaient à la règle que j'avais fixée d'emblée : au boulot, je faisais mon travail, et je le faisais bien. Par ailleurs, je refusais qu'on empiète sur ma vie privée. Je n'étais inscrit sur aucun réseau numérique. Je n'avais que peu d'amis, et aucun « follower ». Je préférais la fréquentation des êtres de chair et de sang, ainsi que la compagnie des livres. J'étais affable, professionnel et secret. Toutefois, en privé, je ne faisais rien de bien extraordinaire. Je lisais, j'écrivais, je partais en excursion dans les grottes comme cartographe bénévole. Je ne faisais rien de remarquable, mais c'était mon jardin secret. Je collectionnais les livres avec amour. Patiemment, j'avais constitué une bibliothèque de deux mille volumes. Les livres étaient une denrée rare, en ce début de XXIIe siècle. C'était des vestiges d'une époque révolue. Au cours des années 2060, on en avait complètement arrêté la production, faute d'acheteurs. Les supports numériques avaient remplacé l'irremplaçable contact avec l'encre et le papier. Oui, j'adorais ma bibliothèque, et je comptais bien la sauver, elle aussi, du désastre à venir. J'alertais mes amis, très sceptiques. Je devais les supplier de sauver leur vie. Ils ne me croyaient guère. Ils se sentaient à l'abri, même quand je les avertissais, froidement, de l'inéluctable pénurie alimentaire dans les jours à venir. J'avais de la place pour eux. S'il le fallait, je sacrifierais mes livres, pour les emmener avec leur famille. Ils persistaient à dénier l'évidence.

« Envoie-nous une carte ! »

Je les avais d'ores et déjà perdus. J'avais le cœur lourd, cependant ma mission était plus importante que moi-même.

Pendant que chacun faisait comme d'habitude, je me préparais. Je fis l'acquisition d'un seize tonnes tout-terrain au surplus de l'Armée. C'était un de ces véhicules extrêmement résistants, dont les militaires se servaient pour les expéditions en surface. Il était équipé de six roues directionnelles, d'un moteur à énergie noire pratiquement inusable, d'un système de recyclage de l'air, d'armement et d'un blindage impénétrable. Cerise sur le gâteau, il offrait un volume de stockage conséquent. Je fis quelques aménagements à l'intérieur, pour accueillir ma bibliothèque, les fichiers numériques que je copiais aux Archives, le matériel de lecture audio et vidéo. J'ajoutai deux mois de vivres et d'eau, un lit de camp, et mon Arche fut prête. Je montai dans la cabine, roulai jusqu'à la plateforme monte-charge, et gagnai la surface.

En un sens, les habitants de ma cité sont morts en innocents. Ils eurent à peine conscience de la mort qui les faucha d'un coup. La cité souterraine fut prise en étau. Venant des profondeurs de la Terre, le magma jaillit et se répandit, comme du feu visqueux et vivant, dans les moindres recoins des niveaux inférieurs. Au même moment, venue d'en haut, une vague titanesque comme un océan dressé à la verticale, déferla sur les niveaux supérieurs. Je vis cela comme si j'y étais, à quelques kilomètres de distance, grâce à mes jumelles à très haute résolution. L'eau glaciale rencontra le magma en fusion dans un fracas qui, malgré la distance, détonna comme un déluge de bombes. La cité fut réduite à néant. Le choc des deux forces primaires se heurtant fendit le sol sur plusieurs centaines de mètres. Une faille, plus vive que les autres, serpenta jusqu'au bord de mon poste d'observation. Je n'étais pas hors de danger, toute la région devenait instable. Je m'étais arrêté au pied des contreforts de la chaîne des Kimé-Kor, et je décidai de passer sans attendre de l'autre côté des montagnes, par le col de Likaté. Je rangeai mes jumelles, grimpai dans mon camion et m'engageai sur la petite route montante, sans un regard en arrière. Une vieille superstition, peut-être, la peur d'être changé en statue comme la femme de Loth, comme les Pompéiens, comme tous mes concitoyens, fondus net dans leur linceul de magma refroidi par les eaux.

Le déchaînement des puissances telluriques était tel que même la montagne tremblait comme une dent déchaussée. Plusieurs fois, mon camion fut projeté sur la paroi rocheuse, ou dangereusement balayé vers l'à-pic. Je donnais des coups de volants énergiques, d'un sens et de l'autre, pour maintenir le cap. L'adrénaline avait chassé toute peur. La seule pensée qui se répétait en boucle sous mon crâne était : « Surtout pas d'éboulis qui me barre la route. » Enfin, je passai le col, et la redescente se fit plutôt calmement. J'avais devant moi la longue plaine semi-désertique de Laolimba. Elle était crevée de failles qui semblaient anciennes. Ça avait dû pas mal chauffer, aussi, dans le secteur, mais à présent les lieux paraissaient étrangement paisibles, au regard du chaos de fin du monde auquel je venais d'échapper.

J'avais eu mon compte d'émotions fortes pour la journée. Je fis halte pour la nuit, à l'endroit même où j'avais arrêté le camion. Au moins, ma précieuse cargaison de Connaissance était sauve. Je songeai, sans vanité, que j'étais peut-être le dernier dépositaire du savoir de l'Ancien Monde à présent. J'avais préservé l'essentiel de la littérature, de la philosophie, des arts et des sciences. Me restait à leur trouver des destinataires. J'éprouvais une certaine fierté pour ma clairvoyance et mon action, en même temps qu'un effroi subtil. Si je ne trouvais pas de survivants, ou s'il m'arrivait un accident mortel, j'aurais pris tous ces risques pour rien. Le savoir n'a aucune valeur si on ne peut pas le partager. C'était l'espoir qui me motivait, un très mince espoir, à bien y réfléchir, de ceux qui vous font soulever (ou traverser) des montagnes et finissent brisés contre l'impitoyable réalité.

Je m'étais délibérément arrêté au milieu de nulle part. Les données que j'avais consultées, sur le système de navigation de mon camion militaire, étaient une carte périmée de la plaine de Laolimba, du temps où des pistes la parcouraient, ainsi que des informations utiles sur la faune et la flore de la région. Quantité d'animaux mutants sauvages vivaient dans le secteur. Il fallait éviter les points d'eau, les taillis, les maigres arbres clairsemés çà et là. Je ne fis pas de feu et, après une rapide reconnaissance des alentours, je me cloîtrai dans mon camion blindé, mes livres chéris veillant sur mon sommeil.

Je fus réveillé vers une heure du matin par le passage sans-gêne d'un troupeau de rhino-buffles, non loin de mon bivouac. Par curiosité, j'observai depuis le hublot, aux jumelles infrarouges, ces nouveaux fruits de l'Évolution. Le troupeau comptait une centaine d'individus. Leur aspect était assez semblable à leurs ancêtres, les buffles communs. Ils devaient leur nom à leur double corne nasale et aux plaques semi-osseuses, glabres, qui les couvraient jusqu'aux genoux et sur le front. Ils étaient herbivores, mais d'un tempérament nerveux et agressif. Les jeunes mâles entouraient et protégeaient le troupeau, mené par un dominant, massif, duquel émanait une impression de puissance gigantesque. Les jeunes étaient tout au centre, comme le trésor de la communauté. Au fond, pensais-je en les observant, ces animaux ne sont pas si différents de moi : eux aussi donnent la priorité à la défense de ce qu'ils savent indispensable pour leur avenir. Quelques prédateurs suivaient le troupeau de rhino-buffles, guettant le moment propice pour attaquer. Je reconnus une meute de pardelions, des félins sociaux, à la stratégie de chasse extrêmement élaborée. Je repérai aussi une chyène solitaire, un charognard qui se contentait des reliefs du repas des tueurs. Les nuits dans la plaine n'étaient pas si calmes. Une rude journée m'attendait, aussi, quand le troupeau se fut éloigné, je retournai me coucher parmi les odeurs familières du papier imprimé.

Au matin, les souvenirs de la veille me semblaient lointains, sans doute parce que je regardais devant et que le chemin me paraissait interminable. La destruction de ma cité, ma traversée épique de la chaîne de montagnes, ce n'était que des anecdotes, déjà triées et rangées dans ma mémoire. Même la tristesse que j'éprouvais envers les gens que j'avais chéris et appréciés me semblait vaporeuse comme la brume sur la brousse. Ils avaient vécu dans l'aveuglement jusqu'à la dernière seconde. Ils étaient débarrassés de tout fardeau à présent, contrairement à moi. Une bande de sapagibbons rôdait autour de mon camion, à bonne distance, anxieuse et craintive. Quand j'eus fini de petit-déjeuner, je leur jetai un trognon de pomme et quelques miettes, mais ils n'osèrent pas en approcher avant que je ne me fusse suffisamment éloigné, comme je le constatai dans mon rétroviseur. Ils n'avaient probablement jamais vu d'être humain, encore moins de véhicule.

Ma carte de la vallée de Laolimba ne m'était pas d'un grand secours. J'empruntais des tronçons de pistes, brusquement interrompus par une faille sismique. Il me fallait la contourner sur des kilomètres, sur un terrain caillouteux et accidenté, éviter les crêtes d'obsidienne tranchantes comme des rasoirs. Je finissais par retrouver une piste, que je suivais jusqu'à une autre faille, et ainsi de suite, des heures durant. La plaine s'étendait sur une centaine de kilomètres. Il me fallut trois jours pour la traverser. Mon but était d'atteindre le haut plateau de Lâham-Kobo, vaste de plusieurs centaines de kilomètres carrés. Là, peut-être, je trouverais quelque communauté humaine ayant survécu aux cataclysmes. C'était un espoir non dénué de fondement : pour ceux qui le connaissaient, ce haut plateau présentait tous les avantages d'un refuge. Mon ordinateur de bord indiquait que jadis, une petite population humaine y avait été repérée. Cependant je ne me faisais pas de fausse joie. Ces données n'étaient pas fiables, pas plus que les cartes. Ces gens pouvaient avoir émigré, ou être morts. Il fallait que j'en aie le cœur net.

La montée fut bien plus pénible que celle du col de Likaté. La route était sans cesse coupée par des crevasses larges comme mon véhicule. Je devais m'arrêter, jeter par-dessus la crevasse quatre plaques métalliques prévues pour former un pont, passer en sentant la structure plier sous le poids du camion, puis tirer les plaques et les ranger. Elles étaient faites d'un métal météorique hautement résistant ; toutefois, à force de m'en servir, je les déformais de plus en plus. Arriverait le moment fatal où elles plieraient en deux pour de bon et entraîneraient mon véhicule dans leur chute, dans les entrailles de la Terre. L'angoisse montait, chaque fois que je devais renouveler l'opération. Un éboulis me stoppa, alors que j'avais presque atteint le sommet. Je dus me servir de dynamite, au risque de provoquer une autre avalanche de pierres.

Mais enfin, après seize heures d'une ascension tendue, je parvins au bord ouest du haut plateau de Lâham-Kobo. Une zone aride, martienne, s'étendait devant moi. Des rochers aiguisés, des cratères, de la caillasse qui faisait patiner mes roues. Je devinais, au loin, la silhouette bleutée des arbres. J'avais protégé et acheminé les trésors de l'Humanité jusqu'à une région où j'avais des raisons valables de supposer qu'un ou plusieurs groupes s'étaient réfugiés. Apparemment, le secteur n'avait pas trop souffert des récents bouleversements. Selon mes capteurs, l'air y était respirable, et la température ne montait qu'à 35°. La concentration en microplastiques et particules fines était dans la moyenne basse, c'est-à-dire que son taux n'imposait pas le port d'un masque filtrant. C'était inespéré. Ma carte m'indiquait plusieurs cours d'eau, qui allaient se déverser en cascades, dans les vallées qui bordaient le plateau. Leur point d'origine était le gigantesque lac Pekumbal. Ce serait ma destination. De toute évidence, pensais-je, si je devais trouver des survivants, ce serait autour du lac, ou le long d'une rivière puisque l'eau, vitale à la survie, était potable. Les données de l'ordinateur de bord m'indiquaient, par ailleurs, l'existence d'une faune et d'une flore endogènes brièvement répertoriées, d'une nature peu amène. Les perticoles, des lianes carnivores, infestaient la zone forestière que j'allais devoir traverser. Des ursithériums géants peuplaient les cavernes. Des gypaèdors de quatre mètres d'envergure dominaient les cieux, etc., etc. « Bienvenue au Paradis ! » me dis-je en soupirant. En résumé, le haut plateau de Lâham-Kobo était un territoire extrêmement dangereux, où l'on ne pouvait s'aventurer que préparé et armé. Je commençais à douter : si des Humains avaient pu grimper jusqu'ici, pour échapper aux maladies, aux tsunamis, aux séismes et autres éruptions volcaniques, ils s'étaient retrouvés en terrain non moins hostile. Toutefois, je voulais croire à l'ingéniosité légendaire de notre espèce, son héritage, le bagage légué par l'Évolution, qui lui avait permis de survivre jusqu'à maintenant, y compris à ses propres excès.

Je remontai la rivière Laloë, au cours sinueux, en suivant l'ancien tracé d'une route à peine visible, depuis longtemps regagnée par la pierraille, le sable et la végétation rase. J'étais accompagné par le vol perplexe d'une formation en V de cinq gypaèdors, indécis quant à ce nouvel objet inconnu circulant dans leur espace de chasse. Puis, j'arrivais à la zone boisée, dans laquelle la rivière disparaissait comme un serpent se faufilant à couvert. J'hésitais entre la traverser et chercher à la contourner. Selon ma carte, le lac Pekumbal n'était plus qu'à douze kilomètres, droit devant. Je me dis que mon camion blindé ne risquait pas grand-chose, et je m'engageai dans la forêt. Je conduisais très prudemment, à vitesse réduite. Quelques perticoles vinrent caresser la carrosserie, la tester comme des tentacules sensibles, à la recherche d'une prise ou d'un orifice. L'une d'elles parvint à s'enrouler autour d'un essieu, me tirant vers l'arrière avec une force surprenante. Néanmoins, je disposais d'un moteur à énergie noire de cent mille chevaux, aussi j'arrachai la liane d'un coup d'accélérateur. Puis, je mis le système d'armement en alerte. Si la Nature venait l'agresser, la Culture avait de quoi se défendre. J'aperçus l'orée de la forêt, et je dérangeai une tribu d'atélémurs qui se reposaient là. Ils s'enfuirent vers les cimes en poussant des cris aigus, et l'un d'eux chia de colère sur mon pare-brise. En revanche, celui qui s'écrasa sur mon capot était raide mort, le cœur transpercé d'une flèche. Quatre ou cinq autres suivirent, pluie de cadavres autour de mon camion. Puisque la mort frappait de cette manière, j'avais trouvé des Hommes.

C'était Babel, cette communauté. Des hommes, des femmes et des enfants vivaient là, dans une vaste clairière dont ils avaient fait un village. J'ai reconnu plusieurs langues, dont la mienne, alors que j'avançais tout droit, vitre baissée, suivi par un cortège bruyant, jusqu'à ce qui semblait être la place centrale. J'ai arrêté le camion, suis descendu. Au jugé, j'ai dénombré une cinquantaine d'individus, qui ont formé un cercle autour de moi, en se tenant à distance.

« Je viens en ami », ai-je dit à la cantonade en levant les mains.

Une femme qui comprenait ma langue a traduit pour tout le monde, dans leur sabir commun. On m'a alors invité, très gentiment, à prendre place sous un vieil arbre, immense, au bord du lac. Un endroit paisible. Des gamins m'ont apporté à boire et à manger. On me regardait en silence, tout sourire. Un peu plus loin, j'ai vu les chasseurs commencer à dépecer les cadavres d'atèlémurs, qui ressemblaient à de jeunes enfants. La femme qui parlait ma langue s'est détachée du groupe, s'est avancée vers moi et m'a dit :

« Quel est ton nom, étranger ? »

Je le lui ai donné. Elle m'a présenté haut et fort à l'attroupement de curieux qui s'étaient assis dans l'ombre de l'arbre.

« Nous t'avons souhaité la bienvenue. Maintenant, est-ce que tu veux bien nous raconter ton histoire ? »

Ils m'ont écouté, pendant que la femme traduisait au fur et à mesure, les yeux écarquillés, gloussant de plaisir aux moments clefs.

« Et voilà, ai-je dit pour conclure. Dans ce camion, il y a des choses très précieuses, des trésors, le Savoir de toute l'espèce humaine. Et je vous l'ai apporté, pour que la Connaissance ne se perde pas. »

L'idée leur a paru merveilleuse. Du reste il y avait, dans cette communauté d'environ trois cents âmes, des survivants très cultivés, férus de littérature, de sciences, pour qui le camion était une bénédiction. C'est comme ça que je suis devenu le maître d'école, le chroniqueur et le bibliothécaire de la communauté. Elle était constituée d'individus venus des quatre coins du monde. Ils s'étaient trouvés sur Internet et avaient décidé, deux ans avant les premières catastrophes planétaires, de venir s'installer ici. L'endroit n'avait pas été choisi au hasard, mais par un géographe qui avait conclu que cette zone resterait relativement épargnée. Et il avait raison. On a construit une salle de classe et, attenante, ma cabane. D'emblée, nous nous sommes mis d'accord sur le programme scolaire. Il ne s'agissait nullement de dresser les jeunes aux défuntes vertus du rendement néolibéral, mais de les aider à s'épanouir, librement, à se chercher une place, chacun selon ses qualités propres.

Les trésors du camion étaient quasiment inépuisables. Nous en avons grandement profité sur tous les plans. On a appris à tirer parti des multiples ressources de notre environnement. On a trouvé, entre autres, que la liane carnivore, riche en cellulose, pouvait servir à fabriquer un papier de bonne qualité. On a amélioré le confort du village et de nos habitations. On a créé notre paradis, isolé sur le haut plateau de Lâham-Kobo, que nous avons rebaptisé Éden, le Berceau. Parfois, des hommes ou des femmes parvenaient jusqu'ici, seuls ou en groupes. On les accueillait, on les soignait, on les intégrait à la communauté s'ils le désiraient.

Nos mœurs étaient très libres, comme notre mode de vie. La seule règle c'était que, le matin, chacun participât, selon ses aptitudes, aux diverses tâches, pour la survie et le bien commun. Les après-midi, on les consacrait aux plaisirs, à rester des heures allongés dans l'herbe, si on voulait. Il n'y avait pas de chef, pas de hiérarchie, toutes les voix adultes comptaient à égalité. Les conflits étaient rares, et se réglaient à l'aide d'un arbitre tiers. Le sabir des origines, purement fonctionnel, s'est enrichi et complexifié jusqu'à devenir une véritable langue.

Nous nous sommes baptisés les Édénites. Nous sommes le peuple originel et Éden le berceau d'où sont issus tous les peuples de la Terre aujourd'hui.

Kaouther et moi nous sommes attachés l'un à l'autre. Durant nos huit cent quatre-vingt-quatre années de vie commune à ce jour, nous avons eu de nombreux enfants et petits-enfants, comme tous les Édénites. Et nous avons été témoins d'une résurrection. Le père de Kaouther, qu'elle croyait mort, lui est revenu au terme d'une aventure que nous avons consignée, lui et moi, dans les archives de la communauté. Lui aussi a eu de nombreux enfants et petits-enfants Quand ils ont été en âge de suivre leur propre voie, nos enfants sont descendus du haut plateau pour aller vivre dans la plaine, où ils ont crû et prospéré à leur tour, pendant leur longue existence. Les enfants de nos enfants ont passé les montagnes, et se sont installés derrière, où ils ont crû et prospéré à leur tour. Ainsi, de génération en génération, nous avons repeuplé la Terre.

Quand nos enfants nous ont quittés pour aller vivre leur propre vie, nous leur avons dit :

« Qu'il en soit ainsi, c'est dans l'ordre des choses. Cependant, vous ne devez jamais oublier le Berceau. Qu'un Fil nous relie, qui ne devra jamais être coupé. Chaque génération devra se chercher une terre où s'installer, et se transmettre le Fil, de sorte que, dans les siècles, chaque enfant ait connaissance d'Éden et de ses origines. Qui voudra venir ici, en Éden, n'aura qu'à remonter le Fil. Et partout, bon accueil lui sera fait le temps de son séjour, car nous sommes tous frères et sœurs, et nous nous devons mutuellement l'hospitalité. Ainsi, la paix régnera sur la Terre. Éden en restera, pour toujours, le cœur battant, la terre originelle de la Sagesse et de la Connaissance, prête à accueillir quiconque le désire. »

Je sais que je suis arrivé au terme de mon existence. La vie me quitte, comme il est naturel. Le compte de mes années s'élève à neuf cent vingt-trois ans. Sans cesse, nous avons vu des hommes et des femmes revenir ici, en pèlerinage, au bout d'un long voyage. Ils parlaient la langue édénite, qui est leur héritage, ainsi que d'autres langues, propres à leur contrée d'origine. Nous les accueillons avec bienveillance. Ils nous apportent des nouvelles du monde. Des océans ont été traversés, de nouvelles terres investies, des villes ont été fondées. Nous sommes à présent en contact avec d'autres mondes dans l'Univers. Nous avons une délégation diplomatique dans la galaxie d'Andromède. Moi qui ai connu les horreurs d'avant l'avenir, et qui en suis resté marqué, je sais que l'Humanité antérieure n'en aurait pas été capable. Les Andromédiens consentent à nous fournir la technologie pour voyager dans l'espace, aussi facilement qu'on mène un âne. Cela me bouleverse. Je n'aurai jamais de remerciements assez forts pour nos enfants, nos étonnants pourvoyeurs de merveilles. Il n'y a ni conflits ni guerres entre les communautés. Chacune veille à ce que toutes les bouches soient nourries. Le Fil n'est pas rompu. Aujourd'hui, il forme un maillage qui englobe le monde, et dont chaque individu est un chaînon essentiel. Et le point d'origine, duquel les premières mailles partent et se ramifient, c'est Éden. Kaouther et moi avons beaucoup voyagé. Nous avons rencontré plusieurs générations de nos descendants. Nous appartenons tous à cette Terre, qui nous le rend bien.

Je vais bientôt quitter ce monde, en homme heureux et comblé. Je ne sais si les dieux nous laissent une seconde (ou troisième, ou énième) chance. Dans toute ma longue vie, j'ai vu de nombreuses choses, mais je n'ai jamais vu ni dieu ni œuvre divine. Je crois que les fléaux qui se sont abattus sur le monde, avant l'avenir, ont purifié nos cœurs de la cupidité, de l'orgueil, de la jalousie, du pouvoir. Comme tous les premiers Édénites, l'ombre de la crainte a voilé mon âme. Toutefois ces vices n'ont pas reparu chez nos descendants. Je vais fermer les yeux pour la dernière fois sur un monde en paix, relevé de ses ruines. Si mon grand âge me permettait une ultime coquetterie, je dirais qu'un certain camion, rempli de livres et de savoirs, et conduit jusqu'ici au péril de ma vie, y est pour un petit quelque chose.

Chrysalide

Dallas, Texas : J -24 mois

Après la mort de Jean de Hauteville père, la police avait enjoint la famille à renforcer la sécurité autour d'elle. Jack Freeman lui-même, numéro un de la Gestapo et seul octavon à avoir trouvé grâce aux yeux du défunt, avait convoqué Madame et ses trois fils pour leur annoncer qu'ils étaient probablement, eux aussi, la cible du dangereux groupuscule terroriste Sonja Kreütz, qui avait revendiqué l'attentat. On exigea des éclaircissements : après tout on était les premiers concernés. Mais le patron de la Gestapo lui-même ne pouvait pas tout dire. En réalité, il s'abritait derrière le secret professionnel pour ne pas avoir à avouer son ignorance. On dut se contenter de la promesse d'une surveillance rapprochée. Par ailleurs, étant donné la stature internationale de la victime on ne pouvait empêcher des articles dans la presse. On avait pris des dispositions auprès des rédactions concernées : les faits seraient présentés comme un tragique accident. L'enquête était officiellement close. La famille n'aurait pas à souffrir de ces affaires aux multiples rebondissements, avec sans cesse de nouveaux éléments et de nouvelles révélations forcément troublantes. Les complotistes se déchaîneraient, comme toujours : on les garderait sous contrôle, en leur fournissant suffisamment de *preuves* pour les égarer.

Officieusement l'enquête continuait pour démanteler cet agaçant collectif Sonja Kreütz, qui avait le don de s'évanouir dans la nature dès qu'on avait localisé son siège itinérant. Cette longueur d'avance sur le (soi-disant) meilleur service secret du monde éveilla les soupçons.

Il devait y avoir une taupe. On diligenta une enquête interne, sans résultats.

Jack Freeman recruta lui-même les hommes qu'il assigna à la protection de la famille de Hauteville. Madame résidait à Dallas, deux fils en Europe et le troisième en Asie. La famille doubla ses propres services de sécurité et se dota d'équipements hautement sophistiqués qui transformaient leurs résidences principales et secondaires en véritables palais-forteresses. Personne ne crut bon de prévenir Orlane, la fille, ni de lui allouer une protection particulière. Elle apprit le décès de son père dans la presse et ne put que croire à la thèse de l'accident. Pour le respect des convenances on la convia aux funérailles où, comme d'habitude, elle joua le rôle du témoin muet et effacé.

Quelques mois plus tard, elle se rendit compte que la paranoïa avait gagné sa famille lors des noces du benjamin, Eudes, avec quelque princesse ou actrice en vue. On n'allait pas jusqu'à fouiller les invités, ce qui eût été d'une révoltante indécence, mais du coin de la salle où elle se tenait, Orlane remarqua les agents en noir qui les passaient discrètement aux rayons X et à la caméra thermique. En outre, il y avait pléthore de vigiles, avec oreillettes et micros, qui transmettaient régulièrement des rapports en langage codé avec un sérieux hilarant. Après quelques verres, on oublia cette présence policière « nécessaire compte tenu du contexte », comme avait dit Eudes en accueillant, après la messe somptueuse, les invités dans son manoir blindé. Conformément à l'usage, absolument personne n'avait adressé le moindre mot à Orlane. Elle avait beau y être habituée, elle éprouvait toujours ce léger sentiment de dépersonnalisation, comme si ce n'était pas tout à fait elle qui assistait à ces festivités. Du reste, à force de se faire servir des margaritas elle avait sympathisé avec le barman, seul membre de l'assistance qui n'eût pas un balai dans le fion et/ou un holster avec revolver chargé.

Eudes fut assassiné moins d'un an plus tard. La prostituée qu'il s'était choisie lors de son séjour d'affaires à Wong Kong lui avait très proprement tranché la carotide grâce au scalpel en céramique qu'elle avait dissimulé dans son intimité. Elle fit d'abord l'utile : le sexe avec l'homme d'affaires, pour donner le change aux deux gardes hiératiques postés à l'entrée de la chambre. Grincements du lit, froissements des draps, gémissements et même hurlements : pas de doute, le patron s'amusait bien avec la fille. Au bout de quatre heures, Agathe Wong frappa doucement trois coups longs puis deux brefs, le signal convenu. Un garde lui ouvrit et jeta aussitôt un coup d'œil circulaire dans la pièce. Le patron reposait paisiblement dans la pénombre, sur le côté.

« J'ai attendu qu'il s'endorme », dit langoureusement Agathe Wong.

L'agréable accompli (l'élimination du Maître), elle avait remis l'arme du crime à sa place et ne portait qu'une robe légère et un sac à main minuscule. Naturellement elle avait pris une douche mais elle dégageait encore quelque chose de fortement érogène qui troubla le garde. Comme elle avait été payée d'avance on la laissa partir.

Notes personnelles (Extrait 1).

À première vue je classai Orlane de Hauteville dans la catégorie des petites sottes, des pintruches de bonne famille, qui confondent leur ridicule et insignifiante révolte post-adolescente contre leur famille avec la Révolution internationaliste, qui exige une fermeté d'âme sans faille. Orlane de Hauteville était à mi-chemin entre l'ennui de l'oisiveté, qui prélude parfois à la quête de sens, et un profond désir de s'engager pour un idéal, qui atténuerait son dégoût viscéral envers l'injustice. En général la bourgeoisie résout ce dilemme, somme toute fort courant chez ses filles, en les installant dans un beau mariage où, se leurrant elles-mêmes, elles croient donner à leur progéniture l'éducation libre et sans préjugés qu'elles-mêmes n'ont pas reçue, tout en reproduisant sur lesdits enfants les schémas mentaux induits par les us et coutumes de cette classe sociale.

Orlane de Hauteville était à la croisée des chemins quand elle vint à nous. En tant que responsable du recrutement pour le collectif Sonja Kreütz je la reçus en m'attendant à un ennuyeux entretien, au terme duquel je la renverrais dans sa chambre, jouer avec ses poupées en attendant le Pince charmant. À peu près tout ce qui m'intéressait chez elle c'était de savoir comment elle nous avait trouvés, comment elle avait eu accès au Red Web *pourtant soigneusement cadenassé. Plus qu'à une faille de sécurité de notre système, je pariais sur une fuite de l'intérieur, une indiscrétion, par exemple un code d'accès lâché d'un ton bravache par un jeune mâle ivre d'alcool et de désir qu'Orlane de Hauteville aurait séduit. J'escomptais lui soutirer le nom du fautif, qui serait puni de mort en conséquence, puis la renvoyer chez elle, dans le confort de son foyer de riches, dans l'ennui de son existence vaine de riche héritière, en déclinant sa candidature au motif que son profil ne correspondait pas aux exigences du collectif. Ce ne serait pas la première fois. On la renverrait à son vide existentiel selon la procédure standard, comme on l'avait amenée ici, les yeux bandés et par un itinéraire si tarabiscoté que même une fourmi de laboratoire s'y serait perdue.*

Cette postulante était bien du genre que j'avais pressenti de prime abord, en lisant le formulaire qu'elle avait renseigné en ligne, ainsi que le rapport d'enquête de Youri Vicarelli, qui avait filé Orlane de Hauteville un mois durant. Elle avait vingt et un ans, résidait à Los Angeles, étudiait à l'UCLA les langues et la littérature. Sa famille de financiers nous était connue par ailleurs, pour ses connexions avec les milieux politiques ultra-conservateurs et les mafias. Cependant, soulignait Youri Vicarelli, ce qui plaidait en faveur d'Orlane de Hauteville et justifiait aussi qu'on l'interrogeât, était la manifeste détestation dans laquelle sa famille la tenait. Cela se traduisait par un bannissement, certes doré, et une absence quasi totale de relations, si ce n'était les sauteries auxquelles les convenances obligeaient à inviter cette fille, rejetée et soigneusement tenue à l'écart des affaires de la famille. D'ailleurs dans la partie de notre questionnaire réservée au pedigree, Orlane de Hauteville avait presque systématiquement répondu « Je ne sais pas. » Elle vivait d'une pension extrêmement généreuse, possédait un vaste appartement avec piscine sur la terrasse, un coupé sport, tous les signes extérieurs d'une grande aisance matérielle, comme si sa famille payait grassement pour pouvoir l'ignorer et peut-être acheter son silence, si par extraordinaire elle venait à découvrir quelque secret compromettant.

Il y avait bien des éléments saillants dans le cas Orlane de Hauteville, susceptibles de servir le collectif, à condition de l'intégrer, c'est-à-dire pulvériser toutes les illusions romantiques sur la Révolution dont se bercent les petites filles bien éduquées. La Révolution internationaliste ce n'était pas Gavroche sur les barricades, ce n'était pas les masses laborieuses, soudain touchées par la grâce et prenant d'assaut le Parlement, ce n'était pas les cartes postales inoffensives dont la bourgeoisie, grande gagnante de toutes les révolutions, s'émerveille comme on frissonne de transgresser un interdit, mais pas trop quand même. Cette petite gourde, songeais-je, est loin de se douter de la réalité. La Révolution internationaliste avait eu, avait et aurait du sang sur les mains. Notre collectif avait choisi la voie de la lutte armée, qui va du sabotage à l'assassinat. Nous faisions des chômeurs en détruisant certaines cibles stratégiques de la production néolibérale, nous faisions des veuves et des orphelins en éliminant certaines personnalités. À égalité avec les responsables du malheur, nous semions le malheur et la désolation, œil pour œil, dent pour dent. Dans les coulisses, comme eux, nous faisions le sale boulot.

J'avais fondé, entre autres avec Youri Vicarelli, le collectif Sonja Kreütz, la terroriste aux cent visages, insaisissable, inlassablement frappant çà et là des cibles choisies selon un plan méticuleux. Chaque action était signée et revendiquée par Sonja Kreütz. Bien sûr, la Gestapo n'était pas dupe. Les modes opératoires différaient, parfois deux ou trois attentats étaient perpétrés le même jour à la même heure : il ne pouvait s'agir d'une seule et même personne. En revanche les cibles et les mobiles avaient suffisamment de points communs pour qu'on ne doutât pas des intentions de cette organisation criminelle. Les victimes appartenaient toutes à la race des Maîtres, gravitant dans les hautes couches stratosphériques où la politique, la finance et la corruption se mélangent pour entretenir vivace cette activité protéiforme qu'on appelle le Pouvoir. La qualité première des Maîtres comme du collectif étant la discrétion, les affaires douteuses étaient facilement étouffées. En tout cas elles ne faisaient jamais la une des journaux, tout se passait derrière le décor de la grande scène du monde, entre les Maîtres, leurs dogues de la Gestapo et le collectif. Quand un Maître était abattu un autre prenait sa place et la police recevait un communiqué de Sonja Kreütz : « Il en sera ainsi jusqu'à épuisement total du cheptel sur lequel vous veillez en bons toutous obéissants. »

Jamais nous n'entrons en contact avec la presse, que sa fonction propagandiste favorable aux Maîtres inciterait forcément à déformer nos propos. Nous sommes la vague patiente qui chaque jour érode d'un millionième de micron la falaise néolibérale, jusqu'à ce qu'elle s'abîme à jamais dans les abysses. Alors seulement commencera l'Histoire. Modestement nous écrivons quelques lignes de sa préface. Humblement et dans la douleur nous contribuons à dégrossir l'Humanité du bloc ténébreux de son animalité pulsionnelle, où règne la loi du plus fort, comme dans les meutes de loups. « Une même planète, une seule Humanité *», voilà notre objectif. Patiemment, par la voie d'Internet, nous répétons aux masses égarées ce même* *message d'émancipation d'une clique de prédateurs qui ne leur veulent pas de bien, mais seulement les maintenir dans l'ignorance de ce qui se passe réellement : la domination totale et sans partage de quelques-uns sur des milliards d'esclaves drogués au travail, aux loisirs et à la consommation.*

Dallas, Texas : J -13 mois

Tout le monde, de Madame à Jack Freeman en passant par les deux autres fils de Hauteville devint un peu plus nerveux après le meurtre du benjamin. Tremblotant, transpirant comme des chevaux sur la ligne de départ, ou comme des bœufs dans la file pour l'abattoir. Cette fois il n'y avait plus de doute possible : la famille était la cible du collectif Sonja Kreütz, qui avait là encore revendiqué le crime. Il laissait une jeune veuve enceinte de trois mois, qui faillit perdre ce bébé qui ne connaîtrait jamais son géniteur. Un beau garçon, qu'on prénomma Eudes par piété filiale, naquit six mois après le décès de son père sous très, très haute surveillance dans une clinique privée de Baltimore.

Il était hors de question de révéler à la presse les véritables circonstances du décès.

« Égorgé par une pute dans un hôtel de luxe ! fulminait Madame. Vous les hommes avec vos besoins animaux ! Une catin ! Une bridée en plus ! », etc.

Madame ne pleurait pas son imbécile de fils, elle le maudissait de son imprudence.

« À partir de maintenant, ordonna-t-elle à ses deux fils restants, en conseil de famille, c'est ceinture sur les poulettes, les gars. Soit vous emmenez vos bonnes femmes avec vous pour la bagatelle, soit vous le faites à la main, mais les cocottes c'est fini, vous m'entendez ? Ce qui vous pendouille entre les jambes vous rend trop vulnérables. »

Cette fois on ne fit aucune déclaration officielle. Le P.-D.G. d'une holding familiale était brutalement décédé, point barre. Son second était nommé à sa place et le monde continuait de tourner.

Dans chaque palais-forteresse on revit toutes les procédures de sécurité. On installa même des détecteurs de gaz toxiques à l'entrée des bouches d'aération et autres gadgets du même genre. On ne sortait plus sans gilet pare-balles et toujours en voiture blindée. L'itinéraire et la destination n'étaient communiqués au chauffeur qu'à la dernière seconde, par le PC sécurité installé désormais dans chaque maison. Pour leurs communications la Gestapo avait alloué à la famille de Hauteville une fréquence ultra-sécurisée, via l'un de ses satellites. On engagea, pour les enfants, des précepteurs. Les épouses sortaient sous escorte. Si elles désiraient prendre le thé avec des amies en ville, on louait tout le salon, si elles désiraient faire du shopping on louait toute la galerie commerciale. Et de même pour le cinéma, la piscine, le club de gym. Toutes leurs activités extérieures comportant normalement du public se déroulaient comme sous cloche de verre. Les Maîtres et leur maisonnée vivent de toute façon hors de la réalité, dans un monde où il leur suffit d'ordonner pour être servis. Aussi ces dames qui répugnaient à se mêler à la populace ne s'en trouvèrent que fort mieux. Des individus surprotégés, placés dans un bathyscaphe, dans un silence et une solitude qui les isolaient encore davantage du commun des mortels.

Il fut facile de déterminer que Wallerand, le cadet de la famille, avait été empoisonné. Ce qui donna du fil à retordre aux enquêteurs c'était la méthode employée. Elle nécessita trois bonnes semaines de recherches avant qu'on trouve : le dentifrice. Bien évidemment, depuis toujours, la famille de Hauteville ne faisait pas ses courses elle-même. Elle avait des intendants pour s'occuper de ces questions triviales. Ils commandaient des produits aussi courants que le dentifrice et étaient au-dessus de tout soupçon. Ce qui glaçait sur place les inspecteurs de la Gestapo, c'était la chaîne vertigineuse de complicités dont jouissait le collectif Sonja Kreütz. Après vérifications, le tube empoisonné sortait de l'usine, comme n'importe quel autre tube de dentifrice. C'était donc dans l'usine même que ce tube précisément avait été gorgé d'un poison transdermique extrêmement puissant. Wallerand était mort avant même d'avoir eu le temps de se rincer la bouche. On enquêta à l'usine qui, le jour de fabrication du tube, avait employé onze intérimaires (lire : précaires). On enquêta sur eux en priorité, puis sur tout le personnel permanent (lire : travailleurs pauvres), en vain. Ensuite, on avait fait en sorte que le tube incriminé soit glissé dans la commande qui serait livrée à la maison de Hauteville. Une entreprise spécialisée s'occupait des livraisons pour les riches clients. Cela supposait que quelqu'un avait sorti le tube de l'usine de fabrication pour le placer dans l'entrepôt qui gérait les commandes, et que peut-être quelqu'un d'autre l'avait placé dans le carton qui serait livré chez Wallerand de Hauteville. Enfin, dans la maison même, on s'était assuré que Wallerand seul entamerait le tube neuf (qui fut emporté comme pièce à conviction dans les locaux de la Gestapo et ne tua personne d'autre). Le collectif Sonja Kreütz semblait avoir des petites mains partout. Des petites mains insaisissables, car on avait beau enquêter à tous les points de la chaîne d'approvisionnement, on ne trouvait personne qui eût quoi que ce soit à se reprocher.

De nerveux on devint fébrile. On doutait ouvertement des compétences de la Gestapo en général et de Jack Freeman en particulier. Madame appela le secrétaire d'État à la Défense en personne, un vieil ami du temps de l'université. Il comprenait et compatissait à la colère et au désarroi de son amie. Un peu maladroitement il tenta de la consoler en lui révélant que le collectif Sonja Kreütz avait revendiqué d'autres assassinats du même genre et porté le deuil dans la maison de nombreuses familles importantes. C'était devenu une affaire de sécurité intérieure, et pas que dans ce pays car le collectif, maudit soit-il, semblait libre de frapper où bon lui semblait. Les services secrets américains, britanniques, français, allemands ou même groenlandais, la liste était longue, étaient sur le pied de guerre. Mais le collectif Sonja Kreütz semblait composé de fantômes. Dès qu'on croyait tenir une piste elle conduisait à une impasse, s'évanouissait dans les ténèbres comme de la fumée dans la nuit.

« Si nous parvenions à avoir ne serait-ce qu'un nom, une photo… » déplorait le secrétaire d'État.

De nouveau il y eut des funérailles avec une sinistre impression de déjà-vu récent, alourdie par la sombre superstition du jamais deux sans trois, qu'on conjurait d'un rictus dédaigneux, parce qu'on était des gens rationnels, voyons. Orlane jeta sa fleur et sa poignée de terre sur le cercueil d'un frère dont elle se rappelait à peine le visage. De nouveau la beuverie morose, après, la veuve éplorée avec ses deux enfants de quatre et deux ans qui gambadaient parmi une forêt de jambes d'où dominer le monde.

Le conseil de famille était réduit à deux membres qui souffraient d'insomnie, d'accès de paranoïa et de constipation chronique. Madame et Jean fils, l'aîné se regardaient en chiens de faïence. Lui laissait maintenant libre cours à son alcoolisme, comme s'il craignait d'être abattu avant d'avoir terminé sa bouteille de bourbon hors d'âge. Tandis que sa mère et lui réglaient les affaires de succession, il avalait whisky sur whisky, sous l'œil sévère de la marâtre qui n'avait plus le courage de l'en réprimander. Elle voulait croire que ce n'était qu'une passade, quoique depuis plusieurs mois déjà, sa belle-fille l'eût alertée : elle demanderait le divorce, et le ferait savoir, si Jean persistait à terminer ses soirées à l'état d'épave. Scandale dont la presse people ferait ses choux gras à un moment où la famille ne devait surtout pas attirer l'attention sur elle.

Notes personnelles (Extrait 2).

Le Red Web *est par nature un sous-réseau secret, que nous utilisons pour communiquer entre collectifs. Il est positivement impossible d'y pénétrer sans code d'accès. Il fut créé, et est constamment contrôlé, par le collectif Alan Turing, des hackeurs on ne peut plus chevronnés qui l'ont doté de pare-feu, de sécurités, de pièges complexes et sensibles comme les fils d'une toile d'araignée, qui détectent la moindre tentative d'intrusion. Ma première question à Orlane de Hauteville, qui se présentait spontanément, porta naturellement sur le moyen dont elle avait eu connaissance du collectif Sonja Kreütz. Question qui contenait à la fois méfiance et menace. La postulante fut franche : elle avait fouillé dans les poches d'un amant de passage et découvert une adresse web curieusement libellée. Elle faisait toujours les poches de ses amants, manie de petite fille ayant grandi avec trop peu de distractions, à la limite de la cleptomanie et du voyeurisme. Elle laissait l'argent, les papiers d'identité, la drogue et toutes ces futilités sans intérêt pour elle. Ce qui la captivait c'était l'incongru ou ce qui pouvait la faire rêver à quelque aventure excitante, comme une adresse dans le quartier des docks griffonnée sur une boîte d'allumettes, la clé d'une consigne, la date et le lieu d'un rendez-vous (auquel elle assistait de loin), ce genre de choses. Elle ne se rappelait pas vraiment de l'amant dont on aurait apprécié qu'elle se souvienne, Malcolm ou Bill. Je lui dis que la faute était grave dans notre organisation, de porter sur soi un document aussi confidentiel, qu'une enquête interne serait diligentée et que la peine encourue était la mort. Mais ça la laissait indifférente. Un mâle de plus ou de moins à la surface de la Terre, qu'est-ce que ça pouvait bien faire ? Elle ne prenait pas la mesure de l'importance pour nous de chacun de nos membres. Elle, peu lui importait ce qu'il advenait de ses amants : après les voluptés de la nuit, chacun retournait à la vacuité de son inexistence, avec de toute façon la mort au bout. Alors un peu plus tôt, quelle importance ? Une petite égoïste.*

Orlane de Hauteville commençait à m'intéresser malgré moi. Elle était svelte, pas frêle, vêtue d'une élégante robe bleu marine toute simple, à manches courtes, visiblement taillée sur mesure. La robe soulignait sa taille fine et sa poitrine parfaite, sa cambrure naturelle. Elle était très légèrement maquillée, eye-liner et discret fard à paupières, rouge à lèvres d'un goût exquis. Elle portait une chaînette d'or au ras-du-cou, de petites boucles d'oreilles de lapis-lazuli. Elle avait ramassé ses cheveux châtain clair, mi-longs, en une queue-de-cheval qui lui donnait un air juvénile trompeur. Pas de bas sur ses jambes impeccablement lisses, et aux pieds des escarpins blancs comme les boutons de sa robe. Elle était ravissante et elle me troublait. Naturellement, telle quelle, elle était totalement inutile, mais avec un entraînement approprié elle ferait une espionne convenable dans le milieu que nous avions infiltré. Rôle sur mesure, songeais-je, comme ses vêtements : l'étudiante espiègle et délurée qui ne cède pas trop facilement pour donner le change, qui fait durer le jeu puis arrache sur l'oreiller, l'air de rien, de précieuses confidences dont le partenaire ne soupçonne pas l'importance. Implicitement, puisque je l'imaginais en action, j'avais commencé de l'admettre parmi nous. Je n'insistai pas sur la façon dont elle avait pu prendre contact avec le collectif, affaire classée. En revanche, je désirais qu'elle clarifie la motivation de son engagement. Tenait-elle seulement à assouvir une pulsion de vengeance envers sa famille ? Savait-elle seulement dans quels genres d'affaires trempait sa famille ?

Elle ignorait tout de sa parentèle, à part le nom et le rang de ses membres. On l'avait toujours tenue à l'écart. Elle ne s'en plaignait pas. Les rares occasions où on l'appelait pour participer à quelque événement, c'était exactement comme retrouver un cirque itinérant. Seul le décor changeait, les figurants demeuraient les mêmes. Elle n'avait presque aucun souvenir de son père, qui venait de mourir, accidentellement ou pas. Le décès du Maître avait fait la une des quotidiens financiers. Un accident dramatique : ainsi la Gestapo avait-elle ordonné à la presse de présenter l'événement. Une fuite de gaz à bord du yacht où le Maître harcelait les derniers espadons de la planète, au large des Caraïbes. La Gestapo savait pertinemment qu'il s'agissait d'un attentat, puisqu'il avait été revendiqué par le collectif Sonja Kreütz avec cette injonction : « Dans notre intérêt à tous, pas un mot aux journalistes. » Il y eut bien l'habituelle agitation dans les milieux complotistes, qui élaborèrent toute une théorie alambiquée, qui comme d'habitude était complètement à côté de la plaque. On verrait, selon le degré de confiance qu'on pouvait accorder à Orlane de Hauteville, si on lui révélait la part active qu'avait prise le collectif dans l'assassinat de son père, et du projet de continuer la série avec ses frères et sa mère. Elle dépeignait sa mère comme une aurore boréale. Très belle, un peu mystérieuse, un peu effrayante et surtout, appartenant au monde des glaces et du silence. Elle ne s'intéressait qu'à ses fils, et encore en tant que placements. On ne l'avait jamais entendue parler avec eux d'autre chose que de la holding de holdings familiale, et jamais on ne l'avait vue manifester la moindre émotion lors des mariages, des naissances ou des décès. Elle n'adressait pas la parole directement à sa fille, elle envoyait quelqu'un lui faire savoir ceci ou cela. La bienséance l'obligeait à lui envoyer deux cartes postales laconiques par an, à Noël et pour son anniversaire. C'était aux timbres et aux cachets des postes que la fille savait que sa mère se trouvait en déplacement d'affaires à Mexico, à Gotham, à Singapour, à Gaillon. Il en allait de même, du reste, avec ses frères. Dès que ceux-ci furent mariés, ce furent leurs épouses qui se chargèrent de perpétuer le laborieux rituel des cartes de vœux. Orlane de Hauteville savait tout de même que sa famille était fabuleusement riche et possédait des parts majoritaires dans beaucoup d'entreprises de différents secteurs d'activité. Elle avait été élevée par une nourrice en Suisse, puis envoyée dans un lycée privé de New York. Ensuite elle avait poursuivi ses études à Los Angeles, où sa famille lui avait offert un luxueux appartement et accordé une pension très généreuse. Voilà, elle parlait couramment sept langues et se trouvait à l'abri du besoin.

L'image de la jeune pétasse friquée avec un poster de Che Guevara dans son salon s'enrichit, acquit une nouvelle dimension quand Orlane de Hauteville aborda le sujet de la Cause internationaliste. Elle s'était réellement documentée sur nos thèses grâce à son accès au Red Web. *Elle avait lu et surtout retenu le meilleur de nos meilleurs idéologues. Son adhésion n'était ni fougueuse ni candide comme je l'avais cru de prime abord. Rien à voir avec une névrose qui cherchait son dénouement. Comme nous tous, Orlane de Hauteville croyait ardemment que l'Humanité n'aurait d'avenir, en tant qu'espèce, qu'à la condition de ne faire qu'une. Les quelques sauts cognitifs que des génies avaient fait franchir aux Hommes n'étaient pas suffisants, pas encore, pour nous sortir de la Préhistoire. Il en faudrait encore au moins trois pour nous dégager complètement des comportements ancestraux et des préjugés de l'Âge des Meutes. Orlane de Hauteville désirait contribuer modestement, à sa mesure qu'elle savait proche de l'insignifiance, à ce qu'advînt une Humanité pleinement consciente de son unité.*

Dallas, Texas J -8 mois

Les Maîtres de la trempe de Jean de Hauteville sont capables de débusquer dans un contrat de cent vingt pages la virgule, la parenthèse, la note de bas de page qui modifie le sens de l'ensemble en leur défaveur. C'est un instinct sûr chez les hommes d'affaires, eux-mêmes roués à piéger leurs propositions avec un raffinement byzantin. En revanche, pour ce qui est du fastidieux domaine des détails domestiques, ils se marient et abandonnent le territoire à leur épouse. Celle-ci est le commandant en second de la maisonnée, régnant sur une petite armée de majordomes, de factotums, de valets et de soubrettes, sans compter les jardiniers, le personnel de cuisine, le chauffeur, toutes ces petites mains qui ont, comme autrefois les marins au théâtre, la charge du décor. Ces gens sont doués d'une telle aptitude à se fondre dans la tapisserie et le mobilier que le maître de maison ne les remarque même pas quand, à l'occasion, il croise un membre de sa domesticité dans un couloir ou dans une pièce. À table, les assiettes sont servies et desservies, le verre est rempli sans qu'on n'aperçoive rien des mains prestes qui s'en chargent.

La Maison de Hauteville est fort ancienne et remonte aux premières décennies de l'implantation viking en Normandie. Le comte Guillaume de Hauteville, troisième du nom, participa à la conquête de l'Angleterre aux côtés de son glorieux homonyme. La famille comptait un nombre impressionnant de membres ayant pris part à presque toutes les grandes batailles et intrigues de l'Ancien Régime, avec des fortunes diverses. De ce prestigieux passé les de Hauteville avaient hérité un nombre considérable de reliques. Bien sûr on avait changé d'époque et de régime, et quand la notion de patrimoine avait émergé, dans le dernier tiers du XXe siècle, les de Hauteville firent solennellement de nombreux dons à des musées prestigieux et à la Bibliothèque nationale. Quelques-unes de ces vieilleries qu'enfant Jean de Hauteville avait eues sous ses yeux indifférents passionnaient les historiens et fascinaient les petites gens qui y avaient enfin accès. C'était devenu « le patrimoine commun », le bien de tous, et le nom de la famille de Hauteville se trouvait auréolé du prestige de la philanthropie. On avait légué le portrait de l'aïeul Alexandre par Fouquet, un *Livre d'Heures* noir avec des miniatures de Van Eyck, l'incunable *Bible*, enluminée par Jean Pucelle, de Sainte Blanche (car la famille comptait une sainte), les tenues et les harnachements d'apparat des chevaux, etc. La seule chose que Jean fils voulait absolument garder était l'armure complète d'Harkon, premier comte de Hauteville, qui avait reçu son fief dans le Cotentin au lendemain du traité de Saint-Cler-sur-Epte, qui faisait duc un chef de guerre venu du Nord. L'armure ornait fièrement un coin de la bibliothèque. Or, l'entretien de cette pièce de collection hors normes requerrait qu'on l'envoyât tous les deux ans dans un atelier spécialisé qui la démontait entièrement, lui redonnait lustre et poli et la traitait contre la rouille.

Cette lubie d'homme riche coûta la vie à Jean de Hauteville. On ne savait comment, et cela donnait le vertige à la Gestapo, le collectif Sonja Kreütz était parvenu à faire entrer, après sa remise en état, un homme dans l'armure ancestrale sans que personne ne le voie. Lorsque, comme à son habitude, Jean de Hauteville épluchait dans la bibliothèque les informations économiques du soir, il reçut un formidable coup d'estoc, par le dos, en travers du cœur. La lourde épée médiévale resta fichée dans le cadavre jusqu'à l'arrivée des enquêteurs le lendemain matin. Le majordome qui ne trouvait pas Monsieur pour le petit-déjeuner avait arpenté la maison pour lui annoncer que la table était dressée, et l'avait trouvé assis à son bureau, une lame en travers du corps, indubitablement décédé. Les pièces de l'armure, démontée, gisaient non loin du cadavre, en ordre, et la porte-fenêtre qui donnait sur le jardin était entrouverte (ce qui s'avéra une fausse piste).

L'enquête était mal engagée. Personne n'avait rien vu ni entendu et l'on ne trouva nulle empreinte, ni digitale ni de pas dans le jardin (« à croire que le meurtrier volait »). L'atelier spécialisé assura qu'on avait comme d'habitude remonté l'armure vide avant de la caler dans la caisse spécialement conçue pour le transport. On l'avait livrée au domaine de Hauteville au matin du jour du meurtre et replacée dans son coin de la bibliothèque sans rien noter d'inhabituel. La question était de savoir à quel moment l'assassin s'était introduit dans l'armure. Car il s'y était introduit, c'était une certitude, pour se dissimuler une partie de la journée dans la bibliothèque. Les gens de passage n'étaient pas rares dans la maison. Le jour même de son décès Monsieur avait reçu plusieurs visites, on avait vu des livreurs apporter des provisions ainsi que le facteur. Toutes ces personnes s'avérèrent au-dessus de tout soupçon : aucune n'était plus présente à l'heure du meurtre telle que déterminée par le médecin légiste, soit entre vingt-trois heures trente et minuit.

On tint compte du décalage horaire pour prévenir Madame, qui se trouvait dans sa résidence de Dallas, de cette nouvelle tragédie. La troisième en moins de deux ans.

« Quel imbécile, avec son sentimentalisme ! dit froidement Madame. Maintenant je n'ai plus personne au monde. »

On organisa rapidement les funérailles, où l'on vit Mademoiselle. Madame l'ignora totalement. À la fin de la cérémonie la succession de Jean de Hauteville était décidée. La holding de holdings qu'il détenait changeait de main, quoique Madame conservât 51 % des parts, comme ç'avait été le cas pour les deux successions précédentes. La veuve reçut la maison ainsi qu'une pension à vie pour elle et ses trois enfants. Muselée, la presse ne communiqua qu'un avis de décès tout simple dans la rubrique nécrologique du quotidien local.

Notes personnelles (Extrait 3).

Orlane de Hauteville fut admise au sein du collectif Sonja Kreütz, avec le grade de chrysalide de troisième classe par quatre voix contre une. Youri Vicarelli demeurait méfiant à l'égard de cette petite bourgeouille *atteinte de psittacisme, qui déclinait un peu trop facilement le décalogue internationaliste et n'allait probablement nous attirer que des ennuis. Il n'avait pas confiance en son numéro de singe savant qui consistait à citer de mémoire nos maîtres à penser. Il était certain que la petite dinde se dégonflerait dès qu'elle tâterait de la réalité du terrain, nos interminables missions d'élimination des têtes de l'Hydre. Inlassablement on frapperait, jusqu'à ce qu'on trouve le moyen de lui transpercer le cœur une bonne fois pour toutes. Elle n'aurait pas le cran.*

Moi, j'étais certaine qu'Orlane de Hauteville, après sa formation, se révélerait un excellent élément. Bien sûr je croyais en elle parce que j'étais amoureuse. Néanmoins, le fait qu'elle ne nous ait jamais fait défaut, jusqu'à la débandade de Dallas, plaide en faveur de mon intuition initiale. La débandade de

Dallas, le fiasco de Dallas, j'y reviendrai. À présent, je suis une morte qui fait pleuvoir sur le monde son témoignage. Mais avant cela, entre l'admission d'Orlane de Hauteville dans le collectif Sonja Kreütz et l'extermination de nombreux agents à Dallas, par les différents moyens de destruction dont disposait la milice privée de Madame, pendant près de deux ans j'ai été la compagne d'Orlane. Dire que ce furent les plus belles années de mon existence terrestre est un cliché et un mensonge. Nos plus belles années sont celles dont on ne se souvient guère, les premières, quand on vient juste de quitter le néant et qu'on y tient encore du bout des doigts, que le cerveau immature ne fixe que des sensations, des émotions, et pas encore le cauchemar du réel dans son ensemble et dans ses détails, toujours crucifiants. Nos plus belles années sont celles qui précèdent le dressage, le formatage, l'alignement forcé de l'individu sur les normes en vigueur, l'apprentissage de l'obéissance et des règles qu'on ne doit pas discuter. Malheureusement, nos deux ou trois plus belles années de totale liberté ne nous laissent guère de traces conscientes. L'amour seul nous rappelle le goût de cette liberté première. C'est pourquoi il faut s'abandonner à l'amour, à la puissance de l'amour, aux illusions, aux déceptions et à la défaite de l'amour. Par le biais de chacun de ses actes, le collectif Sonja Kreütz affirme : un jour viendra où nous ne serons qu'amour. Et s'il ne vient pas alors l'Humanité est condamnée.

En tant que membre du Conseil et en tant que compagne, je vis les progrès fulgurants d'Orlane. Elle voulait farouchement devenir un agent de terrain. Je lui représentais, avec l'inquiétude d'une amoureuse et la circonspection d'une supérieure, tous les dangers des opérations d'élimination des Maîtres, retranchés dans des palais-forteresses, gardés par des dogues à sang froid, des tireurs d'élite sans pitié, des tortionnaires sans pitié, si l'un des nôtres tombait entre leurs griffes avant d'avoir pu avaler sa capsule de cyanure. Ils commençaient, sans un mot, comme un prélude à l'interrogatoire, par vous amputer des deux jambes sous anesthésie locale, en vous obligeant à regarder, pour que vous sachiez à qui vous aviez affaire. Ensuite, ils posaient les premières questions. L'interrogatoire se poursuivait au rythme des amputations : une cuisse, une question, l'autre cuisse, nouvelle question, les mains, les avant-bras, questions, questions, questions. Et quand vous n'étiez plus qu'un tronc, ils vous abandonnaient au fond d'un ravin, et c'était une délivrance dont vous ne preniez pas la mesure, parce qu'à ce moment-là vous aviez déjà perdu la raison. Et selon les critères des Maîtres ce n'était pas de la cruauté mais du professionnalisme. Parfois, quand la proie était de moindre valeur, les Maîtres laissaient leurs molosses s'amuser un peu, et les supplices étaient bien pires, comme faire fondre lentement les yeux avec un compte-goutte rempli d'acide sulfurique. Les Humains ont assez peu exploré les moyens de se donner du plaisir les uns aux autres. Infinie, en revanche, est leur imagination quand il s'agit de faire souffrir autrui.

Orlane était prévenue et elle n'en démordait pas : le terrain ou rien. Elle apprit encore le chounois et le japonais, au cas où, ainsi que différentes techniques de combat, à mains nues ou avec des armes, du couteau au lance-roquettes. Elle était douée pour une recrue si tardive, très douée même. On aurait dit que son corps n'attendait que ça, le sévère apprentissage des mille et une manières de ne pas mourir, y compris en tuant l'autre de mille et une manières possibles. On lui enseignait aussi les tactiques et les manœuvres de commando. Ses instructeurs qui rechignaient au début, parce qu'Orlane était soi-disant trop âgée, fondaient de grands espoirs sur elle. Avec de l'expérience, elle deviendrait sans nul doute leadeuse d'escouade, elle avait ça dans le sang. Étonnant, n'est-ce pas, une jolie petite fleur de la haute bourgeoisie née avec l'instinct d'une tueuse. Jusqu'au cœur de nos ébats amoureux elle se montrait féline et dominatrice. J'étais folle d'elle. Et folle d'angoisse pour elle. Je connaissais les Maîtres et leurs redoutables chiens de garde, je connaissais le vide et la désolation, comme nous tous, quand on perd un être cher. La perdre était inconcevable. Cependant je ne pouvais pas ne pas l'envisager. Malgré l'amour il fallait demeurer lucide sur la guerre. Et j'en éprouvais un vertige physique qui me laissait hagarde, comme si quelque prêtre aztèque m'arrachait le cœur si vite que je restais en vie quelques secondes, incrédule, entre deux états, un trou sanglant dans la poitrine.

Ces sombres pensées se dissipaient quand je voyais Orlane à l'entraînement physique et intellectuel. Nous ne concevions pas l'un sans l'autre. Il ne s'agissait pas d'acquérir « un esprit sain dans un corps sain ». Nous n'étions pas sains d'esprit. On ne se met pas en tête d'assassiner des banquiers ou des patrons cotés en Bourse quand on est sain d'esprit. Nous assumions notre folie, ce qui correspond à une forme de sagesse, mais nous nous savions contaminés et condamnés par le pouvoir corrosif du poison de la haine. Nous haïssions les Maîtres et leur puissance démesurée, leur contrôle vampirique absolu sur les peuples, leur propagande et leur arrogance. Nous apprenions à nous évaluer nous-mêmes, à nous estimer entre nous, en proportion de l'acide qui nous rongeait de l'intérieur. Les exercices corporels nous permettaient de canaliser et de nous défouler de notre colère. En un mot, nous vouions à la Cause internationaliste une foi sans faille, mais nous n'étions pas animés de bonnes intentions.

Enfin Orlane accéda au grade de chrysalide de première classe et accomplit ses premières missions. Elles se complexifiaient au fur et à mesure et la nouvelle recrue s'acquittait de toutes avec beaucoup de professionnalisme. Elle ne laissait ni traces ni empreintes exploitables par la Gestapo. J'étais un peu crispée lors de sa première mission de combat où elle devait soutirer une information à un valet des Maîtres. C'est toujours dangereux de s'exposer ainsi et d'amener un individu à livrer un renseignement important sans qu'il se doute des enjeux. Orlane s'en tira à merveille. J'avais négligé le fait que son éducation et sa vie parallèle de jet-setteuse occasionnelle lui avaient fourni toutes les armes nécessaires à la dissimulation et à la manipulation. Elle n'eut même pas besoin de coucher avec le dindon de la farce, qu'elle quitta sur la promesse de se retrouver une autre fois dans je ne sais quelle soirée privée. Ainsi elle devint une excellente espionne, comme j'avais toujours su qu'elle le serait pour le collectif Sonja Kreütz. Un an, dix-huit mois passèrent et elle accumulait les succès. Elle se vouait corps et âme à la Cause internationaliste et nous lui faisions entièrement confiance.

Dallas, Texas, jour J

« Je vais me marier. » C'était le seul prétexte qu'avait trouvé Orlane pour justifier une visite à sa mère. Madame avait consenti à accueillir sa fille dans sa résidence principale, où elle se barricadait désormais. Elle avait même congédié le prof de gym, qui était son amant, au motif qu'il avait voté démocrate dans son insouciante jeunesse.

Depuis son repaire, Madame orchestrait à elle seule la bonne marche des holdings dans lesquelles elle avait récupéré les parts majoritaires de ses fils défunts. C'était un travail à temps plus que plein. Non seulement il fallait traiter les affaires courantes comme les investissements, les délocalisations et les licenciements stratégiques, mais encore il fallait garder à l'œil les P.-D.G., qui avaient été les lieutenants des fils disparus, et dont les dents avaient démesurément poussé depuis leur promotion. Car les jeunes loups manœuvraient eux aussi pour s'attirer les bonnes grâces du CA et mener leur propre course à la conquête du pouvoir. Ils avaient pour eux un fait indubitable : Madame n'était pas éternelle. Et, malgré toute son expérience des pires traîtrises et des coups de billard en cinq bandes qu'elle avait elle-même pratiqués, elle ne pouvait exercer un contrôle absolu sur tout. Tôt ou tard, elle commettrait une erreur, elle baisserait malencontreusement sa garde, et alors…

Elle commit effectivement une erreur : elle reçut sa fille, avec Youri Vicarelli dans le rôle du fiancé. Instinctivement Madame et l'homme pétri d'idéaux internationalistes se reconnurent comme ennemis jurés, comme quand un lion rencontre un tigre. L'atmosphère du petit salon où Madame installa le couple se figea comme l'eau sous l'effet du gel. Est-ce que Madame se doutait de quelque chose ? En tout cas elle demanda à deux gardes du corps de rester en faction à la porte du salon. Celui-ci donnait sur le jardin, splendide comme cette maison. Toutefois, Madame vivait calfeutrée à présent, volets clos et rideaux tirés, par crainte des snipers. En outre elle portait en permanence un gilet pare-balles qui la forçait à un maintien plus rigide encore qu'à l'accoutumée.

Tous ces détails étaient connus du collectif Sonja Kreütz, qui avait recueilli quantité de témoignages de la bouche des petites gens de la maison sur « les lubies de la vieille ». Même le professeur de gymnastique avait livré à un soi-disant collègue de précieux détails sur la configuration des lieux. Le problème n'était pas de tuer Madame, elle était là, dans le salon, à la merci de la tueuse qui portait son nom. Néanmoins, ensuite, il fallait s'exfiltrer sans éveiller les soupçons. Il ne fut pas possible d'exécuter le plan prévu et l'opération tourna au désastre.

Au moment où Madame, Youri et Orlane se trouvaient dans le salon, un chauffeur au volant d'une camionnette, aidé de deux livreurs, tous membres du collectif arrivés là en soutien, déchargeait dans le garage les provisions de la semaine. En outre nous avions posté, au bout du seul chemin qui menait à la propriété, deux innocents flâneurs avec des fusils-mitrailleurs dans leur sac à dos, au cas où il faudrait couvrir une retraite précipitée. Nous avions donc en tout sept agents sur place, contre un groupe d'une douzaine d'agents de sécurité aguerris et peu enclins à la pitié ou à l'hésitation.

La première partie du plan se déroula tout à fait comme prévu. Orlane et Youri, encore plus Youri, reçurent un accueil glacial. Ils n'étaient pas les bienvenus et Madame ne leur avait concédé cette visite de courtoisie qu'au nom du sacro-saint respect des convenances. À peine le thé fut-il servi et la bonne retirée que Youri se jeta sur Madame, la clouant au fauteuil d'une main et la bâillonnant de l'autre. Pendant ce temps Orlane, qui était prestement passée derrière sa mère, lui trancha très proprement la carotide. On attendit jusqu'au dernier spasme, on s'assura que ce cœur de pierre avait cessé de battre ce tempo implacable des êtres froids, que nulle émotion ne vient jamais troubler. On engagea même une conversation peu animée, comme il sied chez les gens bien élevés qui font connaissance, Orlane se chargeant de contrefaire la voix de sa mère. Les livreurs avaient déchargé la moitié de la marchandise, le minutage était parfait.

Orlane et Youri sortirent du petit salon au bout d'une demi-heure et déclarèrent aux deux gardes que Madame désirait qu'on la laisse seule un moment. C'est à partir de là que les choses ont dégénéré. Le collectif avait certes réuni un nombre conséquent de renseignements sur le modus vivendi du palais-forteresse, mais on ignorait un détail crucial : Madame ne désirait *surtout pas* qu'on la laisse seule. Au contraire elle vivait sous surveillance constante. Deux étrangers très sûrs d'eux, répétant un ordre impossible, cela éveilla aussitôt les soupçons des gardes. Youri brisa la nuque du premier avant qu'il n'ait eu le temps de dégainer son revolver, mais déjà le deuxième les tenait en joue et donnait l'alerte.

Percevant le remue-ménage dans la maison, qui ne présageait rien de bon, les faux livreurs s'armèrent et firent irruption dans le couloir qui menait à la cuisine, puis à la salle principale. Là, derrière une table de chêne massif renversée, Youri et Orlane soutenaient le feu nourri de huit gardes. Grâce à l'effet de surprise les trois livreurs purent en abattre la moitié. En comptant Madame, cela faisait déjà cinq morts du côté des Maîtres. Le bruit de la fusillade s'était propagé dans le calme de la rase campagne jusqu'aux oreilles des deux pseudo-flâneurs, qui avalèrent le chemin en renfort.

Cependant, quatre autres gardes accouraient dans le couloir et abattirent deux des livreurs. Le troisième répliqua, parvint à tuer un garde et à en blesser un autre au ventre. Il succomba d'une rafale dans le thorax. À ce moment, les deux promeneurs atteignirent à leur tour le couloir et firent un carnage des gardes pris à revers.

Pendant tout ce temps, on s'était pas mal canardé dans la salle principale. Des éclats de chêne jonchaient le sol et l'épais plateau de la table était criblé de balles. Youri avait abattu l'un des gardes et pris une balle dans l'épaule gauche. On avait explosé une rotule et le dernier garde gisait à terre, grimaçant de douleur, tout en continuant à arroser la pièce au fusil-mitrailleur. L'un des deux flâneurs l'acheva et le silence qui régna après ce massacre fut de ceux dans lesquels on pourrait se noyer. Jamais le collectif ne s'était trouvé engagé dans un tel affrontement ni n'avait subi d'aussi lourdes pertes. Trois morts, un blessé et des quantités de cadavres.

Toutefois, il était dit que l'atrocité n'avait point encore atteint son comble. Le personnel de maison, terrorisé, s'était réfugié dans les communs. Les survivants du collectif ne décidèrent pas vraiment, tout s'enchaîna très vite. On prit les pains de C4 dans la camionnette, réservés pour les cas d'extrême urgence. Un des flâneurs resta surveiller la porte des communs avec ordre de tirer sur quiconque tenterait d'en sortir. Pendant ce temps Youri, Orlane et le second promeneur disposaient les explosifs de façon à raser complètement le palais-forteresse et à, disons éliminer les témoins qui pourraient donner des détails sur les membres du collectif. Ainsi se conclut la débandade de Dallas, sur un meurtre de masse, pas du tout comme prévu, avec beaucoup plus de morts que prévu, et parmi eux des innocents qui auraient peut-être adhéré aux thèses internationalistes. Des innocents qui avaient des familles à nourrir. Des innocents dont les orphelins allaient haïr le collectif Sonja Kreütz comme une vulgaire bande de terroristes, et voteraient pour l'Ordre et la Sécurité néolibéraux jusqu'à la fin de leurs jours.

Notes personnelles (Extrait 4).

Sa mère.

Orlane avait appris, naturellement, que le collectif Sonja Kreütz avait assassiné son père et ses trois frères. Nous connaissions bien sa famille et ses pratiques semi-mafieuses qui en avaient fait notre cible. En un sens, les Maîtres sont faciles à comprendre : ils en veulent toujours plus, c'est tout ce qui les motive. Cherchez le pactole, vous trouverez le prédateur.

Quand Orlane nous rejoignit, nous étions en train de planifier l'élimination du premier de ses trois frères. Et nous avions jugé préférable de tenir la sœur en dehors de cette opération. Nous savions bien sûr qu'Orlane n'en était plus au stade du ressentiment ou du mépris vis-à-vis de sa famille. Comme elle en avait toujours été tenue à l'écart elle n'avait développé envers ces étrangers nul lien affectif. Cependant, par précaution, nous ne voulions pas l'impliquer dans les opérations concernant sa famille. On a vu parfois le sang parler au moment le plus inopportun et compromettre une mission.

« Laissez-la-moi », plaida Orlane quand elle apprit qu'on préparait l'assassinat de sa mère. Ce n'était pas un souhait, pas un ordre non plus : c'était une évidence. Elle était avec nous depuis presque deux ans et comptait quelques têtes à son actif. Elle tuait vite, proprement, sans souffrance inutile conformément à notre éthique. Elle avait fait ses preuves et elle voyait là l'épreuve initiatique qui parachèverait sa formation et incrusterait son engagement jusqu'au plus profond d'elle-même. « Laissez-la-moi, répéta Orlane presque suppliante. Tant qu'elle existe c'est comme s'il y avait dans ce monde un double néfaste de moi. C'est logique que ce soit moi qui supprime mon doppelgänger*. Elle représente à elle seule tout*

ce que nous combattons. Je ne me sentirai complète que quand je l'aurai éliminée de mes mains. Ce n'est pas l'effet secondaire exagéré d'une névrose. C'est une question de principe : laisser les lieux au moins aussi propres en partant qu'on les a trouvés en entrant. Rincer la baignoire. Et c'est à moi de le faire. »

Cela méritait une délibération du Conseil. Youri Vicarelli était formellement contre et moi-même je n'étais pas très enthousiaste. Pas à cause d'analyses freudiennes bon marché, tuer le père, évincer la mère, mais parce que je craignais qu'avec ce matricide sans affects, Orlane ne tue une partie d'elle-même et finisse par le regretter, jusqu'à désirer l'expier de quelque manière. Elle était trop jeune et manquait de recul pour savoir que certains de nos actes sont des bombes à retardement que notre inconscient garde en réserve. En même temps, à ce stade, nous n'avions aucun moyen d'approcher Madame dans son bunker. Or Orlane avait un plan des plus astucieux dans lequel elle, et elle seule, pouvait jouer un rôle de premier plan. Finalement, le Conseil résolut d'inclure Orlane à la mission, de la charger d'exécuter le meurtre, mais de lui adjoindre Youri Vicarelli. Il saurait rattraper la situation en cas de dérapage incontrôlé.

Petite sœur

We'll see how brave you are.
Tori Amos

Certes, nous n'avions plus rien à craindre des drones et des patrouilles cybernétiques. Nous avions détruit leur centre de contrôle et ils gisaient çà et là, pantins désarticulés secoués de spasmes, sinistres oiseaux morts aux yeux vides. Toutefois, Niels, commandant de ce qui restait de notre escouade originelle, demeurait prudent comme un loup.

Nous étions, Niels, Djouri et moi, les trois seuls survivants de ce que nous appelions « l'opération Smolska ». Nous l'avions fait, nous avions frappé l'ennemi oriental au cœur, en anéantissant sa centrale à énergie noire (et collatéralement, les vingt-deux millions d'individus qui vivaient dans ce point stratégique du commandement rouge). Tous les canons et la chair affiliée, toute l'artillerie du monde qui se disait, et parfois se croyait libre, n'y seraient pas parvenus. Ce qu'il avait fallu, c'était de petites fourmis comme nous, bien entraînées, discrètes, laborieuses et dévouées jusqu'à la mort. Attention, n'allez pas croire que le patriotisme nous motivait. Ce que nous voulions, par-dessus tout, c'était arrêter cette foutue boucherie qui s'éternisait depuis treize ans. Quatorze, même, en comptant l'année qu'on a dû passer sur place, à Smolska, pour parvenir à nos fins. Douze des nôtres sont morts. Le caporal Edward Cummington, mon compagnon, mon amour, avait succombé d'une balle dans la nuque, après trois mois de tortures et d'interrogatoires. Il n'a pas dit un mot, même quand un équarrisseur tchouktche lui a écorché vif tout le tronc. Les autres non plus n'ont pas parlé, encaissant les sévices, acceptant la mort et niant toute connaissance d'une opération commando. Et nous, qui étions dehors, libres et la peur au ventre, nous avons continué la mission, et nous l'avons menée à terme. Smolska et sa centrale furent rayées de la carte, aspirées dans un trou noir de surface.

La Révolution rouge était à genoux, certes. Toutefois nous, les derniers membres de l'escouade décimée, mais victorieuse, nous trouvions toujours en territoire ennemi. Nous n'avions aucun moyen de contacter notre état-major. Celui-ci, nos généraux, allaient de toute façon se rendre compte très bientôt que l'ennemi était privé de sa principale force de frappe. On lancerait sans tarder l'assaut final sur l'Est. Nous ne pouvions pas communiquer avec notre QG, cependant nous pouvions capter ses communications. Ainsi, nous savions qu'à l'heure actuelle, nous nous trouvions à environ trois cents kilomètres de la ligne de front. Dès que la nouvelle de la totale destruction de Smolska serait connue, notre Armée progresserait sans peur en territoire oriental. Sans les canons à énergie noire qui faisaient toute leur puissance, nous étions à armes égales avec les Orientaux. Et mieux : nous disposions d'un indéniable avantage psychologique.

Néanmoins, jugeait à raison le commandant Niels, nous devions redoubler de prudence. La Révolution rouge n'allait pas se laisser vaincre si facilement. Il lui restait tout de même une armée de dix millions de combattants, dotés d'un équipement dernier cri, dont les armes à énergie noire encore chargées, de blindés, d'une DCA, d'une artillerie lourde et de l'énergie du désespoir. En outre, manifestement schizophrène mais pas totalement idiot, l'état-major ennemi comprendrait vite que l'opération de destruction de sa centrale ne pouvait qu'avoir été menée par un petit groupe. On allait être activement recherché par des patrouilles haineuses et sans pitié, qui contrairement à nous, connaissaient parfaitement le terrain.

Si nous parcourions trente kilomètres par jour, nous pourrions rejoindre le front en dix jours. Ce délai pouvait être raccourci, si le front avançait vers nous. Ainsi marchions-nous dans la taïga, de nuit, tenaillés par le fol espoir et la terreur paranoïaque des patrouilles. De temps à autre, à l'abri dans la forêt, nous distinguions des mouvements de troupes, des colonnes de chars et de lance-missiles. La Révolution rouge avançait ses derniers pions, jetait ses dernières forces dans la bataille.

Trente kilomètres par jour, cela s'avéra bien trop optimiste, dès le départ. Le calcul simpliste était sans cesse contrarié par quelque obstacle naturel, comme les nombreux lacs que nous devions contourner, les nombreux fleuves qui s'écoulaient dans la région, que nous devions longer jusqu'à trouver un gué. De même, toutes les colonnes en route pour le front détachaient systématiquement, sur leurs flancs, des éclaireurs que nous devions éviter, en restant cachés des heures dans un abri rocheux, dans les eaux glacées, parmi les ajoncs, avec une petite paille pour respirer. Quelques fois, nous n'eûmes pas d'autre solution que d'égorger un de ces fouineurs, aux sens aiguisés et nerveux. C'était un risque énorme, cela trahissait, pour l'ennemi, la présence de l'ennemi. Cependant, sur les corps, nous récupérions les armes et les transmetteurs à ondes courtes, qui nous permettaient de suivre et d'anticiper les déplacements des colonnes. Petite victoire qui nous remonta le moral : nous captâmes une conversation entre deux officiers, qui mentionnaient le front « à cent cinquante kilomètres. » À ce moment-là, nous en avions parcouru à peine soixante-dix, ce qui signifiait que les nôtres progressaient vers nous. Patience, prudence, et bientôt nous serions accueillis comme des héros. « Rêve, ma grande, me disais-je avant de sombrer dans le sommeil. Au moins, dans les rêves, la mort ne t'atteint pas. Et si elle vient te prendre, ce sera comme continuer à dormir. »

Le crépuscule était dense, ce soir-là, chargé de menaces indicibles. La veille, au petit matin, nous avions trouvé une caverne profonde, une aubaine rare. J'avais dormi d'un sommeil lourd, avec un sentiment de sécurité primale dont j'avais tâché de jouir, jusqu'aux dernières secondes de ma vie consciente. J'ai dû me réveiller vers seize heures. Djouri, déjà debout, avait préparé du café, enfin l'ersatz militaire que nous appelions café. L'odeur naphteuse flottait jusqu'à mes narines, et je restai quelques secondes à l'inhaler avant d'ouvrir les yeux. Petit plaisir de fuyarde cernée par la mort, ou pire.

« Où est Niels ? » m'enquis-je en buvant ma tasse.

Il était parti en reconnaissance, avec des précautions de Sioux, quelques minutes auparavant. Sans me presser, je fis soigneusement mon paquetage, me passai un peu d'eau sur la figure, tentai de donner à ma chevelure tout emmêlée un semblant d'ordre. Évidemment, nous n'étions pas les stars apprêtées d'un défilé de mode. Néanmoins, chacun tenait à prendre un minimum de soin de sa personne. Nous prenions le plus souvent possible un bain nocturne dans une rivière, nous lavions nos vêtements et sous-vêtements, les hommes se rasaient au couteau. C'était de petits rituels qui nous rassuraient, dans l'angoisse omniprésente de notre périple semé d'embûches. J'avançai jusqu'à l'entrée de la caverne, pour profiter des derniers rayons du soleil qui, sous ces latitudes, se couche tôt. D'ici une heure, les ténèbres seraient totales, et nous reprendrions notre marche incertaine vers le front, vers les nôtres. Je vis Niels, de loin, revenir de sa ronde. Il m'adressa un petit salut de la main. Puis, se tournant vers un tronc d'arbre, il baissa sa braguette, et disparut trois secondes plus tard de ma vue. Je crus à un effet de lumière et me frottai les yeux, machinalement. Quand je les rouvris, je ne vis que le tronc d'arbre, marqué d'un jet d'urine. Une plaisanterie de Niels était hors de question. Du reste, il s'était évanoui trop subitement pour qu'il s'agît d'un jeu. Je doutais de ce que j'avais vu, pourtant je l'avais vu tel quel : Niels pissait contre un arbre et, en un éclair, il n'était plus là.

Mon esprit de militaire entraînée se mit en marche à toute vitesse. Je connaissais, comme tout le monde, le pouvoir désintégrateur des armes à énergie noire. Nous avions détruit la centrale, oui, mais pas tout l'arsenal de l'ennemi. Seule conclusion logique : Niels s'était fait repérer et tirer dessus. Nous étions en danger. Précise, vive, je me repliai dans les profondeurs de la grotte, où Djouri attendait l'ordre de lever le camp. Je lui rapportai ce que je venais de voir.

« Chierie de vérole ! » jura Djouri.

Nous n'avions plus de commandant et c'était à lui, le second, que revenait désormais la direction des opérations. Nous n'avions pas le choix, déclara-t-il après un instant de réflexion. Si une patrouille rouge était là, autour, notre plus sûr refuge demeurait les ténèbres de la caverne. On viendrait la fouiller, mais en restant tapis dans l'ombre on avait une chance de s'en tirer, une toute petite chance. En un éclair, nous ramassâmes nos paquetages, nous armâmes et prîmes position dans une petite anfractuosité.

« S'ils s'approchent à moins de dix pas, on les dégomme à vue, pas de quartiers. »

J'opinai, et nous attendîmes, anxieux, dans un calme étonnant, de longues minutes. Rien ne se passait. Djouri et moi étions tendus à craquer, sûrs de notre dernière heure ici-bas, figés dans un silence que le noir rendait épais comme de la gelée.

« Foutrecouille, murmura Djouri, qu'est-ce qu'ils attendent ? »

Nous nous regardions sans nous voir, médusés. Nous attendîmes ainsi une bonne demi-heure. La nuit tombait sur la taïga. On percevait les battements d'ailes, les croassements, les grattements des mammifères fouisseurs. Bruits familiers de la faune active, mais rien qui trahît une quelconque présence humaine dans les parages. Du reste, le fait même que les animaux nocturnes vaquent à leurs occupations habituelles était le signe le plus convaincant de l'absence du super-prédateur multimillénaire, qu'ils avaient appris à craindre. Il fallait se rendre à l'évidence, aussi inexplicable qu'elle soit : Niels s'était volatilisé on ne savait où ni comment, Djouri et moi étions seuls dans ce coin perdu de la planète.

Toutefois, nous connaissions les mille et une ruses de l'ennemi et savions qu'il gardait mille et une fourberies en réserve. Nous quittâmes notre position et gagnâmes, très lentement, l'entrée de la caverne, chacun longeant une paroi, fusil chargé et en position de tir.

« On va faire une reconnaissance, avait ordonné Djouri. Toi, tu prends à gauche, moi à droite. On se retrouve ici dans trente minutes. »

À part un jeune blaireau, que je tuai dans sa fuite d'un carreau d'arbalète, pour le repas, je ne rencontrai pas âme qui vive. Je retrouvai Djouri, tout aussi décontenancé que moi.

« Corne-cul de la Mère-Molle ! dit-il les dents serrées. Je paierais cher pour savoir ce qui se passe dans ce foutu pays ! »

À vrai dire, moi aussi. Nous étions d'accord pour déguerpir de ces lieux maudits au plus vite.

Djouri et moi rejoignîmes finalement les nôtres, après vingt et un jours. Le front avait progressé, Moscou avait été prise. C'est dans un poste avancé de ce secteur que nous fûmes recueillis. Nous fîmes chacun notre rapport, très circonstancié. On nous convoya, séparément, jusqu'à l'arrière, à Berlin, au QG de l'Armée. Là, nous fûmes longuement interrogés, tour à tour, pour détecter la moindre contradiction dans nos versions respectives. Nous étions à l'isolement, le temps de l'enquête. Nos conditions de détention étaient relativement confortables, mais nous n'avions pas le droit de nous voir, Djouri et moi, ni même de parler à quiconque excepté nos interrogateurs. Ils voulaient connaître, obsessionnellement, « La Vérité. » Je me défendais, j'étais un soldat loyal, je la disais, la vérité.

« Certes, concédaient les interrogateurs qui se succédaient, vous ne mentez certainement pas. Mais ne pas mentir, est-ce dire La Vérité ? »

À leur manière, ils étaient aussi torves et vicieux que les officiers du contre-espionnage oriental.

« Vous dites que ça s'est passé devant une caverne. C'est sûrement vrai. Mais La Vérité exige de savoir quelle caverne exactement, il y en a tellement, alors laquelle était-ce ? »

On décortiquait les données GPS de nos balises, on repérait l'endroit au poil de cul près, puis on reprenait :

« Vous dites que vous faisiez vos besoins derrière un buisson, mais de quelle(s) espèce(s) de plantes s'agissait-il ? Nous devons vraiment connaître tous les détails, vous restez floue sur bien des points. »

On ne nous menaçait pas, mais sur chaque séance d'interrogation planait l'ombre du doute, la suspicion. J'en ressortais, au bout de huit heures, lessivée et furieuse. Toutefois, je ne craquais pas. Je savais ma cellule sous surveillance permanente : le moindre signe d'irritation eût été interprété comme un désaveu, une preuve que je cachais quelque chose, ou que je déformais leur foutue Vérité.

Et puis, un beau matin, on me libéra, comme ça, d'un ordre venu d'en haut. J'allais être réintégrée dans une nouvelle unité combattante. Pas de citation, pas de médaille, pas même un avancement de grade, malgré l'exploit difficile que nous avions accompli.

« C'est dommage que ce soit votre escouade d'amateurs qui soit parvenue jusqu'à Smolska. Si ça avait été un commando des Forces spéciales, l'opération aurait été bouclée en moins de deux mois. »

C'était le système néolibéral dans toute sa splendeur. Seuls les Maîtres avaient le droit de s'arroger le bénéfice d'une victoire. Or, nous avions agi sans ordres, de notre propre initiative. Aucun Maître ne pouvait donc se prévaloir de notre action décisive. Aussi, on l'enregistra comme un simple fait de guerre, anonyme.

Ce fut lors d'un interrogatoire que j'eus enfin l'explication de ce qui était vraisemblablement arrivé au commandant Niels. En fait, notre attentat contre la centrale de Smolska avait dispersé de la matière noire un peu partout. En se condensant, celle-ci formait des micro-trous noirs, au hasard. Les casques de combat avaient été équipés d'un détecteur pour les repérer. Toutefois, ils apparaissaient de façon aléatoire et ils pouvaient vous absorber n'importe où, n'importe quand.

« Et, concluait l'interrogateur, comptez pas sur la technologie pour vous ramener si vous êtes aspirés là-dedans. On sait pas faire. On sait même pas ce que deviennent les individus pris dans ces pièges. »

Autrement dit, en détruisant la centrale nous avions considérablement affaibli l'ennemi, cependant nous avions aussi généré une nouvelle menace, qui frappait indifféremment les deux camps antagonistes.

« Les Forces spéciales auraient fait ça proprement, on ne vous félicite pas pour la merde que vous avez foutue. »

J'étais écœurée, mais d'un autre côté, j'étais soulagée que cesse enfin le cycle accablant des interrogatoires. J'allais retrouver la vie, presque normale, d'un sergent dans une unité, sur le front. J'en profite ici pour dire que je ne revis jamais Djouri.

Mon unité était chargée de nettoyer les villes tombées entre nos mains de leurs dernières poches de résistance. Sale boulot d'exterminateurs de cafards. On avait conquis quasiment toute la Sibérie, brisé la résistance des Évenks et des Bouriates. Les Ouïghours survivants de la quatrième extermination (car les Orientaux leur menaient la vie dure), s'étaient joints à leurs libérateurs. Le gros de notre Armée marchait cap au sud, sur Crèvecœur, QG des forces orientales.

On était en pleine guérilla urbaine, à Oulan-Bator, quand ma vie a basculé. Mon unité, une vingtaine de soldats, luttait au corps à corps avec des rebelles mongols, quand un obus nous est tombé dessus. L'ennemi tenait encore des positions solides en ville, et canardait au jugé, par désespoir ou par crétinerie, inséparables dans ce cas, sachant que les tirs meurtriers allaient anéantir autant des nôtres que des leurs. J'avais pris un méchant coup de baïonnette dans la cuisse gauche, de la part d'une adolescente en deel de combat, extraordinairement belle. J'avais répliqué en lui plantant mon couteau dans l'épaule. Elle avait reculé, avec un cri de douleur et de colère. Elle était debout, son fusil en berne, une main sur sa blessure, ses yeux réduits à deux fentes noires qui me poignardaient de toute la virulence d'une résistante sans espoir. Je cherchais des yeux une retraite parmi les ruines, où gagner un peu de temps. La peur et la douleur me prêtaient une lucidité hors normes. Comme extraite du flux temporel, je voyais la scène se dérouler au ralenti, image par image. Tout, autour de nous, n'était que violence, hurlements bizarrement étirés, souffrance, odeurs de sang et de poudre, lutte, corps emmêlés dans une danse de mort grotesque. Et soudain, j'ai vu l'ombre de l'engin fuselé, comme un faucon en piqué qui fondait sur nous. En une fraction de seconde, j'ai compris. J'ai bondi sur la jeune rebelle mongole avant qu'elle ne puisse réagir et je l'ai entraînée à couvert, derrière un chicot de mur assez épais, espérais-je, pour absorber le souffle de l'explosion. C'était comme si je voyais la Mort tombant du ciel, avec la lenteur d'un flocon de neige. Personne, dans la fureur et la folie du combat, n'avait rien remarqué. L'obus était à six mètres du sol.

« Regarde ! » ai-je dit à la jeune mongole.

Elle avait recouvré sa vivacité et cherchait son poignard pour m'achever. Elle a instinctivement levé les yeux dans la direction que mon doigt pointait. Elle ne bougeait plus. Cinq mètres. Un des miens s'est écroulé à genoux, le ventre ouvert, ses tripes se répandant au sol, comme une grosse chenille éclatée, pleine de sang et de matière fécale. Quatre mètres. J'ai serré la jeune mongole dans mes bras et lui ai couvert la tête de mes mains. Trois mètres. Une raie blanche, comme tracée à la craie, séparait ses cheveux noir profond, lustrés. Deux mètres. La tête d'un résistant, tranchée net à la machette, a roulé jusqu'au pied du mur derrière lequel nous étions abritées. Elle et moi formions une boule compacte, figée dans l'attente. Puis l'explosion, qui a suspendu le Temps.

La jeune mongole restait recroquevillée contre moi, et je caressais doucement ses cheveux lisses et luisants.

« Ne bouge pas, petite sœur, disais-je. Reste tranquille. »

J'ai hasardé un coup d'œil par-dessus le rebord du bout de mur, et le résultat ne m'a guère surprise. C'était toujours le même résultat que depuis l'aube de l'Humanité, quand les Hommes avaient résolu de s'entre-tuer de façon toujours plus efficace, au lieu d'apprendre à vivre ensemble. Il y avait un grand cratère vitrifié et, tout autour, des membres épars : des bras tenant des mitraillettes, des poings serrés sur des couteaux, des troncs éventrés, des têtes calcinées, de la tripaille fumante çà et là. Et, totalement ridicule, la casquette intacte d'Herian Kreütz, notre lieutenant d'unité, se balançant dans la brise au bout d'une tige rouillée, émergeant d'un pilier de béton armé cassé en deux. La prouesse de la guerre, c'est d'allier l'horreur, le comique et l'absurde. Herian Kreütz se tenait derrière le pan de mur moucheté de sang d'une bicoque en ruine, à vingt mètres. Il a décroché et épousseté sa casquette, qui était à portée de main. J'aurais pu, en bon soldat *il fallait* lui faire signe. Ma décision n'était pas encore clairement formulée dans mon esprit. Tout ce que je savais, c'était que je *devais* me taire. Les yeux plissés, le lieutenant essayait de dénombrer les morts des deux camps pour son rapport, opération que le pêle-mêle de corps disloqués rendait impossible. Herian Kreütz hésitait à sortir de sa retraite, il restait là, à attendre je ne savais quoi. Il a fait quelques pas en direction du charnier. Les yeux balayant le sol, il cherchait quelque chose. Soudain un sniper lui a tiré dessus et l'a manqué de peu. Il s'est remis prestement à l'abri, a fait une nouvelle tentative. Quoi qu'il cherchât, ce devait être très important pour lui, assez pour courir le risque. Mais le sniper veillait, et finalement Herian Kreütz a laissé tomber, avec une grimace de dépit. Il s'est prudemment replié vers notre poste le plus proche.

L'adolescente mongole s'est redressée à son tour, pour apprécier le spectacle. Elle a posé sur le champ de ruines un regard à la fois las et dégoûté. À nouveau, je l'ai serrée contre moi.

« Ma pauvre petite sœur, ai-je dit, si jeune et déjà si dure. »

Elle savait que l'obus venait des siens qui, sans relâche, pilonnaient la ville. Elle savait que ce massacre sans discrimination n'était qu'une banale anecdote, que ne retiendraient pas les livres d'Histoire. Une larme débordait l'encre noire de ses yeux.

« Qui as-tu perdu, petite sœur ? » lui ai-je demandé.

Elle a tourné vers moi son stupéfiant visage de vierge guerrière.

« Tout le monde, a-t-elle répondu. Mon dernier oncle est mort maintenant. Je suis seule. »

Alors, elle a fondu en larmes, et j'ai accueilli chacune d'elles au creux de mon épaule, en me répétant : « Plus jamais ça ! Plus jamais de beauté mongole fracassée en pleine jeunesse. » Elle n'avait plus l'intention de me tuer.

Le soir tombait. Çà et là, on entendait encore quelques tirs, des cris de guerre venus de loin. La Mort avait son content de sang et de sottise pour la journée, elle se retirait comme la marée, laissant la ville à ses rancunes et à ses cauchemars. J'ai désinfecté nos blessures, posé des pansements. La jeune mongole me laissait faire, sans dire un mot. La nuit est tombée, et j'ai senti une grande fatigue m'envahir, une fatigue universelle de fin du monde, contre laquelle je ne pouvais rien.

« Est-ce que je suis ta prisonnière ? a-t-elle dit d'un ton neutre. Juste pour savoir. »

Je me suis adossée au mur et je lui ai fait signe de venir s'asseoir à côté de moi. Elle a spontanément posé sa tête sur mon épaule, et j'ai encore caressé ses cheveux soyeux.

« Tu es ma petite sœur, j'ai dit. Tu es ma petite fleur surgie du chaos. »

Et nous nous sommes endormies, enlacées, en sursis.

Elle m'a réveillée bien avant l'aube, selon ses habitudes de tueuse furtive. Ma jambe blessée me lançait, mais je me suis levée, encore à moitié endormie.

« Il ne faut pas rester ici, a-t-elle dit tout bas. Les Loups de la Dernière Étoile vont ratisser la ville. Ils détroussent les cadavres et trafiquent ce qu'ils trouvent. À l'occasion, ils violent et ils tuent aussi. S'ils nous capturent, ils nous vendront comme esclaves au marché de Sang-Hai. »

Elle connaissait un chemin sûr jusqu'aux montagnes. Mais d'abord, je devais quitter mon uniforme de soldat de l'Ouest. Nous avons cherché, à tâtons, parmi les restes humains, de quoi me faire un déguisement mongol vraisemblable. Un deel de combattante, un bonnet, des bottes de feutre. Tout était taché d'un sang poisseux, caillé, écœurant. Pour finir, elle m'a couvert le visage d'un foulard à peu près net, pour masquer mes traits d'Européenne.

Nous nous sommes faufilées parmi les ruines, des ombres dans la nuit. J'avais pris une dose de morphine pour atténuer la douleur, cependant je ne pouvais pas avancer très vite. Si nous faisions une mauvaise rencontre, je ne pourrais pas courir, il faudrait se battre. Et, dans un combat de rue, elle serait handicapée par sa blessure à l'épaule. Nous nous étions nous-mêmes entre-poignardées, nous étions responsables de nos faiblesses respectives. Néanmoins, nous faisions bloc, elle quelques pas devant, en éclaireuse, moi clopinant derrière. J'aurais pu la tuer. Je ne savais pas exactement pourquoi, plutôt, j'avais choisi de la sauver et de la protéger, comme elle me protégeait à présent en nous conduisant hors de la ville. J'avais vu et j'avais commis trop d'atrocités, je suppose. Surtout, j'étais dégoûtée de la guerre. J'avais accompli un acte héroïque, et capital pour la victoire du néolibéralisme occidental. On ne m'en avait même pas remerciée, même pas officieusement. Toutefois, ce n'était pas mon amour-propre qui était blessé, mais, plus profondément, toute ma foi en la justesse de cette guerre. Les Grands Idéaux, ouais, tu parles. Là, soudain, en pleine escarmouche avec les rebelles, j'avais été frappée par la beauté et le courage de cette adolescente, défendant sa vie et sa liberté. Je luttais fondamentalement pour les mêmes valeurs. Elle et moi étions pareilles. C'était ridicule de se battre entre nous. C'était absurde de participer une seconde de plus à ce carnage *pour obéir aux ordres*. Je les emmerdais, les ordres. Et tous les chefs ivres de sang et avides de dollars qui nous les braillaient dans l'oreillette. J'avais ôté et écrabouillé la mienne juste avant de m'endormir. Le Capitalisme occidental allait probablement gagner la Guerre noire, et après ? Est-ce que les peuples seraient plus heureux ? Est-ce que s'ouvrirait une ère de Paix et de Sagesse ? Que dalle ! Les Maîtres, que la guerre enrichissait, continueraient de s'enrichir et de contrôler le Marché. Moi, et toute l'Armée de l'Ouest, nous étions en train d'offrir sur un plateau d'argent (d'argent, ah, ah) un nouveau terrain de jeu à nos Maîtres : l'Orient, qu'ils convoitaient tant. Un obus tombait du ciel. Une jeune femme à la beauté bouleversante allait être réduite en bouillie, pour que les riches s'enrichissent toujours plus. Ma petite sœur, innocente, au milieu du chaos. Alors, merde ! Qu'ils se débrouillent sans moi. On m'avait bien fait comprendre que moi et ma petite épopée, ça ne comptait absolument pas. Je ne leur devais rien et je ne leur manquerais pas. Voilà à quoi je pensais, alors qu'à la faveur de la nuit, nous nous glissions le long de murs criblés d'impacts de balles.

Ma belle petite sœur connaissait tous les sentiers secrets, que son peuple pratiquait depuis des millénaires. Nous sommes arrivées dans son village natal en milieu d'après-midi. Comme je l'ai dit, à partir d'Oulan-Bator, la guerre bifurquait vers le sud, et nous avions pris la direction opposée. Vers les hauts plateaux, et vers la steppe où, tant bien que mal, les nomades persistaient à survivre, loin des soubresauts mortels de la guerre, c'est-à-dire de l'Histoire.

Datchko, le Barde Automne, dit que « le malheur est inéluctable, que notre espèce la sécrète comme les arbres la sève. » Rien de plus vrai dans le monde d'où je viens. Néanmoins, ici, c'était différent. J'ai trouvé un peuple rude, mais honnête et bon. Ma petite sœur a raconté à la tribu rassemblée comment je lui avais sauvé la vie. Le chamane a vu mon âme, paraît-il, et déclaré que j'avais trop souffert, que je méritais le repos. Malgré mon apparence fort différente de la leur, les nomades m'ont adoptée. J'ai appris leur langue, leurs coutumes, et partagé leur existence libre et majestueuse. Un homme a bien voulu de moi, bien que je ne présente pas les traits d'un canon de beauté. Il m'appelle tendrement « Émeraude », à cause de la couleur de mes yeux. Ma petite sœur aussi s'est mariée, et a donné mon nom à sa première fille.

Nous sommes heureux, ici. Je ne sais pas qui a gagné la guerre, ni si elle continue, ni si, finalement, l'Humanité ne s'est pas autodétruite.

Je m'en fous. En tout cas, s'il existe encore, le néolibéralisme ne parvient pas à gangrener la steppe. Il n'y a pas de ressources ici dont il veuille s'emparer. Son mépris envers « cette steppe de merde » nous préserve de ses appétits. Voilà comment j'ai trouvé la paix, l'amour et la liberté, les seules choses qui comptent vraiment. Venez donc vérifier par vous-mêmes. Cessez de vous laisser pourrir par la propagande des Maîtres qui dénigrent les seules choses pour lesquelles la vie vaut la peine d'être vécue, parce qu'elles ne rapportent rien aux actionnaires, et qu'ils ont impérativement besoin de conforter leur règne de servitude, de terreur et d'égocentrisme.

Libérée

En un sens, ma véritable histoire commence par un mauvais choix. Il a fini par me conduire, à la dure, où je suis maintenant, donc ce n'était pas un si mauvais choix. C'est juste que j'étais trop jeune pour me rendre compte de la chance que j'avais, inouïe, de m'engager dans la voie à laquelle j'aspirais confusément. Embrasser quelque cause utile, de nature à bouleverser l'ordre du monde, rien que ça. Il y avait un homme là, tout prêt à me délivrer un passeport d'entrée dans le collectif Ea Vicarelli. Même du haut de mes vingt ans, plutôt indifférente aux affaires politiques, et n'entendant rien à la contre-propagande, j'avais entendu parler du collectif et de sa revue *Aube Rouge*. On en parlait aux informations, pendant que nous dînions en famille, et chaque fois mon père, paisible fonctionnaire moyen, fulminait contre cette vermine néo-bolchevique, et son ambition affichée de saper les fondements de l'ordre néolibéral établi. C'est-à-dire, ce qu'on admettait communément comme « l'ordre naturel des choses », dont j'aurais bien aimé qu'on m'explique en quoi il était un ordre et en quoi il était naturel. Ce n'est ni plus ni moins que la loi du plus fort, qui certes prévaut dans la Nature. Mais nous sommes des Humains, et comme toutes les espèces douées de conscience nous devons dépasser cela. Néanmoins, l'opinion de mon père vaut pour l'opinion générale, conservatrice par instinct et peu informée par paresse. Je me rappelle qu'un jour de désœuvrement, où l'on cherche une raison d'être au temps qui passe, j'étais allée voir quelques vidéos diffusées par *Aube Rouge* sur Internet. Je n'avais pas compris un traître mot d'un débat télévisé, dans lequel un membre du collectif prenait la parole. Je n'essayais pas. Mais je ne voyais pas de raison à la colère inhabituelle de mon père, envers ces gens qui avaient plutôt l'air d'inoffensifs profs de fac de seconde zone.

J'ai rencontré Datchko Braumann, l'un des membres fondateurs et journalistes principaux d'*Aube Rouge*. Des milliers d'images étaient passées par ma rétine, depuis ce jour d'ennui distrait, mais j'ai reconnu tout de suite son visage. Pour mon malheur, au même moment, j'ai rencontré Hirkam-le-Terrible et c'est lui que j'ai choisi dans un premier temps, comme on mise sur le mauvais cheval. Heureusement, l'énorme pouvoir d'attraction que peut exercer un pirate du désert, sur une jeune femme de la classe moyenne urbaine, n'a qu'une portée limitée. Il ne résiste pas à l'épreuve des faits.

Je revois mon père avant qu'on nous passe les cagoules. Court sur pattes, l'embonpoint de la cinquantaine tendant son t-shirt, ses petits yeux à la fois terrifiés et en colère, sur la tête le bob avec le sigle de l'agence de tourisme, qui avait organisé pour notre petite famille (mon père, ma mère et moi) ce voyage « inoubliable et féerique, parmi les plus beaux paysages du monde, et une population locale des plus accueillantes. » Être enlevés par des terroristes pour servir d'otages ne figurait pas dans le programme d'origine. Mon père s'agitait, menaçait un homme du désert, qui mesurait deux têtes de plus que lui, des pires représailles. On allait voir ce qu'on allait voir, bande de malotrus ! Il se ridiculisait, dans une pitoyable tentative pour nous protéger, et j'avais un peu honte de lui. Cependant, depuis vingt ans que j'étais au monde, j'avais appris à le connaître. Il essayait, avec le culot du désespoir, de préserver sa famille, et c'était touchant aussi. Maman me serrait dans ses bras, prête éventuellement à prendre une balle à ma place, si la situation dégénérait, prête à se laisser déshonorer, pour épargner la vertu qu'elle me croyait encore posséder. Pendant que mon père gesticulait en pure perte, elle voulait me cacher les yeux de la scène, et m'assurait absurdement que tout allait bien se passer, comme si j'étais encore une gamine naïve. Après quelques minutes de vociférations paternelles, on l'assomma d'un coup de crosse qui nous ramena à la réalité.

Nous avions quitté Qêsh le matin même et pris la piste pour Eskantylène « et ses mille joyaux ». La piste était bonne et notre 4x4 de location avalait goulûment les kilomètres. Nous aurions dû atteindre Eskantylène en fin d'après-midi. Papa, qui était né ravi, ne cessait de s'émerveiller des beautés du paysage. Maman, plus pragmatique, lui ramenait les yeux sur la route. Allongée en travers de la spacieuse banquette arrière, le casque de mon lecteur MP6 sur les oreilles, je n'entendais rien de ce que mes parents se disaient, et j'ignorais que j'étais absolument d'accord avec mon père. Les paysages étaient fabuleux. Le ciel était d'un bleu dur, insondable, et le soleil impitoyable comme les coups de marteau de quelque démiurge vulcain. Les puissances élémentaires avaient façonné ce décor de dunes, de rocs déchiquetés, dans les lointains duquel on apercevait parfois une caravane. L'air lui-même semblait avoir pris, sous la cuisson, une consistance gélatineuse, qu'on devinait tremblante à fleur de sol ou à la crête des dunes. Vive la climatisation ! Çà et là se découpaient dans ce vertige horizontal les hauts troncs arqués de quelques palmiers, qui signalaient une oasis. Parfois s'y dressaient des tentes, avec des chameaux autour. De petites silhouettes humaines se livraient à d'obscures occupations.

Les terroristes (on pensait que c'en était, au début) ont surgi devant nous, à trois, avec des fusils braqués sur nous, et solidement campés à dos de chameaux, au milieu de la piste. Papa a pilé, sans doute plus de surprise que de peur, ce qui m'a projetée violemment contre les sièges avant. Le temps que je reprenne mes esprits, on m'avait extraite du véhicule, fermement mais sans brutalité. Maman m'a prise dans ses bras. Un homme nous tenait en joue. Papa fulminait et il fut le premier à qui l'on mit un sac de toile sur la tête. Ce qui le rendit encore plus furieux, mais étouffait ses jurons et ses objurgations. C'est là qu'on a fini par l'assommer. En moins de cinq minutes, nous étions ligotés, cagoulés et placés chacun sur un chameau.

« Tiens-toi à moi », me dit l'homme qui tenait les rênes, dans un français parfait.

Je voulais sottement désobéir, me rebeller, mais dès les premiers pas de l'animal je passais mes bras, attachés aux poignets, autour de la taille de mon ravisseur.

« C'est bien, petite demoiselle, tu comprends vite. »

Le ton de voix était un peu moqueur, un peu condescendant, mais pas menaçant.

Nous cheminâmes un certain temps, sans rien voir des endroits par lesquels nous passions. Seule certitude, nous avions quitté le confort de la piste, pour suivre un chemin tortueux parmi les dunes, où les chameaux parfois peinaient dans les sables. De temps à autre, un ordre en arabe déchirait le silence. Il faisait très chaud, naturellement, et avec la cagoule sur la tête c'était infernal. La sueur ruisselait sur mon visage et le long de ma nuque. En bas de mon cou le sac de toile était noué par une cordelette, et cet endroit-là me démangeait atrocement, comme une brûlure sur laquelle on aurait versé du sel. Je ne pouvais que secouer frénétiquement la tête, pour me gratter avec ma cagoule. Comme dans une mauvaise parodie de Villon, mon col savait ce que *poisait* le cul de corde du sac.

Enfin, au bout d'un temps de torture difficile à évaluer, nous fîmes une halte. On nous ôta les sacs de toile, et d'abord, la lumière crue du soleil m'aveugla, comme du plomb en fusion dans les yeux. À ma grande surprise, l'homme qui m'avait prise en croupe me posa délicatement sur le nez une paire de lunettes de soleil.

« La lumière peut faire mal, petite demoiselle. Viens à l'ombre, tu vas boire. »

Il me tira par le bras et, ma vue s'accommodant, je vis que nous étions stationnés dans une toute petite oasis. À vrai dire, un point d'eau avec un puits et quelques palmiers rachitiques. Papa et Maman portaient également des lunettes de soleil. Les preneurs d'otages ne risquaient rien à nous laisser voir cet endroit : où que notre regard se porte, c'était le désert à perte de vue. Un des hommes avait puisé de l'eau fraîche et nous tendait une outre gonflée :

« Buvez doucement, dit-il, sinon vous aurez mal au ventre. Lavez-vous le visage si vous voulez, l'eau ne manque pas par ici. »

Papa avait l'air atterré. Rien, dans sa vie de fonctionnaire moyen, ne l'avait préparé à une telle situation, et il semblait s'en vouloir de son impuissance. L'accablement affaissait ses épaules. Maman restait sur ses gardes. Trois hommes dans la force de l'âge, armés, contre un cadre rondouillard à la calvitie naissante, dont le dernier fait d'armes remontait à la cour de l'école primaire, et deux femmes qui n'auraient pour défense que le cri, c'est-à-dire rien du tout. Elle jetait des coups d'œil méfiants à nos ravisseurs, qui s'étaient regroupés quelques mètres plus loin et parlaient à voix basse. Leur désinvolture à notre égard n'était qu'apparente : ils gardaient un œil sur nous, et leur fusil à la main. En réalité, si nous avions la folle idée de prendre la fuite, nous n'irions pas bien loin. Jamais je ne m'étais sentie aussi seule, aussi démunie, aussi loin de tout qu'en cet instant.

« Qu'est-ce qu'ils nous veulent, à la fin ? s'irritait mon père. Et pourquoi nous ? »

J'avais envie de le consoler et de le calmer : Papa, ça s'appelle la faute à pas de chance, c'est tout. On était au mauvais endroit au mauvais moment, ça aurait pu arriver à n'importe qui d'autre. Maman se crispait, elle aussi, des lueurs d'angoisse zébraient ses grands yeux verts. Je me surpris à faire preuve d'un sang-froid que je ne me connaissais pas. Il n'est pas rare qu'une circonstance exceptionnelle révèle en nous des ressources insoupçonnées. Je fis remarquer qu'à part l'inconfort du voyage à dos de chameau, ces hommes nous traitaient bien. S'ils nous voulaient du mal ils l'auraient fait depuis longtemps, dès le début même. Nous étions manifestement des otages : il était primordial pour eux de nous conserver en vie et si possible en bonne santé. Nous avions de la valeur à leurs yeux, c'était peut-être notre seul atout. Ils faisaient certainement partie d'une de ces organisations terroristes qui fleurissaient comme les roses des sables dans cette région du monde. Nous avions eu la sottise de croire sur parole l'hôtesse de l'agence de voyages, qui nous avait assuré que ce secteur était sans risques. Nos ravisseurs allaient exiger quelque chose en échange de notre libération. Ils l'obtiendraient ou pas, en tout cas nous pouvions espérer le secours de notre gouvernement. Dans l'immédiat nous n'étions pas en danger. Tout ce que nous pouvions faire c'était nous armer de patience.

Détention : vingt et unième jour

Quel endroit extraordinaire !

Pour rompre la monotonie de notre détention, et pour préciser ses manœuvres de séduction sur ma personne, Hirkam-le-Terrible avait organisé une excursion de deux jours pour nous tous, mes parents, Datchko Braumann et moi. L'écrivain et journaliste déclina la proposition. Depuis le temps qu'il l'arpentait, il connaissait toutes les merveilles de la région, et préférait rester ici, à peaufiner je ne sais quel projet littéraire. Le connaissant, je le soupçonnais de se réjouir de ces deux jours de solitude. Non qu'il fût un compagnon de détention difficile ou revêche. Au contraire, on ne l'entendait guère. Il était comme le chat de la maison avec nous, amical mais animé d'une volonté indépendante et impénétrable. La promiscuité lui coûtait. Cela se voyait aux nombreux efforts qu'il déployait pour ne pas gifler Maman, quand elle partait dans une logorrhée de jérémiades sur la cruauté du sort, ou pour ne pas secouer Papa quand il s'affalait sur un divan, abattu et pitoyable, dans le rôle du chef de famille dépassé, qui ne sait comment tirer les siens de ce guêpier. Je voyais Datchko Braumann bouillir intérieurement, mais il se contenait, car il était sage, et savait instinctivement qu'il était inutile d'interférer dans nos affaires.

Hirkam nous avait amenés jusqu'au cimetière de bateaux, qui avait la particularité d'être situé en plein désert, à deux cents kilomètres de la côte la plus proche. À perte de vue, des proues et des poupes incongrues, de supertankers et de porte-conteneurs, émergeaient du sable. Des coques à sec, rongées par les éléments, semblaient posées là comme les cadavres de quelque gigantesque animal marin. Là pointait l'antenne rouillée de ce qui fut le sémaphore, et s'élevait le dôme qui couronnait le phare. Toute une flottille de bateaux de pêche, nettement plus modestes, gisait dans un chaos indémêlable, qui suggérait des chocs violents, une mer démontée, une monstrueuse tempête qui s'était jouée de la protection des digues.

C'était tout ce qu'il restait du port de Nialeh, nous expliqua Hirkam. Trois siècles auparavant l'océan parvenait jusqu'ici, et le port florissant était l'un des plus importants de la Route de la Soie maritime. L'endroit grouillait de vie. Chaque jour, des dizaines de bateaux venaient charger ou décharger leurs marchandises. Mais une catastrophe s'était produite. Les Hommes de ce temps-là avaient considérablement détraqué le système climatique planétaire, et une série de tsunamis étaient venus frapper la côte de plein fouet. Le port avait été englouti, des vagues titanesques avaient brisé et brassé les bateaux, ravagé les installations. L'eau, disait-on, était venue lécher les pieds des montagnes du Shimkaz, à cinq cents kilomètres à l'intérieur des terres. Les survivants s'y étaient réfugiés, et seules trois oasis purent se relever et se reconstruire sur leurs propres ruines. Le phénomène avait cessé aussi brusquement qu'il avait commencé, laissant toute la région recouverte sous une épaisse strate de sable marin. L'océan s'était évaporé au fil des siècles pour une raison inconnue, laissant le port de Nialeh au désert.

« Les Anciens savaient beaucoup plus de choses que nous, conclut Hirkam. Ils sauraient nous dire pourquoi la mer est si loin maintenant. »

J'étais d'accord. Entre notre époque et le temps ancien la connaissance s'était perdue, la chaîne de transmission du savoir s'était irrémédiablement rompue. Nous ne savions presque rien de nos ancêtres et du monde dans lequel ils vivaient. Nos plus éminents savants s'accordaient sur un point : un cataclysme planétaire s'était produit, dont il restait de nombreuses traces. Les avis divergeaient sur sa nature :

dérèglement climatique, qui avait provoqué diverses catastrophes ? Guerre mondiale atomique, qui avait stérilisé des régions entières ? Les preuves abondaient dans les deux sens, aussi les plus sages considéraient qu'il y avait environ trois siècles, un ensemble de phénomènes avaient profondément modifié notre planète, et bouleversé le mode d'existence de l'Humanité. Il était difficile de démêler les légendes locales des faits historiques, conservés (et déformés) dans les mémoires, de génération en génération. Cependant le cimetière de bateaux montrait qu'à un moment de son évolution, l'Humanité avait été capable de construire des navires géants, qui traversaient les océans. En un sens, nous avions régressé vers un degré de civilisation, où le souci premier des structures politiques qui nous gouvernaient, quand il y en avait, était de couvrir les besoins essentiels des populations sous leur responsabilité, ou sous leur contrôle, selon le régime. En France, les années fastes où les récoltes et les fruits de l'élevage dépassaient les besoins, on conservait l'excédent dans des silos et des réfrigérateurs, pour les années maigres. L'État procédait à la distribution mensuelle des denrées, en fonction du nombre d'individus par foyer et de leur âge. On allait à l'école jusqu'à quinze ans, et à partir de là, on effectuait des stages pendant trois ans, selon nos aspirations et nos compétences, dans les services de l'État ou dans des entreprises privées. Il existait une université pour ceux qui manifestaient des dispositions intellectuelles exceptionnelles. Pas moi, donc, modeste étudiante en BTS horticulture, en alternance. Mais je croyais savoir que Datchko Braumann avait fait de brillantes études. Il faudrait que je lui demande ce que l'on y apprenait, et ce qui l'avait incité à prendre la voie de la dissidence.

Pour le moment j'étais avec Hirkam, qui était bien décidé à m'en mettre plein la vue. La soirée était chaude et la Lune ronde, dans la pureté du ciel, accentuait le contour des choses, et rendait les coins sombres plus profonds. Les hommes avaient ramené de la chasse quelque herbivore de race inconnue, dont la chair était tendre et savoureuse.

Après le repas (« très pittoresque », disait Papa, ravi), Hirkam demanda poliment la permission à mes parents de m'emmener une heure en balade au clair de lune. Il jura de sa parole de Prince, qu'aucune intention impure ne l'animait, ce serait une promenade, rien de plus. Il testait leur confiance en lui. Même s'il avait plutôt l'air du chef des Quarante Voleurs, il était de lignée royale et jurait sur son honneur. Papa, un peu intimidé et un peu ridicule, donna son consentement. Maman ne dit rien et me regarda, l'air angoissée, monter en croupe sur la selle double, et partir. Quant à moi, je savais que je ne risquais rien cette fois-là. Hirkam avançait un pion sur son échiquier. Il faisait tellement d'efforts pour se montrer honorable qu'il n'allait certainement pas tout gâcher si vite.

La chevauchée dans le désert sous la Lune. Inoubliable. Je voyais clair dans le jeu d'Hirkam, où il voulait en venir. Du reste il ne s'en cachait pas et il ne me laissait pas insensible. Mais ce soir-là je vis aussi autre chose en lui : de la grandeur d'âme, une fierté et une confiance en soi qui s'insinuèrent jusqu'à mon cœur. Mes dernières réticences cédaient. Je commençais à l'aimer. Hirkam m'avait susurré qu'il m'emmenait dans un des endroits les plus secrets du désert, « avec une certaine grotte dans le Shimkaz », ajouta-t-il mystérieusement. Cela pouvait passer pour une flagornerie d'amoureux qui cherche à subjuguer l'élue de son cœur. Cependant, il l'avait dit d'un ton bas, comme s'il dévoilait quelque secret en langage codé. Je compris qu'il désirait que ses hommes ne l'entendent pas, mais je ne savais pas pourquoi.

Au début les sabots ferrés du cheval résonnaient comme une caisse claire, au petit trot sur la piste gravillonneuse. Nous chevauchâmes vers le nord. Le soleil avait amorcé sa descente immémoriale derrière l'horizon. Nous projetions une ombre démesurée sur les sables, comme si les djinns tiraient dessus. Nous surprenions les dunes en plein mouvement de reptation, très lent. Puis Hirkam éperonna son cheval pour accélérer l'allure, au petit galop. La caisse claire s'enrichit de la pulsation chthonienne de la grosse caisse, sur un rythme soutenu. J'avais passé les bras autour de la taille de mon cavalier, et je parvenais, à travers l'épaisseur de sa tunique, à sentir le jeu de ses muscles manœuvrant la monture. À un moment, je suffoquai et Hirkam, se retournant, me demanda si je désirais faire une pause. Non, surtout pas ! L'ivresse du désert, l'effroyable beauté du désert s'étaient emparées de moi. Je repris mon souffle et tâchais d'adapter ma respiration, ce qui venait en fait assez naturellement. Je commençais à faire corps avec le cheval, à percevoir, parmi les tintements de ses fers et le gong régulier de sa course, les battements sourds de son cœur. La chevauchée prit un tour inattendu : je me rendis compte que le bercement soutenu et puissant de l'animal, et mon sexe frottant contre la selle me procuraient une certaine excitation.

« Plus vite ! », murmurai-je langoureusement à l'oreille du conducteur.

Encore un coup d'éperon complice, et le cheval atteignit le grand galop. C'était délicieux. Nos ombres glissaient sur les bosselures et les serpentements à fleur de sable, que le soleil couchant embrasait de différentes nuances de rouge, du violet sombre à l'orangé. Les clochettes des fers sur la piste, le tom basse du cœur du cheval, les battements extatiques de mon propre cœur et celui, solide comme un taureau, d'Hirkam que je sentais cogner sous ma paume. Nous ne formions qu'un seul étrange animal, un centaure à trois têtes, trois consciences tendues à l'unisson vers le même but. J'eus un orgasme aussi inattendu que libérateur. À ce moment-là je faisais partie de tout ce que je voyais, depuis les cailloux de la piste jusqu'à la voûte céleste, où la Lune souveraine trônait parmi son cortège d'étoiles. Je faisais partie de ce monde. Et je pourrais en faire durablement partie si tel était mon désir. Oh, comme la tête me tournait…

Hirkam fit ralentir le cheval quand nous arrivâmes en vue d'une curieuse formation rocheuse. Peu à peu je revenais de mon vertige. Le réel reprenait possession de moi, mais ça non plus ça n'était pas désagréable. C'était le moment des choses sérieuses qu'on garde pour après l'amour, ou l'équivalent. Hirkam engagea le cheval, au pas, parmi des couloirs rocheux érodés dont les plus élevés montaient à hauteur d'épaule.

« C'est ici que je voulais vous emmener, dit-il à voix basse, comme dans une église. Normalement les femmes n'ont pas le droit d'y pénétrer (voilà pourquoi Hirkam avait chuchoté, pour que ses hommes ne l'entendent pas) On appelle cet endroit la passe ou le labyrinthe. Jusqu'ici c'est une formation naturelle mais attendez, vous allez voir. »

Hirkam, assurément, connaissait parfaitement le chemin. Il tournait à droite, à gauche, encore à droite, tout droit, son œil exercé se fiant à des repères que pour ma part je ne remarquais pas. Et quand nous arrivâmes à ce qui me semblait être le centre de cet endroit bizarre, je me figeai de surprise. C'était un sanctuaire à ciel ouvert, pas du tout naturel, un cercle parfait au milieu duquel le sable formait deux tumulus, avec des pierres tombales réduites à deux chicots. Nous mîmes pied à terre et nous approchâmes des tombes.

Ici, m'expliqua Hirkam, étaient enterrés deux saints, deux héros qui s'étaient battus pour leur idéal sans jamais dévier. Qu'on soit d'Eskantylène, de Qêsh ou de Ghâzim, tout le monde connaissait Hirkam-le-Magnifique et Aïchaëlle de Kûm. Le Terrible était le dernier descendant direct de Yassim, le presque frère d'Hirkam-le-Magnifique (la descendance : on y venait), celui qui avait mené l'Armée prolétarienne à la victoire et installé sa propre dynastie à Eskantylène. On prêtait les serments les plus solennels sur leurs noms. Ainsi avait été scellée la paix toute récente entre les oasis. Se parjurer était extrêmement grave et éminemment dangereux. Car il se disait que les âmes des deux héros avaient le pouvoir de punir les menteurs et les traîtres. La suite me montra que cette prestation de serment était en fait un rituel vide de sens, qui ravive chez les faibles un sentiment d'honneur et de devoir et les revigore un moment, jusqu'à ce qu'ils se parjurent aussi facilement qu'ils ont donné leur parole. Il n'y a que les imbéciles qui ne changent pas d'avis, n'est-ce pas ?

« C'est le lieu le plus sacré des trois oasis que je vous montre là. C'est pour que vous me voyiez sous mon vrai jour. Je suis un homme de bien, croyez-le. Je n'étais pas destiné à devenir un chef de guerre, je ne suis pas l'aîné de la famille mais le benjamin. Mes deux frères sont morts dans ces conflits stupides qui nous déchirent depuis des siècles. On a oublié jusqu'au motif de la querelle. On a tant de fois fait alliance et on s'est tant de fois trahis les uns les autres que, comme qui dirait, nous sommes quittes. C'est ce que j'ai dit lors de la réunion des chefs qui s'est tenue, à mon initiative, il y a un an. L'idée de former enfin un seul État vient de moi. Je ne dis pas cela pour me vanter mais pour vous prouver ma bonne foi quand je dis que je désire la paix plus que tout. »

Je ne saisissais pas. Ou, pour être exacte, je comprenais parfaitement la lassitude d'un homme pour qui la guerre n'était pas une vocation, la fatigue nauséeuse de toutes ces batailles qui avaient décimé les populations. Mais si la paix avait été conclue entre les tribus, à quoi servaient des otages ? On pourrait peut-être soutirer de l'argent à notre gouvernement, mais nos vies ne valaient pas les fonds pour créer un État digne de ce nom. Alors, à quel moment de la pièce intervenions-nous ? Et dans quel but ?

Je sentis à la voix moins assurée d'Hirkam que je touchais là au nœud de l'affaire et que sa réponse n'allait pas me plaire. Sous la Lune, dans ce sanctuaire, il avait l'air ennuyé de qui s'apprête à faire passer pour un détail une clef de la plus haute importance. D'une certaine manière il était à ma merci, puisque selon ses propres termes on ne pouvait mentir en ces lieux. Et c'était justement pour me parler en toute franchise qu'il m'avait amenée ici, sous cette double tutelle de héros morts depuis des siècles.

« Par vos ancêtres, m'enhardis-je, dites-moi donc à quoi nous allons vous servir, Papa, Maman, moi et ce Datchko Braumann ? »

Hirkam s'éclaircissait la gorge pour me livrer le secret d'un État qui n'en était pas encore un. Nous serions une sorte de garantie contre la voracité des multinationales. Nous serions libérés dès que des contrats en bonne et due forme seraient conclus. Il n'était pas question que les richesses de ce territoire fussent pillées au détriment du peuple des oasis. Les holdings, c'était notoire, prenaient tout sans rien donner en échange. Lui-même avait étudié le commerce international dans une école anglaise et savait parfaitement comment on trousse un contrat qui spolie l'une des parties de tous ses droits tout en lui maintenant une apparence de souveraineté. Mais les chefs des tribus ne l'entendaient pas de cette oreille. Ils avaient besoin des moyens financiers et technologiques des multinationales pour installer les infrastructures. Une part conséquente du bénéfice leur serait accordée. Toutefois il y avait une condition : elles devraient s'engager à employer et à former le peuple des oasis. L'État créé, les entreprises seraient nationalisées, et avec l'argent généré on améliorerait le quotidien des sujets. Seulement, tout cela prendrait du temps à être mis en place, et…

Celui qui semblait être le chef du trio s'approcha et dit d'un ton détaché :

« Fini de se dégourdir les jambes, on y va. »

On nous remit les sacs de toile sur la tête et nous repartîmes au pas régulier des chameaux à travers cette immense étendue de sable et de solitude. Là encore le temps n'est guère mesurable. J'avais senti à travers les fibres rêches de la toile que l'intensité lumineuse avait baissé. C'était le soir, le couchant quand nous arrivâmes devant le petit immeuble de la ville fantôme qui serait notre lieu de détention. On nous fit descendre de selle et on nous ôta nos inconfortables capuches, ainsi que nos liens.

« Voici Alaliq, dit le chef. Luxuriante oasis autrefois, avant que ses puits ne tarissent. Plus personne ne vient ici, les pistes sont effacées depuis au moins cent cinquante ans. Pour votre information la ville la plus proche se trouve à quatre cent cinquante kilomètres plein nord. Ici, pas de couverture satellite pour les portables, pas d'Internet. »

Après cette peu engageante entrée en matière on nous conduisit à notre cellule. Nous n'y serions pas seuls.

La pièce était vaste, elle devait correspondre au salon de réception de cet appartement, anciennement de haut standing, au huitième étage de l'immeuble dévasté. Toute la façade qui donnait sur la rue était effondrée, le salon de ce côté-là donnait sur le vide. Il n'avait qu'une entrée devant laquelle était posté un garde en armes. Au fond de la pièce un homme était en train de lire, confortablement calé sur un gigantesque divan. Notre geôlier lui annonça :

« Braumann, tu vas avoir de la compagnie. »

L'homme allongé tourna lentement la tête, nous dévisagea de haut en bas, un par un, prenant tout son temps, puis sans un mot reprit effrontément le cours de sa lecture.

« Hé, Braumann ! continua l'autre. Tu leur expliques le règlement, moi j'ai pas le temps. »

Il conclut laconiquement que le dîner serait servi à dix-neuf heures et se retira, fermant à double tour la porte derrière nous.

Obéissant à un respect des convenances un peu incongru, Papa interrompit l'homme dans sa lecture et se mit en devoir de nous présenter. Ceci fait, il hasarda dans son enthousiasme qui ignorait le peu d'intérêt que ce Monsieur Braumann portait à notre famille :

« Et le règlement ? L'homme tout à l'heure a bien parlé d'un règlement ? »

Monsieur Braumann tenait son livre calé sur un coussin à hauteur de regard. Il ferma les yeux et dit avec une impatience qui s'efforçait de demeurer courtoise :

« Eh bien, Monsieur Monceau, le règlement je vous le montre depuis que vous êtes tous entrés dans cette pièce. La seule chose qu'on doive faire ici, c'est attendre. Attendre quoi, c'est laissé à votre libre choix. Le Père Noël, le retour du Christ, l'épisode dix-huit de *Star Wars*, comme vous voulez. C'est notre seule liberté en ces lieux. Toute fuite est impossible, si jamais cette fantaisie vous démange. Occupez votre temps avec les moyens du bord mais surtout restez patients. Quelque chose finira par se produire, en bien ou en mal, je ne le sais pas. C'est tout ce qu'il y a à savoir. Sinon, côté pratique, on nous apporte de quoi faire nos repas trois fois par jour, à sept heures, à midi et à dix-neuf heures, plus le thé avec des loukoums à cinq heures précises. Il paraît que le chef de cette bande de pouilleux a fait des études en Angleterre. Les lieux, je vous laisse les découvrir par vous-mêmes, c'est plus amusant, ça vous fera une occupation jusqu'au dîner. »

Papa resta estomaqué. L'idée d'attente remuait en lui des émotions désagréables, comme la frustration d'un train en retard ou des invités qui n'arrivent pas. Comme chacun sait, il y a trois types d'individus : les actifs, les passifs et les sages. Papa était sans conteste un actif. Maman de même, quoiqu'elle tendît davantage vers la sagesse. Elle enjoignit son conjoint à s'asseoir et à cesser d'importuner Monsieur Braumann.

« Nous ferions mieux, dit-elle, d'aller voir si nous pouvons trouver les toilettes et la salle de bains, par exemple. »

Détention : seizième jour

« Les hommes, sanglotait Maman sans pouvoir finir sa phrase, les hommes… »

Quoi, les hommes, Maman ? Tu veux dire qu'ils ont une verge qui entre en érection quand ils sont excités, ce qui leur permet de pénétrer la femme qu'ils désirent ? J'ai vingt ans, Maman, tu crois que je l'ignore encore ? Et la femme, Maman ? Quand elle est excitée elle aussi son vagin s'humidifie pour faciliter ce délicieux mouvement de va-et-vient qui conduit au plaisir. N'est-ce pas ainsi que Papa et toi m'avez conçue ? Ne me dis pas que je suis née d'une vierge, ça s'est déjà vu et ça s'est mal terminé. Pourquoi pleures-tu comme si c'était une tragédie de l'existence ? Toi, ma mère, tu restes très discrète sur « la chose », aussi tu fais comme si je ne l'avais pas découverte par moi-même. Je ne peux pas en parler à cœur ouvert avec toi. Tu n'évoques la sexualité qu'avec dégoût et retenue, comme s'il s'agissait d'un secret répugnant. Et tu n'as rien *senti* ? Tu n'as pas décelé que ta fille était devenue une femme ? Tu persistes à me traiter comme une petite fille qu'il faut protéger des turpitudes du monde adulte, et voici que tu pleures et que tu vagis comme si j'allais être conduite droit sur l'autel des sacrifices. Tu n'as pas senti que je suis en train de tomber amoureuse d'Hirkam, à la façon guillerette dont je reviens de nos petits rendez-vous ? Il veut me voir dès que son activité lui en laisse le loisir. Il sait être charmant et charmeur, vois-tu, et ça ne me déplaît pas.

Tu sais, si nos ravisseurs avaient voulu nous violer, un par un, ou pire, ils l'auraient fait depuis longtemps. Si Hirkam me voulait du mal, il n'aurait pas pris la peine de demander à ses *hautement respectables parents* l'honneur d'inviter leur fille à dîner. Il n'aurait pas pris la peine, pour vous rassurer tout à fait sur ses intentions, de s'encombrer de Datchko Braumann dans le rôle du chaperon. Ça l'ennuyait profondément d'ailleurs, ça lui faisait perdre toute une soirée de son sacro-saint travail. Papa, écarté d'entrée de jeu du rôle de protecteur (peut-être parce qu'il n'était pas très crédible), l'avait supplié d'accepter. Il en allait de l'honneur de la famille. Papa disait vraiment n'importe quoi pour se donner l'illusion d'avoir, malgré tout, quelque prise sur la situation d'où il avait été exclu.

L'appartement que nous, les otages, occupions était situé au huitième étage. En dessous, il y avait quatre étages déserts, avec tout de même un garde sur le palier dont les yeux abattus de frustration indiquaient qu'il avait atteint le dernier stade de l'ennui. Le rez-de-chaussée était solidement barricadé et garni d'engins probablement très meurtriers. Le premier étage servait de dortoir et de salon à la garde rapprochée du Maître. Hirkam-le-Terrible avait ses quartiers au deuxième étage.

Ce fut un de ses gardes, en uniforme d'apparat, qui nous fit entrer Datchko Braumann et moi, avec une solennité franchement surjouée, dans une salle apprêtée pour l'occasion. Des tentures à motifs floraux ou géométriques pendaient aux murs. On avait tendu sur la table une nappe brodée aux armes de la Maison d'Eskantylène. Un antique candélabre à sept branches trônait au centre, ses hautes bougies faisant danser les ombres sur le visage amène d'Hirkam-le-Terrible, debout à côté d'une massive chaise sculptée, sur laquelle il m'invita d'un geste élégant à m'asseoir. Datchko Braumann prit place en face de moi, et notre hôte en bout de table. La vaisselle était un peu ébréchée et les couverts d'argent pas très reluisants. L'ensemble dégageait une impression d'ancienneté et de déclin, de vieux trésors miraculés d'une époque de fastes et de magnificence. Le service était assuré par des domestiques qui n'en étaient pas : c'était des soldats en livrée de valets, plus familiers du maniement de la mitrailleuse lourde que de l'art de la table, qui s'acquittaient tant bien que mal de cette tâche qui les rendait nerveux et gauches.

« Veuillez excuser la rusticité de mes hommes, dit Hirkam. Eux ni moi n'avons l'habitude de recevoir des invités. J'ai gagné mon surnom sur les champs de bataille et non dans les cours princières. Cependant je suis prince moi-même, dernier de ma lignée (il y venait), et je n'ai pas totalement oublié les usages en pareil cas. »

Deux soldats serviteurs attendaient derrière leur maître, en faction, un plateau à la main.

« Mademoiselle, reprit Hirkam, c'est à vous de donner l'ordre de servir, comme le veut la bienséance dans nos contrées. »

J'adressai un hochement de tête aux deux hommes impatients et ce fut comme si je les graciais de la peine capitale. On nous servit un copieux couscous avec du vin. Pour ma part je n'étais guère connaisseuse en œnologie, mais après l'avoir goûté Datchko Braumann s'exclama :

« Ça par exemple ! Du vin aromatique des coteaux ouest du Shimkaz, et du meilleur ! »

Satisfait et flatté Hirkam-le-Terrible voulut qu'on porte un toast. C'était presque joyeux et insouciant quoique mon compagnon de cellule et moi-même ne puissions oublier tout à fait notre condition d'otages, et les angoisses mortelles dans lesquelles cette invitation surprenante avait laissé mes parents. Mais Hirkam était lancé et nous devions suivre comme si tout cela était parfaitement normal, ne fût-ce que pour savoir où il voulait en venir.

« Je bois, dit-il, à la beauté de Mademoiselle et la prie humblement de bien vouloir me pardonner de ne pas lui offrir écrin plus digne d'elle. »

Nous nous efforçâmes de trinquer gaiement. C'était une nouvelle étape du plan drague. Toutefois il fallait reconnaître que mon prétendant avait su y mettre les formes.

« Ma chère, dit Hirkam d'une voix onctueuse, sachez qu'on sert en ce moment le même repas à vos parents. Depuis que vous êtes mes… que vous êtes ici, j'ai veillé à ce que vous soyez traités convenablement. Et comme de votre côté vous avez eu la sagesse de vous tenir tranquilles, on peut dire que jusque-là notre cohabitation, et bla, et bla, et bla… »

Tout en mangeant, Hirkam me brossait un exposé fort instructif de géopolitique locale, qui complétait celui que Datchko Braumann nous avait donné quelques jours plus tôt. Après deux siècles d'affrontements stériles pour le contrôle des richesses de la zone, les trois tribus d'Eskantylène, de Qêsh et de Ghâzim avaient conclu un accord historique l'année dernière. En réalité, au cours de ces nombreuses décennies sanglantes, les peuples, matière première de la guerre, étaient dans un état lamentable. Aucune des trois Maisons princières n'avait plus d'armée digne de ce nom. La plupart des hommes en âge de porter les armes avaient été décimés dans les batailles. On était arrivé au point où les naissances ne compensaient plus les morts. On avait là, dans cet immeuble, le gros des troupes d'Eskantylène, soit une cinquantaine d'hommes. Et il en allait de même pour les autres tribus. Des peuples il restait les femmes, les enfants, les vieillards qui avaient combattu et survécu en leur temps, ainsi qu'un nombre considérable d'éclopés de tous âges. Tout le monde était las de guerroyer sans fin dans un combat sans issue. Alors les princes avaient conclu la paix. Plutôt que de servir de chair à canon, la jeune génération serait formée à l'extraction et à la transformation des matières premières. Les aînés de l'aristocratie avaient été envoyés tout spécialement en Occident pour y apprendre l'ingénierie de ces opérations. On allait constituer un État dirigé par les familles princières (« Évidemment, pensa Datchko Braumann, il ne saurait être question de démocratie. Les Maîtres resteront en place, à la tête du peuple soumis. Toujours la même histoire. Et ça s'autoproclame "Armée prolétarienne", quelle blague ! »). On allait ouvrir des écoles, des hôpitaux, réhabiliter les pistes qui reliaient jadis les oasis (« Et avec quel argent ? se demanda Datchko Braumann. Des capitaux étrangers, forcément, donc des mains étrangères qui prennent le contrôle, bande de naïfs, sinon je ne vois pas… »)… une descendance, lâcha Hirkam en détachant chaque syllabe. Datchko Braumann fut brutalement arraché à ses spéculations capitalistiques et je me raidis sur ma chaise. Enfin on y était, au but de cette mise en scène. Disons le comme ça : Hirkam, à mots à peine couverts, me proposait de devenir la princesse d'Eskantylène, pondeuse de fils, qui prendraient femmes, qui pondraient des fils à leur tour. Hirkam avait un reste de noblesse qui exigeait que j'y consente plutôt que de prendre par la force ce qu'il convoitait. Toutes les petites filles rêvent de devenir princesses. Mais pour régner sur qui et avec quel genre de prince ? Un peuple en haillons, à bout de forces, sur un territoire de roc, de sable et de vent, au bras d'un quarantenaire qui avait plus de sang sur les mains qu'une gâchette de la mafia rosse ? Tout le truc me mettait mal à l'aise. Hirkam me plaisait, je crois qu'il ne l'ignorait pas. Cependant je n'en étais pas au stade où j'envisageais autre chose qu'une aventure avec lui. Mais peut-on n'avoir qu'une amourette avec un tel homme ? Je ne répondis rien à l'insinuation. Devinant mon trouble, Hirkam n'insista pas. Le dîner était exquis. On parla de tout, de rien, du reste. Puis je prétextais la fatigue et une légère indisposition pour demander à notre hôte la permission de me retirer. Le repas était terminé de toute façon. Hirkam avait fait apporter des alcools forts et des cigares.

« Bien sûr ma chère, me dit-il avec une œillade qui m'effraya un peu. Ici vos désirs sont des ordres. Je vais profiter de l'excellente compagnie de Monsieur Braumann pour échanger nos vues sur la révolution prolétarienne. Je souhaite que votre malaise s'estompe et que vous passiez une bonne nuit. Tous mes rêves vous appartiennent »

Des ordres, mes désirs ? Mouais, sauf celui de quitter ce maudit endroit pour toujours et de retrouver le cours normal de mon existence.

Instinctivement, nous nous étions installés à l'opposé de ce Braumann qui ne nous accordait qu'une attention minimale. Au moment des repas, par une préséance tacite, nous le laissions se servir en premier. Puis il regagnait son coin où il passait l'essentiel de son temps à lire et à écrire. Tout dans son attitude manifestait le désir d'être laissé tranquille. Il n'était pas désobligeant pour autant, ni même antipathique. Il nous souhaitait le bonjour le matin, il se montra très conciliant sur les tours d'attribution de la salle de bains et de la cuisine. Heureusement, Monsieur Braumann était un homme soigneux et un bon cuisinier. Nos ravisseurs nous avaient permis d'emporter quelques vêtements de rechange dans le 4x4, avant de nous conduire ici. La chaleur était telle dans cette oasis maudite que nous transpirions au moindre effort. Il fallait faire une lessive par jour. Là encore, Monsieur Braumann se comporta en parfait gentleman. J'étais terriblement gênée à l'idée qu'il puisse voir sécher mes petites culottes et mes soutiens-gorge. Mais de même qu'il nous laissait prendre notre douche les premiers et n'en sortait lui-même que décemment vêtu, il partagea l'usage du tancarville avec un tact parfait. Celui-ci était déployé sur la terrasse. Donc, nous faisions notre lessive le matin et placions le séchoir du côté est de la terrasse, afin qu'il prenne le soleil. Sans que quoi que ce soit ne fût dit, Monsieur Braumann ne sortait jamais sur la terrasse tant que nous n'avions pas ramassé nos affaires. Ensuite, il procédait à sa propre lessive, à l'heure où le soleil de midi semblait vouloir écraser le ciel entier sur la surface de la Terre.

La terrasse, nous en profitions le matin au petit-déjeuner et le soir, au moment où le soleil se couchait, allumant derrière lui ces petites chandelles que sont les étoiles, chargées de veiller sur les Hommes en son absence. La Lune était moins fiable, mais quand elle était aux alentours de sa plénitude, elle projetait sur la ville en ruines et le désert immense une lumière féerique, laiteuse et claire à la fois. Les choses, les détails acquéraient une réalité surnaturelle, tandis que les ombres semblaient plus épaisses, gorgées d'une nuit de début des temps.

Jadis, quand Alaliq était une oasis prospère et cet immeuble un lieu de résidence pour familles fortunées, une large baie vitrée devait séparer le salon de la terrasse. Elle avait volé en éclat avec la façade. Au bord, il y avait un muret d'un mètre et ensuite huit étages de vide. C'était pourquoi un seul homme armé suffisait à nous garder : nous n'avions strictement aucun moyen de fuir. Même en admettant que nous parvenions à descendre sans nous faire repérer et à dérober l'un des véhicules tout-terrain que nous apercevions dans le hangar en contrebas, nous n'irions pas loin. Monsieur Braumann, qui se déridait à mesure que notre cohabitation s'organisait, nous révéla que les réservoirs de ces véhicules n'étaient jamais pleins. Au mieux on pourrait parcourir deux cents kilomètres, pour tomber en panne sèche en plein désert. Il en restait deux cent cinquante jusqu'à Ghâzim, l'oasis la plus proche, si lointaine. Effectivement, comme nous l'avait dit d'emblée notre compagnon d'infortune, à part attendre il n'y avait rien que nous puissions faire.

Datchko Braumann, quand je vins à le connaître, n'était ni bourru ni misanthrope. C'était un solitaire mal à l'aise en société, maladroit dans ses relations avec autrui. Cependant, il était capable de pudeur et de délicatesse. Sa première réaction envers ses semblables était invariablement la défiance. Ce n'était pas sans raison. La violence, la sottise, la cupidité, la vanité des Hommes, qu'il avait si souvent vues à l'œuvre, le révoltaient. Aussi, par prudence, il attendait de voir à qui il avait affaire avant d'ouvrir la bouche. Bien sûr mes parents et moi, comme des milliers de gens, connaissions Datchko Braumann, que ce soit sous son pseudonyme de Barde Automne, dans son œuvre littéraire, ou sous son vrai nom en tant que grand reporter.

Il s'était fait prendre trois semaines avant nous, de la façon la plus stupide qui soit (selon ses propres termes) pour un homme expérimenté : son informateur l'avait trahi. Il s'en voulait encore de sa naïveté.

« Les adorateurs d'Injhit, disait-il en serrant les dents, ne faites jamais confiance à cette engeance. On ne sait jamais dans quel camp ils sont et pour cause : ils en changent comme de djellaba, selon les opportunités. »

Datchko Braumann connaissait comme sa poche cette région où il avait effectué plusieurs reportages. Il nous éclaira sur les enjeux dont ce territoire était l'objet, les conflits et les protagonistes qui n'en finissaient pas de se prendre et de se reprendre le territoire. Son sous-sol regorgeait de richesses minières et pétrolières non exploitées. On parlait d'un gisement qui donnerait plusieurs millions de barils par jour pendant au moins vingt ans. On avait aussi trouvé de l'uranium, de l'or, du platine, du minerai de fer. Et enfin, une denrée de plus en plus rare dans un monde gagné par une urbanisation aussi radicale que déraisonnable : un sable parfait pour donner un béton de première qualité.

« Il y a trois siècles, continua Datchko Braumann, toute la zone était complètement différente de ce qu'elle est à présent. D'abord, la mer était beaucoup plus proche. À cette époque, les pôles étaient couverts de glace, mais toute la glace a fondu et le niveau des océans est monté. Les oasis de Maskande et de Touliq ont été noyées. À l'époque dont je vous parle, les oasis étaient reliées entre elles par tout un maillage de pistes. L'immeuble dans lequel nous nous trouvons ainsi que les quelques ruines que nous apercevons ne sont que de faibles vestiges de la splendeur passée d'Alaliq. Les oasis étaient les foyers d'une activité intense. Il faut imaginer des boutiques et des lieux de prière, une administration, des quartiers populeux, des caravanes marchandes sillonnant le désert, des artistes itinérants animant les fêtes et les marchés, une aristocratie régnant sans partage, jusqu'à ce que… »

Datchko Braumann s'interrompit, jeta un coup d'œil inquiet vers la porte et poursuivit à voix basse.

« Ceux qui nous ont kidnappés se sont autoproclamés "Armée révolutionnaire prolétarienne". Laissez-moi rire. Ils sont étroits d'esprit, bourrés de préjugés et ne possèdent pas une once de la noblesse, du courage, de la loyauté à l'Idéal qu'il faut pour mériter ce nom. Mais comme tous les êtres vaniteux et stupides ils n'apprécient guère qu'on les compare à leurs glorieux prédécesseurs, auprès desquels ils font si piètres figures qu'ils sont à peine des copies de copies.

« L'Armée révolutionnaire menée par Hirkam-le-Magnifique et Aïchaëlle de Kûm, ça c'était grandiose ! Désespéré mais grandiose. Hirkam et Aïchaëlle sont parvenus à soulever le peuple des oasis contre leurs Maîtres. Ils ont presque réussi. Mais comme il arrive presque toujours aux idéalistes candides ils ont été trahis et exécutés pas très loin d'ici, dans les montagnes du Shimkaz. Leurs tombes sont là, sous les sables, au centre d'un labyrinthe. Je les ai vues de mes yeux.

« Aujourd'hui le temps des oasis est passé. Il n'en subsiste guère que trois, qui ne sont plus que des bourgades avec quelques monuments vides, oublieuses de leur passé. En gros, depuis deux siècles qu'une compagnie de prospection américaine a trouvé des richesses dans le sous-sol, trois tribus semi-nomades se disputent le territoire. Ils ont conclu une espèce d'accord de paix, c'est-à-dire qu'ils ont cessé de se battre entre eux. Voilà qu'ils veulent fonder une État maintenant. Mais ne vous y trompez pas, ils continuent de manœuvrer les uns contre les autres pour se trouver à la tête de cet État. Nous sommes les prisonniers de la tribu d'Eskantylène, au sud. Au nord règne la tribu de Ghâzim et à l'est celle de Qêsh. À l'ouest il y a l'océan hérissé de carcasses de supertankers. Ici, à Alaliq, nous sommes au centre exact de ce triangle. C'est un territoire neutre, où ont lieu les échanges et les tractations. C'est toujours la même chose au fond. Ceux d'Eskantylène font alliance avec ceux de Ghâzim pour vaincre ceux de Qêsh. Mais ceux de Ghâzim trahissent leur parole et s'allient à ceux de Qêsh, qui trahissent à leur tour pour se joindre à ceux d'Eskantylène, etc. Toutes les combinaisons ont été jouées et rejouées cent fois. Et rien n'avance. Il ne reste plus de par le monde beaucoup d'États capables d'exploiter les ressources de ce secteur. Mais enfin ceux qui y sont intéressés n'attendent qu'une chose : que ces tribus remuantes s'entre-exterminent et leur laissent le champ libre. C'est une histoire vieille comme le monde, vieille comme le Pouvoir, qui est l'émanation des premières sociétés humaines. »

Papa semblait médusé. Lui qui toute sa vie n'avait fait qu'obéir aux ordres de ses supérieurs n'entendait rien à la géopolitique. Quand Datchko Braumann eut fini de parler il résuma sa pensée d'une formule, les yeux écarquillés :

« Ça me dépasse ! »

Maman gardait son calme mais je sentais sa nervosité grandir. Se trouver, femme, monnaie d'échange dans une guerre tribale n'était pas fait pour la rassurer. Ce fut elle qui posa la question fatidique que je n'osais pas formuler, par superstition, enfantine, je l'avoue, pour en conjurer les implications néfastes.

« Et selon vous, que va-t-il nous arriver ? »

Hélas, c'était une question à laquelle nul ne pouvait répondre. La seule chose certaine, c'était qu'on n'avait rien à craindre de nos ravisseurs tant qu'on avait de la valeur à leurs yeux.

« J'ai cru comprendre qu'ils ont demandé une rançon en échange de notre libération. Face à l'opinion publique, notre État dira qu'il ne négocie pas avec des terroristes. Mais des tractations officieuses sont menées en ce moment même. Toutefois ne vous faites pas de fausse joie, le processus peut être très long. Et personnellement je ne crois qu'à moitié à cette histoire de rançon. Nous devons être l'enjeu d'une autre sorte de marché, j'en suis à peu près sûr. La rançon, je le sens, n'est qu'un prétexte pour gagner du temps. Il y a autre chose en dessous, mais j'ignore encore quoi. En outre nous pouvons aussi changer de mains à un moment ou à un autre, et tout serait à recommencer avec de nouveaux interlocuteurs. Ça, c'est dans le meilleur des cas. Nos ravisseurs peuvent perdre patience, ou finalement trouver que nous n'avons pas la valeur escomptée, alors… »

Les yeux de Datchko Braumann se perdirent dans le vide. Toute parole était inutile, on avait parfaitement compris. Cependant il ajouta une note positive qui détendit un peu l'atmosphère. Le choix même de notre lieu de détention, en zone neutre. C'était le seul endroit où les Forces spéciales accepteraient d'intervenir pour nous extrader. Cela signifiait que nos kidnappeurs croyaient en une issue rapide. Pas de perte de temps à nous convoyer depuis une oasis, on avait acheminé les otages jusqu'au point de collecte.

Quinze jours passèrent comme ça. Papa restait hagard, mutique, comme un personnage de film comique égaré au milieu du cauchemar d'une série B d'horreur. Jamais je ne l'avais vu aussi abattu. Jusqu'alors, les circonstances de la vie avaient plutôt épargné notre famille. Et s'il est vrai qu'on se révèle dans l'adversité, alors cette vérité de mon père éclatait au grand jour : il était lâche. Il ne pleurnichait quand même pas, question de contenance et d'apparences à sauver, mais il passait de longues heures prostré sur un divan à fixer un point dans l'espace, comme s'il cherchait à percevoir un dénouement heureux qui surgirait de nulle part. Je lui en voulais sourdement de n'avoir pas les nerfs d'acier de Datchko Braumann, et à ce sentiment se mêlait la pitié. C'est une chose terrible pour une fille d'avoir pitié de son père. Se rendre compte que la statue ne mérite pas son piédestal. Dans la fougue un peu sotte de mes vingt ans j'étais furieuse contre lui, comme s'il m'avait menti toutes ces années, comme s'il m'avait caché sa vraie nature. Aujourd'hui j'ai rétabli la perspective correcte. Comment en vouloir à mon père ? C'était un homme veule, certes, mais honnête : d'emblée il s'était avoué dépassé. Je comprends à présent les sentiments atroces qui le minaient, derrière son mutisme. La terreur le rongeait et le terrassait à petit feu. Il souffrait énormément de son impuissance, mais il avait assez de dignité pour ne pas craquer. La vie m'a appris que tout le monde ne peut pas être un héros.

Maman était plus forte bien que la même terreur la travaillât en permanence, encore aggravée par la conscience de sa faiblesse. Elle n'avait pas confiance en nos geôliers, elle ne pouvait pas croire qu'ils se contenteraient de nous relâcher comme ça, une fois qu'ils auraient obtenu ce qu'ils demandaient. En réalité, comme toutes les mères, elle avait surtout peur pour moi, si jeune, si jolie, une tentation quotidienne pour ces pouilleux qui logeaient dans des appartements dangereusement proches du nôtre, et qui forcément « s'imaginaient des choses. »

C'était toujours le même homme, Youssouf, qui nous apportait la nourriture. Un jeune gaillard du même âge que moi, souriant et aimable. Nous pouvions lui demander de menus services. Il approvisionnait Datchko Braumann en tabac à pipe, car l'écrivain avait de l'argent sur lui. Le moment venu, Youssouf nous apporta des protections périodiques. Il me fit cadeau d'un tube de rouge à lèvres et Maman devint fort soupçonneuse.

« Ça commence comme ça, par de petites attentions. Il veut savoir jusqu'où tu ne peux pas refuser. Méfie-toi de lui ma fille, je vois bien qu'il te regarde à la dérobée. »

Maman manifestait des tendances paranoïaques sous la pression, cependant elle n'avait pas tout à fait tort. Youssouf demeurait courtois et respectueux, mais il multipliait les petits gestes à mon égard, et envers moi seule. Je sus plus tard qu'en réalité, il obéissait aux ordres maladroits d'Hirkam, qui voulait m'amadouer avec des sucreries, et nous faire croire à tous que ses soldats étaient de gentils garçons.

Détention : trente-troisième jour

« Tu sais que tu es la seule femme libre à quatre cents kilomètres à la ronde ? me dit un soir Datchko Braumann. Ils ne toucheraient pas à ta mère parce qu'elle est mariée et qu'ils respectent les liens sacrés. Toi en revanche… »

Lui non plus n'avait pas remarqué qu'Hirkam et moi fleuretions depuis quelque temps déjà. J'avais tendance à me rapprocher de Datchko Braumann, à demi consciemment. Peu à peu nous en étions venus au tutoiement. J'avais besoin d'un père de substitution dans ce psychodrame.

Ce soir-là je ne parvenais pas à trouver le sommeil. Papa ronflait comme un bienheureux et Maman, comme toujours, ne dormait que d'un œil.

« Où tu vas ? chuchota-t-elle alors que je descendais de mon divan.

— Prendre l'air sur la terrasse, je n'arrive pas à dormir. »

Maman n'avait posé qu'une question anodine mais qui m'agaça plus que de raison, je l'admets. C'était comme si je devais lui rendre compte de mes faits et gestes, et dans le silence et l'épaisseur de la nuit je sentais comme écrasant le poids de cette tutelle. J'avais vingt ans et j'étais étudiante, je vivais dans un studio et j'avais mon job en alternance qui finançait en partie mes études. Cependant je dépendais encore de mes parents. J'étais encore tenue en laisse, une chaîne qui me laissait pas mal de latitude, mais soudain ce soir-là je sentis combien cette dépendance me pesait, me rendait vulnérable, comme si d'un coup Maman pouvait rembobiner la laisse et me retenir prisonnière à jamais. C'était exagéré, je le répète. La promiscuité dans laquelle nous étions forcés de vivre exacerbait mon sentiment. Nous étions redevenus une famille qui vivait sous le même toit et nous avions vite repris le modus vivendi qui fut le nôtre de ma naissance à ma sortie du cycle des stages de détermination. Maman, la présence silencieuse de Maman, les regards de Maman, les remarques de Maman…

J'avais besoin d'air. C'était une nuit sans lune ou presque, à peine une fine virgule dans le ciel d'encre. La voûte étoilée, sans la pollution lumineuse propre aux zones urbaines, était splendide. On voyait nettement la Voie Lactée, notre bonne vieille galaxie, avec ses milliards de mondes dont nous ne savions rien. Je me demandais parfois si des extraterrestres étaient au courant de notre existence. Je pariais que oui, et qu'ils avaient résolu de ne pas se faire connaître. Qui voudrait de voisins comme l'espèce humaine ? Avec sa cupidité sans bornes, sa malveillance, ses pulsions autodestructrices, sa loi du plus fort à peine voilée sous un vernis de Raison. Plutôt : la Raison assujettie à la loi du plus fort et lui servant de caution. Non, vraiment, nous n'étions pas des gens fréquentables. À part quelques rares spécimens, qui ne comptaient pour rien dans la course du monde, nous n'avions aucun goût pour la Sagesse, l'Éthique, la Justice, alors qu'elles devaient couler de source dans ces mondes, là-haut, qui avaient choisi de nous ignorer et de nous laisser nous entre-exterminer jusqu'au dernier.

L'odeur du tabac me distrait de mes rêveries cosmiques. Je n'étais pas seule sur la terrasse : Datchko Braumann fumait tranquillement dans un recoin ténébreux où ne luisait que le bout rougeoyant de sa cigarette. Après un échange un peu gêné il m'invita à venir m'asseoir à côté de lui.

« Il y a une banquette ici, c'est confortable. »

Il m'offrit la cigarette que je n'osais lui demander. Je ne fumais que rarement et en inspirant profondément la fumée, j'éprouvais un plaisir grisant, le plaisir paradoxal de la liberté que les produits addictifs procurent. Datchko Braumann ne parlait pas, il restait les yeux rivés sur le ciel.

« Tu t'y connais en astronomie on dirait », dis-je un peu sottement, pour parler.

Il me répondit avec beaucoup de modestie qu'il avait appris la navigation avec un vieux capitaine maori. Bien sûr il connaissait les constellations classiques et les principales étoiles. Mais en matière de navigation nocturne, nul savoir ne dépassait celui des Maoris. Soudain cet homme discret, qui se contentait de vivre à son rythme comme en marge de notre famille, qui n'interférait jamais et ne se plaignait pas non plus, prit une consistance nouvelle à mes yeux. Au jugé il pouvait avoir cinquante-cinq ans et, forcément, il avait toute une vie derrière lui. Tout au « drame de notre détention » comme disait Maman, nous avions été très injustes envers Datchko Braumann, nous ne l'avions pas vraiment compté comme un des nôtres. Objectivement, c'était nous qui étions enfermés avec lui

« C'est des nuits comme ça, où le sommeil me refuse, que je me demande ce que je fais vraiment, ce que je veux vraiment », dit-il sur le ton de la confidence.

Je ne cachais pas ma surprise : n'était-il pas un reporter et un écrivain, connu pour son engagement internationaliste ? En tout cas, lui assurai-je, tous les étudiants en philosophie avaient lu son *Paradoxe de la Liberté*, il n'était pas sans influence sur la jeune génération. Certes, il le savait, il l'admettait, on l'arrêtait parfois dans la rue. Toutefois ce n'était que la partie émergée de l'iceberg.

« N'as-tu jamais le sentiment que ton existence n'est qu'une saynète dans la grande Histoire, écrite pour toi par un autre que toi, et que tu joues malgré toi, sans savoir à quel ensemble plus vaste elle appartient ? Ce n'est peut-être qu'un sentiment encore diffus pour toi, si jeune. Pour moi, à force de l'éprouver, c'est devenu une quasi-certitude. Si on va au bout de ce raisonnement, on ne peut qu'en conclure que tout est écrit d'avance et qu'on ne peut absolument rien y changer. Pour nous, le Temps est une flèche qui ne va que dans un sens. Et comme nous ne sommes pas équipés pour penser autrement qu'en êtres humains, notre conception du Temps et de l'Univers est biaisée. Car nous nous leurrons. Le Temps est une totalité : il contient, depuis la naissance de notre univers, *tous* les instants, concomitamment, sans distinguer de passé, de présent, de futur. Ainsi, un individu est déjà né, pour qui ce moment que nous partageons appartient au passé. Pour ce Futurien, ce qui se produit maintenant ne pouvait pas se produire autrement, exactement comme, pour nous, il est impossible de réécrire l'Histoire, et les petites histoires particulières qui la composent. C'est ce que m'ont appris les Maoris.

« La désespérante logique du Destin réduit nos possibilités d'action à peu de choses. Cependant il existe une troisième voie. Ce qui me sauve de la dépression ce sont les valeurs en lesquelles je crois, car je crois y avoir *librement* adhéré. C'est notre seule marge de manœuvre. C'est d'ailleurs le thème central du livre que tu citais tout à l'heure. »

J'étais d'abord un peu déconcertée face à cet homme qui avouait si franchement ses doutes. Il n'avait pas d'autre intention que d'avoir une conversation d'idées avec moi, ce qui n'était pas pour me déplaire. J'avais vingt ans, cet âge ingrat où l'on vous demande de vous comporter en adulte sans pour autant vous considérer tout à fait comme tel. Datchko Braumann me traitait en égale. Ce que je croyais savoir de la liberté ? La question vint comme ça, naturellement. J'étais candide, c'est vrai, irréfléchie et en colère contre toutes ces choses qui m'étaient imposées. Cette nuit-là, avec Hirkam, je m'étais sentie vivante et libre. Je répondis, je supposais, qu'être libre c'était disposer de soi et de son temps comme on l'entendait. Datchko Braumann sourit dans la pénombre de la terrasse, non pas moqueur mais compréhensif. Je commettais une erreur fondamentale mais fort commune. La plupart des gens s'en tenaient à cette définition : être libre, c'est faire ce qu'on veut quand on veut. De la même façon que les Hommes avaient doté leurs dieux de tous les attributs et de tous les pouvoirs dont eux-mêmes ne jouissaient pas, créant des doubles idéaux d'eux-mêmes, une vie écrasante de servitude et de contraintes amenait fatalement, à première vue, à considérer que la liberté c'était rigoureusement l'inverse, un Soi dégagé de toute obligation. Cependant une telle définition ne correspondait pas à la liberté mais au caprice.

« Imagine, continuait Datchko Braumann, un tel monde, où chacun pourrait faire tout ce qu'il veut. Qu'est-ce qui empêcherait le premier venu de te violer ou de t'assassiner, sans avoir besoin de se justifier ni risquer la moindre condamnation ? Je prends un exemple extrême à dessein, pour te faire comprendre qu'un tel monde serait nécessairement chaotique et dangereux pour quiconque. »

Je hochai la tête. Je reconnaissais que pour faire société nous avions besoin de lois qui délimitent la frontière entre ce qui est permis et ce qui est interdit. Pourtant, remarquai-je, les notions d'interdit et d'autorisé, les tabous et les choses dont on pouvait librement parler variaient d'une culture à l'autre. Par exemple, dans la Rome antique, un citoyen pouvait avoir des relations sexuelles avec un enfant de sept ans, ce que nous considérons avec horreur comme de la pédophilie. Ça et la sodomie rituelle du fils par le père chez les Grecs. Alors comment dégager des lois générales de la diversité des conceptions ? La question était difficile, concéda Datchko Braumann. Tout d'abord nous ne devions pas juger des mœurs d'une culture à l'aune de nos tabous et de nos préjugés. Comme rien dans leur univers ne condamnait ces pratiques, les enfants romains et grecs les considéraient comme la norme et non comme des traumatismes. Dans son livre qui plaisait tant aux philosophes en herbe, il avait voulu montrer que la liberté a ceci de paradoxal que pour en jouir pleinement il faut obéir à certaines règles. La liberté absolue, justement, c'est le caprice et l'irresponsabilité. Le fait était que certains individus puissants, ou bénéficiant d'une protection puissante, pouvaient se livrer à tous leurs caprices en toute impunité. L'argent offrait cette possibilité. Avec beaucoup d'argent on exerce une grande influence, avec beaucoup d'influence on est assuré de ne jamais être inquiété par la justice ordinaire. Toutefois cette impunité ne concernait que la classe des Maîtres, cette minuscule partie de l'Humanité qui captait à son profit la quasi-totalité des richesses. Nous, nous étions des individus sans pouvoir et sans grande influence. Pour nous conduire dans l'existence nous ne pouvions que nous fier aux valeurs en lesquelles nous croyions. On disposait de cette liberté. Un peu comme un acteur qui choisit quoi insuffler à son personnage pour nous le rendre crédible. Notre personnalité est le résultat hasardeux de l'acquis et de l'inné, de la rencontre entre un caractère et tout un ensemble de circonstances que nous ne choisissons pas. Mais l'on peut choisir, dans ce maelström, les valeurs auxquelles adhérer en pleine conscience, comme la Liberté, et vouer sa vie à en explorer les possibilités et les limites.

Datchko Braumann avait une voix envoûtante, basse mais claire. Les mots semblaient sourdre de lui comme la lumière des étoiles. Nous allumâmes une deuxième cigarette et restâmes un moment sans rien dire. Ce n'était pas un silence gêné, plutôt une pause nécessaire pour que les idées pénètrent au plus profond de mon esprit. La fumée s'élevait, dansait un instant, puis s'évanouissait. Une métaphore un peu facile de l'existence humaine. J'étais curieuse de savoir, demandai-je, à quels préceptes les gens libres devaient obéir.

« Certainement pas ceux du néolibéralisme, répondit vivement Datchko Braumann. Ceux-là sont destructeurs pour le monde et pour l'individu. Ils l'asservissent à la machine folle à produire et à consommer, ils en font un pion corvéable et révocable à volonté. La règle d'or c'est le principe de non-nuisance. Un acte libre ne nuit à personne, ni à autrui ni à soi-même. Ça a l'air simple posé comme ça mais ce principe a des conséquences pratiques innombrables. Par exemple, on ne peut pas posséder de véhicule, puisqu'aucun de ceux que nous produisons actuellement n'est sans impact sur l'environnement, qui est le bien de tous. On ne peut consommer de produits venus de pays où l'on déforeste massivement pour développer certaines cultures au détriment de la faune et de la flore. Plus difficile : on doit maîtriser toute émotion nuisible comme la colère ou la peur. On doit examiner soigneusement chaque action et en envisager les conséquences sur soi et sur autrui. Et ce ne sont que quelques exemples. C'est une sacrée gymnastique, crois-moi ! La liberté exige la réflexion, la connaissance de soi et des autres, l'honnêteté intellectuelle, la rigueur. C'est une "rude maîtresse", comme je l'ai écrit autrefois. Néanmoins, à son école, je crois être devenu un homme meilleur. En tout cas j'ai trouvé une forme de paix. »

Ces paroles détonnaient complètement avec le contexte. Datchko Braumann me parlait de non-nuisance et de paix intérieure alors même que nous étions retenus en otage pour des raisons pas très claires. Nous n'étions pas maltraités, loin de là (ô nuit magique au Centre de l'Univers !), mais nous étions justement privés de notre liberté.

« C'est là que tu te trompes, dit calmement Datchko Braumann. Moi, je ne suis pas le prisonnier de ces hommes. Je ne l'ai jamais été. Ils retiennent ma personne, certes, mais pas mon esprit. C'est fâcheux d'être ainsi retenu contre son gré. Je ne te cache pas que je préférerais mille fois être chez moi, auprès de ma compagne et de mes amis. Essayons de voir les choses autrement. Je l'ai dit d'emblée : ici, il n'y a rien à faire qu'attendre. À quoi cette attente impuissante me fait-elle penser ? Aux heures interminables de dressage institutionnel qu'on appelle l'école, où je n'attendais que la sonnerie finale qui me délivrerait de ce conditionnement aux vertus du néolibéralisme. Voilà, par analogie je suis dans la position de l'élève de CM2 que le cours de grammaire ennuie, et qui attend que la cloche sonne. C'est la même chose, à ceci près que les hommes qui nous retiennent n'ont rien à m'apprendre. »

Cela me parut sage. Plutôt que de se lamenter et de ressasser de mornes pensées comme Papa, qui glissait dangereusement vers la dépression, plutôt que de se ronger d'angoisses en imaginant toutes les formes possibles de malheur qui allaient s'abattre fatalement sur nous, tâcher de trouver une situation analogue qui aide à prendre de la distance au lieu de prendre les impondérables en pleine poire. Moi, dis-je, ça me rappelait la file d'attente à la caisse. Cinq personnes devant et la petite vieille qui n'en finit pas de compter sa monnaie. De loin en loin je me rappelais Michaux et les quelques façons jubilatoires qu'il propose pour se débarrasser des importuns. *Le sac à saucissons*, quelle trouvaille ! Et je me sentais mieux, comme si je m'étais offert une escapade à l'insu de mes geôliers.

« Tu vois, dit Datchko Braumann, ce n'est pas un bien grand secret que je te révèle là. C'est tout juste un petit truc d'hygiène mentale.

Soudain tu n'es plus une prisonnière, plus *seulement* ça, mais aussi un être pensant jouissant de toutes ses facultés. »

Des capitaux chounois, européens, rosses, américains, étaient prêts à pleuvoir sur le petit État tout nouvellement créé, qui avait pris le nom consensuel de Shimkaz, du nom du plateau montagneux qui domine les trois oasis. Des consortiums pétroliers et miniers avaient préparé des contrats d'exploitation en or, qui respectaient point par point les desiderata des chefs de clans, tout en les dépouillant d'à peu près tous leurs droits sur les ressources. Hirkam décela les chausse-trapes : il n'était pas question de livrer en pâture les richesses à de vieux requins qui s'étaient entendus en amont pour se partager le gâteau. Les négociations traînèrent interminablement. Les contrats furent revus, truffés de nouveaux pièges.

En outre, il restait la question des otages – nous. Lors d'une visite officielle de quelque magnat du pétrole, très médiatisée, Datchko Braumann était parvenu en entrer en contact avec un confrère journaliste, qui avait divulgué l'information partout où il restait des médias et une opinion publique. Elle fit l'effet d'une bombe. Comme tous les contes de fées, celui de ce nouvel État parti de rien comportait un élément perturbateur, qui entachait quelque peu la *success story*.

Familière des manipulations d'opinion de ce genre, la presse fit passer notre libération (car il avait bien fallu y consentir) pour un acte sage, un heureux présage, presque un acte héroïque, puisque le jeune État se délestait de sa garantie avant même que le moindre contrat ne fût signé. L'opinion, qui s'entêtait dans l'illusion que le pot de terre pouvait l'emporter sur le pot de fer, fut satisfaite.

J'ai librement choisi de donner mon cœur à Hirkam. Depuis la chevauchée fantastique, lui et moi avions passé de nombreux moments ensemble et il avait fini par m'envoûter. Il m'avait montré l'homme sous le chef de guerre, il m'avait confié ses doutes, ses craintes, ses espoirs aussi, et c'était une preuve de la confiance dont il m'honorait. Il ne se réduisait pas à un pirate, un ravisseur, une espèce de monstre sans foi ni loi. Ce n'était qu'un homme et, à vrai dire, un très bel homme. Il nous a emmenés, Papa et moi, jusqu'à son fief d'Eskantylène. Nous n'avons pas « consommé », comme aurait dit Maman, nous avons fait l'amour. Maman, si tu savais comme c'était fabuleux. Quand tout le monde a été couché, surtout Papa, Hirkam est venu frapper à la porte de ma suite. Nous nous étions mis d'accord pour notre première nuit d'amour. Elle serait à nous et rien qu'à nous, hors des murs du palais et de tout ce qu'il représentait. Il y a dans les montagnes du Shimkaz une grotte appelée « La Conque de la Mariée ». Rares sont ceux qui en connaissent l'emplacement, c'est un secret qui se transmet de père en fils. C'est là que les amants doivent faire l'amour pour la première fois. C'est un lieu magique. Son ouverture est une fente étroite dans la roche, l'intérieur est comme celui d'un œuf, avec ses parois de granit rose presque lisses. On croirait entrer dans un sexe de femme. D'ailleurs, sa vocation primitive était de servir de temple à une ancienne déesse de la fécondité. L'antique autel taillé à même la roche est toujours là, comme une présence bienfaisante. Je ne suis pas naïve, je savais bien qu'Hirkam avait connu de nombreuses femmes avant moi. Il me désirait, c'est évident depuis le début, mais pas comme une vulgaire fille à soldats. Comme une princesse. Il a été très tendre, très affectueux. Il m'a donné du plaisir comme aucun homme auparavant.

Je restai donc auprès d'Hirkam. Papa et Maman désapprouvèrent mon choix, Datchko Braumann le respecta.

« De tous les chemins qui mènent à la liberté, me dit-il au moment du départ, tu prends le plus difficile. C'est parfois le plus fructueux. Cela t'appartient, je ne saurais t'en blâmer. »

J'étais majeure et libre de disposer de mon existence comme bon me semblait. Bien sûr, les nombreuses discussions que j'avais eues avec Datchko Braumann m'avaient donné à réfléchir. J'avais acquis grâce à lui les rudiments de l'Internationalisme et, à vrai dire, je m'y retrouvais tout à fait, humainement et politiquement parlant. Toutefois, je n'étais pas une intellectuelle, j'avais besoin d'expériences concrètes pour comprendre les choses par moi-même. Mon amour pour le bel Hirkam était sincère, je devais lui laisser une chance. Cependant, si je consentais à devenir princesse d'Eskantylène, c'était pour m'engager en faveur de son peuple. Pendant notre visite dans l'oasis d'Hirkam, j'avais eu le loisir de rencontrer mes futurs sujets. La misère, l'abattement, le désespoir même qui se lisaient dans des yeux de tous les âges m'avaient vivement impressionnée. Ces pauvres gens ressemblaient à des horloges cassées qui continuaient de donner l'heure, par habitude, sans vitalité, sans raison précise. Ils avaient besoin d'espoir, d'un horizon vers lequel se projeter. Dans ma fougueuse jeunesse je me berçais de l'illusion que je pourrais insuffler de nouveau la vie dans l'oasis. J'apporterais les habitudes des démocraties néolibérales, je serais une Première Dame entièrement dévouée à des causes sociales, proche du Peuple, intermédiaire bienveillante entre lui et les hautes sphères du pouvoir.

Mâchoires serrées, Papa me fit des adieux glacials. Une fois de plus tout cela le dépassait, et c'était une fois de trop. Sa propre fille, amoureuse d'un sauvage qui les avait enlevés ! Maman, sanglotante, me dit que quand je serais revenue à la raison, la porte de la maison me serait ouverte, et à mes enfants si j'en avais. Elle occultait complètement Hirkam, c'était sa façon de gérer les sentiments contradictoires que la réalité suscitait en elle.

Bien entendu, ni Hirkam ni les autres chefs de tribus n'étaient vraiment de taille en affaires, ni ne disposaient de juristes qualifiés pour éplucher les contrats dans leurs moindres détails. Hirkam avait vu les plus grossières manœuvres, les plus subtiles lui échappèrent. Les rudes hommes du désert avaient tendance à se fier aux hommes et à leur parole d'honneur plutôt qu'à la chose écrite. Un comble, quand on songe au nombre incalculable de fois où ils s'étaient prêté serment et trahis les uns les autres. C'était un régal pour les spécialistes du poker menteur du Capitalisme, qui prêtaient serment sans scrupules sur une chose dont ils étaient totalement dénués. Les consortiums, holdings et autres sous-traitants, roués à la manipulation, envoyèrent leurs meilleurs négociateurs, qui inspiraient confiance et qui savaient évoquer, avec des mots à double sens, les splendeurs d'un avenir radieux. Peu à peu, ils corrompaient leurs interlocuteurs.

Le Capital dota le Shimkaz d'un palais présidentiel et des infrastructures nécessaires au traitement et au transport des matières premières. On mit au travail les femmes et les enfants à partir de douze ans, pour des salaires de misère, dans des conditions très pénibles et sans aucun respect des normes de sécurité. Les accidents étaient fréquents dans les mines et souvent mortels. Comme il n'y avait ni assurances ni sécurité sociale, les blessés en étaient réduits à vivre aux dépens de leur famille ou à la mendicité. Bref, en quelques années, le Shimkaz devint, comme tant d'autres États, un paradoxe. Ses richesses naturelles, exploitées par des sociétés étrangères, ne lui profitaient pas. Son aristocratie corrompue vivait dans l'opulence tandis que sa population survivotait sous le seuil de pauvreté.

Détention : trente-septième jour

Papa avait obtenu d'Hirkam-le-Terrible qu'un de ses soldats lui fît faire le tour des installations de cette base militaire au milieu de nulle part. On ne l'avait pas vu de l'après-midi. Maman s'affairait dans la cuisine. C'était un de ces jours où elle avait trouvé à canaliser ses angoisses dans quelque activité utile qui l'en distrayait. Datchko Braumann était sur la terrasse et, en cette fin de journée paresseuse, j'avais bien envie moi aussi de profiter des rayons supportables du soleil déclinant. Mais je n'osais pas déranger le Barde Automne qui, me tournant le dos, noircissait une page en buvant du thé. Je me tenais contre le montant de ce qui fut la baie vitrée, indécise comme une petite fille timide.

Cinq minutes passèrent, six, puis Datchko Braumann fit une pause méditative. Les yeux perdus dans le bleu royal du ciel, il tirait pensivement sur sa pipe. Un homme en train d'écrire n'est guère un spectacle passionnant, pas comme un sculpteur en train d'extraire de la pierre la forme qu'il a en tête. Mais si j'avais pu pénétrer les pensées de Datchko Braumann, nul doute que j'aurais eu accès à de fabuleuses richesses, des nœuds de contradictions, des idées fugitives qui se formaient, dont certaines portaient la charge énergétique suffisante pour se frayer un chemin jusqu'à la conscience.

Sept minutes, peut-être presque huit. J'émis un toussotement pour signaler ma présence. Datchko Braumann tressauta, comme si son esprit rappelé, en regagnant ce plan de réalité-ci, produisait dans son corps un léger électrochoc. Datchko Braumann se tourna vers moi et me sourit.

« Tiens, te voilà. Je croyais que tu étais partie avec ton père. Viens si tu veux, on va regarder le soleil se coucher ensemble. »

Je répondis absurdement « davier », pour me corriger immédiatement :

« D'accord, c'est gentil. »

Cet homme produisait sur moi un effet contradictoire. À la fois il m'attirait et il m'intimidait. Avec nous, il faisait son possible pour se rendre accessible, et même agréable. Par ailleurs il maintenait une distance pudique et ne parlait jamais de ses travaux en cours. Sa modestie le lui interdisait. Il avait compris que nous n'étions pas de grands esprits, et ne voulait pas nous froisser en abordant des sujets qui nous auraient fait nous sentir des imbéciles ou des incultes.

Je pris place à côté de lui. Datchko Braumann posa son carnet et son stylo par terre, et ralluma sa pipe avec un sourire de satisfaction. Je n'osais pas poser la question qui me brûlait les lèvres. J'étais comme Perceval chez le Roi Pêcheur qui, obéissant à une injonction maternelle, n'ouvre pas la bouche alors que c'est justement le moment de le faire. Nous étions, Datchko Braumann et moi, deux mondes qui n'étaient pas censés se rencontrer, que seul un mauvais concours de circonstances avait réunis dans ce lieu étrange. Je ne trouvais pas les mots, je ne savais pas comment on s'adresse à un écrivain. Datchko Braumann fumait tranquillement, plissant les yeux dans la lumière encore intense.

« C'est toujours lui que je regarde, dit-il en pointant le bout de sa pipe vers le ciel. Pour me remettre les idées en place. Il me rappelle qu'il est là pour tout le monde, le même pour tout le monde, comme le soleil et le sable, la pluie et la Terre entière. Ça me réconforte, pas toi ? »

Je ne savais que penser. L'autre soir on avait parlé de la liberté, maintenant du ciel. Je sentais qu'il y avait quelque chose d'évident pour Datchko Braumann, un lien, une cohérence entre toutes ces idées, mais la clef me manquait pour les réunir. Je n'étais qu'une étudiante en horticulture. Mon monde, c'était le soin des fleurs, la vie d'étudiante et d'employée en alternance, plaisant pour moi mais sans rien qui élève l'esprit jusqu'aux altitudes stratosphériques où celui de Datchko Braumann avait l'air d'évoluer à son aise.

« Moi, dis-je, le ciel me donne le temps qu'il fait. Je relève la température, je surveille la direction des vents, la formation des nuages. Comme ça, je sais s'il faut sortir certains plants, en rentrer d'autres. Si j'ose dire, c'est un ciel très terre à terre. Après, je sais qu'il y a l'infini, les étoiles qui sont les soleils de tous ces mondes au-dessus de nos têtes, mais je ne suis pas une poétesse. »

Datchko Braumann m'écoutait parler avec un sourire bienveillant, en tirant sur sa pipe.

« Ciel terre à terre, répéta-t-il, c'est une jolie formule. Horticultrice, hein ? C'est un beau métier. Tu mets la beauté dans le monde et tu vis à son rythme. Tu sais, il y a mille et une façons de faire de la poésie, la tienne en vaut une autre. »

Ce n'était pas si différent de ce qu'il essayait de faire lui-même au sein du collectif Ea Vicarelli, à travers *Aube Rouge*, leur organe de diffusion. Lui et tous les membres du collectif tentaient de faire pousser une fleur dans le cœur de chacun, et c'était une rude tâche. Eux aussi devaient sans cesse observer ce ciel changeant qu'on appelle l'opinion publique. Si j'avais entendu parler de l'Internationalisme ? J'acquiesçai, avec un bémol. Je ne lisais pas *Aube Rouge*. Je n'en connaissais que ce que la propagande d'État en disait : une utopie d'idéalistes hors sol, une idéologie sans issue et qui fleuretait sans cesse avec les limites de la légalité. Des presque terroristes qui menaçaient l'ordre établi. Mais nous étions une nation unie et rationnelle, n'est-ce pas ? Cependant, je ne croyais pas à ce discours. J'étais jeune et sans beaucoup de recul, mais je trouvais louche cet éreintement systématique, dans les médias officiels, des publications, somme toute confidentielles, d'intellectuels qui ne donnaient pas l'impression de constituer une menace pour la sécurité de l'État. D'ailleurs, si les Maîtres trouvaient Aube Rouge si dangereuse, pourquoi ne la censuraient-ils pas ? Donc ils ne croyaient qu'à moitié à leurs propres critiques.

« Dans notre pays, la Constitution garantit encore la liberté d'expression, renchérit Datchko Braumann. Ce sont nos idées, notre idéal qui leur font peur. Notre programme tient en une formule : une même planète, une seule Humanité. Nous pensons que la seule chance de survie de l'espèce humaine, c'est de ne faire qu'une. Il faut dépasser nos clivages nationaux, culturels, ethniques, religieux, etc. Nous avons besoin d'un saut cognitif planétaire. »

Le monde était dans un état pitoyable. Les deux tiers ne disposaient même pas d'un État. Dans ces vastes zones sans organisation politique, la loi arbitraire du plus fort régnait. Des chefs de meutes s'étaient taillé des territoires qu'ils contrôlaient et exploitaient par la terreur. Plusieurs collectifs s'étaient constitués dans ces zones de non-droit. *Aube Rouge* accueillait dans ses pages leurs comptes rendus, leurs témoignages, leurs créations littéraires.

« Voilà ce que l'État appelle notre activité subversive : donner la parole à de braves gens qui désirent la liberté, la paix, l'union par-delà les différences. »

Sept années avaient passé depuis nos adieux quand je frappai à la porte de Datchko Braumann. C'était la première, et peut-être la seule personne que j'avais vraiment envie de voir depuis mon retour. Mes parents ? Ils étaient venus chaque année passer deux mois au Shimkaz, reçus comme des hôtes princiers, et ne se rendaient compte de rien. Ils ne voulaient pas voir. Ils ne voulaient pas connaître l'envers du décor, les bidonvilles et les enfants mourant du typhus. Ils se contentaient de profiter des largesses d'Hirkam et de la magnificence d'Eskantylène. Ils montraient l'aveuglement du touriste devant un porteur d'eau, qui trouve cela très couleur locale, sans réfléchir plus loin que ce pauvre homme se crevait à la tâche pour quelques cents par jour. Ils étaient imprégnés du cynisme inhérent à l'idéologie néolibérale : si ce pays comptait quelques mendiants, c'était que la richesse y était suffisante pour ruisseler jusque dans l'escarcelle des plus démunis. Ils avaient la servilité des petits rouages de la Grande Machine : depuis qu'Hirkam était devenu un Maître ils ne tarissaient pas d'éloges sur lui. Ils me dégoûtaient.

Hirkam, justement. Il était devenu exactement ce que les financiers, seuls véritables maîtres du pays, attendaient qu'il fût. Il était autoritaire et sans scrupules, docile avec les grands patrons, inflexible envers son peuple – ce qui est le même vice. Notre couple s'avéra stérile. Hirkam prit une deuxième épouse qui lui donna trois fils en trois ans, puis une troisième, plus jeune, et il finit par ne même plus me voir. J'errais comme un fantôme dans les couloirs du palais, où les domestiques persistaient à me saluer comme une princesse par un reste de bienséance, par habitude. Il ne me retint pas de le quitter, il m'offrit même le billet retour et me donna cent mille dollars « pour services rendus à l'État. » Sick sic. Cela montrait assez son soulagement d'être définitivement débarrassé de moi. Si j'étais restée un mois de plus, je crois que je l'aurais égorgé de mes propres mains.

Mes parents n'avaient pas compris que je reste au Shimkaz et ils ne comprendraient pas davantage que j'en sois partie. Le temps viendrait des explications. J'étais demeurée sept ans à l'étranger et à mon retour, ce qui ressemblait le plus à un ami était Datchko Braumann.

« Tiens donc ! s'exclama-t-il. La Princesse ! »

Il m'invita à entrer, m'offrit du thé. Il était ravi de me voir mais sa mine s'assombrit quand je lui fis le récit de mes aventures et lui brossai la triste situation du Shimkaz. Il n'était pas si surpris que ça que les choses aient tourné de cette façon. Il n'avait hélas que trop vu de cas similaires dans son expérience de reporter.

« L'âme humaine, dit-il un peu mystérieusement, obéit à une mathématique qui reste à découvrir. En partant du résultat on devrait pouvoir remonter aux lois de base. Je crains qu'on n'aime pas ce qu'on trouve. Ma compagne… »

Il laissa sa phrase en suspens et tourna les yeux vers l'horloge murale. Ea Vicarelli rentrerait d'ici une heure et il n'avait pas fait les courses pour le dîner, c'était un peu gênant.

« Écoute, dit-il, laisse-moi t'inviter ce soir. Si ça ne t'ennuie pas, allons faire les courses ensemble, c'est à deux pas. Tu m'aideras pour le menu. Moi, je ne sais jamais quoi prendre et je finis toujours par me rabattre sur une blanquette. »

Marché conclu. Après les intrigues de palais, les courbettes des vizirs et l'étiquette byzantine du Shimkaz, c'était un vrai plaisir de trouver un homme simple, un simple homme avec une érudition vertigineuse, une œuvre conséquente, un engagement politique jamais démenti et des problèmes domestiques absolument normaux. Il y avait quelque chose de comique et de touchant à imaginer l'auteur de *Complotisme et contre-propagande* hésiter devant une entrecôte ou du poulet rôti. « La vérité *alternative* est une contradiction dans les termes », me remémorais-je pendant que Datchko Braumann s'habillait pour sortir.

Le dîner fut joyeux, animé, brillant. Ea Vicarelli, compagne de « ce vieil allumé qui n'a que la liberté en tête mais serait perdu sans elle », avait cessé elle aussi de courir le monde. Elle était actuellement la rédactrice en chef de la revue *Aube Rouge*. C'était une sexagénaire exquise dont la simplicité de ton et de manières contribuait au charme irrésistible qui émanait de sa personne. Elle avait vu les pires horreurs et n'en revenait toujours pas de l'inventivité avec laquelle l'espèce humaine trouvait sans cesse de nouveaux moyens pour tourmenter son prochain. Tout comme Datchko Braumann elle était convaincue que c'était une sorte de vice de forme originel dont seule la Raison pouvait nous corriger. C'était fondamentalement la raison d'être d'*Aube Rouge*. Ea Vicarelli avait un frère, Youri, qui partageait les mêmes valeurs et les mêmes convictions, à un détail près : il s'était engagé sur la voie clandestine de la lutte armée au sein du collectif terroriste Sonja Kreütz. Elle ne le jugeait pas mais elle était en total désaccord avec la méthode qui consiste à faire justice soi-même.

« Youri fait des veufs et des veuves, des orphelins et des chômeurs, et ça le mine, oui, c'est un homme très malheureux. »

À ce point nous étions passés au salon prendre le digestif. Datchko Braumann avait allumé un feu dans la cheminée, l'alcool me montait gentiment à la tête comme une petite flamme caressante. Je ne m'étais pas sentie aussi bien depuis… Très longtemps en tout cas.

« Pourquoi n'écrirais-tu pas un livre sur tes expériences au Shimkaz ? me demanda Datchko Braumann le plus sérieusement du monde. Tu as été otage, tu as vu un État se créer, tu en as vécu les premières années, c'est pas banal. Tu pourrais parler des gens ordinaires, de la façon dont ils sont traités. Tu pourrais détailler comment la corruption a gagné l'aristocratie, la prise de contrôle des richesses par les multinationales et comment le Capital impose un système qui s'entretient de lui-même. »

Hirkam m'avait laissé une très coquette somme d'argent. C'était plus qu'un salarié moyen pouvait espérer gagner en dix vies, annuités complètes et heures supplémentaires comprises. Je léguai la moitié de cette fortune au collectif Ea Vicarelli. Avec le reste, j'acquis une propriété en périphérie de la capitale. Et je fis de la poésie à ma manière en créant mon entreprise d'horticulture. Je l'organisai sur un modèle égalitaire, inédit dans cet État. J'avais onze employés, tous internationalistes convaincus. Ils disposaient chacun de deux pièces dans le petit château qui se reflétait dans l'étang. Ces hommes et ces femmes étaient des déclassés : d'anciens enseignants à qui leurs convictions avaient valu l'éviction, des lanceurs d'alerte sous surveillance étroite de la Gestapo, des journalistes indépendants de terrain qui ne parvenaient pas à placer leurs reportages ailleurs que dans *Aube Rouge*. En résumé, des individus que leur foi sincère en leur idéal, leur probité, leur talent ne suffisaient pas à nourrir. Ils ne connaissaient rien à l'horticulture. Ils apprirent en faisant, et ils peuvent être fiers d'eux-mêmes, parce que leurs progrès furent remarquables.

Pour être autosuffisants, nous avions des éoliennes, des panneaux solaires, notre propre puits et un système de recyclage des eaux. Surtout, nous avions un potager et nous élevions des animaux divers, pour la consommation et pour nous aider dans les travaux des champs. Des bovins, des poules, des lapins, des chevaux. En outre, cette entreprise collective avait été divisée en douze parts égales et je touchais le même salaire que les autres. Enfin, le temps de travail était organisé de telle manière que chacun disposait de temps libre, par exemple pour ses activités au sein du collectif Ea Vicarelli. Nous ne cherchions pas la rentabilité à tout prix, juste à rentrer dans nos frais. Pourtant, le marché de la fleur se portait très bien et nous dégagions souvent des bénéfices. Nous reversions tout au collectif. Ainsi, grâce à mon legs et à nos donations, *Aube Rouge* put se développer et passer à un rythme hebdomadaire, avec un tirage bien plus important. Son lectorat croissait, signe d'un intérêt grandissant pour les valeurs internationalistes. Le courrier des lecteurs renvoyait l'émotion, la compassion, le désir de venir en aide à nos frères et nos sœurs contraints de survivre et de souffrir, ici même en France, et dans ces trop nombreuses zones politiquement naufragées. En outre, *Aube Rouge* développa sa branche édition, dans laquelle étaient publiés des romans, des recueils de poèmes et de nouvelles, d'articles, des essais. *Nostalgies reptiliennes*, notamment, de mon amie Svetlana Cairo connut un beau succès. Bien sûr, tout en nous tolérant parce qu'elle n'avait pas le choix, la propagande d'État et ses intellectuels bien dressés continuaient de nous mépriser et de produire son lot de critiques véhémentes, dont la mauvaise foi plaisait aux bourgeois conservateurs. Il faut de tout pour faire un monde.

Au bout de quelques années à fréquenter les membres actifs et les écrits du collectif Ea Vicarelli, je me suis décidée à prendre la plume à mon tour. Comme me l'avait suggéré Datchko Braumann je voulais écrire sur mon expérience au Shimkaz. J'avais gardé des contacts là-bas, des amis fidèles et peu enclins à la complaisance envers la « République prolétarienne. » J'ai rassemblé mes souvenirs ainsi qu'une abondante documentation sur la politique, l'économie, la vie culturelle et quotidienne, la réalité de cet État tout jeune et qui ne s'appartenait déjà plus. « Shimkaz » est le nom du haut plateau montagneux qui domine la vaste vallée où se lovent les trois oasis. Moi qui voulais rendre compte de la réalité du terrain, j'ai quitté les hautes altitudes et intitulé mon livre *Karkayane*, la vallée où vivent, peinent, s'aiment et meurent les femmes et les hommes, dont l'Histoire ne parle qu'à mots distraits et mal informés. C'est toujours le Pouvoir qui attire, comme la merde les mouches, les historiographes appointés des puissants.

Le jour même de la parution de mon livre, tout le collectif m'a organisé une fête. Mes parents sont venus, et j'en ai été très heureuse. J'avais trente-deux ans et leur cécité semi-consciente ne leur permettait de ne voir en moi qu'une cheffe d'entreprise qui avait réussi. Ils étaient fiers de moi pour de mauvaises raisons, du moins pas les principales, mais fiers quand même, et je n'ai pas cherché à les détromper. Je leur ai donné le numéro un des exemplaires hors commerce, le tirage de luxe, sachant pertinemment qu'ils ne le liraient pas, ou mal. Ils s'intéresseraient aux détails pittoresques, de surface, sans rien saisir du fond et du propos véritable de cet essai. Mon livre prendrait la poussière en place d'honneur, comme un trophée, sur un rayonnage de leur étique bibliothèque de petits-bourgeois qui, comme tous les individus de leur classe sociale, ne comprenaient goutte à ce qui s'étendait au-delà des limites des murs de leur demeure. Toutefois, symboliquement c'était important que mon livre ait pénétré chez eux, dans leur domaine matériel et mental. C'était la raison d'être du collectif et d'*Aube Rouge* : faire entrer l'Internationalisme partout, le propager, même sous forme de fleur séchée, jusqu'au cœur des univers qui sont sa négation même.

La Forteresse

C'est Emerson qui nous a tous convaincus. En bon arriviste, il cachait son complexe d'infériorité (il n'était pas né riche et de bonne famille) sous les grands airs pédants que prennent les savants pour informer les non-initiés. Toutefois, il faut bien le lui reconnaître, il a eu raison avant tout le monde. En tant que ministre de l'Enseignement supérieur et de la Recherche, il avait accès à de nombreuses données, provenant de domaines très divers. Comment il a réussi à les recouper et à en tirer de justes conclusions, c'est son génie propre, admettons-le.

Pour nous faire part de ses convictions, il a organisé un dîner chez lui. Y étaient conviés, outre mon épouse et moi, les Jackson, les Henson et les Johnson. C'est-à-dire, un banquier spécialisé dans la haute finance, un entrepreneur international en BTP et l'un des Généraux les plus décorés de notre belle Nation. Et c'est ce soir-là que nous avons tracé les grandes lignes de ce que nous appellerions désormais « le Projet ».

Emerson était absolument certain que la civilisation telle que nous la connaissions allait s'effondrer dans les décennies à venir, et peut-être plus tôt que tard. On s'est tous regardé un moment, comme si le silence avait gelé tous nos gestes en cours. Je revois nettement la fourchette garnie de Miss Henson, arrêtée à mi-chemin entre l'assiette et sa bouche entrouverte. A priori, ça pouvait passer pour une blague douteuse de ces « collapsologues », de ces hurluberlus échevelés, fumeurs de haschisch et qui ont des visions de « la Vérité ». Emerson avait prévu notre réticence gênée. Nous étions des gens sérieux, exerçant les plus hautes responsabilités. Ces guignols idéalistes, qui, entre nous, n'avaient pas la moindre idée de ce qu'était la Vérité, étaient rejetés très loin de notre cercle d'élite, où l'on bâtit et contrôle le monde. Emerson nous dit :

« Je sais, mes amis, que mes conclusions peuvent prêter à sourire. Nous savons tous, ici, que la cohésion du monde repose, et a toujours reposé sur la loi naturelle du plus fort et que, justement, nous sommes les Maîtres. Que pourrions-nous donc craindre ? Néanmoins, je vous parle de certitudes fondées sur les lois rigoureuses et indiscutables de la Science. Vous n'ignorez pas que, de par ma position… »

Emerson pérora près d'une heure. Et à la fin de son discours, nous étions tous, à notre grande surprise, aussi convaincus que lui. Il avait des éléments concrets, irrévocables, pour appuyer sa thèse : des chiffres, des bilans, des cartes, des projections et des modèles. Nous sommes des gens réalistes. Nous avons compris que si nous voulions survivre à la fin du monde que nous avions construit, il faudrait agir vite.

Le Projet, c'était de sortir de terre, discrètement, dans un endroit sûr du monde, l'équivalent d'une petite ville. Là, trente familles triées sur le volet, ainsi que leurs esclaves, pourraient perpétuer le seul mode de vie qui soit acceptable : celui de l'Homme blanc, chrétien et puissant.

C'est Jackson qui, grâce à ses nombreuses connexions dans les cercles de la Propriété, a trouvé l'endroit idéal. Pour y bâtir notre ville, il a créé une filiale spécifique. Grâce à mon influence dans les milieux gouvernementaux, j'ai pu faire en sorte que le fisc n'aille pas regarder de trop près dans les activités réelles de cette entreprise. Le Général Henson a conçu le système de défense et obtenu l'armement auprès des fournisseurs privés de l'Armée. Il fallait en effet prendre toutes les précautions. Car nous nous doutions que dans le monde d'après, il y aurait probablement d'autres survivants que nous. Des loqueteux, qui pourraient s'organiser en bandes et chercher à nous nuire. Nous étions en train de construire la Forteresse de la

Civilisation au milieu d'un monde en ruines : pas question de nous trouver impuissants face à une quelconque menace.

Heureusement, quand le chaos prévu déferla sur la planète, plus tôt que tard, notre petit paradis était fin prêt. Parmi les trente familles choisies, seuls les Morrison n'ont pu nous rejoindre à temps. On ne saura jamais ce qui leur est arrivé exactement. Au terme raisonnable d'un mois sans nouvelles, nous avons procédé à leurs obsèques. Cinq cercueils vides, alignés dans notre église, et que le pasteur Robinson a bénis. Il a su trouver les mots justes. On aurait pu prendre cette tragédie pour un mauvais présage, mais le pasteur, tout en déplorant la perte irrémédiable des victimes, nous galvanisa en nous rappelant notre chance d'être là, réunis et en vie, dans la maison du Seigneur. À n'en pas douter, notre forteresse était l'Arche, dans laquelle Dieu avait permis que Ses élus fussent préservés de Sa sainte colère et des fléaux qu'Il avait déchaînés sur ce monde corrompu par le péché.

Le Bien régnait dans notre communauté. Même pour nos esclaves, nous avions fait bâtir un village sous nos murailles. Chaque famille disposait d'un toit et d'un lopin de terre pour son propre usage. Ils avaient leur église et leur école, où on leur inculquait le nécessaire à leur utilité sociale : lire, écrire, compter, apprendre un métier et les usages de la classe des Maîtres.

Notre pasteur veillait tout particulièrement à la bonne moralité de nos jeunes gens. Les mœurs se relâchent si facilement quand on sait que le monde a disparu, que nous sommes peut-être les derniers représentants de l'espèce humaine.

« Mais justement, répétait Robinson, c'est bien parce que nous sommes les derniers que nous devons nous montrer exemplaires, pour plaire à Dieu. Nous devons être dignes de cet Éden qu'Il a consenti à nous laisser et Lui exprimer toute notre gratitude en respectant Sa Loi éternelle. »

On entretenait entre nous d'excellents rapports. Nous nous invitions les uns chez les autres, donnions des fêtes et des bals. Sous le regard attendri des mères, et circonspects des pères, on voyait des attirances se produire entre les jeunes gens, des préférences se dessiner, promesses de futures unions. Comme il n'y avait plus vraiment d'héritages multimilliardaires ou d'intérêts stratégiques mondiaux à défendre, on avait résolu tacitement de laisser l'amour faire son travail d'attraction, d'espérances, de chagrins et de réconciliations. Il y eut bientôt des fiançailles émues, des mariages dans la joie et dans les limites des convenances. Puis, on attendit les naissances.

Mais la première génération d'enfants nés après l'avenir ne vint pas. Pas plus chez nous que chez les esclaves, d'ailleurs, qui avaient reproduit, quoique sur un mode plus rustique, les mêmes rituels, les mêmes attentes, les mêmes espoirs que nous. Même les Nègres, qui sont demeurés proches de l'animal, ne procréaient plus. On pria Dieu avec plus de ferveur, on fit des cérémonies propitiatoires, des processions, en vain.

Les années passèrent, stériles. Les jeunes gens se firent moins jeunes, et le doute, l'amertume et le désespoir commencèrent à ronger notre communauté de l'intérieur. Chacun restait chez soi désormais, on n'avait plus le cœur aux réjouissances. Nous nous rencontrions tous les dimanches à l'église, la mine renfrognée. Les sermons du pasteur Robinson, sur le mode : « Il suffira d'une graine… », qui nous exhortaient à l'espoir, sonnaient faux.

L'abattement nous saisit quand il y eut les premiers morts. C'était dans l'ordre des choses, bien sûr, Dieu finit toujours par rappeler les âmes à Lui. Mais chaque place laissée libre créait en fait un vide. Au fil des années, les vides se multiplièrent, les trous dans le tissu de notre communauté que rien ne venait combler. On admettait peu à peu notre défaite, à la limite du blasphème, au bord d'accuser Dieu de nous avoir réservé un châtiment tout à fait spécial et, pour tout dire, particulièrement cruel au regard de notre dévotion envers Lui.

Certains se sont murés dans le silence en attendant la fin. D'autres ont sombré dans la dépression et l'alcoolisme. D'autres encore ont renié la Loi divine pour se jeter à corps perdu dans la débauche et le vice, en se commettant même avec des esclaves. D'autres ont continué de vivre exactement comme ils avaient toujours vécu, meublant la vacuité de leurs journées avec des rituels dénués de sens. Ainsi, on a vu longtemps le Général inspecter chaque matin les canons qui n'avaient jamais servi.

Peu à peu, notre fière et vigoureuse communauté s'est dissoute, chacun dérivant de plus en plus loin de son prochain, comme des icebergs dans les immensités arctiques. Presque tout le monde est mort aujourd'hui. Moi-même, j'ai passé les quatre-vingts ans, je suis le dernier de ma lignée. J'ai invité mon dernier esclave, aussi âgé et dégoûté que moi, à venir vivre ici. On ne se parle pas beaucoup, mais on se comprend et je n'ai pas honte de dire qu'on se réchauffe un peu l'un à l'autre.

Je passe l'essentiel de mon temps assis dans un fauteuil, devant la baie vitrée, à contempler le paysage vide. J'ai dit de me laisser là, quand je mourrai, à cette place de Maître du monde, dans mon fauteuil. Avec le temps, ne restera de moi qu'un squelette, fixant le néant de ses orbites vides.

Soldat !

Quand on l'écoute attentivement, le vent rapporte comme un messager fidèle les paroles des Hommes, les phrases codées, murmurées dans le secret des états-majors, et que les djinns répètent à qui veut les entendre. Du reste, dans les caravansérails, le long de la Route de la Soie, le soi-disant secret n'était plus un mystère pour personne. Les caravaniers avaient des yeux et des oreilles partout, c'est-à-dire des frères, des cousins, des oncles qui travaillaient dans les administrations. La Guerre, rouge, se préparait. La Choune avait mobilisé tous ses hommes et toutes ses femmes, de dix-huit à cinquante ans. Les pontes de la Deuxième République Populaire avaient décrété la loi martiale. Des ambassadeurs avaient été dépêchés dans toutes les capitales des pays satellites, en Inde ou en Corée, et auprès des pays alliés, comme la Rossie, la Perse et les trois quarts de l'Afrique. On « sollicitait », à coups de chantages commerciaux, tous les soutiens pour abattre l'Occident et s'emparer de ses richesses. Le plan d'invasion de l'Europe et des deux Amériques était au point. De leur côté, les vents de l'Ouest corroboraient les murmures dans l'air du soir : l'Europe avait procédé à la mobilisation générale, les industries de l'armement étasuniennes tournaient à plein régime. Partout, de la Pologne jusqu'au Chili, les casernes se remplissaient, les entraînements aux grandes manœuvres commençaient. Et la Route de la Soie se dépeuplait. Bientôt, les colonnes de blindés remplaceraient les caravanes.

J'étais au repos, un soir, à la halte de Tajkhit, quand deux soldats chounois vinrent m'envoyer, en travers de la gueule, mon ordre de mobilisation. Ils ignoraient que je comprenais leur langue, pour avoir longtemps commercé avec les leurs, et ne prenaient aucune précaution. Ils suintaient le mépris envers « ce pouilleux de nomade », la suffisance de ceux qui croient la guerre gagnée d'avance.

« Qu'est-ce que notre Armée va faire de ce fils de chamelle galeux, dit l'un d'eux, maigre et nerveux, avec une petite moustache noire.

— Rien à foutre, dit l'autre, un Ahn taillé comme un colosse, avec un accent du Djitsouan. Qu'il crève dans une tranchée sur le front, c'est la mort la plus glorieuse que mérite cette chierie de barbare. »

Le petit nerveux, sans un mot, me jeta la feuille pliée en quatre et me dit, dans un arabe approximatif :

« Voici tes ordres, nomade. Sois demain à l'aube à la caserne d'Eskantylène. Rasé et propre, si tu sais faire. »

Un éclat de joie mauvaise brillait dans ses yeux bridés, noirs comme la nuit du crétinisme. Je dépliai soigneusement la feuille, la lus de la première à la dernière ligne. Les deux soldats, attendant ma réponse, s'impatientaient en fumant une cigarette. Je leur dis en mandiran :

« Si l'ennemi est déjà dans les parages, vous faites des cibles faciles avec vos clopes allumées. Vous devriez faire plus attention. En outre, il y a une faute d'orthographe sur mon nom, n'est-ce pas un vice de forme ? »

Le grand Ahn athlétique me fixa, l'œil brûlant de haine.

« Toi, ou un autre chien errant dans ton genre, c'est égal. Tu crois que les cadavres se soucient de l'orthographe ? Fais comme on te dit, sinon nous viendrons nous amuser avec toi, de telle façon que tu nous supplieras de te tuer. »

Je n'étais pas impressionné. Là, si j'avais voulu, j'aurais pu les tuer sur place, tous les deux, si vite qu'ils n'auraient pas le temps de donner l'alerte. De ma jambe droite, la plus forte, j'aurais fauché le petit maigre en face de moi, qui serait tombé sur le dos. Un quart de seconde plus tard, j'aurais été en train d'enfoncer, de la main gauche (car je sais me battre des deux mains), ma dague dans la jugulaire du colosse et pour finir, une demi-seconde après, j'aurais été en train d'égorger avec mon cimeterre le petit qui m'agaçait tant. Ensuite, avec leur sang, j'aurais tracé sur le document officiel, en entourant la faute, les deux idéogrammes qui signifient : « L'orthographe, bordel ! », et j'aurais renvoyé la paperasse à Crèvecœur, au bureau du rachitique enfant de chacal pelé, si fier de sa calligraphie tarabiscotée, et infoutu d'écrire correctement une simple langue alphabétique.

« Ça va, connards de Chounetoques, suceurs d'Ouïghours, j'ai compris. Disparaissez de ma vue, vous me gâchez la soirée. Vous n'êtes rien pour moi, vous serez morts bien avant moi. Je serai à Eskantylène demain matin, votre méprisable tâche de facteurs rouges est terminée. »

Puis, je tournai résolument les yeux vers la voûte étoilée, cherchant Aldébaran et Deneb parmi les milliers d'yeux qui, là-haut, se fichaient éperdument de la folie des Hommes.

Je vis les soldats chounois faire le tour des tentes, distribuer leurs ordres d'aller à la mort avec la même désinvolture revêche. Quant à moi, j'entrai dans le bâtiment à un étage, à la fois comptoir commercial, bar et hôtel, qui constituait la matérialisation architecturale de l'étape de Tajkhit. Mahmoud, un Turc affable qui dissimulait un fusil à pompe sous le comptoir, m'accueillit d'un air désolé.

« Ils parcourent toute la Route de la Soie, se lamentait-il, ils n'oublient pas la moindre étape, pas le plus modeste chamelier. Tout le monde y passe. Enfin, non, pas moi, j'ai passé l'âge. Ici, ça va devenir un bar à soldats. Il va me falloir des filles. Bon, et toi ? »

Je lui montrai laconiquement mon ordre de mobilisation.

« Je te laisse ma tente, mes tapis, mes poufs et un dollar d'argent, dis-je. En échange, tu me sers à boire jusqu'à ce que je te dise d'arrêter. »

C'était une proposition honnête, et même généreuse. Mahmoud accepta : on ne marchande pas avec un condamné à mort. Il fut, d'ailleurs, largement gagnant au troc ce soir-là, parce que de nombreux nomades eurent la même idée que moi. Vu notre destination, autant se débarrasser du superflu. On se connaissait tous, on allait se soûler ensemble et partir une heure avant l'aube, notre dernière heure d'hommes libres.

Les deux soldats chounois, pas gênés, eurent la mauvaise idée d'entrer dans le bar s'en jeter un dernier avant de rentrer au camp. Mahmoud les servit, avec son inimitable accent quand il s'aventurait à parler le mandiran :

« Cuvée spéciale, messeigneurs ! Offert par la maison, pour les valeureux combattants de la Révolution rouge. »

Mahmoud avait lui-même distillé cette gnôle pour faire une expérience. Tout le monde, parmi les nomades assemblés, connaissait la bonne blague que le patron réservait aux indésirables. La composition exacte du breuvage n'était pas connue avec certitude. Il y entrait diverses herbes aromatiques et de l'échalote « pour la couleur ». Le liquide, à la belle robe mauve ambrée, avait une propriété laxative étonnante. Les deux pauvres abrutis, se croyant honorés, reconnus dans leur autorité, comme des hôtes de marque, allaient attraper d'ici une heure une diripette hors normes, qui leur tiraillerait les boyaux jusqu'au petit matin. Et nous leur souriions, leur portant un toast qu'ils nous rendirent en levant leur verre d'un air martial, dont la solennité accentuait le ridicule. Après tout, nous étions désormais des soldats de l'Armée.

Comme j'étais le dernier à tenir debout, je réveillai les autres avant l'aube, le temps qu'ils se préparent. Nous pliâmes maussadement nos tentes et fîmes notre paquetage. Comme les autres, je chargeai mon chameau de ce qui demeurait en ma possession après les frais de beuverie. Mon oud, ma harpe, mon luth, ma dague et mon cimeterre, mon fusil, ma djellaba de rechange, mes quelques livres. Quand nous partîmes, le sol autour du bâtiment de l'étape était jonché de tentes pliées, de coussins, de gamelles et de réchauds, de chaises pliantes. Eskantylène n'était qu'à une heure de chameau, et notre petite caravane se mit en branle, chacun vers son destin, héroïque ou pathétique, quoique la distinction entre les deux fût malaisée dans l'aube grise. L'angoisse nous serrait le cœur. Nous étions braves et nous savions nous battre, mais nous n'étions pas des soldats. En outre, nous étions viscéralement des nomades, nous appartenions aux vents et au désert. L'idée de nous battre pour un camp plutôt qu'un autre, à cause d'un arbitraire géographique, nous déplaisait fortement. Moi, par exemple, j'avais souvent voyagé jusqu'en Occident. J'étais musicien itinérant, je suivais les caravanes au gré de mes envies. J'avais vu Constantinople, puis Athènes, Vienne, Rome et même deux fois Paris. Les Occidentaux appréciaient ma musique. J'avais appris assez d'anglais, la langue qu'on parle là-bas, depuis que l'Europe s'est fondue dans la fédération des États-Unis, pour présenter brièvement mes chants, résumer leur contenu. Pour eux, c'était de la musique « exotique », comme la leur pour moi. J'avais eu ouï-dire de Captain Beefheart par une citation de Datchko, le Barde Automne, dont je possédais le recueil *Monde Rouge*. Un Français m'a fait écouter tous ses disques, et franchement c'est peut-être ce que l'Occident a produit de meilleur comme musique populaire. J'ai été estomaqué. Bien que cette musique ait été vieille de deux siècles, elle était si novatrice, si atemporelle qu'elle sonnait à mes oreilles comme d'une étonnante modernité. Une autre fois, à Rome, un homme m'a enregistré, dans un studio, chantant le cycle en 80 000 vers de *Yassim et Yasmina*. Il m'a donné beaucoup d'argent pour mon interprétation.

Non, moi, je n'avais aucun grief contre les Occidentaux. Ils avaient leur façon de penser, leurs coutumes, mais on peut en dire autant de tous les peuples. Ce n'est pas d'hier que les Hommes sont différents selon la terre où ils vivent, ça ne fait pas de nous des ennemis. Mais ce n'est pas d'hier non plus que les propagandes guerrières se servent de ces différences pour « démontrer » que l'Autre représente un danger, une sous-espèce sournoise et nuisible, etc. Et derrière ce discours, destiné à susciter des émotions violentes, des réactions irrationnelles, qui rendent les gens plus faciles à manipuler vers un grand élan patriotique, sur le mode « C'est nous les plus forts, c'est nous les meilleurs », sous les appels au chauvinisme par les tripes, se dissimule toujours la même réalité dégueulasse du néolibéralisme. Pendant qu'on galvanise le peuple, à l'Est comme à l'Ouest, avec tous les mensonges habituels qui justifient qu'on attaque « l'ennemi », pendant que les drapeaux claquent au vent et que les premiers convois partent au front, en tenant les fusils à bout de bras, sous les vivats de la foule, pendant que la Guerre va son pas binaire, une armée de petits comptables « pragmatiques » effectuent leurs vils calculs, leurs projections, et les Maîtres alléchés se frottent les mains : tout se passe comme ils l'avaient prévu. La chair à canons mord à l'hameçon, et fièrement. La mayonnaise a pris, prend et prendra, tant que des imbéciles endoctrinés seront prêts à donner leur vie pour la prospérité des boutiquiers, de l'Est ou de l'Ouest. À vrai dire, mes compagnons d'infortune et moi, qui avions toujours vécu en hommes libres, nous sentions infiniment peu concernés par ce conflit. On obéissait aux ordres des Chounois pour ne pas finir exécuté d'une balle dans la nuque pour insubordination, avec l'espoir chevillé au corps de survivre à la terrifiante boucherie qui se préparait. Nous n'avions rien de glorieux combattants de je ne sais quelle Liberté. Nous étions motivés par notre seul instinct de survie. Nous n'avons pas échangé un mot jusqu'à Eskantylène. La gueule de bois de première bourre, oui, mais aussi parce que chacun savait ce que son voisin pensait, et que je viens de résumer.

Dans la hiérarchie raciale des Chounois, les nomades étaient tout en bas (les Ouïghours n'étant pas considérés comme des êtres humains). Et cela nous éclata à la figure dans la caserne. On nous rasa le crâne, les joues, on nous doucha collectivement, et on nous donna des uniformes de soldats de deuxième classe. Il paraissait que nous devions nous en montrer dignes. Là, le fou rire gagna nos rangs, empêché d'exploser franchement à coups de cravache sur les épaules. Mieux : nous devions nous montrer reconnaissants envers l'État, qui nous honorait d'une utilité à son service, d'une place sur son plateau de go. À peine avais-je revêtu l'uniforme de la Révolution rouge, que déjà j'étouffais dedans. Je n'étais pas un clown, je n'étais pas un numéro de matricule, et sur le putain de badge qu'on me fournit pour circuler librement dans la caserne, l'orthographe de mon nom était encore erronée.

Je fus affecté aux Transmissions, dans un camp fortifié sur la rive orientale du Bosphore. On avait trouvé judicieux de placer là un pion comme moi pour ses compétences linguistiques. En face, les troupes de l'Ouest prenaient place. L'état-major chounois était absolument persuadé que l'une des premières grandes batailles de la Guerre rouge aurait lieu ici, à la frontière géographique entre l'Europe et l'Asie. La ligne de front s'organisait aussi en Rossie, avec de fortes concentrations de troupes rouges aux frontières de la Bulgarie, de l'Ukraine et de la Finlande (qui, comme les Baltes, serrait les fesses).

L'Armée Révolutionnaire disposait d'une arme effroyable, qui dissuadait les Occidentaux de nous attaquer avant d'avoir trouvé une parade. C'était les canons à énergie noire, qui étaient capables d'ouvrir une brèche dans l'espace-temps, par laquelle disparaissait, aspiré dans le néant, tout ce qui se trouvait sous leur feu. En fait, ce fut notre armée qui ouvrit les hostilités, en tirant avec l'un de ces canons sur les troupes occidentales, plus haut au nord. J'ai vu fonctionner de mes yeux cette arme terrible, et je jure avoir vu l'espace s'entrouvrir comme une bouche qui avale instantanément un bataillon entier, quelque chose comme mille hommes, puis se referme comme une fermeture éclair, avec un bruit de succion obscène, ne laissant derrière elle qu'un terrifiant silence. Quel épouvantable prodige ! Où étaient passés ces hommes ? Cela dépassait mon entendement de modeste musicien. Cependant, l'arme était extrêmement gourmande en énergie, et ne pouvait (heureusement) pas être utilisée à nouveau, avant que notre centrale de Smolska, à l'arrière, n'ait produit la quantité d'énergie nécessaire. À part cela, nos forces étaient égales. Les Occidentaux pour leur part disposaient de redoutables fusils et canons à photons pulsés. La ligne de front se stabilisa assez vite et le conflit s'enlisa. Il n'y eut pas d'offensive sur le Bosphore, contrairement à ce que l'état-major avait anticipé. On dégarnit toute l'Asie mineure pour envoyer les soldats s'épuiser dans une guerre d'usure, entre Saint-Pétersbourg et la Mer noire.

Je recevais chaque matin mes instructions pour la journée, et le soir je jouais « pour le moral des troupes ». Nos officiers étaient des Chounois peu sensibles aux harmonies du désert et du vent. Mais les hommes étaient pour la plupart des Perses, des Arabes, des Turcs, et même un Ouïghour (répertorié comme « bête de somme ») ayant survécu à la cinquième extermination, et qu'on avait envoyé sur le front pour achever le génocide. Ils appréciaient mes chants, et pour moi c'était un moment de détente et de partage. Nous étions heureux. Et les lendemains, nous les traversions avec en tête la perspective de ces moments fraternels. La guerre nous foutait la paix. Le lendemain, c'était comme tous les jours, une attente anxieuse. On était très loin des zones de combat. Pour nous, la guerre n'avait pas vraiment lieu. Chaque jour, les nouvelles du front pleuvaient, rythmaient le quotidien, et changeaient l'humeur des officiers en un clin d'œil. En outre il régnait, dans la troupe, un pesant climat d'incertitude. On était quasiment seuls en Asie Mineure. Si elle l'apprenait, l'Armée occidentale nous prendrait en une demi-journée, sans forcer. Nous ne savions jamais trop ce qui se passait vraiment dans le périmètre. Nous étions trop mal équipés pour la détection : un médiocre petit radar de faible portée. Disons dix, douze kilomètres. Il pouvait y avoir du mouvement, terrestre ou maritime, nous étions complètement aveugles. Le temps qu'on le détecte, les blindés occidentaux seraient déjà à nos portes. Alors on attendait, comme ça, vaquant nerveusement à nos occupations. Nous voulions croire qu'en cas de menace, le QG nous alerterait.

J'avais une place à part dans le régiment. Les officiers, bien sûr, me comptaient pour rien, mais ils avaient besoin de mes connaissances de l'Ouest et de mes compétences linguistiques. J'étais capable de servir de traducteur entre les officiers des commandements chounophones, turcophones et rossophones. Par la force des choses, j'appris des secrets stratégiques sur nos positions et nos manœuvres. Toutefois, les officiers chounois me traitaient avec le plus grand mépris, pour compenser l'inavouable fait que je leur étais indispensable. Des abrutis ! S'ils avaient su à quel point leur mépris m'était indifférent, combien au centuple je le leur avais rendu dans mon cœur avant de décider qu'ils n'en étaient même pas dignes. Je n'étais pas leur toutou, je les trouvais bien inférieurs à mes compagnons nomades. Leur sottise sautait aux yeux. Sans leurs foutus canons à énergie noire, qui maintenait les Occidentaux à distance, les Chounois auraient déjà perdu la guerre. Car pour de pures questions de vanité, ils étaient incapables d'opérer une percée décisive. Les Rosses, par exemple, eurent une occasion en or de prendre Varsovie, mais on les retint, et on les rappela en arrière, parce qu'il n'était pas question que des Slaves soient les premiers à obtenir une grande victoire. Cet honneur devait revenir aux Chounois, qui en étaient incapables, faute d'intelligence tactique. On aurait dit que tout là-bas, à Crèvecœur, les grands stratèges jouaient les uns contre les autres plutôt que de se concerter sur un plan d'attaque globale. Vanité là encore. On ne voulait pas laisser à son camarade le mérite de la victoire, on le voulait pour soi seul, quitte à saboter les plans des uns et des autres. Alors on manqua de même les prises de Bucarest et de Kiev. Je transmettais des ordres stupides de retrait, à des Généraux ahuris mais obéissants. Je ne traduisais pas leurs jurons. Il n'était pas rare que la Révolution rouge avance fièrement, appuyée par l'artillerie, prenne aux Occidentaux village après village, puis soit brusquement rappelée en arrière, comme la mer se retire, par un ordre absurde venu du QG schizophrène de Crèvecœur. Dès les premiers mois de la guerre, j'acquis la certitude que les Orientaux la perdraient, ce n'était qu'une question de temps. Ça prit tout de même quatorze années.

La particularité de ma position, dans le secret des dieux, me valait auprès des hommes de la troupe un respect qui me flattait. Comme en outre je les distrayais par mes chants qui évoquaient nos contrées, notre mode de vie, nos légendes, j'étais élevé à un statut semi-divin.

Je les amusais avec de petites anecdotes de salle de commandement, parfois un peu triviales, mais qui desserraient l'étau de la peur. « Tang tsiao pète tout le temps et son haleine pue le saké. Kouan Cho va au bordel toutes les semaines pour tenir sa réputation, mais c'est de la frime, il est aussi flasque qu'un octogénaire qui vit sur ses souvenirs. Méfiez-vous de Fang Tcheu, c'est un fourbe, complètement paranoïaque. Il est persuadé qu'un espion ou un contre-espion va venir l'assassiner en pleine nuit. Il dort avec un poignard sous l'oreiller. » Sinon, tous les militaires mâles chounois allaient *au trou*. C'était un orifice qu'ils avaient creusé dans l'appentis qui jouxtait les douches des femmes. Ils se masturbaient en les regardant se baigner, c'est pourquoi ils nous interdisaient ce secteur du camp. Anecdotes authentiques, qui nous rendaient nos maîtres moins effrayants, et tout le truc presque comique.

Je sympathisai particulièrement avec Khâdjir, l'Ouïghour qui avait vu les Chounois violer puis égorger sa sœur cadette, après avoir éventré leurs parents et ses trois frères à la baïonnette. Il s'était caché dans le placard, sous l'évier, et ne pouvait détacher ses yeux d'enfant de dix ans de l'horreur, entraperçue par une fente entre les portes qui fermaient mal.

« Ma petite sœur avait huit ans ! Et ils riaient ! Ils appelaient ça une expérience zoophile. »

Khâdjir vivait assez mal d'avoir été enrôlé de force dans l'Armée de la Révolution rouge. Il aurait bien pointé un canon à énergie noire sur elle, et il aurait ri à son tour, pour la première fois depuis ses dix ans. Néanmoins, il ne tenait pas les Occidentaux en haute estime non plus.

« Ils ont fermé les yeux sur le génocide de mon peuple par les Chounois, malgré nos appels et les courageuses dénonciations de quelques ONG. Bla, bla, bla, première puissance mondiale, bla, bla, bla, intérêts commerciaux d'abord, toujours la même histoire. »

Il avait demandé l'asile politique à plusieurs pays européens, en vain. Trop risqué, « diplomatiquement », d'accueillir des réfugiés ouïghours. Nous étions d'accord sur bien des points, mais l'un d'eux revenait sans cesse dans nos conversations : déserter à la première occasion. Ce serait difficile. Notre régiment ne quittait pratiquement jamais la caserne. Les combats se déroulaient, comme je l'ai dit, beaucoup plus au nord. On nous gardait cantonnés là, en cas de besoin de renforts.

Le destin bascula quand les Occidentaux débarquèrent en Égypte pour ouvrir un nouveau front au sud. L'Armée révolutionnaire tenait l'Arabie, mais la Marine occidentale envoya sous-marins, destroyers et porte-avions en Mer rouge, pour protéger les troupes qui traversaient le Sinaï. Et il ne leur faudrait pas quarante ans. Les Occidentaux prirent le Canal de Suez, mal défendu par une petite garnison qui préféra, disons négocier. Ils prirent la Basse-Phénicie et la Judée. Les Arabes avaient à faire avec l'aéronavale occidentale, qui bloquait Djibouti ainsi que plusieurs ports, et avait entamé une série de frappes aériennes. Un débarquement était imminent. On ne pouvait pas non plus compter sur les Turcs, dont l'essentiel des soldats avait été envoyé sur le front nord. Quand Jérusalem tomba, les flatulences de Tang tsiao évoluèrent en diarrhée chronique, qu'il tentait de soulager avec toujours plus de saké. Notre commandement devenait fébrile. Les ordres et les contre-ordres pleuvaient depuis Crèvecœur qui, à des milliers de kilomètres de là, avait toutes les peines du monde à se faire une vision précise de la situation.

« Les Occidentaux seront sur nous dans une semaine », vociférait Kouan Cho, de toute la détresse de sa bite molle.

Toutefois, pour les hauts stratèges du QG, il était impensable qu'une unité de renfort ait besoin de renforts. On ne pouvait pas dégarnir le front principal, il faudrait tenir notre position coûte que coûte. Nous étions seuls, et Fang Tcheu se démenait avec l'administration militaire pour obtenir une mutation à l'arrière. Et les Occidentaux débarquèrent à Izmir, ne rencontrant qu'une faible résistance. Ce n'était plus qu'une question de jours avant qu'ils ne contrôlent toute l'Asie mineure.

Nous étions cinq cents soldats dans la caserne fortifiée. Nos chefs étaient bien trop stupides pour accepter une reddition honorable. Ils escomptaient je ne sais quel miracle, comme le Cosmique Empire en garde la trace dans ses Annales des temps mythiques, pour que cinq cents soldats, dont les sentiments envers les Chounois s'étendaient sur une gamme allant de la haine farouche au mépris le plus total, mal entraînés et sous-équipés, vainquent une légion de dix mille combattants d'élite. Alors nous nous mutinâmes pour sauver nos vies. Nous étions cinq cents contre trois officiers supérieurs et une dizaine de sous-officiers. Il nous fut facile, disons, de leur faire entendre raison. Fang Tcheu, dans la courte confusion de la rébellion, parvint à prendre la fuite. D'un mirador, nous vîmes la traînée de poussière laissée par son cheval. Il allait vers l'est. Je ne sais absolument pas ce qu'il est devenu et ça ne me préoccupe guère. Les lâches comme lui ont le don de sauver leur peau, c'est tout ce que je sais. Nous enfermâmes les deux officiers restants et les sous-officiers dans les geôles de la caserne. Tang tsiao pleurait comme un veau, plus par peur de perdre la vie que par l'humiliation d'avoir été capturé par des loqueteux comme nous. Par compassion, nous lui descendîmes une caisse de saké, et ce pleutre n'eut pas de mots assez forts pour exprimer sa gratitude. Kouan Cho ne desserrait les dents que pour nous insulter et nous maudire sur quarante-neuf générations, ce qui ne produisit, à ma connaissance, aucun effet notable. Je montai à la salle de commandement et envoyai deux messages. Le premier, laconique, au QG de Crèvecœur pour annoncer que le camp du Bosphore était tombé aux mains de l'ennemi. Le second, aux forces occidentales en marche vers nous, pour les informer que nous partions en leur laissant les portes ouvertes.

« À qui ai-je l'honneur ? me demanda le lieutenant qu'on me passa.

— À un homme libre, qui se fiche éperdument de vos guerres, et qui reprend sa liberté avec cinq cents de ses camarades, répondis-je.

— Où sont vos officiers ? »

J'indiquai qu'on les trouverait dans les geôles, l'un se chiant dessus et l'autre raide comme un piquet face à l'adversité. Et qu'on pouvait en faire ce que l'on voudrait.

La troupe était constituée de Kirghizes, de Tadjiks, de Kazakhs, d'Ouzbeks et autres natifs des déserts et des hauts plateaux. Comme le poste de commandement était à nous, je fournis à chacun un laissez-passer et un ordre de mission pour sa contrée natale, dûment estampillés, tamponnés, signés aux armes de la Révolution rouge. Nous nous partageâmes l'argent du coffre en parts égales. Administrativement, nous étions couverts. Cependant, cette protection d'encre et de papier était bien fragile. Par précaution, je transmis également par message crypté les identités, la destination et le motif de la « mission » de chaque déserteur au Haut Commandement. La bureaucratie crévicordienne accusa réception avec un sérieux risible.

L'Armée occidentale n'était plus qu'à trois jours de Constantinople, il fallait nous hâter de vider les lieux. Nous ne pouvions pas tous quitter la caserne en même temps : cinq cents cavaliers, fuyant ensemble, à bride abattue, leur lieu d'affectation, cela risquait d'attirer l'attention d'un bord ou de l'autre. Alors nous partîmes de nuit, par groupes de vingt, toutes les deux heures. Les adieux étaient brefs, mais dignes et sincères. Au-delà d'être des Mongols ou des Turkmènes, qui désertaient ce grand cirque pour retrouver leur vie ordinaire, nous étions des hommes et des femmes de la grande tribu des gens libres, qu'un pouvoir politique retors avait emprisonnés pendant des mois de bonne vie perdus, dans un conflit qui n'était pas le nôtre. Nous nous souhaitions bonne chance, nous nous recommandions aux dieux, nous nous donnions des invitations permanentes chez les uns et les autres, nous nous embrassions une dernière fois. Puis, chacun s'en allait sans un regard en arrière, à cheval vers sa destinée.

Quant à moi, j'étais né en Perse, d'un père arabe et d'une mère iranienne. Toutefois, dans ces zones géographiques de mon enfance, l'Armée rouge avait installé de nombreuses légions et, aux dernières nouvelles, l'Armée de l'Ouest tenait le détroit d'Ormuz. Je désirais fuir loin des zones de guerre, alors j'unis ma destinée à celle de Khâdjir l'Ouïghour. Le voyage serait long et périlleux jusqu'au Sin-kiang. Les zones les plus sûres se situaient dans une étroite bande, entre le front du sud, que les Occidentaux venaient d'ouvrir, et le front du nord, qui descendait jusqu'à Odessa pour remonter par Kiev, Minsk, et jusqu'à Saint-Pétersbourg. Notre itinéraire le moins risqué longeait la côte nord de la Turquie, par les montagnes de la Chaîne pontique, traversait le sud de la Géorgie pour gagner le Daghestan. De là, nous devrions nous embarquer, légalement ou non, pour le Turkménistan. Par le Karakum, nous atteindrions le sud de l'Ouzbékistan, puis le montagneux Tadjikistan et enfin, l'ouest du Sin-kiang. Khâdjir retrouverait sa tribu qui, m'assurait-il, me ferait bon accueil. Cette suite de noms, jetés sur le papier à mesure que nous consultions les cartes d'état-major chounoises, dessinait un périple de plusieurs milliers de kilomètres. Heureusement, nous avions des amis tout le long désormais. Néanmoins, les dangers seraient multiples, avec l'ombre de la mort sur nos talons. Elle pourrait prendre la forme d'un pirate, d'un peloton d'exécution sommaire, d'une chute dans un à-pic, pour les plus prévisibles. Nous comptions surtout sur nos propres moyens : Khâdjir connaissait très bien la montagne et ses pièges, moi le désert et ses périls. Et nous étions loyaux l'un envers l'autre. Pour agrémenter ce long périple, je demandai à mon compagnon de m'apprendre la langue de son peuple.

Nous fûmes les derniers à quitter la caserne. Nous prîmes de quoi boire et manger trois jours. Le reste, nous le descendîmes dans les geôles, pour que les Chounois ne meurent pas de faim en attendant leur capture.

« Ils sont à vingt-quatre heures d'ici, dis-je à Kouan Cho, vous n'aurez pas longtemps à attendre. »

Il me retourna un salut militaire complètement incongru, dans lequel perça pour la première (et dernière) fois quelque chose qui ressemblait à de la considération. Et je le méprisai davantage, lui et tous ces hommes dévorés de peur à l'évocation de leur avenir à court terme, fait d'interminables interrogatoires et, à plus long terme, leur humiliation de prisonniers de guerre dans un camp, jusqu'à la fin du conflit. Haïssables mauviettes qui ne connaissaient pas leur chance : ils en sortiraient indemnes.

Mon but n'est pas de rapporter en détail cette aventure. J'en ai tiré une épopée en 57 000 et un vers, découpée en quarante-neuf chants. Les passages que mon public me demande le plus souvent, c'est d'abord la traversée du Karakum. Khâdjir et moi avons été sauvés par une enfant prénommée Aïchaëlle, qui nous a guidés à demi morts de soif, vers l'oasis que nous ne parvenions pas à trouver. Peut-être était-ce un djinn ou peut-être un mirage. Nous tournions en rond depuis des heures, affalés sur nos chameaux, nous maintenant à grand-peine en selle. L'air était si sec que tout mon corps paraissait cartonné de l'intérieur. La soif nous mangeait la raison. Aïchaëlle avait pris les rênes de nos montures et nous conduisit jusqu'au puits. Là, elle remonta de l'eau et nous tendit un gobelet à chacun, avec un sourire éclatant, d'une infinie douceur. De son baluchon, elle sortit des grenades fraîches, qu'elle coupa en deux sur la margelle, avec cette grâce guillerette des enfants, quand ils savent qu'ils font le bien. C'est une joie qui les remplit. À peine avons-nous trempé nos lèvres desséchées dans l'eau bienfaisante qu'elle s'est évanouie, comme un rêve tremblant dans la lumière de l'aube.

Petits et grands me demandent à chaque fois l'épisode où Khâdjir et moi avons échappé à un tir de canon à énergie noire. C'était sur la rive ouest de la Mer Caspienne. Nous voulions passer au Turkménistan, et nous avions prudemment évité Baku, port grouillant de marins de la Révolution rouge. Or, les Occidentaux avaient réussi une percée du front par le nord et pénétré au Daghestan, où nous attendions le moment d'embarquer. Nous n'avions aucune confiance dans le pirate ossète qui nous prenait dans ses soutes, avec du (mauvais) tabac de contrebande, deux autochenilles rosses pas très bien arrimées, et un empilement de cages à poules caquetantes, parmi les odeurs de fiente et d'huile de vidange. On devait partir à la nuit tombée. Ni nous ni le pirate n'avions la moindre idée des mouvements de troupes, qui avaient lieu à trois ou quatre kilomètres au nord du port. La situation était très confuse et les rapports contradictoires. Nous étions coincés là, à quai, avec la liberté de l'autre côté de cette maudite mer. Personne n'osait faire quoi que ce soit. On attendait anxieusement le retour des éclaireurs, qu'on avait envoyés là-bas voir ce qui se passait.

Nous étions adossés à un muret, sur le port. Khâdjir fumait sa pipe longue et fine, moi mon petit narguilé de voyage. Soudain, le fracas de la guerre, les tambours d'Angro Mainyu, furent aux portes de la petite cité portuaire. Les troupes rouges, venues de l'est, étaient tombées sur l'avant-garde occidentale, qui essayait d'attirer l'ennemi en ville, dans une guérilla urbaine. Les rafales de mitraillettes s'égrenaient avec des cliquetis mécaniques fous, comme si on faisait tourner le mécanisme d'une horloge à toute vitesse. Des grenades explosaient dans un souffle de mort. Les combats se rapprochaient du port, nous entendions l'officier occidental vociférer des ordres à ses hommes. Khâdjir et moi nous cachâmes dans un atelier de découpe, rempli de caisses en plastique qui puaient le poisson, les boyaux de poissons, avec des filets de pêche pendant aux murs. Dans ce dédale de caisses, de tapis roulants, de poubelles pleines, nous trouvâmes une cachette d'où l'on pouvait surveiller l'entrée. Nous armâmes nos fusils et nous attendîmes, prêts à défendre chèrement nos vies, qui que soit l'adversaire. Et nous vîmes l'éclair noir, dans l'embrasure des hautes portes ouvertes de l'entrepôt. Vu l'angle, il était tiré depuis la mer, preuve que la zone n'était pas sûre. C'était un tube parfait, d'environ quatre mètres de diamètre, d'un noir, comment dire, comme un concentré de ténèbres, impénétrable, lisse, qui semblait absorber aussi bien la lumière que le son sur son passage. Le tir dura trois secondes, trois secondes et demie. Au début, c'était ce noir parfait, comme un ciel vidé d'étoiles. Je restais figé, à le fixer, et, entre la deuxième et la troisième seconde, je distinguai quelque chose dans cette colonne de lumière noire, que je ne peux décrire que comme la superposition de tous les instants du Temps. Un pur Présent, statique, autour duquel tournoyaient passé et avenir. Je vis des cavaliers scythes, aux précieux harnais en or finement ouvragés, emmêlés à des pêcheurs du Néolithique, qui dépeçaient des carpes avec des lames de silex, emmêlés à des dockers soviétiques qui déchargeaient un immense cargo, emmêlés à mes fils et leurs fils, et jusqu'à mon dernier descendant, sans descendant, en train d'apprendre à la petite fée du Karakum à jouer de mon luth, dans une oasis que je ne reconnus pas. Au bord de la quatrième seconde, je vis une ville transformée en trou noir, trois fugitifs occidentaux dans la taïga et la défaite de la Révolution rouge dans quatorze ans, en 2167. Puis le tir cessa, et les visions. Il y eut un silence effrayant. Je voulus sortir de notre cachette et Khâdjir me retint par la manche.

« Je reviens », dis-je en me dégageant.

Je hasardai un coup d'œil, sans sortir de l'atelier, dans la direction où le canon avait tiré. C'était comme si on avait découpé au laser chirurgical tout le nord de la cité. À la place, il y avait un grand espace vide, vitrifié sur deux kilomètres. Et au fond de cette cuvette, le rayon tubulaire qui se résorbait sur lui-même, avec cet affreux bruit de succion. Une arme épouvantable, qui avait tout désintégré sur son passage, les bâtiments, les hommes, la terre et puis le Temps lui-même.

Après bien des épreuves, nous retrouvâmes un ami tadjik. Il nous offrit un festin qui dura trois jours et trois nuits. À l'aube du quatrième jour, il nous fit passer au Sin-kiang, par les montagnes. Khâdjir retrouvait son pays natal avec une grande joie. Il me conduisait, disait-il, jusqu'à la cour itinérante de la princesse Djallila. Il m'avait parlé de cette femme exceptionnelle tandis que nous cheminions. C'était la dernière héritière vivante de l'ancien royaume de Kashgariya. Mais elle avait été élevée loin du territoire ouïghour, cachée par son père, lors de la troisième extermination, dans un monastère bouddhiste, très loin d'ici, aux confins de l'Inde et du Pakistan. Là, sous le nom de Dawika, ses talents extraordinaires s'étaient révélés. Le Grand Lama, avec beaucoup de sagesse, l'avait envoyée étudier à New Delhi. Et c'était elle, m'assura Khâdjir, qui avait mis au point le tout premier générateur à énergie noire. Elle en avait fait don à son peuple, mais les Chounois le leur avaient volé. À partir de lui, ils avaient conçu la technologie meurtrière du terrifiant canon qui annulait tout sur son passage. Quand Khâdjir avait été enrôlé dans l'Armée rouge, Djallila se cachait parmi les tribus des montagnes, un commando furtif aux trousses.

Et de fait, nous arrivâmes trop tard. Il y avait un an, les Chounois avaient organisé une grande rafle, jusque dans les plus petites vallées, et avaient emmené Djallila et de nombreux Ouïghours prisonniers. Parmi eux Gaskhan, un chef de clan, et encore Ouskhir, prince de sang, le cousin germain de Djallila. Surtout, ils avaient emporté le générateur à énergie noire, inventé par Djallila, pour en faire l'arme de guerre qui faisait tant de tort à l'Occident. Ceux qui avaient pu échapper à la rafle s'étaient regroupés dans une haute vallée. Quand nous arrivâmes, Khâdjir et moi, ils pleuraient leurs disparus. Les Ouïghours ne revenaient des prisons chounoises que sous la forme d'urnes funéraires. Les Chounois incinéraient les défunts, pour effacer toutes les traces des sévices et des tortures qu'ils avaient subies dans leurs derniers instants d'existence terrestre.

« Voilà ce qu'ils font, m'expliqua Khâdjir. Nous avoir pris nos terres, nous avoir exterminés ou stérilisés, nous avoir acculés à survivre dans des bidonvilles ou dans les montagnes, tout ça ne leur suffit pas. Ils nous feront tous crever jusqu'au dernier. Djallila représentait l'espoir pour nous, alors ils nous l'ont prise, comme tout le reste. »

Je compatissais sincèrement. Le désespoir se lisait sur leurs figures, un abattement infini, la détresse et l'impuissance de voir son avenir confisqué, annulé, nié. Je savais que les Hommes étaient capables d'une inventivité sans limites pour se nuire les uns les autres, que leur cruauté était sans borne. Ici, j'en constatais le résultat, sur ces visages altérés de survivants dépossédés. Voyant mon désarroi, Rhâkim, qui avait été général en chef du dernier roi de Kashgariya, le père de Djallila, me dit :

« Je suis désolé, ami, de t'accueillir en un jour aussi funeste. La joie a quitté nos cœurs et nous ne te recevons pas comme tu le mérites. »

Je ne me sentais pas offensé, vu les circonstances. Je proposai de faire pour tous ces malheureux la seule chose que je savais faire : chanter à la veillée pour réchauffer les cœurs meurtris.

Dès le lendemain, je m'ouvris à Khâdjir de l'idée qui m'avait tenu éveillé tard dans la nuit, malgré la fatigue du voyage.

« Et si nous allions délivrer Djallila ? »

C'était une idée folle, comme seule la fièvre en donne. Cependant, en quelque sorte, je me sentais immunisé contre la mort, au moins le temps que j'aie les fils que j'avais aperçus dans le rayon d'énergie noire. Ce qui était encore plus fou, quand on y pense, que de prendre une prison d'assaut. Je n'avais aucune garantie que les images que j'avais vues tournoyer reflétaient un avenir qui se produirait. Il se pouvait tout aussi bien que l'énergie noire ne fasse que refléter nos rêves, et non notre destinée. Néanmoins je me sentais relié à ce que j'avais vu, comme par un fil d'or. J'étais persuadé que j'aurais une longue descendance, au plus profond de mon être. Je resterais en vie pour la faire advenir. Il ne pouvait rien arriver qui l'empêche. J'étais, pour mes amis ouïghours, un talisman vivant.

« Tu n'y penses pas ! s'exclama mon ami. Les prisons chounoises sont impénétrables, comme la pensée des Maîtres. Et puis songe aux conséquences. Si nous réussissions, la répression serait terrible. Les Chounois sont capables d'anéantir les montagnes à coups de canons à énergie noire. Le sort de Djallila est scellé, elle l'a déjà accepté, comme nous. »

Oui, justement, comme eux. Tant qu'à mourir, pourquoi abandonner leur princesse aux mains de l'ennemi ? Pourquoi ne pas la lui reprendre, et lui offrir une mort digne d'elle et de son rang, en se battant parmi les siens ? Khâdjir réfléchit un moment. Le baroud d'honneur des Ouïghours, la libération de la princesse captive, ça ne manquait pas de panache.

« Tu es fou, mon ami, comme tous les poètes, dit Khâdjir rêveusement. Je vais parler aux chefs de clans, on ne sait jamais. »

Ma suggestion alluma un enthousiasme inattendu, compensatoire à l'apathie de la défaite. Les chefs, avisés, rendirent leur verdict après l'assemblée qui dura tout le jour.

« Ami, dit Rhâkim, tu nous donnes mieux que l'espoir, tu nous donnes un but. Nous nous sommes résignés trop vite à la perte de Djallila. Honte à nous, nous avons baissé les bras. Comme notre ennemi le voulait, nous nous sommes avoués vaincus. Ce combat sera peut-être le dernier pour notre peuple, mais il est noble et juste. Il ne sera pas dit que les derniers Ouïghours furent des lâches. Merci, ami, de nous avoir rappelés à notre devoir le plus sacré. »

Le soir, la veillée fut bien plus joyeuse.

Nous avons appris que Djallila, Ouskhir et Gaskhan, avaient voulu fuir lors de la rafle. Ils avaient été pris ensemble, et enfermés dans la prison de Bâhalzim, une cité pétrolière du désert de Takla Makan. L'endroit était sous surveillance constante de drones et d'androïdes puissamment armés. La prison n'avait qu'un point faible : enclavée dans un champ de derricks, avec des raffineries, des engins, des grues, elle offrait de nombreuses cachettes à proximité pour un commando. Nous avons minutieusement planifié notre attaque. Nous entrerions dans la prison par le chemin de ronde, en nous laissant glisser le long d'un filin accroché d'un côté à un derrick et fiché, au fusil pneumatique, dans un poteau de béton, à la base d'un mirador. Nous avions une fenêtre de trente minutes, au plus noir de la nuit, pendant lesquelles les techniciens faisaient atterrir les drones pour changer leurs batteries. Il nous faudrait abattre les deux androïdes des miradors nord et est avec des fusils à photons pulsés. L'alarme se déclencherait aussitôt, c'est pourquoi un détachement de vingt combattants s'occuperait des gardiens, en comptant sur l'effet de surprise. Le but était de les attirer dans la cour intérieure. Pendant ce temps, un second détachement de sept hommes investirait l'aile est, où se trouvait le quartier de haute sécurité.

Tout s'est déroulé comme prévu, mais hélas, nous arrivions trop tard, une fois de plus. Ouskhir avait été exécuté le matin même, Djallila la veille, nous a appris Gaskhan. Nous l'avons délivré de sa cellule et exfiltré de la prison. Dans la cour, le combat faisait rage.

« Repli général ! » a hurlé Rhâkim du haut du chemin de ronde, à ceux qui tenaient les gardiens en respect, en bas.

Nous sommes descendus en rappel le long du mur fortifié. Nous sommes montés dans deux camionnettes, abandonnant la troisième. Sur les vingt-sept hommes que nous étions au départ, quinze sont revenus.

Le clan de Gaskhan avait retrouvé son chef, ce n'était pas rien. Surtout, Gaskhan avait accompagné Djallila et Ouskhir jusqu'au bout, jusqu'à leurs dernières minutes. C'était comme si les deux fois cinq balles, qui avaient ôté la vie du Prince et de la Princesse, l'avaient atteint lui aussi, en plein cœur. Les derniers Ouïghours avaient perdu leur dernière bataille. « Si nous avions agi au lieu de pleurer ! » pestait Rhâkim. Vint s'ajouter à l'amertume une humiliation, peut-être pire encore que l'exécution de leur princesse : il n'y a même pas eu de représailles pour l'attaque de la prison. Les Chounois avaient eu Djallila, Ouskhir en prime, le reste leur importait peu. D'ailleurs, ils avaient d'autres chats à fouetter que cette « race de dégénérés en voie d'extinction. »

Malgré leurs redoutables canons à énergie noire, les Chounois ne parvenaient pas à obtenir de victoire décisive, les Occidentaux tenaient bon. Parce que, comme je l'ai déjà dit, les Généraux du Haut Commandement, paranoïaques et vaniteux, n'arrivaient toujours pas à s'entendre sur une stratégie cohérente, chacun voulant par-dessus tout le seul crédit de la victoire. Ils se tiraient dans les pattes les uns des autres, envoyant ordres, contre-ordres, rectificatifs, circulaires, non pas tant pour vaincre les Occidentaux que pour déjouer les manœuvres de l'un ou de l'autre. En quelque sorte, ils avaient déjà perdu la guerre, comme je croyais savoir qu'ils finiraient par la perdre.

Je suis resté neuf ans chez les Ouïghours. Ils me traitaient comme l'un des leurs. Peu à peu, puisqu'on les laissait en paix, ils ont repris leur vie, avec leurs travaux, leurs cérémonies, leurs fêtes. Fiançailles, moissons, mariages, élevage, naissances, sur ce bout de terre ingrat, que les Chounois leur avaient abandonné. En toute occasion, je jouais de la musique. Khâdjir me pressait, sans me brusquer. Les jolies femmes ne manquaient pas. Chaque année, à la nouvelle lune de printemps, se tenait la fête dite des Accolades. En cette occasion, l'homme qui désirait une épouse, ou la femme qui désirait un mari, donnait l'accolade à l'élu de son cœur et l'invitait à danser. Chaque année, neuf fois, une femme nouvelle m'a proposé de m'unir à elle et neuf fois j'ai décliné l'offre. Car le temps n'était pas venu pour moi. Je me plaisais à cette vie simple et joyeuse, cependant mon cœur était resté dans le désert.

Enfin, un jour, le messager qui nous apportait régulièrement des nouvelles m'a appris que la Perse avait été « libérée », c'est-à-dire soustraite aux appétits sans fin du néolibéralisme oriental, pour être livrée à ceux des Occidentaux. Au moins, ma terre natale n'était plus en proie aux affres de la guerre. Le front du sud-est s'était déplacé en Afghanistan. Il était temps pour moi de rentrer à la maison. La cérémonie des adieux a duré trois jours. À l'aube du quatrième, je suis parti à cheval, à peu près par le même chemin que nous avions emprunté à l'aller, Khâdjir et moi. J'ai promis que je garderais toujours, dans mon cœur, l'amour des Ouïghours. Je n'ai pas promis que je reviendrais, je ne suis pas ce genre d'hommes.

Je ne dirais pas que le chemin du retour a été facile. Toutefois, la joie atténuait les difficultés des obstacles. Il me restait encore de l'argent du coffre de la caserne du Bosphore qu'on s'était partagé. La plupart du temps, je dormais à la belle étoile, mais parfois, je m'arrêtais dans une auberge, pour le plaisir d'être servi, de prendre un bain chaud et de dormir sur un matelas moelleux.

Je suis entré en Perse par le nord. La seule différence, depuis qu'on m'en avait arraché de force pour m'enrôler dans l'Armée de la Révolution rouge, c'était que désormais on payait en dollars. Ah, les Maîtres aussi avaient changé. Les hauts dignitaires perses étaient toujours en place, cependant ils devaient composer avec les businessmen occidentaux, pas moins retors et pas moins tyranniques que les Chounois. J'ai vite retrouvé ma place dans ce monde qui, fondamentalement, était resté le même. J'ai retrouvé le vent et le désert, de nombreux amis, les oasis et les villes marchandes, où de nouveau je gagnais ma vie comme musicien itinérant.

Je suis tombé amoureux de Sarah, une Arabe, au marché d'Ispahan. Elle filait la laine et le coton, et vendait des vêtements, des tapis, des couvertures, de place en place, comme moi. Elle avait de superbes cheveux noirs bouclés, des yeux de gazelle espiègle, la taille fine, et beaucoup d'hommes la courtisaient, naturellement. Pour la séduire, je lui ai commandé une djellaba, et je suis resté chanter sous sa tente pendant tout le temps de la confection. Je lui ai dit que neuf fois, j'avais refusé neuf femmes, parce que c'était elle que j'attendais.

Pour les noces, nous avons invité nos amis marchands et donné un banquet. Pour notre première nuit, je l'ai emmenée sur le plateau du Shimkaz, dans la Conque de la Mariée. C'est l'endroit secret qui domine la vallée de Karkayane, où tous les hommes de ma famille conduisent leur bien-aimée pour la nuit de noces. Nous avons eu sept enfants, quatre garçons et trois filles, qui n'ont manqué de rien. Mon troisième fils exerce le même métier que moi autrefois. Je lui ai légué mes instruments quand j'ai décidé de me retirer. Son deuxième fils est déjà un excellent joueur d'oud, de luth et de harpe. Je suis bien vieux maintenant, la guerre, rouge ou noire, est loin. Je suis un homme comblé, qui vit avec son épouse dans une petite maison à Ghâzim, où nous coulons paisiblement nos derniers jours.

Toutefois, la folie des Hommes laisse des traces. Tout le monde sait que plus de 90 % des Hommes ont été décimés, et les trois quarts du monde anéantis. La vallée de Karkayane et quelques oasis ont échappé par miracle au déluge de bombes en tous genres. Certaines ont stérilisé des pays entiers, d'autres ont relâché dans l'air des maladies mortelles. Et puis, j'ai entendu parler d'un nouveau fléau, venu du nord-est, qui frappe parfois les oasis. On les appelle les « orages magnétiques » et les témoins les évoquent avec crainte. Je prie les dieux qu'ils nous épargnent, Sarah et moi.

Parfois, dans mes rêves, je revois mes amis Ouïghours, tous, un à un. Un peu de mon cœur est resté là-bas. Toute ma vie, j'ai rêvé de Khâdjir. L'autre nuit, il était vieux, comme moi, père et grand-père plusieurs fois, comme moi. Une femme, très belle, se tenait devant nous et souriait. Djallila s'est invitée dans notre rêve. Elle nous a dit que le début et la fin se touchent, que nous sommes les hommes de la fin, destinés à la rendre un peu plus douce, par la grâce de l'Amour qui jamais n'a quitté nos cœurs.

S'unir (1)

À Isabelle P.

Après la deuxième Révolution et l'instauration de la VIIIe République, deux ans auparavant, tous les enfants, quelle qu'ait été leur classe sociale d'origine, étaient éduqués à l'École égalitariste. Bien sûr, j'étais trop jeune pour bien saisir les tenants et les aboutissants de la Révolution. Cependant, j'entendais parler les adultes autour de moi, je voyais leur air bourru et renfrogné quand ils abordaient le sujet. C'était assez pour comprendre que cette révolution aussi avait échoué, comme toutes les autres. Les têtes des Maîtres néolibéraux avaient été exposées publiquement, au bout d'une pique, sur le Champ de Mars de la capitale, c'est-à-dire loin de chez moi. À la place des anciens Maîtres, et au lieu de ceux que le Peuple uni, solidaire et fier avait élus pour nous représenter, ce furent les petits boutiquiers, les patrons de PME, les vendeuses de magasins chics, les courtiers en assurances, qui prirent les sièges vacants du Pouvoir. Les vagues révolutionnaires que la nôtre avait suscitées dans les pays limitrophes furent sévèrement réprimées dans le sang, avec des exécutions spectaculaires et des internements dans des « camps d'harmonisation ».

Chez nous, le bel élan populaire, enthousiaste et généreux, avait été récupéré in extremis par de petits chefs, de petits comptables, des soutiers du Marché. Officiellement, la Révolution avait triomphé. Il y eut des défilés solennels, sans un seul soldat prolétarien, mais avec fanfares et majorettes. Et derrière les barrières où, tous les dix mètres, un policier veillait à l'ordre public, le Peuple : une fois de plus berné, spolié de sa victoire. On affichait des visages de vaincus, parfois coléreux, un peu comme quand on manque le quinté dans l'ordre à un cheval près. Le plus important, paraissait-il, c'était que le gouvernement avait pu préserver la totalité de nos précieux accords commerciaux. Son premier souci était de rétablir l'économie de marché, trop longtemps mise entre parenthèses par la Révolution. Finie la rigolade, les choses sérieuses redémarraient, naturellement dans l'intérêt souverain du Peuple.

Ce qui s'était réellement produit en ce jour historique où la Révolution prolétarienne triompha des Forces néolibérales, je ne le sus qu'après, quand je fus en âge de le comprendre. Voilà. Après la bataille décisive entre les deux armées dans la capitale, remportée par les révolutionnaires, ceux-ci conduisirent leurs leaders jusqu'au Parlement, pour qu'ils forment un gouvernement provisoire. Mais, surprise ! La Garde nationale les repoussa à l'arme lourde : mitrailleuse, lance-roquettes, sans compter le cordon de blindés qui défendaient toutes les entrées du bâtiment. C'est qu'il était déjà occupé par les gens que j'ai mentionnés plus haut. Le Parlement avait été déserté par son personnel sous mandat électoral, qui avait judicieusement choisi de s'exiler dans quelque paradis fiscal, où les vieux routards de la politique possédaient une résidence secondaire, nette d'impôt, et un compte en banque bien garni. Profitant du fait que les révolutionnaires purs et durs fussent occupés à mener la guérilla urbaine de libération, les petits caporaux du néolibéralisme s'étaient courageusement faufilés dans le Parlement, pour former une Assemblée constituante. Les esprits les plus frileux, étriqués, conservateurs et méprisants envers la plèbe communiste qui soient, avaient pris le pouvoir. Bien sûr, « au nom du Peuple. » Les derniers affrontements n'étaient pas terminés, que déjà la propagande travaillait à légitimer la nouvelle Assemblée. Les révolutionnaires étaient pris de court. Par tous les canaux possibles : Internet, télévision, radio, les communiqués pleuvaient. On pouvait même déjà suivre les premières délibérations en direct. L'Armée révolutionnaire était proclamée victorieuse, et les choses étaient désormais sous le contrôle de la Constituante. Un gouvernement provisoire serait bientôt institué, jusqu'à l'organisation d'une élection présidentielle régulière, très prochainement.

L'Armée prolétarienne n'en croyait pas ses yeux ni ses oreilles. On lui volait la victoire, on l'écartait par la force d'un revers de la main. Depuis que j'ai changé de nature, je sais que la malédiction de l'être humain c'est de ne jamais tirer la moindre leçon du passé. Pauvre armée du Peuple, qui ne savait guère que toutes les Révolutions s'étaient terminées exactement de cette même manière. Il y eut un moment de flottement dans les rues, des révolutionnaires hagards, dépassés par les événements et incapables de se regrouper pour prendre une décision. Il aurait fallu attaquer les maigres forces petites-bourgeoises, à peine en train de se regrouper. Tandis qu'aux fenêtres, on acclamait les vainqueurs, hébétés, qui n'avaient pas encore eu le temps de proclamer leur victoire, qu'on leur jetait des fleurs, le malentendu s'aggravait. Mais ils ont laissé faire. Ce fut leur seule erreur et elle leur fut fatale. Cela dit, ne leur jetons pas la pierre : il est difficile à un boxeur, sonné après dix rounds, de décider sur-le-champ s'il est plus approprié de jouer le fou en F8 ou le cavalier en C5. On baissa les bras plutôt que d'attaquer la maigrelette Garde nationale, plutôt que de dénoncer le mensonge. Encore une fois, comment les blâmer ? Le mal avait été fait si sournoisement, dans leur dos, et le temps que les informations leur parviennent, il était déjà trop tard. La proclamation officielle de la VIIIe République, par un certain Lahier, plombier zingueur de son état, à la tribune du Parlement, faisait déjà le tour des réseaux sociaux numériques et tournait en boucle dans les autres médias, alors même que les armées néolibérale et révolutionnaire se battaient encore place Immanoël-Marcon. Les petits poissons sans envergure venaient de chasser les requins de l'aquarium. Mais qu'on ne s'y trompe pas : c'était la même merde qu'avant, et des milliers d'hommes et de femmes étaient morts pour rien. C'est pourquoi on leur éleva des monuments, et on les commémora dans des cérémonies aussi pompeuses et ridicules qu'hypocrites.

Les révolutionnaires pensèrent, à tort, qu'ils tiendraient leur revanche lors des élections. Ils formèrent le Parti populaire, qui mena campagne contre le Parti soi-disant égalitariste – en réalité conservateur et néolibéral. Les révolutionnaires furent battus à plate couture. Ce à quoi le bon peuple, pour la liberté duquel ils s'étaient si ardemment battus, aspirait à présent, après tous ces bouleversements, c'était l'ordre et la sécurité petits-bourgeois. « Maintenant, ce qu'il nous faut c'est un homme fort qui nous dise quoi faire, et on le fera. », ce genre-là.

J'avais dix ans et, à l'école égalitariste (les nouveaux Maîtres tenaient à l'appeler comme ça, « pour honorer la mémoire des héros de la Révolution », ceux-là mêmes à qui ils avaient refusé l'entrée à l'Assemblée Constituante), les instructeurs me respectaient. J'étais « un véritable enfant de la classe populaire. » Après son échec, le Peuple était gentiment retourné faire tourner les usines, les magasins, ensemencer la Terre. Faire tout ce qu'on attend de lui, c'est-à-dire travailler pour enrichir les riches, se contenter de son sort et se taire. Une fois la situation reprise en main, le contrôle rétabli, ça n'était plus dangereux du tout de vanter les mérites de la Révolution, ça ne nous donnait plus d'idées de revanche grandiose. Quant aux anciens révolutionnaires, ceux qui avaient fait la guerre, ils s'étaient cloîtrés dans leur propre ghetto, en attendant la prochaine où ça ne se passerait pas comme ça. J'y allais parfois, écouter leurs histoires extraordinaires, qu'ils radotaient déjà, leurs visions délirantes d'un avenir sans classes.

Mon père était ouvrier non qualifié dans une usine pharmaceutique classée Seveso 2, et ma mère sous-secrétaire au cadastre, à l'Hôtel de Ville. J'avais une sœur aînée, de deux ans plus âgée que moi, ainsi qu'un petit frère venu trois ans après moi. À part moi, miraculeusement mais pour mon malheur aussi, toute la famille souffrait de différents troubles, tant sur le plan physique que sur le plan psychique. Ainsi, je devais m'acquitter de diverses tâches qui n'étaient point dévolues d'ordinaire à un garçon de mon âge : administratives, comptables, ménagères, de relations avec le voisinage ou la police. Par la force des choses, je connaissais très bien le système, et les tracasseries auxquelles les adultes étaient souvent confrontés dans le monde qu'ils s'étaient reconstruit, ou avaient consenti passivement à laisser se refaire. À côté, les tables de 7 et de 8, c'était une partie de plaisir. Et la 8e Constitution, ses décrets et ses circulaires, rédigés par des individus mesquins et semi-analphabètes, dans un français de niveau Cinquième ne faisait rien pour me faciliter la tâche.

Je devais justement m'occuper d'obtenir les nouveaux papiers d'identité réglementaires pour la famille, et je me débattais, en plus de mes devoirs, dans un fatras de codicilles et de « marches à suivre » obscurs, quand ils n'étaient pas contradictoires. Par exemple, l'Article premier de la Constitution reprenait ce vieux principe d'égalité entre tous les citoyens, qui avait cours depuis cinq siècles, pendant lesquels il avait été systématiquement violé. Mais un décret stipulait que, désormais, chaque groupe ethnique, humain ou assimilé, se verrait délivrer des cartes d'identité différenciées, mentionnant leurs origines et, éventuellement, leur degré de nuisance (liste en annexe). Heureusement, chaque formulaire, un par membre de la famille, laissait des places libres pour des « mentions particulières », où je crus bon de faire état des différents handicaps dont souffraient mon père, ma mère, ma sœur et mon frère, afin de montrer à quel point nous étions inoffensifs. J'avais entendu dire que l'Égalitarisme se montrerait compréhensif et compassionnel envers les plus malheureux et les plus faibles, et les prendrait sous son aile fraternelle et bienveillante. Je n'y croyais déjà plus, mais je remplis consciencieusement les formulaires.

Père : Braumann, Jack. Quarante-trois ans. Poumons rongés par les vapeurs toxiques suite à l'inhalation sans protection de différents produits chimiques. Souffre également de troubles rénaux et digestifs.

A commencé à développer une sénilité précoce (voir certificat joint). Procédure en cours pour établir un lien, ou non, avec son activité professionnelle.

Mère : Verdt, Sylvie. Quarante-deux ans. Autiste et traitée pour des accès de paranoïa aiguë. Atteinte également de polyarthrite déformante, qui l'oblige à ne travailler qu'à mi-temps (vingt-deux heures par semaine). Pas d'allocations compensatoires malgré demandes répétées. Brûlée au troisième degré à la jambe gauche, par un lance-flammes, au début de la Révolution, lors d'une manifestation pacifiste qui s'était approchée de trop près du cordon de CRS. Toujours fichée S : erreur judiciaire non traitée.

Sœur : Braumann, Klementina. Douze ans. Mutique, avec accès soudains de logorrhée délirante. En proie à des visions d'une extrême violence, elle incarne toujours le même personnage, Irina Negrini, pélican immortel qui vit au cœur d'un brasier, dont elle rapporte en vociférant les visions de cauchemar. Paralysée du bras droit suite à une erreur policière, où elle a été confondue avec une dangereuse terroriste. Violée sur place, et rouée de coups, selon la procédure standard. Mise sous camisole et neuroleptiques dans le fourgon, pour plus de sécurité pendant son transfert à la prison centrale, où la regrettable méprise a pu être levée.

Frère : Braumann, Peteryan. Sept ans. Sourd et muet de naissance. Traité au lithium pour « hyperactivité pouvant mettre en danger le malade et la vie d'autrui. » D'un QI peu élevé, ne connaît que les rudiments de la langue des signes (surtout les gros mots, en fait). Doit être maintenu enchaîné à son lit dans les périodes de pénurie de traitement, fréquentes. A été exclu de l'Institut spécialisé pour avoir mis le feu aux cheveux d'un camarade. En attente d'un nouveau placement depuis neuf mois. Loi stipule : « M – 100 % : placement impératif dans les trois mois. »

Sur moi-même, je n'avais rien de « spécial » à dire. J'étais un gosse du Quartier, sans rien de remarquable. Je n'étais pas le seul à être livré à soi-même, avec une ou plusieurs personnes à charge. À la rubrique « personne référente », j'inscrivis mon nom. Je n'étais pas majeur et je n'avais aucun droit, mais de toute évidence, en cas de problème quelconque avec les services concernés, mieux valait me joindre moi qu'un des aliénés semi-grabataires qui m'avaient donné naissance.

J'étais plutôt bon à l'école et mes instructeurs nourrissaient pour moi des ambitions que, dans mon esprit d'enfant, je qualifiais en rougissant de fierté de grandes.

« On va faire de toi un cadre du Parti, disait d'un ton paterne Pablo Kacszmir, notre maître en doctrine révolutionnaire. Ou au moins un numéro quatre dans la hiérarchie d'une entreprise. »

Je ne savais pas de quelle entreprise il parlait à l'époque. De nombreuses usines bordaient le Quartier, comme des tours de garde ou comme des phares. Et je me voyais là-bas, au-delà de la frontière du bidonville des réfugiés, vêtu d'un costume trois-pièces, regarder par la baie vitrée du dernier étage, dans les bureaux, vers le ghetto d'où j'étais venu. Vertigineuse ascension sociale ! En réalité, c'était l'État lui-même qui, ayant tout nationalisé, était devenu l'Entreprise, avec des milliers de filiales. Et il fallait que ça trime pour satisfaire le Marché. Quant au Parti, tout le monde savait ça, il ne pouvait s'agir que du Parti populaire égalitariste qui, comme tous les partis populaires, commettait au nom du Peuple les pires abjections contre le Peuple.

Moi, j'étais fou amoureux de Sabel Draupter. Nous avions été dans la même classe depuis la petite section de maternelle, bien avant la Révolution. J'espérais vivement que le changement de régime n'allait pas nous séparer au collège. Nous, les enfants, étions peu conscients de ce qui se tramait tout là-haut, dans le monde confus des adultes. Ça dépassait nos capacités de compréhension. Nous avions remarqué que les leaders se faisaient toujours apporter, sur l'estrade après le discours, un bouquet de fleurs par une petite fille. A priori, ils ne nous étaient pas hostiles. Nous connaissions le nom du Président à vie, et nos compétences politiques se seraient arrêtées là, si la VIIIe République n'avait rendu l'enseignement doctrinaire obligatoire. Et Pablo Kacszmir nous y apprenait qu'avant la Révolution, la classe des Maîtres dominait le monde et y répandait le malheur. Heureusement, l'Égalitarisme prolétarien avait puni les mauvais hommes et établi la justice sociale.

C'était là que l'Histoire écrite par les adultes télescopait nos petites existences insignifiantes. Nous savions tous que les parents de Sabel Draupter, et de quelques autres de nos camarades, avaient été des Maîtres dans l'Ancien Régime. Et déjà, les leçons de doctrine et d'Histoire aidant, de secrètes lignes de partage commençaient à se dessiner entre les groupes d'élèves, dans la cour de récréation. Nous qui, encore peu de temps auparavant, jouions avec qui bon nous semblait, ignorants des catégories sociales et des hiérarchies génétiques. Instinctivement, collectivement, nous reproduisions dans la cour, comme un miroir, le monde compliqué des grandes personnes. Nous avions tendance à nous regrouper prioritairement entre membres de la même ethnie et de la même classe sociale. Le fait que nos jeux se déroulaient sous les yeux de faucon d'un Observateur du Parti, qui parfois notait quelque chose dans le petit carnet qu'il portait toujours sur lui, n'était peut-être pas tout à fait étranger à notre changement de comportement ludique. Personnellement, je faisais partie d'une catégorie ethnique et d'une classe sociale favorisée par le Parti. Mais Sabel Draupter et une dizaine comme elle, non. Ils restaient ensemble, comme nous tous, mais dans un coin de la cour, sous un platane qui avait vu passer trois Républiques, tâchant de se faire remarquer le moins possible. Bientôt, ce qui se passait dans la cour se décalqua dans la salle de classe. Et, de même, Sabel Draupter et ses rares amis allèrent se placer dans un coin, à l'opposé des grandes fenêtres, comme s'ils craignaient un attentat à la grenade. Ils donnaient l'impression de réfugiés arrivés en catastrophe, mis là en attendant, avec nous sans vraiment faire partie du groupe. L'instinct de survie, parfois, commande l'ostracisme volontaire.

En fin d'après-midi, la dernière sonnerie de la journée nous libérait enfin de l'école, et nous nous égayions en sortant du bâtiment, comme une volée de jeunes canaris à qui on aurait ouvert la porte de la volière. Le groupe de Sabel Draupter quittait les lieux en dernier, une fois que les derniers cris s'étaient éteints. Moi, je devais traverser le parking, où des parents attendaient leur progéniture debout à côté de la voiture. Puis je prenais le passage clouté de la rue, anciennement Nicolas-Serkosky, rebaptisée Rue Rouge car elle avait été le théâtre d'un affrontement historique entre l'Armée néolibérale et les braves soldats de la Révolution. J'attendais que la petite silhouette lumineuse passe au vert, je traversais la rue, puis le jardin public, lieu de trafics en tous genres. Au milieu de l'interminable Boulevard Erik Zammour, je récupérais ma grande sœur Klementina à l'entrée du collège. Sa perception de la réalité étant lacunaire, elle n'aurait pas su rentrer toute seule à la maison. Comme, en dehors de ses crises de démence, elle ne parlait jamais, on lui avait appris la langue des signes à elle aussi, avant la Révolution. Et, chose exceptionnelle pour un régime non-égalitariste, à moi aussi en même temps pour que nous puissions communiquer. Ainsi, avec mes parents j'utilisais la langue articulée, et avec mon frère et ma sœur la langue des mains, et je servais d'interprète entre les deux parties de la famille.

Le père de Sabel Draupter, Cosimo Draupter fils, avait été banquier. Sa mère, Elika Kreütz, avait été secrétaire de direction à l'Hôtel des Finances publiques. J'avais assisté à leur exécution sur la place, anciennement Immanoël-Marcon, rebaptisée Place de la Lutte Finale, car c'était ici que les troupes révolutionnaires avaient définitivement, et en pure perte, triomphé de l'Armée néolibérale. Enfin, la vérité historique, si ces mots ont un sens, exige de préciser que les combattants néolibéraux à bout de forces, de vivres et d'ardeur capitalistique, avaient déposé les armes, mais que les révolutionnaires n'avaient pas accepté leur reddition, et les avaient terminés à la mitrailleuse lourde et au fusil à pompe. Enfin, ça restait un jour férié, consacré à la glorification du courage des héros rouges, avec grande parade et hymne national tsim-boum tsoin-tsoin, joué par la fanfare municipale. On avait même le droit d'allumer quelques pétards. Après ce massacre en bonne et due forme, une vague de pogroms anticapitalistes avait suivi, dont les parents de Sabel Draupter avaient fait les frais. On les accusait, à tort d'ailleurs, d'avoir détourné de par leur fonction l'argent du Peuple, pour financer leur train de vie, s'enrichir toujours plus, s'enivrer de pouvoir au mépris des honnêtes travailleurs. Même à huit ans (c'était deux ans avant, rappelons-le), j'estimais qu'il entrait une part difficile à quantifier, mais non négligeable, de basse jalousie dans cet acte d'accusation, et de vengeance aveugle dans cette exécution capitale. Néanmoins, il est également vrai que je n'étais pas totalement objectif, puisque j'étais amoureux de la fille des condamnés. Ils subirent ce que la nouvelle Justice appelait « le châtiment infâme de première catégorie », à la fois obscène et d'une cruauté dissuasive. On les déshabilla complètement devant tout le monde, avec une centaine d'autres ennemis de classe. Je ne pouvais détacher mes yeux de la toison pubienne blonde d'Elika Kreütz, comme un buisson-ardent qui suscitait en moi une grande curiosité. On les fit se prosterner, pour accéder facilement à leur croupe, et on les ligota dans cette position équivoque. Je découvris qu'à un certain endroit du corps des femmes, la toison se fait ombre, entrée mystérieuse de ce qui portait différents noms salaces dans la bouche des hommes adultes. Tous s'accordaient à dire qu'on en retirait beaucoup de plaisir. J'avais une drôle de sensation dans le bas-ventre, quand ma rêverie m'emmena vers le haut des jambes de Sabel Draupter, où un jour… Et, brute, réalité. On leur enfonça un fusil à baïonnette luisant de graisse dans le cul, et on tira plusieurs fois. Ainsi, ils mouraient comme le système capitaliste, « explosés de l'intérieur ». C'était le sens de cette mise en scène sordide, dont un Monsieur Loyal rigolard, en bleu de travail, commentait chaque étape. Sabel Draupter, comme nous tous, assista à toute l'exécution, oh oui ma petite, regarde bien ce que deviennent les rats dans ton genre, et ne versa pas une larme. Nous étions tous égaux désormais, nous n'avions plus le droit de manifester la moindre émotion devant l'extermination des responsables du malheur. Car ceux qui, par une larme ou un cri, trahissaient quelque sympathie envers les tyrans d'hier, ou leur désapprobation envers les tyrans d'aujourd'hui, connaissaient le même sort que les condamnés. L'arsenal des supplices encourus, dont notre instructeur en Justice nous avait dressé la liste avec gourmandise, était assez terrifiant pour qu'on ne se risque pas à enfreindre la loi. Sabel Draupter entrouvrit fugacement les lèvres et prononça un adieu muet, à peine perceptible, mais que je devinai parce que j'avais un œil sur le supplice et l'autre sur elle, seule figure honorable parmi les horreurs des Hommes, comme dans le tableau du Néolithique supérieur, où Véronique au milieu de la populace grotesque, assistait au fameux divertissement de la crucifixion d'un quelconque prophète, et que je la trouvais extraordinairement courageuse. Comment moi, un gamin crasseux du Quartier, aurais-je pu être digne de son amour ?

À présent, Sabel Draupter et ses deux frères vivaient chez une tante, Svenska Corelli. Celle-ci était fleuriste et, sentant le vent tourner, elle avait sacrifié des brassées de fleurs pour les jeter sous les pas des soldats révolutionnaires, lorsqu'ils se dirigeaient résolument vers le Parlement pour y installer leurs leaders. Ce geste opportun, en apparence spontané et joyeux, avait suffi pour lui assurer la tranquillité. Son magasin avait été épargné et quand le nouveau gouvernement fut en place elle put poursuivre ses activités commerciales. Svenska Corelli était veuve. Deux de ses fils, engagés volontaires dans l'Armée néolibérale, avaient succombé sous les balles des « bolcheviques ». L'une de ses filles était portée disparue, probablement enterrée sous le tas de décombres qui fut l'immeuble de haut standing, où elle vivait avec son mari et leurs deux enfants. Il lui restait un fils et une fille, qui tenaient chacun l'une des trois fleuristeries familiales et s'étaient assuré la bienveillance de « la vermine rouge » de la même façon pragmatique que leur mère.

Derrière la cité HLM pour déclassés de toutes les républiques où vivait ma famille (curieux comme dans une société sans classes il y a toujours des déclassés), il y avait un terrain vague où nous, les gosses du Quartier, nous retrouvions pour jouer. Il y avait des carcasses de voitures empilées, et ce que nous appelions « le camion du mort ». En réalité, c'était un char d'assaut néolibéral, dans lequel un soldat rouge était parvenu à introduire une grenade pour l'arrêter. C'était un rite de passage : il fallait aller voir à l'intérieur, le squelette parfaitement net et à moitié disloqué du conducteur, qui avec une conscience professionnelle peut-être un peu exagérée, n'avait pas lâché les manettes. À part ça, il y avait encore des débris de chantiers de construction, bennés là par des ouvriers peu scrupuleux, du temps où le terrain vague servait aussi de décharge sauvage. À une extrémité, il y avait quelques baraquements de fortune habités par des réfugiés. Nous n'allions jamais de ce côté-là. Au milieu, il y avait un espace assez vaste et dégagé, d'où quelques câbles et quelques tuyaux émergeaient du sol, vestiges d'un quelconque projet immobilier d'agrandissement du Quartier, interrompu par manque de fonds publics ou mafieux, ou parce que l'État avait cessé d'exister. Ces raccords orphelins nous servaient de poteaux, pour matérialiser les buts quand nous jouions au football. Enfin, tout au bout du terrain vague, il y avait le mur d'enceinte de la gigantesque propriété de Svenska Corelli, comme un éden incongru et tenace à l'horizon de nos misères. Derrière l'infranchissable mur, il y avait la maison où vivait Sabel Draupter. Et je m'étais juré qu'un jour, je franchirais ce mur d'enceinte. Je trouverais la fenêtre de la chambre de ma bien-aimée, j'y frapperais doucement en morse. Et elle ouvrirait et je lui déclarerais mon amour, éternel, infini et à effet immédiat. Bon, le scénario exact n'était pas tout à fait au point. Je n'étais pas certain de la manière dont j'inciterais Sabel Draupter à ouvrir sa fenêtre sans colère ou sans peur, sans invectives.

Je me fichais bien de savoir qu'elle appartenait à la sous-espèce déchue des ennemis du prolétariat. Le fait était qu'elle vivait dans un palace avec jardin, et que moi, je devais partager une pièce de neuf mètres carrés avec mon petit frère psychopathe, qui vivait soit en état de prostration à compter des araignées sur la lune, soit enchaîné aux barreaux de son lit pour cause de traitement indisponible. Quand il n'avait pas son lithium, mon petit frère me regardait comme un boucher examine un bœuf sur pieds, se réjouissant d'avance des beaux morceaux qu'il allait pouvoir débiter à la feuille. Une lueur mauvaise brillait dans ses yeux et il bavait de plaisir le long de ses commissures, qu'il fallait essuyer sans se faire mordre. Et soudain ma sœur se mettait à hurler, en décrivant des images atroces de liquéfaction des chairs sous l'action corrosive des flammes. Alors mon père, croyant que c'était une sirène d'alarme, comme au temps des bombardements, se mettait à quatre pattes sous la table de la salle à manger, l'air hagard, pendant que ma mère, ouvrant la fenêtre, maudissait notre voisine de la tour d'en face, qu'elle accusait d'être la chamane pourrie responsable de tous les malheurs. J'avais vécu ça cent sept fois, trois fois cent quarante-sept fois, tellement de fois que je ne cherchais plus à calmer tout ce petit monde de possédés. J'étais capable de m'isoler entièrement de leur folie, sensoriellement parlant. J'avais acquis cette faculté au prix d'un long entraînement. Alors, je me concentrais sur mes devoirs. Mais un jour, oui, je quitterais cette maison de fous, qu'aucun système social n'avait jamais atteinte. Je déclarerais mon amour à Sabel Draupter, petite maîtresse tombée de son piédestal, et je quitterais cet enfer. Avec elle.

Je prenais prétexte de nos jeux dans le terrain vague pour m'approcher le plus possible de la propriété de la tante Corelli. Je laissais mes camarades jouer à la guerre dans les carcasses de voitures, ou au foot, ou à dégommer les pigeons au lance-pierres. Je longeais le mur d'enceinte qui bordait le terrain vague, et après le coin, je m'aventurais dans une zone d'herbes hautes, de chardons et d'orties, de taillis. Un immense panneau défraîchi annonçait un projet immobilier de grande envergure. La photo délavée, réalisée par un graphiste de cabinet d'architecte, montrait toute une cité ultramoderne, avec des façades ensoleillées, donnant sur des parterres fleuris et des avenues arborées. La raison exacte pour laquelle ce beau projet n'avait pas vu le jour m'échappait. Les fonds mafieux avaient dû être employés à autre chose, comme acheter de l'équipement pour l'Armée néolibérale peut-être. Et je savais que dans le monde des adultes, les rêves ne deviennent jamais réalité, juste des demi-rêves dont l'autre versant, cauchemardesque, oblitère quelque peu le côté positif de leurs piètres entreprises.

À force de fouiner le long du mur d'enceinte de la maison Corelli, en évitant soigneusement le portail bien sûr, je finis par trouver une vieille porte au fond du jardin, dissimulée sous un rideau de lierre. On accédait par là à la plage, du temps où la mer arrivait jusqu'ici. Seul le quai en pente douce, dans le prolongement de cette porte secondaire, évoquait encore la mer. Aujourd'hui, elle s'était retirée à des dizaines de kilomètres. Notre instructeur en géographie nous en avait expliqué la raison. Je n'avais pas tout compris, sauf que le réchauffement climatique, entamé deux cents ans auparavant, avait provoqué l'évaporation des eaux en général, et la désertification de territoires comme le nôtre. On parvenait à y survivre, donc ça ne devait pas être si grave, même si l'instructeur expliquait ça avec une mine déconfite et de grands gestes, comme s'il tentait d'avertir Hansel et Gretel au seuil de la maison de la sorcière.

La vieille porte de métal était assez robuste pour ne pas avoir été dévorée par la rouille. Elle comportait des barreaux par lesquels, ô merveille, j'avais une vue presque complète sur la cour arrière de la propriété Corelli. Et, ô Merveille des Merveilles, j'avais la vue dégagée sur Sabel Draupter sur une chaise longue, en train de lire un livre à la superbe couverture pourpre et dorée. Je restai longtemps la regarder. De temps à autre, elle sirotait une boisson non identifiée, dans un grand verre avec une paille. C'était d'un chic inouï. Même sa façon de tourner les pages était princière, élégante, avec cette désinvolture nonchalante des êtres exceptionnels, pour qui un livre n'était pas un objet exceptionnel, qu'on ne trouvait que chez les riches avant que l'Égalitarisme n'abolisse les classes sociales et procède à une série d'autodafés. Un espion du Parti, surprenant Sabel Draupter en flagrant délit de démonstration ostensible de sa supériorité par rapport aux masses prolétariennes, serait immédiatement intervenu pour… Pour quoi ? Je n'en savais rien, je n'étais pas un espion du Parti. Dans un pur ravissement impie, je contemplais l'amour de ma vie dans un moment de grâce inespéré, d'autant plus délicieux qu'il était totalement spontané et gratuit : la Beauté, plus que belle parce qu'elle ne sait pas qu'on la regarde.

Maintes fois je suis revenu à la porte du jardin. Mes camarades se demandaient ce que je fichais, à disparaître des heures. Je leur montrais de la main le chantier de construction même pas commencé et je leur disais que j'étudiais la faune et la flore de cet espace. Mes camarades, dont pour la plupart le QI n'atteignait pas la moyenne, me soupçonnaient de toute façon d'appartenir à quelque catégorie puante, comme celle des intellectuels. L'un d'eux fit une dénonciation anonyme auprès de l'officier du Parti de mon immeuble. Convoqué, j'inventais en quoi consistait mon « activité subversive » (sic !) : répertorier des espèces (délicieusement blonde, mais ça, je le gardai pour moi), collecter des graines, des pierres et des coquillages, cartographier ce territoire. Il n'était pas bien difficile de trouver des raisons de traîner dans ces parages. Et l'officier, à ma grande surprise, m'a encouragé :

« Cette zone, vois-tu petit, était autrefois un fief du néolibéralisme. Heureusement, notre Révolution égalitariste a interrompu ses sombres projets de colonisation des milieux défavorisés. Alors, vas-y, petit, explore, défriche pour nous cette terra incognita. Va jusqu'à la mer même. Je te prêterai un vélo. Quand tu auras fini, fais-moi un rapport, compris ? Ça peut avoir de l'importance pour le Parti. »

Et voilà, j'avais changé de statut. C'était déjà la deuxième fois, dans ma jeune existence. Il y avait deux ans, la VIIIe République m'avait fait passer du statut de pouilleux sans avenir du Quartier, indésirable à l'œil, à celui de membre représentatif de la Classe « digne et laborieuse ». Ça n'avait entraîné aucun changement qualitatif sur mon quotidien. Je suppose que, dans l'optique du Parti, la pauvreté et la précarité nous conféraient une sorte de distinction honorifique. Et maintenant, mes camarades ne pouvaient plus me dénoncer comme conspirateur : j'étais en mission pour le Parti !

Ma contemplation de Sabel Draupter, en maillot de bain sur la chaise longue, lisant un livre miraculeusement rescapé des autodafés de plusieurs révolutions culturelles, sirotant son breuvage à la paille, alanguie, ne revêtait nul caractère érotique. Bien sûr, je savais comment les filles étaient faites, j'avais souvent pris un bain avec ma sœur. Ce que je ressentais, c'était un amour pur pour la *personne* de Sabel Draupter. J'imaginais mille et une façons d'entrer en contact avec elle, sans compromettre mes chances de m'en faire une amie. J'imaginais des stratagèmes pour entrer dans la propriété Corelli, peut-être même la maison, et surtout l'arrière-cour. Celui que j'ai retenu m'a demandé un culot dont je ne me serais pas cru capable. Le Bon Vieux me le pardonne, j'étais amoureux.

Un dimanche, à dix heures, j'ai sonné à la grille d'entrée de la propriété Corelli. J'avais pris un bain, m'étais lavé les cheveux et coiffé avec soin, curé les ongles et les oreilles. Puis, j'avais sorti de l'armoire mes vêtements les plus propres (enfin, les moins rapiécés) et j'avais brossé mes espadrilles. J'étais même prêt à me parfumer, mais quand j'avais lu sur le flacon de ma sœur le nom « Nuit Ambrée », je m'étais dit que ça ne conviendrait guère à la situation. Mon frère, sous lithium, avait entrouvert les paupières sur mes préparatifs, et quand j'eus été habillé, peigné, avec l'air d'un gamin de cadre du Parti, il avait signé le plus distinctement possible : « Vive l'Égalitarisme », puis mollement levé le poing gauche, majeur tendu, un filet de salive épaisse au coin des lèvres.

J'ai appuyé sur la sonnette à la grille d'entrée, et un vieux monsieur, sans âge à force d'avoir trop vécu, est venu. Sans m'ouvrir, il m'a demandé :

« Que puis-je faire pour toi, mon garçon ? »

J'ai su tout de suite que j'avais affaire à un domestique. Officiellement, ce métier « dégradant pour l'individu » n'existait plus. Mais les Maîtres non plus. Seul l'État, c'est-à-dire le Marché, avait le droit, ou le devoir, de réduire en esclavage et d'exploiter, « dans le respect de leur dignité », les masses laborieuses. Et pourtant, j'étais à l'entrée d'une propriété de riches, à parler avec le valet. C'était comme apercevoir un crime par une porte entrouverte, sans pouvoir se décider à le dénoncer au nom de la Justice, ou à l'oublier pour son propre salut.

« Le Parti m'envoie en mission, ai-je dit avec tout l'aplomb dont j'étais capable. Une mission d'exploration du secteur, comprenant sa faune et sa flore. »

Le vieil homme a gratté son crâne chauve, et une lueur fugitive, que je ne suis pas parvenu à décrypter, est passée dans ses yeux. Il avait l'air ennuyé et content en même temps. Il m'a adressé un sourire aimable et m'a dit :

« Une mission pour le Parti, n'est-ce pas ? Il faut que je consulte Madame. Attends-moi là, petit explorateur, je reviens te porter sa réponse. »

Ainsi, mon nouveau statut me revêtait d'une crédibilité inédite dans mon existence. Autrefois j'aurais été moqué et chassé comme un vaurien. À présent, un intermédiaire zélé transmettait ma requête avec le plus grand sérieux. Avant qu'il ne disparaisse dans les profondeurs de la maison, je lui ai donné mon nom et j'ai précisé que j'étais un camarade de classe de Sabel Draupter, qu'elle me connaissait. Ça pouvait me servir de passeport ou m'interdire à jamais l'entrée du Royaume. Mais je tenais à le dire, comme on tend sa carte de visite.

J'ai vu la tante Svenska Corelli écarter le rideau pour me jauger. J'ai tâché de me comporter en petit garçon innocent et inoffensif. Je souriais comme un imbécile devant la grille fermée. Juste un gosse du Quartier, sur son trente et demi, intéressé par les mousses et les escargots. Et qui ne dérangerait pas, non, surtout pas. Qui ne demandait même pas à entrer dans la maison, qui ne salirait rien avec ses sales pattes de gamin du Quartier. Qui agissait sous mandat du Parti, quoi qu'on en pense.

Quelques minutes plus tard, le vieil homme grave et droit, malgré le poids des années de servitude, est venu m'ouvrir. Je me suis senti tout près de décéder de joie, ce qui eût été fort inconvenant, au regard de la mission qui m'était confiée et de la chance qui m'était offerte.

« Madame t'autorise à entrer. Elle souhaite te rencontrer, suis-moi. »

J'étais invité à l'intérieur de la demeure ! Le Saint des Saints ! C'était plus fou que mes espoirs les plus fous. C'était un rêve que je m'étais interdit de rêver pour ne pas subir le désespoir de la défaite. La vérité, sous cette complaisance somme toute un peu louche, je ne l'ai comprise que bien plus tard, quand je suis moi-même arrivé à l'âge adulte, dans une autre vie, et que j'ai été à même de comprendre les turpitudes de l'esprit humain. Svenska Corelli craignait que je ne sois une taupe du Parti, envoyée sous une figure dont on ne se méfie pas d'ordinaire, et chargée de fournir un rapport circonstancié.

C'est pourquoi la fleuriste m'a reçu avec un sourire crispé et des attentions trop appuyées pour être naturelles. Surtout, elle avait fait venir Sabel Draupter dans la salle où elle me recevait.

« Puisque vous êtes camarades de classe, et de classe sociale (glissa-t-elle, l'air de rien), j'ai pensé que Sabel pourrait t'assister dans ta mission. »

Svenska Corelli était ainsi certaine que Sabel Draupter ne me montrerait que des choses anodines, et que tous ses petits secrets d'adulte, dont je me fichais éperdument, resteraient bien au chaud dans le coffre. Un coup d'œil en direction de mon amoureuse m'a renseigné : elle était contrariée de devoir obéir à un ordre qui désordonnait son emploi du temps dominical. Elle me regardait à peine, fixant la pointe de ses souliers de cuir impeccablement vernis. Ma compagnie forcée ne l'enchantait guère. Je me suis senti dépité. J'étais comme un ambassadeur d'un royaume chounois, reçu à la Cour voisine avec tous les égards dus à son rang, et dont on se demandait comment on allait pouvoir se débarrasser sans qu'il s'en offusque. Néanmoins, je n'ai pas perdu courage. J'étais arrivé par miracle bien plus loin que je n'avais osé l'imaginer, ce n'était pas le moment de flancher. Peu m'importait ce que les adultes, avec leur sale petite mentalité mesquine d'adultes, pensaient de moi. Ce que je voyais, c'était que j'allais passer deux heures en compagnie de Sabel Draupter. Même contrariée, c'était mieux que rien. J'allais lui dire que je l'aimais depuis bien avant la Révolution égalitariste, depuis la fin de la VIIe République, depuis qu'en CP j'avais été placé au premier rang, au pupitre juste à côté du sien. J'étais fou de ses cheveux blonds bouclés, de sa peau pâle de blonde, de ses yeux bleu ardoise, oui. Et j'étais fou de son caractère, à la fois doux et sûr de soi, réfléchi et enjoué. Elle était jolie, intelligente, avec un je-ne-sais-quoi d'évanescent qui la rendait mystérieuse. Certaines femmes (la grosse Anrika Schlumm, du cinquième, par exemple) cultivent ce trait, mais leur soi-disant mystère est vide et creux, juste un artifice de séduction. Chez Sabel Draupter, c'était involontaire et du reste, nous étions trop jeunes encore, pour songer à des choses aussi frivoles et aussi irrémédiables que la séduction.

Quand nous avons été dehors, Sabel Draupter m'a demandé :

« Alors comme ça, tu es en mission pour le Parti ? Est-ce qu'on peut te demander en quoi elle consiste ? »

C'était la première fois que nous étions absolument seuls tous les deux, et elle avait l'air magnifique et terrible d'une louve aux aguets, une louve aux yeux bleu foncé qui ne savait pas encore comment me traiter, en ami ou en ennemi.

« Ce n'est pas ce que tu crois », dis-je.

Elle fronça les sourcils devant mon outrecuidance : comment osais-je préjuger de ce qu'elle croyait ou non ?

« Le Parti m'a encouragé à explorer la zone qui se trouve derrière la maison de ta tante, là où il y avait la mer autrefois. Ça devait être splendide, cette villa au bord de la mer… Bref, aujourd'hui, je suis venu pour… Enfin, pour une autre raison. »

Sabel Draupter avait l'air intriguée, mais pas rassurée pour autant. Je lui ai juré que je n'étais pas venu pour espionner, ni pour évaluer leur foi dans les valeurs égalitaristes. J'étais venu pour la voir, elle, Sabel Draupter, parce que j'en avais envie, et plus que ça, j'en avais besoin, c'était irrésistible. On ne peut pas vraiment dire « depuis toujours », quand on n'a accédé aux cauchemars de la vie consciente que depuis peu d'années, alors disons que depuis la première fois que je l'avais vue, je l'avais reconnue. Et je l'aimais, *elle*, et pas une autre.

Cet aveu, les yeux dans les yeux, m'a soulagé. Quelque chose de très ancien parlait par ma bouche, un amour qui avait transmigré et résisté au Temps. Voilà, c'était dit. Maintenant, elle savait. J'espérais avoir pu atteindre la même zone chez elle, pour réveiller cet amour, dont les racines plongeaient si loin, et qui avait passé d'un Univers à l'autre, de Big Bangs en Big Bangs. Sabel Draupter me regardait, les yeux écarquillés, sa bouche remuait mais aucun son n'en sortait, comme si les mots se bousculaient dans sa tête, et qu'elle rejetait un à un ceux qui se présentaient à sa langue, pour en essayer un autre, qui ne convenait pas non plus. J'avais déjà vu ça souvent, chez ma mère, quand un accès de paranoïa intense la submergeait et qu'elle en suffoquait, tellement les mots ne voulaient pas sortir dire la souffrance. Mais Sabel Draupter n'était pas atteinte de paranoïa, ni de psychopathie meurtrière. Il semblait que la propriété Corelli fût une oasis de sanité et de salubrité, étonnante vu le contexte mondial de lente dégénérescence des *homo sapiens*, qui s'*entre-homoïcidaient* de plus en plus, et se *sapiensisaient* de moins en moins.

« Toi ! s'exclama-t-elle ahurie. Toi, tu m'aimes ? »

J'ai acquiescé. J'étais peut-être un rejeton du Quartier, mais je n'étais pas un menteur. Je l'aimais entièrement, telle qu'elle était, avec son joli minois, et sa douceur, et sa grâce et…

Bien qu'en verve à présent, je n'ai pas eu le temps de terminer mon panégyrique. Soudain, quelque chose s'est produit juste derrière Sabel Draupter.

« Hé ! Tu me regardes quand je te parle ! » s'est-elle écriée.

Tout à la contemplation du phénomène qui se manifestait juste dans son dos, je n'avais pas entendu ce qu'elle avait dit. Derrière sa silhouette de fillette de dix ans, l'air s'était mis à trembler, un peu comme à la crête des dunes ou au ras du bitume, par forte chaleur. C'était une vibration parfaitement circulaire d'environ deux mètres de diamètre. À travers ce vortex translucide, les images du jardin, des allées de gravier, du transat impérial, toute la réalité devenait floue et malléable, comme de la pâte à modeler. Sabel Draupter me parlait, son visage semblait ému, ce que j'ai pris pour un bon signe. Toutefois, tous les sons étaient étouffés, comme si l'étrange phénomène les absorbait. Sabel Draupter s'est aperçue qu'elle n'entendait plus sa propre voix, et elle a changé d'expression, à la fois surprise et inquiète. À l'intérieur du cercle parfait, maintenant les formes et les couleurs se mélangeaient en tournoyant, comme si la réalité était faite de gouache encore humide, qu'un pinceau dément étirait et faisait tourbillonner de plus en plus vite. Au centre exact du vortex, une bouche noire, comme un condensé de nuit, avalait le réel, inexorablement. Bientôt, la silhouette de peinture fraîche de Sabel Draupter, que déjà le néant gobait comme un œuf, a été aspirée à son tour. Son visage, déformé comme une anamorphose, criait un inaudible appel au secours. Alors j'ai sauté à mon tour dans le tourbillon, j'ai attrapé la main aux doigts longuissimes de Sabel Draupter, j'ai vu mes doigts s'allonger démesurément eux aussi, et se mélanger aux siens. C'était bien la fermeté d'une peau humaine que je sentais dans ma main, étirée comme un gant de caoutchouc. La gorge noire, au fond, nous attirait avec une force que nulle Force dans l'Univers ne peut contrer. Nous tournoyions, main dans la main. Elle criait et je lui criais que je l'aimais. Puis, le micro-trou noir s'est résorbé sur lui-même, avec le bruit de succion d'une paille aspirant les dernières gouttes au fond d'un verre.

Et nous sommes réapparus *ailleurs*. Nous avons repris notre forme d'enfants de dix ans, jetés dans un espace complètement noir. Seuls, mais ensemble.

Pivot : La condition

Je pense qu'Edmond Merveille n'aurait pas consenti à ce qu'on le considérât comme un héros. Pour faire un héros, il faut la conjonction d'un tempérament et d'un moment particuliers, où l'intéressé sacrifie ce qu'il a (sa situation, sa réputation, son avenir, sa vie même) au nom d'un idéal qui le dépasse. Il est hors de doute qu'Edmond Merveille poursuivait un idéal et qu'il a consacré toute son énergie à le voir se réaliser. Toutefois, il est exact qu'il n'a rien eu à sacrifier, qu'il a vécu à l'abri du besoin toute sa vie. Alors ? Je crois qu'à sa manière, sa constance et la hauteur de ses valeurs en font tout de même une sorte de héros, au moins d'homme honorable à la façon confucéenne. Qu'on en juge.

Les Merveille étaient une vieille famille d'industriels. Le cœur de leur activité, c'était l'énergie et son exploitation. Ainsi, au XXIe siècle, l'entreprise abandonna peu à peu les sources d'énergie fossiles, pour métamorphoser la holding en un leader mondial dans le domaine des énergies renouvelables. Edmond, promis à la succession de son père, reçut une éducation privilégiée, dans les meilleures institutions de la planète. Élève extraordinairement doué, il se distinguait encore par ses qualités humaines, rares dans les hautes sphères, où les seules réalités admissibles sont celles des chiffres, et prière de laisser son cœur à l'entrée.

Après son baccalauréat, Edmond Merveille intégra la prestigieuse Pension Merschell. Cette vénérable institution suissesse avait été fondée au milieu du XVIe siècle par Markus Merschell, protestant, banquier et philanthrope. La Pension formait parmi les esprits les plus brillants et les plus novateurs de leur temps. Toutes les grandes familles d'Europe d'abord, puis de tous les continents, qui comptaient en leur sein quelque rejeton à l'esprit prometteur, l'y envoyaient volontiers. En outre, de par ses statuts, l'institution avait depuis sa fondation une exigence : accueillir en ses murs, à titre gratuit, tout enfant de basse condition manifestant des talents exceptionnels.

Le jour de la rentrée scolaire, Edmond Merveille fit forte impression sur ses camarades de promotion, qui se croyaient pourtant blasés, puisque l'argent leur avait déjà tout donné, tout fait vivre, ouvert toutes les portes. Car Edmond Merveille, dès sa jeunesse, avait montré un caractère hors du commun. Bien fait de sa personne, il était d'une politesse sans faute, traitant chacun avec un égal respect. Il en imposait par sa prestance naturelle et son exquise éloquence. Or, en dépit de ces qualités dont la Nature l'avait doté, il demeurait toujours d'une humilité sincère. Il estimait que les privilèges de sa naissance ne devaient pas troubler son jugement. Il se trouvait juste plus chanceux que la moyenne, et cela entraînait davantage de devoirs que de droits.

Il y avait, dans la promotion d'Edmond Merveille, un jeune garçon de treize ans, Valence. Les autres le montraient du nez et l'avaient surnommé avec dédain « l'autiste ». C'était un jeune prodige, orphelin, qui faisait partie de ces étudiants de basse extraction, à qui la Pension Merschell se faisait un devoir d'offrir les meilleures chances dans le système néolibéral qui, autrement, les eût broyés, sans égard pour leurs dispositions prodigieuses.

Prodigieux, Valence l'était à plus d'un titre. Bachelier à neuf ans, il était déjà titulaire d'un Master en mathématiques quand il était entré à la Pension. Bien qu'orphelin et sans fortune, il avait eu la chance que ses enseignants décèlent très tôt son haut potentiel et son syndrome d'Asperger. Il avait pu bénéficier, grâce à l'acharnement de ses professeurs, d'un de ces dispositifs aléatoires, que l'usine à gaz de l'Éducation nationale française réservait aux « profils atypiques. »

Valence était fasciné par la physique quantique, l'un des points forts de la Pension. Néanmoins, il était d'un caractère revêche. La terreur que suscitait en lui la fréquentation de ses semblables se renversait en agressivité, dès qu'on lui adressait la parole. Pour le reste, avant la fin du premier semestre, il avait déjà terminé dans son coin le programme de l'année, et distrayait son ennui, en cours, en potassant en cachette le programme de l'année suivante. Mais n'allons pas trop vite.

Les vacances de la Toussaint arrivèrent. Presque tous les étudiants étaient internes et se réjouissaient de cette pause, qu'ils passeraient en famille, dans quelque propriété où il était de bon ton de posséder une résidence secondaire. Seul Valence, sans famille, resterait à la Pension pour la quinzaine. Le jour des départs, il était monté sur la colline, dans le parc. Sous ses yeux en contrebas, ce fut un ballet de limousines avec chauffeurs devant la grille, des noires, brillantes comme des orques, des blanches, immaculées comme la première neige. Pendant que les chauffeurs s'occupaient de charger les bagages des messieurs et des mesdemoiselles, on s'égayait dans la cour, on s'embrassait, on s'échangeait des adresses, on évoquait sa villégiature et on se quittait joyeusement.

Seul sous son arbre du parc, Valence, replongé dans sa lecture, semblait parfaitement indifférent au rituel social des adieux. Il était habitué à être celui qui ne partait pas et, pour tout dire, n'en souffrait pas le moins du monde. Autant l'univers de l'infiniment petit, avec son bestiaire de particules élémentaires aux propriétés insensées, lui était familier, autant les codes et les rites sociaux des Humains lui étaient étrangers. De son point de vue, il allait jouir de deux précieuses semaines de tranquillité absolue, où il pourrait creuser à loisir quelques problèmes particulièrement ardus, sur lesquels son jeune esprit butait. Quelque chose comme la théorie des champs. Edmond Merveille, au moment de partir, l'aperçut de loin, petite silhouette solitaire, oublié de tous, et son cœur se serra. « Ce n'est pas juste, se dit-il. Nous avons tous une famille qui nous attend et ce pauvre garçon n'a même pas un ami pour lui dire au revoir. » Il demanda au chauffeur de patienter quelques minutes et se dirigea, d'un pas décidé, vers Valence qui, sous son chêne d'automne, ressemblait à quelque sage antique livré à l'étude sous le couvert d'un arbre d'or.

Valence sentit qu'on s'approchait. Il se contracta, referma son livre, comme on referme tout son être, en attendant que cesse l'averse des problèmes.

« Salut, dit cordialement Edmond Merveille. Je t'ai vu de loin, et j'ai eu envie de te dire au revoir. »

De la méfiance instinctive, Valence passa à la stupeur, puis de la stupeur à la panique. Jamais personne n'avait pris cette peine pour lui. Que fallait-il dire ? Que fallait-il faire ? Il se sentait complètement démuni, et Edmond Merveille lut le désarroi sur son visage, ce qui l'emplit d'une immédiate compassion.

« N'aie pas peur de moi, dit-il très doucement, je voulais juste te souhaiter de bonnes vacances. »

Cette sollicitude inhabituelle plongea Valence dans les affres de la perplexité. Comment faisaient les autres, déjà. Ah, oui :

« Merci, articula-t-il avec peine. Toi aussi, bonnes vacances. »

Edmond Merveille se tourna vers le chauffeur qui attendait, raide comme un piquet.

« Bon, dit-il, il faut que j'y aille. On se retrouve à la rentrée ? »

Valence fit oui de la tête et regarda s'éloigner cet étrange jeune homme, qui pour lui ne s'était jamais distingué de la masse confuse des autres. Désormais, il se trouvait identifié, sans que Valence sache encore dans quelle catégorie le placer. Excentrique inoffensif, ou riche névrosé que sa fortune met mal à l'aise, et qui se sent obligé à la condescendance envers plus démuni que lui ?

En réalité, ce fut le début d'une amitié, d'une collaboration professionnelle et, dirions-nous, d'une osmose qui fut à deux doigts de changer la face du monde, pas moins. Et si les choses sont allées de pire en pire, ce n'est vraiment pas leur faute. Ils auront tout fait pour qu'on n'en arrive pas là. Là, c'est-à-dire au bout du bout, à écrire pour mémoire, sur du papier hygiénique, la dernière des belles histoires de ce monde. Edmond Merveille et Valence se prirent d'une amitié sincère l'un pour l'autre. « L'autiste » s'ouvrit peu à peu aux complexités des relations humaines, guidé par les explications bienveillantes de son ami. Valence avait peur des autres parce qu'il ne les comprenait pas. Il les trouvait illogiques, motivés par leurs seuls intérêts, dissimulateurs et peu dignes de confiance.

« Quand vous dites une chose, fit-il remarquer à son nouvel ami, c'est parfois pour faire comprendre le contraire. Ou vous tournez autour du pot et, du coup, on ne voit pas bien où vous voulez en venir. Pourquoi ne pas dire, tout simplement, la vérité ? »

Edmond Merveille convint que l'hypocrisie était détestable.

« Toutefois, parfois, il vaut mieux ne pas dire trop franchement ce qu'on pense, ça peut blesser les gens. »

Il prenait des exemples concrets pour expliquer à Valence les rudiments de la vie en société.

« Par exemple, dit-il, si dans la conversation on t'interroge sur tes goûts en matière de femmes et que tu dis "Je n'aime pas les grosses", tu peux faire beaucoup de mal, sans le vouloir, à une femme un peu enrobée qui se trouve là et qui, probablement, nourrit des complexes sur son physique. »

Valence prenait conscience que les autres, autour de lui, éprouvaient eux aussi toutes sortes d'émotions et de sentiments. Tout l'art de la vie en société consistait à ménager autrui pour maintenir la paix dans le groupe. Il se décourageait. Calculer la charge électrique d'un atome, à côté, c'était une bagatelle. Edmond Merveille se montrait très patient. Il comprenait que son ami, orphelin ballotté de familles d'accueil en institutions spécialisées, n'avait tout simplement pas eu l'heur de rencontrer quelqu'un de confiance, avec qui partager les trésors de son intériorité. Car, si on s'était appliqué à développer son incroyable potentiel intellectuel, parce que le Marché lui trouverait bien quelque utilité, on avait négligé de s'intéresser à lui en tant que personne. Le Marché n'a pas besoin de personnalités mais de compétences. Par conséquent, Valence était à même d'exposer les tenants et les aboutissants de la Relativité générale, mais s'avérait incapable de mettre des mots sur ses propres sentiments. Ils étaient là, néanmoins, comme chez tout un chacun, comme un monde grouillant et terrifiant, auquel le langage ne donnait pas forme. Toutefois, la stratégie d'Edmond Merveille s'avéra payante. Valence commençait à parler aux autres, avec effort. Edmond Merveille avait enjoint la promotion à la clémence :

« Il est très jeune, et il a toujours été seul. Arrêtez de le traiter comme un pestiféré ou comme un monstre de foire. Il est différent, oui, c'est vrai, mais il ne demande qu'à se faire des amis. »

Les autres, au moins, cessèrent de le brimer ou de le réduire à son syndrome d'Asperger. Les moins pourris par les préjugés de leur caste se montraient conciliants, et s'adressaient à lui comme à n'importe quel autre camarade.

Les années d'études passèrent. Edmond Merveille et Valence devinrent inséparables. Le riche héritier emmenait son ami avec lui pendant les vacances. Valence découvrit le vaste monde, avec émerveillement pour ses trésors, et un violent sentiment d'injustice, devant la misère et le malheur qui sévissaient partout. Il devait y changer quelque chose. Il sentit naître et grandir en lui le sens du devoir, la responsabilité, qui serait son moteur jusqu'à sa mort : éradiquer le fléau des inégalités. Un tout petit nombre vivait dans l'aisance, dans l'opulence et rien ne lui était inaccessible. Or, le Peuple, la majorité, suait sang et eau pour enrichir les riches, vivotait, grappillait çà et là quelques instants de bonheur, rudement mérités. Il y avait là un grand déséquilibre que Valence se promit de corriger. En parallèle à sa toujours brillante scolarité, il avait entamé ses propres recherches. Il était parvenu à la conclusion que bien des problèmes seraient résolus, s'il trouvait une nouvelle façon de produire une énergie totalement propre, inépuisable et gratuite. Le problème était ardu, et il y employait tout son génie.

Alors qu'Edmond Merveille et lui terminaient tous deux leur Master, le premier en management des entreprises, le second en physique quantique, il arriva ce qui devait arriver. Un soir qu'il regagnait sa chambre, Edmond Merveille remarqua un rai de lumière sous la porte. Il avait peut-être oublié d'éteindre en partant. Il entra et découvrit Valence qui l'attendait, nu, dans son lit, à la lueur des bougies. Valence, couché sur le côté, souriait doucement, invitant son ami à le rejoindre. Edmond Merveille était horriblement gêné. Il parvint à grand-peine à se dominer et à dire :

« Valence, mon ami, je suis flatté de ton affection pour moi, mais, vois-tu, je préfère les femmes. »

Valence restait le fixer, le temps que les mots pénètrent son esprit. Puis, il grimaça et se mit à pleurer. Il se leva d'un bond, s'enroula dans le drap et courut hors de la chambre en criant :

« Je croyais que tu m'aimais ! Mais tu es comme les autres ! »

Il claqua la porte et s'en fut. Tout l'étage avait passé la tête par les portes des chambres, pour voir ce qui provoquait cet esclandre.

Edmond Merveille fut mortifié, mais il se résolut à laisser passer la nuit pour ne pas bousculer Valence davantage. Dès le lendemain matin, alors qu'il n'avait guère dormi, il alla frapper à la porte de son ami.

« Valence ? C'est moi. Ouvre-moi, je t'en prie. »

Quelque chose vola à travers la pièce et vint s'écraser contre la porte. Un jour entier, Valence ne quitta pas sa chambre. Edmond Merveille expliqua, à ceux qui se posaient des questions, qu'il était malade. Valence refusa de voir l'infirmière, et même le directeur. Celui-ci questionna Edmond Merveille, son plus proche ami, mais il ne pouvait pas révéler toute la Vérité. On mit l'incident sur le compte d'un « accès autistique ». Néanmoins, la direction était responsable de ses étudiants et se devait d'intervenir. On allait ouvrir la porte de Valence, de gré ou de force.

« Laissez-moi entrer d'abord, plaida Edmond Merveille. Il est sans doute sous le choc, il sera rassuré de voir un visage ami. »

On y consentit, l'infirmière se tenant prête à agir au moindre signe d'alerte.

Edmond Merveille découvrit Valence allongé sur son lit, les yeux au plafond, entortillé dans le même drap que le soir où il s'était enfui de la chambre. Edmond Merveille s'assit au bord du lit, et Valence lui tourna opiniâtrement le dos.

« Écoute, dit Edmond Merveille, sache d'abord que je ne t'en veux pas du tout. Je m'excuse sincèrement. Je n'ai pas été honnête avec toi. Je t'ai dit que je t'aimais, et c'est vrai. Seulement, ce n'est pas l'amour que tu imagines ou que tu désires. Je n'ai pas été assez clair, je t'ai blessé et je m'en veux. Pourras-tu me pardonner, mon ami ? »

Valence, toujours le dos tourné, murmura :

« Pourquoi es-tu aussi gentil avec moi ? »

Edmond Merveille s'allongea à côté de son ami, posa la main sur son épaule et dit :

« Je ne connais personne comme toi. Tu es quelqu'un de rare et de précieux, le meilleur ami que j'aie jamais eu. Je croyais… je pensais qu'on pourrait travailler ensemble après nos études. L'entreprise que je dirigerai un jour a besoin de quelqu'un comme toi pour son département recherches. Tu aurais ton labo à toi, tous les moyens que tu voudras. Et comme ça, on pourrait se voir tous les jours. C'était mon rêve. Qu'est-ce que tu en dis ? »

Valence se tourna enfin vers Edmond Merveille. Son visage était pâle et la barbe, noire et drue, commençait à le manger.

« Tu as une mine affreuse », dit Edmond Merveille en souriant doucement.

Valence répondit :

« J'ai faim. Il faut que je reprenne des forces si je veux travailler avec toi. »

Cette réponse ravit Edmond Merveille, qui fit signe à l'infirmière qu'on allât chercher quelque chose à manger pour le convalescent.

« Tu sais, dit Edmond Merveille, ça ne me dérange pas que tu aimes les hommes. J'en connais d'autres. Je pourrais te les présenter. Il est temps que tu goûtes aux plaisirs de la vie, mon vieux ! »

Valence serra longuement Edmond Merveille dans ses bras, sans aucune ambiguïté. Les deux jeunes hommes, réconciliés, scellèrent par cette accolade une sorte de pacte tacite. Il ne subsiste plus la moindre beauté en ces temps d'infamie. Il faut se replier sur le passé révolu pour en trouver. J'en connais au moins une qui me réchauffe et me réconforte : jamais plus cette amitié ne fut troublée.

D'autres années passèrent. Comme promis, l'entreprise Merveille alloua au jeune chercheur prodige un laboratoire ainsi qu'une équipe. Edmond Merveille gravissait les échelons. L'éthique familiale voulait que le futur P.-D.G. commençât comme simple cadre, pour apprendre à connaître les rouages et les réalités, le personnel de l'entreprise qu'il était amené à diriger. Edmond Merveille, par ses qualités naturelles, était pressenti pour devenir l'un des plus grands patrons que l'entreprise ait jamais connus. Il se maria à vingt-cinq ans, par amour, avec une professeure des écoles, alors même que tout ce que la jet-set comptait de belles héritières n'attendait que son consentement. Valence fut le témoin de son ami. Edmond Merveille voulait une épouse qui gagnât sa vie par elle-même et qu'il pût admirer pour sa vocation et son dévouement. Solène était une femme solaire, chez qui la grâce s'alliait à la bonté, la générosité à la détermination. Ils eurent deux enfants, pour lesquels le père prit un congé parental. « Tonton Valence » était souvent dans les parages. Il inventait toutes sortes de jouets étonnants. Or l'un d'eux fut à l'origine d'une découverte révolutionnaire. Valence cherchait à mettre au point un globe lumineux, dont la surface réagirait avec le milieu ambiant. C'est ainsi qu'il perça à jour le secret de la photosynthèse. Désormais, l'entreprise Merveille fournissait des panneaux solaires d'un rendement de 100 %. Puis tout une gamme d'appareils à énergie solaire, qui implanta durablement l'entreprise

Merveille comme leader mondial sur ce créneau. C'est aussi durant ces années que Valence se maria à son tour. Fransesc était un jeune ténor, que tous les chefs d'orchestre lyriques s'arrachaient. Le couple adopta cinq enfants, un par continent.

Enfin, un jour, le miracle advint. Au bout d'une décennie de travail sans relâche, d'expériences, de calculs si complexes qu'une IA s'y serait perdue jusqu'à la dépression nerveuse, Valence s'écria :

« Eurêka ! »

Il avait rien moins que découvert une toute nouvelle forme d'énergie, non polluante, facile à produire, et disponible en quantité infinie. Edmond Merveille accourut jusqu'au laboratoire, constata le résultat tant attendu de ses yeux, et serra son ami dans ses bras. Aucun d'eux ne trouvait quoi dire. Ils regardaient le générateur vibrer avec un léger ronronnement, alimenter une petite turbine pour les besoins de la démonstration. Ils étaient comme deux enfants, émerveillés devant un train électrique dans une vitrine de Noël. Le brevet fut déposé le jour même, et les membres fidèles de l'équipe, « sans qui rien n'aurait été possible », se virent gratifiés d'une prime très généreuse et de trois semaines de vacances, tous frais payés, dans un palace de leur choix. On tenait le Graal, la clef pour changer le monde. Finie la pollution de l'air par le dioxyde de carbone et les particules fines. On allait pouvoir maîtriser le réchauffement climatique et ses catastrophes toujours plus meurtrières, dus à la combustion des énergies fossiles. On allait apporter des bienfaits dans les zones les plus déshéritées de la planète.

L'article signé Valence, publié dans la revue *Science*, fit grand bruit. Toutefois, s'il démontrait la possibilité de produire une énergie en quantité illimitée, Valence se gardait bien d'en livrer la formule. Le communiqué de presse de l'entreprise Merveille, repris par les médias du monde entier, sembla ébranler la Terre jusqu'à ses racines. Immédiatement, les Américains contactèrent le P.-D.G. Edmond Merveille, pour lui poser la seule question rationnelle à leurs yeux : « *How much?* » Tour à tour, l'Europe appela, les Chounois, les

Rosses, les Nord-Coréens, etc. Edmond Merveille passa une journée jubilatoire, quoique fatigante, à décliner toutes les offres qu'on lui soumettait, n'importe le nombre de zéros et les avantages en nature. Il répondait, à ses interlocuteurs médusés, qu'il ne comptait pas gagner le moindre dollar avec cette invention révolutionnaire. Des dollars, il en avait déjà à ne plus savoir qu'en faire. Le générateur serait fourni *gratuitement* à tout État qui remplirait certaines conditions.

« Quelles conditions ? lui demandait-on après un temps d'arrêt.

— Des engagements éthiques, répondait invariablement Edmond Merveille. Nous publierons très prochainement une Charte. Tout État qui en respectera les articles se verra remettre un générateur ».

Le businessman, à l'autre bout du fil, était perdu.

« *When ?* dirent les Américains avec leur pragmatisme habituel.

— Bientôt, répétait Edmond Merveille, d'ici une semaine. »

Il avait ouvert le haut-parleur pour que Valence, à côté de lui, pût profiter des conversations. À plusieurs reprises, le téléphone raccroché, ils éclatèrent de rire comme des enfants farceurs.

« L'affaire Merveille » fit les gros titres de la presse internationale, en haleine, une semaine durant. On attendait la mystérieuse Charte. Au fil des articles, des émissions, on spéculait sur sa nature, son contenu, ses exigences, avec un manque comique de clairvoyance. Les « experts » n'avaient jamais été confrontés à un tel cas : une entreprise à laquelle on faisait des ponts d'or, qui, de par son brevet d'exclusivité, pouvait devenir la plus riche et la plus puissante du Marché, et qui refusait de tirer parti de sa trouvaille. Les scientifiques aussi étaient perplexes quant à cette nouvelle forme d'énergie. On croyait toutes les connaître. L'article, publié par Valence, comportait de nombreuses zones d'ombre. Comme je l'ai dit, il ne décrivait pas cette énergie, mais se contentait d'échafauder une théorie qui conduisait logiquement à elle.

« Oui, conclut un physicien acerbe, un Univers à douze dimensions aussi, c'est possible sur le papier, ça ne prouve rien, parce qu'on n'y a pas accès. »

On était allé jusqu'à interroger Solène, qui avait répondu avec un sourire charmant que son domaine d'expertise à elle, c'était le niveau CP, et qu'elle répondrait bien volontiers à toute question entrant dans son champ de compétences. Quant au flamboyant Fransesc, sa réponse mystérieuse avait fait couler beaucoup d'encre.

« Le son, c'est la clef de tout. La musique est le seul art à reposer exclusivement sur ses propriétés. Pourquoi le contre-ut de Lucia de Lammermoor nous émeut-il ? Au-delà de la performance vocale, ce timbre nous touche au plus profond de nous-même, parce qu'il est *juste.* Pareil pour le jeu de guitare pratiquement inculte de Ron Asheton. C'est bouleversant, et il est inutile de chercher pourquoi. Cela vient d'un domaine sans langage, celui de l'émotivité, donc de l'irrationnel. Mon mari possède la faculté de relier les domaines affectifs et scientifiques. C'est, je crois, un don assez rare. Or il a trouvé quelque chose dans les vibrations sonores, plutôt négligées par la science. Je ne suis pas peu fier de vous révéler que c'est en m'écoutant chanter, que la lumière s'est faite en lui. Voyez-vous, le son est éternel. On perçoit encore les fracas du Big Bang, treize milliards d'années après. On le percevra jusqu'à la fin de cet univers. Et voici la chose. Le son est une onde. Or en physique quantique, il y a dualité entre l'onde et la particule. L'une peut devenir l'autre, et vice-versa. Et chacun sait depuis Einstein que la matière, c'est également de l'énergie. Il se trouve que l'Univers parle, et hurle, et chante sans cesse : c'est pourquoi cette source d'énergie est inépuisable. »

Tout ce battage médiatique eut le mérite, comme c'était calculé, de détourner le regard des curieux de l'endroit où les choses sérieuses se passaient vraiment. Edmond Merveille et Valence, en effet, avaient décidé que les premiers bénéficiaires du générateur seraient les tribus amazoniennes et les villages reculés d'Afrique noire. On allait rendre indépendants ces peuples qui, depuis l'ère occidentale, s'étaient vus spoliés de leurs terres ancestrales, de leurs droits, de leur dignité. On leur apportait l'énergie, mais aussi des équipements tels que des pompes à eau, des dispensaires dernier cri, avec leur personnel et leurs formateurs, des machines agricoles, le nécessaire pour vivre en toute autonomie tout en conservant leurs fascinantes cultures. Par précaution, on leur fournissait, d'ailleurs, deux générateurs.

« Le premier va vous être volé par les gros bras de la Gestapo. »

Les scientifiques locaux essaieraient de l'examiner sous toutes les coutures, de le désosser pour en percer les mystères et pouvoir en produire pour le compte de leur industrie. Toutefois, ils ne trouveraient rien. Le générateur fonctionnait, en principe, éternellement. Cependant, si on essayait de le démonter, il était équipé d'un système de sécurité qui autodétruisait les composants essentiels à son fonctionnement. Inviolable. Tout ce que les petits bricoleurs du gouvernement trouveraient, ce serait un tas de puces et de circuits, fondus ensemble en un petit paquet de plastique et de métal inutile. Après l'Amazonie et l'Afrique, le projet de développement à titre gracieux prévoyait de fournir des générateurs au Tibet, annexé et sans cesse brimé par la Choune, et en Indonésie.

Le problème de la Charte, c'était qu'elle obligeait tout État, désireux de se doter de « l'énergie Valence », à abandonner l'économie de marché. L'Article 1 instaurait la stricte égalité entre tous les citoyens. Bon, on avait déjà vu ça. On avait réglé la question par des lois de façade. Cependant, l'article stipulait que cette égalité impliquait, à travail égal, le même salaire entre hommes et femmes, la même Justice entre nantis et déshérités. L'État s'engageait à dispenser à tous ses citoyens un service de santé, d'éducation, de protection sociale d'une qualité absolument égale, quels que soient le sexe, l'origine, le lieu géographique, ou tout autre prétexte dont on se sert d'ordinaire pour excuser les inégalités.

« Avec ça, s'insurgeait la droite, on aura bientôt une lesbienne de couleur au sommet de l'État. »

Quelle catastrophe ce serait, en effet…

Le deuxième Article imposait la nationalisation des entreprises. Il exigeait carrément qu'on restitue l'outil de production, leur entreprise, aux salariés. C'était se moquer du monde. De plus, les sacro-saints principes d'efficacité et de rentabilité tombaient d'eux-mêmes : le but de l'entreprise, quelle qu'elle soit, serait de fournir chacun du nécessaire (le plaisir étant inscrit dans la liste des nécessités). L'article remettait le bien commun au centre du jeu. Chaque citoyen, par son travail, y participait. Il se voyait donc, en retour, fourni gratuitement en nourriture, logement, vêtements, services. Tous les secteurs que le Capital s'était accaparés, ou sur lesquels il lorgnait, des chiffres plein les mirettes, se trouvaient rendus ou maintenus dans le giron public. Enfin, la journée de travail était ramenée à quatre heures, suffisantes puisque le but de l'entreprise n'était plus de produire pour faire du profit, mais de faire ce qui était utile.

Les Articles suivants étaient tout aussi contraignants, ou tout aussi libérateurs selon le point de vue. On exigeait, par exemple, une éducation non plus fondée sur le gavage d'oies industriel et le formatage aux vertus du néolibéralisme, mais dont le but serait le plein épanouissement des jeunes individus. Le communiqué se terminait par une remarque sur l'Islande, « pays modèle, à deux doigts de mériter notre générateur ». Toutefois, l'Islande avait conclu un accord rédhibitoire avec la Choune, en accueillant sur son sol une gigantesque ambassade de ce pays. La Choune ne voyait pas le réchauffement climatique, dont elle était en partie responsable, comme une catastrophe, mais comme une opportunité. C'est ça, les joueurs de go. Elle convoitait la « Route du Nord », qui serait bientôt libre de glaces. C'est pourquoi, plaçant ses pions, elle avait implanté une immodeste et stratégique ambassade, en Islande. Celle-ci était donc jugée indigne du générateur, car coupable de collusion avec l'ennemi le moins décomplexé de la démocratie.

Voilà comment une technologie qui aurait pu changer le monde s'est trouvée reléguée au rang de « fantaisie de dangereux rêveurs utopistes. » On est passé à côté, délibérément. Parce que, naturellement, aucun État n'a consenti à signer la Charte. Passé l'émoi international, suscité par l'annonce de la découverte d'une énergie propre, renouvelable, facile à produire et statutairement gratuite, les propagandes du monde entier se sont déchaînées sur l'entreprise Merveille. Il y a eu, de par le monde, des manifestations de soutien, qui exigeaient des États la souscription immédiate à la Charte, des pétitions signées par des personnalités de tous les domaines de la société civile. Il s'est trouvé un nombre colossal de particuliers, pour commander un générateur à l'entreprise Merveille. Si leur État n'en voulait pas, eux en désiraient un. Seulement, il n'en était pas question. Le générateur à énergie Valence était pour tous ou pour personne. Et puis, Edmond Merveille n'était pas naïf. Qu'est-ce qui empêcherait dix, vingt personnes d'acquérir chacune un générateur ? Il n'y avait plus qu'à s'associer, pour monter une entreprise de fournisseur d'énergie à prix cassés. Pas de ça, les cocos. Edmond Merveille répondait en personne, par écrit, à ce genre de sollicitations.

« Si vous voulez une chance de voir un générateur un jour, faites pression sur votre gouvernement. Unissez-vous et faites évoluer les lois de votre pays. »

Mais à la fin, c'est la répression, les contre-vérités et la loi du plus fort qui l'ont emporté. Incapables de changer de modèle, on a continué, comme si de rien n'était, à brûler du charbon, du pétrole et du gaz, jusqu'au dernier gisement. Incapables de nous fédérer et de nous soulever, nous sommes restés victimes de notre paresse, de notre inculture et de nos querelles. On a continué à produire et à consommer toujours plus, jusqu'à ce que la Terre soit exsangue. On a continué d'enrichir les riches, jusqu'à ce que tout le système s'effondre sous le poids de son absurdité fondamentale.

Et maintenant, nous voilà, mourant par millions, sur une planète stérile et asphyxiée. Presque tous les animaux sont morts. Les forêts sont rongées vives par les pluies acides. La plupart d'entre nous refusent de faire des enfants dans ces conditions. Et de toute façon, personne n'a le cœur à batifoler. Les riches se sont retranchés dans leurs bunkers ultra-sécurisés, ils tirent à vue sur tout ce qui approche.

Ils tiendront, le temps que leurs réserves s'épuisent, un peu plus longtemps que nous. Puis ils en viendront au cannibalisme, comme nous. Dans le monde d'avant, déjà, ils passaient leur temps à s'entre-dévorer de toute façon.

On se compte entre nous, les survivants d'après l'avenir. On fouille les décharges, à la recherche d'un vieux fond de sauce tomate dans une boîte de conserve. Certains bouffent ceux qui meurent de faim, squelettiques, à bout de forces, laissant peu de chair. Certains, comme moi, finissent par attendre patiemment la fin, sur le rivage, en regardant les vagues rouler des fûts éventrés de déchets toxiques, vomis par la mer. C'est notre faute si on en est là, je me dis. On était plus nombreux que la police, que les militaires, et que tous les politiques qui leur ordonnaient, depuis leurs palais-forteresses, de tirer sur la foule pendant les manifestations pro-Charte. On a reculé. On a eu peur. On s'est dégonflé. Peut-être qu'on n'y croyait pas assez, au monde meilleur, à l'égalité, à l'unité. On était conditionné, comme des chiens de Pavlov, à la soumission aux Maîtres. La Liberté nous a terrifiés. C'est en ce sens qu'Edmond Merveille a quand même été un héros. Lui, il n'a pas bougé, il n'a pas fait une seule concession : c'était la Charte ou rien. On a eu rien, comme toujours. Ou plutôt, si, on a eu quelque chose : un homme qu'on ne méritait pas, une vision du monde dont on n'a pas été dignes. Edmond Merveille et Valence nous ont servi le Grand Soir sur un plateau. L'Histoire est faite d'occasions manquées. Sa fin aussi est manquée : on aura tout raté.

Voilà, je vais fermer les yeux maintenant. Je vais m'allonger là, sur le sable moucheté de galettes de pétrole, et ne plus penser à rien. À quoi, de toute façon ? Il n'y a plus rien à dire, juste dormir, et que la mort m'emporte pendant mon sommeil. Oui, s'il reste quelque chose qui s'appelle de l'espoir, c'est à ça que je me raccroche.

Bonne nuit.

Deuxième partie : Dénouements

Zone sauve

J'étais en randonnée dans les Monts d'Arrée, au bivouac du soir, quand j'ai commencé à percevoir le bourdonnement de la Mort. Bien sûr, à ce moment, j'ignorais que c'était Elle. Je n'ai pas pu sentir d'où ça venait au début. J'étais dans une clairière, avec une trouée au sud donnant sur un surplomb, d'où l'on pouvait apercevoir l'océan avec des jumelles. C'était un endroit très peu connu, mais j'étais un fouineur. J'avais découvert cette clairière par hasard, en suivant mon instinct. Que de merveilles ! Un jour, un connaisseur, un Breton m'a trouvé là. Je n'ai pas vraiment le type breton, ni même européen. Il est resté immobile, à me regarder. Ses yeux sondaient mon âme. Et comme je suis quelqu'un d'accueillant, je le laissais faire. On n'avait pas besoin de parler : on était fait du même bois. Enfin, il s'est avancé vers moi, avec un sourire amical.

« Viens par là, mon ami, faut que j'te présente aux autres. Moi, c'est Ronan. Et toi ? »

J'avais monté ma tente, préparé un feu. On était en mars et les soirées étaient encore fraîches. Je m'étais étendu sur l'herbe et je contemplais le ciel. Tout était calme, les arbres séculaires veillaient, il n'y avait pas un souffle de vent pour animer la feuillée. Et puis, soudain, ce bruit sourd, à une fréquence à peine audible, juste un cran au-dessus des infrabasses, juste au seuil de la perception humaine. Ça me faisait l'impression de vingt rouleaux compresseurs avançant ensemble. Mais il n'y avait pas de chantier de cette ampleur dans les Monts d'Arrée, encore moins à cette heure-là.

J'étais allongé, et il me semblait que ma vue se brouillait, comme si l'épaisseur du ciel était composée d'une infinité de feuilles de papier-calque, qui glissaient très légèrement les unes par rapport aux autres. Le bourdonnement qui accompagnait ce phénomène semblait venir de très loin, mais il montait en intensité. Je commençais à ressentir les premières morsures de l'inquiétude. Et, soudain, je sentis le sol trembler sous mon dos. C'était pour ça que j'avais l'impression de voir trouble : ce n'était pas le ciel, mais mon corps qui bougeait sous le palper-rouler de la terre.

Instinctivement, je me suis dressé d'un bond. Le sol tremblait nettement à présent ; même les troncs puissants des grands hêtres craquaient. J'ai marché jusqu'à la trouée pour voir le panorama, pour voir de quoi il retournait. Et là, dans mes jumelles, je l'ai vue, au loin, la Vague. Il était difficile de se faire une idée de sa taille dans la distance. On aurait dit qu'elle mordait le ciel. Elle était encore loin de la côte et de ses villes. Toutefois, compte tenu de la hauteur qu'elle avait déjà atteinte, et du fait qu'elle allait encore grossir en avançant, il n'y avait aucun doute possible : c'était un tsunami qui se préparait, et qui allait tout noyer sous sa violence. C'était étrange, parce que j'étais très loin et en hauteur. Je ne percevais qu'un bruit d'essoreuse assez discret, comme quand on passe devant la vitrine d'une laverie automatique. Néanmoins, vu d'où j'étais, je me rendais compte que ça allait être une sacrée lessive. La mort liquide avançait, dans un calme inexorable qui me terrifiait.

J'espérais que les gens avaient pu être prévenus et évacués, que Maddy était en sécurité. Quand je pars en randonnée, je n'emporte pas de radio avec moi, pas même de téléphone : il n'y a pas de prises, dans la nature, pour recharger ces appareils. Et de toute façon, ce que je recherche dans ces moments, c'est être seul avec moi-même, pour me ressourcer. Que pouvais-je bien faire à présent ? Rien, absolument rien que regarder et espérer que les gens que j'aimais étaient saufs. Oui, certainement. Les Autorités l'avaient vue bien avant moi, la Vague. On avait mis les populations à l'abri.

La Vague a fini par atteindre la côte, et s'est abattue avec un fracas épouvantable, nettement audible d'où j'étais. Je me trouvais témoin, et miraculeusement épargné, de quelque chose qui ressemblait à un châtiment divin. Ou une catastrophe cosmique, les mots justes me manquaient, des phrases comme « Alors, c'est ça, le Déluge ? », ou « Plutôt frisquet pour une apocalypse » se télescopaient sous mon crâne. Les eaux, énormes, ont tout recouvert en quelques minutes, noyant tout sous leur déferlement monstrueux. Et, je jure que c'est vrai (d'ailleurs, aujourd'hui, tout le monde vous le dira) : le tsunami était si gigantesque qu'il ne s'est arrêté dans sa course destructrice qu'au pied des Monts d'Arrée. J'en ai réchappé de peu. De mon poste d'observation, je sentais une odeur d'iode et de vase, complètement inhabituelle en ces lieux. À une dizaine de mètres en contrebas, il y avait désormais un lac, friselé d'écume, dans lequel se reflétaient les derniers rayons orangés du couchant. En un sens, c'était magnifique, comme la beauté dont irradie le Phénix avant de vous réduire en cendres.

Et puis les eaux se sont retirées, aussi brutalement qu'elles avaient déferlé sur le monde. Comme on tire la chasse. Tout ce qui avait résisté à la montée se trouvait arraché par le reflux. J'en avais réchappé par chance, mais quand j'entendais les cris de désespoir des arbres déracinés, quand je remarquai que des bêtes sauvages paniquées couraient en tous sens dans la clairière, la flamme rousse d'un écureuil flippé souplement onduler le long d'un merisier, je fus saisi d'un effroi indicible. Un moment, mon esprit resta blanc, fermé, comme incapable d'absorber la moindre information supplémentaire.

Puis, je me mis à penser pêle-mêle à mes parents, à la ville que je venais de quitter, à Maddy, à tous les villages au pied des Monts d'Arrée, à toutes les villes côtières que je connaissais, à ma petite sœur, à mes fresques à l'acrylique qui me paraissaient totalement dérisoires. Est-ce que tout avait été emporté par les eaux ? Est-ce que tout le monde, là en bas, était mort ?

Le calme revint, et ce fut comme si rien ne s'était passé. De nombreuses questions me torturaient. Cependant, il faisait trop sombre à ce moment pour vraiment se rendre compte de l'étendue des dégâts, ou pour entreprendre une rapide reconnaissance. Tout ce que je pouvais faire, c'était attendre que le jour se lève. Je passerais la nuit là, dans la clairière. Le lendemain, je tâcherais d'atteindre un petit village d'altitude que je connaissais. Jamais je ne m'étais senti aussi seul et aussi impuissant, avec chevillé aux tripes un tel désir de voir un visage humain.

Évidemment, je ne pus fermer l'œil. Le village auquel je pensais se trouvait à quinze kilomètres, une bonne petite trotte. Le bon sens voulait que je me repose avant ce périple. Mais que pouvait le bon sens contre les angoisses qui m'assaillaient ? Le monde était parti en sucette, c'était clair et c'était tout ce que je savais. Sous la tente, bien au chaud dans mon duvet, je ne cessais de penser à Maddy. Quelle femme extraordinaire ! Une graffeuse, comme moi, et de première bourre. Moi, j'étais un baroudeur. J'allais de ville en ville, à la recherche de gens dans mon genre et de belles surfaces, sur lesquelles laisser vagabonder mon imagination. Les graffeurs, on était une petite caste à part, avec nos codes et nos lieux de rencontre. En général, quand j'arrivais quelque part, je débusquais assez vite le Signe, qui me menait aux membres locaux de la communauté des « riches sans argent ». Maddy, je l'ai rencontrée dans un bar associatif, et ça a tout de suite fonctionné entre nous. Elle savait que j'étais un homme libre, il ne s'agissait pas d'un plan « foyer, bébé, job régulier ». Elle m'a juste invité à rester chez elle le temps que je voudrais. On a fait une fresque à l'Amour ensemble, dans une friche du quartier du port de commerce. Un pur élan du cœur, dans un état de grâce à la fois intensément érotique et spirituel. Une œuvre désintéressée, de générosité riante, comme est (était ?) Maddy. À la fin, elle a juste ajouté, en rose fluo, de sa charmante petite écriture enfantine : « La vie est parfois un long *fuck* tranquille ». Un beau décasyllabe, bien balancé. C'était une experte en montée graduelle de la tension sexuelle, elle aimait qu'on prenne notre temps. Et maintenant, j'étais là, seul comme un con sous ma tente, en proie à une mémorable érection alors que la fin du monde venait de se produire sous mes yeux. Où était-elle à présent ? Avec horreur, ce qui me fit débander aussitôt, je m'imaginais son cadavre noyé, sombrant lentement au fond des eaux, Ophélie perdue irrémédiablement, qui m'appelait, qui me tendait le bras avec de grands yeux terrifiés.

J'ai dû finir par m'assoupir, à force de fatigue nerveuse. Je me suis réveillé en nage, comme si je m'étais dépensé dans une bonne séance de musculation pendant ce lourd sommeil comateux. Je n'étais ni frais ni dispos, pourtant il fallait partir. Je bus un peu d'eau, si inoffensive dans ma gourde, et avalai deux barres de céréales vitaminées. Je démontai ma tente, pliai mes affaires et chargeai mon sac à dos. Une odeur d'iode et d'algue, persistante, flottait dans l'air. Avant de partir, je retournai jusqu'à la trouée pour me faire une idée, au grand jour, des conséquences de la catastrophe. J'avais gardé ce moment pour la fin. L'angoisse me serrait la gorge, mais il fallait que je voie ça de mes yeux.

À perte de vue, c'était un paysage de désolation. Toute la contrée qui s'étendait du pied des Monts d'Arrée jusqu'à l'océan avait été totalement dévastée. Il ne restait rien de la forêt, tous les arbres avaient été déracinés ou brisés ; certains gisaient çà et là, non loin du trou béant qui fut leur place en ce monde, les autres avaient été roulés comme des crayons, au loin, vers la côte. Au milieu de ce champ de ruines, une baleine morte ou mourante. Partout, je distinguais des éclats aveuglants sous le soleil matinal : les écailles des cadavres de poissons, déposés là, comme de petites touches de lumière dans un tableau expressionniste abstrait. Il semblait y avoir aussi de grandes quantités d'algues, mêlées à la végétation rase. Des deux ou trois villages que je pouvais apercevoir dans la vallée, ne subsistaient que des chicots de murs. Dans ce chaos, je voyais nettement des lignes noires, comme tracées au marqueur : des tronçons de routes, qui commençaient n'importe où et ne menaient nulle part. Plus que jamais, je songeais aux miens, à mes amis, à tout le monde qui vivait là, en bas, et j'espérais, je priais presque pour que le tsunami ait été anticipé et les gens évacués en lieu sûr. Mais vers quel dieu me retourner, en ces circonstances ? Sûrement pas vers ce dieu unique, qui avait permis ça. Je pensais en apprendre plus au village et, détournant mon regard de cette vision de cauchemar, je me mis en route.

J'étais fatigué et porté par mes nerfs plus que par mes forces. Heureusement, je connaissais bien les Monts d'Arrée, assez en tout cas pour ne pas me perdre en chemin, bien que mon esprit fût peu concentré sur l'itinéraire. Je fis plusieurs haltes, brèves. Dès que je m'arrêtais dans mon effort, de sombres pensées venaient me tourmenter, des questions qui attendaient des réponses.

J'atteignis le village en début d'après-midi. Il y régnait un silence pesant, comme si la population, frappée de stupeur, avait cessé toute activité, même de respirer. Je me dirigeai vers le café, d'où je vis sortir deux hommes que je crus reconnaître, mais que je n'eus pas le courage d'interpeller. Au café, Gilles, le patron, enfin un visage familier, s'affairait derrière son comptoir. Il y avait Ronan et Pierre, de dos, qui regardaient d'un œil hagard le poste de radio qui trônait sur une table. Gilles avait dû monter le son, il ne m'avait pas entendu entrer, et tout le monde écoutait avec anxiété les informations, débitées sur un ton martial. Gilles finit par remarquer ma présence, alors que je m'étais avancé à l'intérieur du café. Il m'adressa un large sourire, comme si j'étais un cadeau inespéré et qui tombait juste.

« Tiens, salut l'artiste ! Je ne m'attendais pas à te voir dans les parages. Je suis content de te voir, si tu savais ! »

Il baissa le volume de la radio et m'invita à prendre place au comptoir.

« C'est la même chose depuis ce matin, dit-il, le même foutu bulletin répété par un militaire. Bon, je te sers quelque chose ? »

Je lui demandai un grand café et, s'il avait, quelque chose à manger.

Alors que je dégustais une galette à l'andouille avec une bolée de cidre, Gilles me fit un point sur les dernières informations. Le tsunami, venu de l'Atlantique, avait ravagé toute la côte ouest européenne. Du Finistère jusqu'au Portugal. Oui, ici la plupart des habitants avaient pu être évacués vers l'intérieur des terres, « dans notre bon pays d'Argoat. » Mais ce n'était pas tout. Il y avait eu un gigantesque tremblement de terre (ça, je l'avais ressenti), une faille de trois kilomètres de large sur un axe nord-sud s'était creusée.

« En résumé, annonça Gilles en me resservant du cidre, la Bretagne est devenue une île. »

Saint-Malo, Rennes et Nantes avaient glissé dans le gouffre, rayées de la carte, et on n'avait qu'un bilan provisoire des dégâts matériels et du nombre de victimes. Les répliques sismiques avaient surtout touché la côte nord : Saint-Brieuc, Morlaix, et jusqu'à Brest avaient tremblé sur leurs bases, des quartiers entiers s'étaient effondrés. Là-haut, les gens avaient eu moins de chance : le tremblement de terre n'avait pas été prévu, et les pauvres habitants étaient morts par dizaines de milliers. Des équipes de militaires de Brest et de pompiers, mobilisés à la hâte, fouillaient les décombres à la recherche de survivants.

Voilà où on en était. J'étais abasourdi, mes épaules s'affaissèrent. Gilles essayait de me réconforter :

« Allons, tu es en vie, ce n'est pas rien. Ce qui compte maintenant, c'est qu'on reste solidaires. »

Il y avait la maison du vieux Guivarc'h, qui était mort l'hiver dernier, sans personne pour la réclamer. Je pouvais m'y installer le temps que les choses s'organisent. J'acceptai encore à demi sonné. Je ne pouvais penser à rien concernant mon avenir.

Finalement, je suis resté vivre au village. Et les choses se sont organisées petit à petit, pour assurer la survie de tous. On se dota d'un État central, chargé d'assurer le bien-être de chacun et de gérer les services publics. Il était constitué de parlementaires, choisis pour leur sagesse. On abandonna la politique et l'économie de marché, puisqu'il n'y avait plus de Marché. Les outils de production furent confiés aux travailleurs, charge à eux de les gérer de façon à assurer chaque citoyen du nécessaire. La productivité et la rentabilité étant devenues obsolètes, on se rendit compte que travailler quatre heures par jour suffisait amplement. On abolit l'argent aussi. Chaque travailleur participant à l'effort commun, sa rémunération était la gratuité totale des services et des biens de consommation. Les électeurs, qui avaient désormais le temps de se cultiver et de décider par eux-mêmes de leur existence, décelaient tout de suite les beaux parleurs et les manipulateurs. En dix minutes de discours, la foule était fixée sur la probité de l'orateur, et le pauvre petit ambitieux assoiffé de pouvoir devait quitter l'estrade sous une averse copieuse d'œufs et de légumes pourris. Pour compter le temps, enfin, on a décidé de remettre le calendrier à zéro. Désormais, on était en l'an N après l'avenir radieux du néolibéralisme.

Une nouvelle ère commençait. Le village s'est agrandi, comme tous les autres, pour accueillir les réfugiés. Compte tenu de mes compétences, j'ai fait carrière comme professeur de dessin au lycée. Au fil du temps, on a recommencé à construire sur les côtes, des ports, des villes et même des stations balnéaires. Mais je n'ai jamais retrouvé Maddy. Ma famille, mes amis, étaient presque tous en vie, j'avais beaucoup de chance. Toutefois, je ne me suis pas marié, il y avait comme un vide dans mon cœur, je n'étais plus capable d'aimer. Tout mon amour avait été emporté d'un coup par le reflux et dilué dans l'océan.

J'ai souvent repensé à ce qu'a écrit Maddy au bas de notre fresque. « Un *fuck* tranquille. » À l'époque, ces mots étaient sans équivoque, clairs comme de l'eau de roche : on fait longuement l'amour, comme si on avait tout le temps du monde, parce qu'on a tout le temps du monde. Avant qu'une vague géante et un séisme rebattent les cartes. Néanmoins, le mot « *fuck* » est à double sens. Et maintenant, au soir de mon existence, il n'est pas rare que je considère ce vide en moi comme un gouffre, qui a englouti tout ce que j'aimais, et jusqu'à la personne que j'étais. À sa façon, c'est la vie qui m'a baisé, bien tranquillement, sans trop me heurter, mais sans retour possible.

OCTOBRE

On ne peut pas dire que l'homme qui passe me voir régulièrement soit excessivement sympathique. Quel homme ? Il faut être précis, établir les faits. Il se fait appeler Maître Frankenhausen. Je ne sais si c'est l'énoncé de son titre ou de son patronyme, ou les deux, qui me fait me crisper instinctivement. Toute sa personne m'inspire la plus grande méfiance. Une méfiance animale, d'animal qui flaire le piège. Une alarme viscérale, qui provient d'une zone obscure de mon être, hermétiquement close, comme un coffre-fort. Elle se déclenche quand je suis en présence d'individus comme les gardiens, ou Maître Frankenhausen. Il est habillé d'un costume sombre taillé sur mesure, d'une chemise blanche et d'une cravate assortie à son costume, parfois bleu marine, parfois noire, parfois anthracite. Il est chauve avec des lunettes rondes dénuées de toute fantaisie, qui évoquent des instruments chirurgicaux. Il porte un attaché-case de cuir noir, d'où il tire des dossiers et des sous-dossiers, qui me paraissent toujours plus garnis à chaque visite.

Régulièrement, j'ai dit qu'il venait me rendre visite régulièrement. Ce sont les expressions qu'il emploie dans son discours qui me donnent cette quasi-certitude. Car dans ma cellule je n'ai aucun moyen de mesurer le temps, ni pendule ni fenêtre. Il dit des choses comme : « Quand je suis venu le mois dernier », ou : « Rappelez-vous il y a trois mois ». J'en conclus, peut-être à tort, que Maître Frankenhausen me rend visite à peu près tous les mois. Et il n'est pas sympathique, non. C'est mon avocat dans ce qu'il appelle, d'un air pincé, « le dossier qui vous concerne », ou « votre affaire ». Nous ne parvenons pas à nous comprendre, c'est pourquoi de son côté il s'agace, ce qui se traduit par des tapotements nerveux sur son stylo à plume en or. Et en ce qui me concerne, l'hébétude succède toujours à nos entretiens. Il prend une profonde inspiration en se massant le haut du nez, me regarde droit dans les yeux derrière ses verres de myope, et me répète pour la centième fois :

« Faites un effort. Je suis ici pour vous aider. Comment voulez-vous que je fasse mon travail si vous ne coopérez pas ? »

Coopérer, si ça pouvait me sortir du quartier de haute sécurité (le costume taillé sur mesure pour les individus dangereux dans mon genre), j'aimerais bien. Malgré le peu de sympathie que m'inspire cet homme, qui suinte les valeurs néolibérales par tous les pores, j'aimerais l'aider à m'aider. Toutefois ce dont il me parle, mes « crimes », ne m'évoquent absolument rien. Il serait tentant de conclure à une erreur judiciaire. Cependant Maître Frankenhausen, et d'autres représentants de la Justice, encore moins sympathiques, que je rencontre, sont formels. Il paraît que j'ai été pris sur le fait, l'arme à la main, la victime à mes pieds. Un politicien, à ce que j'ai cru comprendre, haut placé dans la hiérarchie, peut-être un ministre ou un secrétaire d'État. Ce qu'ils veulent savoir, Maître Frankenhausen et les autres, avec leurs faciès de chefs de clans mafieux, ce sont des choses très précises et que j'ignore. Apparemment j'ai de nombreux crimes de même nature à mon actif, mais ils n'en sont pas sûrs, des éléments manquent. Alors ils voudraient que je leur dresse la liste complète de toutes mes victimes. Et la raison exacte. Et qui sont mes commanditaires, et mes complices. Ce point particulier les affole. Car les assassinats semblent avoir été minutieusement préparés, les cibles méticuleusement choisies. C'est peut-être un coup de l'opposition pour se dégager le passage. Il y aurait des traîtres dans leur camp, qui auraient vendu des informations confidentielles, pour faciliter les opérations d'exécution. Je ne suis peut-être qu'un simple mercenaire. Mais je pourrais aussi appartenir à une organisation terroriste secrète, comme il en pullule en ce septième siècle tourmenté. La vie publique ne manque pas d'agitations, qui ne sont que la partie visible de l'iceberg. Dans l'ombre grouille toute une activité souterraine, qui fomente une révolte de grande ampleur, qui passe par l'assassinat de personnalités de premier plan. Alors, encore une fois, quel est mon rôle ? Exécuter des politiciens, des banquiers, des chefs d'entreprises multinationales, oui, mais encore ? Quel est le plan d'ensemble ? Y a-t-il plusieurs groupes agissant de concert ? Est-ce que je connais leurs bases stratégiques ? Leurs membres ? Mon avocat me harcèle de questions sans réponses. Sans cesse il revient à la charge, et je ne peux lui dire que la stricte vérité : je n'en sais rien. Je l'ai peut-être su autrefois, puisqu'il y a des preuves qui m'accablent, paraît-il. J'ai oublié. C'est dans le coffre-fort. Mais je ne mentionne pas le coffre-fort devant Maître Frankenhausen. Je sais que mes geôliers disposent d'outils terribles. Je me demande ce qu'ils attendent pour m'ouvrir le crâne et me ficher des électrodes à même le cerveau. Ils y viendront, quand ils seront las de mes dénégations. Et mon avocat s'en va encore une fois, dépité dans son beau costume, avec sa mallette de cuir luisante. Il s'en va, et on me reconduit dans ma cellule, sous escorte paranoïaque.

Dans mon rêve il ne reste que deux êtres vivants au monde, moi et le chat. La ville a peut-être possédé un nom du temps où elle était peuplée, pour se démarquer des autres villes. C'était comme ça du temps où il y avait des Humains, ce besoin constant de donner des noms aux familles, aux villes, aux pays. Ça entretenait cette sotte fierté d'appartenir à une lignée ou à un lieu, qui nous a anéantis au final, à cause des querelles de clocher qui ne manquaient pas de s'ensuivre et de s'envenimer.

Aujourd'hui (je veux dire : dans une autre réalité que celle de mon rêve), il ne reste plus, comme représentants de l'espèce humaine, que les membres du Collectif et l'Armée. Soit un État internationaliste et égalitariste, contre une dictature militaire. C'est-à-dire deux formes de la défaite et du désastre, qui se regardent en chiens de faïence, chacun d'un côté de sa frontière. On tente parfois un petit coup de force, mais globalement, on observe un statu quo tendu. La Deuxième Guerre internationaliste dure depuis cent soixante-trois ans. Toutefois, ça n'a jamais été qu'une guérilla, sans bataille décisive. Depuis neuf ans, on a cessé les combats. Le Collectif fait vivre les valeurs internationalistes sur un tiers de la planète, celui où je me trouve. Une importante communauté de membres du Collectif est restée sur le territoire des militaires, après la débâcle de la Première Guerre civile (613-699). Maintenant, ils forment notre base avancée. Ils nous fournissent des informations fraîches sur la dictature militaire. Ils cachent nos agents en mission, ils trouvent des lieux pour les réunions clandestines. Ils procurent des alibis à nos agents que la police capture. Ils sont d'un courage admirable.

Le Collectif était censé convertir l'Humanité à l'Internationalisme égalitariste par tous les moyens, de l'assassinat des Maîtres à la publication d'essais argumentés et détaillés, de tracts, d'opuscules, d'opérettes, de fictions. Résultat, on a réussi à gagner à notre cause quelques dizaines de millions de gens, la toute petite minorité au QI encore suffisant, pour qui *penser* était une activité en soi, et qui avait le courage de questionner ses préjugés et le sens de son passage ici-bas. Quant à l'Armée et la Gestapo, elles sont le reliquat du pouvoir des Maîtres, la force de coercition et de répression, qui leur permettait de maintenir les peuples sous contrôle. D'ailleurs, les Maîtres usaient de tous les moyens à leur disposition : la force armée, donc, mais aussi la propagande politique ou commerciale, la consommation et le divertissement de masse. On vendait du rêve, pour faire supporter aux individus l'atrocité de leur condition d'esclaves du Marché. On les projetait dans un avenir radieux, pas plus loin que les prochaines fêtes annuelles, les vacances. Ou alors très, très loin, dans un futur en flou artistique, où les machines feraient tout le travail. Mais dans ce cas, que faire des gens ? On ne pouvait tout de même pas les libérer. On ne savait pas. C'était pour cela que les contours et les détails de la fin de la servitude demeuraient flous, et cet avenir désirable sans cesse remis aux calendes.

Les anciens Maîtres sont morts, tous, absolument. Le Collectif y a veillé. Mais leur système ne s'est pas cassé la gueule. Il reste l'Armée et la Gestapo pour le maintenir en état de marche. Les bons toutous, qui font ce qu'ils font parce qu'ils sont incapables de se dégager du carcan des règlements, des missions qui remplissent le temps, de la hiérarchie, des procédures. Et même, la pesanteur du système les rassure : c'est qu'il est bien arrimé, et la populace sous contrôle. Ils rédigent et archivent des milliers de rapports, que personne ne lira jamais. De vains rouages, qui continuent à faire tourner la bureaucratie et l'économie de marché, en circuit fermé. Mieux vaut ne pas tomber entre leurs pattes. Pour eux, c'est Noël. Enfin, quelque chose se passe ! Toute la machine se met en marche, elle retrouve sa vocation première : instant solennel où le flic retient son souffle, avec une satisfaction intérieure qu'il doit cependant contenir, par la dignité de sa fonction : on ouvre un nouveau dossier.

Donc, voilà le monde en résumé. Des membres du Collectif qui se terrent au sein de la dictature ou sur leur territoire. Les militaires qui, ne recevant plus d'ordres d'en haut, continuent leur routine d'institution de maintien de l'ordre et de l'activité néolibérale. Les gens ordinaires des deux camps sont surtout préoccupés par leur survie au quotidien.

Maintenant je reviens à mon rêve. Je suis sûr que c'est un rêve pour diverses raisons. D'abord, comme je l'ai indiqué plus haut, à part le chat et moi il n'y a plus âme qui vive. C'est la nuit et nous sommes dans un square pas bien grand. Un tel endroit n'existe pas dans la réalité, il est trop propre et n'a pas de fonction utile. Il y a un lampadaire, dont le halo éclaire le banc sur lequel je suis assis, avec le chat sur mes genoux. Dans la réalité, il n'y a plus de lampadaires depuis longtemps, faute d'énergie pour les faire fonctionner. Moi-même je n'en ai plus vu depuis mon enfance dans les années 970. C'est comme une petite scène de théâtre avec très peu d'accessoires, une pantomime, parce que tout le long je ne prononce pas une parole. Un vers, venu du Moyen Âge tardif, lancine au bord de ma conscience : « Dans le vieux parc solitaire et glacé… » Je câline le chat lové sur mes genoux. C'est un jeune, il doit avoir dans les quatre, cinq mois. Il ronronne de plaisir et soudain ses yeux s'ouvrent. Il fait le dos rond, s'étire. C'est fabuleux, un chat. En chaque individu se retrouve toute l'espèce, jamais totalement apprivoisée par l'Homme, et qui nous le fait savoir. Tous les chats aiment les caresses, tous les chats s'étirent de la même manière, tous les chats courent après leur queue ou un bout de papier, une feuille morte, une éponge. Rares, très rares sont les animaux qui apprennent par le jeu. Les primates, quelques cétacés, les ours, les félins. Presque tous des prédateurs, au sommet de la chaîne alimentaire. Ils ne craignent rien. Ils peuvent se permettre le luxe d'avoir une enfance, faite de jeux, qui les préparent à leur future existence de chasseurs. Ce qui, je crois, est un signe indiscutable de supériorité de conscience, et qui donne à chaque individu, au-delà des réflexes et des comportements ataviques, une personnalité propre.

Le chaton quitte mes genoux puis se poste devant le tourniquet du square, dans cette position typique de sphinx. Il attend, avec cette infinie patience que les Asiatiques prêtent aux bodhisattvas, à ces êtres exceptionnels qui de leur vivant ont atteint l'Éveil, et se sont haussés au-delà des illusions. Regardez : je suis là, à vous parler de mon rêve, à construire le récit de mon rêve. De l'autre côté du récit, vous êtes là à me lire. Combien de temps nous sépare, sans parler de la distance, qui est du temps matériel ? (Aussi bien, la musique est du Temps *vibratoire*). Pour moi, c'est le « présent ». Pour vous aussi. Nos présents ne coïncident pas, pourtant nous sommes liés l'un à l'autre. Datchko Braumann, le Barde Automne, a écrit sur ce thème un poème, un sonnet en vers libres si je me souviens bien. Ce récit existait avant, dans le vaste réservoir des rêves qui visitent les dormeurs dans la réalité alternative. Je ne fais que lui donner une forme. Cette forme qui passe à travers moi me survivra, et à vous aussi, et tout le présent qui y est contenu sera relié indéfiniment à d'autres présents quelque part. C.Q.F.D. : le Temps n'est sûrement pas une illusion, mais la conception que nous pouvons nous en faire est erronée.

Je rejoins le chaton qui me lance un regard approbateur. Il sort du square, et je le suis le long d'une avenue qui semble sans début ni fin. De part et d'autre se dressent des immeubles de huit étages aux façades absolument similaires. Architecture fonctionnelle, sans fioritures, comme l'ont appréciée tous les régimes dictatoriaux, du Cinquième Reich aux trois URSS. Il y a des réverbères là aussi, mais tous ne fonctionnent pas, les taches de lumière sont irrégulières. Certaines portions de l'avenue sont plongées dans des ténèbres épaisses comme de la nuit solidifiée. Je ne sais pas si je rêve en couleurs ou en noir et blanc, peu importe : j'ai le sentiment de me trouver dans un film expressionniste allemand de la première Renaissance. Très loin, au-dessus de cette avenue interminable, pile dans l'axe, la pleine lune est levée, avec ses zones sombres ambiguës qui peuvent évoquer la grimace d'un visage.

Le chat me précède de quelques pas, trottant fièrement, la queue dressée. À un endroit de l'avenue, un réverbère éteint s'élève à l'entrée d'une impasse, sur ma droite, comme un gardien assoupi. Le chat s'arrête là, son profil parfait de sphinx inondé de lune se découpant sur les ténèbres. Je m'arrête à mon tour. À quelques mètres dans la profondeur de l'impasse, est installé un antique projecteur à bobines. Le film est projeté sur le mur du fond de l'impasse, avec un cliquetis régulier. Parfois la complexe mécanique, dans le ventre de plastique gris de l'appareil, déraille et l'image saute. Le sujet principal de ce court-métrage, ce sont quelques minutes dans la vie d'un homme que je reconnais aussitôt. Il s'agit d'un des exécuteurs de la branche armée du Collectif, celui que nous surnommons le Comptable, faute de connaître sa véritable identité. Avant de nous rejoindre, il avait été tireur d'élite dans un commando spécial de la Gestapo. Il avait assumé son changement de camp, en jurant que désormais, il tuerait autant de ces fascistes, plus un, qu'il avait descendu d'Internationalistes, quand il servait la dictature militaire. Ce compte était son secret, nul ne savait combien de nos frères s'étaient trouvés dans son viseur implacable. C'était un tueur redoutable, dont le palmarès lui avait valu le statut de légende parmi les jeunes recrues, du temps où nous avions de jeunes recrues, et jugions positif qu'elles puissent s'identifier à ce modèle de professionnalisme.

Le film montre le Comptable dans une cellule carrée de trois mètres sur trois, dans un quartier de haute sécurité impossible à identifier. L'ennemi les a tous conçus sur le même modèle. La caméra filme en plongée. Le Comptable est allongé sur la banquette, qui s'étend le long du mur droit. Il a les yeux fermés, peut-être qu'il dort, peut-être qu'il se concentre. À sa gauche, un lavabo avec une brosse à dents dans un verre en plastique. Pas de rasoir, évidemment, dans un tel endroit. Pas de ceinture, pas de lacets, pas une once de métal, rien qui puisse servir d'arme contre le personnel ou contre soi. Sous le lavabo, un seau hygiénique sans couvercle. J'avais moi-même passé dix-sept ans en quartier de haute sécurité, et je me souvenais des premières paroles du gardien quand il me poussa dans ma cellule, après une parodie de procès : « Ici, tu devras vivre avec l'odeur de ta propre merde d'Internationaliste. » Le long du mur, à gauche du Comptable, une tablette moulée dans le mur, avec un fusain (pas de stylo, pas de pointe dans ce genre d'endroits), et une demi-ramette de papier blanc, qui attendent des aveux circonstanciés et signés. Quelques boulettes de papier, couvertes de caractères chounois, cyrilliques, arabes, jonchent le sol. Le Comptable essaie de dire quelque chose, mais il n'en est pas satisfait, pas encore. Soudain, la scène fixe s'anime, avec le couinement sinistre du judas, qui coulisse et stoppe dans un claquement sec. La bande-son est déplorable, comme si elle avait été copiée et recopiée des dizaines de fois, perdant à chaque nouvelle version de sa qualité initiale. Une voix grésillante, à peine intelligible, appelle le Comptable par un de ses hétéronymes, celui sous lequel il a été arrêté, jugé et incarcéré. Le Comptable quitte sans hâte sa banquette et se dirige vers la porte blindée. Celle-ci s'ouvre sur trois gardiens, qui sont des publicités vivantes pour les salles de musculation, et qui le tiennent en joue avec leurs pistolets automatiques. Des Kotchka 911 si je ne me trompe. Un quatrième gardien apparaît et passe des menottes au Comptable, dans le dos. On lui entrave également les chevilles, avec des anneaux d'acier, qu'une chaîne relie entre eux, et aux menottes. Ainsi harnaché, le Comptable quitte sa cellule et le film s'arrête sur le son mat de la porte blindée double épaisseur, qui se referme avec un cliquetis sourd de serrure bien huilée. Le mot fin s'affiche, incongru sur le mur du fond de l'impasse et, pendant quelques secondes, les deux bobines du projecteur continuent de tourner dans le vide.

Le chat qui, n'a pas perdu une miette du film, se retourne tranquillement et sort de l'impasse. Nous prenons à droite, et continuons notre marche dans l'avenue, uniforme et étirée à l'infini. À mesure que nous progressons la Lune grossit, ses bords sont rognés par les verticales des immeubles. Contre toute attente, l'avenue s'arrête brusquement, et sans transition nous voici sur une plage. C'est marée basse dans la crique. Une petite crique, bordée de chaque côté par des falaises de granit, qui s'abîment en pente douce dans la mer. L'eau s'est retirée très loin, mais une forte odeur d'iode et de varech me remplit les narines. La quiétude de la nuit est parfois troublée par un criaillement d'oiseau. Les vers, et autres organismes qui vivent sous le sable, émettent des bruits de succion humide, comme autant de petites bouches avides. Sous la Lune, immense, révélé par le reflux des eaux, se trouve un cube d'un mètre sur un mètre sur un mètre, parfait, plus noir encore que le ciel nocturne. Le chat se dirige droit sur lui. Par moments, il s'arrête pour jouer avec une flaque, observer le jeu des reflets lunaires sur la surface lisse du cube, tendre l'oreille au dialogue criard des oiseaux. Il peut jouer un peu, apprendre son métier de félin, sa mission est achevée. Moi, il faut que je m'approche du cube à mon tour, que je l'examine de près. Il est fait d'une matière extrêmement dense : je ne peux ni le déplacer ni le soulever. J'ai beau passer ma main sur la surface lisse des cinq faces visibles, je ne décèle aucun mécanisme d'ouverture. C'est un pur bloc de matière inconnue, sans la moindre aspérité. Pourtant son étrangeté même m'est familière. Elle m'évoque des impressions si anciennes, qu'elles semblent appartenir aux premières strates de ma conscience. Il y a comme un fil lumineux qui me relie à ce cube, attaché au plus profond de ma mémoire. J'essaie de le remonter, mais il s'évanouit, comme la fumée incandescente d'une grenade révolutionnaire dans le tumulte de la bataille. « Je ne sais pas de qui, mais c'est une âme… » Puis je me réveille.

Ils m'ont laissé un fusain et du papier. Ils ont dit :

« Si tu préfères écrire que parler, nous acceptons les aveux signés. »

Dont acte. Mais là je me sens comme un personnage, ou plutôt une voix de Beckett, sommée de « dire », acculée à la parole, sans savoir ce que ces instances supérieures exigent qu'il soit dit. Qu'est-ce que je pourrais bien leur raconter ? Ils attendent de moi « la vérité », mais quelle vérité ? Ce qu'il leur ferait plaisir d'entendre n'est qu'une version des choses. Ils prétendent que je suis un assassin, et pas des moindres. Ils me dressent la liste de mes crimes, avec des détails tels que le nom de la victime, et des photos de son cadavre et de la famille en larmes, pour déclencher une réaction émotionnelle qui me ferait craquer. Apparemment, dans l'existence qu'ils me prêtent, je m'en prenais aux Maîtres, et de mille et une manières : à l'arme blanche, à l'arme à feu, à l'explosif, par strangulation et même décapitation. À chaque méthode, une série de photos. J'ai des compétences dignes d'un soldat des Forces spéciales. Puisqu'ils savent déjà tout, pourquoi veulent-ils que je parle ou que j'écrive ?

« C'est la procédure, me dit Maître Frankenhausen. Vous devez confirmer les éléments à charge et remplir les blancs, car nous ne savons pas tout. Mais vous allez nous aider, n'est-ce pas ? »

Donc la vérité qu'ils attendent, et sur laquelle ils ont déjà constitué d'épais dossiers, n'a pas tant de substance que ça. C'est une vérité d'encre et de papier. Pour exister tout à fait il lui manque mes aveux, mes foutus aveux, l'acquiescement d'une voix incarnée. Mais, je le répète, je n'ai rien à dire sur les sujets qui les préoccupent. Fondamentalement, nos rapports reposent sur un malentendu. Ils me citent des dates, des noms, ils me détaillent des circonstances. Rien de tout ça ne me dit quoi que ce soit. C'est là que ça coince : ça n'a aucune réalité pour moi. Ça ne renvoie pas, par les canaux secrets de la mémoire, gorgés de protéines à quelque chose, une image, une sensation dont je puisse dire avec certitude : « Oui, ça, je m'en rappelle. » Alors je leur oppose la vérité qui me reste en mémoire : ce que je faisais tel jour à telle heure, et avec qui. Mes souvenirs sont très clairs, le détecteur de mensonges n'a jamais rien donné. Le penthotal non plus. Pourtant ils persistent à dire que je mens. Je suis bien d'accord (mais je ne le leur dis pas), seulement j'ignore ce que je tais. À la place, j'ai une vérité strictement de même poids que la leur, qui ne vaut rien sans mes aveux. Et ainsi de suite, d'interrogatoire en interrogatoire.

J'ai une existence falsifiée, c'est tout ce que j'ai. Mais elle est douce, chaleureuse, remplie d'êtres chers. C'est pourquoi je m'y accroche. Je chéris la mémoire irréelle de mon épouse et de mes enfants, ô combien précieuse à l'intérieur du quartier de haute sécurité. Au moins j'ai des souvenirs heureux, légers comme des plumes, qui me chatouillent et me font sourire au fond de cet enfer. C'est incroyable de pouvoir sourire dans un endroit pareil, inestimable, comme un repas de fête. Se réchauffer au bonheur. Est-ce que l'homosexuel inassumé, qui se fait appeler inspecteur Gunthar Alvaredo, peut en dire autant ? Lui aussi joue double jeu, lui aussi cache des choses compromettantes. Les lieux sordides où se font les rencontres, depuis que la bonne morale boutiquière a remis l'homosexualité sur la liste des crimes qui suscitent la répugnance, les passes avec des inconnus, qui pourraient le reconnaître et le dénoncer. Tout bien jeter avec le préservatif et rentrer à la maison, où Madame qui se doute peut-être de quelque chose, attend qu'il lui mente sur sa charge de travail. Si son mari la trompait avec une autre femme, elle le saurait tout de suite. Il y a une autre raison pour laquelle il ne la touche plus depuis la naissance du cadet. Elle ne peut pas la concevoir. Elle s'interroge et elle attend le signe qui le trahira. Certes, c'est un policier, et tous les policiers ont des petits secrets. Celui de l'inspecteur Gunthar Alvaredo restera bien gardé, parce que son épouse, de bonne éducation, n'est pas équipée pour penser l'impensable. Chouette vie de famille ! Lui aussi vit dans une cage.

Je me souviens, je crois me souvenir, il me semble que je me rappelle d'une époque où l'on était beaucoup plus tolérant avec les homosexuels. Un inspecteur de police gay, et alors, qu'est-ce que ça pouvait faire ? Ça ne l'empêchait pas de bien faire son job. Oui, ça me revient parfois, un sentiment diffus, se mouvant à la crête d'une vague, un moment doré où l'Humanité dans son ensemble était tout près de faire corps. Peu importaient la nationalité, l'âge, le sexe, la religion et autres différences. Les Maîtres avaient passé les bornes de l'admissible. Il fallait réagir, tous ensemble. C'était le résultat du travail acharné des Internationalistes. Une belle idée si vous voulez mon avis. On se serait tous serré les coudes pour passer à l'étape suivante, où se jouait rien moins que notre propre survie. Nous avions trop tiré sur la corde et pas mal de signaux étaient au rouge, depuis un bon bout de temps. Réchauffement et dérèglement climatiques, extinction de masse des espèces vivantes, taux records de pollutions de toutes natures. La responsabilité (la culpabilité ?) en incombait à la Machine néolibérale, qui pour produire, et produire toujours plus, colonisait toujours plus les zones sauvages. Et puis la production, pour être rapide et rentable, nécessitait toute une gamme de substances hautement toxiques, qu'on rejetait dans les airs et dans les eaux. La faute revenait aux gens aussi. Il n'y a pas de pourriture de patron qui, pour améliorer le rendement emploie des moyens mortifères, sans à l'autre bout des consommateurs, qui en exigent eux aussi toujours plus, toujours mieux, toujours moins cher.

La planète allait mal, nous le faisait savoir, et nous restions sourds. Tant qu'on avait le confort et l'abondance, on se fichait pas mal de l'impact de notre consumérisme sur notre environnement. Et puis çà et là, des voix se sont élevées contre ce modèle, les rangs ont grossi qui réclamaient un peu d'éthique, un peu de sagesse. Les Internationalistes ont gagné du terrain. Ils disaient qu'on ferait mieux de mutualiser les richesses et les compétences, plutôt que de se faire concurrence. Qu'au moins toutes les bouches soient nourries, tous les bras employés. Ils avaient tout un tas d'idées brillantes, généreuses pour résoudre les problèmes terrestres. « *Une même planète, une seule Humanité* », c'était le slogan. Et au-delà des paroles, ils annonçaient le coup d'après : il fallait que l'Humanité parte à la conquête du Ciel. Parce que notre planète, tout notre système solaire, n'étaient pas éternels. En unissant nos efforts nous pourrions accomplir un formidable bond en avant. Évidemment, la contre-propagande du Capital opposait à ces « utopies irréalisables » tout son arsenal de communication. Les politiques, au nom de la Raison, alertaient leur peuple sur les graves dangers d'une société sans classes (sans eux). Et le Marché produisait de plus belle, pour donner la preuve éclatante de sa vitalité. Cela ressemblait à la flamboyante agonie d'une supernova. Nous étions inondés de toutes sortes de produits. Les publicistes n'ont jamais été aussi créatifs que pendant cette période. Cependant, il est arrivé qu'ils aient manqué de commanditaires. Car Les Internationalistes pratiquaient également la lutte armée. C'est la raison pour laquelle je suis ici, cloîtré, à l'isolement dans le quartier de haute sécurité. On a descendu à tour de bras les grands patrons, les banquiers, les politiciens aux ordres du Capital, ce qui a causé un certain désordre dans les stratégies de marketing, faute de chefs pour en passer commande et les ratifier.

Il y a eu un « moment internationaliste. » Des comités de quartier se formaient, à l'initiative des agents internationalistes de terrain. On débattait, on échangeait, on s'engueulait. Les idées circulaient, on arrivait à des compromis construits en commun. Tout le travail, effectué auparavant dans la clandestinité, commençait à payer. La Cause a vraiment été à un poil de cul de l'emporter. Mais le Capital a contre-attaqué avec ses chars d'assaut et ses soldats surentraînés, armés d'un matériel dernier cri. Les bourgeois jubilaient, les gens du peuple étaient terrorisés. Ils regardaient à gauche, les Internationalistes et leurs belles idées, à droite, l'Armée avec ses batteries de canons. Et finalement, le Peuple a fait basculer le destin de l'Humanité : on s'est rangé du côté de la puissance de feu, on a cédé à la peur plutôt que de résister. Et tout le truc a foiré. On est revenu la queue basse se mouler dans ses vieilles pantoufles de Monsieur Prud'homme. Le revirement a été rapide et brutal. Les gens sont devenus encore plus durs qu'avant, plus intolérants et plus intransigeants sur l'ordre et la sécurité. Pas question que ce foutoir recommence, exterminez-moi cette vermine rebelle. Et qu'on nous remette les jeux et les feuilletons à la télé, comme avant. La classe politique ayant été décimée, les militaires ont pris le pouvoir. La Bourgeoisie ne vit pas l'instauration de la dictature militaire comme un recul sur le plan des libertés. Ses livres de comptes étaient à jour, elle n'avait « rien à se reprocher ». En outre sa vie publique et personnelle avait la platitude requise pour mériter le qualificatif d'irréprochable. À présent il est très mal vu par la morale boutiquière, cause de licenciement sec, avec humiliation publique, d'être homosexuel (ou de toute autre « catégorie déviante »). C'est pourquoi, malgré tout, je ne peux pas haïr complètement l'inspecteur Gunthar Alvaredo. Même si, de son côté, il ignore absolument que nous avons quelque chose en commun, et que je me suis battu pour ses semblables, qui étaient mes frères et mes sœurs.

Notre capitale n'a plus de nom. On l'a oublié. On dit « la Ville. » Il en reste quelques autres dans le monde, c'est là en général que les gens se regroupent. Dans le territoire internationaliste, nous avons la capitale et de nombreuses bourgades plus ou moins importantes. Chez les militaires, d'anciennes villes subsistent, d'autres ont été abandonnées, d'autres encore sont sorties de terre pour répondre à de nouveaux besoins. L'instinct grégaire, c'est dans nos gènes.

On a essayé de lutter contre, les Internationalistes je veux dire. On a délivré notre message au monde entier : « *Votre patrie c'est la Terre, votre famille, c'est l'Humanité.* » On voulait provoquer un saut cognitif, une prise de conscience à l'échelle planétaire. On a eu de bons retours, je l'ai déjà dit. On luttait sur deux fronts à la fois pour vaincre le Capital. Sur le plan intellectuel on investissait le débat public avec des articles, des fictions, des essais théoriques, des poèmes. On était présent partout dans les médias, sur Internet, dans les réseaux numériques. D'autre part, sur le plan pratique, on éliminait les Maîtres un par un. J'en ai tué pas mal, sans me vanter. On a épuisé tout le troupeau des politiciens. Côté Capital, il est resté des entreprises privées de tête, qui perduraient un peu, comme des poulets décapités, dans une course erratique jusqu'à leur fin. Ça a foutu un beau bordel dans la finance. Les Bourses ne savaient plus quoi faire, la valeur des actions dégringolait, sans personne aux manettes pour juguler la décote. Les usines, les sièges sociaux qui fermaient les uns après les autres, ça mettait du monde au chômage aussi. Alors on avait des agents partout, qui mobilisaient les travailleurs en plein désarroi : « Faites vous-mêmes tourner la boutique, prenez possession de l'outil de production qui vous revient de droit. » Ça marchait parfois, parfois non. Mais on ne doutait pas qu'après une période de flottement les choses trouveraient leur juste équilibre.

Et nos intellectuels, de Sang-Haï à Brest, et de Toronto à Sydney, continuaient le travail à la tribune, dans les médias : « Vous êtes libres de décider de quel système vous voulez, celui de l'oppression ou celui de la justice sociale. » Nous avions le champ libre. Les rares politiques qui avaient échappé aux vagues d'extermination se terraient, en attendant leur tour. Nous prenions le pouvoir. Nous sommes parvenus au point de bascule. Alors tous les collectifs de par le monde, quel que soit leur champ d'action, se sont ligués en une seule entité, *le* Collectif. Sur le terrain nos tribuns travaillaient les masses au corps. On voulait faire prendre conscience aux gens de la force qu'ils auraient s'ils s'unissaient, dans quel monde on vivrait si le but du travail était le bien commun et non la rentabilité, pour augmenter les dividendes des actionnaires. En même temps, le Collectif s'en prenait par pains de C4 aux lieux de pouvoir, aux palais présidentiels, aux arrogantes tours de cent étages de bureaux, aux Bourses, aux data centers. Oh la belle bleue ! Ça pétait de partout. On était pour l'ordre, notez bien. Mais un ordre fondé sur la responsabilité, individuelle et collective, pas l'ordre et la sécurité néolibérale, fondés sur l'infantilisation des masses, l'obéissance forcée et la répression. Et on pensait que l'ordre juste ne pourrait naître que du chaos. Tabula rasa. On avait formé des combattants, des bataillons, il y a eu des affrontements terribles avec la réaction néolibérale, des millions, des dizaines de millions de morts, dans cette Première Guerre civile mondiale, il y a quatre cent cinquante et un ans.

Mais ça a merdé parce qu'on n'était pas de taille contre l'inertie bourgeoise et l'Armée. Les gens ordinaires ont toujours craint le changement et respecté l'uniforme, ils sont conditionnés pour ça. Partout pareil : réaction et contre-révolution petites-bourgeoises. La propagande capitaliste, avec un cynisme décuplé, martelait à chaque occasion son message préhistorique. Pourquoi se risquer dans les aléas anxiogènes de cette soi-disant liberté, alors qu'on avait un système solide, à toute épreuve ? Presque chacun n'avait-il pas le confort et l'abondance ? Ce n'était pas raisonnable de les abandonner à des périls imprévisibles. En outre, la liberté, aussi soudaine, ça l'a déboussolé, le Peuple. Certes, nos agents de terrain lui montraient la voie à suivre, mais les gens sont si peu habitués à penser par eux-mêmes, qu'ils paniquent quand ils n'ont plus d'ordres auxquels obéir. On les encourageait à construire leur propre cadre, mais c'était sans doute trop leur demander après des siècles d'engourdissement mental. Les militaires aussi, naturellement, étaient très organisés, très disciplinés. Il n'y avait plus de Maîtres pour leur donner d'ordres, comme pour le peuple. Cependant, l'Armée n'a pas besoin d'ordres supérieurs pour fonctionner. C'est comme une machine autonome qui peut continuer de tourner indéfiniment. Elle s'est elle-même fixé ses objectifs, après concertation avec les forces noires qui ruinent le monde. Le premier était de rétablir l'ordre néolibéral. On a reconduit les gens au boulot sous escorte, et à la place vacante du patron on a mis un capitaine. Bien sûr, la Gestapo assurait le renseignement de proximité, éteignant à la source les « foyers de sédition » qui perduraient çà et là. On a commencé le grand nettoyage systématique : débusquer et éliminer la chienlit internationaliste. Le Collectif a réagi mais on a perdu le bras de fer. Malgré la bravoure et l'entraînement de nos troupes, les supériorités numériques et en armements ennemies étaient indiscutables. L'Armée a procédé à quelques exécutions capitales, soigneusement mises en scène par les publicistes, sur la place publique : des leaders internationalistes ou des troisièmes couteaux, peu importait. L'effet sur le Peuple était immédiat, comme un électrochoc. Ça mouftait plus. Les dénonciations n'ont pas tardé à suivre, et les arrestations, les procès trafiqués, les exécutions sommaires. Finalement la loi du plus fort s'est réinstallée, ou réaffirmée, parce qu'au fond, on n'a jamais pu l'abolir totalement.

Voilà où on en est. Les masses ont détourné les yeux, juste un millième de seconde avant le satori. Elles sont immédiatement retombées dans leur léthargie de gentils toutous bien sages et bien obéissants. Le pli n'a pas eu le temps d'être aplani. Veulerie ! Des camarades à moi sont morts pour libérer ces gens-là, pour les sortir du bourbier esclavagiste, pour les faire enfin entrer dans l'Histoire. Mais y avait une chose sur laquelle on a été aveugle : et si le Peuple, après tout, n'en voulait pas de la liberté ? Métro, boulot, dodo et cinq semaines de congés payés, ça suffit à son bonheur. Démocratie ou dictature militaire, ça lui est égal. À la limite la dictature c'est encore mieux, parce qu'on n'a pas à se casser la tête à élire un candidat, on est déchargé de la responsabilité du choix. Infantilisé et content de l'être, sur le mode « Ayez confiance, l'État s'occupe de tout. » De toute façon, les gens choisissaient systématiquement la mauvaise personne, c'est-à-dire celle qui, promue par les millions de dollars du Capital, leur offrait le plus beau spectacle de campagne, et criait plus fort que les autres, des slogans ciselés par des spécialistes en communication et en manipulation des foules.

Moi-même, ancien exécuteur du collectif Gunmar Monceau, j'ai effectué de nombreuses missions à l'étranger, je connais bien les militaires. On est face à un ennemi coriace, bien armé, bien entraîné, bien informé. C'est infiniment plus difficile de dessouder un colonel, maintenant, qu'un ministre, du temps où il y avait des ministres. C'est extrêmement risqué d'aller en opération en territoire ennemi. En outre, après l'acte, on n'a pas beaucoup d'espace pour s'exprimer, pour revendiquer nos victoires. Les médias sous la dictature sont verrouillés, le web est sous contrôle. On a des presses clandestines, quand même, pour sérigraphier nos tracts et nos affiches, publier nos livres. Cependant la diffusion de nos écrits de l'autre côté de la frontière est forcément limitée. On n'a plus le même accès qu'autrefois aux masses laborieuses. Du reste le Collectif a été classé « groupe terroriste ». Les gens se méfient de nous. Nos agents extérieurs sont traqués partout, tout le temps. Les Hommes savent unir leurs efforts quand il s'agit de traquer un soi-disant ennemi du Peuple. Rien de tel qu'un Ennemi commun, quel que soit son visage, pour s'allier et coopérer, et l'abattre. Quand il s'agit de se nuire les uns aux autres, les Hommes savent être solidaires.

Notre nouvel objectif c'est évidemment de renverser l'Armée. La victoire de l'Internationalisme demeure notre but à terme. Seulement, pour y parvenir, nous devons d'abord éliminer cet obstacle, qui dispose de véhicules blindés et de lance-roquettes, d'un contingent innombrable, et d'une branche de la Gestapo spécialisée dans le flicage et la coercition. Alors, il a fallu repenser toute l'organisation du Collectif. Déjà, fini le téléphone, sur écoute, et les mails, sous surveillance. Les militaires ont des satellites qui nous espionnent en permanence. Nous sommes revenus au bon vieux temps de l'encre et du papier, à la délivrance orale des messages. Nos agents, en opérations extérieures, se noient dans la masse. Souvent ils vont à pied, à cheval, à dos de chameau selon les régions. C'est facile, en cas d'urgence, de brûler une lettre, un livre ou une pile de prospectus. Et surtout, grâce à un entraînement spécifique prodigué par des yogis, nous avons appris la technique de la falsification des souvenirs. La méthode dite « du coffre-fort » nous permet d'effacer de notre mémoire des pans entiers de notre existence réelle, et de leur substituer des souvenirs fabriqués de toutes pièces. Même des années entières. Même notre propre nom. On n'en use qu'en tout dernier recours. Elle fait de nous un *autre*, de façon irrémédiable. Si on se fait arrêter par la Gestapo et qu'on est interrogé sur tel ou tel assassinat, telle opération de sabotage ou de contre-propagande, il n'en subsiste rien en nous. À la place, on se promenait avec des amis, on passait la soirée en famille. La Gestapo interroge les amis en question, la famille, tous membres du Collectif, qui corroborent notre version des faits. La Gestapo n'est pas dupe, évidemment : elle dispose de preuves formelles de notre culpabilité. Mais elle ne peut obtenir d'aveux de personne. Elle ne peut clore la procédure telle qu'elle l'a elle-même fixée, alors elle nous garde en quartier de haute sécurité, indéfiniment. Pendant ce temps-là, la famille, les amis, les employeurs, tous menteurs, tous membres du Collectif, harcèlent la Justice pour qu'elle élargisse l'innocent. Mais les flics ne lâchent rien. Ils croient que le détenu va finir par craquer et livrer des informations capitales. C'est la seule raison pour laquelle les prisonniers sont gardés en vie. Mais on tourne en rond comme un âne dans un moulin. Impossible de faire craquer un individu qui n'a aucun souvenir des faits qui lui sont reprochés, qui à la place avance d'autres faits véridiques, que des témoins confirment. Toutefois nous ne nous faisons aucune illusion. Ceux d'entre nous qui, comme le Comptable, tombent aux mains de la Gestapo sont perdus pour la Cause. Ils ne seront jamais libérés. Dans un ou deux siècles, peut-être, nous serons assez nombreux, assez armés, assez aguerris pour renverser la dictature. En attendant, beaucoup des nôtres vont mourir, seuls, sans une main amie pour leur fermer les yeux.

Toutes mes appréciations sur le Temps, ses repères, ses durées, sont fausses.

Les quartiers de haute sécurité ne sont pas conçus pour être confortables, mais pour rendre facile la surveillance des prisonniers, pour réduire l'univers des prisonniers à un espace très étroit, oppressant. Non-couleur et néon. Sans doute parce qu'on pense qu'en les comprimant ainsi, physiquement, dans un espace vital aussi exigu, quelque vérité va leur sortir par la bouche, et se répandre comme de la pâte dentifrice. « Plus je te comprime plus tu t'exprimes », c'est la philosophie de base des architectes de ces endroits. Évidemment c'est une idée totalement erronée en ce qui me concerne. Des éléments sur moi-même me manquent, ce qui irrite grandement mon avocat. Je ne sais ni où ni quand, mais j'ai appris à me contenter de peu, tout en conservant mon équilibre mental.

Mais je parlais du Temps et de sa perception. Dans ma cellule il n'y a rien qui pourrait m'indiquer l'alternance des jours et des nuits. Il y a juste un globe au plafond, une lumière artificielle, laide, allumée en permanence. Comme je le disais, c'est pour les commodités de la surveillance. Il n'y a nul recoin où je puisse lui échapper. Je vis perpétuellement sous un regard sans visage, soit direct par le judas, soit par les caméras, qui ne laissent aucun angle mort, et dont la petite pupille rouge m'indique qu'elles sont en fonctionnement. Dans la lumière, et sans aucune idée de l'heure ni de la date. En somme, mon existence se résume à un cycle de périodes de sommeil et d'éveil. Parfois on vient me chercher, presque toujours quand je dors, pour m'emmener sous bonne garde dans la pièce nue où je rencontre Maître Frankenhausen, ou tout autre représentant de l'autorité qui me retient captif.

Aujourd'hui je rencontre l'inspecteur Gunthar Alvaredo. Il y a une chaise pour lui, une autre pour moi, et entre nous une table où trône le sempiternel et volumineux dossier, ouvert à telle page. C'est une petite pièce sans fenêtre non plus, sans pendule, sans rien sur les murs non-couleur de mastic. En plus de l'inspecteur Gunthar Alvaredo et de moi, il y a deux gardiens de part et d'autre de la porte, en face de laquelle on m'a placé pour les besoins de la mise en scène. Tout le long de l'entretien, les dogues aux aguets restent en faction, raides comme des piquets, les yeux rivés sur moi, le doigt sur la gâchette de leur fusil-mitrailleur. Ils sont l'antithèse exacte de l'idée qu'on peut se faire de la liberté. Et leur attitude à mon égard, et le cadre dans lequel nous sommes en présence, et le mode de vie qu'on m'impose, découragent d'avance toute velléité d'évasion. Je ne sais même pas dans quel pays je me trouve, dans ou près de quelle ville ou de quel point sur la carte. Pour achever de me déboussoler Maître Frankenhausen, Gunthar Alvaredo, les gardiens, passent d'une langue à l'autre, mettons du russe au français, puis à l'allemand, au mandiran, même au navajo parfois. Le plus troublant c'est que je les comprends, et ils savent que je les comprends. Ils en savent plus sur mon compte que moi-même, car j'ignore absolument où et quand j'ai appris toutes ces langues. Bien entendu, la réponse à ces questions se trouve dans le coffre-fort dont la combinaison s'est effacée avec les souvenirs. Il y a donc deux hommes en moi. L'un m'est inaccessible, mais c'est précisément celui qui intéresse la Gestapo. L'autre c'est moi, je veux dire ce moi qui parle à présent, et qui ne sait rien de son autre.

L'inspecteur Gunthar Alvaredo n'est pas non plus un homme sympathique. Il me rappelle vaguement d'autres figures similaires, auxquelles j'ai dû avoir affaire autrefois, si ce mot a un sens. Il est comme la synthèse de toutes ces figures déplaisantes, la quintessence de l'inspecteur de police. Lui aussi possède plusieurs costumes, mais de prêt-à-porter. Son traitement de fonctionnaire le place plusieurs crans sous la classe sociale de Maître Frankenhausen. Il apprécie le beige, le marron foncé, le noir, des couleurs de fourrures animales. Il porte des cravates à rayures, à motifs, à carreaux, probablement des cadeaux de Fête des Pères. Il est méthodique et ennuyeux comme une circulaire ministérielle qui prévoit et désamorce toutes les objections. Il est maigre, le visage rectangulaire, les pommettes saillantes et les lèvres minces comme une cicatrice. Il ne sourit jamais, ne transpire pas, ses gestes sont mesurés et sa voix monocorde. N'était le cauchemar bureaucratique et policier qui émane de toute sa personne, il pourrait être prescrit à titre de somnifère.

Aujourd'hui, quoi que ce mot signifie, il veut « qu'on revienne ensemble sur l'année 53. » C'est une de ses obsessions. Il se penche sur une chemise ouverte, il tourne les pages sans hâte et s'arrête :

« Précisément le 17 mars 53. C'était un dimanche. »

Il parcourt un feuillet, l'air concentré.

« L'affaire Florian Keller », ajoute-t-il pour me rafraîchir la mémoire.

Je vais encore le décevoir et il va encore dire, avec son petit air pincé, que je persiste à nier les faits. Il n'a pas tort mais il ignore un fait fondamental. Par un principe de vases communicants, tous mes souvenirs de tueur, puisqu'on m'accuse d'être un tueur, ont été remisés dans le coffre-fort, et remplacés par d'autres souvenirs, fabriqués pour l'occasion, qui attendaient sagement dans le même coffre-fort le moment où il serait utile de les en sortir. À présent, pour moi, le 17 mars 53 ce sont les quinze ans de ma fille aînée. C'était un beau dimanche de printemps précoce et j'avais fait un barbecue. On était nombreux, entre les ami.e.s de ma fille et leurs parents. C'était gai et animé. J'ai surpris plusieurs fois ma femme en photo, dans ce soleil inespéré. L'inspecteur Gunthar Alvaredo dispose des clichés. Je me rappelle de quelques noms, dites, tout ça c'est pas tout jeune, je les donne à l'inspecteur, qui les note pour vérifier une énième fois mon alibi. Et comme toujours, les gens interrogés diront : dites, tout ça c'est pas tout jeune, mais que oui, ils y étaient aux quinze ans de la petite, une belle fête chez des gens charmants. Nous savons tous deux, l'inspecteur et moi, que c'est un mensonge corroboré par de faux témoignages. Mais la Gestapo ne peut rien prouver, on lui montre même des photos de moi en famille, en vacances, ici ou là. Des pièces à conviction qui ne convainquent personne. Quant à moi, je ne sais plus rien de la vie réelle que je menais avant mon incarcération. Je sais que tous mes souvenirs sont factices. Seulement ils ont été implantés je ne sais comment, par hypnose peut-être, de telle sorte qu'ils oblitèrent complètement la réalité, s'y substituent. En outre, il se trouve toujours un ou plusieurs témoins pour corroborer la véracité de mon récit. Je ne me suis jamais marié, mais j'ai une épouse, qui du reste fait des pieds et des mains dehors, pour demander la réparation de cette erreur judiciaire. Je n'ai jamais eu d'enfants, mais j'ai un fils et une fille qui vivent plus ou moins bien la situation : leur meurtrier présumé de père, le harcèlement des médias, les quolibets des autres étudiants. Je n'ai jamais eu d'emploi déclaré, mais j'ai trente-sept ans de fiches de paye dans une entreprise de BTP, où tout le monde me connaît, bien sûr. Lui, un assassin ? Vous n'êtes pas sérieux ? C'est l'homme le plus doux et le plus serviable qu'on connaisse, un employé modèle. Un époux parfait, et un bon père. Les vérités toutes préparées, qu'on avait mises dans le coffre-fort, ont immédiatement remplacé la réalité. Et cela agace au plus haut point l'inspecteur Gunthar Alvaredo.

« Je suis désolé, lui dis-je, je ne connais pas ce Florian Keller. Moi, le 17 mars… »

Je loge dans un chantier abandonné. Tout un lotissement pavillonnaire, à la périphérie de la Ville, avec des constructions plus ou moins abouties, jamais achevées, qui sont des ruines sans être passées par le stade de l'habitat. L'architecte a conçu les maisons comme des empilements de cubes parfaits. Tout ça aurait dû donner un résultat très moderne, voire avant-gardiste. Qu'on ne vienne pas accuser la guerre internationaliste d'avoir interrompu le projet, il l'était déjà avant, parce que l'organisation mafieuse qui le finançait avait eu besoin des fonds pour un autre projet plus lucratif. Couillonnés, les gens qui avaient acheté sur plan.

On est plusieurs à squatter ici, mais ça va, c'est assez vaste et on se connaît les uns les autres, on ne se dérange pas. Bien sûr, moi, je ne renie pas mes valeurs, alors quand ils en ont besoin, j'aide mes voisins. Il y a une forte communauté de réfugiés climatiques indonésiens. On s'entend bien. Quand je peux, je leur donne des cours, au moins la langue qu'on parle par ici, avec ses voyelles traîtresses. Je leur explique dans quel genre de pays ils ont échoué. Un pays qui, pour assurer sa protection et survivre, a dû adopter la discipline militaire de son ennemi. On les accepte très bien, pas de problème, mais on ne peut pas faire grand-chose pour eux : on n'a pas, on n'a jamais eu les moyens de nos idéaux. Et là, les réfugiés sont fatalistes. J'aurais dû m'en douter : ils ont parcouru des milliers de kilomètres, plein ouest, ils ont traversé un nombre invraisemblable de frontières. Parfois on les a cantonnés dans des camps de rétention pendant des mois, avant de les relâcher comme on se débarrasse d'un poids mort. On les a déversés dans le pays d'à côté comme des ordures. Alors quand je me désespère pour eux, à cause de cette chierie de guerre qui ne leur donnera jamais une chance, ils haussent les épaules. Avec le sourire désarmant de ceux qui en ont tant vu que plus rien ne les atteint, ils disent : « Partout pareil. » Ils sont environ deux cents. Ils ont décidé de s'installer pour de bon, ils sont fatigués de marcher. Et ici au moins, on les laisse libres. Je ne sais pas trop comment ils ont fait, mais ils ont des bêtes. Ils ont transformé ce qui aurait dû être le stade olympique en terre agricole. Y a pas à dire, ils ont de la ressource. En échange des cours ils me donnent à manger. Des fois ils m'invitent, quand c'est fête dans leur calendrier. Je n'en reviens pas comme ils sont joyeux et vivants. Ils ont des gosses qui courent partout et de temps en temps l'un d'eux se plante devant moi pour me réciter la conjugaison d'un verbe irrégulier, avant d'éclater de rire. Et ils confectionnent une excellente gnôle de sorgho : vraiment des gens bien sous tout rapport.

J'ai plus de mal avec le gang des jeunes anarchistes nihilistes. Ils sont stupides, violents et imprévisibles. Moyenne d'âge, vingt ans. Ils sont nés pendant la Deuxième guerre internationaliste. Ils en ont gardé quelque chose, le pire. Ils sont tous réformés pour motif psychiatrique. Ils n'ont aucune patience, aucun principe, juste la rage de tout foutre en l'air, tout de suite. Avec eux, je peux avoir des discussions d'ordre politique, parce que ça les intéresse mine de rien, et qu'ils sont d'une ignorance crasse à ce sujet. Ils mettent tout le monde dans le même sac, les militaires, les internationalistes, les soutiers du Marché, les urbains, « les vieux »… Il faut être très prudent avec eux, parce que dès qu'on arrive sur le terrain des idées abstraites, ils sentent qu'ils n'ont pas le niveau, ils s'énervent, ils m'accusent de vouloir les embrouiller, ou les « récupérer. » Ils haïssent toute forme d'autorité, politique mais aussi intellectuelle. Pourtant ils me respectent, parce que je n'ai pas peur d'eux. Ils m'ont surnommé le Vieux Barde. Ils vivent de petits trafics avec les urbains, de petits braquages, de prostitution. Ils pratiquent ce qu'ils appellent « la pouille », qui consiste à agresser à quatre un homme ou une femme d'aspect prospère, et à tout lui prendre, jusqu'à ses sous-vêtements. Tous les soirs ils se soûlent, se droguent, baisent à même le sol devant le feu de camp, et beuglent aux étoiles des conglomérats d'insanités. Ils se sont tous fait stériliser, à leur demande, par refus catégorique de perpétuer l'espèce humaine. Pour un peu je leur donnerais raison sur ce point, vu comment l'Humanité se traite elle-même.

Enfin, il y a les migrateurs. Ceux-là vivent de mendicité. Ils suivent le soleil, ils sont toujours là où il fait beau en ville, quand ce sont les vacances et que les gens sont plus enclins à la charité. Ceux-là, on les voit revenir tous les ans à la même période. Il y a les habitués qui « font la route » depuis des années, entre le territoire des militaires et le nôtre. On se reconnaît, on se salue, il arrive qu'on fasse la fête ensemble. Ils traînent souvent dans leur sillage de nouvelles têtes, des jeunes que le régime militaire oppresse et qui lâchent tout pour cette vie errante, et disons-le, parasitaire. Je ne juge pas, notez bien, on survit tous comme on peut dans cette époque maudite. Les vieux routards, c'est plié, on n'en fera jamais des révolutionnaires. Avec les petits nouveaux j'ai plus d'espoir. Un mince espoir, mais tout de même. Il n'est pas question de leur parler direct de l'Internationalisme. Je les sonde d'abord, je tâche de connaître les causes de leur désarroi. Parfois c'est juste une révolte superficielle, post-adolescente, contre « le système. » L'ennemi n'est pas nommé, pas clairement identifié.

Un jour, ces filles et ces gars-là se fixeront quelque part par lassitude, toute leur bile consumée, et rentreront dans le rang. Ceux chez qui la vocation de la liberté est plus assurée me confient leurs espoirs, qu'ils mettent en balance pour conserver leur équilibre mental. Ils sont naïfs. Ils veulent « un monde meilleur », sans le début de la queue d'une idée sur la façon de le faire advenir. C'est là que je glisse, selon le degré d'avancée des réflexions de mon interlocuteur, des passages du programme internationaliste, avec des valeurs à quoi se raccrocher. Je fais ça, mon boulot de propagandiste recruteur, presque en pure perte. L'année d'après, quand les migrateurs reviennent, quasiment tous les jeunes de l'année précédente ont quitté la route. Certains se sont suicidés, d'autres sont en prison, d'autres encore se sont sédentarisés quelque part, où ils ont trouvé l'amour, du travail, de l'espoir pour leur avenir, qui sont les premières étapes vers une renaissance petite-bourgeoise.

Enfin, il y a moi. En tant que premier occupant je suis un peu le veilleur, un peu la conscience du secteur. J'ai réussi à faire conclure, entre les différentes communautés, un pacte de non-agression. On règle les litiges à la loyale, pacifiquement. J'ai élu domicile dans un sous-sol, plus facile à sécuriser. Au-dessus, se dresse le premier et seul cube de ce qui aurait dû être, si j'en juge à la dalle de béton, une immense villa avec vue sur la vallée. L'entrée de ma planque est dans ce cube, une trappe de métal au sol. L'escalier n'a jamais été posé, je descends le long d'une échelle de corde. Et sous les fondations j'ai un immense espace, environ deux cents mètres carrés. Au fil des années, j'ai trouvé dans les décharges et dans les brocantes de la Ville, de quoi m'aménager un gentil petit nid.

Pour étayer l'argument d'une erreur judiciaire, c'est-à-dire pour accréditer la fiction de mon innocence, mon épouse procède chaque mois à une demande de visite en bonne et due forme. On lui explique pour la centième fois que c'est inutile, car les détenus en quartier de haute sécurité ont perdu le droit de communiquer de visu avec le monde extérieur, y compris (et surtout) leurs proches. Ça ne fait rien. Elle s'entête, elle réitère sa demande, que le comité refuse de satisfaire. Elle oblige les membres du comité à examiner, pour la énième fois, le même formulaire, à y apposer d'un coup de tampon « Refusé », avec le paraphe du chef de comité. Elle oblige la machine judiciaire à répéter jusqu'à l'absurde la même procédure inique, elle met la machine judiciaire face à sa propre inhumanité. Elle essaie de susciter quelque chose comme un début de réflexion du système sur lui-même, sur les règles qui le régissent. Peut-être, un jour, un timide sentiment de honte se fraiera un chemin jusqu'à la conscience d'un membre du comité. Le chef peut-être, celui qui signe, sur qui les autres se reposent, pour trancher catégoriquement en défaveur de la demanderesse. Cela pourra prendre treize fois quarante-neuf ans, trois fois cent quarante-sept ans. Il faut être patient. Il faut attendre un changement de conjoncture, la pression de l'opinion publique, enfin informée du malheur que produisent les rouages de la machine. Ce sera long, je serai mort avant, mais ce n'est pas sans espoir non plus.

De mon côté je reçois le message codé. Dehors, des gens qui tiennent à moi se battent pour moi, et au-delà de moi, pour tous les prisonniers dans mon genre. L'autre moyen par lequel des fragments de la réalité, là dehors, me parviennent, ce sont les lettres. J'ai le droit d'écrire et de recevoir du courrier. Bien sûr toutes les lettres, dans un sens ou dans l'autre, sont lues par la Gestapo, caviardées, censurées, et le texte amendé est dactylographié. Le style en est épouvantable. À force de biffures, de réécritures, les lettres ressemblent à la composition laborieuse d'un élève de CE2 pas très éveillé.

Pourtant le palimpseste est à chaque fois quasiment intact dans le texte que je reçois. Et comme il fait suite à une lettre que j'ai envoyée, rectifiée par la censure, et qu'il lui répond point par point, c'est que ladite censure ne décèle pas nos palimpsestes. C'est bien. C'est quelque chose qui a à voir avec tous ces événements, le souvenir de tous ces amis chers, enfermé dans le coffre-fort. Je n'y ai plus accès, mais je continue d'en recevoir des nouvelles cryptées. Ainsi j'ai appris que Datchko Braumann était tombé entre les mains de la police, après une longue traque et qu'il était désormais détenu, comme moi, dans un quartier de haute sécurité. Ea Vicarelli vit toujours cachée et libre. La phrase qui m'a livré ces informations, épouvantable de platitude, disait très prosaïquement : « Je continue de m'occuper du jardin. Je trouve difficilement des graines. » Fol espoir : et si Datchko Braumann était prisonnier dans le même endroit que moi ? J'ai demandé à mes interlocuteurs s'ils pouvaient se renseigner : « Hier, j'ai vu mon avocat. Il m'a montré des documents dans une chemise marron. » La phrase serait probablement raccourcie et le transcripteur ne garderait précisément que les mots-clefs « hier », « avocat » et « documents ». Mais on ne pouvait pas localiser les quartiers de haute sécurité. C'était des endroits souterrains, extrêmement discrets. Nos meilleurs espions étaient à la tâche.

Je ne sais plus du tout qui sont Datchko Braumann et Ea Vicarelli. Je sais que si mes correspondants à l'extérieur me parlent d'eux, c'est que nous avons été liés par le passé. Ça me suffit pour les considérer comme des amis. L'atmosphère du quartier de haute sécurité est si raréfiée en contacts humains, que même un nom fantôme sur un palimpseste est une grande source de joie et d'espoir. Datchko Braumann est peut-être, en ce moment même, à quelques cellules de la mienne, en train de s'éteindre, comme moi, dans l'anonymat, et l'indifférence des masses populaires, pour lesquelles nous avons si vaillamment et si inutilement combattu.

Les lettres que je reçois font souvent mention d'une entité mystérieuse, « le Collectif ». C'est sûr que j'en ai été membre actif, un tueur. L'inspecteur Gunthar Alvaredo me questionne souvent sur le Collectif, son organigramme, ses plans, ses ramifications, ses planques. Il est obsédé par la « dératisation ». Moi, je n'en sais pas plus qu'un citoyen ordinaire. Je sais que le Collectif a été tout près d'amener l'Humanité à la liberté. Mais les militaires les ont exterminés, avec une bonne partie des troupes qui s'étaient ralliées à la Cause. Les lettres m'apprennent que le Collectif se réorganise, derrière les frontières du territoire qu'il a réussi à se tailler (« Le soir, la température est très douce. »). La lutte clandestine se poursuit ici même, en territoire contrôlé par la dictature militaire. Il reste plus de partisans de l'Internationalisme en son sein que la dictature ne le prétend (« J'ai souhaité son anniversaire à ta mère de ta part, elle pense bien à toi »). Les partisans sont frileux, ils ont peur. Cependant des réunions secrètes ont lieu, sur le thème « Fossiles et minéraux des tropiques. » On y parle en langue cryptée, que les survivants de la guerre civile enseignent à leurs enfants. Les idées se transmettent, et même s'il faut plusieurs siècles pour renverser la dictature, tout espoir n'est pas perdu. J'en suis heureux. Cet avenir radieux de l'Internationalisme ne me concerne plus, mais sa promesse me réchauffe le cœur.

Ça fait cent soixante-trois ans qu'on a relancé la guerre civile pour renverser le gouvernement militaire. Enfin, c'est beaucoup dire. En réalité il y a bien eu une déclaration de guerre, mais dans les faits, ça se résume à quelques escarmouches à la frontière, quelques raids en territoire ennemi, parfois des prises de villes. Et depuis presque dix ans, il n'y a pas eu un échange de coups de feu. Les militaires ont remporté la première manche, in extremis, il y a quatre siècles et demi. On a mis des centaines d'années, la Résistance internationaliste, à s'organiser, à préparer un plan de grande envergure, pour frapper au même moment en plusieurs points stratégiques, disséminés sur toute la planète. On ne passe pas à l'action faute de moyens suffisants. Nous avons toujours été trop peu nombreux.

En attendant, on grappille des miettes de territoire au-delà de la frontière, on détruit des bases avancées. On a pris d'assaut des quartiers de haute sécurité pour libérer les nôtres. Parfois le Peuple a pris spontanément les armes à nos côtés, et on a pu libérer des contrées entières, grâce à cet appui inespéré. Toutefois, les militaires ont durement riposté, en déchaînant toute leur puissance de feu sur nos légions. Cependant, les militaires nous ont seulement raccompagnés à la frontière, si je puis dire. Ils ne nous ont pas envahis. Nous l'avons interprété de cette manière : « Restons chacun chez soi, voulez-vous ? » Nous avons cru que c'était un avertissement, mais en réalité, c'était une répétition.

Nous avons conquis un territoire jadis, et nous le défendons au prix d'un effort de guerre considérable. C'est moche que ça ait tourné comme ça, mais par la force des choses, nous sommes tous des soldats maintenant. Les hommes et les femmes en âge de combattre, fixé à dix-huit ans, commencent leur entraînement pour apprendre à mourir le plus tard possible, après avoir causé un maximum de dégâts dans les rangs ennemis. Les jeunes les plus brillants vont à l'Académie pour recevoir une formation d'officier. Le service obligatoire dure trente ans. Seuls les plus aptes sont envoyés au combat, ou en mission d'espionnage à l'étranger. Le plus gros des mobilisé.e.s effectue son service dans les administrations, les usines, les fermes, les banques alimentaires, vestimentaires, pharmaceutiques, etc. On peut parler d'un dévoiement : nous sommes devenus ce que nous combattons, des militaires. Eux, de leur côté, sont parvenus à unifier sous un même gouvernement différents États. La Première Guerre civile, qui a duré presque un siècle, les a laissés en lambeaux. Bien sûr, entre l'Internationalisme et la lutte armée c'est une vieille histoire. Néanmoins, jamais le Collectif n'était devenu une organisation en tout point similaire à celle de l'ennemi.

Moi, ça me fait gerber. C'est pour ça que je vis ici, aux confins du territoire internationaliste, avec les réfugiés indonésiens, les sociopathes et les nomades. J'ai accompli mes années de service réglementaire. Je ne suis plus obligé de participer à tout ce bordel. J'ai cinquante-cinq ans, et tellement de missions à mon actif que je ne les compte plus. J'ai des cicatrices partout, mais par miracle j'ai réussi à rester en un seul morceau. Je suis fatigué et, pour tout dire, désabusé. On a un tiers du monde pour nous. Le mieux qu'on aurait à faire ce serait de négocier la paix avec la dictature militaire. On plie les gaules, on remballe mortiers et canons, on se serre la main devant les photographes, et chacun vit chez soi comme il l'entend. Chouette idée, pas vrai ? Sauf que je connais la nature humaine, assez pour savoir que ça ne marcherait pas. Les militaires nous voient comme un chancre sur la peau du monde, une pustule de paix et de liberté qu'ils ne peuvent pas tolérer. À croire que ça les empêche de dormir. Et s'ils nous reconnaissaient comme un État indépendant, aussitôt des milliers de transfuges nous réclameraient, à bon droit, l'asile politique. Voyez bien que ça ne peut pas se faire de façon pacifique. Il faut un vainqueur, et un seul. Alors on continue à se battre des deux côtés, et on commence à dangereusement se ressembler.

Il y a des années j'ai mené un commando libérer une prison. La défense ennemie m'a paru étonnamment flasque. Et pour cause : c'était une prison désaffectée, gardée par une simple escouade d'une douzaine d'hommes. On s'est un peu entre-canardés, et quand l'escouade a vu qu'on était plus nombreux et très déterminés, elle a pris la fuite dans un camion blindé. J'ai ordonné qu'on laisse filer ces pauvres bougres et qu'on se concentre sur l'objectif. On était venu libérer des prisonniers. Déjà à l'époque, je trouvais la guerre civile abjecte, dans la mesure où elle coûtait tant de vies, et qu'il n'y avait pas le choix : eux ou nous. On persistait à se comporter comme une meute, en dépit de l'idéal internationaliste qui devait nous faire sortir de la Préhistoire. Laisser filer ces gars, placés là pour garder une forteresse vide, c'était à mon sens un geste vers l'Histoire, vers le moment où on arrêterait de se tirer dessus, pour discuter calmement autour d'une table.

Dans le quartier de haute sécurité, j'ai trouvé un trésor : toute la correspondance d'un malheureux détenu, très soigneux, qui gardait copie de ses propres lettres et les classait dans l'ordre chronologique, avec les réponses. Tout était rangé par année, dans des chemises grisâtres de mauvais carton recyclé. Un rapide comptage m'apprit que cet épistolier zélé était resté quarante-trois ans dans cette cellule impersonnelle. Jusqu'à son décès probablement, naturel ou d'une balle dans la nuque. J'ai emporté toutes les liasses, en me disant qu'un jour, peut-être, j'aurais le temps de me pencher dessus. Or maintenant je suis à la retraite.

Les lettres remontent à la Première Guerre civile. C'est à un travail de paléographe que je me consacre à présent, dans la solitude de mon repaire souterrain. Il y a deux écueils. Le premier, c'est la langue dans laquelle les textes sont écrits, qui date de cinq siècles. Je comprends le sens général malgré les tournures vieillottes, mais certains mots ont changé de sens, et certaines expressions me sont inconnues. J'ai dû aller jusqu'à la Ville pour trouver un dictionnaire de langue ancienne. Aussi incroyable que ça puisse paraître, une femme a mené à terme un travail philologique de fourmi, pour retracer l'évolution de notre langue à partir du moment où elle s'est détachée de celle des militaires, dans le premier siècle après la Guerre civile. Grâce soit rendue à Svetlana Cairo, pour ses monumentaux et précieux efforts. La seconde difficulté, c'est que manifestement, toutes ces lettres sont rédigées en langue cryptée. Nous la pratiquons toujours. Néanmoins, comme notre langue, elle a évolué elle aussi. Et comme son nom l'indique, c'est une langue secrète, donc il n'existe aucune étude écrite sur elle, pas de table de concordance, susceptible de tomber aux mains de l'ennemi.

Alors j'en suis réduit à des conjectures. À l'écriture des doubles, je suis sûr d'une chose : le détenu était un homme, et au ton qu'il emploie, au détour d'un accord de participe, que sa correspondante était une femme. Je n'ai que leurs initiales, SK pour elle et YV pour lui. Je me promets de faire des recherches aux archives de la capitale, la prochaine fois que je m'y rendrai. Pas de sitôt, mais ça ne fait rien.

Les textes de SK sont dactylographiés. Ce qui signifie que les lettres originales, très probablement manuscrites, ont été passées au filtre révisionniste de la censure. Elles ont été élaguées, réécrites et tapées à la machine. De même, je suis sûr que SK recevait des missives revues et corrigées. Par chance, pour les lettres recopiées par le détenu, j'ai la totalité du texte. Par comparaison, par recoupements, je crois comprendre comment SK et YV s'y prenaient pour faire passer les informations : en insérant des mots-clefs, noyés dans des détails insignifiants. Les mots-clefs sont anodins, « dans ma cellule », « aujourd'hui », « les gardiens », etc. En général la censure n'y voit que du feu. En revanche, YV s'épanche sur des détails concernant son avocat, l'inspecteur qui instruit son dossier, l'organisation du quartier de haute sécurité, autant d'informations que la censure a dû allègrement caviarder. YV le savait parfaitement. Certains passages sont écrits non pas à l'attention de SK, mais des illettrés de la censure, trop heureux de couper là, quand ici ils passent à côté de l'essentiel. On se fiche de la vie sexuelle de l'inspecteur, elle sert de diversion. Tout le message est contenu dans des membres de phrase comme « j'ai bien dormi cette nuit », ou « cette semaine j'ai mangé du riz ». Exactement ce que la censure laisse tel quel.

Pour ce que je peux deviner, dans la prose reformulée de SK, c'est un témoignage de premier ordre sur la Première Guerre civile. Une phrase aussi banale qu'« Olivier a passé Noël avec nous », même aujourd'hui à des siècles d'écart, on comprend qu'il s'agit d'annoncer une grande victoire internationaliste. Ainsi, sous les platitudes affligeantes de la prose militaire, c'est tout un monde qui ressuscite, un monde de chair et de sang, d'espoirs déçus, de défaites et de triomphes, avec en filigrane une entité bifide qui s'appelle le Peuple, tantôt allié tantôt délateur.

Il y a un trou de dix-huit mois dans la correspondance. La dernière lettre est de SK, et c'est elle qui reprend contact. Elle explique qu'elle a dû se cacher, se terrer d'une planque à l'autre, encourir mille dangers, s'exiler. Le Collectif comptait (au moins) un traître dans ses rangs, et SK ne devait sa liberté qu'à un coup de chance inouï. La voiture des policiers qui venaient l'arrêter avait crevé en route. Le temps qu'on change la roue, SK avait quitté le bureau paravent du Collectif. Mais on avait vu la Gestapo monter à l'étage, quelques minutes seulement après son départ. Elle se savait traquée, et elle avait passé dix-huit mois à semer les limiers de la Gestapo, en changeant sans cesse d'endroit et d'identité. Elle ne pouvait se permettre d'envoyer la moindre lettre, risquer de se découvrir. Et d'ailleurs, la lettre de renouement portait un nouveau paraphe, FX. J'ai compris qu'il s'agissait de SK parce que F et X c'est pile S et K avancés de dix-huit cases dans l'alphabet, une par mois de silence. C'est un truc qu'on utilise encore.

On nous évacue demain à l'aube. C'est un ordre à la façon des militaires, sans fioritures : « Prépare-toi à lever le camp, on part à la première heure », quoi que ça signifie. C'est tombé comme ça, au moment du repas, de la bouche du garde qui m'apporte la nourriture. Il m'a débité ça sans plus de précisions, avec une joie mauvaise dans son sourire, jaune de tabac de troupe. Je n'ai pas besoin qu'il m'en dise plus. Je sais bien ce qui se passe. Dehors c'est la guerre civile, ce n'est pas terminé. J'ignore où je me trouve, je l'ai déjà dit. Ce que je peux deviner c'est que c'est devenu une zone de guerre. À chaque interrogatoire, Gunthar Alvaredo me rappelle avec mépris que je suis un internationaliste de la pire espèce, un activiste, un tueur. Ce sont donc mes frères et mes sœurs, là dehors, qui prennent le secteur d'assaut. Et pour que les militaires en soient à évacuer jusqu'à la prison, c'est que ça doit drôlement barder. Ils s'attendent à perdre la bataille, mais pas question de perdre des prisonniers tels que nous. C'est bien, mes amis. Pourtant, « ici » n'est qu'un confetti sur la carte : une fois pris, il faudra avancer encore, toujours plus loin sur le territoire de l'ennemi, lui prendre tout ce qu'il a, et le frapper au cœur. Allez !

Me préparer. C'est vite vu. J'ai une tenue de prisonnier de rechange, des affaires de toilette, on m'a dit d'emporter ma couverture et mon oreiller, et voilà. Ce que j'ai de plus précieux, c'est ma correspondance avec Sonja Kreütz. Mes lettres recopiées en intégralité, ses lettres trafiquées, avec tout un tas de fautes que l'ex-institutrice Sonja Kreütz ne ferait pas. Me préparer au départ, ça consiste surtout à tout relire depuis le début. J'ai fait une chemise par année, soigneusement. Ou plutôt, grâce aux très rares indications de temps laissés par les censeurs, je crois avoir reconstitué à peu près le fil temporel de notre correspondance. Il y a quarante-deux chemises. Je mets les plus anciennes sur le dessus. Je continue, dans l'ordre chronologique, et j'arrive à ce vide de dix-huit mois, un peu gênant pour un consciencieux comme moi. Je relis chaque lettre amoureusement, goulûment, toute la nuit. Je m'enivre de toute l'affection qui transpire sous la prose réécrite de Sonja Kreütz, je laisse les mots me pénétrer jusqu'à la moindre fibre. Je les grave dans mon cœur, car ce trésor, je n'ai pas le droit de l'emporter autrement.

Le destinataire. Ce que j'espère c'est qu'un soldat internationaliste trouve les chemises, ma mémoire, et les emporte. Elles n'ont aucun intérêt stratégique, on n'y trouve aucun secret de nature à déstabiliser l'ennemi, ce sont des lettres d'ordre privé. C'est justement ce qui fait leur valeur. J'espère que la personne qui les trouvera le comprendra. J'espère éveiller sa compassion sur quarante-trois années de billets doux, de confidences, d'informations sur les avancées de la Lutte finale, contre les Forces noires qui ruinent le monde. Elles appartiennent à ce lieu, quel que soit leur sort. Les chemises peuvent être réduites en cendres lors d'une escarmouche de couloir, mettant en jeu un lance-flammes. Elles peuvent passer totalement inaperçu dans le chaos des combats. Elles peuvent être détruites de cent façons différentes. Je ne peux pas le savoir. Elles sont l'enfant que je n'ai pas eu et que j'abandonne à sa destinée.

À cinq heures cinquante-cinq, j'ignore encore quelle heure il est. Les haut-parleurs retentissent :

« Prisonniers, vous avez cinq minutes pour vous présenter de dos, mains derrière la tête, à la porte de votre cellule. Toute autre position est passible d'exécution immédiate. L'évacuation commence à six heures. Je répète : prisonniers… »

C'est la première fois, depuis toutes ces années, que j'ai une indication de temps exacte et même rigoureuse. Je ne sais pas précisément ce que ça me rappelle, une autre vie avec des impératifs similaires. Je me place comme on me l'a ordonné, dos à la porte, pour être menotté. Sur ma gauche, la petite tablette moulée dans le mur, avec ses chemises empilées. Ça représente un joli morceau de littérature carcérale. Et la langue cryptée ? me dis-je, tandis qu'un garde m'attache les poignets et me passe les chaînes aux chevilles. Si le destinataire ignore la langue cryptée, il va s'ennuyer au bout de deux pages. J'aurais peut-être dû laisser un code. Trop tard pour les regrets : pour la première fois depuis un temps que j'évalue à quarante-trois ans, je sors de ma cellule.

Il n'y a rien de notable à voir. Au bout du couloir, on nous regroupe, on nous attache trois par trois, et on nous fait attendre que tout le monde soit arrivé. Comme nous sommes au sous-sol, nous prenons le monte-charge, douze par douze, sous la surveillance étroite des gardes, qui nous ont ainsi briefés :

« Nos ordres sont clairs : à la première tentative d'évasion, on exécute tout le trio. »

Dans le monte-charge, je regarde le chiffre sur le compteur digital, et j'apprends que j'ai été détenu au niveau moins huit. Environ vingt mètres sous terre : ils ne tiennent vraiment pas à ce qu'on s'échappe. Pendant la montée, poussive, on se regarde les uns les autres. Au jugé, notre moyenne d'âge est plutôt élevée. On a tous le même air de se demander si on se connaît. Le type à ma gauche, un grand gaillard, à qui ses longs cheveux blancs donnent un air de prêtre païen, me rappelle vaguement quelqu'un. Il se dit la même chose apparemment, parce qu'on reste de longues secondes à se dévisager. En un éclair je comprends la même chose que lui : lui aussi porte un coffre-fort. On se sourit. Peut-être dans une autre vie, oui, nous nous sommes connus. Mais à présent, tous autant que nous sommes, nous portons un coffre-fort en nous, inviolable. Hagards, un peu angoissés aussi, à l'idée de ce *dehors* dont on ne sait plus rien, on a l'air d'un groupe d'insanes qu'on emmène en promenade thérapeutique. Enhardi par un regard que je sens peser sur ma nuque, je me retourne et je la vois : ses yeux de louve me transpercent, elle aussi me reconnaît. Et puis je prends un coup de crosse dans les côtes :

« Qu'est-ce que tu regardes, toi ? »

Je me remets à fixer le compteur, moins trois, moins deux, on arrive.

Mais ce n'est pas encore la lumière tant espérée du jour. D'abord, un hangar gigantesque, qui contient des dizaines de camions de transport, où l'on nous fait monter. Vite, je me mets d'accord avec mes acolytes, on traîne un peu la patte, on se laisse dépasser mine de rien. On ruse pour monter en dernier, pour être placés au bord de la ridelle, pour pouvoir contempler le paysage pendant le trajet. Personne ne sait quelle saison c'est, peu importe. Dans l'ensemble on est tous un peu nerveux. S'il pleut, pour ma part, je veux bien prendre sur la tête toutes les eaux du Déluge, je m'en fous. Ou voir la neige, sentir le froid mordant de l'hiver. N'importe quoi, mais quitter mon cube de neuf mètres carrés, me remplir les yeux jusqu'à notre prochain lieu de détention. Ce serait un leurre de se croire libre, mais ça y ressemble un peu. Au bout, c'est évidemment le retour en cellule, ou pire, alors il faut goûter chaque seconde de ce voyage inespéré.

Enfin, la haute porte coulissante du hangar s'ouvre. La lumière entre à flots et d'abord, ça fait mal. On se sent frustré parce qu'on la veut, cette lumière, c'est comme naître une seconde fois, avec les privilèges et les malédictions de la conscience. Mais il n'y a rien à faire : pendant quelques secondes, c'est comme un tisonnier chauffé au rouge dans les yeux. Puis la vue s'accommode, une vague de chaleur arrive sur nous de dehors, c'est sûrement l'été. Les camions partent en file indienne, le nôtre est vers le milieu de la colonne. Je suis le premier du rang, je profite avidement de tout le panorama.

On roule sur une route défoncée faute d'entretien. Ça cahote pas mal, on est bringuebalé, on se heurte les uns aux autres, et nos gardiens tentent de rester impassibles et prêts à intervenir. J'essaie de déterminer au moins dans quelle partie du globe on se trouve. À gauche, il y a des champs à perte de vue, du blé ou de l'orge, de l'or végétal, avec au fond la ligne bleuâtre d'une forêt. À droite, c'est la ville que nous contournons, visiblement en proie à des affrontements violents. Des colonnes de fumée noire montent au ciel. On entend, malgré les cahots et le bruit d'essoreuse du moteur, des détonations, des explosions. Des avions et des drones s'affrontent, larguent des bombes et du napalm. On aperçoit des blindés, aux armes du gouvernement militaire. Parfois l'un d'eux essuie un tir de lance-roquettes dans les chenilles, valdingue un moment en roues libres, avant que les Internationalistes le prennent d'assaut et balancent une grenade à l'intérieur. Bien joué, les gars. C'est la guérilla urbaine, avec son issue toujours incertaine. Apparemment, les militaires ne font pas de prisonniers. Je vois trois pauvres hères agenouillés, tués d'une balle dans la tête. Les crânes explosent et, à ce moment-là, un commando internationaliste débouche sur les lieux de l'exécution et profite de l'effet de surprise. Eux non plus ne font pas de quartiers. Mais ils économisent les balles, ils y vont à la baïonnette en plein cœur.

On s'éloigne de la ville à présent. J'ai juste le temps de lire son nom sur le panneau inversé : Dresden. L'Allemagne, je l'aurais parié. Si les peintres médiévaux Die Brücke voyaient ça, ils seraient horrifiés. Ça a été une ville joyeuse et prospère autrefois. J'ignore pourquoi elle est la cible des internationalistes. Je fais passer l'information sur les combats et la localité, en langue cryptée par précaution, à l'oreille de mon voisin. Les gardiens n'interviennent pas. À son tour, mon voisin se penche sur son voisin, et en moins de cinq minutes toute la camionnée est au courant. L'espoir renaît dans nos cœurs. La Lutte continue. Elle n'a probablement jamais cessé pendant que nous étions détenus huit niveaux sous terre. D'autres que nous ont pris la relève et ils se bagarrent comme de beaux diables. Des murmures s'élèvent sous la bâche du camion, on commence à spéculer sur les chances de victoire, les prochaines cibles, les effectifs. Le garde du fond ordonne :

« Vos gueules, ou je vous plombe ! »

Il est nerveux, on devine que le combat est mal engagé pour le gouvernement militaire, et c'est comme si la toile grossière de la bâche se mettait à sourire.

On roule des heures dans la campagne. C'est monotone mais je ne m'en lasse pas. Le bleu uniforme des fleurs de lin, les jaunes du colza, parsemés des taches rouge sang des coquelicots. Et puis des hectares de pommes de terre ou de haricots, des tomates, des vergers, des pâturages. Parfois on traverse un village, mais on ne voit personne dans les rues, tout le monde se calfeutre au passage du convoi. C'est peut-être un ordre que les habitants ont reçu, des fois que l'Idéal internationaliste se transmettrait par le regard, pour éviter toute contamination, par la compassion envers les prisonniers. Ce n'est pas d'hier que les militaires nous considèrent comme des impurs, des traîtres à l'espèce humaine, des déclassés, des rebuts.

Le convoi stoppe brusquement au milieu de nulle part. Le garde en face de moi pose deux doigts sur son oreillette, pour être sûr de bien capter la communication. Il a l'air confus, il demande qu'on répète, et on lui redit la même chose, parce que son expression se décompose tout à fait. On se regarde entre prisonniers. Deux gardes seulement, et la tête ailleurs, c'est peut-être notre chance. Rien qu'à la façon dont les yeux luisent, on devine les loups, prêts à tenter le coup de force, les indécis que la terreur incite à se retirer loin en eux-mêmes, les sages qui jugent que, non, ce n'est pas encore le bon moment. Nous en sommes là de notre dialogue oculaire, quand les bombes et les balles se mettent à pleuvoir et à siffler dans tous les sens. C'est une attaque aérienne internationaliste, ironie du sort, qui prend le convoi pour cible. Ils le confondent avec un transport de troupes. Au jugé, je dirais qu'il y a une trentaine de camions. Celui qui nous suit explose. Instinctivement, je mets le bras devant mon visage, puis je meurs d'une rafale de mitrailleuse, qui transperce la bâche et me déchiquette. La dernière image qui s'imprime sur ma rétine à demi éteinte, c'est celle de visages humains vivement ébahis par cette mort à l'improviste, les tripes du garde qui s'écoulent de son bide ouvert, et qu'il regarde avec étonnement, des giclées de sang et d'os, puis c'est le noir. En un sens, les nôtres nous ont délivrés, délivrés de cette incarnation-ci, aux trois quarts frauduleuse, où nous n'étions que des boîtes hermétiquement closes, dont on avait jeté la clef.

....

.............., «et on ne désobéit pas à un ordre de Winirya Beaupré », me dit le messager.

Un jeune con qui se croit menaçant, mais ne parvient qu'à accentuer son côté toutou bien dressé. Ça va, je connais la musique. Je faisais la Révolution avec Winirya Beaupré, que tu étais encore en attente dans les burnes de ton père. Je relis mon ordre de mission. Je croyais être peinard ici, loin de tout. Même les anarchistes obtus et incultes, j'avais fini par les accepter, comme une espèce de mal nécessaire dans mon univers. Mais la guerre a fini par me retrouver. On appelle les réservistes, c'est que l'heure est grave. Ça, oui. En bonne amie, Winirya Beaupré a joint à l'ordre officiel un petit topo, entre nous. Le gouvernement militaire nous attaque sur quatre fronts à la fois, dont un débarquement. Les péniches gorgées d'hommes sont en vue des côtes, avec derrière la haute silhouette élancée des porte-avions. Sur terre, ce sont les colonnes de blindés, les camions de transport de troupes qui approchent de nos défenses. L'aviation a déjà commencé le pilonnage, et on a mis les civils dans des abris souterrains. Winirya Beaupré me veut à l'état-major pour organiser la contre-offensive. Je jette un dernier regard à mon cher sous-sol, avant de refermer la trappe. On quitte le cube, la bleusaille et moi. Un ami indonésien, qui a vu la jeep du jeune caporal, est venu voir ce qui se passe.

« On me rappelle, je lui dis. Je crois que je ne reviendrai pas. Les militaires arrivent, fuyez ! Fuyez aussi loin que vous pourrez ! »

Je parle en indonésien par sécurité, ce que je dis pourrait me valoir le peloton d'exécution pour défaitisme. Mais je sais ce que je dis : nous sommes foutus. Le combat n'a pas encore commencé qu'on l'a déjà perdu. Même la Générale en chef Winirya Beaupré, telle que je la connais, doit se le dire à part soi. Nous ne sommes pas assez nombreux pour encaisser le choc.

Deux jours plus tard notre défaite est totale. Notre territoire est envahi, les civils dans les souterrains sont gazés au chlore, ou grillés à la grenade incendiaire. Les militaires ont décidé, non pas seulement de nous vaincre, mais de nous exterminer jusqu'au dernier. Tous : hommes, femmes, enfants. On se bat courageusement jusqu'au bout. Cependant plus on abat de militaires, plus il en arrive en renfort, comme s'il en poussait quatre pour un mort. Une hydre invincible. Nous sommes submergés.

À la fin, à la toute fin, je pense au type dont j'ai lu la correspondance. Il me semble que nos destins se ressemblent. Il ne se faisait aucune illusion. Sa correspondance s'arrête brutalement, peut-être parce qu'on l'a fait exécuter, ou qu'il est mort de vieillesse, aucune importance. Il a su que la Collectif a pu se tailler un territoire pas négligeable, il a pu espérer que malgré tout la situation en resterait là. Pas longtemps. C'était un homme lucide, il a dû pressentir que tôt ou tard, les militaires nous reprendraient tout. Mais au moins, il n'aura pas vécu l'heure de la défaite. Pendant quelques siècles on a eu une paix relative, une paix armée à l'intérieur de ce territoire. On s'est doté d'un État et d'institutions conformes à l'Idéal internationaliste. On a été heureux derrière nos frontières. Pour que ce bonheur soit possible, la guerre ne s'est jamais vraiment arrêtée. Il y a eu des périodes plus ou moins longues sans combats majeurs, mais les militaires sont têtus : ils nous ont constamment harcelés. Puis ils ont décidé d'en finir. La Préhistoire, l'Âge des Meutes continue.

Winirya Beaupré se tire une balle dans la tête, tout en m'adressant un salut militaire de l'autre main. Étrange vision. Le QG est en flammes, je suis avec le cadavre de Winirya Beaupré dans le bunker, au sous-sol. Je pense que je suis le dernier internationaliste encore vivant sur Terre. Avec moi meurt la seule chance qu'avait l'Humanité de se hausser d'un cran dans son évolution, d'entrer enfin dans l'Histoire. J'applique le canon de mon revolver sur ma tempe. Je crois que les Humains s'en foutent de devenir meilleurs. Comme l'a dit un sage de l'Antiquité, on n'a jamais vu personne prier un dieu pour lui demander la sagesse. Je me ravise : le revolver peut glisser à cause du recul et je me raterais. Je le mets dans ma bouche. Nous, les internationalistes, n'avons jamais représenté qu'une tendance minoritaire chez les êtres humains, une aspiration à s'améliorer. Pourquoi les militaires ne nous ont pas laissés tranquilles sur notre bout de terre, à vivre comme bon nous semble ? J'arme le chien. Parce qu'ils représentent la tendance majoritaire au conservatisme, c'est-à-dire à la stagnation sur tous les plans, avec des repères ronrons qui rassurent. Il leur est intolérable qu'une civilisation puisse prospérer à rebours de leurs méthodes martiales de contrôle, d'esclavage et de répression. C'est un mauvais exemple pour la populace. Je pose le doigt sur la gâchette, la pulpe de mon index s'écrase sur le métal froid. Les gens n'en ont jamais assez d'être dressés à obéir pour enrichir les riches. Obéir c'est le plus profond et le plus secret de leurs désirs. C'est tellement plus réconfortant que de vivre libre, et d'en assumer toutes les responsabilités. Être laissés seuls face à eux-mêmes les terrifie. Mais c'est précisément comme ça qu'elle émerge, la liberté, dans la terreur. Dans l'asphyxie quotidienne, dans le désespoir démuni, un appel. Très peu écoutent la Voix, la plupart se couchent, la tête sous l'oreiller. La balle me fracasse le crâne. Et c'est à ça qu'elle aboutit, la liberté, à la lucidité devant la défaite inéluctable.

Mémoire

Minuit : la pleine lune atteignait le septième jour du septième mois. On dit que les astres qui l'accompagnent, comme des clous d'argent dans une tenture d'un noir insondable, sont les âmes des héros de jadis, dont la bravoure et la loyauté persistent, nuit après nuit, à trouer les ténèbres sans fond, le malheur sans fond que les Maîtres font régner sur le monde. On dit qu'un jour la lumière l'emportera sur la nuit et que c'en sera fini des Maîtres, et probablement de ce monde avec.

C'est d'abord un endroit de rochers et de pierrailles, un dédale rocailleux. C'est le Labyrinthe. Il faut en connaître les moindres repères, pour conduire le chameau d'une main sûre. Puis, au centre, un espace circulaire d'un diamètre de quarante-neuf pas, aux parois soigneusement polies, qui ne doit rien à la Nature. Une ombre est à genoux, baignée dans la clarté crayeuse de la Lune. On distingue la coloration bleue de ses vêtements touaregs, son turban, le cimeterre scintillant à sa ceinture. Plus loin, le chameau harnaché broute, de sa mâchoire démantibulée, la maigre végétation du reg.

L'ombre agenouillée lève les bras au ciel et se prosterne jusqu'à terre, se relève, se replie, trois fois. Ses longs bras étendus, dans le sable et la poussière, atteignent presque les deux stèles, devant lesquelles elle prononce l'incantation rituelle à voix basse. Ce sont deux stèles funéraires, dont la magnificence a dû céder sous la morsure impitoyable du Temps, des éléments et des orages magnétiques. Effritées, lézardées, leurs fines ciselures érodées, elles laissent encore lire les noms, profondément gravés, de ceux qui sont enterrés là depuis trois fois cent quarante-sept ans : Hirkam-le-Magnifique et sa compagne, la belle Aïchaëlle de Kûm. L'ombre entonne une mélopée sorcière, dans le dialecte oublié de la vallée de Karkayane. L'encens et les aromates brûlent dans la coupelle de cuivre. Le silence immense du désert succède au chant.

L'ombre attend, le buste altier, sans un mouvement. Puis, deux flammèches s'élèvent du sol, chacune devant sa stèle. Elles sont de lumière pure, avec des contours verdâtres et, peu à peu, elles prennent la forme de visages. Dans la circonférence aux dimensions parfaites du cercle taillé dans la roche, l'ombre murmure :

« Bénis soyez-vous, toi Hirkam-le-Libérateur, et toi Aïchaëlle, meneuse des nuées rouges. Me revoici, sous la lune de Dayeb, pour perpétuer la mémoire de votre histoire. »

Les deux visages de feu s'animent.

« Soraya, vieille amie, c'est toi ? » dit l'esprit d'Hirkam.

L'ombre acquiesce et dévoile son propre visage, de cuir tanné et ridé.

« J'étais plus jeune et plus belle la dernière fois, dit Soraya, mais les djinns m'écorchent vive si je mens, c'est bien moi. »

Alors, l'autre masque de feu vivant, qui est l'esprit d'Aïchaëlle, dit d'une voix douce :

« Petite sœur, comme je suis heureuse ! Ainsi, tu es toujours de ce côté-là de l'existence. Tu nous diras des nouvelles de cette réalité ? »

Une larme perle, de la fente fatiguée de siècles et de soleil ardent, où pleure l'œil de Soraya. Les morts veulent toujours savoir ce qu'il est advenu de leur héritage, de leur postérité, des lieux qu'ils ont aimés, des ennemis qu'ils ont combattus, quand ils hantaient, avec l'illusion d'exister, ce côté-ci du réel. Cela agrémente ou tourmente leur éternité, selon les faits. C'est le prix à payer, quand on célèbre le Rituel de la Mémoire : les esprits offrent la nourriture de leur savoir et, en échange, les non-morts doivent parler à leur tour, si amère et cruelle que soit la vérité.

Hirkam :

« Je suis né et j'ai grandi dans l'oasis de Qêsh. Ma mère était blanchisseuse et prêtresse de Kahadjir, la fausse idole de la pluie. Mon père était forgeron, comme son père et ses aïeux, et j'ai appris ce métier à mon tour. À Qêsh, les Maîtres permettaient que la caste des artisans fût instruite. J'ai appris à lire, à écrire, à calculer. J'ai appris la cosmogonie, la théologie et le sens des principaux rites. J'ai appris les rouages du système néolibéral. Enfin, j'ai appris l'Histoire, que les Maîtres avaient fait consigner à leur propre gloire : les épopées héroïques fondatrices, les grands événements, les alliances et les mésalliances entre les principales familles des oasis. J'ai avalé tous ces mensonges, comme tous mes camarades de classe.

« C'est plus tard, dans les vrais livres et pas dans la littérature officielle, que j'ai appris la Vérité. Car certains Maîtres, peut-être imprudents, ouvraient leur bibliothèque à ceux qui souhaitaient en consulter les volumes. La plupart des étudiants s'intéressaient aux mêmes choses, pour préparer les concours publics et obtenir une charge. Les volumes les plus consultés et les plus recopiés traitaient de l'art de la guerre, de l'économie, de la rhétorique, du droit ou de l'agronomie. Moi, je ne briguais aucune charge. Je m'intéressais à la Pensée : les sciences, les Lettres, la philosophie, même la métaphysique bien que, dans mon cœur, je ne crusse guère aux dieux que nous adorions. J'étais bien seul, dans les rayonnages consacrés à de tels sujets. Les livres et les étagères étaient couverts de poussière. J'étais seul avec les araignées, et cela me convenait parfaitement. Personne ne faisait attention à moi et à mon "amour pour les vieilleries", comme disaient avec mépris les esclaves bibliothécaires.

« Un jour, chez Maître Al-Sâdim, Grand Intendant du ministre de l'Intérieur, j'ai découvert un trésor : *Le Manifeste du Parti communiste*. C'était un de ces livres miraculeusement rescapés de la Guerre rouge et des autodafés de plusieurs révolutions culturelles, qui remontait à un passé si ancien que j'en avais le vertige. Je sentais que c'était un livre important. Toutefois, il était rédigé en arabe ancien, père de tous nos dialectes. À l'aide d'un dictionnaire et de beaucoup de patience, je le traduisis dans la langue de Qêsh.

« Que de merveilles recelait ce livre ! Il parlait de l'égalité pour tous, du gouvernement par et pour le Peuple, d'une organisation sociale sans castes ni Maîtres, de la liberté de choisir son destin. J'étais bouleversé. »

Aïchaëlle :

« Je suis née et j'ai grandi dans le village montagnard de Kûm. Les barbares kroutcheks, qu'ils pourrissent sur pied avec leur descendance maudite, ont massacré ma famille et tout mon village. L'un d'eux m'a coupé la jambe alors que je fuyais, et m'a laissée pour morte au fond d'un ravin. Mais la vie rude et opiniâtre des montagnes coulait dans mes veines, et le Destin veillait sur moi. J'ai gagné l'oasis de Ghâzim, et j'ai mendié pour vivre. Puis Iskandar, que les joies éternelles du Paradis lui soient ouvertes, le musicien itinérant m'a recueillie. La joie est revenue dans mon cœur. C'était un homme bon et sage qui n'avait pas d'enfant et m'aimait comme sa propre fille. J'ai appris à jouer de l'oud, du luth et de la harpe, j'ai appris à chanter tous les chants que le vieil Iskandar connaissait.

« Soledad la joaillière, ta mère, petite sœur, fut comme une mère pour moi. Elle m'a appris, comme à toi, tous les secrets du corps des femmes. Elle m'a appris à me parer, à me coiffer, à me maquiller. Elle m'a appris la cuisine et la couture, l'art du tissage et de la fonte des métaux. Et tout le temps, tu étais là, Soraya, mon amie, à mes côtés dans les jeux, à mes côtés dans les leçons, et bien plus douée que moi.

« Je plaisais beaucoup aux garçons, malgré mon infirmité. J'ai joué avec eux, pour mesurer l'étendue de mon pouvoir de séduction. Mais un jour, à Qêsh, j'ai vu dans le public qui nous écoutait jouer, Iskandar et moi, le visage et la personne d'Hirkam le forgeron. Et je sus que mon cœur serait à lui.

« Comme à toi, Soraya, Soledad la chamane m'a appris l'usage des plantes médicinales, les onguents, les baumes, les cataplasmes, les philtres. Elle m'a appris les talismans et les rituels d'invocation des esprits. Elle m'a appris que la septième heure de la septième nuit du septième mois était une porte ouverte sur d'autres réalités.

« Une de ces nuits, dans l'oasis de Touliq, où j'avais disposé les bougies de cire vierge de chaque côté du miroir de bronze et prononcé sept fois la formule. Je parvins à faire venir un voyageur du Temps. J'avais prévenu Yussif et Kadher, les chameliers, de son arrivée, et leur avais demandé de le guider vers moi. Il a soulevé le pan de toile à l'entrée de ma tente. Je me suis détournée du miroir pour l'accueillir. Il m'a appelée par mon nom, mais il était complètement perdu. Je l'avais trop brutalement arraché à son voyage. Je lui ai offert mon hospitalité, comme à un hôte de marque. Il portait des vêtements comme je n'en avais jamais vu. Sa peau était pâle, il était presque chauve, avec une barbe grise et des verres sur les yeux, comme les vieux scribes. Il parlait l'arabe de l'Ancien Temps, que je connaissais grâce aux chants qu'Iskandar m'avait transmis.

« L'homme m'a donné son nom : Eric Drewson. Il avait inventé une machine pour voyager dans le Temps. J'avais vu dans le miroir qu'il viendrait du passé, et il m'a demandé en quelle année on était. J'ai répondu : onzième année du règne de Maître Tarik, de Ghâzim. Le Voyageur possédait un étrange objet, rectangulaire, de la taille d'une boîte à fards. C'était avec ça qu'il contrôlait sa machine. Prodige digne des plus puissants esprits, au milieu de l'objet il y avait une encoche, avec des chiffres lumineux. Je pus lire : 2312. Il me dit que, par rapport à l'époque d'où il venait, c'était l'année dans laquelle nous nous trouvions.

« Il me posa une foule de questions sur notre monde. Je lui racontai les oasis, tenues par les Maîtres et leur système inique, le désert, les caravanes, mon histoire. Je lui dis qu'avec Hirkam nous étions sur le point de lancer la Révolution prolétarienne pour renverser les Maîtres. Il m'écouta avec beaucoup d'attention, et à mon tour je lui posai des questions sur son monde. Chez lui aussi, les Maîtres dominaient, et les peuples asservis vivaient dans la peur. Il me révéla qu'il y aurait une guerre, dans son avenir, qui se situait environ deux cent cinquante ans dans notre passé. C'était la Guerre rouge, lui dis-je, qui avait presque anéanti l'Humanité. Nous-mêmes étions les descendants des rares survivants. Ses épaules s'affaissèrent, et je lus le découragement dans ses yeux fatigués. "Toujours la même chose", soupira-t-il. Nous sommes restés ainsi, toute la nuit et tout le jour, à échanger sur nos mondes respectifs. Puis, il me quitta, en me laissant le détecteur d'orages magnétiques, qui nous a si bien servis lors de nos batailles, que j'ai toujours gardé et qui est enterré ici, avec moi, dans ma tombe. »

Hirkam :

« Je ne rêvais plus que de Révolution prolétarienne. La clef, c'était l'éveil des consciences parmi le Peuple. Les Maîtres le maintenaient dans l'ignorance et la peur. La police était partout. L'Armée organisait une grande parade chaque année, à la première lune du mois de Sfetir, pour montrer sa puissance et, parfois, ses nouvelles armes. Personne n'osait braver les Maîtres. Nous n'étions que des artisans, des paysans, des commerçants, voire des esclaves. Nous ne savions pas nous battre. Et même si nous avions su, nous n'avions que des couteaux et des fourches, contre des arcs, des lances, des glaives, des boucliers, des cuirasses, des chars, des soldats entraînés.

« Qêsh, et les autres oasis d'ailleurs, avaient des ennemis séculaires : les tribus nomades de l'Est et du Nord. Régulièrement, leurs hordes attaquaient les caravanes aux mille trésors, pillaient des villages, brûlaient les champs mûrs. Les Maîtres de Qêsh envoyaient leur armée les punir, et les soldats revenaient avec la tête de quelques chefs dans des sacs de toile. Mais les barbares savaient se battre et possédaient des armes ; chaque fois, l'armée de Qêsh subissait de lourdes pertes. Quelques chefs en moins n'empêchaient pas les barbares de se réorganiser, et les raids recommençaient. Et si ces hordes sanglantes pouvaient être rassemblées en une seule armée, elle serait égale en puissance à celle de n'importe quelle oasis. Mais comment convaincre ces barbares sans foi ni loi de se battre pour la cause du Peuple ?

« Je laissai cette épineuse question de côté pour me concentrer sur mon activité politique. Évidemment, je ne pouvais pas prêcher sur la place publique pour le renversement du gouvernement des Maîtres. J'avais besoin que ma tête restât sur mes épaules. Je constituai mon réseau clandestin très prudemment et très patiemment. Un soir, dans l'anonymat d'une taverne, je m'ouvris franchement à mon meilleur ami, Yassim, mon presque frère. Il était sellier, comme son père et le père de son père. Je connaissais son grand cœur, mais je ne savais pas s'il serait d'accord avec moi. J'étais seulement certain qu'il ne me trahirait pas. Il m'écouta, et me demanda trois jours pour réfléchir. Il n'était pas indifférent à mon discours et le temps écoulé, il me jura assistance et fidélité. Dix-huit mois plus tard, il nous ferait assassiner, Aïchaëlle et moi.

« Vint le moment où je pensai que Qêsh était mûre pour l'insurrection. Il n'était plus rare qu'on entende, ici ou là, des malédictions à mots couverts contre les Maîtres. On les engraissait sans rien obtenir en échange. Ils vivaient dans leurs palais-forteresses de la ville haute, dans l'opulence et l'oisiveté. Ils donnaient des fêtes somptueuses, en l'honneur de leurs hôtes, où s'engloutissait, en un festin, de quoi faire vivre une famille pendant une année. Ils concluaient des mariages avantageux et des accords commerciaux qui signifiaient de nouvelles corvées et de nouvelles taxes. Le résultat, c'était qu'une mesure supplémentaire était prélevée sur les récoltes pour assurer le train de vie d'une maison d'Alaliq, qu'il fallait travailler plus dur à la forge pour équiper l'armée de Maskande. C'était le peuple qui trimait pour honorer les contrats conclus entre les Maîtres.

« À quoi nous étaient-ils bons, au fond ? Je l'ai dit : leur pouvoir ne reposait que sur l'ignorance et la peur qu'ils savaient inspirer au Peuple. Les exécutions capitales, qui rythmaient la vie de l'oasis, étaient soigneusement organisées, mises en scène pour inspirer la crainte, à défaut du respect. Cependant, si l'on réfléchissait sans peur et guidé par la connaissance, on se rendait compte que le pouvoir des Maîtres ne reposait sur aucune justification valable. C'était “comme ça”, et on l'acceptait. Néanmoins, si l'on creusait la question, l'on découvrait l'arbitraire inacceptable de cet état de fait. Pourquoi un forgeron, né dans la caste des artisans, ne ferait pas un maître honorable, équitable et éclairé, puisque nos Maîtres ne l'étaient plus depuis longtemps ? »

Aïchaëlle :

« Quelle folie, que de se laisser aller à croire que le Peuple puisse changer pour toujours le cours de l'Histoire ! Hirkam et moi avons payé cette naïveté de notre vie. Et le prix n'est pas si élevé, finalement. Moins, en tout cas, que l'amertume de la défaite et la reprise en main du monde par les Maîtres. Inutile, la Révolution prolétarienne ! Inutiles, les bains de sang et les dix mille têtes de rois et de princes au bout de nos piques ! Les Idées ne meurent jamais, mais les hommes qui sont chargés de leur donner corps et de les porter son faibles et mortels. C'est pourquoi le Pouvoir n'a rien à craindre des Idées, qui régulièrement viennent le menacer avec des chatouilles égalitaristes, et régulièrement retournent à la poussière et à l'oubli, après un éphémère éclair d'espoir. Je crois que le voyageur du Temps, autrefois a voulu me prévenir. Il m'a dit qu'il y avait eu bien des révolutions par le passé, et qu'il était extrêmement difficile à la Révolution d'aboutir. C'était gentiment dit. Sur le coup, j'ai cru qu'Eric Drewson m'encourageait. C'était un avertissement. Mais je n'ai pas voulu comprendre le sens de ses paroles.

« On écoutait Hirkam-le-Magnifique. Lui et son ami Yassim s'étaient mis en quête d'hommes de confiance. Moi, sur les marchés des oasis, avec le vieil Iskandar, je chantais des poèmes de ma composition qui parlaient de fraternité, de liberté. C'était des mots qu'on n'avait plus entendus depuis si longtemps qu'on en avait presque oublié le sens. Ils ravivaient une flamme. Mes paroles pénétraient les cœurs. D'oasis en oasis, on m'attendait, on reprenait en chœur mes chansons. C'était une période heureuse, un peu folle. Les spectateurs attendaient mes nouvelles compositions et louaient mon talent. Je leur disais : "Mes chansons viennent de vous, je ne fais qu'écouter ce que murmure le vent du désert. Chacun ne désire-t-il pas vivre heureux et libre ?" J'étais applaudie et aimée.

« À la fin de ma représentation, alors que je rangeais mes instruments et pliais le tapis, il se trouvait toujours quelqu'un, un homme, une femme ou un petit groupe qui restait là, désirant me parler. Après les compliments d'usage, ils m'entretenaient à mots couverts du "Mouvement", qui commençait à agiter les esprits parmi le peuple, de ces idées nouvelles qui circulaient à voix basse, et de l'homme que l'on ne devait pas nommer et qui les propageait. Je les jaugeai : ce pouvait être des espions des Maîtres. Cependant, Iskandar m'avait appris à les déceler, et à reconnaître la sincérité chez autrui. La voix sait si elle ment ou pas. À ceux que je jugeais fiables, je parlais de la réunion qui, se tiendrait tel soir, dans la cave d'un fidèle à la "Cause". Je leur donnais l'adresse et le mot de passe. Ainsi, à ma façon, moi aussi je contribuais à grossir les rangs de l'Armée prolétarienne de libération des oasis. »

Hirkam :

« Ô combien je désirais que la Révolution égalitariste se déroule dans la non-violence !

« Le public était toujours plus nombreux à venir m'écouter. Il fallut donc organiser toujours plus de réunions clandestines, c'est-à-dire prendre de plus en plus de risques. Toutefois, les Maîtres étaient malins. Ils nous envoyaient des espions, bien sûr, mais n'intervenaient pas, pas encore. Ils apprirent que la Cause avait des adeptes partout, chez les artisans, les caravaniers, les esclaves, et jusque dans l'Armée. Toutes les oasis étaient gangrenées par "l'esprit de sédition". Ils le laissaient enfler et gagner des adeptes. Ils recueillaient toutes les informations utiles et préparaient un seul vaste coup de filet, qui arrêterait net notre Mouvement.

« Nous ne pouvions pas compter sur les nomades. J'étais allé les rencontrer et ils me rirent au nez. Pourquoi risqueraient-ils leur vie pour les pouilleux qu'ils se plaisaient à détrousser et à massacrer ? Nous n'avions aucun allié militaire. Alors, je prêchais la résistance passive. Je disais qu'entre leaders influents, dans chaque oasis, nous devions convenir d'un jour à partir duquel nous cesserions, tous ensemble, le travail. L'idée faisait l'effet d'un éclair magnétique. Jamais personne n'avait pensé à cela comme moyen de pression sur les Maîtres. Le mot même de grève, que je tirais de l'arabe ancien, n'existait plus dans aucun dialecte connu. Je disais : "Nous cessons d'enrichir les riches. Nous cessons de les gaver à la sueur de notre front. Nous les affamons dans leurs palais-forteresses. Nous les forçons à nous rendre la liberté." L'image des Seigneurs de Qêsh et d'ailleurs, plus maigres que des mendiants loqueteux, mourant de faim derrière leurs murs tendus de soie, enthousiasmait l'auditoire.

« Les Maîtres craignirent de perdre le contrôle de la situation. Ils firent établir une liste des principaux meneurs, mon nom en tête. Un soir que nous dînions, Aïchaëlle, Yassim et moi, un garde du palais qui m'était fidèle vint me trouver. "C'est pour cette nuit, me prévint-il. Les Maîtres ont ordonné votre arrestation et votre exécution, tous les trois et tous ceux qui ont quelque importance dans le Mouvement populaire. Ici, à Qêsh, mais à Ghâzim également, à Eskantylène, dans toutes les oasis. Fuyez maintenant ! Les Maîtres ont ordonné qu'au lever du jour, vos têtes soient exposées sur la place du marché, pour l'exemple."

« Nous avions très peu de temps. Nous emballâmes vite quelques affaires, dont le précieux Manifeste qui ne nous quittait jamais, et qui aujourd'hui dort avec moi sous les sables. Nous partîmes au galop nous réfugier dans les montagnes. Je sus plus tard que nombre de mes compagnons, valeureux et chers à mon cœur, périrent par la lame cette nuit-là. Leurs têtes furent livrées aux corbeaux et aux vautours, à la pourriture, sept jours durant, avant d'être jetées à la fosse commune et recouvertes de chaux vive, sans cérémonie mortuaire. Leurs âmes inapaisées errent à présent entre deux mondes. Les Maîtres firent placarder des affiches en ville, promettant une forte récompense à quiconque fournirait des informations sur "l'infâme mouvement de révolte" qui courait dans les bas quartiers. Beaucoup prirent peur. Des frères se dénoncèrent entre eux avant que d'être dénoncés eux-mêmes. L'intimidation faisait son œuvre de délation et d'apostasie. »

Aïchaëlle :

« L'Histoire est comme l'Océan, elle connaît des périodes de flux et de reflux. Toutefois, son mouvement vital est toujours entraîné par le Pouvoir. Nous le voulions, les Maîtres voulaient le conserver. Partout, le vent de la Liberté soufflait, malgré les arrestations, les tortures et les exécutions sans cérémonie. Chaque fois que les Maîtres s'en prenaient à un camarade de la Révolution, cela ne faisait qu'attiser la colère dans nos rangs les plus fidèles. Nous étions la marée montante, inexorable, qui allait arracher à son profit le Pouvoir aux Maîtres. Nous ne ferions que remplacer un pouvoir par un autre, comme si ce dieu versatile aux desseins impénétrables avait décidé de changer de marionnettes.

« De notre camp retranché, dans les montagnes, nous organisâmes la contre-attaque. Bien des leaders avaient perdu la vie : leurs seconds les remplacèrent. Yassim prit le risque de quitter la relative sécurité de la montagne pour prendre le commandement. Le Temps travaillait pour nous. Car la peur, qui avait provoqué désertions et trahisons, se résorba, et la colère revint fermenter les cœurs. Une Armée de l'ombre se formait.

« Hirkam n'a jamais voulu la guerre. Il comptait davantage sur l'instruction pour changer les choses. Pendant des années, inlassablement, il avait répété le même message, que la Paix et la Liberté ne se gagnent pas au prix du sang, que ce sont des valeurs qu'il faut d'abord cultiver en soi. Néanmoins, le Mouvement populaire était divisé sur les moyens d'obtenir la victoire. L'éducation prenait trop de temps. Et le parti pacifiste, qu'Hirkam avait soutenu à bout de bras, s'était dépouillé de ses adeptes, comme un arbre en automne de ses feuilles, au profit du parti belliciste. Yassim en était le leader. "Les sages paroles d'Hirkam ont porté leurs fruits. Nous voici prêts à renverser les Maîtres. Ils ont les armes, nous avons le nombre."

« Le premier coup fut porté dans l'oasis de Ghâzim, la plus riche de toutes, pendant la fête d'Injhit. Ce choix était symbolique autant que pratique. Grâce au détecteur d'Eric Drewson j'avais repéré un orage magnétique qui couperait la route à tous les renforts des autres oasis vers Ghâzim pendant au moins cinq heures. Je fis prévenir Iskandar : exceptionnellement, lui et nos amis marchands devaient éviter la ville à cette période. Pendant la fête, qui attirait caravaniers et pèlerins, il était aisé de passer les portes. C'est dans la foule, plus dense qu'à l'accoutumée, qu'on constatait le mieux la faiblesse numérique des forces de l'ennemi. Les gardes et les militaires, disséminés çà et là, étaient bousculés sans ménagement, plaqués contre les murs par le gigantesque mille-pattes s'écoulant par les rues. Les nôtres poignardaient les soldats au passage, et ceux-ci s'écroulaient dans l'indifférence générale. Des militaires étaient égorgés furtivement par-derrière, sans que dans la presse des festivités on n'y prête attention. On récupérait leur équipement, leurs armes.

« À l'heure convenue, l'Armée révolutionnaire se regroupa sous la muraille qui protégeait les palais-forteresses. Les Maîtres ne pouvaient plus compter sur leurs hommes, en ville, qui avaient succombé sous le tranchant des lames égalitaristes. Toutefois, les portes de la citadelle intérieure étaient solides, renforcées de ferrures. Et derrière elles, le gros des troupes des oppresseurs nous attendait, en position de combat. Les révolutionnaires avaient récupéré, sur les cadavres de la soldatesque, armures, boucliers, épées et lances, en nombre insuffisant. En outre, bientôt, toute l'Armée prolétarienne dut essuyer des volées de flèches venues des créneaux. Cependant la première ligne, avec son équipement de fortune, put atteindre la porte et l'arroser de naphte. On se retira, hors de portée des traits ennemis.

Le feu dévora le bon bois sec des lourdes portes, qui cédèrent ensuite facilement sous les coups de bélier. Pendant ce temps, dans la ville basse, marchands et caravaniers prenaient joyeusement place sur les marchés, dans un festival de couleurs chatoyantes, d'odeurs épicées, d'étals regorgeant de toute la variété des produits de la Nature et de l'industrie humaine. Foule et chalands, ignorant que l'indépendance de la cité de Ghâzim serait bientôt proclamée en leur nom. »

Hirkam :

« Ghâzim fut prise aux Maîtres, puis Qêsh, puis Maskande, puis toutes les oasis. Puis les Maîtres reconquirent des cités, que nous leur reprîmes, qu'ils nous reprirent. L'époque n'était pas propice au règne de la Paix. Les Hommes avaient soif du sang des Hommes, et je n'y pouvais rien. Yassim m'avait écarté du commandement et s'était proclamé Général en chef de l'Armée prolétarienne. Mais ce n'était plus la Révolution, ce n'était plus la lutte pour établir l'égalité, la liberté et la paix. La leçon était amère. Yassim avait dévoyé et défiguré nos idéaux. Il menait son armée à la conquête du Pouvoir, pour le contrôle des routes commerciales, ni plus ni moins. Rien ne laissait présager qu'il serait un chef juste, sage, éclairé. Les troupes, du reste, ne le suivaient pas non plus au nom de l'Idéal révolutionnaire, mais pour faire main basse sur les richesses des Maîtres, entassées dans leurs palais, sur leurs terres, leurs femmes.

« Les Maîtres s'enfuirent, ou furent exécutés, après un procès populaire parodique, où la sentence était connue d'avance. Les prêtres, agenouillés pour la décollation, proféraient des malédictions dont la foule, amassée pour le spectacle, riait. "En tout cas, les dieux ne vous ont pas sauvés", les moquait-on. C'était la mise en scène affligeante d'une vengeance arbitraire exercée par des misérables et par des esclaves, trop longtemps brimés et humiliés, et dont toute la rancœur se donnait libre cours, sans discernement.

« La guerre, incessante, désorganisait tout. Ici, on négligeait d'ensemencer la terre, là on ne trouvait plus de bras pour les récoltes.

Le moment vint où l'on manqua de vivres, et la triomphante Armée révolutionnaire se transforma en une bande de crève-la-faim. Des meutes de déserteurs se formaient, sous la houlette de quelque fort en gueule, et se livraient au pillage sur les villages, au massacre, au viol. Les caravaniers bénéficiaient d'un passe-droit pour "service exceptionnel d'approvisionnement". Néanmoins, eux aussi subissaient les embuscades des pillards incontrôlables. Ils n'entraient plus dans les villes, en proie à la guerre civile, mais tenaient leur marché, quand il pouvait avoir lieu, devant les murs d'enceinte.

« Yassim essayait d'organiser l'État prolétarien. Il légiférait, sous la pression des castes et des guildes, jamais vraiment défaites, bien que les castes et les guildes eussent été abolies, au nom de l'égalité entre tous les Hommes. Les dépêches partaient porter les nouveaux décrets, immédiatement contredits par les exhortations d'un groupe de pression aux intérêts divergents. »

Aïchaëlle :

« Nous étions activement recherchés par la police de Yassim, formée par les membres de l'ancienne police des Maîtres. Les changements de régime et de commandement leur importaient peu. La police est l'une des plus anciennes institutions des oasis, le vent passe, elle demeure, comme on dit. Tout comme le Pouvoir absolu, elle n'avait donc pas disparu avec la Révolution.

« Un matin, quatre policiers montés sur des chevaux nous débusquèrent. Nous avions commis l'imprudence d'occuper la même grotte trois nuits durant. Les hommes avaient dû nous repérer la veille au soir, quand nous avions fait du feu, et décidé de nous laisser croire nos vies sauves, pour ce qui s'avéra être notre dernière nuit. Était-ce la perfidie du sergent ou une ultime générosité accordée par Yassim, qui sait ? Dès que le soleil avait pointé à l'horizon, ils avaient barré l'entrée de la grotte. Leurs silhouettes se découpaient nettement dans le contre-jour et la lumière du matin projetait au sol leurs ombres démesurées. Ils nous tenaient en joue. "Sortez de votre égout, les rats ! Mains sur la tête.” Il était clair que, jusqu’à notre exécution, nous n’entendrions pas une parole aimable.

« On nous fit nous agenouiller à coups de crosse. Violence gratuite et inutile, car nous avions, Hirkam et moi, accepté notre défaite. Le sergent de la patrouille, un petit homme, maigrelet et nerveux, avec des yeux noirs où brûlait la jubilation mauvaise, nous lut, péniblement, l’acte d’accusation rédigé et signé par Yassim en personne. “Déserteurs de l’Armée prolétarienne de libération. Coupables de haute trahison envers l’État.” Pour être tout à fait exacte, je maudis en outre Yassim et toute sa descendance.

« Nous, les derniers gardiens de l’Idéal révolutionnaire, la flamme originelle qui, de conflits d’intérêts en déboires, de carnages patriotiques en reconquêtes éphémères, avait bêtement dégénéré en banale guerre pour le contrôle des richesses, où la fin justifiait les moyens ; nous, les purs, les sages, les deux êtres les plus malheureux de la Terre, devant le chaos dont nous étions la cause première, nous reçûmes chacun la délivrance des tourments terrestres sous la forme d’une balle en pleine tête. On nous laissa tout de même nous prendre la main et nous regarder une dernière fois, calme seconde d’amour épuré de tout remords, puis ce fut la fin. »

Soraya :

« Dès que Yassim a pris le contrôle de l’Armée prolétarienne et vous a évincés, l’Idéal révolutionnaire était foutu. Il a gagné la guerre contre les Maîtres, oui, mais pour devenir un Maître à son tour, pas moins tyrannique que les anciens. La société de guildes, de castes, d’inégalités s’est réinstallée sous son règne, comme un pied qui retrouve une vieille chaussure.

« L’héritage de Yassim c’est que le désert s’est couvert d’asphalte et de villes. Les caravaniers circulent en poids lourds maintenant. L’économie de marché étant ce qu’elle est, nous sommes reliés au reste du monde néolibéral et tributaires des cours et des échanges. Certes, on en retire le confort et l’abondance. Enfin pour les plus chanceux et les moins scrupuleux, et c'est tout ce que ce système peut nous offrir. Les petits, les faibles peuvent aller se faire foutre. Il n'y a pas de justice, seulement la loi du plus fort.

« Les vieux comme Iskandar et moi vivons dans les souvenirs et l'espoir. Nous ne sommes pas faits pour ce monde. Nous nous remémorons la Révolution prolétarienne et nous préparons la suivante, avec nos modestes moyens. Car elle viendra, aussi sûr que je me tiens devant vous. Le poison génère toujours son antidote, tu te souviens Aïchaëlle, c'est Maman qui nous a appris ça. Nous ne désespérons pas. Tant qu'il nous reste un souffle de vie c'est de la lumière dans les ténèbres de ce monde encore pire que le précédent.

« Je m'invite parfois dans les rêves de vos anciennes montures, Sabel Draupter et Datchko Braumann. Ce sont des chameaux très étonnants et de bons amis. Avec quelques autres, ils ont fondé une communauté égalitariste à l'écart du monde des Hommes. Ils vont bien, ils vous saluent et vous feront bon accueil si vous leur rendez visite.

« Avions, autoroutes, places boursières, gratte-ciel, tout ça n'est qu'illusion et vanité. Ça n'est pas construit pour durer. L'Égalitarisme est une de ces idées éternelles qui reviennent par cycles réchauffer le cœur des Hommes. Il reviendra, et ce jour-là nous serons prêts. Vive la Révolution ! »

Le soleil se levait sur le sanctuaire de rocaille, niché dans son dédale de roche. Les visages dans les flammèches, tournés l'un vers l'autre, pâlirent dans la lumière de l'aube.

« Adieu, Hirkam-le-Magnifique, adieu belle Aïchaëlle. Je reviendrai dans trois fois quarante-neuf ans vous apporter des nouvelles du monde et invoquer votre mémoire. »

Les figures de feu sourirent, puis s'éteignirent tout à fait dans un dernier éclat verdâtre. Soraya se releva, épousseta ses vêtements, regarda une dernière fois les deux stèles, que les éléments inébranlables rendaient peu à peu à la poussière. Qu'en resterait-il la prochaine fois qu'elle viendrait ?

Le Labyrinthe était naturel, mais le sanctuaire aux dimensions parfaites et les pierres tombales étaient la volonté d'Iskandar, le musicien itinérant, qui les avait fait réaliser pour le repos éternel des deux héros presque oubliés de tous. Après l'élimination physique, du moins de ce côté-ci de la réalité, d'Aïchaëlle et d'Hirkam, Datchko Braumann et Sabel Draupter étaient venus le trouver. Braves chameaux ! Ils voulaient s'acquitter de leur dernière tâche dans le monde des Hommes : dire au musicien itinérant où se trouvaient les corps de leurs anciens maîtres. Iskandar les avait lui-même enterrés, avec leurs effets personnels. Il avait chargé Soraya, fille de Soledad la chamane, et chamane elle-même, de perpétuer le Rite de la Mémoire, aussi longtemps qu'il y aurait des rites et de la mémoire.

« Allez, commanda Soraya à son chameau, lève-toi. Il est temps, partons. »

La bête fidèle retrouva sûrement son chemin dans le dédale de roche. Soraya se retourna vers l'entrée, adressa un signe d'adieu, de non-morte à non-vivants. Les traînes des longs courriers, qui s'entrecroisaient dans le ciel, dessinaient les idéogrammes funestes du néolibéralisme, de nouveau triomphant, ou jamais tout à fait mort. Bientôt, après la piste dans le désert, il allait falloir longer la route d'asphalte, avec toutes ces voitures folles qui effrayaient le chameau. Puis entrer dans la ville orgueilleuse, qui fut une oasis trois fois cent quarante-sept ans auparavant, avec ses gratte-ciel de verre et d'acier, son activité frénétique de place boursière mondiale. Soraya retrouverait son modeste deux-pièces du quartier qêsh, sa clientèle de possédés. Le soir, elle passerait voir Iskandar et, pour la mille et unième fois, ils évoqueraient l'époque des oasis, de la liberté du désert. Et pour bientôt, l'avenir radieux de la révolution prolétarienne, sur lequel le vieux musicien entretenait quelques doutes.

« Tant qu'il y aura de la mémoire », répéta Soraya, alors que les rides de son visage buriné esquissaient un sourire.

No Future !

Ça, pour une apothéose, ç’avait été une putain d’apothéose ! Et je m’y connais en bastons sévères. En quatorze ans de guerre, j’en avais vu de belles. Mais la dernière, mes amis, elle les surpassait toutes, et de loin. Imaginez : deux armées surpuissantes qui se font face pour la bataille finale, celle qui décide une bonne fois pour toutes du vainqueur et du vaincu. Logique, chacune d’elles donne tout ce qu’elle a, en combattants, en équipements, en force de frappe. Et soudain, c’est l’Enfer. Tous les enfers de toutes les religions, plus des versions jamais envisagées auparavant. Les hommes et les femmes tombent par milliers, les pertes sont colossales des deux côtés, mais aucun ne prend vraiment l’avantage. Le siège de Crèvecœur a duré trois jours entiers. J’étais aux premières loges. Avec mon commando on est parti à l’assaut de la tour du QG rouge. On croyait pouvoir arrêter ce foutoir. On n’a rien empêché du tout. L’Occident a gagné la guerre, c’est un fait. Mais vu l’état du monde quand tout s’est terminé, le prix de la victoire était bien trop élevé. Je crois toujours que c’est un peu ma faute, et mes proches me disent que non, que tout était décidé d’avance, quoi qu’on essaie contre. Mais n’anticipons pas.

Au Commandement Supérieur, on ne comprenait rien à la stratégie des Orientaux. Ils disposaient de l’arme ultime, le canon à énergie noire. Avec ça, la guerre aurait dû être pliée en un mois, victoire totale des Chounois par KO, nouveaux Maîtres du monde, défense de cracher par terre et de parler américain. Mais, comment dire, c'était comme s'ils avaient le joujou le plus dévastateur du monde et qu'ils ne savaient pas quoi faire avec. Pour donner un exemple, une fois, la Révolution rouge a mené une offensive à peu près cohérente. Couverte par des tirs de canons à énergie noire, toute une légion a fait une percée dans le front et s'est retrouvée aux portes de Vienne. Mais au lieu de prendre la ville, ils se sont retirés comme ils étaient venus, comme la marée qui redescend, et pas qu'un peu : jusqu'à la rive ouest de la Mer Caspienne. Ils étaient pris en étau, entre les soldats du front qui leur couraient après, et ceux de l'arrière-garde, où les renforts affluaient. On allait séparer l'Armée Révolutionnaire en deux. Incompréhensible, comme s'ils avaient peur de gagner. Les Rouges se sont couchés plusieurs fois comme ça, avec une main en or, genre quinte flush à l'as. Nous, en bons Américains pragmatiques (c'était l'époque où les États-Unis d'Amérique et l'Union Européenne avaient fusionné en une vaste entité fédérale), on a profité des bourdes de l'ennemi. On a réussi à maintenir une ligne de front, de la Baltique à la Caspienne. Puis, on a attaqué par le sud, simultanément par la Mer Rouge et dans le Golfe Persique. On a reconquis l'Arabie et la Perse. Pendant ce temps-là, on avançait aussi au nord. On a pris Moscou en dix jours, puis toute la Sibérie quasiment en une seule charge, entraîné par un élan que rien n'arrêtait, avec les soldats rouges qui détalaient comme des lapins. En moins de quinze jours, nous étions à Vladivostok. Les Rouges ne sabotaient même pas le matériel. Ainsi, on a organisé des rotations par trains. Et déjà, pour pacifier les territoires conquis, les dératiseurs étaient en route. Je le dis sans mépris : j'en étais un. J'étais lieutenant dans l'Armée de l'Ouest.

Avec mon unité, nous étions chargés de nettoyer les territoires conquis de leurs dernières poches de résistance. Quand nous étions engagés, à Oulan-Bator, dans une guérilla urbaine interminable avec les rebelles mongols, l'Armée de l'Ouest avait repris l'Inde, et tous les pays satellites de la Choune en Asie du sud-est. Un grand débarquement se préparait à Sang-Haï. L'objectif, évidemment, c'était Crèvecœur, QG des Forces rouges. Nous les prenions à revers. Mais j'anticipe encore.

Dans mon unité, à Oulan-Bator, je comptais une héroïne parmi mes soldats. Le sergent Claude, Walleria Claude. Celle-là même qui, avec le commandant Niels et le lieutenant Djouri, avait fait sauter la centrale à énergie noire de Smolska. Grâce à elle, l'ennemi ne pouvait plus recharger ses redoutables désintégrateurs. Quand la batterie était à plat, il ne restait plus aux soldats rouges que de simples fusils, des mitraillettes, des grenades. C'était mortel, bien sûr, mais nous, en face, on avait des armes à photons pulsés, bien plus destructrices. Nous savions que la Révolution rouge avait regroupé tout son matériel à énergie noire en état de marche autour de Crèvecœur, où elle nous attendait de pied ferme pour la baston finale. Acculé, cerné de toutes parts, le Dragon n'en était que plus dangereux.

Walleria Claude était une héroïne, presque une égérie dans toute la troupe. C'était la dernière survivante du « groupe de Smolska ». Elle n'avait reçu, ni les autres d'ailleurs, aucune reconnaissance officielle : ni médaille, ni citation à l'ordre du mérite militaire. C'était à l'image des Maîtres : profondément injuste. Nous, les hommes et les femmes qui pataugions dans les tranchées, nous savions qui elle était, et ce qu'elle avait accompli. Et nous l'admirions, et nous l'aimions. Et nous nous promettions, quand tout ce bordel serait terminé, d'obliger les historiographes des Maîtres à réhabiliter les héros de Smolska. Nous savions que nous leur devions chaque avancée vers l'est, chaque ville prise, chaque pays vaincu.

Mais un soir, dans une embuscade vicieuse que les rebelles mongols nous avaient tendue, j'ai perdu le sergent Walleria Claude. On était au corps à corps, dans un engagement mauvais. Soudain, j'ai vu un obus nous tomber dessus. Dans un ultime acte mortifère et désespéré, les Mongols tiraient au hasard dans la ville, abattant les nôtres comme les leurs. J'ai crié : « À couvert ! », mais je crois que personne ne m'a entendu. Je me suis mis à l'abri dans une maison en ruine. Après la déflagration, il ne restait plus, de mon unité et des rebelles, que des corps disloqués, démembrés, fumant dans des odeurs, à vomir, de graisse et de sang grillés. Absurde : j'ai retrouvé ma casquette de lieutenant, intacte, suspendue à un bout de ferraille. Je l'ai époussetée, puis j'ai contacté le QG pour faire mon rapport. On m'a ordonné de me replier au camp de base. J'aurais bien voulu fouiller un peu, parmi la tripaille et les cadavres déchiquetés, emporter un objet appartenant à Walleria Claude, quelque chose qui lui survivrait, un symbole. J'ai essayé d'approcher deux ou trois fois, mais un sniper me tenait en respect, et j'ai dû me rétracter hors de portée, à contrecœur. Je le regrette encore. Dommage pour Walleria Claude : ne reste d'elle que sa mémoire, ô combien chère à nos cœurs.

Elle a très bien pu s'en tirer, pour finir sur le sujet. Il faisait à moitié nuit, il y avait de la fumée partout : je ne peux pas, non, je ne peux pas jurer que je l'ai vue morte. Si elle est en vie quelque part, et qu'elle peut m'entendre, je la supplie de ne pas revenir par ici. Il ne faut pas qu'elle voie le recyclage des « Héros de Smolska » par les usines à rêves du néolibéralisme. C'est à gerber. Quand les Maîtres ont vu l'usage qu'ils pouvaient faire de ces figures, ils les ont défigurées. Il y a eu un *drama-rock*, avec une Walleria Claude en guêpière, chevauchant un dragon rouge... Il ne faut pas qu'elle voie notre honte, à nous qui n'avons pu empêcher ça, à nous qui n'avons obtenu leur réhabilitation, commandant Niels, lieutenant Djouri, sergent Claude, qu'au prix d'une honteuse récupération idéologique.

Après Oulan-Bator, on m'a attribué une nouvelle unité. L'Armée de l'Ouest tenait la Choune du sud, depuis Gong Kong jusqu'à Sang-Haï. Nous, nous pénétrions en Choune du nord, à la fois par la Mongolie et par le Sin-kiang. D'ailleurs, on m'avait affecté pour second un Ouïghour d'une grande valeur, le sous-lieutenant Khâdjir Gishmeth. Il m'était précieux parce qu'il connaissait parfaitement le Sin-kiang, et parce qu'il avait fait partie de l'Armée rouge Il l'avait pratiquée de l'intérieur et il l'avait désertée. Je ne suis pas de ceux qui tiennent les déserteurs, a priori, pour des lâches ou des traîtres. Ça dépend quand même des conditions et des raisons que l'on a de déserter. Khâdjir était sincère dans son engagement dans nos rangs. Il m'avait raconté son histoire, son enrôlement de force par les Chounois qui le méprisaient, lui et tout son peuple dépossédé. Comment, avec l'aide de son ami Nassim, un musicien itinérant, il avait fui la caserne sur le Bosphore pour rejoindre les siens, loin de la guerre rouge et de ses absurdités. Puis la nouvelle était parvenue jusqu'à ses oreilles que les Occidentaux étaient en train de gagner la guerre. Il n'avait qu'une idée en tête en s'engageant dans l'Armée de l'Ouest : foutre une de ces raclées aux Rouges, dont ils ne se relèveraient pas. Comme nous tous. J'appris de Khâdjir un élément crucial pour la compréhension de l'ennemi. Leurs grands stratèges, au plus haut sommet de la hiérarchie, se détestaient mutuellement, et farouchement. Ils jouaient les uns contre les autres, au lieu d'élaborer un plan d'ensemble cohérent. Ce qui expliquait la bizarrerie, pour ne pas dire la stupidité de la stratégie rouge. Ces divisions internes pourraient nous servir.

Enfin, Khâdjir et moi étions parfaitement d'accord sur la finalité de cette guerre. La vraie, pas les balivernes auxquelles notre propagande voulait nous faire adhérer. Nous étions censément « l'Armée du monde libre, les combattants de la Justice et de la Social-Démocratie. » Foutaises ! Nous n'étions que des pions, sur l'échiquier des Maîtres du néolibéralisme occidental, qui n'avaient qu'un but : écraser les Maîtres du néolibéralisme oriental, pour leur prendre leurs parts de marché. Na ! Nous livrions une guerre économique (Y a-t-il dans l'Histoire une guerre qui ne le soit pas ?), sous les aimables slogans de la Paix universelle, qui ressemblaient à un alibi foireux. Nous n'étions pas dupes. Personne, dans la troupe, n'était dupe. On se battait pour le Marché, le plus fort remportant la mise. Khâdjir, justement, avait choisi les plus forts, non pour leurs valeurs et leurs idéaux, mais parce que de ce côté-ci, il avait une chance de contribuer à la fin de la guerre.

« La Révolution rouge est à terre, disait-il. Encore une ou deux batailles et elle sera définitivement écrasée. Je veux voir ça de mes yeux. Je veux qu'un Ouïghour participe à la défaite de la Choune. Je sais qu'après, le même monde recommencera, avec les Maîtres et la politique, l'économie productiviste, la « torpeur consumériste » (Lui aussi avait lu *Monde Rouge*, du Barde Automne). Mais au moins, on aura la paix. »

Capitalisme d'État contre capitalisme privé, ce n'était que deux modèles différents au service de la même cause. Les Hommes, de l'Ouest ou de l'Est, étaient très, très loin de désirer la liberté. Elle les terrifiait. Ce qui leur importait, c'était le confort et l'abondance : voilà pour quoi chaque camp se battait. Les Hommes, dans leur ensemble, avaient besoin de Maîtres, qui leur garantissent confort et abondance, en échange de quoi on leur abandonnait toute décision. On leur laissait le contrôle, et toute latitude pour « prendre les décisions qui s'imposent », sans trop questionner au nom de quoi elles s'imposent. Parce que le besoin d'obéir semblait être inscrit dans nos gènes et qu'aucune guerre, aucune « révolution » ne changerait ça. Les Hommes étaient angoissés à l'idée de se trouver seuls avec eux-mêmes, et « sans rien à faire ». Ils étaient terrifiés à l'idée d'un vide, qui pourrait les acculer à penser à leur condition, et au système qui créait cette condition. Il leur fallait à tout prix meubler le temps, avec du « faire », dont la prolixe publicité donnait maints exemples, sans se poser de question sur la totale vacuité des mille et une façons de passer son temps, telles que vantées dans des spots très brillamment vides de sens. Les États veillaient soigneusement à ce que les citoyens aient en permanence toute une gamme de divertissements, qui les éloignaient le plus possible de toute activité qui leur eût ouvert les yeux sur leur état de porcs en cage. On passait des heures, le casque sur la tête, dans des mondes virtuels anxiolytiques. Une civilisation de l'ersatz : ersatz d'activités physiques, ersatz d'activités intellectuelles, ersatz de relations sociales. Et toutes ces immersions, dans des univers codés en binaire, étaient scrupuleusement analysées, surveillées et contrôlées par des cyber-brigades, pour cibler plus efficacement la publicité, et pour déceler le moindre individu « déviant » (comprendre : à tendances gauchistes, c'est-à-dire amoureux de la Liberté).

Quand nous arrivâmes à Crèvecœur, comme prévu, la Révolution rouge avait regroupé ses dernières forces, pour soutenir un siège qui promettait d'être extrêmement meurtrier. Nos éclaireurs nous apprirent que la ville était défendue par huit canons à énergie noire, pointés dans toutes les directions. Environ quatre millions de soldats tenaient les différents quartiers. La DCA veillait. La première ligne était constituée par une armada de blindés, à l'air massif et invincible de monstres préhistoriques, animés d'intentions malveillantes. « Chacun d'entre nous en vaut dix comme vous. » Bienvenue…

Le premier jour, à part quelques escarmouches marginales dans la banlieue, essentiellement nous le passâmes à nous entre-évaluer, à établir des plans d'attaque, à faire gamberger nos IA pour qu'elles nous pondent une solution miracle, une stratégie inédite comme il en sortait parfois des méandres électroniques de ces machines incompréhensibles. Nos supercalculateurs combinaient des dizaines de milliards de paramètres à la seconde, pour finalement accoucher d'un scénario niveau CE2. En définitive, la seule stratégie valable était le bon vieux coup du cheval de Troie : infiltrer une petite unité jusqu'au QG et le faire sauter. Il faudrait détourner l'attention de l'ennemi, faire diversion pour donner à ladite unité le temps de se faufiler jusqu'au centre de commandement. Les IA estimaient à 80 % les pertes humaines et les chances de réussite à quatre sur dix. C'était sans doute à peu près les mêmes chiffres pour le commando mené par Niels, Djouri et Walleria Claude. Ça ne rebutait que ceux qui n'avaient pas lu Homère, c'est-à-dire tout le monde à part Khâdjir et moi.

Je pris, avec Khâdjir pour second, le commandement de l'unité infiltrée : en plus de nous deux, trois hommes et cinq femmes. Je les avais sélectionnés grâce à l'IA en entrant le paramètre « créativité » dans les critères de recherche. On allait s'aventurer juste sous les radars de l'ennemi, en plein inconnu : j'avais besoin de soldats capables d'initiative, de débrouillardise, de réponses originales aux multiples pièges, que l'Armée rouge ne manquerait pas de nous tendre. Nous n'eûmes pas beaucoup de temps pour faire connaissance, car l'offensive de diversion (la boucherie, en réalité) était programmée pour le lendemain à l'aube, troisième et dernier jour du siège de Crèvecœur.

Au briefing, je dis d'emblée : « Pour Walleria Claude ! Pour Djouri ! Pour Niels ! », ce qui devint notre cri de ralliement. L'équipe était fraîche, mais soudée et en tout cas très motivée. Il y en avait marre de cette guerre. Elle avait fait vingt-cinq millions de morts dans notre camp, et dix fois plus de blessés, d'estropiés, de traumatisés à vie. Alors, on allait entrer en ville, pendant que quelques millions supplémentaires des nôtres donneraient leur vie pour nous couvrir, et faire péter ce foutu QG, priver les Rouges de leurs têtes pensantes. Malades, mais pensantes. Arrêter la guerre, en somme. Partants ?

Avant d'être dégommés par les androïdes de la DCA, nos drones nous avaient transmis une cartographie assez précise de la ville, et les positions des unités qui cadenassaient les quartiers. Nous entrâmes toutes les coordonnées, tous les plans, toutes les positions dans le micro-ordinateur que nous portions à l'avant-bras. Puis, nous répétâmes quelques manœuvres d'attaque ou de repli, qui me rassurèrent sur mon unité : ils avaient l'esprit de groupe, et une excellente réactivité en situation de combat. Enfin, chacun choisit dans l'armurerie son équipement favori, les armes avec lesquelles on se sentait le plus à l'aise. Je remarquai que Verenka Saint-James portait un sabre dans le dos.

« Dans un corps à corps, ça peut faire la différence. »

Luigi Comescu, lui, opta pour une mitraillette à balles perforantes, en métal météorique.

« Je suis un éclaireur, expliqua-t-il. Si je tombe sur une patrouille, d'une rafale à hauteur de thorax je mets tout le monde par terre, gilets pare-balles ou pas. »

Naturellement, nous étions également dotés de l'armement standard d'une unité d'assaut : fusils à photons pulsés, cuirasse blindée, grenades à fragmentation, soniques ou à gaz neurotoxique ; et tout un barda d'électronique, qui nous permettait de rester en liaison les uns avec les autres, avec le QG, de télécommander un drone ou autre engin automatique. Nous tâchâmes de nous reposer, mais personnellement je ne fermai pas l'œil de la nuit.

À six heures précises, nos canons taillèrent une brèche dans les rangées de blindés ennemis. Immédiatement, nos troupes s'engagèrent dans la trouée. L'Armée rouge riposta en canardant nos hommes avec ses canons à énergie noire, qui désintégraient mille hommes d'un coup. Cependant, alors que nos premières unités au sol rencontraient celles de l'ennemi en ville, on constata que la Révolution rouge n'utilisait son arme maîtresse qu'avec parcimonie. Cette économie nous rassura. Nous envoyâmes plusieurs escadrilles de drones et d'avions de chasse agacer la DCA, dont les batteries se déchargeaient vite pour un résultat médiocre. Nous avions adopté la bonne tactique : obliger les Rouges à tirer, à gaspiller leurs ressources.

Pendant ce temps, mon unité était entrée en ville, discrètement. J'envoyai Luigi et Isabel en éclaireurs. Ils avaient parfois besoin de renforts pour nettoyer le passage, défendu par une patrouille d'androïdes retors, ou plus nombreuse que d'ordinaire. Toutefois, nous progressions à un bon rythme, de bloc en bloc. Les unités ennemies qui tenaient les quartiers étaient appelées ici ou là, pour soutenir les leurs mis en difficulté. C'était étrange. Les combats faisaient rage, dans des bourdonnements de torpilles, des canonnades, des zinzinements d'avions à réaction, des explosions. Néanmoins, tout se passait à cinq ou six pâtés de maisons de nous, qui traversions des quartiers calmes, déserts ou presque, à la limite en touristes.

À un moment, nous nous trouvâmes à la base d'un des huit titanesques canons désintégrateurs. Deux autres avaient déjà été détruits par l'aviation, selon nos informations. L'occasion était trop belle : pas le moindre soldat rouge, pas le moindre androïde dans les environs. Nous disposâmes des pains de C4 et nous éloignâmes. Cependant, juste avant que je n'aie actionné le détonateur, le canon tira une ultime rafale, terrifiante. Et je vis (et tous les autres virent des choses différentes), dans le jet parfaitement tubulaire d'énergie noire, des scènes étranges qui me paralysèrent un instant. C'était comme si, dans ce noir plus que noir, le Temps aboli empilait différentes images de différentes époques. Je vis une magnifique adolescente en tenue de bonze, crâne rasé, résoudre l'équation dont découlait cette technologie, qui nous décimait depuis quatorze ans. Étrangement l'énergie noire, non seulement montrait des images enchevêtrées de différents moments du Temps, mais encore dévoilait l'intériorité, le cœur même de la personnalité de celles et ceux qu'on apercevait de façon fugace, comme des balises dans l'océan, à la crête mouvante des vagues. Aussi je pus discerner que la jeune bonzesse n'était animée d'aucune mauvaise intention. Comme toujours, c'était les Hommes qui avaient dévoyé son invention. Simultanément, je vis le premier Empereur, Qoun, rêver devant une immense vasque de mercure, à l'immortalité. Je vis un sexagénaire du passé parler, loin dans l'avenir, à une femme superbe, à qui manquait la moitié de la jambe droite, sous une tente, dans le désert. Surtout, je vis mon ami Nicls, prisonnier dans une boucle temporelle, condamné à renaître, encore et encore. Chose extraordinaire, Niels me vit aussi, sa bouche articula mon nom, tout son visage me supplia. Mais que pouvais-je faire ? Soudain, la voix de Khâdjir me parvint, très faible, comme de l'autre côté d'un rêve :

« Le détonateur ! »

Je l'actionnai, plus par réflexe guerrier que par volonté délibérée. Tout ça n'avait pas duré trois secondes, pendant lesquelles mes yeux fascinés avaient plongé dans les ténèbres et les méandres de l'Éternité.

Le C4 fit exploser la base du canon, qui s'écroula dans le fracas d'un immeuble détruit par implosion. Encore confus, je songeai : « Quelle étrange technologie. » Il y avait sûrement mieux à en faire qu'une arme de destruction massive. D'ailleurs, l'énigmatique jeune fille en robe safran l'avait conçue pour un tout autre usage.

« Ça va ? » demandait Khâdjir, penché sur moi.

Je reprenais mes esprits. Je venais de voir un mort. Khâdjir me ramenait. Merci, mon vieux. Nous poursuivîmes notre chemin vers le QG. Sa haute tour argentée n'était plus qu'à quelques blocs.

Les brefs bulletins, que nous recevions dans nos écouteurs toutes les deux minutes, nous informaient en temps réel de la progression de notre armée dans Crèvecœur. Nos troupes gagnaient du terrain. Comme nous y étions habitués depuis les débuts de la Guerre noire, les légions de la Révolution rouge semblaient obéir à des ordres et des contre-ordres schizophréniques. Une rencontre brutale avait eu lieu Place Xi-Jin-Pong, mais l'ennemi s'était brusquement retiré, laissant le champ libre aux nôtres pour enlever le Parlement et le siège du Parti communiste. On faisait des prisonniers en pagaille, des régiments entiers étant abandonnés sur le terrain sans aucun ordre. Ils se rendaient, pour sauver leur vie devant notre inexorable progression. Enfin, il ne semblait plus rester beaucoup d'armes à énergie noire en état de marche : l'usage des balles et des baïonnettes redevenait la norme.

On n'a pas eu trop de mal à pénétrer dans le QG de la Révolution rouge. Et je n'avais perdu personne. On a bien dû dézinguer quelques androïdes à l'entrée et dans les premiers niveaux. Cependant, la place était extraordinairement mal défendue. Vraiment tous les hommes avaient été envoyés au combat et, dans le bâtiment, ne restaient que des machines en nombre nettement insuffisant. Évidemment, il y avait des caméras partout, donc notre intrusion avait forcément été signalée. Ne pouvant guère compter sur l'effet de surprise, nous progressions prudemment, en prenant bien soin de sécuriser chaque niveau avant de monter d'un étage. C'était un peu fastidieux, mais ainsi nous ne risquions pas d'être pris à revers par un groupe d'androïdes négligés.

Tout le dernier étage de la tour était un vaste espace sans cloisons ni traces de vie humaine. Et pour cause : tous les Généraux s'étaient donné la mort. On trouvait les cadavres çà et là, entre deux armoires de fer, affalés devant un écran en veille, sur les canapés de l'espace détente et même dans les toilettes. Un suicide collectif méticuleux et déterminé, comme pouvait l'être à son meilleur l'Armée rouge.

Je regardai avec mes jumelles, par la verrière panoramique. En bas, les combats avaient cessé. Je voyais les nôtres encadrer de longues colonnes de prisonniers, mains derrière la tête. Ils passeraient presque directement du champ de bataille aux usines, désormais occidentales. La guerre était terminée. Et notre petit commando n'y était pour rien. Dépité, j'ai contacté le QG et fait mon rapport laconique :

« Ils sont tous morts, ici, seppuku collectif ou quelque chose comme ça. »

On m'a répondu plaisamment que c'était une pratique japonaise et non chounoise. On tenait à établir les faits exacts, déjà. J'entendais en bruit de fond l'euphorie qui régnait dans la salle de commandement.

« Alors, j'ai dit, ça y est, c'est terminé ? »

Faussement sentencieux, l'officier de liaison me lança un « Affirmatif ! », que j'attendais depuis quatorze ans. Les Rouges avaient soudainement cessé de se battre, encore un de ces ordres incompréhensibles. Nous nous sommes regardés, interloqués. Khâdjir, Luigi, « Doc », Jean-Paul, toute l'unité, incrédules.

« Bon, j'ai dit, on plie les gaules et on rentre à la base. »

J'ai embrassé une dernière fois le vaste espace du regard, et un détail a retenu mon attention. Deux Généraux, avachis sur leur chaise, tenaient encore chacun le bout d'une clé, engagée dans une console. Ça ressemblait à un dispositif d'armement de missiles, qu'on ne peut déclencher qu'à deux, en cas d'extrême urgence. Ça ne sentait pas bon du tout.

« Attendez ! j'ai dit aux autres en leur montrant la console. Qu'est-ce que c'est que ça ? »

Van Vliet, notre spécialiste en informatique, est allé voir. Au bout de quelques secondes, il s'est retourné vers nous, la mine stupéfaite et terrifiée à la fois.

« Je crois qu'ils ont lancé tous leurs missiles d'un coup, a-t-il dit. Et y a pas moyen d'arrêter le processus. »

Nous avions repris à la Révolution rouge à peu près toutes ses bases, mais nous étions loin de les avoir désarmées. On gardait cette laborieuse besogne pour après les hostilités.

« Ça va péter de partout, a résumé Van Vliet, ça va être l'Apocalypse ! »

J'ai recontacté le QG pour faire un nouveau rapport. Ça les a dégrisés. C'était pour ça que les soldats rouges, en se rendant, souriaient comme des imbéciles. Ils connaissaient la petite surprise que leurs chefs nous avaient réservée pour la fin. La vraie fin. Putain de partie de go ! On s'était fait avoir comme des bleus. Tous nos écrans radar étaient saturés de grappes mouvantes de missiles, tirés de tous les points du globe où la Révolution rouge avait installé des bases souterraines et des rampes de lancement. De ces bases, tenues par les nôtres, les rapports paniques pleuvaient : la mécanique de mort s'était mise en marche sans prévenir, et sans qu'on puisse l'enrayer.

Les ogives de différentes portées qui ont été lancées contenaient toutes sortes de gentillesses : du plutonium, des bacilles, de la matière noire, des virus, de l'hydrogène et des mixtures chimiques diverses. Les têtes pointaient vers tous les points cardinaux, même sur l'Asie, quadrillant la planète. Les capitales, les villes industrielles, les forêts et les zones agricoles, de l'Ouest comme de l'Est, ont été éradiquées. Des milliards d'hommes, de femmes, d'enfants sont morts, sur le coup pour les plus chanceux, ou dans une agonie plus ou moins longue, selon qu'ils recevaient ou non des soins. 95 % de la population mondiale ont été décimés. Des millions de kilomètres carrés de bonne terre fertile ont été stérilisés pour longtemps, des pays entiers vitrifiés net, des milliers d'individus engloutis dans des trous noirs voraces. J'ai compris ce que signifiait la torve mise en scène du suicide collectif: dans un dernier geste absolument désespéré, les Chounois avaient décidé de suicider la planète. L'Ouest serait vainqueur, si l'on veut, sur le papier, mais il ne lui resterait qu'un champ de ruines radioactives, de la poussière toxique, et trop peu de bras pour organiser la survie. Jamais je n'aurais soupçonné que des Généraux chounois puissent être des punks dans l'âme. *No future!* anéantissement général. Avec le recul, leur attitude psychotique durant ces quatorze années de conflit aurait dû nous alerter davantage.

C'était il y a dix ans, la guerre, noire ou rouge, peu importe. Ironie du sort, cynique comme toutes les ironies, ça a mis fin au néolibéralisme. C'était peut-être le seul moyen. Aucun État digne de ce nom n'a résisté à la dévastation. J'ai entendu dire que, par-delà l'Océan atlantique, des Maîtres bunkérisés tentaient de remettre en route, sur leur continent, l'économie de marché. Mais ça ressemble à un délire sans suite de vieillards séniles (conservateurs) incapables de faire face à la nouvelle réalité. D'où je suis, à présent, c'est aussi invraisemblable que tous ces peuples exotiques et ces monstres fantasmés, que les doctes cartographes du Moyen Âge plaçaient çà et là, dans les mers et les terres inexplorées.

Je vis chez les Ouïghours maintenant, au Kashgariya, dans une zone mi-désertique mi-montagneuse, que l'apocalypse a peu touchée. De temps à autre, un nuage toxique gorgé d'anthrax ou de particules radioactives vient se déchirer contre les crêtes de roche. Avec le temps, nous avons appris à les voir de loin et à nous en protéger.

C'est Khâdjir qui m'a convaincu de venir vivre ici, parmi les siens. Quelques membres de notre unité sont venus également. D'autres ont tenté leur chance de leur côté. En fait, tous les survivants se sont retrouvés complètement déboussolés, après la pluie terminale qui s'était méchamment abattue sur le monde. Certains se raccrochaient à l'espoir que leurs proches en avaient réchappé, et avaient besoin d'eux, et les attendaient. Certains sont partis seuls ou en groupes, en quête d'un lieu où vivre, d'un éden où se réfugier et continuer « comme avant ». Ce qui me faisait froid dans le dos, vu à quelles extrémités notre antique comportement collectif nous avait conduits. L'espoir. Quand il ne reste rien, il reste quand même l'espoir. C'est l'ultime ressource de notre espèce pour ne pas sombrer dans une strate géologique de plus. Chacun nourrissait le sien, quoi de plus normal ?

De Crèvecœur atomisée au Sin-kiang, dont nous ignorions l'état, le trajet a été long et éprouvant. Nous avons voyagé dans un tout-terrain de l'armée équipé d'un moteur à hydrogène. Tant que nous avions de l'eau pour l'alimenter, nous pouvions avancer. Les épaisses colonnes de fumée noire qui semblent s'élever jusqu'à la stratosphère, et signalent une ville en train de se consumer, on s'y habitue. On s'habitue aux zones vitrifiées sur des centaines de kilomètres, sur lesquelles on ne peut rouler qu'avec des pneus à clous. On s'habitue à consulter nerveusement le compteur Geiger, à porter le masque filtrant et la combinaison étanche, quand on traverse un nuage chargé de tuberculose ou d'Ebola, de chlore ou d'ypérite. Mais la mort partout, ça, non, on ne s'y habitue pas. L'odeur persistante de charogne, les nuées d'oiseaux en train de nettoyer toute une caravane marchande pétrifiée sur place, les cadavres à demi fondus, leur grimace de douleur et de stupéfaction, les enfants surtout, ça hante vos cauchemars, ça jette une ombre sur vous, qui vient vous paralyser à n'importe quel moment. Soudain, en plein repas, en plein travail, vous quittez tout sur-le-champ et vous vous isolez des autres, pour hurler à pleins poumons et pour pleurer.

Ici, j'ai trouvé la paix (relative) et l'amour, qui chassent les fantômes. Dit comme ça, ça sonne mièvre. Pourtant, c'est tout ce qui me reste, c'est tout ce qui a survécu, en moi, de l'homme que j'étais auparavant. Et c'est assurément la meilleure part. Jusqu'ici, je n'avais mené qu'une vie de con, à recevoir et à donner des ordres. Allez donc donner un ordre à un Ouïghour. Il va vous considérer un moment, d'un air soucieux. Puis, avec la plus parfaite cordialité, la voix chargée de compassion, il vous invitera à vous asseoir.

« Mon ami, je crois que ta raison s'égare. »

Et très gentiment, il balayera les montagnes et le désert, à perte de vue. Est-ce que *tout cela* peut appartenir à quiconque ? Est-ce que les Hommes qui vivent ici ne sont pas les enfants du Vent et des Montagnes ? La Liberté coule dans leurs veines. Aussi, j'assure, j'affirme et je maintiens que, quand le but de l'existence n'est pas de gaspiller toute sa belle énergie, de se crever à enrichir les riches, avec pour sous-chef une petite fiotte néolibérale, qui chaque mois vous fixe vos objectifs de rentabilité, alors liberté, amour et paix ne sont pas de vains mots. Ils sont ce qui fait votre vie. Ils retrouvent un sens plein, gorgé du suc du paradis retrouvé. Ce sont des réalités et, à vrai dire, vos seuls trésors. Les Ouïghours sont extrêmement courageux et ingénieux. Partout où nous le pouvons, nous cultivons la terre, nous élevons du bétail, nous chassons. Comme nous sommes peu nombreux, nous parvenons à subsister sans trop de peine. Mon épouse, Léalla, m'a donné cinq enfants, déjà, et attend le sixième. Chaque naissance est une fête. C'est comme une fleur qui pousse sur un tas de cendre.

La Préhistoire s'est arrêtée le troisième jour du siège de Crèvecœur, et c'est libérateur d'être soulagé de ce poids, d'avoir vu l'Humanité en sortir. Toutefois, un remords me hante. Et si nous avions été plus rapides, mon unité et moi ? Parfois, je me repasse la scène de la prise d'assaut du QG des forces rouges. Pourquoi, à ce moment-là, avoir suivi la procédure standard, à un moment du conflit où il n'y avait plus une règle qui vaille, en montant prudemment d'étage en étage, en sécurisant la zone avant de franchir le palier supérieur ? Pourquoi ne pas avoir couru directement au dernier étage, droit au but ? Peut-être serions-nous arrivés à temps pour empêcher l'irréparable : les Généraux suicidaires, insérant les clés de l'Apocalypse dans la console. Peut-être que j'ai perdu un temps précieux, en demeurant jusqu'au bout un connard de militaire.

« Non, me dit Khâdjir, ne laisse pas la culpabilité te dévorer. Tu sais très bien que les Généraux avaient pris leur décision bien avant que nous n'entrions dans la tour. Ni toi, ni moi, ni personne n'aurait pu les retenir. »

Il a raison, bien sûr. Léalla a survécu à la quatrième extermination, en pleine guerre. Elle a traversé l'enfer, de longues années. Jamais elle n'a perdu l'amour de la Vie. Et puis tout s'est arrêté, avec la quasi-éradication de l'Humanité, et notamment bon nombre d'ennemis mortels des Ouïghours. Allah les avait fait périr. À présent que nous étions délivrés du Mal, nous devions remercier le Miséricordieux et regarder devant nous. Elle me dit que je devrais éprouver de la gratitude, pour avoir traversé les ténèbres de la folie des Hommes, et en être ressorti, pas intact, mais vivant.

Le saint

Le problème de l'amour du prochain, c'est qu'il ne résiste pas à l'épreuve des faits. Vous ne pouvez pas déclarer tout de go à un parfait inconnu : « Je t'aime totalement, mon frère, tel que tu es. » Ne serait-ce que du point de vue des convenances sociales, c'est inadmissible. Ou plutôt, on l'admet d'un enfant, ou d'un simple d'esprit, du fait que leur conscience est peu formée ou dérangée. Ce qui revient à dire que l'amour du prochain tel que le Christ lui-même le prêchait est toujours un peu suspect de naïveté ou de folie. En outre, il y a aussi l'aspect éthique de la question. Aimer son prochain comme soi-même, selon le bel et sage onzième Commandement (qu'on trouve déjà, cinq siècles avant l'Incarnation de Notre Seigneur, parmi les préceptes que devait observer « l'homme honorable » confucéen), suppose a priori qu'on s'aime soi-même. Alors pourquoi s'imposer remords et mortifications ? Pourquoi la pénitence, et la notion même de faute ? Dieu, qu'Il en soit remercié, m'a prêté une longue vie, et permis d'éprouver ma foi en lui en mainte occasion. Ainsi, j'ai eu beaucoup de temps pour me pencher sur le problème. Cependant je n'ai pas trouvé de réponse satisfaisante à la question de savoir pourquoi nous plaçons l'amour, et plus généralement l'éthique, dans la catégorie des choses importantes, certes, mais pas au point de changer le monde, alors que nous plaçons l'argent, et plus généralement le Pouvoir, au rang des principes fondamentaux pour la bonne conduite des affaires temporelles. Si l'on avait eu un sens correct des valeurs… À quoi bon remuer le couteau dans la plaie à présent ? Dieu a puni notre cupidité sans borne, et je crois que nous le méritions.

Ma foi et ma vocation sont solides. Toutefois, les motivations qui m'ont poussé vers la prêtrise, elles, sont moins claires. Je suis entré au séminaire à dix-huit ans, comme si j'avais le diable à mes trousses et que l'Église fût le dernier refuge où je pusse trouver la paix. Comme tous les jeunes gens, je cherchais ma place en ce monde, et il est bien troublant que j'aie cru la trouver en le fuyant. Partout, je ne voyais que le péché, la tentation et la corruption des mœurs. Les hommes, et les femmes surtout, me terrifiaient. J'aspirais à préserver mon âme du vice, qui prenait pour moi la forme du désir. Dans la vie monastique, je trouvai le mode d'existence et la quiétude dont j'avais tant besoin. Pourtant, au moment de choisir entre le clergé séculier ou régulier, j'optai pour le premier. Et c'était, je le confesse volontiers à présent, une grande vanité qui dicta mon choix. Je croyais avoir trouvé le secret d'une vie pure et paisible et je me voyais en chaire, prêchant mes ouailles et les gagnant à ma cause par la seule force de ma foi inébranlable. Illusions de la jeunesse…

Après mes vœux et mon ordination, je fus nommé en la paroisse Saint-Martin, à Cannes.

« Pour un premier poste, me dit l'Abbé, c'est une chance. La paroisse est riche et généreuse, les âmes pieuses n'y manquent pas, tu seras heureux. »

Il me fit une lettre de recommandation pour l'Abbé de Lérins, au cas où j'éprouverais le besoin d'une retraite chez nos frères cisterciens, et me donna sa dernière bénédiction.

Contrairement à une idée reçue, Cannes était une ville où sévissait aussi la misère. Elle était rejetée dans les marges, « dans les quartiers nord », loin des villas du front de mer et de l'ostentation clinquante du Festival. Or ma paroisse se nichait à mi-chemin entre ces deux mondes. Du fait des donations de la population aisée, ma petite église était cossue, presque honteusement luxueuse. Je compris vite en quoi consistait la « piété » des paroissiens qu'avait mentionnée l'Abbé. Tous les dimanches, tous les jours de Fête, l'église était garnie de fleurs. Il ne se passait pas un mois sans qu'on me commande une messe, à grands frais, pour le salut d'une âme chère. Les quêtes hebdomadaires me rapportaient l'équivalent d'un mois de salaire. On me faisait cadeau de riches vêtements, on ornait le Saint Lieu de coûteux ex-voto. Ceux qui vivaient dans l'opulence croyaient pouvoir acheter leur salut avec des biens matériels, comme au temps des indulgences, qui prolongeait celui des païens de jadis, qui enterraient leurs rois avec toutes leurs richesses, pour qu'ils continuent d'en jouir dans l'au-delà. C'étaient des pratiques pernicieuses, que je comptais bien réformer. Toutefois, dans les premiers temps, je ne pris pas le risque de froisser mes fidèles. Quant au petit tiers de mes paroissiens qui étaient des gens humbles, ils arrivaient toujours après le cortège bigarré des dames en habit du dimanche, comme par le respect tacite d'une préséance. Ils osaient à peine s'asseoir, de peur de salir les bancs. Ils restaient pendant tout le service la tête baissée, comme s'ils craignaient de souiller, de leurs yeux de pauvres, la magnificence des lieux. D'ailleurs, ces familles modestes demeuraient entre elles, tassées au fond de l'église, même quand il y avait des places libres plus près de l'autel. Une fois, peut-être par défi, peut-être par charité, j'invitai « nos frères et nos sœurs d'humble condition » à venir prendre place au premier rang. J'accompagnai cet élan de générosité chrétienne de paroles appropriées de Notre Seigneur. Il se fit dans l'église un silence gêné, comme si j'avais involontairement perturbé un ordre des choses immémorial. Personne ne bougea, et je dus poursuivre, dépité.

Au fil du temps, j'appris à mieux connaître les âmes dont Dieu m'avait confié la conduite. J'appris, par exemple, que toutes les familles riches étaient liées entre elles par quelque alliance, plus ou moins ancienne, plus ou moins lointaine, et se détestaient cordialement entre elles. Sous le vernis des convenances, tout un univers grouillait dans les mangroves des secrets de famille, de vieilles rancunes concernant essentiellement les héritages, la propriété des terres, les mésalliances. Ainsi, tout n'était qu'amour-propre, haine de l'autre et calcul, chez ces individus qui, chaque dimanche, recevaient la communion. Et les moins bien nantis non plus n'échappaient pas aux tourments de l'égoïsme que sont l'amertume et la rancœur, et pour des motifs en tous points similaires.

Puis il y eut l'Apocalypse. Les quatre Cavaliers, la Bête, ainsi que tous les fléaux possibles furent lâchés sur la planète. Il y eut des séismes, des tsunamis, des maladies fulgurantes, des éruptions volcaniques. J'y voyais le Signe évident de la Sainte Colère divine. C'était la douzième année de mon sacerdoce à Cannes, peu avant la Saint-Jean d'été, quand tout a commencé. Ici, la terre a tremblé et les trois quarts de la ville se sont abîmés au fond de la mer, dans un interminable et surhumain fracas, qui était celui des trompes des Anges. Je n'ai même pas cherché à fuir. Je suis resté dans mon église, devant l'autel, à prier pour que Dieu, dans Son infinie mansuétude, épargnât les âmes sincères et fidèles à Sa Loi. Et, à mon grand étonnement, je fus de celles-là.

Soudain, ce fut le silence, épais comme les ténèbres de la Mort. La terre ne tremblait plus. J'avais peur d'éventuelles menaces tapies au fond de ce silence, néanmoins je sortis de mon église pour contempler de mes yeux l'Œuvre de Dieu, en châtiment de l'impiété des Hommes. À la porte de l'église, je vis le vide. Après quelques mètres de parvis intacts, c'était un vertigineux précipice plongeant à pic dans la mer. J'embrassai du regard tout ce que je pouvais voir de la Côte d'Azur. Les belles villas et les avenues marchandes avaient sombré. Je pouvais distinguer, dans les éboulis en contrebas, des pans de mur, de la tuyauterie, des corps, l'avant d'une voiture de luxe. Et déjà, dans le ciel, des nuées d'oiseaux tournoyant au-dessus du festin. Une voix au fond de moi s'éleva, impérieuse, résolue, fermée à toute contestation. Elle me disait de partir, de quitter cet endroit où je n'avais plus rien à faire. Ma vocation était plus claire que jamais : je devais me mettre en route, en quête de survivants, des purs que Dieu avait sauvés, pour les maintenir dans Sa voie. C'est ainsi que je devins un prêtre pèlerin.

Je parcourus le monde de longues années. C'était un tout nouveau monde, fait de failles titanesques qui couraient sur des kilomètres, profondes comme les abysses, de coulées de lave figées dans des paysages désolés, de villes en ruines et de dangers multiples, parmi lesquels les bêtes sauvages n'étaient pas les moindres. Heureusement, je n'étais pas démuni : enfant et adolescent, j'avais été scout et j'étais à même de me débrouiller seul dans la nature.

C'était une errance plus qu'un voyage. Chaque matin, je me soumettais au même rituel après la prière et les ablutions. Je tournais sur moi-même les yeux fermés, et quand je m'arrêtais, je les ouvrais sur la direction que j'allais prendre.

Mon plus grand bonheur était, on s'en doute, de rencontrer des semblables, des visages humains, des voix, de la vie. J'ai connu trois sortes de survivants : les solitaires, les petites bandes errantes et les communautés sédentaires. Je reconnus diverses langues : du français, de l'allemand, du hongrois, du flamand, du russe, et j'en entendis bien d'autres que je ne connaissais pas. Pour faciliter le premier contact et signifier d'emblée que mes intentions n'étaient pas hostiles, je montrais mon bâton de pèlerin, terminé par le symbole universel de la Croix, et la Bible que j'avais emportée dès le premier jour. En général, on me faisait bon accueil. Il m'est arrivé, bien sûr, d'être invectivé et chassé du périmètre par quelque ermite acariâtre ou une communauté rétive à la Vraie Foi. On me dit, par exemple, que le Dieu que je servais nous avait abandonnés au malheur, ou encore qu'Il n'existait pas, ou qu'on priait ici d'autres dieux. Un sceptique me soutint que Dieu était forcément une chimère, car nulle chose ne peut être à la fois infinie et parfaite.

« Nous aimons les belles choses, ici, dit-il, et nous avons de bons artisans pour les façonner. Des potiers, des sculpteurs et même des orfèvres. Or, pour que l'on considère leur travail comme parfait, il faut qu'il soit achevé. Donc, ce qui est infini ne saurait être parfait. »

C'étaient des blasphèmes, crachés à la Face de l'Unique et Éternel, mais dans ces cas-là, je battais en retraite, à ma grande honte, parce que le ton montait vite et que les Hommes sont prompts à trouver des boucs émissaires. Je justifiais ma lâcheté en me persuadant que Dieu me voulait vivant, pour témoigner de Lui. Sinon, pourquoi m'avoir laissé la vie sauve ? Il me mettait à l'épreuve, comme n'importe lequel de Ses serviteurs. Toutefois, la plupart du temps, on m'invitait à partager un repas, à veiller autour du feu. Le lendemain, sans me prier de partir, on m'offrait des victuailles et on me souhaitait bon voyage. On était arrivé au bout de l'hospitalité envers les étrangers.

Partout où j'ai rencontré des sociétés, j'ai remarqué un fait frappant : il n'y avait pas d'enfants parmi elles. Dans une communauté, on m'expliqua que, parfois, une femme tombait enceinte, ce qui suscitait de grands espoirs. Mais elle faisait une fausse couche, ou alors l'enfant était mort-né. Dans une autre communauté, frappée d'un mal similaire, on m'affirma :

« Nous sommes les derniers. Ton dieu, ou la Terre, ou l'Évolution, appelons ça comme on veut, nous a rendus stériles. Quand le dernier d'entre nous s'éteindra, il n'y aura plus personne pour prier ou pour pleurer, ou pour espérer. »

Pourquoi le Seigneur a-t-il voulu que je vive les derniers instants du genre humain ? L'âge, l'errance et les épreuves m'ont usé. J'ai passé les soixante-dix ans. Je vis en ermite désormais. Je me suis trouvé une grotte et, comme nombre de saints et de prophètes avant moi, je vis dans le désert et le désert me suffit. Toute ma vie, je n'ai cessé de chercher les Hommes pour les rallier à la Foi. C'était ma mission, et j'ai échoué. Je n'ai pas cessé d'aimer mes prochains, de les traiter en frères. Mais s'il n'y a plus d'Hommes, à la fin, que vaut cet amour ? Ma propre fin est proche, je le sens dans ma chair. Je prie le matin, le midi et le soir, comme je l'ai toujours fait : ma foi est intacte, malgré les doutes qui me tourmentent de temps à autre. J'ai fait ce que Dieu m'avait demandé, du mieux que je le pouvais, mais je n'ai pas obtenu la grâce d'une réponse à mes questions. Ou plutôt, la réponse était là depuis le début : c'est cette petite église miraculée au bord d'un précipice. Je suis cette église. Peut-être que Dieu a voulu qu'il lui restât, après l'avenir, un humble serviteur, un témoin peut-être, un peu borné, mais fidèle.

Le Prophète

On date traditionnellement la première vision de Talomar-le-Saint à l'an 153. Cette date n'est pas absolument sûre. Talomar, simple paysan illettré, ignorait jusqu'à l'année de sa naissance. Cependant, celle-ci nous est connue grâce aux archives administratives de son Royaume natal, Riqualène, qui recense à l'année 113, « le premier jour des moissons », la naissance de Talomar, dans son village de Mach'tal, Province de Tulso. Quand le saint fondateur de l'Église du Renouveau commença ses prêches publics, la police nota dans ses registres qu'il était âgé « d'environ quarante ans. » Ces prêches débutèrent, toujours selon les documents de la police de Riqualène, « aux semailles de l'an 154 ». Or, Talomar a toujours affirmé qu'entre sa première Vision, et sa décision d'apporter aux foules la Révélation, il s'était écoulé environ une année. Dans ce laps de temps, il reçut en tout sept Visions et le Livre. Du reste, Clodomar-le-Sage lui-même retient, dans sa docte compilation des *Œuvres spirituelles*, la date de 153. Donc, nous l'admettons ici une fois pour toutes.

A priori, rien ne prédestinait Talomar à devenir le saint homme, dont nous célébrons cette année le cinq centième anniversaire de la mort, en 190. Le rude village de Mach'tal où il naquit, sur un matelas de paille, comptait trois cent vingt-sept âmes, selon les registres du recensement. L'essentiel de l'activité économique était centré sur la culture céréalière et le maraîchage. Dalomar, le père de Talomar et de huit autres enfants avant lui, était métayer. Sa mère, Ulika, élevait des volailles et confectionnait des ouvrages de dentelle pour la famille comtale de Noléor, dont le fief comprenait Mach'tal.

On ne sait quasiment rien de l'enfance de Talomar, de son adolescence, ni de ses premières années de vie adulte. Ces détails n'intéressent pas l'Histoire et Talomar, naturellement avare de paroles en privé, se confia peu sur ce point. Il dit qu'il avait appris le travail de la terre et le soin du bétail, comme son père. À vingt-deux ans, il fit un mariage avantageux en épousant Tysmée, unique héritière d'un petit propriétaire terrien, qui lui apporta une ferme et des terres en dot.

Talomar se haussait ainsi d'un cran dans la hiérarchie sociale du village. Il fut admis dans la Confrérie des paysans indépendants, qui donnait chaque année, « à la dernière lune d'été », un banquet dispendieux, dont les frais étaient partagés entre Confrères. Talomar se distingua d'abord par ses manières frustes, que son épouse plus éduquée se chargea de corriger. Il dut aussi apprendre le dur métier de Maître, car les travaux de la ferme étaient nombreux, et requerraient une main-d'œuvre d'une douzaine d'hommes, qu'il fallait commander. Laissant derrière soi son ancienne condition, et suivant l'exemple de ses confrères, Talomar traitait durement ses employés, et fut même condamné par trois fois à une amende pour « sévices exagérés. » On sait, par ailleurs, que Tysmée, issue d'une famille influente, lui évita de justesse deux procès pour fraude fiscale. Enfin, le couple, prolifique, eut onze enfants légitimes, et Talomar trois bâtards qu'il ne reconnut jamais.

Sur ses relations avec les Ambiguïtes, secte alors à son apogée, Talomar fut plus disert avec ses disciples. Bien sûr, la caravane annuelle des Ambiguïtes ne passait pas par Mach'tal, à l'écart des grandes voies de communication. Pour voir les Ambiguïtes, on pouvait aller à Barcinor, capitale de la Province, à trois jours de cheval. Mais le mieux était d'effectuer un voyage de dix jours jusqu'à Riqualène, capitale éponyme du Royaume. Talomar n'entreprit pas cette expédition avant sa trentaine, riche et bien installé, pouvant se permettre de confier la bonne marche de ses affaires à son maître de plantation. Il fut ébloui par les beautés de la capitale : les hôtels particuliers et les maisons de pierre, les ponts commerçants jetés sur le fleuve nonchalant, les belles dames et leurs parures, les boutiques, l'abondance des étals. Il se sentait petit et misérable dans sa bure, pourtant neuve, de paysan de l'Est. De même, devant les prêcheurs ambiguïtes, il se sentit stupide et démuni. Toutes ces élucubrations à propos de dieux siamois, de monde inversé, d'éternel cycle de réincarnation, il n'y comprenait rien. Il applaudissait quand la foule applaudissait, arborait un sourire niais quand les rires signalaient une plaisanterie, et surtout se taisait quand le prêcheur parlait, réprimant à grand-peine ses envies de bâiller. Tysmée, elle, se montrait très attentive et très réceptive aux prêches.

Selon les Actes, la première des sept Visions vint en songe à Talomar. Il rêva qu'un large rayon de lumière séparait le ciel nocturne en deux. Une voix dans sa tête lui ordonnait d'avancer jusqu'à l'endroit où la lumière frappait la terre.

« Si tu as peur, disait la voix, pars (réveille-toi) et ne reviens jamais. »

Talomar avait peur devant ce phénomène étranger à la Nature, n'ayant jamais vu un tel prodige. Son vieux fonds de défiance paysanne face à ce qu'on ne connaît pas lui conseillait de fuir (de se réveiller). Puis, il se reprit, sous le double effet de son courage personnel, sentant que quelque chose de grand avait lieu, et du même atavisme terrien : après tout, ce n'était que de la lumière. Qui aurait peur de la lumière ? Quand il arriva à l'endroit où elle formait un cercle parfait au sol, il fut aspiré doucement en l'air, flottant, s'élevant à des hauteurs vertigineuses dans un tube lumineux. Il regarda en bas et vit que la Terre n'était plus qu'un petit point minuscule. Enfin, il arriva au Seuil, où Père et Mère l'attendaient. Ces dieux avaient pris forme humaine pour l'accueillir. Ils souriaient à Talomar, qui entendait leur voix dans sa tête, leurs lèvres ne s'ouvrant point.

Ils lui souhaitaient la bienvenue. Puis, ils ouvrirent la Porte et l'invitèrent à entrer. Talomar put contempler la Source, avec quoi le monde fut créé. C'était une fontaine d'or finement ouvragé, avec une vasque remplie d'une eau luminescente. Père et Mère lui expliquèrent que le Pouvoir, origine de toutes choses, l'avait donnée aux Dieux. Grâce à elle, ils demeuraient immortels et ils avaient créé l'Univers des Hommes, et un Univers bien plus vaste encore. Père dit :

« Nous t'avons choisi, toi Talomar de Mach'tal, pour faire connaître aux Hommes la Vérité que nous allons t'enseigner. »

Puis, Mère remplit une coupe à la Fontaine et la lui présenta :

« Bois, Talomar de Mach'tal, et reçois ton âme. Seuls ceux qui connaissent et croient en la Vérité possèdent une âme. Tu es le premier d'entre eux, notre Élu. »

Talomar se réveilla en sursaut dans son lit, au côté de Tysmée endormie. C'était quoi, cette histoire d'Élu ? On ne lui avait rien demandé, même pas s'il était d'accord. Talomar doutait de sa vision, car c'était la première. Mais il se sentait changé. Alors, il constata que ses yeux voyaient comme en plein jour dans les ténèbres. Le sommeil l'ayant fui, il descendit sans bougeoir jusqu'à la salle et regarda par la fenêtre. La nuit était profonde, mail il y voyait parfaitement clair : le jardin et ses massifs de fleurs, les arbres, le mur d'enceinte de sa propriété, et jusqu'aux lointaines montagnes. Il était devenu le Voyant, celui à qui les choses cachées ne peuvent échapper. En outre, par la suite, jamais plus il n'eut besoin de dormir. Tout le reste de son existence ne fut qu'une seule et même journée. Telle était la Force qui l'habitait : nulles ténèbres ne lui résisteraient plus, et il pourrait travailler sans relâche et sans fatigue.

Nous n'allons pas ici détailler le contenu et les circonstances des six Visions qui suivirent, qui sont bien connus et relatés dans les Actes, que les Premiers Disciples de Talomar rédigèrent, comme on sait, sous sa dictée, lui qui ne sut jamais lire ni écrire. Rappelons seulement que Père et Mère lui firent parcourir le Royaume immortel, lui présentèrent les dieux et leurs palais, et mille merveilles encore.

Enfin, lors de la septième Vision, Talomar rencontra le Comptable, maître de tous les destins, qui évalue les âmes en toute équité grâce à son cœur d'enfant, et qui lui remit le Livre. Le Comptable dit :

« Voici la Vérité, voici la Loi que tu es chargé de faire connaître aux Hommes. »

Et quand Père et Mère ramenèrent Talomar sur Terre, il serrait le Livre dans ses bras. L'original, d'origine céleste, a été perdu, sans doute détruit par un moine-soldat ambiguïte, dans des circonstances peu claires. Toutefois, nous conservons une copie fidèle dans le temple de Riqualène. Elle est de la main de Stoken lui-même, qui avait l'original sous les yeux. Elle contient les Épopées, les Rites et la Loi des dieux, que nous observons encore avec dévotion.

Ainsi débuta la vie publique de Talomar. Ardent était son désir d'accomplir la volonté du Comptable, immensément difficile, la tâche qui lui revenait. Pendant des jours et des nuits, son esprit fut tourmenté. Que faire ? Et comment ? Par où commencer ? Il possédait le Livre et ne pouvait le lire. Cependant, le Comptable avait gravé les sept Articles dans son cœur. Le premier disait : « Demeure à la place que les dieux ont voulue pour toi. Accomplis ta tâche avec constance et gratitude. » Talomar en conclut que, pour commencer, il devait connaître tout le contenu du Livre. Il alla jusqu'à Barcinor voir Stoken, l'archiviste de la Province. Ils entretenaient d'excellents rapports. À chaque naissance d'un nouvel enfant, et Talomar en eut de nombreux, l'officier de l'administration se déplaçait en personne sur place, pour constater la naissance, consigner sa date et le sexe de l'enfant. Onze fois, Talomar lui fit bon accueil, lui offrant le gîte pour la nuit, le couvert et la beuverie rituelle. Il avait eu l'intuition que cet homme lui serait précieux, et avait tâché de se concilier ses bonnes grâces.

Stoken rendit la politesse à Talomar et lui dit :

« Toute la journée, je suis occupé, mais chaque soir je te lirai un chapitre du livre que tu apportes, jusqu'à ce qu'il soit terminé. »

Pour occuper ses journées à Barcinor, Talomar commença à prêcher sur les places publiques. C'était un homme qui parlait peu d'ordinaire, et n'appréciait guère les foules. Pourtant, sa langue se délia, comme par miracle. La Vérité semblait sourdre naturellement de lui, dès ses premiers prêches. À l'aide de deux tréteaux et d'une solide planche, il se fit une petite estrade d'où haranguer la foule. L'automne touchait à sa fin, et les caravanes ambiguïtes regagnaient la Citadelle, laissant le champ libre à ce prêcheur d'un nouveau genre. La foi de Talomar était fervente, néanmoins il craignait les Ambiguïtes. Leur aura et leur prestige spirituels étaient alors extrêmement puissants. Dès qu'ils quittaient la Province, bien sûr, on oubliait leur principe de non-nuisance et chacun retournait à ses mesquineries, ses chamailleries, ses querelles et sa violence naturelle. Cependant, l'influence de la secte était immense, et Talomar savait qu'il avait là de redoutables adversaires.

On l'écoutait, par curiosité ou par désœuvrement. Il soutenait que les Vrais Dieux l'avaient envoyé en mission, pour propager la Vérité. Il racontait ses visions, il brandissait le Livre comme une preuve. Puis, il récitait et commentait les sept Articles. Le soir, Stoken lui faisait la lecture. Les Épopées leur apprirent comment le Pouvoir, source de toutes choses, avait créé les Sept Dieux, comme des extensions de lui-même, pour qu'à leur tour ils créent l'Univers. Celui-ci est unique, et composé d'une infinité de mondes. Les dieux œuvrent chacun selon ses attributions. Père et Mère sont les gardiens de la Vie et les passeurs, du monde de la matérialité au monde désincarné des âmes immortelles. Fertilité veille à ce que les bouches soient nourries. Air préside au climat, Amour aux alliances et à toutes les formes d'attirance. Le Comptable est le maître des destinées. Harmonie est la protectrice des arts et de l'artisanat. Enfin, Colère est le fauteur de troubles : il sème la discorde entre les Hommes pour éprouver leur foi. Talomar connaissait déjà les Articles. Le Livre lui dévoila les Rites, pour honorer les dieux et le Pouvoir. Sa tâche de prédicateur fut grandement facilitée quand il connut tout le Livre, dont les mots se gravèrent à jamais dans sa mémoire. Chaque jour, après son prêche, il invitait ceux qui l'avaient écouté jusqu'au bout à pratiquer le Rite du jour avec lui. Car chaque jour de la semaine était consacré à un dieu en particulier, avec le Rite qui lui était propre.

Le Premier des Disciples fut Stoken, émerveillé par la justesse, la profondeur et la beauté des paroles qui étaient consignées dans le Livre. Talomar pratiqua le Rite de purification de l'eau, en fit boire une coupe à Stoken, qui devint ainsi le Premier Disciple, et le deuxième Homme à acquérir une âme. À ce moment, Talomar dut faire un choix. Il était à Barcinor depuis un bon mois. Tysmée lui envoyait chaque semaine des lettres ambiguës, où elle se plaignait que son mari lui manquait, tout en lui adressant des remontrances à mots couverts. On commençait à jaser, au bourg, sur cette épouse délaissée par son époux, dont on connaissait par ailleurs le goût pour les jeunes femmes accortes, sur la propriété sans maître ou presque, et sur une multitude de détails auxquels Talomar, dans l'enthousiasme de sa vocation débutante, n'avait pas songé un seul instant. D'un autre côté, il commençait à gagner quelques Disciples dans la capitale de la Province. Une quinzaine de fidèles, qui chaque jour venaient l'écouter et pratiquer le Rite avec lui. On comptait parmi eux le fils aîné d'un avocat influent, et l'épouse du bailli. Les autres étaient majoritairement des artisans et des commerçants. Le jeune homme lettré, dévoué et enflammé participait au prêche, en racontant à la fin une épopée, ou un fragment choisi, qui ravissaient le public. Il était question, comme dans toutes les épopées, de héros au grand cœur, de guerres, de belles captives, d'interventions divines, de trahison et de clairvoyance. Toutes les épopées, sans exception, se terminaient par la victoire du Pouvoir, assimilé au Bien, contre toutes les tentatives pour le contrecarrer ou le renverser, assimilées au Mal. On ne pouvait en conclure qu'une chose : Talomar-le-Prêcheur avait été missionné dans notre monde pour y instaurer le règne du Bien.

Conseillé par l'avocat, au fils conquis par le Prêcheur, qui lui-même ne voyait pas d'un mauvais œil cette idéalisation du

Pouvoir, Talomar choisit de répudier Tysmée. La procédure était fort courante à l'époque, et ne choquait pas les mœurs. Toutefois, le devoir lui commandait de céder à son ex-épouse la moitié des revenus de la propriété, pour qu'elle et leurs enfants vivent décemment. Il lui laissait en outre l'usufruit de la maison, et dit qu'il enverrait un homme droit et de confiance pour administrer le domaine. Gonin de Barcinor se présenterait sous huit jours à Mach'tal avec tous les documents nécessaires. Tysmée renvoya une lettre rageuse et pleine de fiel (« Et pour tes putains et tes bâtards, tu as prévu quoi ? »). Mise au fait des nouvelles activités de son ex-époux, par quelque marchand de Mach'tal revenu de Barcinor, Tysmée l'accusait de folie furieuse, de blasphèmes qui offensaient l'Un-en-Deux. Elle lui souhaitait une mort lente, douloureuse, dans la solitude et la misère. « Et, au fait, leur père manque à ses enfants », ajoutait-elle en post-scriptum. Talomar reçut ces mots comme une gifle. Il en fut blessé, car à cette époque la répudiation était une simple formalité, où la femme, en général, ne recevait rien. Il avait été juste et généreux, et Tysmée était une ingrate. Il comprit que Colère était à l'œuvre et qu'il lui imposait une épreuve. Il ne mordit point à l'hameçon et se contenta de suivre son plan, tel qu'il l'avait établi, sans répondre aux insultes pour ne pas envenimer les choses.

« Tysmée n'a pas d'âme, soupira-t-il, que peut-elle comprendre à une si grande chose ? Elle se calmera et verra combien j'ai été bon avec elle. »

Ainsi commença la vie itinérante de la petite troupe des Premiers Disciples, menés par Talomar. De Barcinor, il gagna Riqualène. Là, pendant la saison creuse où les Ambiguïtes s'étaient retirés dans leur Citadelle, il gagna de nouveaux disciples. Et ce fut une petite caravane qui quitta le Royaume pour celui, mitoyen, de Bistralès. Et ainsi de suite, dans toutes les Provinces de tous les Royaumes. En un hiver, la Parole des Vrais Dieux fut portée partout.

Les Maîtres faisaient bon accueil à ce prêcheur aux bottes crottées. Il plaidait pour que les gens du peuple restent à leur place, car telle était la volonté des dieux. Les Maîtres voyaient, avec intérêt, naître sous leurs yeux une religion nouvelle, bien plus conforme à leur vision du monde que les subtilités duplices des Ambiguïtes, et leur prêchi-prêcha à propos du nécessaire et pas plus. Tous les Maîtres, au fond, désirent la même chose : conserver leur pouvoir et, si possible, l'accroître. Les Ambiguïtes avaient imposé un consensus tacite dans les Royaumes, régulièrement violé. On s'en tenait, grosso modo, à la doctrine du strict nécessaire (en jouant avec sa définition), qui découlait du principe de non-nuisance (en en repoussant les limites étroites). On ne demandait à la Terre que de quoi nourrir les bouches, avec un petit supplément pour les Maîtres. On ne violentait pas trop le peuple, et on laissait les jeunes filles à peu près tranquilles, sauf cas de légitime désir.

Or, ce que proposait ce Talomar était bien différent. Lui développait une cosmogonie où le Pouvoir tenait la première place. Le Pouvoir avait créé les dieux, comme des organes, pour créer l'Univers et le maintenir en équilibre. L'eau, que Talomar faisait boire aux nouveaux adeptes, provenait de la Source du Pouvoir lui-même. Par ailleurs, en cette délicate époque charnière qu'était la seconde moitié du IIe siècle, les philosophes avaient commencé à laïciser et à rationaliser l'âpre théologie ambiguïte. Selon cette doctrine, en effet, tout dans l'Univers était agi, passif, dans un éternel rapport de causes et de conséquences. Les philosophes déterminèrent que l'ordre du monde, tel qu'on le connaissait, découlait d'un ensemble de Causes premières. On spécula beaucoup, on classifia les Causes. Si notre monde n'était que la conséquence du Monde originel, il en était également le reflet dans les siècles. Son organisation était demeurée exactement la même. Dès le début, les dieux avaient réparti les rôles, entre les Maîtres et toutes les castes du peuple. Les philosophes en vinrent à justifier, non sans flagornerie, le pouvoir des Maîtres, comme conséquence logique de la toute première prise de pouvoir du premier Maître sur les premiers sujets. Et les dieux virent que cela était bon.

Ces idées, en vogue dans les cours, parce qu'elles confortaient, par le sophisme, les Maîtres dans leur rôle, rencontrèrent la doctrine nouvelle, que cette caravane de pouilleux commençait à propager dans les Royaumes. Talomar combattait la croyance ambiguïte en un Univers double, cette « divagation de l'esprit. » La Religion du Renouveau reposait sur une théologie bien plus simple, bien plus réaliste. Il n'y avait qu'un seul Univers, en proie au Bien et au Mal. Il y avait six Dieux Ordonnateurs (Le Comptable, Père, Mère, Fertilité, Harmonie, Air), garants de l'équilibre des mondes. Un Dieu du Désordre (Colère) éprouvait les Hommes, pour les raffermir dans leur foi. Et au-dessus de tout, le Pouvoir, inconnaissable, auquel on pouvait se relier, en se dotant d'une âme par le rite approprié.

L'Histoire retient que le premier des Maîtres à en recevoir une, fut Markaël, marquis de Temseuil et beau-frère du roi Jujiba, de Lunélor. C'était en l'an 167. Les Ambiguïtes, pour qui les « Renouvelistes » étaient des hérétiques et des idiots, condamnèrent fermement cette conversion, sur la place publique. Le peuple s'indigna, mais pas autant que les Ambiguïtes avaient escompté. Ceux-ci dépêchèrent une ambassade solennelle à la cour de Jujiba. La réponse qu'on lui fit fut jugée insultante : en substance, disait-on, chacun demeurait libre de ses convictions. Les Ambiguïtes avaient été longtemps en situation de monopole sur le marché de la spiritualité. Cette ancienneté ne prouvait en rien que leur doctrine fût la seule digne de foi. On laisserait donc l'Église du Renouveau prêcher en toute liberté dans le Royaume de Lunélor. Plus inquiétant, les autres Royaumes firent la même réponse, aux dignitaires ambiguïtes indignés, au nom de la libre concurrence.

On n'a pas répertorié d'incidents violents entre les Ambiguïtes et les Renouvelistes. Le grand avantage de ces derniers était qu'ils occupaient le terrain en permanence, contrairement aux Ambiguïtes qui faisaient retraite en leur Citadelle tout l'hiver. En outre, Talomar bénéficia d'une évidente Grâce divine. En 170, Markaël de Temseuil offrit à l'Église du Renouveau un fief, où les fidèles érigèrent d'abord leur premier temple en dur, puis bâtirent autour leur première ville. La Volonté des dieux s'accomplissait. Talomar reçut cette opportune inspiration : on allait organiser, depuis ce point fixe, la tournée des caravanes qui propageaient la foi nouvelle, juste assez en décalage avec celles des Ambiguïtes, pour qu'elles ne se rencontrent jamais. L'Église du Renouveau passait la première, ralliant des fidèles à sa foi. Et quand les Ambiguïtes arrivaient à leur tour, la foule venue pour les accueillir et les écouter était de plus en plus clairsemée. Cependant, les caravanes ambiguïtes continuèrent à parcourir les Royaumes pendant encore une cinquantaine d'années. Il se trouvait encore quelque prud'homme, quelque vavasseur, pour confier aux Ambiguïtes un fils, une fille. Entre 227 et 235, tous les Maîtres, convertis au renouvelisme, interdirent aux caravanes l'accès à leurs terres.

Talomar-le-Saint organisa le clergé, sur les bases toujours en vigueur aujourd'hui. Rappelons-les brièvement. Le premier grade est celui de Disciple. C'est celui qu'acquièrent nos enfants à l'âge de quinze ans, lors du Rite de l'Entrée dans la Communauté. Ensuite viennent les Dédicats, autorités spirituelles des villes et des villages. Les Primes sont les supérieurs des Dédicats et ont la charge d'une Province. Ils forment le Conseil, qui élit l'un des leurs au grade de Temporat, qui administre l'Église dans tout le Royaume. Les Temporats, le moment venu, forment la Famille, qui choisit le nouveau Paterne, chef suprême de l'Église. Le premier Paterne Talomar, avant de mourir, pardonna publiquement à son ex-épouse Tysmée, et à ceux de leurs enfants qui persistaient à croire aux fariboles ambiguïtes. Porté à la liste des Actes, ce pardon, proféré par le saint homme, fut interprété comme une incitation à la tolérance envers les égarés. C'est pourquoi la conquête du monde, entamée en 259 et menée par les Rois, accompagnés d'un Temporat, se fit pacifiquement. Les missionnaires commençaient par entrer en contact avec les peuples d'au-delà des Royaumes. Certains, d'ailleurs, avaient déjà reçu la visite de la septième caravane ambiguïte, celle qui partait annuellement à l'aventure, au-delà des territoires connus. On apprenait les langues, les lois, les coutumes. On rencontra bien des religions différentes. On montrait alors aux Maîtres, temporels et spirituels de ces tribus, tous les avantages qu'ils retireraient à se rallier à la Couronne et à l'Église. Le premier de tous, pas des moindres, consistait à éviter l'extermination, par une armée puissante et bien entraînée. Ainsi les Royaumes acquirent de nouveaux fiefs, la fidélité de nouveaux vassaux, qui connurent la prospérité. Le long Moyen Âge se terminait.

Entraîné par la fièvre exploratrice, on traversa les océans, on remonta le cours des fleuves, on envoya des expéditions jusque dans les contrées et les archipels les plus isolés. On unifia les peuples, sous la double tutelle du Pouvoir, spirituel et temporel. On aboutit au monde tel que nous le connaissons, c'est-à-dire un grand Marché, organisé selon les lois du néolibéralisme, restauré après une éclipse de quelques siècles. Chaque individu, productif et rentable, y a sa place, tous unis sous la même Loi et la même Foi. Voilà l'héritage de Talomar de Mach'tal.

Le Pouvoir a reconquis le monde. Nous avons bâti des villes, tracé des routes, appris à produire de l'énergie comme dans l'Ancien Monde. Nous avons rétabli l'ordre et la prospérité, trop longtemps menacés par les Ambiguïtes et leurs préceptes, qui limitaient les légitimes ambitions des Maîtres. Il était assez candide de croire, quand on y pense, que l'ordre naturel du monde, qui donne aux plus forts l'ascendant sur les plus faibles, pût être jugulé et supplanté par des choses aussi fragiles que la sagesse et la vertu. Ce n'est pas vers elles que penche le cœur des Hommes. Que quelque ascète s'y essaye, passe encore, il ne nuit qu'à lui-même. Mais le bon peuple, au fond, n'a jamais aspiré qu'à obéir, vivre de son travail et se distraire : toutes choses dont les Maîtres s'assurent scrupuleusement que le peuple ne manque pas.

Éveil

La pente à 15 % que formait le sol plastifié m'indiquait assez clairement que quelque chose s'était produit, une catastrophe qui avait entraîné un sacré bordel. J'étais la tête en bas sur un lit de fer. Un lit d'hôpital, si j'en jugeais par les instruments de contrôle des fonctions biologiques, écrabouillés contre le mur, les cathéters et la blouse couleur mastic dont j'étais vêtu. J'avais un masque filtrant, une aiguille dans le bras droit et diverses électrodes sur la poitrine, qui n'étaient plus raccordées à rien de fonctionnel. La vitre avait explosé, la porte de la chambre, arrachée de ses gonds, gisait dans un coin. Un corbeau aventureux m'observait, depuis le perchoir d'un meuble en inox, visiblement indécis quant à mon état : vivant potentiellement dangereux, ou non-vivant, dont il pourrait avec délectation picorer ces gourmandises que sont les globes oculaires. À part lui et moi, il n'y avait personne dans la pièce oblique.

Bon. Récapitulons. La dernière chose dont je me souvenais, c'était l'accident. J'avais pris l'autoroute et j'allais rejoindre ma famille dans le Sud. On était en période de vacances scolaires. Ma femme et nos deux enfants étaient partis trois jours avant moi. J'étais détective privé et une affaire à boucler m'avait retenu. Enfin libéré, j'avais pris la voûte, non, la route. Un gros orage avait éclaté et j'avais réduit ma vitesse par prudence. Et soudain, le camion devant moi a pilé. Je m'en tenais à bonne distance, pas de problème, j'avais le temps de freiner. Le choc est arrivé par l'arrière, d'un trente-huit tonnes, entraperçu dans le rétroviseur. Monstre d'acier aux yeux de phosphore allumés, qui en un éclair m'évoquèrent la lampe du dentiste. Le choc a projeté ma voiture en avant, qui est partie en aquaplaning s'encastrer dans le camion de devant. Après, c'était le noir total. Jusqu'à maintenant.

Combien de temps avait duré ce noir, cette éclipse de la conscience ? Mon dernier souvenir, pour moi, c'était hier. Néanmoins, quelque chose me disait que du temps était passé depuis mon hier, et qu'on était même peut-être longtemps après. La tête en bas, je regardai mes orteils et leur ordonnai de bouger. Ils obéirent, mais difficilement : ankylosés, comme pris dans la gelée. Je fis de même avec mes doigts, qui ne semblaient guère pressés de reprendre une activité quelconque. Mes membres répondaient, c'était déjà ça. J'ôtai prudemment l'aiguille de mon bras, puis les électrodes. J'entrouvris ma chemise de patient en réanimation, et constatai qu'une longue cicatrice, du nombril au sternum, me courait sur le ventre. Elle avait été suturée, pansée, et semblait n'être à présent qu'un lointain souvenir. Soudain, une sensation désagréable se manifesta dans ma verge. C'était la sonde urinaire. Je tirai dessus doucement, car je tenais à l'intégrité de cette partie de ma personne. D'un coup sec, je la dégageai complètement de mon urètre, et ça brûla quelques secondes dans mon gland. Puis, je me dis que je ne pouvais pas rester dans cette position, le sang me montant à la tête et battant dans mes tempes. Je serrai les jambes, me tournai sur le côté droit, les mis à l'équerre, et lentement, le corps gourd et faible, je m'extirpai du lit, en m'appuyant sur mes bras chancelants.

Le mur, contre lequel était calé le lit, et le sol, formaient un angle bizarre, comme si cette partie de l'hôpital avait glissé dans un trou. Hypothèse confirmée par la coulée de terre, qui s'était déversée dans la chambre par la fenêtre brisée. Tout ce qui meublait la chambre avait glissé, apparemment avec une certaine violence, contre le mur du fond. Les écrans de monitoring étaient fendus, divers objets de verre avaient éparpillé de petits fragments, entassés contre la plinthe. Le sol lui-même était fissuré, et de nombreuses lézardes, plus ou moins profondes, dessinaient sur les murs et au plafond des motifs, pas inintéressants sur le plan esthétique, quoique l'ensemble dégageât un sentiment de menace et de précarité. Gisement, non, glissement de terrain, me soufflait ma conscience de détective. Après l'accident, j'avais été conduit, le ventre ouvert et dans le coma, à l'hôpital, que quelque catastrophe avait démoli. Peut-être même que c'était ça qui m'avait sorti de l'inconscience, allez savoir.

Je me sentais cotonneux, l'esprit plutôt clair mais tout le corps engourdi et peu réactif. Bon sang, combien de temps étais-je resté dans le coma ? Je fis comme je pouvais pour me redresser, étant donné la géométrie délirante de la chambre. Le corbeau, assuré de mon statut de non-mort, s'envola par l'ouverture béante de l'embrasure sans porte, vers la sortie, vers l'air libre, et comme je l'enviais ! Je cherchai des indices qui eussent pu me dire au moins quelle année on était. Dans le tiroir de la table de nuit, je trouvai toute une collection de cartes d'anniversaire, écrites par ma femme et mes enfants, pour le cas où je me réveillerais. La pile était assez épaisse. Il y avait aussi un dictaphone sur lequel, sans doute, des êtres chers m'avaient laissé des messages. La carte la plus récente datait du 10 octobre 2121, pour mes cinquante et un ans. Elle était signée de ma femme Anaëlle et de mes deux enfants, mon fils Gökhan et ma fille Kaouther. 2121 ! Je déglutis la nouvelle avec peine : j'étais resté vingt ans dans les limbes. Pas étonnant que je ne reconnaisse pas l'écriture, adulte et sûre, de mes enfants. Mon faible corps absorba le choc avec difficulté. Je dus me retenir au mur pour ne pas m'effondrer. Vingt années de mon existence à errer entre la non-mort et la non-vie, vingt années qui ne me laissaient absolument aucun souvenir, vingt années nourri par perfusion et entouré de soins et de l'amour des miens, auxquels les ténèbres où mon esprit s'était logé m'empêchaient de répondre. Le désarroi, le chagrin, un sentiment de perte irrémédiable m'envahirent. J'avais envie de hurler comme un nouveau-né qui vient au monde. C'était bien ce qui m'arrivait, seulement le comité d'accueil n'était pas là. J'étais trop faible pour me révolter, et à la place, je sanglotais de longues minutes, mes larmes se mêlant à l'encre de la carte de vœux. Les mots « Reviens-nous vite » dégoulinaient en traînées bleuâtres.

J'essayai le dictaphone, mais les piles étaient à plat. Je me sentis tenaillé par la faim et la soif, de façon si urgente et concrète que mon désespoir se dissipa. J'avais besoin de reprendre des forces pour affronter la réalité qui m'attendait, là dehors. Elle pourrait me faire regretter d'être en vie. La peur s'immisça, elle aussi, à deux doigts de défrayer, non, déferler en panique : j'étais enterré vivant dans une énorme tombe, dont je n'étais pas certain de pouvoir sortir par mes propres moyens. Même si j'avais eu des ailes, comme le corbeau, je n'aurais pas eu la force de les faire battre pour regagner le ciel. Le silence m'angoissait, et mon cerveau gambergeait à toute vitesse. Si l'hôpital s'était abîmé dans un glissement de terrain, pourquoi n'avait-on pas envoyé les secours ? Que s'était-il passé, à l'extérieur, pour qu'on n'ait pas jugé utile, ou qu'on n'ait pas eu les moyens de fouiller les décombres ? Catastrophe naturelle ou pas ? Je me rappelais qu'à l'aube du XXIIe siècle, la situation internationale était plutôt tendue, sur fond de cataclysmes divers, causés par le dérèglement climatique. On n'avait pas cru bon d'essayer de l'enrayer. Deux blocs, est et ouest, s'étaient constitués, deux visions du néolibéralisme en fait, farouchement hostiles l'une envers l'autre. La guerre commerciale, impitoyable, sévissait déjà depuis plus d'un siècle, des pays s'étaient réarmés, des alliances s'étaient nouées. La géopolitique mondiale ressemblait furieusement au climat de la guerre froide, au milieu du XXe siècle. Aux dernières nouvelles, le Japon s'était déclaré pays neutre, pour offrir aux Maîtres un terrain de jeu, où continuer de boursicoter en dehors des conflits. Bon. Où en était-on vingt ans après ? Et par-dessus tout, qu'était-il advenu de mes proches ?

Puisque le corbeau était passé par la porte pour rejoindre l'air libre, c'était la direction à suivre. J'espérais qu'il y aurait un passage suffisamment large pour un humain. Je sortis de la chambre et regardai vers le haut du couloir central effondré. Au bout, tout en haut, murs et plafonds s'étaient écroulés, et je voyais une large portion de ciel, ce qui me redonna courage. En bas de la pente se trouvaient des éboulis composés de briques, de plaques de plâtre, de cloisons défoncées, de fils électriques, de matériel médical pêle-mêle. J'évaluai qu'il me faudrait ramper une vingtaine de mètres, en prenant appui sur les nombreuses fissures, qui parcouraient le bas des murs et le sol. Un peu d'altruisme, non, d'alpinisme, en somme. Ça ne paraissait pas si difficile pour un homme en pleine forme. Seulement, toutes ces années allongé sur un lit m'avaient fait perdre énormément de masse musculaire. Mes bras, mes jambes étaient rachitiques. Moi qui, auparavant, m'astreignais à une heure trente de musculation quotidienne, je ressemblais à un rescapé des camps de concentration chounois ou galiléens. C'était comme tenter l'ascension de l'Everest, en ballerines et tutu, sans préparation préalable. Cependant, si je voulais survivre, c'était le seul moyen.

Ce fut un enfer. Tout mon corps refusait l'effort démentiel que je lui imposais. Je sentais mes fibres musculaires à deux doigts de la déchirure. Je puisais mes dernières forces dans l'instinct de survie. Heureusement, quelques portes après ma chambre, je tombai sur une salle de repos des soignants. Le choc du glissement de terrain avait ouvert tous les placards, et leur contenu avait glissé au bas de la déclivité, à portée de main. Trois cadavres, plus becquetés que dés à coudre, mais assez récents, étaient amoncelés dans des positions grotesques. J'attrapai une banane et deux pommes, que je mangeais en mâchant lentement. Mon estomac devait être tout ratatiné à force de n'avoir reçu aucune nourriture solide en vingt ans. Je l'imaginais comme un ballon de baudruche tout sec, qu'il fallait regonfler avec beaucoup de précautions. Il y avait aussi des morceaux de sucre en pagaille, dont je remplis mes poches. Je poursuivis ma reptation vers le haut, vers la lumière, vers la Vie. Dans chaque chambre, je découvrais des cadavres, écrasés par la chute du toit, ou morts par défaut de soins. Je m'écorchais les doigts, les coudes, les genoux, les pieds aux aspérités qui m'aidaient à progresser. Dans une chambre, presque en haut, j'aperçus une thermos, tout près. C'était du thé, encore consommable si je me fiais à l'odeur. J'étanchai la soif crucifiante qui me torturait. Le sucre me donnait un coup de fouet, mais j'étais déshydraté. Là aussi, je bus précautionneusement, malgré mon envie de vider le tout d'un trait. Je fourrai la thermos dans la poche trop petite de ma veste d'hôpital. Ça me servait finalement, me disais-je, d'avoir participé à tous ces stages de survie. À l'époque, je pensais que ça pourrait m'être utile dans mon métier. Anaëlle trouvait que j'en faisais trop, et elle avait sans doute raison. Il y a des choses comme ça, qu'on fait sans trop savoir pourquoi, avec le sentiment diffus qu'elles sont nécessaires. Pas dans l'immédiat, mais pour un autre moment qu'on ne peut pas anticiper. Et maintenant, ces stages gorgés d'émotions fortes et de testostérone me permettaient de survivre. Ça, et l'image de ma famille, mes enfants, qui dansait devant mes yeux, à chaque mètre conquis sur la gravité.

Enfin, j'atteignis la surface. Je me dressai péniblement sur mes jambes flageolantes. Le panorama qui s'offrit à moi était, comment dire, celui d'une autre planète. J'avais sombré dans un profond coma, alors que le monde était en pleine suractivité néolibérale. Les mygalopodes, non, mégalopoles avaient grignoté toutes les terres habitables, ne formant plus qu'une gigantesque ville continentale, avec ses entrelacs invraisemblables de périphériques et d'échangeurs sur plusieurs niveaux. L'air était si pollué, si alourdi de gaz industriels et de particules fines, sans parler des microplastiques, qu'on devait porter un masque filtrant en permanence. Çà et là, les premières cités souterraines se creusaient, toujours plus bas vers le centre de la Terre. Des races mutantes d'animaux étaient apparues. Eh bien, vingt ans plus tard, les choses ne s'étaient guère arrangées, à ce que je voyais. L'idée m'avait effleuré, tandis que je remontais péniblement vers la lumière, que les Hommes s'étaient enfin décidés à réaliser le plus ancien et le plus tenace de leurs rêves : en finir une bonne fois pour toutes les uns avec les autres. Que seuls les plus forts survivent. Pourtant, le paysage que j'avais sous mes yeux n'était pas le résultat d'une guerre totale. Plutôt des éruptions volcaniques et des séismes en série. Devant moi s'étalait une plaine cendreuse, éventrée par endroits par des lames de basalte, et parcourue par des zébrures de failles sismiques, des coulées de lave figée. Des plaques rocheuses s'étaient fracassées les unes contre les autres, formant des monts aux crêtes déchiquetées. Des parois d'obsidienne se dressaient, lisses comme du verre, et réfléchissaient les impitoyables rayons du soleil, à son zénith, qui me cuisait. C'était bien ce que je craignais. Je m'étais exhumé de ma tombe, de la matrice de la Terre, à la force des bras, pour renaître dans un monde qui, en étant optimiste, me laisserait quarante-huit heures à vivre. Le destin avait de ces ironies. La secousse sismique, qui probablement avait brisé le bâtiment hospitalier en deux, avait dû me ramener à la conscience, par le canal reptilien de l'instinct de conservation. Et j'étais là, squelette couvert de peau, à balayer du regard une planète aride, dératée, non, dévastée, brûlante, et apparemment sans beaucoup de vie.

Un tiers de l'hôpital était toujours debout, au bord du trou béant qui avait enfoui le reste vingt mètres sous terre. Si je voulais avoir une chance de survivre, il faudrait que je l'explore et, sans doute, que je m'y abrite. J'avais besoin d'eau et de nourriture. D'armes aussi, peut-être. J'avais vu un corbeau : il y avait forcément d'autres animaux dans le secteur, et pas des plus amènes. J'entrai donc dans la partie intacte de l'hôpital. Je constatai aussitôt que la structure avait souffert et ne tiendrait pas longtemps. L'électricité, évidemment, ne fonctionnait plus. Mais j'avais de l'eau car l'hôpital devait disposer de son propre réservoir. Je remplis la thermos d'eau dans laquelle je fis fondre quelques morceaux de sucre. Au prix d'un effort monumental, je visitai cet après-midi-là le rez-de-chaussée. J'étais extrêmement prudent. Un animal mutant, un ursithérium par exemple, pouvait avoir fait son antre ici. Parfois, je m'arrêtais et buvais une tasse d'eau sucrée. J'ouvrais toutes les portes, fouillais toutes les salles, les chambres, les débarras, le moindre placard. Je ne rencontrai ni cadavre ni âme qui vive. L'hôpital avait dû être évacué au moment du tremblement de terre. On n'avait laissé sur place que les patients comme moi, les cas désespérés de coma prolongé. Question de priorité, j'imagine.

Le Graal du jour, ce fut la cafétéria. Des corbeaux et des goélands s'y disputaient des sacs de chips, qu'ils tiraient de l'intérieur d'un distributeur dont la vitre avait explosé. Je fis quelques pas qui résonnèrent dans le silence. Les oiseaux cessèrent leur activité de pillage et me regardèrent, silhouette à demi vivante d'une espèce qu'ils avaient appris à craindre. Puis, comme je m'approchais d'eux, ils s'envolèrent en jacassant d'un ton grognon. Pardon les gars, je sais : on ne peut jamais être tranquille sur cette foutue planète. Dans un réfrigérateur sans alimentation, je trouvai des sandwiches encore consommables, des yaourts, des fruits et des légumes, ainsi qu'une barquette de douze steaks justes décongelés, que je devrais cuire sans tarder, avant qu'ils ne pourrissent. Le soir tombait et j'étais éreinté. Pourtant, je devais encore sécuriser les lieux si je voulais passer une nuit tranquille. Si une meute de pardelions, ou de chyènes, ou pire, s'aventurait jusqu'ici, je serais incapable de me défendre. La cafétéria mesurait environ six cents mètres carrés. Une grande verrière ouvrait, sur deux côtés, sur ce qui avait dû être autrefois un paysage exotique, tel que les Humains aiment à en contempler pour se détendre. Comme je le craignais, le verre était fêlé en plusieurs endroits, et ne tarderait pas à éclater, sous le travail du bâtiment instable. Le mur, où se découpait la porte battante par laquelle j'étais entré, semblait en bon état. De grands cadres contenaient des photos tiédasses pour convalescents. Je bloquai la porte avec des chaises, sachant que cette maigre défense ne tiendrait pas si un fouineur insistait un peu. Plusieurs portes se découpaient dans le mur de gauche. Je verrais ça plus tard.

Je commençai par descendre les stores tout au long de la verrière, effort qui acheva de m'exténuer. Je n'avais pas vomi les fruits ingurgités lors de mon escalade vers la renaissance, et je sentais en moi le patient travail de mes boyaux, en pleine digestion. Je m'affalai sur une banquette et mangeai un sandwich au poulet et à la tomate, lentement. Je trouvai un verre derrière le comptoir et bus de l'eau sucrée. Je savais que, dans les semaines à venir, mon problème principal serait la nutrition. Reprendre forme humaine, pour affronter ce qui m'attendait dehors. Il fallait que je me refasse du muscle, que je reprenne des forces au plus vite.

Vingt ans de coma pour se réveiller en plein cauchemar. À qui d'autre est-ce que c'était arrivé ? À ceux qui avaient repris connaissance en plein quinquennat d'Immanoël Marcon, ou pendant le mandat de Ronald Tramp ? Il y avait un siècle, à ce moment où le néolibéralisme, voyant qu'il emmenait le monde droit dans le mur, s'était crispé et radicalisé jusqu'au choc final. Il avait eu lieu, apparemment. Rien à voir avec la guerre économique. Et ma famille, bon Dieu, comme elle me manquait ! Vingt ans de coma, c'est juste un point de suspension. Les sentiments que j'éprouvais avant l'accident se réveillaient, tout aussi intenses. Anaëlle, mon amour, Gökhan et Kaouther, mes chéris : le miracle est enfin arrivé ! Regardez, je suis là, réveillé, tout à vous. Je suis *revenu.* Où êtes-vous ? Pour le moment, je n'avais aucun moyen de le savoir. Et de toute façon, je n'étais pas en état de mener une enquête. Je ne savais même pas où j'étais.

La nuit était tombée, mais je ne ressentais pas l'envie de dormir. Faible, oui, mais un peu moins qu'à mon réveil. Je sentais çà et là, dans mon corps, mes organes reprendre leurs fonctions, mes enzymes et mes hormones au boulot. Je reprenais consistance. Je me levai et allai ouvrir une à une les portes du mur d'en face. Il y avait la réserve de la cafétéria, bien ordonnée, avec ses rayonnages soigneux de produits dont j'avais le plus grand besoin : des masques filtrants, des barres vitaminées et des palettes de boissons protéinées. J'en bus une bouteille. Il y avait aussi un débarras, avec des robots nettoyeurs à l'arrêt, des balais, des produits d'entretien. Je savais lesquels combiner pour confectionner une bombe incendiaire, ou un poisson volant, non un poison violent. Il y avait encore une salle de repos pour le personnel, avec une bouilloire inutilisable, des paquets de gâteaux, un four à micro-ondes et, surtout, des couverts. Je débusquai dans un tiroir un bon couteau de cuisine. Je le pris en main, le soupesai et me sentis rassuré. À ce moment, l'ombre d'un gros prédateur glissa silencieusement, derrière le store baissé de la baie vitrée. Peut-être un pardelion venu en éclaireur. Je me figeai sur place. Dans ce monde remodelé par les catastrophes, une bonne nouvelle était immédiatement suivie d'un danger. Il ne fallait pas que les prédateurs me repèrent, surtout pas. J'attendis que la silhouette menaçante ait fini de longer le mur de verre avant d'oser faire un mouvement. Dans un cagibi, des dizaines de cartons étaient rangés, qui contenaient dépliants et prospectus relatifs à l'hôpital. Je pris un « Livret d'accueil du patient », chose banale qu'en général, on parcourt d'un œil distrait. C'était une mine d'informations. Muni de ce trésor, je retournai aux banquettes de la cafétéria, en emportant au passage un carton de boissons protéinées. J'entendais, dans la nuit, l'ossature métallique, les poutres du bâtiment grincer, avec des couinements d'acier poussé à bout de résistance. De temps à autre, l'impact de quelque chose qui s'écrasait au sol, dalle de faux plafond, soupière, sous-verre, ou que savais-je encore.

J'étudiai la documentation de « L'hôpital Bikembô-Lâ. » Il y avait un plan, qui m'indiquait que je me trouvais dans la partie administrative. Trois niveaux de bureaux au-dessus de la cafétéria. Il faudrait que j'aille y jeter un œil. Au moins, je savais quel point sur la carte j'occupais, je connaissais cet endroit. Autrefois, cet hôpital se trouvait à l'orée de la forêt tropicale, dans une zone verdoyante, avec le lac Oôk, au milieu de la plaine de Laolimba. La vue était toujours imprenable, sauf qu'elle donnait à présent sur un paysage, qui ressemblait davantage aux déserts rocailleux et tourmentés de Mars qu'à une plaine regorgeant de vie. Un tourteau, non, un couteau ne suffirait pas si je devais m'aventurer par là, dans ce désert brûlé, anguleux, peuplé d'espèces mutantes connues et inconnues. J'avalais bouteille sur bouteille de liquide aux protéines, et j'eus envie de pisser. Je me rendis aux toilettes. Je me rappelais que la dernière fois que j'avais consciemment uriné, c'était sur une aire d'autoroute, peu avant l'orage et le Noir. C'était un peu puéril, mais j'étais heureux que mon corps retrouve ses fonctions normales. Soudain, un bruit de rouleau compresseur, lointain, bourdonna dans le silence de la nuit. À bien tendre l'oreille, je devinais des martèlements plutôt qu'un roulis. Des rhino-buffles, me dis-je. Cette espèce était apparue à la toute fin du XXIe siècle. C'était des herbivores, mais nerveux et agressifs. Le troupeau avait l'air de passer au loin. Tant mieux : je savais que ces gros néobovidés attiraient à leur suite tout un bestiaire, mutant lui aussi, de prédateurs que la chair humaine ne rebutait pas. Je ne tenais pas à ce que ces bestiaux viennent traîner dans mes parages.

J'attendis patiemment le lever du jour. Sous le soleil, les choses paraissent telles qu'elles sont, ni plus ni moins hostiles qu'elles ne le sont, les difficultés sont plus faciles à évaluer. Je mangeai un sandwich, bus de l'eau sucrée, et me décidai à explorer les niveaux admiratifs, non, administratifs. Décidément, j'avais récupéré l'ensemble de mes fonctions cognitives, mais le langage restait quelque peu perturbé. Ça ne s'est jamais vraiment rétabli. Non seulement je confondais les mots, mais encore, en parcourant la brochure, j'avais constaté que j'avais oublié le sens de certains d'entre eux. Par exemple, il était quelque part question d'un « régime oléagineux. » Qu'est-ce que ça signifiait, déjà, « régime ? » Avant de monter les escaliers, je fis quelques étirements, en tâchant d'accélérer progressivement le mouvement, mais mon corps demeurait lent et engourdi. Ma maigreur m'horrifiait. Moi, dont le poids de forme se situait autour de soixante-dix kilos, je ne devais pas en peser plus de trente-cinq. Le temps que je recouvre mes forces et ma vivacité me semblait si lointain que je refusais d'y penser. Dans la salle de repos, je trouvai une petite sacoche d'homme, pendue au portemanteau. J'y fourrai des barres vitaminées, la thermos d'eau pas très fraîche, et ma désormais rituelle dose de boissons protéinées. Couteau à la main, je grimpai jusqu'au premier étage.

Le premier indice significatif sur lequel je tombai fut un calendrier de bureau, arrêté à la date du 23 mars 2122. Ça ne me donnait pas la date du jour, mais celle à laquelle le Temps s'était arrêté dans cette partie du monde. Les ordinateurs étaient hors-service. Cependant, dans un tiroir, je trouvai un paquet de quatre piles neuves, inestimable trésor qui allait me permettre de faire fonctionner le dictaphone. Je farfouillai méticuleusement dans chaque armoire, chaque tiroir. Des choses utiles traînaient çà et là : une lampe de poche en état de marche, des outils dans un local technique, des clous, des boulons. La visseuse trônait sur son socle de charge : le voyant vert indiquait que la batterie était pleine. Et puis des cordages, du fil électrique, des échelles, et même un petit palan. J'allais pouvoir bricoler un appareil de musculation rudimentaire, et surtout me barricader plus solidement. Je visitai les bureaux des services oncologie, gastro-entérologie, rhumatologie, etc. puis, j'ouvris celui du service de réanimation. Dans une armoire, je trouvai mon dossier médical. Il contenait des informations dont je n'avais que faire : des cardiographes, non, cardiogrammes, des encéphalogrammes, des détails sur le traitement contre les escarres. Et un diagnostic, daté de janvier 2102, quelques mois après mon admission : coma dépassé, pas ou peu de chances de réveil. Le dernier document me fit froid dans le dos. C'était un formulaire d'arrêt des soins, signé par Anaëlle et Gökhan. Mais pas Kaouther. On avait été à deux doigts de me débrancher ! Ma propre femme et mon propre fils ! Je dus m'asseoir sous le coup de l'émotion. Dehors, lc soir tombait de nouveau, le temps suivait son cours. Je rappelle que j'étais extrêmement lent, que chaque effort coûtait, comme si l'air lui-même avait une consistance gallinacée, non, gélatineuse, contre laquelle je devais lutter au moindre mouvement. En outre, je faisais des pauses régulières pour me ménager et me nourrir. Je bus un peu d'eau, fermai les yeux. Peut-être une minute ou dix plus tard, je les rouvris, et tout était pardonné. Vingt ans de visites à un corps inerte, et sans espoir, « ou peu », de jamais revenir de ce côté-ci de la réalité. Vingt ans à espérer tout de même un miracle. Pour moi, le Temps n'avait pas passé. Je ne me rappelais même pas avoir rêvé à la Bosch, pas de tunnel avec au bout des anges amicaux dans la lumière. Un grand blanc, ou un grand noir, comme on voudra. Mais pour mes proches, c'était une éternité. Nerveusement, cela devait être insupportable, cet état sans nom, ni vivant ni mort. « Coma dépassé », cela signifiait que j'avais atteint une zone de l'existence très proche de la mort, juste à la frontière. Aucune sensation : ni voix, ni caresse, ni odeur, ni douleur non plus ne m'atteignait. Malgré tout, un fil me reliait encore à ce monde-ci, auquel seule Kaouther a cru, apparemment. Un fil d'or, ductile à l'extrême. Et la fin du monde avait tiré dessus, juste à temps, pour me ramener.

Je parvins à redescendre avec quelques outils et de la quincaillerie. La nuit était tombée et, cette fois, j'étais fatigué. Ah, j'en profite pour mentionner ici quelque chose dont je n'ai pas encore parlé : la chaleur, insupportable. La climatisation de l'hôpital était évidemment privée d'alimentation. Je suis né en 2070, je suis un enfant du dérèglement climatique, et de l'atmosphère saturée de polluants divers. J'ai grandi dans un monde où tous les logements disposaient de filtreurs (bon, sauf chez les pauvres, où l'on mourait prématurément d'une quelconque maladie respiratoire). On ne sortait pas de chez soi sans porter un masque, des gants et une crème protectrice. Comme le néolibéralisme demeurait dans un coupable déni par rapport aux catastrophes que sa voracité engendrait, comme les politiques étaient de toute façon aux ordres des Maîtres du Capital, on continuait à surproduire et à surconsommer. Comme je l'ai dit, vers la fin du XXIe siècle, peu de temps avant mon accident, les premières cités souterraines furent creusées. Leurs machineries fonctionnaient à l'énergie noire, dont on avait saffisument, non, suffisamment percé les mystères, pour la capter et l'utiliser. À part la taïga, qui se réduisait comme une peau de chagrin, il ne subsistait plus une seule forêt. Décimées avec elles, les espèces qui les peuplaient. La température annuelle moyenne, ici, était de 35°. L'intérieur de l'hôpital était une fournaise le jour, et un poêle à bois la nuit. Sur le plan des ravages causés par l'activité humaine, les choses n'avaient guère changé.

Je m'endormis, moite, dans mes vêtements de patient, sur un long canapé moelleux. Je crois que je rêvai, ou quelque chose d'approchant. C'était plutôt des images de mon passé qui surgissaient du puits ténébreux de ma mémoire. Anaëlle, en vacances, en pleine bataille de boules de neige avec les enfants. Un client qui trompait sa femme et qui me demandait de la filer, parce qu'elle aussi le trompait, mais lui, « ce n'était pas pareil. » Des bougies d'anniversaire, Gökhan annonçant sa vocation de pilote de l'Armée de l'Air, des images pêle-mêle, sans chronologie, sans autre lien entre elles que l'amour de mes proches ou mon éthique professionnelle. C'était ça qui restait collé au fond, quand on s'était vidé la casserole. C'était ma première nuit de vrai sommeil après deux décennies de coma. Je me réveillai anxieux, troublé, désorienté. Le passé pour moi c'était hier, mais pour les gens que j'aimais, « hier » ce n'était certes pas si loin dans mon passé. Relativité du Temps : j'avais été le voyageur immobile sur le quai, qui regarde passer le train qui emmène sa famille. Pour eux, le Temps avait filé. Pour moi, j'étais resté immobile dans un décor fixe. À nouveau, ils me manquaient terriblement. Je me sentais totalement impuissant, sans moyen de les joindre, ni d'apprendre où ils étaient, ni… Il fallait que je me prépare à l'éventualité qu'ils soient morts. Ce serait d'une cruauté intolérable. Je reviendrais d'entre les morts ou assimilés pour me retrouver seul au monde.

Je me rappclai lcs piles pour le dictaphone. Je pris un solide petit-déjeuner en écoutant les messages enregistrés. Comme la mémoire de l'appareil était limitée, elle avait dû être effacée maintes fois. Le premier message remontait à fin 2118. C'était Kaouther :

« Salut Papa. Aujourd'hui, 23 novembre 2118, Maman et Gökhan ont signé l'autorisation d'arrêter les soins. Moi, je n'ai pas voulu, ce qui bloque la procédure. Je ne suis pas prête à te perdre. Je sais que tu es en vie. Ton esprit est très loin, mais ton corps est bien là, sous mes yeux. Tu as l'air paisible. Tu respires, ta barbe et tes ongles poussent.

Où es-tu, Papa ? Dans quelle aventure es-tu engagé ? Est-ce qu'on a besoin d'un détective dans le monde où tu te trouves ? Tu n'arrives pas à boucler l'enquête, c'est pour ça que tu es si long à revenir ? Tu me manques. Si tu m'entends, je t'en prie, reviens vite. Je t'attends. Je t'aime. »

Puis s'enchaînaient une série de messages mensuels, jusqu'en octobre 2120. Tous, exclusivement, étaient de Kaouther. Elle me racontait sa vie, des détails, exactement comme si nous étions en tête-à-tête à bavarder, et concluait invariablement par « Je t'attends, je t'aime. » Puis, il y avait un trou de cinq mois. Le dernier message était daté du 10 mars 2121. Il était terrifiant. Kaouther m'apprenait que le monde s'était effondré. Soudain, la Nature était devenue folle (ce que j'avais cru comprendre en regardant par la baie vitrée). Il y avait eu des séismes terribles, des ouragans, des tsunamis, des éruptions volcaniques en chaîne, « même les vieux puys sur lesquels on partait en rando ». Anaëlle et son nouveau compagnon (dont il avait dû être question dans des messages effacés, et dont ma fille moquait la suffisance petite-bougeoire, non, bourgeoise) étaient morts, noyés dans leur loft souterrain de la côte est. Elle était sans nouvelles de Gökhan, plus aucune communication ne fonctionnait. Il était devenu pilote, mais on ne voyait plus d'avions dans le ciel depuis des mois. La dernière fois qu'elle lui avait parlé, il était en poste, au sud, sur la base aérienne de Kilami. Or, celle-ci s'était abîmée dans la mer, et il n'en restait rien. À l'heure où elle me parlait, l'hôpital avait été évacué, « sauf les patients comme toi. L'infirmière m'a dit qu'on allait te laisser là. L'hôpital dispose d'un générateur de secours qui va tenir un certain temps. Après, tu t'éteindras. Si je pouvais, je t'emmènerais avec moi. On a fondé une communauté pas loin d'ici, sur le haut plateau de Lâham-Kobo. L'air est respirable là-haut, on est bien. Mais on n'est pas équipé pour te maintenir en vie, encore moins pour te transporter dans ton état. J'ai fait le chemin à pied pour venir te voir une dernière fois, et dire adieu. » Cette fois, elle ne disait pas qu'elle m'attendait. Elle fondait en larmes, murmurait entre deux sanglots : « Je suis tellement désolée ! » et arrêtait l'enregistrement brutalement. Le silence retomba dans le vaste espace de la cafétéria. Je restai, stupide, à regarder le dictaphone qui ne disait plus rien. Les informations s'incrémentaient dans ma mémoire avec un temps de décalage. Anaëlle avait refait sa vie et était décédée. Gökhan porté disparu. Kaouther ne m'attendait plus. Lâham-Kobo, il suffisait de traverser la plaine de Laolimba, que j'avais sous les yeux, pour l'atteindre. Une simple promenade pour moi, avant. Si loin, si proche. Dans mon état, je ne pouvais pas escompter mener à bien une telle expédition. C'était à peine si je tenais debout. Il fallait recharner ce squelette. Désormais, j'avais un but.

Ça m'a pris deux mois pour me rembrunir, non, me remplumer. J'ai descendu le palan, les sacs de plâtre, et j'ai pratiqué chaque jour des heures de musculation. Je ne m'arrêtais que pour manger. Au bout d'un mois, j'avais retrouvé assez de forces pour chasser. Je me suis fabriqué un arc, avec des lattes de sommier et un câble de store. Je sortais au levant et au couchant, après les grandes migrations des rhino-buffles et leur cortège de tueurs et de charognards. Je débusquais de petits mammifères fouisseurs, des élongueuils ou des blairyctéropes. De la bonne viande fraîche. Côté végétaux, je devais me contenter de la réserve de pommes du cellier et de quelques baies.

J'ai fini par retrouver quasiment toute ma force d'antan. Au moins, le miroir me renvoyait l'image d'un homme vieilli, grisonnant, mais à peu près conforme à celle que j'avais gardée de moi. Je dormais, toujours un peu inquiet, dans les craquements de paquebot en plein roulis du bâtiment. Y avait du ragage dans les chaumards, comme disait mon père. Ça pouvait s'écrouler n'importe quand, mais je restais parce que je n'avais pas de meilleur abri. Sa silhouette massive, non naturelle, dissuadait les animaux de s'approcher. Ça sentait encore l'humain et le danger. Le règne des Hommes venait juste de s'achever, et la faune demeurait prudente. Pourtant, à plusieurs reprises, j'eus la visite méfiante d'une chyène, en éclaireuse pour sa meute, ou d'un ursithérium solitaire, mais sans réelle menace pour ma sécurité. Quand je me suis senti prêt à traverser la plaine de Laolimba, j'ai fait mon paquetage et je suis parti.

J'avais récupéré blouse et pantalon d'infirmier dans les vestiaires du personnel, à la fois légers et résistants. Bon, bleu ciel, alors que je dépiste, non, déteste cette couleur. Mais je ne concourrais pas pour un défilé de mode. J'ai dû voyager en plein jour, sous le cagnard, pour éviter les mauvaises rencontres, à l'heure où tout dans la plaine dort, ou reste à l'ombre. Une vraie torture. Cependant, les points d'eau, facilement repérables aux maigres arbustes qui poussent autour, ne sont pas infestés d'herbivores géants et sans-gêne, ni de fauves aux canines affûtées comme des rasoirs. L'eau y était claire, et tiède. En tout cas, elle était potable et disponible. J'ai profité de ces haltes pour laver, au besoin, mes vêtements et mes sous-vêtements, qui séchaient en un quart d'heure, sur les pierres chauffées à blanc par le soleil de midi. Voilà à quoi ressemblait la Civilisation désormais : un type à poil dans une plaine accablée de chaleur, qui attendait que sèche son linge. Pendant ce temps-là, je me couvrais de boue pour me protéger des UV, devenus si agressifs depuis la réduction de la couche d'ozone à l'épaisseur d'une feuille de papier à cigarette.

J'avais démonté une paire de ciseaux longs, pour faire deux surins. J'avais des scalpels bien effilés. J'avais fiché le couteau de cuisine au bout d'un manche à balai, et cette lance me servait également de bâton de pèlerin. Le soir, je m'abritais entre deux crêtes de basalte, sur de petites éminences qui me donneraient l'avantage en cas d'attaque. Je contemplais le vol majestueux des gypaèdors dans le ciel, qui parfois fondaient en piqué, bataillaient au sol quelques secondes, puis regagnaient les hauteurs, avec dans leurs serres un serpent ou un petit rongeur. De même, je chassais le rampagnol, le mocatal à la chair élastique. Je les cuisais sur un feu de brindilles, glanées çà et là à mesure de ma marche, pour le campement du soir. Je ne dormais que d'un œil, sans cesse alerté par les ramblements, non, les tremblements sonores des grands troupeaux de rhino-buffles,

les caquètements des plouailles, les hululements des chouaigles, les grattements des blairyctéropes et des hippamanoirs. C'était la nuit que la plaine vivait vraiment. Le long désert aride et ardent du jour était réservé au repos, parmi les bosquets, les herbes hautes qui avaient reconquis la terre torturée, les anfractuosités et les nids.

La traversée de la plaine de Laolimba était encore compliquée par les innombrables failles sismiques. La plupart étaient trop profondes pour que j'y descende et les traverse. En outre, je devinais qu'elles recelaient dans leurs entrailles toute une vie traîtresse et venimeuse, vénéneuse, à laquelle il valait mieux éviter de se confronter. Je devais longer les failles des heures, une journée parfois, avant de trouver un point où les passer. Je n'ai pas trop compté les jours, mais je crois qu'il m'a fallu un bon mois pour atteindre les contreforts du haut plateau de Lâham-Kobo. Maintenant, il fallait grimper à plus de deux cents mètres d'altitude. Je levai les yeux : des nuages se déchiraient comme du coton hippophile, non, hydrophile aux bords dentelés du plateau. Je distinguai des buissons, des arbres, des gypaèdors. Il y avait de la Vie là-haut. Elle avait vaincu l'obstacle naturel, et s'était établie en ce royaume. Ma propre fille était probablement là, ne m'attendant plus. J'étais devant un à-pic vertigineux de granit veiné de quartz. Il me fallait trouver le point d'entrée, le chemin praticable, par lequel les animaux et les humains avaient pénétré jusqu'à cet éden luxuriant.

Je décidai de contourner la gigantesque formation par la gauche. Ça corrcspondait à mes convictions politiques profondes et, à tout prendre, c'était une boussole aussi valable qu'une autre. Au moins, la haute muraille de pierre, le matin, me dispensait une ombre bienfaisante. Cependant, j'avançais avec prudence le long de la paroi rocheuse. Dans les anfractuosités, je sentais l'haleine et le pelage gorgé de suint d'ursithériums de plaine, en plein sommeil, que je n'avais pas intérêt à troubler. Opportunistes et omnivores, ces marsupiaux se montraient particulièrement agressifs quand on les réveillait en sursaut. Moi aussi, ça me mettait de mauvais poil.

Mais je ne possédais pas de griffes acérées ni de mâchoires garnies de crocs déchiqueteurs pour manifester, par leur mise à mort, mon mécontentement envers les importuns. Il fallait aussi éviter les puissants tentacules, garnis d'épines bavant le poison neurotoxique, des plantes carnivores, qu'on avait baptisées, improprement à mon avis, « poulpes de roche ». Je dus sectionner souvent, au scalpel, de nombreux tentacules végétaux qui, ayant senti l'odeur de la chair, s'agitaient en tous sens pour s'en saisir. Ça, et les multiples variétés d'insectes, et les camélézards qui s'en nourrissaient. Les reptiles étaient craintifs et inoffensifs, : à peine apercevais-je leur queue, fouettant l'air dans un claquement sec, quand ils fuyaient à mon approche. Les moustelons me harcelaient sans cesse. Ils n'étaient pas bien gros, un à deux centimètres, et se nourrissaient de sang. Leur piqûre était indolore sur le coup, mais ensuite elle laissait un hématome étoilé, qui vous démangeait jusqu'au lendemain. L'odeur de ma sueur les attirait, et je marchais accompagné d'un vrombissement constant et prodigieusement agaçant. Parfois, un scolonille perfide tentait l'ascension de ma jambe, ses multiples pattes urticantes laissant des vrilles violacées sur mes mollets.

Deux jouir, non, jours à marcher comme ça, dans l'ombre à la fois reposante et malveillante, au pied du haut plateau. Si j'avais pris à droite, comme le monde néolibéral, j'aurais peut-être galéré moins longtemps. Ou alors je serais mort comme lui. Enfin, après un tiers de tour, je parvins à une voie d'accès vers les sommets. C'était ce qu'il restait d'une route, au bitume craquelé et poisseux. L'odeur du goudron en surchauffe me rappela le monde d'où je venais, dans lequel on avait dû peindre les routes en blanc et les protéger, sous cloches climatisées, des velléités caramélisatrices des rayons solaires. Dans cet Ancien Monde, j'avais une famille, des amis, un métier. Des souvenirs qui se dissolvaient dans l'air, comme les fumerolles pétrochimiques de la route que j'avais sous les yeux. Première évidence : ça grimpait dur. Ce n'était pas un sentier de promenade aménagé pour les familles en balades dominicales.

Deuxième évidence : le chemin était fréquenté. Sur un côté de la route, en effet, étaient soigneusement empilées six échelles de bois, solides, récentes, de plusieurs mètres de long. Un panonceau en cinq langues annonçait : « Matériel exclusivement réservé à la traversée des crevasses. Merci de signaler toute défectuosité au Bureau du Territoire. » Bon Dieu, des crevasses ! Ça n'était guère engageant, cependant de charmants individus avaient eu la prévenance de laisser, aux visiteurs comme moi, le moyen de les franchir. Il y avait des humains, là-haut, manifestement bienveillants. Pas comme dans l'Ancien Monde, où chacun restait farouchement recroquevillé sur soi et sa « petite communauté de nombrils interconnectés », comme le dénonçait Datchko Braumann dans un poème. J'avais manqué un copépode, non, un épisode. Toutefois, il me semblait que cette attitude d'égocentrique défiance, envers tout ce qui se trouvait en dehors du Cercle, n'était pas sans rapport avec l'état du monde tel qu'il était à mon réveil. Je me saisis d'une échelle avec gratitude. Un fol espoir me rendait vigueur et courage : et si Kaouther se trouvait là-haut, au bout du chemin éventré par les crevasses ? Et peut-être cent autres dangers, peu importait : je les affronterais tous, je les vaincrais pour ma fille, qui était tout ce qui me restait au monde. Il y avait peu, Kaouther m'avait vu reposant, statufié, sur mon lit en inox, et elle s'était résignée à ma mort. Eh bien, non, ma chérie ! Je m'étais extrait des ruines de la Civilisation des truites, non, détruite.

« J'arrive, mon trésor ! », criai-je à pleins poumons, en entamant une passe de tango avcc mon échelle.

Je vis la petite tête grisâtre d'un camélézard disparaître, derrière un rocher, après ma pantomime un peu ridicule.

« Quoi ? lançai-je au reptile ahuri, ça te desquame ? »

Et je me mis en route.

L'échelle était faite d'un bois souple et léger. Quand je sentais son poids me tirer sur l'épaule, je changeais de main. La route était raide, faite pour des véhicules puissants. L'un d'eux avait laissé des traces profondes dans l'asphalte amolli. En bon détective, je reconnus le dessin caractéristique des pneus d'un seize tonnes utilitaire de l'Armée. Je me rembrunis. Si l'Armée s'en était mêlée, je voyais ça d'ici : la communauté dont Kaouther m'avait parlé, asservie sous les rigueurs de la loi martiale. Les humains qui ont quelque pouvoir sur les autres sont si cons qu'ils ne font pas de compromis, même après la fin du monde. La plupart d'entre eux craignent la liberté, dont ils ne savent rien et qui les angoisse. Alors ils s'en remettent à des codes et des règlements, même obsolètes et complètement incongrus, qui les rassurent, plutôt que de jouir de la plage de Temps vierge qui s'étale sous leurs yeux bornés. Relisez *Robinson Crusoé* : c'est l'un des héros de roman les plus irrémédiablement névrosés qui soient. Ces empreintes funestes ne me disaient rien qui vaille.

La première crevasse interrompit mes sombres conjectures. Elle mesurait bien quatre mètres de large, et plongeait si loin dans les entrailles de la Terre que je n'en voyais pas le fond. Je balançai mon paquetage de l'autre côté, puis je jetai mon échelle par-dessus, l'ajustai pour garder assez de longueur à chaque extrémité. Je m'en remettais totalement à l'habileté et à la prévoyance de ceux qui l'avaient conçue. Le moment critique, ce fut au milieu, quand le bois plia sous mon poids, à l'endroit où l'échelle était la plus fragile. Quelques cailloux dégringolèrent dans la faille, chaque rebond renvoyant un écho aigu. Comme le plic-ploc d'un goutte-à-goutte, me disais-je pour me rassurer, jusqu'à ce que les ténèbres absorbent tous les sons pour ne laisser qu'un silence sépulcral. Je transpirais abondamment. Cependant, je devais mesurer chaque mouvement, ne surtout pas me précipiter, garder mon équilibre. Je tâchais de respirer profondément, en prolongeant l'expiration, et de ne pas regarder en bas. J'y étais presque. Encore quelques secondes de reptation, et j'aurais atteint l'autre lèvre de cette bouche de roche et d'ombre, qui ne demandait qu'à m'avaler. Les Grecs, par exemple, vénéraient la Terre, Mère de toutes choses, tout en précisant bien que c'était dans son ventre que les dieux avaient rejeté les criminels psychopathes et les divers monstres dont leur mythologie foisonne. En un éclair, je vis Kaouther chuter désespérément, au fond du Tartare qu'elle ne méritait pas, les débris de son échelle entraînés avec elle, dans une chute sans fin. Puis, ma main atteignit enfin l'autre bord, et peu de temps après, j'avais franchi l'obstacle, haletant, nerveusement épuisé. Je ramassai mon paquetage, tirai l'échelle et restai assis un moment pour récupérer. J'espérais qu'il n'y en aurait pas trop d'autres comme ça.

À mon époque, méditais-je en marchant, on travaillait essentiellement pour enrichir des gens qui étaient déjà riches. Comme à toutes les époques, au fond, ça n'avait rien de neuf. La cupidité des Maîtres était comme une crevasse infinie, un trou noir qui dévorait tout, stupide, uniquement occupé à produire, à bas coût, toujours plus de biens de consommation, et à engranger toujours plus de bénéfices sur les ventes. Ces gens ne pratiquaient pas l'introspection. En tout cas, le regret ni les scrupules ne semblaient les retenir ni les contraindre. Ils ne se demandaient jamais pourquoi, au fond, ils faisaient ce qu'ils faisaient. Quand, de temps à autre, leurs esclaves que nous étions tous, se regroupaient et manifestaient leur colère, les Maîtres réprimaient durement la contestation. Dans le sang, s'il le fallait. Ils avaient la Force armée. Nous avions le Nombre, et exceptionnellement nous dominions notre peur pour nous opposer à l'injustice, aux inégalités, à la précarité, à tout ce que la propagande néolibérale appelait « des dommages collatéraux ». Sauf que la variante marginale avait tendance à devenir la norme. Nous aurions pu nous unir pour renverser les Maîtres. « Prolétaires de tous les pays, etc ». Pas neuf non plus. Et puis, outre notre nombrilisme torpide, nous étions tout autant victimes de ce que le Barde Automne, appelait « notre réticence instinctive à faire œuvre commune ». Nous ronchonnions contre le système, mais nous le subissions docilement, faute d'avoir le courage d'affronter le vide qui lui succéderait s'il s'effondrait. Ce vide, pourtant, la gauche avait de multiples propositions pour le combler. Toutefois, la propagande des Maîtres avait totalement bâillonné l'opposition et discrédité ses valeurs. Comme par hasard, le jour des élections, les bulletins du candidat de la gauche n'étaient pas livrés dans les bureaux de vote. La camionnette du Parti, qui les acheminait, avait été arraisonnée par la police, qui l'immobilisait toute la journée sous tel ou tel prétexte. Ensuite, la propagande évoquait la légendaire désorganisation de cette tendance politique, qui desservait tant le débat démocratique et la croissance économique, bla, bla, bla. Aussi, le Peuple, peu satisfait des conditions iniques dans lesquelles les Maîtres le tenaient enchaîné, rechignait à mettre à bas un système qui, malgré tout, tenait le monde en place.

Question : qu'allais-je trouver là-haut ? Ou, pour le dire autrement : est-ce que le néolibéralisme avait survécu à sa propre sottise autodestructrice ? Ou est-ce qu'il avait sombré corps et âme, Maîtres et machines, dans une faille sismique, louée soit-elle, et dissous à jamais dans le noyau de fer en fusion qui palpite au cœur de notre planète dévastée ? Il fallait que je sache. Au bout d'un moment, l'asphalte laissait la place à un chemin plus étroit, de rocailles et de poussière. Le monde sauvage commençait là. J'ai dû passer quatre ou cinq crevasses, de plus en plus assuré. L'échelle étai très bien conçue, elle s'incurvait, mais ne craquait pas. Je féliciterais le Bureau du Territoire pour la robustesse de son matériel. Plus j'approchais du sommet, plus le vent soufflait. Cependant, le chemin demeurait assez large et, quand une rafale soudaine se levait, je me plaquais contre la paroi, en sécurité. De temps à autre, je jetais un coup d'œil en bas, sur la vallée de Laolimba, qui semblait avoir été le théâtre de quelque catastrophe somptueuse, avant que la Vie, l'opiniâtre Vie ne la reconquière tambours battants.

Quand je suis parvenu au sommet, le soir tombait. Avec lui, les heures menaçantes de la nuit arrivaient, avec la constance immuable de la marée. Sur un côté, à la sortie du chemin, se dressait une petite cabane, avec quelques échelles empilées. J'y ai ajouté la mienne. La cabane était aménagée en abri, avec un lit, un garde-manger, une solide porte. Sur la sobre table de bois, plusieurs dépliants avaient été déposés. En fait, c'était cinq versions du même, rédigées dans les cinq langues les plus courantes de l'Ancien Monde. Il y avait des instructions pour passer la nuit en sécurité dans la cabane, une carte du haut plateau, avec son lac au milieu, ses rivières, sa forêt, ses sentiers. La communauté qui vivait là, au bord du lac, s'était baptisée « les Édénites ». Le dépliant me dissuadait de m'aventurer seul sur le haut plateau, qui recelait mille dangers. Une patrouille venait chaque matin à la cabane, j'étais invité à y passer une bonne nuit et à attendre qu'on vienne me chercher. La cabane était en bon état, pourvue en vivres frais : au moins, les Édénites savaient recevoir. Je me suis fié aux instructions. Je ne connaissais ni le terrain, ni sa flore et sa faune mutante. Il faisait nuit et j'étais fatigué. J'ai mangé, j'ai pris une douche chaude, luxe inouï. Après, j'étais parfaitement détendu. Le sommeil me gagnait. J'avais envie de lire quelques pages, et de me laisser glisser doucement dans l'inconscience. Sur un rayonnage, à la tête du lit, quelques livres se tenaient serrés. Ils étaient devenus extrêmement rares à notre époque. C'était surprenant que certains aient survécu à la mort de l'Ancien Monde. Encore plus étrange, que celui qui les avait sauvés les laisse ainsi, à disposition. Parmi eux, *Le Capital*. C'était plutôt engageant. Quel genre de peuple prévoyait un abri pour les visiteurs, et même des distractions pour passer le temps ? Je n'ai pas eu le loisir de me poser beaucoup de questions. Recru de fatigue, je me suis allongé sur le lit, j'ai lu trois pages de Balzac, et j'ai dormi comme un bébé.

Au matin, la patrouille est arrivée, deux hommes et deux femmes, armés et affablcs.

« Est-ce que tu as bien dormi ? », m'a demandé l'une des deux femmes dans plusieurs langues, dont la mienne.

J'ai acquiescé : un vrai sommeil réparateur, comme je n'en avais pas goûté depuis longtemps.

« La plaine est pleine de dangers, tu es un homme courageux. »

Ma sympathie avait été immédiate envers ces quatre Édénites, qui ne me voulaient que du bien. À leur arrivée, j'étais en train de petit-déjeuner, et comme ils restaient debout, je les ai invités à s'asseoir.

Et voilà que nous étions en train de bavarder, moi qui n'avais pas ouvert la bouche depuis… Bon, j'avoue, depuis que j'étais revenu des limbes, j'avais pris l'habitude de me délier la langue en parlant tout seul.

« Kaouther ? j'ai demandé après une bouchée de pain. C'est ma fille. Est-ce qu'elle est ici ? »

Leurs yeux se sont écarquillés, comme si j'avais prononcé une formule bachique, non, magique. Revenue du choc de sa surprise, la femme qui me comprenait m'a dit :

« Oui, elle est au village. Elle va bien. Mais toi ! Toi ! C'est à peine croyable que tu sois ici, en vie. »

En Éden (car on avait rebaptisé le plateau de Lâham-Kobo), tout le monde connaissait l'histoire du père, ni vivant ni mort, dormant dans l'hôpital abandonné. Kaouther était venue me faire ses adieux presque trois mois auparavant, quand elle avait appris qu'à cause du danger sismique, l'hôpital allait être évacué et fermé. D'ailleurs, deux médecins et treize infirmières et infirmiers avaient rejoint la communauté édénite. Depuis, ma fille portait mon deuil. Ce serait un immense bonheur pour elle que de me voir vivant. La femme a traduit pour les autres notre petit dialogue. Ils avaient été stupéfaits que je prononce le nom de ma fille, et quand ils ont compris qui j'étais, ils en avaient les larmes aux yeux.

« Viens, m'a dit l'interprète, nous allons te conduire au village. Tu dois être impatient de retrouver Kaouther. Oh, que la vie est belle ! Ce soir, nous festoierons à votre bonheur. »

Nous nous sommes mis en route, et j'ai vite compris pourquoi ils étaient armés de machettes et de pistolets à photons pulsés. Eux n'étaient pas violents du tout, mais la Nature, ici, regorgeait de pièges et d'animaux qui convoitaient la bonne chair fraîche. Il y avait ces lianes carnivores, « des perticoles, m'a dit ma traductrice, de l'excellente matière pour faire du papier. Mais des saletés, toutes prêtes à t'emmener, pendu par les pieds, vers la bouche broyeuse. » Ça ressemblait aux poulpes des rochers, auxquels j'avais eu affaire en bas, en beaucoup plus perfide et dangereux. J'entendais divers cris, des craquements dans les branches. Les frondaisons se balançaient dans le vent comme des voiles végétales.

Nous avons traversé la forêt et abouti au village. Des enfants, par dizaines, nous accueillaient avec des rires et de grands yeux purs. Ils parlaient une langue qui m'était inconnue. Ils prenaient mes mains qu'ils caressaient doucement, en signe de bienvenue. Un des hommes de la patrouille s'est adressé à un gamin de cinq ou six ans.

« Il va chercher Kaouther, me précisa la femme. Viens, allons à sa rencontre. »

Elle m'a pris par la main et conduit dans le village. À un moment, sur ma droite, j'ai vu le camion militaire dont j'avais réparé, non, repéré les traces dans l'asphalte fondu.

« C'est notre bibliothèque », m'a dit, non sans fierté, mon accompagnatrice, qui avait suivi mon regard.

Quel peuple étrange !

En me voyant devant elle, debout, pas très glorieux dans ma tenue d'infirmier déchirée, Kaouther s'est jetée dans mes bras et a fondu en larmes, longtemps. Tout le monde autour de nous, sans qu'un mot soit nécessaire, s'est retiré avec pudeur, pour nous laisser à ce moment qui n'appartenait qu'à nous. Ma fille pleurait au creux de mon épaule, et je caressais ses cheveux noirs et bouclés, magnifiques, comme dans mon souvenir. Il y avait vingt ans d'amour unilatéral et inaltérable dans ses larmes, vingt ans d'attente anxieuse et de fol espoir, vingt ans de douleur et de frustration, qui s'écoulaient et s'acheminaient vers la gratitude, devant l'inexplicable miracle. Ni elle ni moi ne savions pourquoi, mais c'était un fait : j'étais ici, avec toi, ma chérie.

Tu m'as serré dans tes bras longtemps, pour bien te persuader de ma réalité. Tu n'osais pas regarder mon visage, tu avais peur que je sois une illusion (collective, alors) ou un usurpateur. Puis, tu as desserré ton étreinte et tu as levé les yeux, tremblante comme une petite gazelle aux abois, pour affronter la réalité de mes traits, de mes yeux ruisselants de larmes. La première chose que tu m'as dite, en plongeant tes yeux noirs, brillants de bonheur, dans les miens, était à la fois comique et déchirant :

« Tu en as mis du temps ! »

Et j'ai répondu comme un idiot :

« Je sais, ma chérie. »

Mais ce n'était pas vrai, je ne savais rien de rien. Je me souvenais d'une petite fille espiègle, qui, pour me taquiner, me pinçait les narines et disait : « Parle ! » Alors, je répondais, avec ce que tu appelais ma « voix de sous-marin » : « Je peux pas, tu me pinces le nez. » Et tu riais, ça oui, tu riais.

Maintenant, tu étais une femme d'une grande beauté, dont je ne savais absolument rien. Tes goûts, tes amours, tes chagrins, tes études, comment tu avais survécu à la fin du monde. Nous aurions tout le temps de rattraper le temps perdu désormais, c'est juste qu'à cette minute de retrouvailles, tu m'étais à la fois étrangère et familière, une énigme, comme ma renaissance. Tu m'as invité à entrer chez toi. Ta maison était confortable et spacieuse. Ton premier enfant, ton fils, somnolait dans son berceau. Il s'appelait Gökhan, comme ton frère, au sujet duquel tu avais perdu tout espoir. Plus tard, tu m'as expliqué que tu avais pu apprendre, in extremis, par la radio, qui crachotait ses ultimes bulletins au milieu de l'apocalypse, perdant trente précieuses secondes à informer les auditeurs qu'en aucun cas l'État ne saurait être tenu pour responsable des catastrophes et des dégâts occasionnés, que la base aériale, non aérienne où mon fils, ton frère, était affecté, s'était abîmée en mer après un affaissement de terrain. Tu m'as dit :

« J'ai donné à mon fils le nom de mon frère, pour perpétuer sa mémoire, tu comprends ? »

Bien sûr que je comprenais.

Puis, il y a eu du bruit dans l'entrée et tu as appelé :

« Amaël ! Amaël, viens vite ! Nous avons de la visite. »

Tu m'as présenté ton compagnon, un homme extraordinaire, l'homme qui avait apporté à la communauté toute la Connaissance de l'Ancien Monde, dans le camion militaire. Je l'ai aimé tout de suite. Lui aussi a fondu en larmes.

« Si tu savais combien de fois Kaouther m'a parlé de toi ! »

Il était sincèrement heureux, pour elle, pour moi. En cette heure matinale, il se préparait à aller faire la classe aux enfants.

« Je reviens à midi, pour le déjeuner. J'espère qu'un jour, tu voudras bien me raconter ton histoire ? C'est que je suis l'archiviste des Édénites, je consigne tout ce qui est important pour la communauté. Un père qui revient d'entre les morts, je crois bien que ça mérite quelques pages dans notre Livre. »

Tu m'as fait visiter ta maison, en me tenant par la main. Tu avais besoin de me sentir physiquement, comme si je pouvais m'évanouir à tout instant, et retourner aux limbes. Tu m'as donné une chambre, à l'étage, à côté de celle de ton enfant. Tu m'as dit que la communauté me construirait une maison. C'était comme ça, ici : tout le monde s'entraidait avec plaisir. Nous avons passé la journée à bavarder, toi surtout, j'avais tellement de questions à te poser. Des hommes et des femmes passaient, pour nous saluer, pour me rencontrer. Une amie proche t'a dit que toute la communauté était en ébullition, qu'on me préparait une grande fête de bienvenue. Tu lui as répondu :

« Écoute, fais savoir que ce soir nous serons tout à vous. Pour le moment, nous aimerions rester seuls. »

Pas de problème. J'ai vite compris qu'il n'y avait jamais de conflits en Éden, chacun respectait la volonté de l'autre, et ne s'en froissait pas. Tu m'as dit que tu avais fait des études d'Histoire de l'Art après ton bac, que tu avais passé avec succès le concours de conservatrice. Et puis, le système t'a dégoûtée, la machine à faire des cotes et du fric qui, dans ta branche et, à vrai dire, dans tous les domaines de la société, corrompait tout. Tu constatais que chaque jour le monde était encore un peu plus à bout de souffle. Alors, tu as tout lâché. Ton compagnon d'alors, cadre supérieur dans une multinationale, ne partageait pas ton point de vue. Les dollars lui sortaient par les oreilles. Toutefois, vous vous êtes séparés dans la douleur, parce que tu l'aimais. Néanmoins, tu aimais plus encore l'idée de fonder une communauté autonome, avec une trentaine d'amis. C'était visionnaire. Vous avez choisi de vous installer ici, sur ce haut plateau rebaptisé Éden, le berceau d'où l'Humanité est appelée à renaître. À l'époque, personne ne convoitait cette terre, couverte par une jungle touffue et mal connue, peuplée d'espèces mutantes. Mais l'air y était respirable et l'eau potable : vous seuls aviez conscience de la valeur de ces trésors. Au fil des mois, des années, d'autres personnes étaient venues vous rejoindre.

À peine quatre ans après la fondation de la communauté, alors que vous habitiez encore des cabanes frustes, que vous cultiviez une terre difficilement gagnée sur la forêt, la Terre est devenue folle. Le haut plateau a été relativement épargné, mais la croûte de la plaine s'est déchirée, du magma jaillissait, des lames de roches en fusion saillissaient. La communauté disposait d'un émetteur-récepteur fonctionnant à l'énergie solaire. C'est par le haut-parleur que vous avez appris la fin du monde : les cités souterraines, noyées par des tsunamis, ou coulées dans le magma, les plaques tectoniques qui se séparaient ou s'entrechoquaient de façon totalement anarchique, les morts par milliards. Puis, la radio s'était tue, vous laissant à votre solitude stupéfaite. Pendant quelques mois, vous avez insisté, lancé des appels sur toutes les fréquences, en vain. Amaël était arrivé peu de temps après, et tu étais tombée amoureuse de lui. Votre fils avait dix-huit mois, et tu attendais votre deuxième enfant. Tu étais épanouie, heureuse, et ce bonheur de me retrouver était si inattendu qu'il te terrassait. Tu avais refusé de signer le formulaire d'arrêt des soins. Jusqu'au bout, tu as cru que je me réveillerais. Je te devais la vie et tu disais :

« Non, toi, d'abord. Sans toi, je ne serais pas de ce monde. »

Néanmoins, une ombre voilait ton cœur. Ta mère. Elle non plus ne partageait pas tes idées, vous vous étiez quittés fâchées, et tu le regrettais. Tu n'avais pas eu l'occasion de lui dire que tu l'aimais. J'étais sûr qu'elle le savait, et qu'elle t'avait pardonné.

Naître rien

Ma première sensation de larve dans son cocon : il faisait glacial. Ce n'était pas la saison de l'éclosion. Je m'étais éveillée en avance. Mon métabolisme de chrysalide avait dû se détraquer et envoyer les protéines trop tôt. La coque blanchâtre de mon cocon, faite de fils de soie que j'avais moi-même sécrétés, du temps où mon corps avait cette faculté ; cet entrelacs de fils secs paraissait inondé de l'extérieur par une source lumineuse puissante, que la longue mémoire insectoïde de mon espèce a toujours associée au soleil. Le bon soleil, dispensateur de vie et de chaleur. Alors pourquoi faisait-il un froid de canard ? Dans quelle vie avais-je entendu parler des canards ? Quel rapport avec le froid ? Et cette coquille blanc d'opale, entre-tissée, dure : il était trop tôt, je n'avais pas acquis la capacité d'en sortir. J'allais mourir comme ça, dans un enfer claustrophobique que j'avais moi-même fabriqué.

Le fric.

Je m'en souviens : j'en avais eu, beaucoup, plus que, disons, un esclave moyen du néolibéralisme n'en gagne en une vie. Pas dix milliards, quand même pas, mais un bel et bon petit héritage. Héritage ? Ah oui, la famille.

J'avais un âge de chrysalide qui, à l'échelle humaine, correspond à la vingtaine. Tout le monde tirait la gueule à l'enterrement. Je restais neutre. Des membres de la termitière passaient devant moi, s'arrêtaient pour me crisser à l'oreille quelques mots de condoléances conventionnels, puis disparaissaient de mon champ de vision. Dans leurs phéromones, pas une once de compassion ou de tristesse. Dans les miennes, rien qui leur en veuille. C'était une cérémonie vidée de tout contenu émotionnel, obligatoire, à laquelle nous nous prêtions pour ne point déroger à des convenances, qui avaient été établies à l'ère secondaire, qui avaient correspondu à une étape nécessaire du deuil, du temps où il attristait mon espèce, et que nous perpétuions par habitude. Comme les humains n'ont pas perdu l'habitude d'être méfiants et agressifs.

J'avais quoi, une heure? Je n'étais qu'un œuf fraîchement fécondé. Mais la nature va vite. Je savais que cette forme n'était que provisoire, l'une des multiples formes que je prendrais au cours de mon existence. J'avais des yeux rudimentaires, qui voyaient à travers la membrane, opaque et gélatineuse, qui protégeait mon tout jeune, mon fragile organisme. Comme en cette heure-ci, maintenant, où mes antennes affolées essaient de vous communiquer la détresse de mon impuissance, et inversement, à ce moment-là dont je me souviens, où je venais d'être pondue, il fait soleil. La scène est peu claire mais au fond de moi, j'ai la mémoire de l'espèce et je *sais*. J'ai aperçu dans un rai de lumière une magnifique, une somptueuse paire d'ailes irisées, un éphémère arc-en-ciel de lumière polarisée. Et le chuintement aigre du travail de corrosion des sucs gastriques de ma Reine, sous la carapace du fécondateur, les bruits de succion réguliers de ma Reine, qui aspirait les organes liquéfiés par sa trompe avide. Un dernier éclat dans le soleil et la carcasse retombait, vaincue. À peine au monde, la mort déjà.

J'ai vingt-trois ans et ma mère vient de mourir. Meurtre par égorgement, commandité par un collectif terroriste ou la maffia, je ne sais plus.

Cette femme ne m'a jamais aimée. Elle voulait des garçons, Dieu sait pourquoi, pour succéder aux affaires de mon père. Elle a été chanceuse, elle a eu trois mâles coup sur coup. Et puis moi, comme un échec. Sa plus grande déception. D'autant que dans son esprit séquane, elle me reprochait d'être toujours en vie, malgré le décès de mon père. Yacht abîmé en mer avec à son bord, en plus de mon père, le pilote et trois prostituées. Erreur humaine ? Panne technique ? Attentat mafieux ? Encore une fois, je ne sais plus.

Mère a toujours fait en sorte de me tenir le plus éloigné possible d'elle, de mes frères, de la famille en général. Je n'avais pas encore d'ailes, pas même embryonnaires, que je dus accepter ce fait avant qu'il ne me détruise : jamais ma mère, mes frères, ma famille, ne me témoigneraient le moindre amour. J'ai grandi chez ma nourrice, en Suisse. Elle était gentille. Si dédaigneuse que fût ma famille à mon égard, il était inconcevable pour elle qu'une de ses membresses ne reçût pas la meilleure éducation. Nourrice m'aimait. Mais à quinze ans, on m'envoya comme pensionnaire dans un lycée américain. Ce n'était pas grave. Je savais couper les liens affectifs vite fait bien fait. Je me demandais parfois si je n'avais pas sectionné moi-même le cordon ombilical d'un coup sec de mandibule, par réflexe, par défi aussi, envers ce monde où pour moi, pour toujours manquerait l'amour premier, celui qui conditionne tous les autres ensuite.

Mes pattes sont repliées en position de sommeil. Mes antennes pendouillent de chaque côté de mon front. Encore, je ne perçois que le blanc laiteux de la coque interne de mon cocon. Mais j'entends des voix, des voix féminines et masculines qui parlent à l'extérieur. Je le voudrais, pourtant aucun son ne sort de ma gorge chitineuse. C'est peut-être parce que je n'ai aucune idée qui me vient, aucun mot qui se présente à mon esprit. Dans ce cas ne reste que le cri. Je voudrais hurler, tempêter, vociférer à pleins poumons. Signaler ma présence vivante, ou du moins non encore décédée. Rien ne sort, rien ne vient, j'échoue à établir le contact avec ces formes de vie toutes proches, à travers la membrane rêche qui nous sépare.

On parle une des nombreuses langues que je comprends. À l'école, je n'étais douée que pour ça. Du peu que je savais d'elle, toutes les préoccupations de ma famille tournaient autour des chiffres. Opérations boursières ou bilans de trafic mafieux, peut-être bien les deux, si proches, je ne sais plus. Moi, je n'avais de goût que pour les mots. J'ai appris neuf langues. À mes amours de substitution j'ai appris à mentir (à dire : « Je t'aime ») en neuf langues. Ça crée sans doute un vide neuf fois moins profond, une duperie neuf fois moins grave, comment savoir ?

Quelque chose se produit à l'intérieur de moi. Mon corps reprend vie. Comment dire ? Il me semble avoir erré longtemps, en temps de chrysalide comme en temps humain, ça ne compte pas. Vraiment longtemps, dans un paysage sûr et désolé. Je pouvais convoquer puis renvoyer les fantômes à ma guise, leur parler dans la langue appropriée pour les insulter, les rabrouer, les maudire ou les chérir. Sinon, j'étais absolument seule et totalement heureuse. J'étais toute-puissante en mon royaume. Il n'y avait ni chiffres, ni activités douteuses, ni mère sans amour, ni amants fous de moi à qui mentir jusqu'au dégoût.

Ça a duré.

Puis ça s'est terminé. Comment ?

Et maintenant je suis dans un cocon incassable pour le moment, avec des gens qui parlent à côté de moi, et mon corps reprend des forces. J'ignore comment. Ces gens qui parlent sont peut-être spécialisés dans la réanimation des chrysalides.

En fond sonore, très discret, j'entends un « bip », un son non-humain, non-insectoïde, une note artificielle, robotique, qui retentit exactement au même rythme que mon cœur bat.

Mes trois frères sont morts dans l'ordre inverse de leur venue au monde, le benjamin d'abord. Les obsèques et les mariages étaient les seuls moments où j'étais admise à paraître en famille. Comme si mon seul droit était de figurer sur la photographie officielle des épousailles, ou à partager une douleur que je ne ressentais pas. J'étais une bonne imitatrice. Pour les obsèques, je prenais la mine affligée de circonstance. C'était la *malchance*, à chaque fois, qui avait tué mes frères, ou quelque contrat mis sur leur tête par une mafia concurrente, ou un collectif qui pratiquait la lutte armée, je ne sais plus.

J'ai l'impression d'avoir vécu trois fois la même scène, au même endroit, avec les mêmes acteurs moins un ou deux, dans les mêmes costumes. C'est après que ça devenait intéressant. Les seconds de mes frères se proposaient de les suppléer à la tête de la holding. Ils tournaient autour du cadavre, comme des requins autour d'une baleine morte, autour d'un mort à peine enterré, qui, la semaine précédente, était encore un homme plein de vigueur et respirant la santé, avec qui ils jouaient au golf et le laissaient gagner. Soumission de putois ! Une réalité en remplace une autre très vite, dans le monde des chiffres et des sociétés, réelles ou écrans, je ne sais pas. Avec les mots, au contraire, les choses demeurent. Et moi ce que je voyais c'était des prédateurs ambitieux, suintant la testostérone, en train de manœuvrer pour que Mère les adoube et leur transmette le pouvoir du frère. Leurs petits comptables luxembourgeois, dans les voitures, mettaient déjà tout en place pour que leur Maître n'ait plus qu'un ordre à donner. Et Mère, impassible, toujours à la tête de la holding de holdings, notant déjà les prochains rendez-vous sur son agenda.

Je suis sûre qu'après les funérailles, tout ce petit monde allait bâfrer se soûler, se camer, baiser. C'était un moment éprouvant. Pas parce qu'il était triste et digne, ma famille ignorait ces mots-là, mais parce qu'il inaugurait un cycle de négociations âpres, entre grands squales aux yeux froids. Quand mon dernier frère est mort, quelle qu'en soit la cause, Mère a déclaré :

« Voilà, je n'ai plus rien au monde. »

J'étais bien d'accord. J'étais encore là, moi, mais ça ne comptait ni pour elle ni pour moi. Depuis toujours je rendais à cette femme son absence d'amour. Il était hors de question que je la plaigne ou que je lui offre aide et soutien. Elle s'envoyait son prof de gym, ça devait lui suffire comme consolation.

J'étais si bien dans mon paradis solitaire ! J'y avais conçu une belle armoire Arts Déco, dans laquelle j'avais minutieusement rangé tous mes souvenirs. Parfois je l'ouvrais, je consultais les étiquettes, et selon mon humeur, je m'amusais à évoquer telle ou telle scène de mon existence humaine.

Mes souvenirs préférés n'étaient pas ceux les plus chargés émotionnellement (dont je me méfiais un peu à vrai dire). Comme Nourrice qui me lisait une histoire pour m'endormir, ou le premier baiser, et toute cette suite de clichés que tout le monde possède. Non, les souvenirs les plus intéressants étaient ceux de scènes aperçues à la dérobée, de petits instantanés de réalité sans fard, à moi parvenus par hasard, parce qu'à ce moment-là, j'avais tourné la tête par ici plutôt que par là. C'était comme des tableaux d'art moderne, période hyperréaliste. Des énigmes. Pourquoi ma mémoire avait-elle retenu les serpentements compliqués de la tuyauterie, dans les sous-sols d'une usine ? Qu'est-ce que je faisais dans une usine ? Que persistait à vouloir me dire cette image ? Pareil pour cette plaque d'immatriculation consulaire, dans le cortège funéraire, à l'enterrement de l'un de mes frères.

Mon armoire était très large et très profonde, elle contenait des milliers de milliers d'images similaires. C'est inouï ce que la mémoire peut stocker de détails. Et tous, bien rangés dans mon armoire, étaient classés par hiérarchie de valeur. Je me rendais compte que les sentiments étaient très surfaits. Ces souvenirs-là, je les mettais tout en bas, dans des boîtes ordinaires. La vie est faite d'événements auxquels on accorde une valeur, de nulle à inestimable. C'est un système très subjectif et par-là même arbitraire. N'empêche : si j'ai retenu l'adresse complète, entraperçue sur une enveloppe kraft je ne sais où, d'un type au nom imprononçable et dont je n'avais jamais entendu parler, c'est sans doute que c'est plus important que les premières caresses de mon petit ami. Une fois qu'ils sont rangés dans l'armoire, les souvenirs acquièrent une valeur autonome. Et ceux que l'on veut croire insignifiants signifient peut-être quelque chose d'important, reste à trouver quoi.

Voilà comment je me divertissais, quand j'en avais envie, dans mon royaume enchanté. Le reste du temps, eh bien justement, il n'y avait pas de Temps. Pas de passé, pas de présent, pas de futur. Quelque chose durait, moi, quoique je ne sentisse pas le Temps effectuer son patient travail d'érosion de ma personne. Mon corps existait quelque part, je ne savais plus où exactement. Quelque part dans une autre réalité, très matérielle, très pragmatique. L'essentiel de l'activité des gens consistait à travailler tant et plus, pour enrichir les riches, et à dresser leur progéniture à en faire de même plus tard. Je connaissais cette réalité-là, puisque j'en avais des souvenirs. Je m'y étais promenée comme en dilettante, attendant je ne savais quoi, la fin du film ou quelque événement qui m'eût distraite de mon ennui. Je n'étais pas obligée de vivre comme le commun des mortels. À défaut d'amour et d'attention, ma famille me versait une généreuse pension, issue de transactions légales ou frauduleuses, je ne sais plus. Tous les mois, je recevais une certaine somme sur un compte en banque, bien plus que je n'en avais réellement besoin. Ma famille me gâtait pour s'acquitter du prix de mon éloignement. Pour mes dix-huit ans, on m'avait offert un appartement au sommet d'un immeuble, avec piscine et terrasse, d'où je voyais toute la ville. Quelle ville ? Peu importe : je vivais dans les nuages.

Toutefois, je préférais mon paradis propre, fait de mes mains, et qui n'avait rien à voir avec l'argent, sale ou pas. Il semblait infini. Pourtant c'était mon corps qui le contenait, cette partie de mon corps logée dans la boîte crânienne, par laquelle on peut accéder à l'infini. Question : comment un contenant fini peut-il contenir l'infini ? Grâce au langage. Dans mon paradis il suffisait que je prononce un mot pour que l'objet correspondant apparaisse. Je pouvais transformer le Mont Blanc en cône à la vanille si ça me chantait. Surtout, dans mon paradis privé, j'étais totalement libre. L'infini, c'est l'absence d'entraves. Et rien ne pouvait m'atteindre. J'étais si heureuse ! Et puis ça a pris fin, je ne sais pas comment, mais je crois que je l'ai déjà dit.

Pour l'enterrement de Mère j'ai demandé une cérémonie simple. Je ne pouvais pas dire rapide, ça aurait outrepassé les limites de la décence, alors j'ai dit « simple ». On a placé le cercueil à côté de celui du Père, qui attendait là depuis des années. Le jour de la Résurrection, Père sortirait le premier. Il serait *jugé* le premier.

Tout le monde présent apprécia grandement la simplicité de la cérémonie. J'étais le dernier membre vivant de ma branche familiale. Pour tous les gens présents, sans exception, cela signifiait que cette branche était morte. On s'était déjà redistribué les holdings et les actions. Des arrangements avaient été conclus par Mère elle-même avant sa mort. Elle se savait mortelle, ne l'acceptait pas, et n'avait pas le choix, comme nous tous. Jusqu'à la fin, elle avait négocié des pourcentages, réparti des avoirs, manigancé pour dépouiller l'un et favoriser l'autre, tout en sachant pertinemment qu'aucune de ses dernières volontés ne serait respectée. C'était juste son dernier loisir en ce monde, la passion du pouvoir, même illusoire.

On devait être en Amérique. En tout cas c'était un enterrement à l'américaine, où l'on jette une poignée de terre et une fleur morte sur le cercueil. C'était à moi de commencer, bien sûr, la dernière survivante. J'ai eu l'impression que ma fleur mettait un temps interminable à tomber dans la fosse, légère comme un flocon qui n'en finirait pas de flotter. Et pendant ce temps-là, dans les limousines qui attendaient à l'entrée du cimetière, les comptables des autres branches, ou des autres clans de la famille, effectuaient à toute vitesse des quantités vertigineuses d'opérations, pour que leur Maître obtienne le plus possible de parts d'héritage. D'une voiture noire impeccable, aux vitres pare-balles teintées, à l'autre, on s'entre-dévorait, pendant que des mains sans chaleur jetaient des poignées de terre humide et froide, sur le cercueil qui résonnait comme un gong, entre deux rounds de boxe.

C'est là que j'ai reçu beaucoup d'argent. C'en était fini de ma rente mensuelle, puisque je n'avais plus de famille pour me la verser. Ou plus exactement, tous ces gens présents à l'enterrement étaient de ma famille, cependant ils estimaient qu'il n'était en aucun cas de leur devoir de subvenir à mes besoins. Vous voulez savoir comment devenir riche ? C'est très simple : ne dépensez, de ce que vous gagnez, que le strict nécessaire, et placez le reste. Bouffez des nouilles et jouez en Bourse. De toute façon, je n'en avais rien à foutre de ces connards avec leurs poules, que je n'avais jamais vus ailleurs qu'à la noce ou dans ce cimetière, avec à l'arrière de leurs caisses de blaireaux m'as-tu-vu, le sempiternel comptable ducal, diplômé des meilleures écoles de commerce, en train de traficoter pour que Monsieur récupère la meilleure part du gâteau. Ils ne comptaient pas plus pour moi que des figurants obligatoires. Donc, cérémonie simple, une pause déjeuner, après quoi chacun retourne vaquer à ses occupations d'enrichissement personnel, favorisé par l'esclavage institutionnel.

J'ai entendu dire que j'allais mieux et que mes constantes étaient stables. Je ne sais pas en quelle langue. Ce n'était pas des mots qui m'étaient destinés, même si je les comprenais, c'était une conversation que j'ai surprise. Mon cocon me semblait plus fin. Sa matière pas moins solide, mais plus fine. Et mes yeux de larve sont arrivés à maturité. Je distingue des formes indubitablement humanoïdes. Une tête ovale, un tronc où s'attache une seule paire de bras et de jambes. Et des organes phonatoires capables d'émettre une étonnante variété de sons. Des dentales, des gutturales, des palato-vélaires, des labiales… Et des voyelles qui s'intercalent, et dessinent les contours d'une mélodie rassurante, comme une berceuse. Mes antennes se dressent instinctivement quand je capte un langage humain. Et le message que je perçois, c'est que je vais « mieux ».

Mieux que qui ? Mieux par rapport à quoi ? Mieux que quand ? J'essaie de comprendre mais je ne le peux pas, trop d'éléments manquent. Et je ne parviens pas à rester très longtemps dans cette réalité-ci. Je sais que je suis sur le point d'éclore. Je ne suis plus un œuf gluant de mucus, ou un ver blanc, ou une chenille. Mes pattes sont toutes prêtes à se déplier, ma carapace est faite. Dans mon abdomen, mon petit appareil reproducteur se tient prêt à l'emploi. En quelques secondes, mes ailes seront sèches. C'est ce que je comprends par « mieux ».

Néanmoins, mieux n'est pas qu'un comparatif, il contient aussi une dimension temporelle. Il fait référence à un état antérieur, en l'occurrence « pire ». J'aimerais comprendre ce que disent les ombres entre elles. À quel état antérieur leur « mieux » fait référence. Je sais qu'on m'alimente artificiellement. Je l'ai vu. Le long d'une de mes pattes court un tuyau terminé par une très fine aiguille, glissée entre deux écailles, que je sens plantée dans un muscle. C'est par là que la vie revient dans mon corps. Je sens un liquide un peu froid, un peu épais, se diluer dans mon sang. Un liquide nourricier, comme du lait de puce. Il se propage partout dans mon corps, depuis ce point d'entrée minuscule. Il apporte les nutriments à mes organes, et je me réchauffe, et je m'éveille. Donc j'imagine que c'est une bonne chose. Ça me chiffonne tout de même un peu qu'on ne m'ait pas demandé mon avis. Et ce n'est pas naturel. Si j'étais une larve trop faible pour arriver à maturité, il fallait me laisser mourir. C'est ça, l'ordre des choses. Sur la quantité invraisemblable d'œufs que notre Reine pond, il y en a toujours quelques-uns qui ne sont pas viables, c'est comme ça. Pour une raison ou pour une autre, arrivée à un certain stade de développement, on ne peut pas aller plus loin et on crève, personne ne pleure pour si peu.

Alors pourquoi les ombres aux voix onctueuses m'ont-elles sauvée ? Pourquoi me soignent-elles, me nourrissent-elles pour favoriser ma croissance ? Quel est leur intérêt là-dedans ? Je le sais bien, moi, que la seule chose qui motive un humain c'est son intérêt. Même quand ils sont soi-disant altruistes, c'est pour satisfaire leur ego, c'est pour pouvoir se gargariser devant leur miroir d'être « quelqu'un de bien. » Il arrive même qu'ils se laissent prendre à leurs propres mensonges, ils appellent ça la vertu. Et mon intérêt à moi ? Qui le prend en considération ? Et si je ne voulais pas arriver à maturité ? C'est-à-dire, essentiellement, suivre sans discuter le programme pour lequel la Nature m'a créée. Naître, me nourrir, me reproduire, mourir. Parfois on peut être épinglée vive par un humain dont c'est la façon d'aimer les insectes. Ou gobée par un caméléon qui vous avale encore frétillante. Dévorer mon partenaire après l'accouplement me semble être la seule distraction remarquable, dans cette existence monotone mais pas sans dangers. Bref. Est-ce que ça me fait tellement envie tout ça ?

Et puis je sombre. Fini les voix qui flottent comme des mélodies, fini les questions, fini les méditations délectables sur les mille et une façons d'occire mon partenaire sexuel, fini les beautés irisées de mes ailes dans le soleil levant. Le Noir. Non, une porte noire qui donne sur un sas extrêmement sombre, avec dans le lointain un rectangle de lumière, la sortie du sas, vers laquelle je ne veux pas aller. Elle me ramènerait au plan de réalité des mères sans amour, des familles décimées, des comptables sans états d'âme.

J'ai décidé, après avoir touché ma part d'héritage, que je demeurerais désormais dans mon paradis personnel. *Strictly verboten* à tout intrus. Chez moi, en moi, dans l'infini qui m'habite et où rien ne me blesse.

Ça marche comme ça dans ce monde : l'argent résout tous les problèmes. Il n'y a que le Temps que l'on ne puisse pas acheter. Tout le reste, on peut l'avoir si on y met le prix. Pour avoir de la Substance pour une vie, j'avais besoin de beaucoup d'argent. J'ai vendu mon appartement pour un nombre non négligeable de millions de dollars. J'ai vendu mon coupé sport de jeune pétasse, mes fringues de haute couture, mes bijoux. Je ne voulais plus rien qui appartienne à cette réalité-là. Puis j'ai acheté trente kilos de Substance, et un deux-pièces dans un quartier populaire.

Toute cette mythologie malsaine, qui fait rêver les jeunes puceaux qui décollent à la marijuana sur le Velvet, « *Heroin, be the death of me* », ils ne se rendent pas compte. Je vous le dis : c'est de la merde, du fantasme bon marché. Le garrot, la cuiller, « *Brown sugar* », l'aiguille dans la veine, c'est plus un mauvais moment à passer qu'un rituel mystique. Le star-système a largement contribué à magnifier tout le truc, mais ce sont des contes pour enfants. Et les stars le savent très bien. Dans ce milieu, quand on use de la Substance, ce n'est pas du tout pour accéder, par les portes de la perception, à la douzième dimension du septième chakra, d'où l'on voit la totalité de l'Univers, comme un jeune dieu de l'Amour, pour en rapporter des chefs-d'œuvre. Arrêtez les conneries. Les stars se cament parce que leur vie est merdique. Leur putain de manageur, ou d'éditeur, exige qu'ils fassent des choses merdiques. Et à force de tourner, et de se montrer, et de répondre à des questions merdiques, ils ne se supportent plus les uns les autres, ou ils ne supportent plus les gens.

Eux, ils fuient la réalité, moi je rejoins la mienne. Je sais que je suis de mauvaise foi. Alors, oui, ça se paye. Six ou sept fois par vingt-quatre heures, il faut recommencer tout le cirque : le garrot, le coton, l'aiguille, piquer ailleurs. Ça venait comme ça : une drôle de sensation, dans ma réalité, me prévenait que, dans l'autre, mon corps avait besoin, lui aussi, de la nourriture dont les corps ont besoin. Faim, soif, et une bonne douche si j'avais le courage. J'avais besoin d'un corps en vie pour le moment. Je savais qu'un jour je laisserais tomber. Mais pas tant que j'avais encore assez de forces pour appeler le livreur de pizzas ou de nouilles chinoises. Et le pauvre étudiant, qui ne faisait que son job pour payer son loyer, était horrifié de me voir en t-shirt et culotte, les bras couverts d'hématomes absolument explicites. Souvent, il tremblait en me rendant la monnaie. J'étais la junkie du huitième, pour les livreurs comme pour les habitants du quartier, qui en voyaient bien d'autres. Je mangeais, je buvais, sans plaisir ni déplaisir, juste une formalité, comme les enterrements.

Des fois c'était le jour, aveuglant, un déluge sonore de klaxons beuglants et de pétarades. Je regardais par la fenêtre, les fourmis vaquer à leurs occupations. Je ne comprenais pas comment on pouvait appeler ça une civilisation. Vu de haut ça n'avait aucun sens. Des destinées qui devaient se rendre d'un point A à un point B, pour d'obscures raisons qui leur échappaient totalement, et dont la progression était constamment interrompue par des obstacles, formés par d'autres trajectoires tout aussi absurdes. Tout ce petit monde semblait être dévoré de l'intérieur par la peur panique que le système s'arrête, que la machine néolibérale s'enraye à cause d'un grain de sable, et que leur existence perde toute justification. Leur obsession et leur grande fierté, étaient de *ne pas* être ce grain de sable, la merde dans le ventilo, comme disait un de mes oncles, la couille dans le potage, comme disait un de mes ex. À coup sûr, aucun royaume privé ne leur appartenait, aucun infini personnel ne les habitait. Ils ne rêvaient pas plus loin que les choses à la mode et à leur portée financière, avec des publicités ciblées selon la classe sociale.

D'autres fois c'était la nuit. C'était mieux, plus calme, moins délirant. Il y avait moins de mouvements mécaniques ou humains, moins de dissonances. Juste en face, au rez-de-chaussée de l'immeuble, il y avait un cinéma porno ouvert vingt-quatre heures sur vingt-quatre, mais qui semblait faire l'essentiel de son chiffre d'affaires la nuit. Les clients étaient majoritairement des hommes, rarement des couples, et presque jamais des femmes seules. En sortant, les silhouettes regardaient furtivement à droite, à gauche, baissant la tête, puis s'écoulaient, honteuses et soulagées, le long des murs des immeubles. Un peu plus loin, des prostituées tapinaient à proximité d'un hôtel borgne, à l'enseigne au néon malade. L'hôtel devait s'appeler The Concord mais quelques lettres rose fluo manquaient : on lisait « Ccrd », et immanquablement le mot crocodile me surgissait à l'esprit. Une activité reptilienne, le sexe, prémammalienne. Une pulsion venue de nos lointaines origines sauriennes, et qui demeurait fermement incrustée dans un repli sauvage de nos cerveaux, paraît-il supérieurs.

Cette réalité-là, nocturne ou diurne, n'avait aucun intérêt pour moi. Depuis toute petite, je n'y voyais que mesquinerie, exploitation, souffrance et perpétuation de la souffrance. On n'y avait pas le culte de la Beauté (dans mon milieu, on s'efforçait juste d'avoir bon goût), de la Sagesse, de la tendresse, du respect mutuel (sans parler du respect de soi). Des existences passées à la moulinette par la Main du Marché, du haut en bas de la pyramide, qui en faisait des cadavres hachés menu, sur lesquels allait fleurir la génération suivante. *In sæcula sæculorum and God bless America.*

Dans cette réalité-là enfin, à part me nourrir, je me récurais parfois de fond en comble. Et je surveillais un peu mon activité biologique de femme, le cycle de reproduction dont la Nature m'avait dotée, pour que bien gentiment, sur la viande des morts, je perpétue l'espèce avant de mourir à mon tour. Mais je me perdais dans les dates, j'oubliais de cocher les cases sur le calendrier, et parfois je me réveillais poisseuse de sang entre les jambes. Je me douchais, mettais un tampon, changeais les draps. Que de corvées dans cette réalité-là ! Je faisais une lessive que je laissais trois jours dans la machine. J'y pensais, mais c'était tout un travail de me motiver à m'en occuper. Comment les gens pouvaient-ils supporter toutes ces tâches, toute cette pression, toutes ces choses qui, paraît-il, font partie de la vie normale ?

Pour la première fois, aujourd'hui je me suis réveillée. Enfin, si se réveiller veut dire prendre conscience du monde dans lequel vivent les ombres, qui je ne sais pas pourquoi, s'occupent de moi, alors disons que je me suis réveillée.

C'était un moment non défini du Temps, mais c'était douloureux. J'ai ouvert les yeux et la lumière m'a fait mal, comme mille petites aiguilles chauffées à blanc qui venaient se ficher dans mes pupilles, et j'ai crié. Un son est sorti de ma gorge desséchée, qui m'a fait mal aussi, comme une déchirure qui m'ouvrait en deux, de la bouche au bas-ventre. Je n'avais pas la force de lever ma main jusque devant mes yeux. Tout ce que j'ai pu faire, ça a été de détourner vivement la tête de la source de lumière. Même les yeux fermés, la lumière continuait de me blesser avec sa blancheur éblouissante, cette impression d'avoir des grains de sable sous les paupières. Les photons qui s'insinuaient sous mon crâne par gros paquets pulsatiles allaient le faire exploser.

« Attendez, ai-je entendu, je vais baisser le store. »

J'ai perçu un déplacement autour du lit, le couinement mécanique de la glissière, une diminution salvatrice de l'intensité lumineuse. Puis j'ai senti qu'un corps se penchait sur le mien, un visage tout près. Puis une voix de femme, très douce :

« Vous allez pouvoir ouvrir les yeux maintenant. Prenez votre temps, rien ne presse. »

C'était une délicate attention. Mon impression première de faiblesse générale s'était estompée. Je sentais que si je le voulais je pourrais faire des gestes à présent, je sentais tout mon corps ragaillardi, ou mieux, restauré. Capable, après un temps d'adaptation, de s'insérer dans le contexte économique, social et culturel en vigueur. Ouvrir les yeux, ce serait en quelque sorte consentir à faire un pas en ce sens. Donner sa chance à une réalité où j'avais refusé de prendre place. Or j'avais de très bonnes raisons, à mon avis, d'opposer un refus net, catégorique à ce monde. Aussi je n'ouvris pas les yeux, mais j'essayais de demander où j'étais, pourquoi, depuis quand, j'essayais de mettre en mots humains la foule de questions qui se télescopaient dans ma tête. J'avais la gorge en carton, et avant tout j'ai demandé de l'eau. La femme à la voix douce me souleva délicatement la tête et me fit boire. J'avais totalement oublié cette sensation d'un liquide frais dans mon gosier. Ma bouche ayant retrouvé l'humidité propice à la parole, je me suis lancée. Mais je ne parvenais pas à formuler correctement les phrases que je voulais : « À quel jour suis-je dans cette situation ? », ou encore : « Comment votre voix suis-je arrivée à larve ? » Et je crois bien que je mélangeais plusieurs langues.

La femme s'assit sur le rebord du lit. Je savais, à la teinte plus sombre et calme qu'avait pris l'intérieur de mes paupières, que la pièce était plongée dans la pénombre. Cependant je refusais toujours d'ouvrir les yeux. Je voulais qu'elle me parle d'abord, mais les mots de ma requête continuaient à venir pêle-mêle.

« Vous êtes confuse, elle a dit, c'est normal. Ne vous inquiétez pas, ça ira mieux dans quelques minutes. Laissez le temps à votre esprit de revenir dans votre corps, chez lui. Respirez tranquillement, ça viendra tout seul. »

Effectivement c'était comme revenir à la maison après une très longue absence. Retrouver des pièces oubliées, des objets familiers, et les souvenirs qui y étaient attachés. Ça sentait un peu le renfermé. La personne qui vivait ici – moi, mais je n'en étais pas si sûre – s'était absentée un certain temps. Tout semblait en ordre, mais sans vie. Ici aussi les volets étaient clos. Ça semblait vaste, trop vaste pour une simple chrysalide, un gâchis d'espace pour une créature qui n'en avait pas besoin d'autant. Bon état général, parfait pour un couple avec deux enfants en bas âge. À travers les volets, des effluves marins me parvenaient, des cris d'oiseaux. Il y avait peut-être même une baie vitrée, donnant sur une terrasse avec vue sur la mer.

« Où suis-je ? » je suis parvenue à demander, dans la même langue que la femme.

C'était de l'américain, avec une pointe d'accent californien. Alors, toujours avec cette voix douce que prennent les dresseurs pour amadouer les jeunes animaux, elle me dit :

« À l'hôpital. »

Et elle me débita la liste des horreurs insoutenables qui avaient frappé ma personne ces trois dernières années. Elle savait mon nom et certains épisodes de mon histoire personnelle. Elle soutenait qu'après la série de deuils que j'avais éprouvés, il était normal que j'aie cherché à fuir la réalité. À l'en croire, j'avais vécu dans un isolement total pendant presque un an, sous l'empire permanent de l'héroïne. J'avais fait une overdose soixante-douze heures auparavant.

Heureusement, j'avais commandé un repas peu de temps avant. Le livreur, loué soit-il, avait eu le bon réflexe d'appeler les secours. Il avait remarqué que j'étais, disons fragile. Toutefois, jusqu'ici, j'avais toujours ouvert quand il sonnait, et là il s'était inquiété. N'était-ce pas intelligent et gentil de sa part ? Apparemment, je devais lui être reconnaissante. Il était même passé ce matin, entre deux courses, demander de mes nouvelles. Par bonheur, il ne m'avait pas laissé de ces « petits cadeaux de convalescence » débiles.

Plutôt qu'à un dresseur, c'était à un inspecteur de la Gestapo que la femme me faisait songer à présent. Une levrette, élégante et racée, qui ne perdait jamais sa proie de vue. Moi, la proie. Je n'étais pas dupe de sa voix doucereuse, du miel de bienveillance, qui s'étalait jusque dans ses silences entre deux phrases. Qui dit miel dit couteau. Elle avait commencé les grandes manœuvres, pour me faire admettre quelque chose comme mon caractère anormal. Sur cette base, ma vulnérabilité et mon instabilité admises, commencerait le travail de reformatage de ma personnalité. Elle n'était qu'une quelconque fliquette de la Brigade de Normalisation. C'était la branche psychiatrique de la Gestapo. « Travail, Famille, Consommation », je connaissais le mot d'ordre qu'il fallait me faire entrer dans le crâne. La Brigade disposait de spécialistes très compétents, et d'un programme éprouvé en douze étapes. Mon seul avantage était ma connaissance de l'ennemi. Je savais où elle voulait en venir, et elle ignorait que je le savais. Elle me prenait pour une petite dinde, une gosse de riches pourrie gâtée, pour qui la came, festive au départ, était devenue une addiction, comme ça arrive si souvent chez les jeunes écervelées. Elle me concédait la douleur du deuil.

« C'est normal, rassurez-vous, compte tenu de ce qui vous est arrivé. »

Mais on allait arranger tout ça, n'est-ce pas ? Même la façon dont elle recherchait ma connivence me répugnait. Néanmoins j'étais rassurée sur un point : hormis quelques éléments extérieurs faciles à trouver, à l'état civil et dans les rubriques nécrologiques, elle ne savait rien de moi, absolument rien. Et qu'elle ne compte pas sur moi pour lui révéler quoi que ce soit sur mon paradis privé, et les raisons qui m'ont poussée à y demeurer. J'y torturais longtemps les chiennes de son espèce, avec des raffinements de cruauté que seule une haute élévation d'esprit peut faire imaginer. Elle n'avait pas idée. Mais chut ! Pour le moment, je devais me montrer docile et coopérative, endormir sa vigilance, afin qu'on me délivre un passeport de sortie.

Il y a un débarras dans ton petit appartement populaire dont tu n'as ouvert la porte qu'une seule fois. Tu y as remisé ton équipement de chrysalide combattante, tes armes de tueuse du collectif Sonja Kreütz. C'était le jour même de ton emménagement. Tu as empilé les trois cartons tout au fond du débarras, pour gagner de la place, mais tu n'as rien mis d'autre dedans. C'est comme une zone interdite dans ton espace personnel. Devant, tu as placé une chaise, sous la fenêtre. Parfois tu t'assieds là, à contempler rêveusement l'activité dans la rue, avec tout un passé qui dort, solitaire, dans ton dos, derrière la porte du débarras, derrière *toi*.

Le fil est mince qui te rattache à cette séquence de ton passé. Des bribes, parfois très nettes, se détachent du fond d'ouate anesthésiée où tu t'es réfugiée. Ces souvenirs-là aussi sont rangés dans l'armoire de ton paradis, sous clé, tout en haut, demandant un effort pour y accéder, auquel tu ne consens jamais. Tu sens un danger à remuer la merde, tu la laisses s'assécher là où elle est, se transformer en petites crottes de lapin inodores et inoffensives.

Ton entrée dans le collectif Sonja Kreütz, ton entraînement rigoureux pour les activités du collectif, tes missions d'extermination des responsables du malheur. Tu étais douée, tu étais faite pour le meurtre et la clandestinité. Tu as même trouvé l'amour, et c'est sur ce point douloureux que ta mémoire bute. Même quand l'action de la Substance rend poreuse la frontière, entre ce que tu gardes sous contrôle, et ce qui surgit des profondeurs mû par sa propre force. L'Amour a ce pouvoir.

Tu n'as rien fait de mal, ce n'est pas de culpabilité qu'il s'agit. Tu as accompli une mission qui a mal tourné, comme cela arrive parfois, dans tous les collectifs qui pratiquent la lutte armée, ça n'est pas ça le problème. Tu en as trop fait. Cette mission-là, c'était à un. e autre que toi qu'elle échoyait. Tu t'es justifiée au nom des principes, tu as dit qu'elle te revenait de droit, les grands mots. Cependant il y avait des ramifications affectives souterraines dans ta revendication, cela seul aurait dû suffire à te disqualifier. Je veux dire : tu le savais, n'est-ce pas ? Alors tu aurais dû te retirer de toi-même, si tu avais été honnête envers le collectif.

Tu voulais, mais pas clairement, en finir avec quelqu'un ou quelque chose, et tu n'as réussi qu'à te suicider mentalement. Tu te croyais blindée, inatteignable, et la puissance de la charge émotive en retour t'a anéantie. Tu portais en toi une bombe à retardement, et quand elle a enfin explosé (il le fallait d'une manière ou d'une autre), elle a formé un trou noir dans ton esprit. Il a absorbé ton instinct de tueuse, ta motivation, ton amour, ta personnalité même. Il t'a vidée de l'intérieur, comme la femelle le mâle chez certaines espèces d'insectes. N'est restée qu'une enveloppe vide. On ne t'a pas chassée du collectif, après le fiasco de Dallas, tu ne l'as pas quitté non plus. Tout s'est arrêté brusquement, tu ne sais plus ni quand ni comment. Tu as disparu.

Le débarras est une orbite vide qui te regarde désormais, et qui te juge. Un trou noir dans ton esprit, sa matérialisation à l'extérieur de toi, ce petit cagibi de rien du tout. Tu traverses les jours et les nuits comme un fantôme, qui par moments se cognerait aux meubles, au monde, à la réalité. Ces phases d'éveil crépusculaire sont comme un cauchemar où se love la vérité, un Bardo peuplé de dieux terrifiants et sanguinaires, qu'il faut affronter pour passer de l'autre côté. Tu les affrontes : ils te font rire, avec leurs prétentions à éveiller l'effroi. Tu as vu bien pire comme monstres. Ceux qui ont un visage humain. Et tu t'arrêtes, au seuil d'un nouveau monde : tu t'en détournes, tu le refuses. Tu ne veux pas savoir ce que tu as fait, qui te tourmente.

Tu reprends une dose de Substance et le calme se réinstalle en toi. De nouveau tu glisses à travers les meubles, à travers les murs, de nouveau le monde n'a plus, pour toi, plus de consistance qu'un rêve agréable, éthéré. C'est là que tu te sens vivre, là que tu te sens chez toi. Dors, bel ange de la Mort. Dors, tant que tu peux échapper à l'inéluctable tribunal, qui attend tranquillement dans un placard le jour où tu *devras* ouvrir la porte.

Je ne veux pas naître ou renaître. Pourquoi est-ce si difficile à comprendre ? Pourquoi y a-t-il toujours de ces gens, bourrés du genre de bonnes intentions dont l'Enfer est pavé, qui veulent me convaincre du bien-fondé de leur modèle mortifère ? Je ne leur ai rien fait, pas à eux, alors pourquoi s'obstinent-ils à m'emmerder, alors que je suis la plus heureuse des chrysalides ? Je ne sais pas, ça me dépasse.

J'ai eu de la chance. Je n'avais commis aucune infraction connue. On m'avait juste trouvée tétanisée, la bave aux mandibules, en train d'agoniser sur mon lit tandis que s'égrenaient les arpèges dégingandés de *Trout Mask Replica.* Les dogues de la Gestapo, fort occupés par la criminalité galopante dans les rues, se fichaient comme d'une guigne d'une overdose de plus, et de la rescapée de cette famille maudite, maffieuse ou pas. Quant aux services sociaux, ils avaient des cas nettement plus pauvres et nettement plus bousillés que moi sur les bras. La Brigade Hospitalière de Normalisation procéda pourtant à tous les signalements obligatoires, sachant qu'aucun n'aboutirait ni à une enquête, ni à une prise en charge. C'était une formalité qui avait cours dans leur fourmilière, vide de sens comme toutes les autres. Juste, au bout du compte, de la paperasse qui s'entasse dans un bureau débordé. Il paraît que sans ça, les Hommes ne seraient pas heureux, quoi que ce mot signifie pour eux. Je suis restée en tout un mois à l'hôpital. J'avais « Bérénice Keller », la levrette, dans la poche. Je lui disais exactement ce qu'elle avait envie d'entendre. Je connaissais les douze étapes, je savais ce qu'il fallait dire à tel ou tel moment. Et je n'allais pas trop vite, pour ne pas éveiller les soupçons de ma garde-chiourme. C'était un rôle facile pour moi. En un mois, on crut faire de moi une parfaite candidate à la réinsertion par le travail, abstinente et pleine de contrition. Et qui voulait surtout bien faire. Et en sortant, on m'a prescrit un traitement de substitution, mais je n'ai pas compris le concept. Il me restait des kilos de Substance, pourquoi aurais-je pris autre chose à la place ?

J'ai repris ma vie comme avant, comme une larve qui refuse d'éclore. Pourtant ça n'était plus comme avant, ça ne pourrait plus jamais être comme avant. Maintenant, j'avais peur. J'étais vulnérable. J'étais à la merci d'un accident, j'étais prévenue. J'ai dû me procurer un flingue au marché noir, je n'avais plus confiance dans les livreurs. Des gens comme eux, ou comme les ambulanciers, pouvaient entrer ici à leur guise, forcer ma porte, et je n'avais aucun moyen de les en empêcher. J'ai commencé à m'alarmer pour un rien, un courant d'air, un craquement à l'étage, une mouche. Ce côté-là de la réalité était vraiment épouvantable. Des tas de choses désagréables pouvaient s'y produire, et menacer ou emporter ce que l'on avait de plus cher. Je n'étais pas faite pour vivre dans cette peur-là. J'étais faite pour les enchantements toujours renouvelés de ma réalité. Alors j'ai coupé les ponts.

Mon cœur s'est arrêté de battre. J'ai pris une dose de Substance que même un vieil habitué ne peut tolérer. Je flotte au plafond maintenant. Je vois mon corps décédé, allongé sur le lit après les spasmes, l'écume aux lèvres en train de coaguler. Il fait une vilaine grimace à cause de l'infarctus, et il repose dans une position désordonnée, comme une poupée de chiffon jetée négligemment là. J'observe avec attention le lent et sûr travail de la décomposition de mon cadavre. Le Temps n'existe plus pour moi. J'observe les atomes qui composaient mon corps se désagréger, retourner au Cosmos, pour former d'autres choses que la personne qui fut connue sous mon nom. À un moment du temps terrestre, les pompiers défoncent la porte. On dirait les Ostrogoths lors du sac de Rome. Ils sont là, hache à la main, un peu hagards après avoir vaincu l'obstacle. La putréfaction m'a complètement défigurée, une si jolie jeune femme. Dans l'immeuble, il y a toujours quelque rat crevé, mais au bout d'un trop long moment l'odeur, nauséabonde et persistante, a dû secouer les voisins de leur apathie congénitale. On a longtemps frappé à ma porte, ça m'amusait cette obstination des Humains à dénier que le pire soit arrivé. Comme ça puait énormément et que je ne répondais pas, on est entré en force. Un pompier est allé immédiatement vomir dans les toilettes. Ils ont tous mis un masque, et se sont fait un devoir d'emballer mes restes, en les disloquant le moins possible. Opération délicate, car à ce stade, les tendons retenaient à peine les os entre eux. Malgré les mille et une précautions, une de mes jambes s'est entièrement détachée. À l'endroit où elle était arrachée, on voyait la chair en train de se liquéfier.

« Bon Dieu de merde ! » a juré le pompier.

Le voilà, ma guibolle à la main, pendant qu'on transfère mon corps dans la housse. Je le trouvais sympathique. Il faisait de son mieux, comme nous tous. Il a remis ma jambe à sa place. Puis, ils ont refermé la housse, l'ont posée sur un brancard et sont redescendus.

J'ai dit au revoir à ce corps. Je ne sais pas ce que les pompiers voulaient empêcher, car les atomes continuaient de monter vers le Grand Tout, à travers les mailles de nylon, comme des bulles de champagne dans une coupe. Puis je suis allée voir la femme à la voix douce, la normalisatrice. Elle était atterrée de la nouvelle de mon décès. Elle ne parvenait pas à comprendre comment j'avais pu « en venir à une telle extrémité. » J'aurais bien aimé lui expliquer. Je n'ai aucune sympathie pour les Brigades de Normalisation, dont le fond du travail consiste à rendre les gens dociles, pour leur faire accepter leur modeste sort de petit rouage dans l'économie de marché. Cependant cette petite main de la machine avait éprouvé, je crois, une compassion sincère envers moi. Malheureusement, nous n'existions plus sur le même plan de réalité, toute communication entre nous était impossible.

Je lui aurais dit que rien n'est plus précieux que la liberté. Que son foutu système la rend quasiment impossible. Donc les gens libres sont condamnés à la solitude et au malheur. Certains s'en accommodent, d'autres pas. Nous sommes des équations impossibles, nous nous éliminons nous-mêmes du système. Nous n'entrons dans aucune case. Au mieux, nous pratiquons le compromis raisonné : nous nous intégrons au système pour assurer notre survie, mais nous ne lui donnons pas plus que nous ne lui prenons, et nous ne lui permettons pas de nous prendre plus que ce que nous consentons à donner. Moi, je n'ai pas cherché quel compromis faire, survivre ou non m'était parfaitement égal. À présent j'ai l'Infini pour moi. Je suis libérée de cette réalité-là, dans laquelle ces pages tombent pour la miner, la saper, la dénoncer, la condamner comme illusion peu crédible, nourrie de violence, de souffrance et d'injustice. Qui peut croire qu'un tel monde puisse durer ?

Le réveil de Vulcain

Je suis devenu adulte en moins de vingt-quatre heures. Il y a des étapes, des rites de passage par lesquels on quitte progressivement l'adolescence : la première cuite, le premier chagrin d'amour, la première fois qu'on couche avec quelqu'un, le bac, le permis de conduire. Et puis, je suppose, tout un tas de choses que chacun commence à faire, et qui les accompagneront longtemps (écrire des poèmes, se maquiller, fumer, des trucs de ce genre). J'avais vingt et un ans et j'étais en L3 de biologie. À cet âge, j'avais déjà franchi pas mal d'étapes, toutefois je n'étais pas encore un adulte. J'étais un étudiant, pas mauvais, qui vivait chez ses parents. Enfin, mon père, ma belle-mère et Lumine, ma demi-sœur de neuf ans. J'avais un grand frère de vingt-sept ans qui finissait son internat de médecine en banlieue parisienne. Après, il voulait s'engager dans la Marine, pour voir du pays. Notre mère aussi s'était remariée, mais elle n'avait pas eu d'autres enfants. Elle habitait Montpellier. Je descendais la voir une fois par mois, et aux vacances, je passais quelques jours chez elle, parfois avec mon frère, parfois sans lui. Le Feu me les a pris, tous.

Bon, à l'époque où remontent ces lointains souvenirs, Clermont-Ferrand n'était pas exactement le centre du monde intellectuel et artistique. Cependant, la fac était bien cotée, et j'y avais de nombreux amis, dont certains depuis l'enfance. C'était une gentille petite capitale de province, dormante, avec rien de notable que sa cathédrale en pierre volcanique noire. Elle m'évoquait le monolithe dans le film de Kubrick. On pouvait y voir ce qu'on voulait : le symbole de l'éveil de l'Humanité à la conscience, les prémices de la spiritualité, l'élément déclencheur, énigmatique jusqu'à l'absurde, de la première guerre fratricide…

C'était un jeudi. Les parents étaient au boulot. Lumine était clouée au lit par une angine, et j'avais la charge de veiller sur elle. Moi, j'étais dans ma chambre, à potasser mes cours pour les prochains partiels. J'adorais ma petite sœur, elle était vive, drôle, libre. Toutes les heures, j'allais jeter un œil dans sa chambre. Elle dormait, et je posais ma main sur son front pour contrôler sa fièvre, et je remontais le drap sur ses petites épaules moites. Sinon, elle lisait sagement, et je lui demandais si elle avait besoin de quelque chose. Vers seize heures, on est descendu dans la cuisine partager un goûter. C'est là que le monde a volé en éclats.

Ce fut comme si la Terre était un gros animal réveillé en sursaut, de mauvais poil, et pris d'un besoin impérieux de le faire savoir à tout ce qui vivait sur son dos. À la première secousse, toutes les vitres ont explosé. On est resté interdit, Lumine et moi. Puis, une deuxième secousse a carrément projeté nos bols de corn-flakes contre le mur, tandis que le buffet, les placards, les étagères crachaient leur contenu par terre, dans un fracas de vaisselle brisée. Lumine s'est mise à hurler. Je ne comprenais qu'à moitié ce qui se passait. Mon instinct me disait qu'il fallait fuir, loin et vite. C'est étrange comme, face à l'extraordinaire, la partie rationnelle de nous-mêmes continue de fonctionner, comme un frêle esquif tenant bon, ballotté dans un océan de panique déchaîné. Sans réfléchir, j'ai pris Lumine dans mes bras et je suis monté en courant à l'étage. Il y avait des secousses sismiques de plus en plus violentes, de plus en plus rapprochées. En catastrophe, j'ai attrapé mon gros sac de voyage et j'ai fourré dedans tout ce qui, dans l'instant, me paraissait utile. Des vêtements pour nous deux, la trousse de secours dans la salle de bains, et même le sirop antitussif. Lumine avait quitté mes bras et, calmée, sans doute parce que j'avais l'air de savoir ce qu'il fallait faire, elle fourra dans le sac sa peluche préférée, ainsi que son cadre avec la photo de famille.

La terre tremblait tellement que la maison allait sûrement s'effondrer d'un instant à l'autre. Nous redescendîmes précipitamment par l'escalier, qui branlait comme ce passage obligé à la con, dans le Train fantôme. Je saisis les clés du 4x4, dont on ne se servait que les samedimanches, où l'on partait à l'aventure dans la campagne. Dans le garage, je pris encore une lampe torche, quelques outils au hasard, une corde. J'eus tout juste le temps de sortir la voiture dans l'allée, que la maison s'écroulait sur elle-même, sous les coups de boutoir d'un invisible chantier de démolition.

Heureusement, nous habitions un hameau, à une quinzaine de kilomètres de la ville. Néanmoins, il y avait déjà un peu de circulation sur la petite départementale, des gens comme nous qui fuyaient l'épicentre du séisme. Quand on habitait au pied de la chaîne des Puys, on avait forcément eu droit aux excursions scolaires, à la visite du parc dédié aux volcans. On avait reçu des conseils avisés sur la conduite à tenir en cas de séisme, les gestes qui sauvent, les numéros d'urgence. Pourtant, tout cela restait abstrait, peu probable parce que chacun savait que nos volcans étaient éteints depuis des millions d'années. Instinctivement, toutefois, je sentais qu'il fallait fuir à l'opposé des montagnes. Alors, je conduisis plein est, en gardant bien le soleil dans le rétroviseur.

Lumine était demeurée absolument muette depuis notre départ mouvementé de la maison. Elle était assise sur le siège passager, comme une poupée de chiffon à laquelle on aurait passé la ceinture de sécurité. On a dû rouler comme ça environ deux heures, avant que moi-même je ne desserre les dents. On ne ressentait plus de secousses. Je garai la voiture sous les arbres, sur une aire de repos.

« On va s'arrêter un moment, d'accord ? »

Elle regardait ses chaussures d'un air maussade. Elle avait un magnifique profil, très pur, des cheveux blonds bouclés qui descendaient jusqu'à ses épaules comme une cascade de lumière. Un petit ange triste, chassé du Paradis brutalement et sans raison. Je ne pouvais pas me figurer toutes les pensées, toutes les émotions qui la traversaient, mais je ressentais une immense compassion pour elle, un amour inconditionnel pour cette âme encore neuve et fragile. Je sus, en un éclair, que j'étais responsable d'elle à présent, au moins jusqu'à ce qu'on en sache plus.

« Si tu veux », dit-elle sans me regarder, comme si elle se parlait à elle-même.

Nous nous dégourdîmes les jambes, bûmes du jus de fruit et grignotâmes des barres chocolatées. C'était tout ce que j'avais pu ramasser, à la hâte, en quittant la maison. La nuit tombait, et je proposai de rester là pour le moment. On dormirait dans la voiture. Lumine acquiesça mollement, puis, comme je m'y attendais tout en le redoutant, ses nerfs lâchèrent.

« Je veux Maman ! sanglotait-elle. Où est Maman ? »

Elle donnait des coups de pied dans les pneus de la voiture, la crise empirait.

« Écoute, lui dis-je en m'accroupissant à sa hauteur, on va l'appeler, j'ai mon téléphone. »

À ces mots, la joie infinie de l'enfance illumina son visage. Je retrouvai ma petite sœur, sans savoir que c'était la dernière fois.

« Tu me laisses faire ? dit-elle avec un sourire enjôleur. Je veux parler la première. »

Je lui donnai le téléphone. J'aurais dû la mettre en garde à ce moment-là : pour des tas de raisons, l'appel risquait de ne pas aboutir. Lumine attendit longtemps avant de me rendre l'appareil d'un air dépité.

« J'entends rien, dit-elle avec une petite pointe très acérée d'inquiétude dans la voix. Ça grésille un peu, et c'est tout. »

Je sentais le désespoir l'envahir, infini lui aussi, comme tout ce qui a trait à l'enfance devant une expérience nouvelle. Je tentai de la rassurer, comme on tend la main à qui glisse au fond d'un gouffre.

« Ça ne veut rien dire, répondis-je avec le plus d'aplomb possible. Il y a eu un gros tremblement de terre, tu sais. Ce ne serait pas étonnant que toutes les installations téléphoniques aient été détruites.

Je suis sûr (mentis-je) que Papa et Mam vont bien. Ils nous attendent sûrement quelque part et sont aussi inquiets que nous. Je pense que le pire est passé, mais c'est sans doute encore dangereux de revenir en ville. Demain, nous y retournerons, et nous retrouverons nos parents, d'accord ? »

Mon petit discours fit l'effet escompté. De toutes les puissances, qui, dans l'ombre de l'inconscient, tirent les ficelles de nos actes et de nos pensées, l'espoir est peut-être le maître absolu. Je dis à Lumine que ce serait comme une de ces soirées qu'on passait en famille, quand on partait en virée. On allait faire un feu, on allait se raconter des histoires en regardant les étoiles dans le ciel, puis on dormirait, et demain on reprendrait le cours de nos vies.

« D'accord ! » s'exclama Lumine.

Elle m'aida joyeusement à ramasser du bois et j'allumai le feu. En guise de dîner, nous n'avions pas les steaks et les pommes de terre que Mam emportait toujours. Nous dûmes nous contenter de nouveau de barres chocolatées et d'un paquet de crackers oublié là, dans le coffre du 4x4. Cependant, pour Lumine, c'était un repas de fête, comme quand elle invitait des copines à la maison. Et quand j'y repense aujourd'hui, c'est l'un des meilleurs moments de ma vie, ce pique-nique improvisé avec ma petite sœur.

Seulement, l'épisode sismique n'avait été, si j'ose dire, qu'un amuse-gueule. Lumine et moi dormions plus ou moins, quand tout à coup, il y eut une série de détonations dans la nuit, d'une puissance phénoménale, tandis que le ciel prenait les couleurs mouvantes d'un incendie. L'horloge digitale du tableau de bord indiquait 3 h 11. Lumine, à qui les feux d'artifice faisaient peur, s'était redressée d'un coup sur la banquette arrière.

« Qu'est-ce qui… »

Elle n'eut pas le temps de terminer sa phrase, que de nouvelles détonations, encore plus formidables, éclatèrent. Le 4x4 trembla sur ses roues, comme malmené par des vents violents et contraires. Le ciel nocturne devint éblouissant comme une lampe halogène. On se serait cru sous un bombardement, et la chaleur nous atteignait par vagues.

« J'ai peur », dit Lumine, au bord des larmes.

Je lui dis que moi aussi, mais que j'allais quand même sortir de la voiture, pour voir ce qui se passait.

« Je viens avec toi ! cria ma petite sœur. Ne me laisse pas toute seule ! »

Ce furent ses dernières paroles : ne me laisse pas.

Le spectacle était à la fois grandiose et à vous glacer le sang. Les puys, les volcans émoussés qu'on croyait trop vieux, étaient tous entrés en éruption. Avec les séismes, c'était comme si les très anciennes puissances qui dormaient là, sous la Terre, s'étaient réveillées en même temps, dans une forme olympique. On était sur une petite éminence, Lumine et moi, et on avait une vue panoramique sur les vallées. La lave rampait, inexorablement, comme des coulées élastiques carbonisant tout sur leur passage. Cela s'accompagnait de jets de flammes et de pierres. Dans le ciel incendié, on voyait monter des panaches de fumées noires, comme de l'encre de seiche propulsée dans l'eau. C'était une vision de fin du monde, dont la bande-son était un intarissable grondement chthonien, le cri de victoire et de libération de la Mort, venue du plus profond des entrailles de la Terre. Le sol vibrait jusque sous nos pieds, et Lumine serrait ma main de toutes ses forces. Je voyais les reflets rouge sang des flammes, dansant dans les pleins et les déliés de ses cheveux d'ange. C'était le chaos, la destruction, la réduction en cendres de la Civilisation et, en même temps, c'était d'une somptueuse beauté.

Nous avons erré trois ou quatre jours, au hasard des routes. J'allumais la radio par moments, mais les ondes ne diffusaient rien, sur aucune fréquence. Ce qui signifiait que le cataclysme ne s'était pas limité à notre région, mais avait probablement frappé le pays tout entier. Je trouvais du carburant, à manger et de l'eau au petit bonheur la chance, dans des stations-service désertes, des maisons abandonnées, des supérettes de village.

Ce sont des militaires qui nous ont trouvés un matin, assoupis dans la voiture. L'un d'eux a doucement frappé à la vitre, et j'ai eu la peur de ma vie, j'ai cru que ça recommençait. Puis, j'ai reconnu l'uniforme et ça m'a rassuré. Soulagé, même : nous n'étions plus seuls. Lumine se contentait de le regarder d'un œil vide, ou plutôt, regardait dans sa direction mais à travers lui, comme s'il était transparent.

Les militaires nous ont conduits jusqu'à un campement de fortune, où étaient regroupés d'autres survivants. Le médecin qui nous a examinés nous a trouvés un peu dénutris, mais globalement indemnes physiquement. À part, il m'a dit à l'oreille :

« Votre sœur est en état de choc. »

Comme si je ne l'avais pas remarqué ! Depuis la nuit des éruptions, elle n'avait plus prononcé une parole. Elle semblait avoir été vidée de sa volonté propre. Elle restait prostrée, les yeux obstinément fixes, comme si elle essayait de voir, à travers les cauchemars qui la terrorisaient, quelque image familière, quelque bouée de sauvetage dans l'ouragan du réel. Elle espérait de toutes ses forces, opiniâtrement, jusqu'à l'insomnie, l'apparition de Papa et Mam. Lumine se laissait complètement faire. Je lui tenais la main pendant la visite du camp, et lors du repas, je la fis manger. Elle était réceptive au langage, mais inaccessible à la raison.

Plus tard, le commandant du camp m'a dressé un bilan de la situation. La Terre entière avait été la proie de cataclysmes divers. Ici, après les éruptions du Massif central, le ciel était gris poussiéreux, et allait le rester longtemps. En outre, des tsunamis titanesques avaient ravagé les côtes, et un peu partout, des séismes avaient ouvert d'immenses failles, comme sur une carte lacérée au cutter. Toutes les antennes satellites avaient été détruites : il n'y avait plus de communications longue distance possibles. Il n'y avait plus vraiment d'État non plus. Pour un temps indéterminé, nous étions livrés à nous-mêmes.

Avec le temps, le campement est devenu le village de notre communauté. Nous nous sommes installés, et nous avons tenté de reconstruire quelque chose qui ressemble à une société humaine organisée. Nous cultivons la terre, nous élevons du bétail, nos besoins sont satisfaits. Longtemps nous avons mené des expéditions, dans toutes les directions, pour trouver d'autres survivants. Cependant, à chaque fois, nous avons été arrêtés par des failles, si profondes et si longues que ça aurait pris des jours pour descendre au fond ou les contourner. Alors, on a remis ces exploits à plus tard, à tellement plus tard qu'on a fini par en perdre l'envie. Après tout, la vie n'est pas si mal ici, sur notre coin de terre délimité par des gouffres.

J'ai compté cinquante-deux étés depuis notre arrivée dans la communauté. Lumine est morte il y a cinquante-deux ans. Ou, pour le dire autrement, nous sommes cinquante-deux ans après l'abolition de l'avenir de Lumine. À la place, il y a une enveloppe vide, mutique, incapable de s'occuper d'elle-même. Lumine a régressé, à l'âge d'avant le langage. C'est un être perdu, coincé quelque part entre la réalité et un autre monde, peut-être meilleur. Elle ne peut ni le rejoindre, ni vivre dans celui-ci. Le Feu a tout consumé en elle. Elle reste toute la journée assise dans un fauteuil, serrant sa peluche, à fixer le cadre avec sa photo de famille jaunie. Lumine est tout ce qui me reste. Moi aussi, cette nuit terrible m'a changé à tout jamais. Je me réveille toujours en sursaut, vers trois heures du matin, en nage, avec la sensation d'une horrible incandescence terminale, et de la pression d'une petite main serrant la mienne.

Je participe aux tâches quotidiennes de la communauté. Je fais ma part, comme tout le monde ici. Mais je n'ai pas vraiment d'amis, et je ne me suis pas cherché de compagne. Je suis ce grand type taciturne, qui vit dans une cabane avec sa sœur, un peu à l'écart. Lumine m'a supplié de ne pas la laisser seule, alors je ne l'ai jamais abandonnée. On a fini par nous accepter comme nous sommes, nous qui ne savons plus qui nous sommes. Une éruption s'est produite au plus profond de nous, pendant la fin du monde, et en a fait jaillir et se figer une personnalité qui n'était pas appelée à être la nôtre.

L'Opération Cincinnatus

D'abord, pourquoi « Réseau Zéro » ? De nombreuses hypothèses circulent sur cette appellation, que nous n'allons pas toutes énumérer ici. Nous renvoyons le lecteur à l'excellent article « Une brève histoire de la lutte armée » de notre éminent collègue Kibo Horowitz (in *Cercles*, n° 121, printemps – été 327). Résumons tout de même, pour mémoire, les deux hypothèses les plus probantes, et presque unanimement admises, et qui du reste ne s'excluent pas l'une l'autre.

Dans les deux cas on souligne que le choix d'une dénomination générique qui fait usage de la métathèse n'a rien d'un innocent jeu de langage. Cette figure contient en quelque sorte en condensé la ligne idéologique de ce collectif. Celui-ci en effet s'était donné pour objectif l'inversion (principe de la métathèse) totale des valeurs néolibérales, qui avaient induit la grande crise de la fin du premier siècle avant notre ère. Elles reposaient sur un puissant conditionnement : « *Arbeit macht frei* ». Pour assurer la rentabilité et la compétitivité de l'Entreprise, les *Arbeitnehmer* étaient tenus à des cadences de surproduction. À l'autre bout de la chaîne, la publicité ciblée vantait aux citoyens tels ou tels produits, que l'Entreprise devait écouler. La « liberté » du citoyen, c'était de choisir quoi acquérir, parmi une gamme de produits sélectionnés pour lui, pour maintenir le rythme de surconsommation. En outre, Réseau Zéro fut un collectif de collectifs, une organisation internationale et internationaliste, dont la marque distinctive était de communiquer entre eux sans le moindre impact (zéro) sur l'environnement. Ils n'utilisaient ni Internet ni téléphones portables, « technologies répressives, régressives, et coupables de contribuer à l'accélération du réchauffement climatique » (Collectif Réseau Zéro, « Pétition de principes », p. 1, in *Élémentaires*, n° 293, mai -31). Zéro émission de gaz à effet de serre, de déchets non recyclables, voilà pour la première hypothèse.

La seconde découle de cette « idéologie verte » (K. Horowitz, art. cit., p. 13). L'ambition affichée par Réseau Zéro, dès ses premières manifestations publiques, était la politique de la table rase, « repartir à zéro » sur de nouvelles bases économiques, sociales, culturelles, etc. En bref, opérer chez les Humains une mutation d'ampleur, qui les amènerait collectivement à prendre conscience d'eux-mêmes en tant qu'espèce unique, et vulnérable. « Dépasser les notions périmées de communauté religieuse, d'ethnie, de nationalité, de frontières territoriales et mentales ; dépasser les conditionnements de nos dressages dans des ghettos intellectuels qui voudraient se substituer à notre nature profonde – et y parviennent. » (Collectif Réseau Zéro, art. cit., p. 2).

Sans doute, une part de hasard heureux, de fulgurance, entre dans la dénomination par lesquelles les collectifs, de par le monde, choisissent de se faire connaître du grand public. Notons toutefois que dès son premier texte publié, dès son origine, le Réseau Zéro affichait l'ambition de « se dissoudre dans l'anonymat, de retourner à la plèbe dont nous sommes issus, dès que notre *kampf* aura été mené à son terme. » (art. cit., p. 7). Enfin, on rappellera que c'est le collectif Cincinnatus, héros romain sous la République, bien connu pour sa probité et son désintéressement, qui est à l'initiative de la création du Réseau Zéro. À la lumière de tous ces éléments, le lecteur aura compris la dimension programmatique inscrite dans le nom même du collectif mondial : méthodes de communication interne sans nouvel impact sur l'environnement, volonté affichée et réitérée d'anéantir (réduire à zéro) le néolibéralisme, pour instaurer une civilisation où tous les êtres humains seraient égaux, et Humains avant tout. Dissolution dans l'anonymat une fois la mission accomplie. Et quelle mission !

Au troisième siècle avant notre ère, la natalité moyenne annuelle était en baisse alarmante. Les naissances, de loin, ne compensaient plus les décès. Chaque homme, chaque femme devait se dévouer corps et âme à son *arbeit*, à des objectifs de productivité et de rentabilité toujours revus à la hausse. On n'avait plus guère le temps, plus guère l'envie de faire des enfants, encore moins de flirter jusqu'à trouver le bon partenaire, avec qui vivre en couple. On ne pouvait plus se permettre le luxe de l'amour. On avait des choses bien plus importantes à faire que de se laisser aller aux douceurs, aux douleurs, aux aléas de la vie affective. Les seules formes d'obligation que les individus toléraient entre eux étaient à caractère professionnel. À chaque niveau hiérarchique, on obéissait aux ordres venus d'en haut, on se comportait en équipe de choc, et enfin on s'assurait que les subalternes effectuaient correctement les tâches qu'on leur avait assignées. Cette norme était si bien admise, si bien intégrée qu'on se passait de mots. Du reste, dans le monde de l'Entreprise les échanges verbaux étaient réduits à la portion congrue, fonctionnelle, pour ne pas perdre de temps.

En ce qui concernait les loisirs, pléthore de plateformes, regroupant pléthore de sites thématiques, proposaient des activités à la carte. Grâce à un profilage, géré par des algorithmes, on était assuré de passer un bon moment entre personnes « compatibles ». Rencontres sexuelles, bien sûr, mais aussi jeux de société, promenades et randonnées, visites culturelles, groupes de parole, salons littéraires ou philosophiques : la liste des offres était aussi longue et diversifiée que le business de la vie sociale était rentable.

Dès la fin du troisième siècle, les États durent réagir, pour maintenir la natalité nécessaire au renouvellement de leur cheptel d'*Arbeitnehmer*. Les trop rares naissances naturelles avaient lieu dans l'univers marginal des collectifs. Elles produisaient des individus qui, de par leur éducation alternative, rétive aux valeurs néolibérales, ne s'inséreraient jamais dans le circuit normal, régi par la Loi du Marché. Il n'était pas question d'encourager, par une politique nataliste, les femmes à procréer, et donc à interrompre leur *arbeit* un certain temps. Alors, on franchit un pas de plus que la fécondation in vitro, bien maîtrisée. On mit au point la gestation dans des utérus artificiels. Entre seize et vingt ans, âge où les gamètes sont de la meilleure qualité, chaque individu, masculin et féminin, devait se soumettre à des dons de sperme et d'ovules, matière première de cette nouvelle industrie d'État. Ensuite, le soin des nourrissons était confié à des robots nurses. Les évolutions conjointes de la cybernétique et de l'intelligence artificielle avaient permis de concevoir des androïdes, capables d'effectuer des tâches relativement complexes : changer les couches, donner le biberon, faire acquérir les rudiments du langage, réciter des contes, chanter des berceuses, stimuler les sens. Certes, avec les bébés, les imprévus étaient inévitables. Dans ces cas, grâce à sa puissance de calcul phénoménale et son inépuisable base de données, le robot fournissait « une réponse satisfaisante dans 93 % des cas », assurait le fabricant.

Dès que leurs fonctions motrices et leur maîtrise du langage étaient à maturité, les enfants étaient envoyés à l'école où, pour la première fois, ils se trouvaient face à la chair et aux os d'un être humain, la gestuelle et les mimiques d'un être humain, la voix non synthétique, les odeurs, la personnalité. La fonction d'instructeur était bien vue socialement (et bien rémunérée), pour son évidente utilité. Les instructeurs demeuraient impassibles et patients en toutes circonstances, de façon à habituer très tôt les enfants à juguler leurs émotions, et ainsi les préparer à évoluer dans leur futur milieu professionnel ultra-rationalisé. Les instructeurs avaient pour mission d'évaluer les compétences propres de chaque sujet, et de concevoir pour lui un programme spécifique d'apprentissage, afin de développer ses compétences. La méthode était mi-ludique mi-didactique. Chaque enfant disposait de son propre ordinateur, dans lequel l'instructeur, depuis sa console, entrait le programme du jour. Les ordinateurs offraient toute une gamme d'interfaces (Maman, Papa, dinosaure, chat), que son utilisateur pouvait choisir à sa convenance.

C'était un copain de jeu. Quand l'instructeur estimait qu'il avait acquis et développé les compétences requises, le sujet passait dans le cycle suivant, indépendamment de son âge. On effectuait déjà un premier profilage des individus. Enfin, chaque cycle d'apprentissage comprenait un tronc commun. Graduellement, selon sa maturité, l'enfant apprenait et intégrait les normes du néolibéralisme et leur complexité. C'était une éducation à la fois très personnalisée et complètement désincarnée.

La première génération d'humains, nés sans le recours à la biologie, servit de cobaye aux scientifiques qui l'avaient créée. Le Marché lui tenait lieu de figure d'Autorité. Tous, sans exception, devinrent des individus sociopathes, affectivement immatures, à la personnalité instable. Ils n'auraient *pas bougé un cil devant une éventration rituelle.* Ils étaient préparés pour une tâche et une seule, et l'accomplissaient à la perfection. Cependant, la réalité n'avait pas de prise sur eux. Ils étaient mutiques, très maladroits dans leurs relations à autrui, émotionnellement anesthésiés, avec d'incontrôlables accès de violence.

Professionnellement parlant, ils donnaient tous entière satisfaction. Ils étaient ponctuels, méticuleux, complètement dévoués à l'Entreprise, obéissants et dénués de toute autre ambition que de bien faire. Aussi, malgré leurs bizarreries, ils étaient bien acceptés. Toutefois, 30 % d'entre eux développèrent d'inquiétants troubles de la personnalité. Ils souffraient d'une sorte de défaut de fabrication. Certains devinrent des tueurs en série particulièrement sadiques, d'autres se suicidèrent sans un mot d'explication, d'autres encore manifestèrent tous les types de perversions sexuelles possibles, du simple violeur à l'exhibitionnisme, en passant par la nécrophilie, sans compter la scatophagie et le cannibalisme. Un dernier groupe fut atteint de tocs si envahissants qu'ils les empêchaient d'assurer leur fonction productive. Passé la période d'observation, il fallut se résoudre à les retirer de la machine productive (comprendre : à les éliminer physiquement).

La proportion, trois individus sur dix, était bien trop importante pour que le processus soit rentable, mais impossible à réduire. En outre, il n'était pas possible non plus de prédire, avec certitude, quel sujet deviendrait un psychopathe. Alors, les scientifiques mirent au point une parade, un médicament inhibiteur des pulsions destructrices, le Doromorphe. Tous les sujets de la deuxième génération en reçurent des doses, adaptées à leur âge, et quand elle se révéla, à leur pathologie mentale. Succès foudroyant. On avait désormais 100 % d'esclaves totalement loyaux et asservis au Marché, qui remplissaient parfaitement la tâche qui leur était dévolue, et gardés sous camisole chimique. Alors on se lança dans la production en masse et régulière de nouveaux sujets. On pouvait sans crainte les laisser occuper leur temps libre comme ils l'entendaient. Car même eux en avaient besoin : malgré tout, ils n'étaient pas des robots. Ils se mêlaient à la population des « organiques », vieillissante et qu'ils étaient destinés à remplacer en totalité. Le rêve néolibéral était accompli : une société de rouages dociles, sans un grain de sable, obéissant aveuglément aux ordres. L'idéologie de l'enrichissement des riches avait, sans conteste, atteint son point culminant, sa perfection.

Ceux qui, dès leurs premières années, en manifestaient les dispositions, devenaient des Maîtres. Et au-dessus des Maîtres, de toutes-puissantes machines, qui manipulaient des quantités faramineuses de chiffres, à la vitesse de la lumière. Elles énonçaient sans cesse des listes de décisions à prendre, pour que l'Entreprise restât compétitive. Et le Maître, du haut de sa tour, déclenchait une série de réactions en cascade. D'après le témoignage de leurs plus proches valets et secrétaires, les Maîtres jouissaient d'une espèce de connexion tellurique. Ils sentaient le remue-ménage sous leurs pieds, jusqu'aux racines de la Tour. Ils émettaient un petit hoquet de satisfaction, rajustaient leur complet et disaient :

« Fait. Tâche suivante. »

Voilà où en était l'Humanité au premier siècle avant notre ère : parfaitement organisée, par la pure logique des algorithmes qui traduisaient, pour chaque niveau de la hiérarchie, les impératifs en une liste de directives, d'objectifs de productivité et de rentabilité, à des individus cultivés en utérus artificiels, dont la seule raison d'être était d'exécuter les ordres.

Cependant, toute cette belle mécanique parfaitement ajustée, contrôlée et stabilisée au Doromorphe, ne manquait pas de produire d'agaçantes anomalies. Elles étaient exceptionnelles : environ un sujet sur cent mille. Mais un individu pleinement, entièrement et inexplicablement *libre*. Malgré la naissance artificielle, le dressage dès le berceau, l'effet inhibiteur de la drogue, il y avait immanquablement un sujet, masculin ou féminin, chez qui sa nature humaine prenait le dessus. Ceux-là grandissaient avec un malaise diffus, informulable, faute de vocabulaire et de concepts, avec la gêne que confère la différence par rapport à la norme. La première chose qu'ils apprenaient, c'était à la dissimuler pour ne pas décevoir l'instructeur. Mais plus ils prenaient de l'âge, plus leur malaise s'aggravait. Plus leur peur grandissait qu'on décèle leur différence, et qu'on les élimine du système qu'on leur apprenait à vénérer et à servir, mais envers lequel ils n'éprouvaient qu'une grande perplexité. C'était des individus fondamentalement malheureux. Les mots qui auraient pu les aider à dire leur mal-être avaient quasiment disparu des dictionnaires. Et du reste, qui les aurait écoutés, compris et réconfortés ? Ils se sentaient anormaux et nourrissaient un puissant complexe d'infériorité. Extérieurement, leur conduite était irréprochable, et leur différence indécelable : ils avaient intégré les règles du jeu. Ils consommaient plus de Doromorphe que la moyenne, mais le système l'admettait, ayant prévu la variabilité des besoins selon les individus.

Chez beaucoup d'entre eux, la névrose se creusait tant avec l'âge, que le Doromorphe ne suffisait plus à atténuer leur douleur. Ils ouvraient leur fenêtre et se jetaient dans le vide, ou se donnaient la mort par tout autre moyen.

Une infime minorité trouvait l'âme sœur, Lui, Elle, irréductiblement libre et malheureux. Ils formaient un couple qui passait son temps libre ensemble, clandestins, n'osant pas sortir et exposer au grand jour leur scandaleuse relation interpersonnelle exclusive.

D'autres encore gardaient l'équilibre en passant un compromis tacite avec le système. Ils feraient ce qu'on exigeait d'eux, et s'adonneraient par ailleurs à des activités rares, comme la lecture ou l'écriture, toutes sortes de disciplines artistiques, telles que la musique ou la peinture. Ils désiraient rester seuls, ils ne se mêlaient pas aux autres, dans ces activités profilées par une plateforme. Ils avaient essayé, comme tout le monde, et ces puérilités ne leur avaient procuré qu'une amère déception. Ils vivaient dans leur coin, subissant l'*arbeit* comme un mal nécessaire, pour mieux jouir pleinement de leur « solitude illuminée », comme dit le Barde Automne. À leur mort, on retrouvait, chez eux et dans le box qu'ils louaient pour les stocker, toutes leurs œuvres, qui ne seraient jamais lues, jamais vues, jamais jouées. On jetait tout ça à la poubelle pour le recyclage, sans y jeter un œil.

Il se produisait parfois un miracle. Un.e de ces inadapté.es chroniques entendait parler d'un collectif, là-bas, dans la cambrousse. Des marginaux, qui vivaient comme à l'Âge de Pierre, en communauté. Collectif, communauté, isolement : ces mots qu'en ville on ne prononçait que du bout des lèvres, comme s'il s'agissait de maladies honteuses, interpellaient le ou la solitaire, et faisaient vibrer dans son être une corde jusque-là muette. Il fallait aller voir de quoi il retournait. Alors iel s'équipait de chaussures de marche, suivait la route hors la ville un moment, s'engageait sur des chemins de terre, des sentiers dans les bois, et aboutissait sur les terres agricoles du collectif. On lui faisait bon accueil, et iel avait le sentiment de se trouver enfin parmi des individus de son espèce. On lui ferait une place dans la communauté si iel le désirait. Alors, iel retournait en ville, présentait à l'Entreprise une démission en bonne et due forme : son premier acte libre. Iel revenait dans la communauté avec quelques affaires, et restait vivre là pour le restant de ses jours.

Les collectifs sont le revers de cette société rationnelle jusqu'à la déshumanisation. Ils représentent son alternative, son contrepoison diraient leurs membres. Ils se sont formés dans le courant du troisième siècle avant notre ère. Des hommes et des femmes se sont délibérément retirés du système, pour s'organiser en communautés autonomes, selon des principes rigoureusement inverses de ceux du néolibéralisme : stricte égalité, éducation fondée sur l'épanouissement de la personnalité, liberté individuelle, travail restreint aux tâches nécessaires à l'autosuffisance, temps libre consacré au plaisir. Surtout, les membres des collectifs font bloc, grâce aux puissants liens affectifs qui soudent la communauté entre elle, et avec les autres collectifs.

Le nombre des collectifs a varié dans le temps, d'une petite centaine au départ, pour se stabiliser à deux cent cinquante-trois, à la fin du deuxième siècle. Ils sont répartis sur tous les continents. Les États les tolèrent comme jadis on tolérait les nomades : on les laisse exister, tant qu'ils ne représentent pas une menace pour l'ordre établi. Ils ne sont pas hors la loi. Ils ne regroupent, en définitive, qu'une toute petite minorité, qui vit encore « à l'ancienne », comme avant la rationalisation totale du Marché et les utérus artificiels.

Une fois par an, la Gestapo pénètre dans leurs camps, procède à quelques interrogatoires et au recensement. Les collectifs accueillent les policiers avec bienveillance et respect, et se prêtent docilement à toutes les procédures dont ils font l'objet. On montre les champs, le bétail, les installations de production d'énergie, les registres de naissances et de décès, tout ce que la Gestapo veut inspecter, contrôler, consulter. On offre aux fonctionnaires de police une collation, à laquelle ils ne touchent guère par peur des microbes. Les gamins regardent par la fenêtre ces émissaires de l'État, dans leur uniforme impeccable et leurs bottes luisantes de cirage. Les poules faisanes et les chiens s'écartent sur leur passage. Quand ils repartent, ils ont le sentiment troublant de n'avoir rien vu, en vérité, rien compris de ce qu'il fallait voir et comprendre. C'était comme de visiter un zoo peuplé d'espèces inconnues. Alors ils se raccrochent à la satisfaction du devoir accompli, ne se sentant tout à fait soulagés que quand le camp a disparu du rétroviseur, et espérant vivement ne pas être tirés au sort l'année prochaine, pour être envoyés dans cet endroit où la Civilisation n'a pas pénétré, et où ils sont comme des corps étrangers. On admet l'existence des collectifs, comme un mathématicien ne peut que constater l'irrationalité de certains nombres, sans pouvoir rien y changer. Leur choix de vie échappe à la Raison, cependant ils ne font rien d'illégal. Ou plutôt, la Loi n'ayant jamais statué sur le sort de cette quantité négligeable, on adopte vis-à-vis d'eux l'indifférence du fonctionnaire, dont ce dossier n'entre pas strictement dans le domaine de compétences, et qui n'y jette qu'un œil distrait.

Le choix de vie en communautés, indépendantes et régies par les principes de l'Internationalisme égalitariste, s'est imposé à ceux que révoltait l'ordre néolibéral. Il devenait de plus en plus oppressant, de plus en plus exigeant, de plus en plus fondé sur l'aliénation autoritaire de l'individu à la Loi du Marché, uniquement soucieux d'impératifs comptables, de rentabilité et de compétitivité. C'était déjà avant la production industrielle d'esclaves. Le tout premier collectif, Ex Nihilo (le néant étant la civilisation néolibérale, et « ex » l'injonction à s'en extraire) a servi de modèle à tous les autres. Avant qu'Internet ne soit cadenassé par les cyber-brigades des ministères de l'Intérieur, Ex Nihilo a pu diffuser, à bon entendeur, une sorte de mode d'emploi.

D'abord, il fallait être légalement propriétaire des terres sur lesquels on vivait et qu'on exploitait. Acte de propriété établi au nom du collectif, permis de construire, permis de cultiver la terre et d'élever du bétail, dérogation quant à l'éducation des enfants, etc. Rien ne devait être laissé au hasard, mais au contraire dûment enregistré, estampillé, en accord avec les lois de l'État. S'il fallait se soumettre à certaines obligations, comme la tournée d'un inspecteur de l'Éducation, des contrôles sanitaires, une visite de la Gestapo, on s'y soumettait sans rechigner. Au troisième siècle, et dans la première moitié du deuxième, on trouvait encore assez facilement des terres à acquérir à bon marché, dans des endroits reculés, loin des grandes métropoles et des voies de communication principales. Les membres du collectif achetaient leur paradis en commun et le bâtissaient en commun, avec les matériaux qu'ils avaient à leur disposition : bois, pierre, terre, ardoise, bambou, etc. Le premier objectif était de parvenir à une totale autonomie alimentaire et énergétique. Pour la première, on cultivait la terre, on constituait des troupeaux, afin de vivre des fruits des récoltes et de l'élevage. Pour la seconde, on privilégiait la géothermie, les énergies solaire et éolienne. Il s'agissait de tirer parti des ressources naturelles disponibles, par un usage raisonné, et de limiter au maximum l'impact des activités humaines sur l'environnement. Le Marché faisait assez de dégâts comme ça.

Ainsi, en un siècle et demi, deux cent cinquante-trois collectifs se sont implantés dans toutes les régions du globe. Il aurait peut-être pu y en avoir davantage, mais à compter de -157, les États ne permirent plus « l'achat collectif de terres en vue d'y installer une communauté indépendante ». C'était une double manœuvre, destinée à limiter l'expansion des collectifs et à privatiser les terres encore libres, en vue d'une urbanisation aussi irrationnelle qu'inévitable. La natalité étant sous contrôle grâce à la technologie, ce n'était pas pour faire face à une crise du logement qu'on sacrifiait des millions d'hectares de bonne terre arable. Ironie typique du Capitalisme, on bétonnait de gigantesques surfaces de terre grasse et gorgée d'escargots pour, entre autres, installer des fermes hydroponiques. Le Marché, en expansion constante, avait besoin de plus en plus d'espace pour ses infrastructures, ses entrepôts, ses usines, ses hubs, ses zones commerciales.

Au début, les collectifs communiquaient entre eux par Internet. Ils cessèrent de le faire, dans le dernier tiers du troisième siècle, pour deux raisons. D'abord, l'usage de cette technologie était en contradiction avec leur principe de non-nuisance. Il faut en effet produire, avec des matières premières polluantes et non pérennes, les quantités phénoménales d'énergie, nécessaires à la transmission et au stockage des données. En second lieu, les États commencèrent d'exercer un contrôle de plus en plus étroit sur leurs citoyens, et notamment leurs activités sur la Toile et sur les réseaux numériques de communication. Plus rien n'échappait aux yeux et aux oreilles des cyber-brigades. Or les collectifs ne tenaient pas à ce que les informations qu'ils échangeaient fussent captées et analysées par des algorithmes, dans un but opaque. C'est ainsi qu'à l'exception du collectif 0/1, qui avait une mission bien particulière, pour laquelle l'informatique était cruciale, tous les collectifs se déconnectèrent d'Internet. Désormais, ils communiquaient entre eux par coursiers (à pied, à cheval, à dos de chameau, etc.), qui délivraient des messages oraux, ou écrits à la main, sur du papier de fabrication artisanale.

Voilà, nous avons peut-être un peu longuement décrit le contexte d'émergence du Réseau Zéro pour mieux faire ressortir à quel point, dans son époque, il était impératif qu'il se formât. À présent, examinons son action.

La fameuse « Pétition de principes », déjà citée, par laquelle Réseau Zéro fait son entrée sur la scène publique, parut en -31. Ce qui situe la constitution du super-collectif, probablement au début des années 30 avant notre ère, peut-être même à la fin des années 40.

En tout cas leur premier acte de sabotage massif, soit la destruction, totale et simultanée, de tous les systèmes informatiques du monde en -7, des entreprises aux banques, en passant par les data centers et les services publics, cette opération très complexe a dû être méditée, planifiée, organisée sur au moins deux décennies. C'est qu'à contre-courant des tendances froidement hystériques de son époque, Réseau Zéro prenait son temps.

Les événements qui se déroulèrent cette fameuse nuit du 23 au 24 juin -7, ainsi que les longues années consacrées en amont au plan, sont très clairement relatés par notre consœur Djallila Sejkhit, dans son ouvrage de référence, *Les compteurs à zéro* (*Aube Rouge*, 331), auquel nous renvoyons chaleureusement le lecteur. Nous nous contenterons d'en donner un résumé succinct.

Entre -31 et -7, le collectif Réseau Zéro, formé par deux cent cinquante-trois collectifs, répartis sur tous les continents, signe un nombre important de publications. On retiendra sa monumentale *Encyclopédie des injustices* en dix-sept volumes, d'innombrables articles de portée locale, nationale ou internationale, selon les faits considérés et le public visé. Ces travaux critiques capitaux mettent systématiquement à jour les collusions entre la politique et la finance, avec une virulente lucidité. En outre, les collectifs investissent le domaine de la fiction, avec des romans, des recueils de nouvelles ou de poèmes, des sketchs d'agit-prop, des opérettes. Toute cette activité créative prend, pour thèmes centraux, l'arrière plan social tourmenté de cette époque, l'écrasement de l'individu par le système néolibéral autoritaire. Les personnages incarnent deux réponses possibles au broyage de soi, par les forces noires qui ruinent le monde. Soit la boursouflure narcissique, qui s'épanouit notamment sur Internet. Le pseudonyme ou l'avatar du personnage principal lui servent de soupape, par laquelle se déverse toute la souffrance de son ego malmené. Elle prend des formes tout aussi violentes et paranoïaques que les puissances qui le réduisent à rien. L'alternative, c'est l'effacement dans la retraite et le choix d'entrer dans le combat clandestin, et la fraternité du combat clandestin, contre les Maîtres et leur système inique. Souvent dans ce cas de figure, le personnage passe par une phase d'isolement, de repli sur soi dépressif, où la sensation de dépersonnalisation guette à chaque page. Citons enfin l'admirable série d'essais, collectés sous le titre *Ficelles* (neuf volumes). Bien que les textes soient anonymes, l'analyse stylistique permet de déceler des plumes aussi prestigieuses que celle d'Ea Vicarelli, Datchko Braumann, Svetlana Cairo, entre autres. Mi-critiques mi-pratiques, ces essais décortiquent le système néolibéral, tout en fournissant au lecteur des moyens simples de se prémunir contre ses stratégies mortifères.

En -28, alors que le Réseau Zéro s'installe lentement, mais sûrement, dans le paysage littéraire et politique, la première mouture de *La Nuit Terminale*, qui planifie dans les grandes lignes le Grand Sabotage, est ébauchée par le collectif ivoirien Depuis Les Remugles. En six mois, ce document de travail est élaboré, puis imprimé à destination des deux cent cinquante-deux autres collectifs. Entre -28 et -18, la version définitive de *La Nuit Terminale* est achevée, après de nombreux amendements du texte original, des réécritures et de nouvelles propositions. Les échanges entre les collectifs sont abondants et intenses. C'est la période que notre consœur Djallila Sejkhit appelle « la décennie de la ruche. » Toute la correspondance d'un collectif à l'autre, aux autres, est systématiquement recopiée et envoyée à Depuis Les Remugles (dont les précieuses archives sont conservées à la bibliothèque du Parlement).

Pendant onze années, entre -18 et -7, le Réseau Zéro s'attelle à l'aspect opérationnel de « La Nuit Terminale ». Chaque collectif recueille, dans sa zone géographique, par tous les moyens, légaux ou pas, toute information utile, sur les toujours opaques data centers, entreprises, systèmes de contrôle et de surveillance, intelligences artificielles. C'est l'époque que Djallila Sejkhit appelle celle des « onze pas dans le bourbier. » Les collectifs se fixent des limites éthiques : pas de chantage, pas d'humiliation ni de menaces sur l'intégrité physique des personnes. Pour le reste, ils ont recours à la corruption de fonctionnaires, au soudoiement de personnels de l'Entreprise et de ses filiales. Grâce aux virus mis au point par le collectif 0/1, ils utilisent l'informatique pour hacker les systèmes de sécurité, obtenir les plans des installations, connaître l'identité des employés, etc. Ils ne nient pas qu'ils se salissent les mains, et contreviennent au principe de non-nuisance (envers autrui, envers soi-même), qu'ils placent en première position de leurs préceptes. Ils se jugent eux-mêmes indignes, et ne tentent pas « une hypocrite justification de l'injustifiable, si commune et admise dans le débat public. » Ils sont obligés d'agir comme les Maîtres, comme leurs algorithmes, pour qui la fin justifie les moyens. C'est pourquoi ils prévoient de se dissoudre, après l'action, pour se rayer, dans la honte, de la surface de la Terre.

Fin -8, le plan est peaufiné dans ses moindres détails. Les années -9 et -8 ont été consacrées à la formation des équipes de saboteurs. Entraînement au close-combat, à la manipulation d'explosifs, à l'infiltration, etc. Chaque équipe s'est préparée selon la configuration des lieux. La règle absolue est de ne faire aucune victime, pas même un blessé léger. Il est prévu de neutraliser d'abord, au gaz soporifique, l'équipe de surveillance, réduite pour réduire les coûts, puis de l'emmener, inconsciente hors de portée du souffle de l'explosion.

Enfin, dans la « Nuit Terminale », l'Opération Cincinnatus est enfin achevée. Chaque geste a été préparé avec minutie. Le plan fonctionne à la perfection, et à peu près au même moment, tous les systèmes informatiques du monde sont paralysés par des virus, et tous les data centers de la planète sont détruits au C4. Le 24 juin, à huit heures TU, le collectif Réseau Zéro revendique l'attentat et annonce sa dissolution.

La commotion planétaire fut gigantesque. Brutalement, l'Humanité se retrouva trois siècles en arrière, à une époque ignorant l'informatique. Il y eut des crises d'hystérie d'enfants privés de leur jouet. Soudain les machines n'étaient plus que des boîtes, bourrées de composants totalement inutiles. Toute l'activité fut immédiatement désorganisée, générant un chaos probablement sans précédent dans la Préhistoire humaine. Impossible de réguler la circulation des véhicules, les flux de capitaux, les communications, et jusqu'aux tâches les plus ordinaires. Complètement dépendants du numérique dans tous les domaines de leur existence, les Humains, depuis les Maîtres jusqu'aux plus modestes rouages de la machine, du haut en bas de la pyramide, furent frappés de stupeur. Les claviers et les écrans étaient des extensions d'eux-mêmes, des organes vitaux dont ils se trouvaient amputés sans préavis, sans solution de rechange. Alors débuta la phase deux du plan.

Dès le premier jour, le réflexe général fut de se rendre à tout prix au travail. Comme il n'y avait plus d'électricité, les réveils n'avaient pas sonné, on sauta le petit-déjeuner, on se précipita avec angoisse pour arriver à l'heure, ou pas trop en retard. On ne s'interrogeait pas sur les motifs de la panne, qu'on croyait temporaire et localisée. Les métros et les trains étaient à l'arrêt et il n'y avait plus d'IA pour réguler la circulation routière. Cela créa des embouteillages monstrueux, que la Gestapo ne parvenait pas à démêler. Dans les véhicules des *Arbeitskräfte*, l'anxiété montait à mesure que les minutes passaient, qu'un précieux temps de productivité se perdait dans l'attente du désengorgement. Laissant là les voitures, on finit le trajet à pied, dépassé par ceux qui circulaient à vélo, en trottinettes, en scooters. À tout prix on cherchait à gagner son lieu de travail où, se persuadait-on, on retrouverait ses repères familiers, la sécurité, des tâches et des directives. Mais les tours de cent vingt étages de bureaux n'étaient pas non plus approvisionnées en énergie, et de toute façon tous les systèmes informatiques étaient vérolés jusqu'au dernier qubit. On vit des zombies errer dans les locaux, à la recherche de quelque chose à faire, et comment le faire, essayer, réessayer sans fin d'allumer les ordinateurs, l'angoisse chevillée au ventre, les regards n'osant pas se croiser, les lèvres demeurant closes, puisqu'on n'avait rien à se dire, puisque les seules occasions qu'on avait de communiquer les uns avec les autres étaient forcément et exclusivement professionnelles. Il ne fallait pas parler. Il ne fallait donner, par les mots, une réalité à ce fâcheux incident. Il ne fallait pas trop regarder autour de soi, constater le persistant échec général, le rien qui s'installait. Il ne fallait rien dire ni faire qui pût signifier la défaite. Mais les ordres ne venaient pas. Dans leurs bureaux sans climatisation, les patrons attendaient vainement l'appel du Maître devant un téléphone privé d'alimentation. Le téléphone portable ne donnait pas plus de résultats. On pouvait l'allumer et bénéficier, enfin, de quelques secondes anxiolytiques devant un écran allumé (ce à quoi s'employaient compulsivement les employés). Mais les antennes-relais et les satellites avaient été désactivés. On ne pouvait ni émettre ni recevoir d'appel. On ne pouvait qu'attendre, sans occupation constructive pour passer le temps, sans même savoir quoi attendre, la forme que prendrait la fin de l'attente. Les Maîtres allaient peut-être envoyer quelqu'un porter leurs ordres, une liste de tâches, quelque chose. Une heure passa dans l'hébétude, puis deux. Puis ce fut la délivrance, dans tous les sens du terme. Des valets pénétrèrent dans toutes les tours, toutes les usines, tous les sites commerciaux. On renvoyait les personnels chez eux jusqu'à nouvel ordre. Tout ce qu'on apprit fut que la panne était générale. Désormais, tout était entre les mains des experts en systèmes informatiques. Ils allaient établir des diagnostics et trouver une solution pour tout redémarrer. Rapidement. Ensuite, on mettrait les bouchées doubles pour rattraper les pertes. Il n'était pas question que le PIB perde un centième de point à cause d'une vulgaire panne. Qu'on rentre chez soi dans le calme. Qu'on attende le signal de la reprise du travail, qui serait diffusé par tous les canaux habituels dans les plus brefs délais. Dans les bureaux, dans les usines, dans les magasins, on s'entre-regardait d'un œil vitreux et hagard. Et des cohortes hébétées d'*Arbeitskräfte* débauchés regagnèrent leur domicile, avec rien d'autre en eux qu'une sourde angoisse, mêlée de culpabilité par rapport à ce chômage forcé et immérité. Et rien devant eux, sinon une quantité de temps indéterminée, sans même de loisirs possibles, puisqu'Internet était en panne lui aussi. Ainsi se termina le premier jour de la phase deux.

L'uniforme.

Tout en haut de la pyramide, chez les Maîtres, la fureur froide face à cette inacceptable perte de temps cédait devant la panique montante. Il y avait tous ces esclaves soudainement livrés à eux-mêmes, si nombreux, potentiellement dangereux si on ne les occupait pas très vite. Et l'on n'avait plus accès à l'armement pour contenir les mouvements de foule s'ils avaient lieu. Comme toute chose, armes et véhicules étaient à leur place, dans les commissariats et les casernes, sous verrou électronique qu'on ne pouvait débloquer manuellement. Alors on comptait sur le pouvoir dissuasif de l'uniforme.

Choisis dès leur plus jeune âge, justement pour leur capacité à prendre rapidement la meilleure décision possible, les Maîtres s'envoyèrent des coursiers, porteurs de messages rédigés à la main (et bourrés de fautes) d'une écriture enfantine et maladroite. Les coursiers, des secrétaires à l'embonpoint marqué, qui n'avait plus exercé d'efforts physiques depuis l'école élémentaire, s'essoufflaient parmi la foule des piétons, sur les trottoirs bondés des avenues où la Gestapo rétablissait peu à peu la circulation. Les Maîtres recevaient les uns des autres des propositions pour rétablir l'ordre et des invitations à se réunir d'urgence, ici ou là, pour former un comité de crise. Les Maîtres étant disséminés partout en ville, et les télécommunications étant impossibles, il y eut un certain cafouillage. Chacun était persuadé de détenir la clef du problème, et tenait à ce que le comité se réunisse chez lui. La même confusion se répétait partout sur la planète, dans toutes les villes où des Maîtres avaient leur base. Le temps, cette perte d'argent, filait vite, entre la rédaction laborieuse des missives, leur acheminement poussif par des hommes menacés d'obésité, l'attente pleine de vide d'une réponse.

Enfin, au terme d'un nombre considérable d'allées et venues, on parvint à s'accorder sur un lieu de rendez-vous. On s'y rendit en limousine, par les rues étrangement vides. Obéissants, les esclaves étaient tout simplement rentrés se confiner chez eux, comme un dimanche. Par sécurité, le Haut Commandement de l'Armée avait fait placer cinq soldats (désarmés) à l'entrée de chaque immeuble, et la Gestapo avait organisé des patrouilles. C'était un chaud lundi d'été, des individus se promenaient, et parfois engageaient le dialogue entre eux, rejoints par d'autres que le désœuvrement poussait hors de chez eux. Il n'y avait là rien d'illégal, mais les forces de l'ordre, soupçonneuses par nature (et par vocation), craignaient que, de ces rassemblements spontanés, ne surgisse quelque idée séditieuse. Cependant, le sujet de discussion central, dans la plupart des cas, tournait autour de la nature de cette journée de congé inopinée. Est-ce qu'elle allait être défalquée du salaire, ou comptée comme une journée de vacances, ou un jour férié ? Personne ne voyait au-delà de ce jour spécial, personne ne doutait que, dès le lendemain, l'activité reprendrait. Quant à l'Armée et la Gestapo, elles attrapaient des sueurs froides à l'idée que cette situation puisse durer.

Enfin les Maîtres tinrent leur conseil. On s'était résigné à une journée de travail perdue, tout le monde était d'accord pour qu'il n'y en ait pas de seconde. Toutefois, la relance de la machine dépendait entièrement de tâcherons, les ingénieurs en informatique. Ceux-là n'avaient pas été renvoyés chez eux, mais astreints à résoudre le problème au plus vite (en quelques heures, dans l'esprit des Maîtres). Les ingénieurs utilisèrent des ordinateurs portables pour établir le diagnostic de tous les systèmes. Le verdict était sans appel : les systèmes étaient cuits. Non seulement les virus avaient littéralement grillé les disques durs, mais encore ils avaient effacé toutes les données stockées sur les serveurs, en les formatant jusqu'à la dernière couche. Et comme les data centers avaient été détruits, elles étaient irrécupérables. Absolument toutes les données numériques avaient été effacées à jamais.

L'avenir était plus qu'incertain. Privés de leurs moyens de production, incapables d'envisager un plan sans l'aide d'une IA, les Maîtres prirent peur des foules. Ils ordonnèrent la mobilisation des troupes pour défendre leurs palais-forteresses, dernier rempart humain, fragile cordon de protection. Et parfaitement inutile : personne n'avait l'intention de s'en prendre aux Maîtres. Ils appartenaient à la Préhistoire. On les laissa, dans l'indifférence, là où ils étaient, retranchés : derrière leurs murailles, gardées par leurs dogues, peureux et sans armes, qui croyaient encore être les Forces de l'Ordre.

En cela, nous le répétons, le Grand Sabotage opéré par le Réseau Zéro dans la nuit du 23 au 24 juin -7 était nécessaire, sinon vital. La conscience humaine s'était déjà laissée dangereusement imprégner par la sottise et la cupidité. Notre espèce tout entière était menacée par son propre crétinisme.

Sept ans. C'est le temps qu'il a fallu à l'Humanité pour sortir définitivement de la Préhistoire. « *Une même planète, une seule Humanité* », c'est l'objectif que nous avons atteint. Le programme, le mode d'emploi de la liberté qu'ils nous ont offerte, ce sont les collectifs qui se sont chargés de les diffuser, de les expliquer et de les mettre en œuvre, depuis les deux cent cinquante-trois points d'où ils pouvaient rayonner sur toute la planète.

Le Collectif s'était préparé à la stupeur générale des prisonniers, soudain extraits de leur prison. Pour atténuer la rudesse du choc, le collectif Éleuthéra Monceau avait élaboré un programme d'émancipation progressive. Ici, les collectifs durent encore entrer en contradiction avec leurs propres principes et jouer le rôle d'Autorité : éducative, politique, économique, éthique. On ne pouvait pas saper les fondements de l'ordre néolibéral et laisser ses esclaves en plan : « Voilà, vous êtes libres, faites comme bon vous semble. » C'était le chaos assuré, plus grave encore que celui provoqué par la ruine du système, le règne du caprice et non de la Liberté, la loi de la jungle. Il fallait accompagner les individus vers leur émancipation. On ne leur avait pas demandé leur avis. Jusque-là ils étaient « heureux » comme on peut l'être quand on n'a aucune question existentielle à se poser. On les avait libérés sans leur consentement, parce qu'ils n'auraient pas pu y consentir. On avait une responsabilité vis-à-vis d'eux. Donc il fallait, pour assurer le relais, se substituer aux États et au Capital qu'on avait abolis.

Les collectifs quittèrent leurs camps pour investir les places publiques. Ils installèrent des estrades d'où prendre la parole, des stands de distribution de vivres. Les gens ne paniquaient pas. Des générations de docilité et d'autodiscipline les avaient, heureusement, rendus incapables de vandalisme, de saccage des supermarchés, et autres débordements de ce genre. En fait, ils attendaient, chez eux ou flânant dans les rues que *quelqu'un*, Gestapo ou leader internationaliste, leur dise quoi faire. Le Collectif avait misé, à raison, sur cette passivité atavique. On était invité à se rassembler autour des estrades, à écouter les points du programme de notre libération. Timides au début, craignant quelque peine terminale pour désobéissance à la Loi du Marché, nous nous rendîmes vite compte que le Marché n'existait plus, et que ses forces de coercition et de répression étaient anéanties. Ils ne paniquaient pas, non, ils éprouvaient envers ces « collectifs », qui venaient de loin pour leur parler, un sentiment proche de la curiosité. Leurs affects et leurs facultés cognitives étaient anesthésiés, par le dressage sans âme et le Doromorphe, toutefois ils demeuraient des êtres pensants et sensibles, vaguement conscients qu'une nouvelle ère s'ouvrait devant eux.

Il fallut soumettre les peuples à un double sevrage. Physique d'abord: le Doromorphe, n'étant plus fabriqué dans les usines automatisées vint à manquer. Comme pour toutes les drogues, le sevrage provoquait des symptômes violents, des crises d'angoisse et de délire, des tremblements et des crampes, une horrible sensation de vide au ventre et d'électrification des nerfs, comme si de petits singes aux yeux rouges jouaient à chatouiller les articulations. Les chimistes du collectif Éos avaient mis au point un antidote, gracieusement distribué à des junkies en pleine crise. L'autre drogue, dont il fallait de toute urgence purifier les peuples, était bien plus insidieuse qu'une molécule de synthèse. La servitude. L'obéissance sans questionnement, la réduction du soi à sa seule qualité d'unité productive. Elle résultait d'un dressage et d'un formatage de longue haleine, du berceau au poste d'*arbeit*. Il fallait apprendre la liberté à des individus qui n'en connaissait pas le sens abstrait, en tant que valeur. Pour eux, la liberté se résumait à des choix d'ordre pratique, choisir telle ou telle activité de loisir, tel costume, telle couleur de chemise pour ranger un dossier, tel objet de consommation. Eux-mêmes, contrairement aux membres du Collectif, n'étaient pas le fruit des amours d'un homme et d'une femme, des enfants du désir d'enfant, élevés avec tendresse et affection dans le respect de leur personnalité. La dernière génération d'individus asservis au Marché, mais nés de façon naturelle, s'était éteinte depuis longtemps, dans le courant du troisième siècle. Désormais, les naissances répondaient à une gestion stricte et comptable des besoins du Marché, en esclaves qualifiés pour telles ou telles tâches. Des esclaves si foncièrement, si pleinement esclaves, qu'ils ne soupçonnaient absolument pas qu'on pût être autre chose, et que cette autre chose fût la condition d'individus libres et égaux entre eux.

Au bout de sept années d'éducation à la liberté, les Humains avaient enfin acquis, intégré, sondé en profondeur leur droit à disposer d'eux-mêmes. À ce moment, l'aboutissement de la Lutte finale, la physionomie de la planète et la personnalité de ses habitants avaient radicalement changé. Personne ne regrettait l'ancien temps de la dépendance et de l'esclavage. On avait accepté le principe de non-nuisance (un acte libre ne nuit ni à autrui ni à soi-même), redécouvert le respect de soi et des autres, l'amitié, l'amour. Des couples s'étaient formés, des enfants étaient nés. On avait arasé les villes, récupéré l'espace pour établir des plantations et des pâturages. Des communautés libres et ouvertes s'étaient formées, reliées entre elles, échangeant entre elles. On était complètement libre d'aller où l'on voulait. Partout, on était accueilli en ami. Toutes les bouches étaient nourries, tous les bras occupés et on avait du temps libre, dont on usait selon son bon plaisir. Les collectifs s'étaient effacés, à mesure que ce nouveau monde prenait forme, et que l'Humanité dans son ensemble devenait le Collectif.

Couchant sur le monde

À William B.

Ne me demandez pas ce qui s'est passé, je n'en sais rien. Certains appellent ça « la Grande Catastrophe » ou « le Grand Cataclysme ». Moi, je crois que les dieux ont décidé de tirer la chasse une bonne fois sur cette chierie d'espèce humaine, et ça me suffit comme explication. Après ça, il n'est pas resté grand monde de vivant dans le coin, et apparemment, sur l'ensemble de la Terre.

J'ai compté vingt-neuf printemps depuis celui du grand nettoyage. À l'époque, j'avais quarante ans. Je ne suis plus tout jeune. J'y passerai comme tout le monde, mais en attendant, comme on dit, tant qu'on a la santé...

J'habite sur le plateau, à trois jours de marche de la Ville. Enfin, la ville... Plutôt une bourgade portuaire d'un millier d'âmes défraîchies, pleine de bouseux et de malfrats, si vous voulez mon avis. Autour de ma propriété, il y a le paysage et pas un individu dedans. J'ai marché dans toutes les directions pendant sept jours, du temps où ça m'intéressait de savoir si d'autres que moi avaient survécu, accrochés à la cuvette, pendant le grand vidage des chiottes. À part la Ville, comme j'ai dit, je n'ai trouvé personne. Et je m'en fous complètement.

J'étais fermier avant la fin du monde. En quelque sorte, je le suis resté. J'ai des bêtes et un potager, je chasse et je pêche, je vis bien. Dans mes champs, je fais pousser une plante bien particulière, dont je fais le commerce avec les urbains. La première chose que j'ai faite, après l'avenir, ça a été de bien sécuriser toute ma propriété, de la protéger, au cas où il viendrait à l'idée d'une bande de rôdeurs de venir me prendre ce qui m'appartient. J'ai hérissé mon mur d'enceinte de pointes, barbelé mes terrains. J'ai creusé des fosses profondes, garnies de piques au fond, que j'ai couvertes d'une mince couche de terre sur un treillage. J'ai construit des postes de guet à intervalles réguliers, avec un fusil chargé et une boîte de munitions dedans. Tous les soirs, je fais une ronde d'inspection. Une fois, j'ai trouvé un pauvre hère, la cheville à moitié sectionnée par un piège à loup. C'était un Soïote efflanqué, affamé et complètement terrorisé. Je comprenais sa langue. Je cause pas beaucoup, mais je comprends pas mal de langues. Il avait été chassé de sa communauté pour je ne sais quelle raison, et il m'implorait de l'épargner. J'ai exaucé son vœu : je l'ai achevé d'une balle en pleine tête. Ça lui a épargné bien des souffrances, en ce monde moribond. C'était le plus grand service que je pouvais lui rendre.

En Ville, je traite avec Fucking Will. Il paraît avoir la quarantaine, mais une fois, dans l'intimité et sous l'influence de ma ganja atomique, il m'a confié son âge véritable : soixante-trois ans. Du moins, c'était la vérité qu'il voulait bien cracher ce jour-là. Car rien n'est clair à son sujet. Une rumeur en faisait un ex-membre des services secrets moldaves, une autre un ancien lieutenant de la mafia albanaise.

« Pourquoi pas les deux ? s'exclame-t-il, quand on évoque ces deux hypothèses devant lui. De toute façon vous êtes loin du compte. Vous manquez d'imagination »

Fucking Will est un colosse de deux mètres dix, de qui émanent une puissance et une santé vraiment remarquables, étant donné le contexte général de déliquescence terminale. Il parle avec un accent indéfinissable. Il ne se cache pas, du reste, d'être un étranger, sans plus de précisions. Nul ne sait quelle(s) activité(s) il exerçait dans le secteur avant que tout le truc nous pète à la tronche. De toute façon, ça n'a plus la moindre importance aujourd'hui. Le fait est qu'il a su profiter des nouvelles circonstances, s'adapter pour s'assurer la position enviable de maître de la zone portuaire. Rien de ce qui s'y passe ne lui échappe. Fucking Will est un leader naturel, doté d'une gueule de vieux pirate, admirablement appropriée. Ses longs cheveux d'un noir de jais, grisonnants aux tempes, lui descendent jusqu'aux épaules. Et il se les lave. Il porte toujours au front un bandeau, de couleur variable, dans lequel il fiche, bien au milieu, une broche qui représente un serpent enlaçant une épée. Ses deux oreilles sont percées de plusieurs trous, par lesquels passent des anneaux, une croix, une perle, une tête de mort, et même un écrou. Il arbore barbe et moustache, soigneusement entretenues, noires et luisantes, qui soulignent les angles de son visage taillé à la serpe. Il a des yeux, je le jure, bleu marine pailletés d'or, magnifiques. Son regard transperce, on ne peut pas lui mentir. Il a une intuition infaillible, sans doute le résultat d'une longue habitude de la dissimulation et de la manipulation. On ne la lui fait pas, il connaît tous les trucs. C'est un homme puissant, avec une petite armée à son service, et même des femmes encore désirables.

Sur un point crucial, il faut dire que la plupart des femmes ne sont plus bonnes à grand-chose. On est stérile. Il n'y a pas eu une seule naissance après l'avenir. Au début, on pouvait s'amuser avec les plus jeunes. Les plus jolies en tiraient des profits insensés. Et puis elles ont vieilli, comme tout le monde, elles ont perdu leurs charmes. Alors, elles font comme on fait tous : elles survivent en attendant la fin.

Fucking Will. C'est un gros client, pas un ami. Deux fois par an, je descends en Ville le livrer en cannabis, parce que c'est ça que je cultive désormais. De bonnes têtes de cannabis, qualité garantie. En ville ils les fument en les mélangeant avec de la tourbe. J'ai goûté une fois, pour pas mourir idiot. C'est dégueulasse. Moi, je me les fais en beurre ou en tisane, c'est bien meilleur. Évidemment, Fucking Will a essayé de savoir où je vivais. Peut-être pour m'envahir avec ses hommes, peut-être par simple curiosité, allez savoir avec les chefs, ce qui leur passe par le ciboulot. Trois fois, j'ai semé et tué l'espion qu'il m'avait collé aux trousses. J'ai coupé les têtes, comme avec mes plantes. Et quand je suis redescendu en Ville, je les ai rendues à Fucking Will en disant :

« Tiens, c'est des connaissances à toi, je crois. »

Il a arrêté de se poser des questions, ça lui coûte trop cher en hommes.

Je troque avec Fucking Will les trois quarts de ma production, enlevée ma part perso. En échange, je lui prends des munitions, du matériel divers. Parfois, je baise avec une ancienne Miss Zone portuaire pas trop mal conservée. Le quart qui me reste, je le troque au marché du Port contre « des vieilleries de l'Ancien Monde. » Il y a des pilleurs ici, qui vont fouiller dans les ruines des villes, loin dans les terres, et même sous l'eau. Tout le monde en Ville sait que je raffole de tous ces trucs : des livres, des disques, des films, des babioles. J'ai l'équipement chez moi pour le son et l'image. J'ai récupéré, par un coup de bol extraordinaire, un lot de cinq chaînes hi-fi de très haute qualité. Le pilleur les avait trouvées par hasard, dans un entrepôt totalement vide, à part un container. Il en demandait un prix exorbitant. À tel point que je devais rogner sur ma part perso pour le payer. Un comble, pour un type qui produit de la beuh à la tonne. J'ai dû me rationner tout un hiver. Mais quel son j'avais ! Beefheart, Tori Amos, Dylan, les Stooges, et j'en passe : comme s'ils jouaient dans mon salon !

L'Ancien Monde. C'est à peine si je m'en souviens. Parfois des bribes me reviennent, nettes, vives, fugaces. Ma femme, mes enfants, que j'ai enterrés et dont les tombes sont recouvertes d'herbes folles. C'était il y a une éternité maintenant. Je crois me rappeler qu'on avait tout et qu'on n'était jamais satisfait. Il nous manquait quelque chose. Les vacuologues résumaient : on voulait « une vie qui ait du sens ». Du sens, tu parles ! On ne connaissait pas notre bonheur.

Au moins, sur ce plan-là, les choses sont claires aujourd'hui : la vie n'a aucun sens. C'est juste qu'elle va dans une seule direction et qu'on n'y peut rien. Croyez-vous qu'une clameur se soit élevée, dans l'infini du Cosmos, pour avertir les innombrables espèces intelligentes des autres mondes habités, que la pauvre race humaine était en train de s'éteindre ? La Nature qui pleure le Grand Pan, c'est une légende. Vraiment, à chaque instant dans l'Univers, une espèce accède à la conscience, tandis qu'un Empire galactique s'effondre, sans que nous soyons mis au courant. Alors, non, ni sur le plan scientifique, ni sur le plan éthique, notre règne n'aura eu le moindre sens. Notre extinction ne sert d'exemple à personne. Elle est juste enregistrée dans le Grand Livre de l'Univers à la rubrique « deleatur ». Un petit fait, dans l'ordre des choses, sans conséquences sur le cours des événements à grande échelle. Et s'il existe des espèces intelligentes qui nous connaissent, je parie qu'elles ne pleurent pas la disparition d'une race aussi pitoyable que l'Humanité. Ce qu'elles voient c'est que d'ici quelques décennies terrestres, elles auront une jolie petite planète habitable, sans un humain pour les emmerder.

Tous ceux qui meurent, chaque année, ne sont pas remplacés par de beaux petits bébés tout roses, comme avant. On est de moins en moins nombreux. Voilà vers quoi nous allons. Tout le monde le sait, ça se lit dans les regards, pas la peine de le dire à haute voix. On s'évalue, on se demande qui sera le prochain, et qui sera le dernier à compter les morts. Le dernier regard vivant, brouillé par l'âge, n'aura plus pour meubler le temps qu'à contempler la solitude et le néant, jusqu'au dégoût, jusqu'à éveiller le désir de retourner soi-même au néant, qui aura goulûment moissonné tout ce qu'il restait de vie humaine. Sous l'ombre indifférente des grands arbres, sous l'œil à peine intéressé des animaux, à qui ce monde sera revenu. C'est peut-être ça, le Paradis.

Codicille à l'Histoire officielle

Il a fallu que la propagande des Maîtres réécrive toute l'histoire. Que l'inventeur du générateur à énergie noire fût un bonze, passe encore. Bon, de la lamaserie pouilleuse de Dâhar-Woïek, à la rigueur. Mais une orpheline ouïghoure, que tous les monastères avaient refusée, de crainte de la souillure indélébile que cette race maudite pose sur toute chose, ça non, ça ne devait jamais se savoir.

Il n'y avait vraiment que Dâhar-Woïek, dernier bastion à moitié en ruines d'une secte bouddhiste, qui ne pratiquait pas la discrimination raciale ou sexuelle, ni la purification ethnique, pour accepter le nourrisson. C'était le jour de la première lune d'hiver, une saison rude dans l'Himalaya. Une ombre à demi courbée s'était faufilée dans le blizzard jusqu'à la porte de la lamaserie. On avait déposé sur la troisième marche, celle des enfants abandonnés à la communauté, un couffin hermétiquement clos, comme un cocon abritant une larve précieuse. On avait frappé, trois fois à la lourde porte de bois, avec le marteau de bronze à tête de panthère des neiges, dont des milliers de mains, pendant des centaines d'années, avaient émoussé les traits. Trois coups violents, pour percer à travers les mugissements de la tempête de neige, pour être entendus par le moine de garde, et qu'il vienne vite, vite, avant que la petite larve humaine ne congèle. Trois coups pour dire : « Un enfant est né, qui n'a pas de destin parmi les siens, et dont l'existence vous est confiée. » L'ombre avait déposé son fardeau, murmuré quelques mots inaudibles dans le souffle rageur des vents, puis s'en était retournée se fondre dans la nuit furieuse, vers sa propre destinée, que l'on devinait broyée à brève échéance dans les mâchoires de la tempête.

Tahaghir, le guérisseur de la communauté, commença par nouer proprement le cordon ombilical, qui avait seulement été sectionné, pour doter la frêle créature d'un chakra décent. Puis, il l'avait baignée, débarrassée des reliquats de placenta qui s'attardaient sur la peau cuivrée, toute neuve. Ensuite, il nourrit la petite au lait de yack pour calmer ses hurlements.

« On devrait l'appeler Khadja-Lompa, la fille des vents qui vocifèrent », proposa Berkhit, le novice qui assistait Tahaghir.

Tournant vers l'impétrant sa tête rase et ses joues flasques, l'auguste moine médecin fit remarquer :

« Selon la coutume, elle ne recevra son âme que dans quarante-neuf jours, si son corps survit. »

Elle survécut et même, il semblait que la Vie fût solidement accrochée à son corps. Elle fut laissée, au moins provisoirement, aux bons soins de Tahaghir et de Berkhit. L'enfant était vive, éveillée, gaie. Elle ne pleurait jamais, sauf à heures fixes, y compris la nuit pour manifester son besoin d'un bon biberon de lait de yack. Il n'y avait pas de femme en état de l'allaiter au monastère, et on ne lui trouverait pas de nourrice ailleurs en cette saison, où les vents, les chemins enneigés, les congères et les avalanches rendaient tout déplacement impossible. Au printemps, on descendrait au village de Dâhar-Phnem et l'on confierait la fille à une femme ayant assez de lait. Pour les quatre mois à venir, le monastère vivrait, comme toujours, en autarcie.

Outre l'enfant, le couffin contenait deux objets qui causèrent des migraines au Grand Lama Ghadjek-Rahât. Le premier était une simple feuille de papier, ordinaire, sur laquelle quelques mots avaient hâtivement été écrits en caractères ouïghours : « Cette enfant s'appelle Djallila, celle qui est née dans le feu. Elle est la dernière survivante de la lignée d'Ajhit, roi de Kashgariya. Que le Ciel lui accorde un destin moins pitoyable que le nôtre. » Même dans le monastère isolé et peu fréquenté de Dâhar-Woïek, on n'ignorait pas que la troisième extermination des Ouïghours battait son plein. Le conflit, qui opposait ce pacifique peuple d'éleveurs à la toute-puissante Choune, remontait très loin dans le temps. La Choune avait décrété, de façon péremptoire, que les Cinq Royaumes ouïghours formaient une province qui lui appartenait « historiquement » de plein droit. Les Ouïghours avaient protesté auprès des Institutions internationales qui existaient à l'époque, et qui avaient la charge de protéger les peuples et de garantir la paix mondiale. Mais personne n'était venu au secours des Ouïghours. La vérité, c'était que dans le monde néolibéral, la Choune était la première puissance mondiale, et un partenaire commercial bien trop précieux (et ombrageux) pour qu'on prît le risque de s'opposer frontalement à elle. Que valait un peuple de quelques millions d'âmes contre des accords de centaines de milliards de dollars? On laissa faire, comme il y avait plus d'un siècle, pour les Kurdes en Syrie, comme pour les Rohingyas en Birmanie, comme pour les tribus amazoniennes au Brésil. Les Ouïghours, seuls et désarmés, réagirent avec l'énergie du désespoir. Les Royaumes unirent leurs forces et leur fortune pour acheter de l'armement et payer des mercenaires (qui les trahirent, les Chounois payant mieux), à former tout homme et toute femme en âge de combattre au terrorisme et à la guérilla. Le sang coula, des deux côtés. Les Royaumes résistèrent bravement, pendant que les décrets pleuvaient depuis Crèvecœur, excluant les Ouïghours de quasiment tous les métiers, toutes les fonctions, réquisitionnant leur bétail et leurs récoltes, enlevant les enfants pour les « rééduquer » à la chounoise. Seulement, les Ouïghours étaient tenaces et les rares ONG qui se préoccupaient de leur sort propageaient par Internet des images de la colonisation du Ding-Jiang et de la répression chounoise. En Occident, on s'émouvait entre deux petits-fours. Dans le premier tiers du XXIe siècle, je l'ai dit, la Choune était devenue la première puissance mondiale. Elle avait alors entamé des opérations plus vastes et plus systématiques « d'ajustement ethnique », jusqu'au début du XXIIe siècle. Il y eut une première vague d'extermination des Ouïghours en 2020 avec des campagnes de stérilisation, puis une deuxième en 2060 et, maintenant, une troisième. Les Royaumes n'existaient plus que dans l'imaginaire collectif ouïghour. Nul doute que la petite fille, déposée sur la marche du monastère, était née en plein exode, dans les rugissements caverneux du vent. L'ancien royaume de Kashgariya se trouvait à des centaines de kilomètres au nord. On imaginait sans peine la fuite, couverte par quelques fidèles, sous les rafales de mitraillettes, les grenades, les gaz et les lance-flammes. La panique générale, au petit matin, les hommes décapités, les enfants contre le mur, les cris des femmes violées puis éventrées. Scène banale de la brève histoire humaine. Et le couple royal haletant, gagnant la montagne par un sentier dérobé, la femme enceinte presque à terme, à qui toute faiblesse était interdite. Passer des cols, traverser des vallées sur des chevaux qui grelottaient de froid. Ils avaient dû crever en route et il avait fallu continuer à pied, en emportant le plus de viande possible. L'accouchement, à bout de forces et de vivres, non loin du monastère, sans doute dans l'une des nombreuses grottes du secteur, le père dépassé par les vagissements et les souillures, la violence de la mise au monde, ne sachant pas les gestes et les étapes dans cette affaire de femmes. La mère était probablement morte, sinon elle aurait gardé l'enfant. Le père s'était engouffré dans le blizzard avec le couffin, il avait aperçu les tours du monastère et lui avait abandonné l'enfant, sur la troisième marche. (Plus tard, le grand Lama avait appris quc quatrc monastèrcs avaicnt rejeté le père. À bout de forces, à bout d'espoir, il avait finalement déposé l'enfant sans montrer son visage d'Ouïghour). Puis il était retourné dans la grotte où sa femme, morte en couches, gisait dans une mare de sang et d'excréments, et il s'était donné la mort. Deux vies contre une. Quelques lignes, tracées à la hâte par le roi déchu en caractères ouïghours, racontaient cette tragédie, que le Grand Lama Ghadjek-Rahât méditait.

Le second objet venait confirmer le premier de façon indéniable. C'était un pendentif en or, avec un ovale de jade, finement gravé, représentant les armes de la Maison de Kashgariya. Le bébé était de sang royal, peut-être la dernière représentante en vie de l'aristocratie ouïghour. Le Grand Lama mit le billet et le pendentif dans un coffre. Cet héritage appartenait à l'enfant, et lui serait remis, selon la coutume, pour ses quinze ans. En attendant, elle serait élevée ici, au monastère, comme n'importe quelle novice. Le monastère était mixte, pauvre et peu visité. C'était l'endroit parfait pour élever l'ultime et malheureux rejeton d'une lignée rebelle. En outre, géographiquement, Dâhar-Woïek appartenait au Népal, qui était aussi dans le collimateur de la Choune, mais qui pour le moment était encore un État indépendant.

Finalement, la petite fille fut baptisée Dawika, celle qui est aimée de tous. Elle était d'un caractère docile, aimable, et d'une curiosité insatiable. À neuf ans, elle pratiquait couramment le tibétain ancien et le sanskrit, et se plongeait des heures durant dans la lecture des textes sacrés, fondateurs du bouddhisme. Elle apprit en outre le chounois, le japonais et le coréen, toutes les langues dans lesquels des textes fondamentaux avaient été rédigés. Elle s'adonnait quotidiennement à la méditation, qui la reliait au Cosmos dont elle désirait ardemment percer les mystères. Avec la même concentration et la même assiduité, elle apprit le kung-fu, l'aïkido-kendo, ainsi que le maniement des armes de poing. À onze ans, l'astronomie n'avait plus de secrets pour elle. Quand elle devint nubile ses mères préparèrent une fête pour elle, pour l'accueillir dans le monde des Femmes. Dawika avait épuisé toutes les ressources que le monastère pouvait lui offrir. À n'en pas douter c'était une enfant prodige, et le Grand Lama Ghrilik-Bâmpoché, qui avait succédé à Ghadjek-Rahât, dut décider de son sort. Elle était un soleil bien trop brillant parmi les lueurs en voie d'extinction de Dâhar-Woïek. Il fallait à cet astre naissant un écrin digne de lui.

Le Grand Lama la convoqua un soir. C'était un honneur exceptionnel. Il avait arrêté sa décision.

« Dawika, dit-il, tu n'as pas quinze ans et tu dépasses déjà, en connaissances, nos plus vieux maîtres. Nul ne sait ce que les dieux veulent pour toi. Seule une chose est certaine : ils t'appellent ailleurs. C'est pourquoi je vais te confier à nos frères de New Delhi. Là-bas, tu pourras étudier, aller à l'école. »

À ces mots, le cœur de Dawika fut à la fois empli de joie, et brisé à l'idée de devoir quitter la communauté qui l'avait élevée et chérie. Elle s'ouvrit de ces deux sentiments contradictoires au Grand Lama.

« Ici est ta maison, Dawika. Reviens quand tu veux. Encore deux choses. Un enseignement, d'abord. Sache que la Connaissance n'est qu'un moyen pour accéder à la Sagesse. Ne perds jamais de vue que l'objectif est la Sagesse, sinon tu te noieras dans les abîmes d'un vain savoir. Ensuite, le jour de tes quinze ans, présente-toi ici. Nous avons conservé deux objets qui t'appartiennent et qui, selon la tradition, te seront remis ce jour-là. »

Sachant qu'elle n'obtiendrait pas de réponse, Dawika garda ses questions dans son cœur et promit d'être ici à la date convenue. Puis, le Grand Lama la congédia. Seul, il alla jusqu'à la fenêtre et l'ouvrit en grand. Il inspira profondément l'air du soir, puis soupira avec inquiétude :

« Une Ouïghoure, pas de doute. Malgré son crâne rasé et sa robe de novice, ses traits la trahissent. Et ses yeux vert émeraude, propres à son peuple. Esprits des montagnes, protégez-la ! »

L'envoyait-il à la mort ou accomplir sa destinée ? Toute destinée s'achève et recommence par la mort, c'est un fait, mais le Grand Lama était troublé, il redoutait que son choix ne précipite un peu trop vite cette jeune fille vers la fin de cette existence.

En un an, Dawika avait assimilé tout le programme du lycée. À quatorze ans, elle entra à l'université. Ses maîtres au monastère de New Delhi et ses professeurs ne tarissaient pas d'éloges sur elle.

Quand elle déclara qu'elle voulait étudier la physique quantique, on l'encouragea, on la félicita même d'un choix si judicieux. C'était un domaine dans lequel il y avait tant à découvrir encore. Cela correspondait, chez la jeune fille, à un questionnement à la fois scientifique et philosophique (ne pas perdre de vue la Sagesse). Elle avait admis que ce monde était une illusion. Ce qu'elle désirait, c'était déchirer le voile de l'illusion pour atteindre à la Réalité, à la Vérité qui se tenait derrière. Et ce, autant par la méditation que par d'austères calculs de probabilités. Lors de sa première année à l'université, elle se familiarisa avec l'étonnant bestiaire des particules élémentaires, leurs propriétés, et rencontra une notion étrangère à sa formation monastique : le hasard. Il semblait que le substrat sur lequel reposait cette illusion que nous appelions « le monde » était essentiellement chaotique et arbitraire. Et en partie inconnaissable, puisque prendre une mesure sur une particule occultait des informations capitales. Si l'on désirait connaître sa position, on ne pouvait connaître sa vitesse, et inversement. Peut-être que la Vérité, après tout, était inconnaissable. En outre, la physique quantique reposait sur des statistiques. Son pouvoir de prédiction demeurait d'une infinie précision, mais jamais sur la totalité des paramètres. La Réalité jouait constamment avec plusieurs dés en même temps.

Ses études accaparaient Dawika, et la troublaient. Elle se sentait parfois toute proche de l'Illumination et, deux lignes de calcul plus bas, tous ses espoirs étaient réduits à néant. Hormis ses folles envolées d'espoir et l'abattement intellectuel qui leur succédait, Dawika était heureuse. Son caractère affable lui attirait amitié et sympathie. Elle pratiquait toujours assidûment la méditation et les arts martiaux, et sa beauté s'affirmait. Une beauté atypique, parmi les Indiens dans les rues de New Delhi et les Tibétains au monastère.

Quand elle eut quinze ans, elle revint comme promis à Dâhar-Woïek. On lui prépara un rituel de retrouvailles à la fois simple et joyeux. Le soir, elle raconta la vie là-bas, l'université, parla de ses amis et de ses professeurs avec beaucoup de déférence. Elle était bouleversée de joie de retrouver son foyer qui lui manquait tant.

« Dans mes rêves, dit-elle, je reviens toujours parmi vous, et je m'éveille heureuse. »

Le Grand Lama la taquina :

« Ou alors, tu es ici et tu rêves que tu rêves que tu reviens. »

Après la fête des retrouvailles, le Grand Lama la fit mander dans ses appartements. Il lui refit cet insigne honneur et Dawika retrouva toute sa gravité. Le Grand Lama Ghrilik-Bâmpoché fit servir du thé. Sur la table basse était posé un petit coffre de bois.

« Ce coffre, dit-il, contient les deux objets que tes parents ont glissés dans ton couffin, le jour où tu es née et où ton père est venu te déposer sur la troisième marche du monastère. Ouvre-le, et tu prendras possession de ce qui t'appartient. »

Dawika hésita un instant. Elle arrêta net son geste parfait et laissa retomber son bras.

« Est-ce la peur ou la Sagesse qui te retient ? »

Elle ne sut que répondre. On ne lui avait jamais caché qu'elle était une enfant abandonnée. Pourtant, elle se trouvait plus chanceuse que la plupart des enfants. Elle avait eu plusieurs pères et plusieurs mères, elle n'avait jamais manqué d'affection ni de conseils avisés. Le passé est un abîme, qui peut engloutir en un instant tout ce à quoi nous tenons, tout ce que nous croyons, ou voulons croire.

« Ce coffre, reprit le Grand Lama, ne peut demeurer ici, c'est ton héritage. Tu peux décider de ne jamais l'ouvrir, de le jeter dans la première poubelle venue de New Delhi. Ou alors, puisque le Temps est une illusion, tu l'as déjà ouvert et tu sais déjà ce qu'il contient. Il existe même un point du Temps où tu as oublié cette conversation, où elle a déjà eu lieu. Il existe un maintenant ou tu es face à un choix. Ce que je veux te faire comprendre, c'est que quel que soit ton choix, il est déjà fait. »

La Vérité est irréversible, Dawika ne l'ignorait pas.

« Grand Lama, dit-elle en baissant la tête, est-ce que je dois savoir ? »

Ghrilik-Bâmpoché tendit le bras par-delà la table basse et, du bout des doigts, lui remonta le menton. Il la fixait droit dans les yeux.

« Je n'ai pas la réponse à cette question, dit-il. Néanmoins, ce que je peux te dire, c'est que la Vérité protège plus sûrement que l'ignorance. »

Alors, Dawika réexécuta son geste parfait jusqu'au bout. Ses deux bras décrivirent deux arcs de cercle élégants, ses mains fines ouvrirent le couvercle du coffret. Elle prit d'abord la feuille de papier et en parcourut les lignes, qu'elle ne sut déchiffrer. Puis, elle saisit le pendentif de jade sculpté, et resta longuement à fixer les armoiries qui ne lui disaient rien. Elle posa la lettre et le bijou devant elle et, baissant la tête, dit :

« Grand Lama, je suis confuse. Je ne connais pas cet alphabet et encore moins ce symbole. Oserais-je vous demander vos lumières ? »

Le Grand Lama demeurait impassible, comme un rocher que l'eau érode très lentement.

« Tu as fait ton choix. Maintenant que tu as le courage d'accueillir la Vérité, je vais te dire tout ce que je sais. »

Dawika méditait. Son chemin vers la paix intérieure était immuable et infaillible. Elle se représentait l'infiniment petit, la distance phénoménale entre un noyau et son plus proche électron. Cette distance, c'était le Vide. Elle devait caler là son esprit, dans ce rien infinitésimal, qui rapporté à notre échelle, représentait des espaces colossaux. Le vide en elle atteint, elle s'y pelotonnait un instant, un ou deux siècles peut-être. Elle était en paix. Et invariablement, la peur surgie des profondeurs de son être détruisait l'équilibre où elle se maintenait comme les planètes autour des étoiles. La terreur d'un bébé qui naît dans le blizzard et les ténèbres et la vie qui s'en va pour que la mise au monde ait lieu. Elle était ouïghoure. Ce seul fait la mettait en danger à chaque instant. Elle était la dernière descendante d'une lignée royale. À n'en pas douter, les espions chounois la recherchaient toujours. Le Grand Lama lui avait révélé qu'une demi-lune après sa naissance, les Chounois étaient venus jusqu'au monastère de Dâhar-Woïek et l'avaient fouillé. Ils avaient trouvé deux cadavres ouïghours dans une grotte non loin, ils voulaient savoir si les moines savaient quelque chose à ce sujet. Mais les moines, qui ne devaient rien aux Chounois, avaient soigneusement caché Dawika. Du reste, les Chounois croyaient peu en cette piste, leur fouille avait été de pure forme. Comme la police, à l'occasion, vient titiller un peu les gens des ghettos, plus pour se rappeler à leur souvenir que dans l'intention de procéder à des arrestations. Les Chounois pensaient que le roi de Kashgariya avait confié l'enfant à la garde d'une famille ouïghour. Ils avaient minutieusement enquêté dans les villages, c'est-à-dire qu'ils avaient emmené des hommes, menottes aux poignets, vers des geôles peu accueillantes, qu'ils avaient eu recours à la déportation punitive arbitraire, à la torture et parfois à l'infanticide, « en cas de doute ». Des innocents avaient souffert à cause d'elle. Djallila-Dawika, fille d'Ajhit, dernière princesse de Kashgariya, enfant prodige élevée par des moines bouddhistes. Elle ne se pardonnait pas les violences commises et subies à cause d'elle.

Un autre sentiment, inconnu jusqu'alors, naissait en Dawika : la haine. Après ce que le Grand Lama Ghrilik-Bâmpoché lui avait rapporté de la colonisation, par les Chounois, des Royaumes ouïghours qu'ils avaient annexés, Dawika était allée compléter ses informations à la bibliothèque de l'université. Elle avait constaté que de nombreux ouvrages étaient censurés, extraits des rayonnages, ou caviardés par la propagande chounoise. L'Inde faisait partie des pays satellites de la Choune, et ne laissait pas se propager sur son sol le moindre écrit qui pût nuire à la réputation (et trahir les agissements) de la première puissance mondiale.

La Province d'où Dawika était originaire était présentée comme un lieu stratégique sur la Route de la Soie, où d'heureux autochtones « acculturés » travaillaient dans la reconnaissance, la joie et la prospérité à la grandeur de l'État du Milieu (photo d'un homme tout sourire en vêtement de travail au col Mao). Ce n'était certes pas dans les livres officiels que Dawika apprendrait la vérité. Omerta sur les trois vagues de purification ethnique. Les « Plans d'ajustement culturel » y étaient unanimement présentés comme des phases nécessaires et positives de l'intégration des Ouïghours. Sur eux, sur son peuple, Dawika ne recueillit qu'une somme non négligeable de clichés colonialistes et racistes. C'était un peuple certes pittoresque (photo d'un couple en tenue traditionnelle), mais arriéré (photo d'une maison aux murs de torchis), dont certains éléments, extrémistes et violents, avaient opposé « par superstition » (photo d'un imam en pleine harangue devant une assemblée) une résistance aussi acharnée que vaine (photo de guerre) aux Forces du Progrès (photo d'un lotissement flambant neuf). La superstition en question, c'était la religion musulmane des Ouïghours. Pourtant ici, en Inde, les musulmans étaient nombreux et vivaient en bonne intelligence avec les hindouistes et les bouddhistes. En tout cas, personne n'aurait dit d'eux qu'ils étaient « pittoresques et arriérés ». Non, la vraie raison de l'annexion des Royaumes ouïghours était ailleurs. Et elle était si futile et méprisable, aux yeux de Dawika, qu'elle n'admit pas, tout d'abord, une explication aussi honteuse : le business.

C'était à n'y rien comprendre, ce pouvoir de l'argent, qui permettait et justifiait tout. Troublée, Dawika s'en ouvrit au Grand Lama du monastère de New Delhi. Elle dit :

« J'ai appris que des hommes vont jusqu'au meurtre pour de l'argent. Que des femmes vendent leur corps pour de l'argent. Qu'on peut même acheter des épouses ou des enfants. Que l'équilibre du monde repose sur l'économie, et non la Sagesse et l'Harmonie. Est-ce que l'enseignement que j'ai reçu est mensonger ? Cela blesse mon cœur et trouble ma paix intérieure. Je perds l'appétit et le sommeil. L'argent me paraît une chose folle et dangereuse, et pourtant il est vénéré comme un dieu. Puis-je me permettre de vous demander vos lumières sur ce qui me semble être une grave maladie de ce monde ? »

Le Grand Lama poussa un profond soupir. Il était médecin de formation, et avait tenu pendant des décennies un dispensaire où les intouchables étaient soignés gratuitement. C'était un homme franc et bon, qui inspirait confiance par sa prestance naturelle, avec au fond de l'œil une lueur amusée, qui montrait sa distance critique par rapport aux choses, sa capacité à ne pas leur accorder plus d'importance qu'elles n'en avaient.

« Dawika, dit-il, ton esprit est vaste, mais le monde est plus vaste encore. Ta fleur s'ouvre, tu grandis, et ton esprit avec toi. Aussi commences-tu à aborder des territoires jusque-là inexplorés. Puisque tu poses ces questions, c'est que tu as l'âge d'entendre les réponses. Elles vont t'effrayer, plus encore que tu ne l'as jamais été. Mais elles sont des armes, aussi, qui te protégeront quand tu en auras besoin. Tu es si jeune, et je regrette de devoir te dire ce que je dois te dire. Un moment existe déjà dans le Temps, qui ne connaît ni passé, ni présent, ni futur, où tu as déjà tiré toutes les leçons de mes paroles, consolons-nous comme cela. Voilà, pour commencer : l'Humanité, dans son ensemble, n'est pas faite pour la paix. Sa pente naturelle la fait glisser vers la bêtise et la violence. Le monde est chaotique et contradictoire, comme celui des particules que tu étudies, parce que chacun recherche avant tout son propre intérêt, sans voir au-delà, si ses actions causent du tort, à soi-même ou à autrui. Du reste, tes études t'ont amenée à déchirer le voile des illusions et à découvrir la nature fondamentalement hasardeuse de l'Univers, peut-être inconnaissable pour nous. Il n'en va pas différemment des Humains. Face au chaos, pour ordonner l'esprit des Hommes et les inciter à diriger leurs efforts vers un but commun, le premier de nos Maîtres a fondé le bouddhisme. Cependant, il existe bien d'autres façons de penser et de concevoir le monde. Aujourd'hui, les Maîtres du monde sont des hommes cupides et sans le moindre scrupule. Ils appellent leur doctrine le néolibéralisme. Cette religion du Pouvoir et de l'argent prône l'enrichissement matériel personnel. Il n'y a aucune règle pour parvenir à cette fin. C'est la loi du plus fort. Imagine des requins dans un aquarium livrés à eux-mêmes. D'abord, les plus forts dévorent les plus faibles. Puis, ceux qui subsistent s'entretuent à leur tour, jusqu'à ce qu'il n'en reste plus qu'un. Ainsi naît un Maître, en éliminant toute la concurrence. Voilà, en résumé, comment fonctionne le monde. Plus tu as d'argent, de possessions et d'esclaves à ton service, plus tu es respecté. Jusqu'à ce qu'un requin plus fort te prenne tout. Il n'est en aucun cas question de Sagesse, de Vertu, de Connaissance ou de Respect mutuel. Les Maîtres lorgnent sans cesse sur les richesses les uns des autres. Leurs activités se résument au gaspillage des ressources du monde. Leurs industries polluent les airs, les cours d'eau, les océans, les terres, elles détruisent la Nature et, finalement, notre planète. Néanmoins, personne n'ose y mettre un terme. Pour cela, il faudrait que les Hommes consentent à cesser de s'enrichir, or ils n'y sont pas du tout disposés.

« Pauvre enfant ! Une guerre se prépare, je dois aussi te le dire. Elle opposera l'Orient à l'Occident. Le vainqueur remportera le contrôle de la Terre entière. Rien ne peut arrêter cette folie. Les Armées des deux camps sont déjà prêtes et s'entraînent sans relâche. L'issue est incertaine, car les deux blocs sont de force égale. La fin est déjà écrite. Cependant, même nos Sages les plus perspicaces ne peuvent connaître tous les arrêts du Destin. Ce qui est sûr, c'est qu'il y aura des centaines millions de morts des deux côtés. Et toi, Dawika, dont l'esprit pénètre les mystères du Cosmos, tu as ta place dans les événements à venir. Essaie de trouver ta voie, ouvre ton cœur et tu sauras, car tu connais déjà la réponse. »

Dawika était déterminée. Elle devait se rendre dans cette Province que les Chounois avaient volée aux Ouïghours. Elle devait rencontrer ce peuple, son peuple. Le monastère était d'accord pour couvrir les frais du voyage (« Tu vois, dit le Grand Lama malicieux, l'argent a de bons côtés aussi. »), qui aurait lieu pendant les vacances de printemps. Toutefois, Dawika était une femme, mineure de surcroît. La loi lui interdisait d'effectuer ce déplacement sans accompagnateur.

Dawika choisit Râjhiv, jeune homme de vingt ans, élevé au monastère, et qui étudiait le droit à l'université. Il était doux, appliqué à l'étude et redoutable combattant.

Arrivés sur le territoire des anciens Royaumes, Dawika et Râjhiv se regardèrent, interloqués. Où étaient les Ouïghours ? En ville, ils ne voyaient que des Ahns bon teint. On avait repoussé les autochtones dans les marges. En fait, pour les trouver, il fallait traverser la ville, traverser la banlieue résidentielle avec ses pavillons au crépi encore humide, et suivre la voie ferrée désaffectée jusqu'au bidonville. Là, logeaient et vivotaient, parmi les rats et les flaques d'eau croupie, les ultimes survivants du troisième Plan d'ajustement culturel chounois dans le Sin-kiang. On les laissait s'éteindre, dans leurs cabanes faites de matériaux hétéroclites récupérés sur les chantiers de construction. Dans l'indifférence générale. Bien sûr, les deux compagnons de voyage avaient déjà été confrontés à la misère : ils vivaient en Inde, où les mendiants pullulaient. Une fois par semaine, comme c'était la règle au monastère, ils apportaient leur aide au stand de distribution de nourriture pour les pauvres. Tout le monastère jeûnait ce jour-là, et chacun leur donnait sa part. Ce n'était pas de la charité néolibérale, qui ne coûte rien aux riches qui la promeuvent, mais un acte de sacrifice pour le bien d'autrui. Cependant, la misère qu'ils avaient sous les yeux était d'une autre nature. Elle n'était pas accidentelle. Les Ouïghours qui vivaient là étaient délibérément rejetés, loin des marges de la ville, loin des yeux des familles ahns heureuses, dans leurs pavillons de banlieue subventionnés, loin de l'Histoire de la Choune triomphante. Ils n'avaient accès ni à l'emploi, ni à l'éducation, ni aux soins. Ils ne devaient leur subsistance précaire qu'à leur propre ingéniosité, et à la générosité de quelque ONG.

Dawika et Râjhiv avancèrent dans le bidonville, où personne n'avait jamais vu de moine bouddhiste. On les regardait, plus ahuris qu'hostiles. Eux souriaient, s'inclinaient, cherchaient à montrer leur absence de malveillance. Fort judicieusement, Râjhiv dit :

« Ne parlons pas chounois. Pour eux, c'est la langue de l'occupant. »

Une femme qui battait sa lessive répondit au sourire de Dawika, qui l'approcha et s'inclina. Elle la salua en hindi, que la pauvre vieille édentée ne comprenait pas. Elle répondit quelque chose en ouïghour que Dawika ne comprit pas non plus. De loin, Râjhiv avait l'impression d'assister à la pantomime comique où deux sourds persistent à se parler, mais il garda son sérieux. Alors, Dawika montra à la vieille les deux seuls objets qui la rattachaient à ces misérables. La femme s'arrêta net, fixa la lettre et le pendentif, puis, contournant son baquet, elle se prosterna devant Dawika. Non, devant Djallila, la Princesse, ressurgie du passé. Dawika avança d'un pas et s'accroupit à la hauteur de la vieille femme. Elle lui prit les mains et la fit se relever, et la femme, sanglotant, la serra dans ses bras. Puis, à la cantonade, à tous ceux qui s'étaient arrêtés dans leur activité pour assister à la drôle de scène, la vieille femme cria :

« Notre princesse est de retour ! C'est Djallila de Kashgariya ! Allah nous a entendus ! »

Un attroupement se formait. La vieille femme montrait le pendentif de jade, et tout le monde reconnaissait le blason qui y était figuré. On emmena Dawika avec beaucoup de prévenance, et elle dut montrer Râjhiv du doigt, rappeler qu'elle n'était pas venue seule. On lui fit place dans le groupe, et tout le monde se transporta comme un hécatonchire, vers ce qui devait être la demeure du chef de ce village de bric et de broc. Un palais dérisoire, de parpaings écornés, au toit de tuiles ébréchées, avec un perron de palettes.

À leur grande surprise, Râjhiv et Dawika furent reçus par un tout jeune homme. Je me présentai : Ouskhir, cousin germain de celle que je saluais avec respect en la nommant Djallila. Je les invitai à s'asseoir.

« Je sais, dis-je en mandiran, que tu ne parles pas notre langue. Qui aurait pu te l'enseigner ? Soyez les bienvenus, toi et ton ami. Comme tu le vois, la grandeur de notre peuple est passée. Les Chounois nous ont tout pris, jusqu'à notre identité. Nous n'existons plus que pour nous-mêmes, le monde nous a oubliés. Victimes collatérales de la

Loi du Marché. Nous résistons. Certains se sont installés ici, pour que nous ayons quand même quelque chose qui ressemble à une capitale. Mais beaucoup de tribus vivent çà et là, dans les montagnes. Tu les rencontreras. »

Je leur fis servir du thé avec des gâteaux. J'expliquai à Djallila que nous l'avions longtemps cherchée. Après le sac de Kashgariya, lors de la troisième extermination, le roi et la reine, ses parents, avaient pu prendre la fuite. Mon propre père, frère du roi, était mort, mitraillette à la main, pour les couvrir. Nous avions lancé des recherches, mais la tempête, l'hiver, la faim nous contraignirent à renoncer. Nous dûmes nous réfugier dans les montagnes, les Chounois tenaient la place. Cette extermination fut la plus violente de toutes, très peu en réchappèrent. J'avais six ans, ce fut le plus long hiver de ma vie. Nous avions survécu à l'enfer pour nous trouver acculés dans un autre. Après avoir mangé nos chevaux, il ne nous resta plus qu'à mâchouiller le cuir bouilli de leurs harnais. Encore des morts, de faim cette fois. Beaucoup d'enfants. Au dégel, nous avons reconstitué nos forces, et un détachement est reparti chercher le roi, la reine, l'enfant, s'ils avaient survécu. On a fini par trouver, très loin d'ici, la caverne où tu es née. Deux cadavres s'y trouvaient. La reine était visiblement morte en couche. Le roi s'était poignardé en plein cœur et tenait une lettre dans la main gauche. Il avait écrit qu'il avait pu mettre sa fille, Djallila, en sécurité, sans dire où, avant de se donner la mort. Le destin de la Princesse était scellé. Nous, nous ne pouvions qu'essayer de survivre, sur les miettes de territoire qui n'intéressaient pas les Chounois. Un bidonville, à l'image de notre peuple en lambeaux. Revoir Djallila en vie et en bonne santé était un miracle que nous avions cessé d'espérer.

À mon tour, j'étais curieux de connaître son histoire. Que faisait-elle dans cette tenue ? Son compagnon, très fatigué, déclara qu'il désirait se retirer, avec ma permission. Je le fis conduire jusqu'à la modeste chambre que nous réservions aux invités. Djallila me raconta son histoire, comme je l'ai récapitulée au début de ce récit.

Elle avait seize ans, et sa conscience venait tout juste de se heurter à la cruauté du monde. Cette ville qu'ils avaient traversée, Râjhiv et elle, sa banlieue chic, ce petit paradis que les Chounois s'étaient construit sur les terres ancestrales des Ouïghours, les exterminations, c'était donc au nom du commerce et de l'argent ? J'acquiesçai. Le génocide par étapes des Ouïghours n'avait aucune autre raison que la course au profit. La Choune avait reconstitué la Route de la Soie, en éliminant sans pitié tous les obstacles qui se dressaient sur son chemin. Djallila, si pure, si bonne, élevée selon des préceptes si sages et si justes, était atterrée, douloureusement blessée par la cupidité, par la cruauté du cœur des Hommes.

Djallila était d'une grande beauté, rayonnante, et tout le monde l'aima, au village comme dans les tribus des montagnes. Elle était Princesse de Kashgariya, un royaume en loques dont nous conservions, dans nos mémoires, le souvenir somptueux. Elle et Râjhiv sont restés quinze jours parmi nous. Ils ont appris les rudiments de notre langue, nos coutumes, notre religion. Sajkhit, notre institutrice, a fait cadeau à Djallila de trois livres, qui étaient des trésors rescapés des autodafés. D'abord, un précieux dictionnaire mandiran-ouïghour, puis une *Histoire des Ouïghours*, écrite un siècle plus tôt par un de nos érudits, enfin la traduction de *Monde Rouge* de Datchko, le Barde Automne. Les adieux ont été difficiles. Djallila ne voulait plus repartir. Il a fallu que Râjhiv et moi usions de toute notre force de persuasion, pour la convaincre qu'elle serait plus utile à son peuple si elle terminait ses études.

« Allah t'a mise à cette position pour une bonne raison, ai-je dit. Le chemin se dévoile en avançant. Tu trouveras le moyen de répandre le bien autour de toi. »

Elle est partie, à contrecœur, en se retournant souvent vers nous, qui agitions la main, jusqu'à ce que l'ombre des premiers pavillons chics ne les avale. Elle nous a laissé son coffret, avec la lettre et le pendentif. Elle craignait, à raison, la police chounoise, secrète ou même pas secrète, et désirait que nous gardions en sécurité ce trésor compromettant.

À l'heure où j'écris ces lignes, le soleil est à mi-course. C'est le seul moment de la journée, au zénith, où je peux l'apercevoir par la petite ouverture aux barreaux d'acier, à quatre mètres du sol de ma cellule. Ce matin, à l'aube, j'ai entendu le décompte en mandiran, et l'ordre de faire feu, et les cinq détonations simultanées qui ont abattu Djallila. En m'apportant mon quignon de pain dur et ma cruche d'eau mélangée à de la pisse, le gardien m'a dit avec un sourire gourmand et moqueur que, demain, ce serait mon tour. Puis il m'a fait une courbette ridicule de danseuse débutante en m'appelant « Mon Prince. » Peu importe. Je devais faire la paix en moi, puisque mon heure était venue. Je n'avais plus de temps à perdre avec des sentiments nuisibles.

Djallila et Râjhiv sont revenus six fois au village : trois fois aux vacances d'automne, trois fois aux vacances de printemps. Circonspect, Râjhiv avait conseillé de voyager en vêtements civils et non en robes de moines. Au village, ils se défaisaient des oripeaux du néolibéralisme pour revêtir des habits ouïghours. Ils pensaient ainsi déjouer la surveillance de la police. Mais, comme les interrogatoires nous l'ont appris, à coups de matraque dans les côtes, les deux compagnons étaient sous surveillance depuis leur premier voyage. Les autorités attendaient de voir. Djallila a continué ses études sans se douter de rien, sans que les moines et les universitaires ne se doutent de rien. Les rapports des espions s'accumulaient sur le bureau du ministre de l'Intérieur à Crèvecœur.

Toujours brillante étudiante, Djallila joignait l'utile (nous aider) à l'agréable (mener des recherches). Elle s'était convaincue que ce qu'il nous fallait, c'était un générateur d'énergie autonome, qui nous apporterait l'électricité, l'eau courante et le chauffage l'hiver, alimenterait des machines pour aider à l'irrigation de nos pauvres sols, et des serveurs nous reliant à Internet, pour que nous puissions communiquer avec le monde entier. Elle fourmillait d'idées.

Ses recherches ont abouti avant même qu'elle ait bouclé sa thèse de Doctorat. Elle est partie d'une vague équation, rêveusement griffonnée. Elle n'y avait plus pensé, puis soudain, elle se rappela le bout de papier, négligé au fond d'un tiroir. Dawika conservait tout. C'était une étrange équation, venue d'une zone très lointaine et très profonde de sa conscience. Elle était un carrefour qui conduisait à deux pistes totalement différentes. Une voie menait clairement au voyage dans le Temps, sous un angle complètement imprévu. L'autre piste menait aux secrets de l'énergie noire. Dawika avait creusé cette seconde voie. Elle était enfin parvenue à concevoir ce que nul être humain avant elle n'avait pu inventer : un générateur à énergie noire, capable de fournir de l'énergie non polluante en quantité illimitée. La dernière fois qu'elle est venue nous voir, au printemps 2150, elle a profité de la livraison d'une ONG pour acheminer le générateur et un peu de matériel, comme des radiateurs, des pompes à eau, du câble électrique. D'autres choses devaient suivre, avec le prochain convoi.

On a monté une cabane spéciale pour abriter le générateur, et on a électrifié le « palais », avec des ampoules et des radiateurs. Instant solennel quand on a mis le générateur en route ! Tout le village était là, et quand la première lampe s'est allumée, une clameur de joie s'est élevée, unanime : un émerveillement ! Djallila a expliqué que ce n'était pas de la magie, juste de la science. Mais il n'existait pas de mots, en ouïghour, pour expliquer en détail le fonctionnement du générateur. Tout ce qu'on pouvait en dire, c'est qu'il fournirait de l'énergie à l'infini.

La police chounoise n'attendait que cette confirmation. Dès le lendemain, à l'aube, elle a procédé à une rafle d'ampleur dans le bidonville, et jusque dans les montagnes, dont l'objectif central était, bien sûr, le générateur. À peine l'avions-nous reçu qu'il nous était retiré, et tout notre avenir avec. La police chounoise, le même jour, a agi sur le sol indien, et arrêté tous les membres du monastère de New Delhi, du Grand Lama au plus humble novice. L'Inde, pays inféodé à la Choune, coopéra pour préserver ses intérêts. Les autorités indiennes n'ont pas protesté quand la justice chounoise a condamné à mort, « pour haute trahison », tous ces êtres paisibles, qui préservaient jusqu'à la vie d'une mouche.

Les scientifiques chounois ont vite percé les secrets du générateur, grâce aux disques durs et aux notes, saisis par la police dans le laboratoire de Djallila. Ils l'ont reproduit à bien plus grande échelle et pour un tout autre usage : en faire l'arme de guerre qui leur assurerait la victoire contre l'Occident. Ce n'est pas sans plaisir que ses interrogateurs ont définitivement brisé Djallila, après deux mois de détention, en lui annonçant que son invention allait servir la grandeur de la Choune : pour éradiquer l'armée occidentale dans la guerre imminente. C'en était trop pour cette âme pure, cette âme magnifique. Elle se sentait déjà coupable des horreurs subies par son peuple au moment de notre arrestation. Gaskhan, chef de clan, et moi, avons été faits prisonniers, alors que nous tentions d'aider Djallila à fuir. Il y avait eu des captures dans le bidonville et dans les montagnes. Certaines familles ne connurent le sort de leurs proches qu'en recevant la facture d'un crématorium de Formose ou de Sang-Hai. Et maintenant, l'invention géniale, qui pouvait être si utile à l'Humanité, allait servir à anéantir des millions de vies et à faire couler des fleuves de larmes. Djallila n'était pas faite pour ce monde de violence, de cupidité, de souffrances volontairement infligées à autrui, et avec le sourire. Dès lors, elle est restée prostrée dans sa cellule, n'attendant plus que le peloton d'exécution qui la délivrerait des turpitudes de cette existence. Elle qui n'avait que désiré faire le bien, elle devenait la complice des forces noires qui ruinent ce monde, et elle se faisait horreur.

On l'avait enfermée dans la cellule juste en face de la mienne. J'ai essayé de la raisonner, de lui dire qu'elle n'était pas responsable de la folie meurtrière des Hommes. Elle pleurait :

« J'ai fourni à la folie des Hommes, comme tu dis, la plus dévastatrice des armes qu'on puisse imaginer. »

J'ai essayé de la consoler, mais jusqu'à la fin, elle est restée assise en tailleur, contre le mur du fond, épaules affaissées, tête tombant sur son uniforme de prisonnière. 0778, ce fut son dernier nom, celui par lequel les chiens de garde de la police chounoise l'appelaient. Quand on est enfin venu la chercher ce matin, elle s'est laissée emmener par deux gaillards qui la soutenaient par-dessous les aisselles. Elle s'est tournée vers moi et nos yeux se sont croisés. Il n'y avait que le désespoir de la défaite dans les miens, mais dans les siens, jusqu'à la fin, une infinie compassion : le pardon envers ses tortionnaires, l'adieu ému qu'elle m'adressait, moi qu'on n'emmenait pas. Cet Amour perça les ténèbres de ma tristesse et de ma résignation, comme le dernier cadeau d'une âme inflexible, débordant de beautés.

S'unir (2)

Pour moi, jusque-là, le noir c'était du noir un point c'est tout. D'ailleurs, au début, Sabel Draupter et moi convenions que nous étions « perdus dans le noir. » La petite pupille, au centre du vortex, nous avait absorbés, aspirés et fait ressurgir dans un endroit, ou un envers, indéfinissable, où le noir régnait. Sabel Draupter me demanda où nous étions, comme si je le savais. Elle se tenait agrippée à mon bras de peur de me perdre. En effet, le noir était si profond que nous ne voyions pas nos propres pieds, et à peine nos visages respectifs.

« Nous sommes de l'autre côté », dis-je.

Ce qui ne nous avançait pas beaucoup, j'en conviens.

Le premier sentiment, étrange, que j'éprouvai, c'était d'avoir été mélangé à Sabel Draupter quand le vortex nous faisait tournoyer comme des silhouettes de gouache molle. Puis on avait été rematérialisés dans ce lieu, intégralement, mais j'avais l'impression de porter en moi des parties de Sabel Draupter, comme si notre recomposition n'avait pas été effectuée de manière très scrupuleuse. Instinctivement, je portai ma main entre mes jambes. Ma verge était toujours là et j'en étais soulagé, je n'aurais pas aimé avoir été transformé en fille, je ne me serais plus senti moi-même. Pendant ce temps-là, Sabel Draupter s'absorbait dans la contemplation de sa main gauche, comme si elle lui était un peu étrangère.

Nos yeux s'accommodèrent à l'épaisseur des ténèbres, et nous en distinguions des nuances çà et là, que faute de mieux nous nous amusions à nommer : noir brillant, mat, tirant sur le brun ou l'anthracite, impénétrable. Où que nous fussions, cet endroit avait plusieurs caractéristiques. D'abord il avait un sol sur lequel nous reposions. C'était un sol particulièrement meuble, fait d'une matière telle que le charbon de bois réduit en poussière. Il y avait peut-être un ciel ou un plafond. En tout cas, dans cet espace, nous pouvions respirer et nous mouvoir. À part cela, la notion de direction ne semblait pas avoir beaucoup de pertinence, parce qu'on ne distinguait pas le moindre repère.

« Nous n'avons qu'à avancer tout droit, proposai-je. On verra bien, on trouvera bien quelque chose, peut-être même la sortie. »

Sabel Draupter, qui me tenait toujours fermement par le bras, semblait avoir abandonné toute volonté propre, toute capacité de décision autonome. Ça n'était pas fait pour me rassurer. Que ma famille soit dépendante de moi, je l'avais accepté par la force des choses. Mais Sabel Draupter ? Venant d'elle, si sûre, si forte, il ne pouvait s'agir que d'une confusion passagère. Elle s'en remettait à moi, alors nous avançâmes dans nulle part vers nulle part.

Longtemps, nous marchâmes. Cet endroit aux différentes nuances de noir, comme l'œuvre de Soulage, possédait deux autres caractéristiques que nous découvrîmes. La première était qu'en l'absence de tout repère tel que des étoiles ou un soleil, il était impossible de mesurer le temps. Nous devions nous fier à nos impressions.

« Arrêtons-nous un moment, disait Sabel Draupter, ça fait longtemps qu'on marche. »

Et quand je lui demandais combien de temps, à son avis, s'était écoulé depuis notre dernière pause, nos appréciations ne coïncidaient pas. Elle pensait qu'on marchait depuis au moins quatre heures et j'estimais moitié moins, ou le contraire. En tout cas, nous marchions la main dans la main, comme à l'école quand on nous faisait nous mettre en rang. Nous avions peur de nous perdre l'un l'autre. Nos chaussures s'enfonçaient dans cette poudre charbonneuse, et parfois, il fallait s'arrêter les cogner l'une contre l'autre, pour en décoller cette matière effritée. Le terrain n'était pas plat. Parfois, nous rencontrions un monticule, une éminence plus ou moins haute, que nous gravissions ou choisissions de contourner, selon notre degré de fatigue. Quelle importance ça pouvait bien avoir ? Il n'y avait personne pour nous accueillir au sommet et nous remettre un trophée pour notre bravoure. Tout ce que nous gagnions à grimper, c'était d'avoir conquis un sommet sans nom, du haut duquel s'étendaient à perte de vue des ténèbres impénétrables. Quand nous faisions le tour, nous changions de direction par rapport à notre « tout droit » initial. Ça non plus, ça n'avait pas grande importance. S'il y avait une sortie quelque part, nous avions environ une chance sur quarante-neuf fois cent quarante-sept milliards de la trouver, et autant de ne pas la trouver. C'était un monde statique, où chaque chose était annulée par son contraire. Il n'y avait, quel soulagement, nul instructeur du Parti pour nous adresser des remontrances parce que nous déviions de la Voie.

La dernière caractéristique de cet étrange endroit était que nous ne ressentions ni faim, ni soif. Nous respirions, nos cœurs battaient, donc le sang circulait dans nos veines. Cependant, toutes les fonctions vitales liées au ventre étaient en stase. Quelque chose, autre chose nous sustentait. En revanche, nous ressentions la fatigue, comme un besoin de nous recharger de temps à autre. Alors nous nous étendions par terre, nous fermions les yeux sur le Noir et nous dormions. Mais nous ne rêvions pas, jamais. Pas la plus petite image, pas la moindre parole de notre monde d'origine. Et même dans ces moments de repos, nous nous tenions la main.

Longtemps, à de nombreuses reprises, j'avais imaginé, désiré et même, en contrevenant gravement aux directives du Parti, prié pour que Sabel Draupter et moi soyons ensemble un jour. Eh bien, ce moment était arrivé. Toutefois, ça n'avait rien à voir avec mes fantasmes conformistes de foyer égalitariste dans un monde juste et sage. J'avais eu des visions un peu naïves de bonheur, comme on peut en former à dix ans, qui m'aidaient à supporter les turpitudes de mon quotidien. Comment aurais-je pu imaginer que les choses tourneraient de cette manière ? J'ignorais totalement l'existence d'un tel espace, et si je l'avais su, je n'aurais certes pas souhaité m'y retrouver, fût-ce avec Sabel Draupter, qui était aussi perdue que moi. Jamais, dans aucun livre, elle n'avait rencontré une page qui mentionnât ces lieux. Étions-nous encore dans ce qu'on appelle « le monde ? »

Le bon côté des choses, c'était que Sabel Draupter et moi nous rapprochions l'un de l'autre. Nous n'avions que ça à faire : marcher et parler. Elle ne pardonnerait jamais à la Révolution égalitariste d'avoir assassiné ses parents. C'était des gens bien, honnêtes et travailleurs. Ils avaient été horriblement suppliciés avec une dizaine d'autres « renégats », sans procès, comme ça, d'un coup de fusil dans les fesses, par des soldats ivres et probablement analphabètes. Les pogroms anticapitalistes avaient causé des ravages et brisé bien des vies. À la folie meurtrière, se joignait l'enthousiasme gorgé de gnôle, de se venger enfin des soi-disant oppresseurs. Alors que son père, banquier, avait sauvé des ménages pauvres et accablés de dettes du surendettement, concédé des prêts un peu risqués, pour que des familles puissent acquérir un logement digne. De même, sa mère, au Trésor public, s'était toujours montrée compréhensive et accommodante avec les plus défavorisés. Elle retenait par le collier le molosse administratif avant qu'une procédure de dépouillement total des plus déshérités ne fût engagée. Bien des gens qu'elle avait personnellement reçus et accompagnés l'appelaient « la Sainte. » Où étaient-ils, au lieu de témoigner en sa faveur ? Où étaient les clients fragiles de son père, le jour de l'exécution ? Ils étaient dans la foule, à brailler avec les autres. Sabel Draupter avait énormément souffert de la perte de ses parents. Et encore autant, du fait que quasiment tous les membres de sa famille avaient fui le pays pour se réfugier dans un de leurs palais-forteresses, sans l'emmener avec eux. Dans l'optique néolibérale, elle était une bouche improductive de plus à nourrir, un poids mort. La compassion de ses parents envers les plus démunis était notoire, mal vue dans la famille, sujette à plaisanteries qui moquaient leurs tendances gauchistes.

Heureusement, Svenska Corelli était au-dessus de ces idioties. C'était le mouton noir de la famille, qu'on était bien obligé d'inviter à contrecœur, pour le respect des convenances, aux fêtes et aux funérailles qui ponctuaient la vie de ce milieu. Si on ne respectait plus les convenances, c'était le monde qui se délitait. Le monde avec son ordre immuable, où règnent les plus forts, seuls gens raisonnables capables de garantir la paix sociale et la (leur) prospérité. Svenska Corelli était une artiste et elle était, euh, elle aimait les femmes. Elle devait sa fortune à son héritage. Ses parents avaient été suicidés par crémation par la mafia albanaise, dans un palace de la Côte d'Azur, alors que Svenska avait vingt-trois ans. Elle était fille unique : le deuil et des millions de dollars malodorants lui tombaient sur la tête. Comme elle n'avait aucun sens des affaires, elle opta pour une stratégie plus sûre que le blanchiment d'argent. Elle confia sa fortune à un cabinet d'avocats et de comptables, spécialisés dans les énergies renouvelables, l'aide au développement dans les pays émergents et autres recherches fondamentales. Tout ce qu'elle voulait, c'était cinq mille dollars d'argent de poche mensuel. Si les placements rapportaient plus (c'est-à-dire presque à chaque fois), elle reversait le surplus à des associations humanitaires. Les Égalitaristes ne considéraient pas les artistes comme une catégorie « puante et nuisible. » Du reste, elle s'était fait bien voir, en jetant des brassées de fleurs sur les pas des révolutionnaires en parade de victoire. Pour le reste, elle pratiquait l'art floral et tenait boutique : rien que la VIIIe République des petits patrons ne condamne, au contraire. Svenska Corelli, de son côté, n'émettait aucune objection à un monde de justice sociale et de paix universelle. Elle savait trop bien qu'il ne coûtait pas d'acquiescer à ces mots vides de sens, au moins depuis l'Antiquité. Elle aida même, dans la mise en scène et les décors, lors de manifestations consécutives à la libération de quelques esclaves du Capital (qu'on recasait aussitôt dans un nouvel emploi d'État). Ainsi lui fichait-on une paix royale et sa propriété, comme un sursis de verdure au milieu des terrains vagues arides, était un sanctuaire. Divers groupes de pression, au sein du Mouvement, prônaient l'arasement de ce « reliquat de la bourgeoisie triomphante », la confiscation des biens de Svenska Corelli, et la construction de logements sociaux communautaires sur le terrain vacant. Mais à dire vrai, la VIIIe République avait déjà fort à faire avec les séquelles de trois crises financières mondiales successives. Les grands plans quinquennaux de « revalorisation des territoires pour le bien-être commun » étaient remis aux calendes. Enfin Sabel Draupter, non encore imprégnée jusqu'à la moindre fibre par la haine atavique envers le seul membre libre de la famille, s'était trouvée bien heureuse que sa vieille tante eût à cœur de l'accueillir. Pour Sabel Draupter, la propriété Corelli était un paradis gardé par un bon ange, dans lequel elle pouvait continuer de grandir à peu près normalement, faire son deuil, jusqu'à ce qu'elle ait l'âge pour la pomme et l'inévitable série de deuils qui s'ensuivaient, chez les Humains.

Bien que les instructeurs, à l'école, nous fissent réciter chaque matin le décalogue égalitariste, il contenait des formules obscures pour nous, que nous ne pouvions pas relier à notre vie de tous les jours. Par exemple : « Restituer aux Travailleurs l'outil de production » ne nous parlait pas, ni à Sabel Draupter, ni à moi. Elle n'était pas issue du monde ouvrier. Quant à moi, toute ma famille proche était psychiquement inapte à exercer un emploi qualifié, et à considérer « l'outil » comme leur revenant de droit. J'avais bien des oncles, des tantes, des cousins avec qui la génétique avait été plus clémente. Ils étaient dockers, maçons, secrétaires, métallurgistes : bref, cette histoire de restitution devait leur paraître juste et équitable. Ce que je voyais, c'était qu'aux Maîtres néolibéraux, « exploiteurs des masses populaires », s'était substitué un État de même nature, qui sous son étiquette égalitariste, pratiquait tout autant l'exploitation à grande échelle. Si nous sortions d'ici, je me promettais que je demanderais aux grandes personnes des éclaircissements sur ce point du programme. Si nous sortions d'ici.

Il n'y avait ni jour ni nuit, juste les ténèbres : moirées, mates, plutôt brunes ou plutôt plus noires que noires, et ce sol de graphite en poudre qui crissait sous nos pas. Quand Sabel Draupter et moi eûmes épuisé nos souvenirs et épuisé la mémoire de nos parents, il y eut de plus en plus de silence entre nous. Nous étions trop jeunes pour avoir développé une certaine vision du monde, ou pour disserter sans fin sur des concepts abstraits, ou même pour nous envisager un futur. Avec le silence, l'angoisse s'installa à son tour. Nous n'agacions plus la quiétude des ténèbres sans fin, avec nos pépiements d'enfants faisant l'école buissonnière. Alors elles commencèrent à nous envahir. Les questions que nous ne formulions pas à voix haute étaient : « Quand allons-nous sortir d'ici ? Comment ? Et qu'y a-t-il de l'autre côté ? » Nous ne nous étions pas lâché la main, jamais, depuis le début, depuis que nous avions pénétré dans cet espace aveugle, sans fond, sans fin. Mais nous avions cessé de balancer les bras joyeusement, comme deux gamins en vadrouille sur un chemin de campagne. Peut-être que nous allions rester coincés ici pour toujours, avec trop peu de vie derrière nous pour constater une évolution, et plus rien devant pour se faire une idée générale de l'existence.

Or soudain, il se passa quelque chose. Nous rencontrâmes une femme. Enfin, une femme n'est pas le mot exact. Elle n'était pas, contrairement à nous, faite de chair et de sang. C'était une créature immatérielle, légèrement phosphorescente, dont la forme était indubitablement féminine. Elle était d'une beauté stupéfiante et nous adressa un sourire bienveillant. Je me demandais ce que notre instructeur en matérialisme scientifique en penserait, lui qui affirmait catégoriquement que les anges, fées, Baba Yaga et autres créatures surnaturelles n'étaient que fariboles bourgeoises. Des contes, destinés à préparer et à formater les enfants aux dures exigences de la loi du Marché. À bien y réfléchir, il ne devait pas être au courant pour l'espace noir non plus. Le plus surprenant chez cette âme, esprit, fantôme, ombre, ectoplasme de femme, c'était qu'elle avait besoin de béquilles pour se déplacer. Elle était amputée sous le genou de la jambe droite. Sabel Draupter et moi nous regardions l'un l'autre, incrédules. Puis l'apparition, qui irradiait doucement dans la nuit d'encre, dit :

« Bonjour, les enfants. Je m'appelle Aïchaëlle. Tu dois être Sabel Draupter ? Et toi Datchko Braumann ? »

Nous acquiesçâmes, un peu timidement, comme en classe quand l'instructeur faisait l'appel. De cet esprit ou de cette ombre émanait un tel charme qu'il ne nous parut pas si étonnant qu'elle sache nos noms.

« C'est moi qui vous ai fait venir jusqu'ici. Je m'en excuse. Vraiment, j'espère que vous ne m'en voudrez pas. Je sais combien il peut être pénible d'être ici, où il n'y a ni espace ni durée. »

Là, oubliant les règles élémentaires, que notre instructeur en bonne conduite révolutionnaire nous avait inculquées, à coups de barre de métal sur les doigts, je l'interrompis :

« Mais c'est quoi, ici ? Où sommes-nous ? »

Enhardie par mon audace vaurienne, dont l'origine était plutôt la curiosité que l'indignation, Sabel Draupter reprit son aplomb de fille de Maîtres et exigea :

« Et vous allez nous dire ce que nous faisons ici, et pourquoi vous nous y avez amenés, sinon… »

La menace resta en suspens car Sabel Draupter se rappela que la Gestapo, désormais, était aux ordres des Égalitaristes et non plus des classes dominantes, abolies. La femme aux longs cheveux bouclés, qui luisait dans les ténèbres, ouvrit les bras, nous invitant à nous approcher d'elle. Nous nous assîmes tous les trois, Sabel Draupter et moi nous tenant la main. Et j'avais le sentiment que cette Aïchaëlle planait légèrement au-dessus des poussières de charbon.

« Vous avez raison, dit-elle avec une infinie douceur. Vous méritez quelques explications. Ce lieu, d'abord. Vous devez savoir que ce qu'on nomme le Réel possède deux faces. Il y a le visible et son envers. Voilà où nous sommes, à l'envers de bien des Univers visibles. C'est un espace intermédiaire entre plusieurs mondes, un peu comme un interstice entre deux briques, vous comprenez ? C'est un lieu que l'on traverse après son décès, pendant quarante-neuf jours, avant de continuer sa destinée sous une autre forme, ailleurs dans l'espace-temps. C'est ici que vivent les dieux terrifiants et sanguinaires, mais je leur ai interdit de vous approcher. Toutes sortes de créatures vivent dans l'espace noir, mais j'ai fait en sorte que votre traversée soit paisible. Ennuyeuse, peut-être, mais paisible.

« Quant à moi, je suis une chamane, non-morte et non-vivante sous cette forme. Et je vous ai sauvé la vie quand le micro-trou noir vous a aspirés. Vous vous en souvenez ? Toi, Datchko Braumann, tu venais de déclarer ton amour, quel bel amour, à Sabel Draupter. D'un coup, elle s'est trouvée happée par un minuscule point noir, et t'a tendu la main. Tu l'as prise, bel amour, et vos destins et vos corps se sont trouvés indissolublement mêlés. Les micro-trous noirs vous absorbent, et vous emmènent n'importe où, n'importe quand. Sans mon intervention, celui-là vous aurait déposés en plein champ de bataille, en une époque fort reculée, où des peuples aventureux pénétraient les défenses affaiblies d'un empire en pleine déliquescence. Vous seriez morts en quelques minutes, écrasés sous une charge de cavalerie, ou le cœur percé d'une flèche, ou la tête coupée par une épée. Et alors vous seriez arrivés ici, vous auriez erré, jusqu'à ce qu'une lueur au loin vous appelle, irrésistible. Et vous seriez nés à nouveau, comme vous êtes nés et morts des milliers de fois déjà. J'ai détourné le cours du Temps pour qu'il vous dépose ici, sans avoir à passer par l'épreuve, toujours désagréable, du décès, et de la terreur panique qui précède le décès. »

Sabel Draupter et moi restions les yeux fixés sur la sorcière, médusés. C'est souvent comme ça avec les adultes, incarnés ou désincarnés, apparemment (je ne parle pas des pères séniles, ni des mères autistes, qui sont indignes de reproches). Ils ont beau faire de leur mieux pour nous expliquer les choses le plus simplement possible (de leur point de vue), à la fin on est tout embrouillé. Est-ce que nous étions censés dire merci ? Est-ce qu'il y avait une raison particulière pour qu'une maîtresse du Temps nous ait conduits dans l'espace noir ? Plus rouée que moi dans les conversations avec les grandes personnes, Sabel Draupter dit doctement :

« Et je suppose que nous vous devons notre gratitude ? Cependant, il y a un point que vous n'avez pas abordé : pourquoi nous ? Pourquoi vous être donné la peine d'épargner la mort à deux gamins, qui à ce que vous dites, y étaient promis de toute façon ? »

Aïchaëlle adressa un clin d'œil à Sabel Draupter. Elle avait raison, la sorcière n'avait pas déployé ses talents au hasard, ni pour le plaisir. Détourner la sortie d'un trou noir vers un autre point, en l'occurrence cet espace-temps intermédiaire, entre tous les espaces et tous les temps, était une opération éprouvante et complexe. C'est pourquoi on ne l'effectuait qu'avec parcimonie, et pour une bonne raison.

« Un grand destin vous attend, conclut Aïchaëlle. Vous venez d'un pays et d'une époque où la Révolution égalitariste a triomphé depuis peu (là, on aurait pu lui adresser quelques objections). Sachez que ça ne durera pas. Dans un peu plus de trois ans, trente-neuf mois exactement, les Forces néolibérales reconstituées vaincront l'Égalitarisme, et le nouveau pouvoir restaurera l'économie de marché mondialisée. Les Hommes ne tirent jamais les leçons du passé, c'est leur nature. De nouveau, on va surproduire et surconsommer. De nouveau, on va forer, creuser, arracher à la Terre ses dernières ressources. De nouveau, on va brûler les forêts pour installer des plantations à haut rendement. De nouveau, l'air sera surchargé de gaz toxiques et de particules fines. De nouveau, les mafias contrôleront les marchés juteux de la drogue, des armes et du sexe. Il semble que les Humains ne puissent vivre satisfaits que de cette manière qui les rend insatisfaits. Beaucoup diront que, oui, l'Égalitarisme c'était chouette, la solidarité, l'entraide, la semaine de trente heures. Mais ils regrettent quand même l'époque où ils pouvaient rouler en SUV, montrer au voisin qu'on avait la plus grosse, et prendre l'avion quand bon leur semblait. Des enfants ! »

Aïchaëlle se tut un moment. Ses yeux brillaient plus que le reste de sa personne, comme si la plus grande part de son énergie de non-vivante était concentrée là. Comme si elle revivait quelque souvenir douloureux que son discours avait ravivé, avec toutes les émotions fortes afférentes. Pas décontenancée, Sabel Draupter poursuivit :

« Vous nous parlez d'un grand destin. À l'école égalitariste aussi, et avant encore, le néolibéralisme nous promettait de même un avenir radieux. Il semble que tout ce petit monde, dont vous faites visiblement partie, nourrisse de grands desseins pour chacun d'entre nous. Alors, Madame Aïchaëlle, quel sort nous réservez-vous ? »

Eh bien, tout d'abord, il était temps de nous extraire de l'espace noir.

« Il a fallu que vous y passiez sept fois sept jours, seuls, c'est la règle. Maintenant autre chose vous appelle. »

On avait l'habitude, Sabel Draupter et moi, avec les adultes de toutes obédiences, de tout un ensemble de contraintes auxquelles il fallait obéir, nous comme eux. Comme laisser deux enfants quarante-neuf jours dans le noir sans un mot d'explication. Ça faisait partie des choses que nous pouvions accepter. Aïchaëlle se tourna sur le côté, dévoilant un petit point lumineux au loin :

« Voilà, c'est par là que vous allez renaître. »

Passer par la porte de la renaissance, ce n'est pas comme être aspiré par un micro-trou noir. Pas du tout. On n'a pas l'impression d'être de la peinture, prise dans le tourbillon de barbouillis d'un peintre épileptique. On se retrouve tout de suite dans une matrice en train de nous expulser. Dans un corps dont tous les efforts, conscients ou non, visent à jaillir vers l'air libre.

Ce fut Sabel Draupter, que j'avais galamment laissée sortir devant moi de l'espace noir, qui passa la première le col de l'utérus. Je n'y voyais rien, mes yeux baignaient dans le liquide amniotique. Mais en dilatant le col par son passage, ma camarade fit entrer un peu de lumière dans la caverne sanglante. L'expérience m'en rappelait vaguement d'autres, des images fugaces me traversaient l'esprit, je crus me rappeler d'une vie où j'avais été poète. Mais tout allait trop vite pour que je puisse rassembler mes souvenirs.

Sabel Draupter naquit, et ma tête engagée dans le col, je perçus des mots que je ne compris pas, comme si mes oreilles étaient bourrées de guimauve. À mon tour, j'atteignis la minute de ma naissance, et j'entraînai avec moi tout le placenta. Des lambeaux me pesaient dessus et rendaient mon redressement réflexe difficile. Un peu plus loin, Sabel Draupter avait déjà rejoint notre mère, bien campée sur ses quatre pattes, en train de se faire toiletter. J'étais appuyé sur mes genoux avant, et je me disais que si Sabel Draupter avait pu se redresser, il n'y avait pas de raison que je n'y parvienne pas. Orgueil de mâle, que j'apprendrais par la suite à mieux placer. Quand je fus debout, je constatai que la quadrupédie offrait d'indéniables avantages, dont une très sécurisante sensation d'équilibre, très stable. Après sa toilette, Sabel Draupter alla téter et nous nous croisâmes, alors que j'allais à mon tour me faire nettoyer par notre mère.

« Comment tu trouves ça, toi, d'être un chameau ? » me demanda-t-elle au passage.

Je lui dis que pour le moment, je n'en savais trop rien, mais que ça ne s'annonçait pas si mal. Pendant que notre mère me léchait soigneusement, nous continuâmes notre conversation. Le lait était, dit-elle, un véritable délice. Les Humains qui étaient là avaient l'air ravis de nous voir. Notre mère me signala que j'étais propre et que je devais aller téter à mon tour, si je voulais devenir un bel et fort chameau. C'était vrai que le lait était savoureux.

Parmi les quatre ou cinq personnes présentes, nous reconnûmes immédiatement Aïchaëlle. Elle tenait un homme par le bras et une conversation animée avec une autre femme. Comment pouvait-elle être à la fois un esprit, habitant l'espace noir, et une femme de chair et de sang ? La nature même de cet être posait des questions qui heurtaient notre matérialisme athée, mais enchantait absolument nos âmes d'enfants. Aïchaëlle vint vers nous qui, repus, nous étions assis sur le sable.

« Bienvenue à toi, Sabel Draupter, bienvenue à toi, Datchko Braumann. Votre renaissance est accomplie. Ça va, vous n'avez besoin de rien ? »

Je lui fis remarquer que l'étrangeté de la situation requerrait quelques éclaircissements, qu'elle nous devait bien ça, étant donné qu'elle en était responsable.

« Toujours curieux comme un explorateur, Datchko Braumann ! », me dit-elle avec un sourire charmant.

À côté de moi, Sabel Draupter profitait tranquillement du soleil, comme au temps de la chaise longue et des boissons fraîches. Elle avait de grands yeux brun noir, auxquels de longs cils recourbés donnaient une douceur alanguie. Dans cette existence-ci, donc, nous étions frère et sœur.

« Le soleil va bientôt se coucher, me dit Aïchaëlle en guise de réponse. On va vous mettre à l'abri des chacals et autres prédateurs dans un enclos. La mise bas a épuisé votre mère, il faut qu'elle se repose. Nous aurons le temps de discuter, ne t'en fais pas pour ça. »

Elle nous présenta tout de même l'homme à qui elle tenait le bras : c'était son époux, Hirkam. L'autre femme était sa meilleure amie, Soraya. C'était tout pour aujourd'hui, et c'était assez. Il est vrai que naître fatigue et que le ciel s'assombrissait. On nous fit entrer dans l'enclos, avec des barbelés assez hauts. Tout un troupeau de chameaux était là, qui nous accueillirent très chaleureusement, notre mère et nous. Elle alla se restaurer en nous disant :

« Vous téterez encore ce soir avant de dormir. En attendant, faites connaissance avec le troupeau. »

On nous couvait du regard, avec amour et fierté. Nous étions les septième et huitième jeunes nés cette saison. C'était une bénédiction. Un grand mâle vint nous voir, un peu mal à l'aise, fuyant nos regards.

« Je suis votre père, dit-il. Je ne suis pas chargé de votre éducation, c'est comme ça chez nous. Mais je garderai un œil sur vous, et vous pouvez compter sur moi en cas de besoin, n'oubliez pas. »

Puis il retourna brouter du fourrage avec satisfaction, comme s'il venait de s'acquitter d'une délicate mission. Plus tard, j'appris qu'en fait, presque aucun mâle n'allait se signaler à sa descendance. Les jeunes, c'était l'affaire des femelles. Néanmoins, notre père avait pris cette peine, lui, de venir à nous et de nous reconnaître. Il était plus évolué que la plupart de ses congénères, et il nous a transmis le gène de la novation. Au moment où le soleil disparaissait derrière l'horizon, notre mère nous donna la tétée du soir. Puis elle se coucha et nous nous blottîmes les uns contre les autres. « Ne vous étonnez pas de la mère qui va vous mettre au monde », avait dit Aïchaëlle, en nous montrant le point lumineux dans l'espace noir. Bonne blague.

On ne nous cacha pas notre destinée : moi, je deviendrais la monture d'Aïchaëlle, Sabel Draupter celle d'Hirkam. Notre mère était folle de joie.

« C'est un immense honneur qu'on vous fait, mes enfants. Vous serez les montures des deux plus grands héros égalitaristes de tous les temps ! »

Là, elle exagérait un peu. Le fait est que nous nous y connaissions en héros révolutionnaires. Cependant, je dissuadai Sabel Draupter de reprendre notre mère. Ça pouvait être dangereux, nous n'en savions pas encore assez sur ce monde nouveau pour la ramener avec notre instruction historique. Nous ne connaissions pas suffisamment nos maîtres non plus. À vue de nez, comme ça, on aurait dit des nomades, comme les réfugiés qui avaient monté le bidonville, au bout du terrain vague du Quartier. Il était hors de doute que nous étions nés dans le désert, et appartenions désormais à une espèce parfaitement adaptée à cet environnement. Nous ne souffrions nullement des variations de température, ou de la luminosité de midi. Nos longues pattes pouvaient paraître frêles, mais on n'avait pas fait mieux que la fantastique articulation de nos genoux pour marcher dans le sable. Voilà ce que nous savions pour le moment.

Nous étions une vingtaine de jeunes chameaux dans le troupeau. Notre éducation, dès que nous fûmes sevrés, consistait en un dressage, sans violence, aux besoins des Humains. Tandis que Sabel Draupter et moi prenions la mesure des possibilités de nos nouveaux corps, on nous habitua à supporter divers équipements : des selles entre nos deux bosses, un harnais avec un mors, la bride. Quant à notre mère, elle nous faisait réciter chaque matin le décalogue égalitariste. Quand les Hommes nous laissaient du temps libre, elle nous emmenait voir les vieux sages du troupeau. Ils n'étaient pas très différents de nos instructeurs, dans notre existence précédente, sauf qu'ils ne nous maltraitaient jamais. C'était encore un avantage de la vie de chameau : contrairement aux Humains, nous ne cherchions pas à nous entre-exterminer. Les grands mâles gorgés de testostérone se bagarraient à la saison des amours mais ça n'allait jamais jusqu'à la blessure grave, encore moins au meurtre. Nous l'avions tous en horreur et de toute façon, la Nature ne nous avait pas équipés pour tuer. Nous étions de paisibles herbivores, le troupeau protégeait et éduquait les jeunes. En fait, Sabel Draupter et moi ne nous étions jamais sentis autant en sécurité. Les vieux sages avaient appris des maîtres l'Égalitarisme. Ils disaient que, comme chez les Hommes, il y avait parmi nous des leaders naturels (« et toi, Datchko Braumann, tu seras de ceux-là »). Parfaite couleur de robe, d'un jaune sable soyeux et intense, parfaites proportions du museau à la croupe, prestance dans la démarche, blatèrement éloquent. Nous respections les Sages. En retour, ils nous traitaient avec justice, ils nous écoutaient, et nous avions le droit de proposer ou de contester une décision, et de convoquer le Conseil pour exposer nos arguments. C'était à peu près ça, l'égalitarisme chamelier : on ne disait jamais non a priori, on prenait le temps d'écouter d'abord. Et ça fonctionnait très bien.

En revanche, chez les Humains, il en allait autrement. Sabel Draupter et moi venions du début du XXIIIe siècle, de l'année 2217 exactement. Or notre renaissance avait eu lieu en 2311. Comme nous l'avait dit Aïchaëlle quand nous étions dans l'espace noir, les Forces néolibérales dominaient à nouveau le monde. Étant donné le goût de quelques hommes pour le Pouvoir, et de la majorité pour l'Obéissance, ce n'était guère étonnant. Cela dit, Aïchaëlle ne nous expliqua jamais ce mystère : nous avions passé quarante-neuf jours dans l'espace noir, or notre renaissance avait eu lieu près d'un siècle plus tard. Il devait exister une secrète table de concordance temporelle, mais en définitive ça n'avait pas tellement d'importance. Je vais vous dire : j'admire profondément Aïchaëlle. Au début, nous nous méfiions d'elle, Sabel Draupter et moi. Elle nous avait manipulés. Elle avait peut-être menti au sujet du vortex et de notre mort sur un champ de bataille barbare. Pourtant, comment dire, c'est Aïchaëlle. Avec le temps, nous avons appris à la connaître et à l'aimer. Après le Temps, nous avons enfin compris ce qu'elle avait fait pour nous. Elle avait cherché et reconnu nos âmes, dans la tumultueuse Éternité. Elle savait que l'Égalitarisme aurait besoin de nous.

Aïchaëlle est sans conteste l'un des êtres humains les plus courageux et les plus grands que j'aie jamais connus. Cependant, il y a quelque chose en elle à qui nul n'a accès, pas même Hirkam. Elle ne dit pas tout. Quand on lui pose certaines questions, elle botte en touche, avec tellement de finesse et d'élégance que, sur le coup, vous avez presque le sentiment d'avoir reçu une réponse convaincante. N'empêche qu'elle s'était débrouillée pour vous laisser sur votre faim, quand vous y réfléchissiez à tête reposée. Ce qu'elle comptait faire de Sabel Draupter et moi, par exemple (mis à part servir de monture), ce « grand destin » qu'elle nous avait promis, quel était-il ? Et si l'on y songe, comment un chameau peut-il avoir un grand destin ? Peut-être qu'elle avait pris la grosse tête et que pour elle, servir de monture aux deux plus grands leaders de la Révolution égalitariste était un grand destin en soi. Nous étions troublés, car cela ne lui ressemblait pas. Elle était ardente, c'est vrai, incisive même, dans ses chansons. Toutefois elle n'avait pas oublié ses origines plus que modestes. Elle était humble, dévouée et totalement sincère, dans son amour pour Hirkam comme dans son engagement politique. Disons qu'elle avait un fond d'espièglerie qui la poussait à cacher certaines choses, à jouer avec l'ambiguïté. C'était peut-être sa façon d'être coquette, la vie dans le désert en offrant infiniment peu d'occasions. Elle devait bien avoir un plan pour Sabel Draupter et moi. Et nous redoutions que, comme souvent chez les Humains, les plans tombent à l'eau sans qu'on ait le temps d'en échafauder un nouveau.

Hirkam était un chef né. Les hommes et les femmes lui témoignaient une loyauté sans faille. Et Sabel Draupter était extrêmement fière d'avoir été choisie pour être sa monture. Je trouvais qu'elle crânait un peu et je la remettais à sa place, ce qui la chiffonnait.

« Tu es jaloux, disait-elle, parce que ce n'est pas toi qui portes le chef. »

À quoi je rétorquais, primo qu'Aïchaëlle et Hirkam étaient égaux en tant que leaders, secundo que porter la plus belle femme du monde n'était pas un moindre honneur. Ce qui froissait encore plus Sabel Draupter, car elle se souvenait d'avoir été une ravissante fillette. Alors sa vanité et sa jalousie lui faisaient dire que, bon, d'accord, Aïchaëlle était une bien belle créature, mais qu'elle en avait vu d'au moins aussi belles, sinon plus parmi les membres de son interminable famille d'autrefois. Le problème était que dans le désert nous manquions de comparaisons. Et Sabel Draupter boudait. Et je lui disais :

« Je te taquine, et toi tu marches à fond ! Attention, rappelle-toi le catéchisme égalitariste : la vanité est un vice bourgeois. Allez, je ne dis pas ça parce que je suis ton frère, mais tu es la plus jolie chamelle du troupeau. Viens faire un câlin. »

Et nous nous frottions cou contre cou pour faire la paix.

Revenons à Hirkam. Il était très beau lui aussi, physiquement et éthiquement. Sa noblesse s'appuyait sur sa droiture. Il avait sérieusement étudié ce qui nous était parvenu de la philosophie de l'ancien Ancien Monde, ce qu'il en restait après les guerres oubliées d'antan, la Guerre noire et les autodafés des différentes révolutions culturelles. Je savais par ouï-dire qu'il était très éloquent, très convaincant. Il tenait des réunions dans des caves où évidemment, en tant que non-humains, les chameaux n'étaient pas admis. Il était très attentif au troupeau et connaissait chaque individu par son nom. Il venait souvent dans l'enclos, s'informer de notre état auprès des soigneurs. Il nous flattait l'encolure, nous caressait la tête. Il restait plus longuement avec Sabel Draupter, pour évoquer toutes les grandes choses qu'ils feraient ensemble, plus tard. À moi il disait :

« Datchko Braumann, tu prendras bien soin d'Aïchaëlle, n'est-ce pas ? »

Et ensuite, Sabel Draupter déblatérait une heure sur le thème « tu vois bien que je suis à part. » Elle agaçait ses copines qui la traitaient de pimbêche, et une bonne partie du troupeau, jusqu'à ce que notre mère lui cloue le bec, à la satisfaction de tous :

« Pour le moment, ma fille, tu es encore une enfant. Tu connais trop peu le monde et les Hommes. Ne va pas te mettre trop de rêves de grandeur en tête. »

Quand nous eûmes atteint la taille adulte, on nous apprit des manœuvres militaires, à ne pas redouter les obstacles, à rester en formation ou, selon les circonstances, à nous disperser. Le dresseur ne prononçait qu'un mot en langage humain pour chaque ordre, ce n'était pas très compliqué. Jusque-là, quand nous nous déplacions dans les montagnes ou à travers les sables, d'une oasis à l'autre, je suivais le troupeau à côté de notre mère, Sabel Draupter de l'autre. Désormais, je tâchai de me repérer sur les pistes, de les mémoriser, ainsi que le nom des oasis et des leaders que nous rencontrions. J'aimais quand les Hommes nous regroupaient, tous les troupeaux ensemble, lors d'une réunion des chefs, dans un vaste enclos. J'ai connu comme ça des camarades de Qêsh, de Ghâzim, d'Eskantylène, d'Alaliq, d'à peu près toutes les oasis. Nous formions une fière armée. Nous parlions, jusque fort tard dans la nuit, de ce que nos maîtres projetaient : la

Révolution prolétarienne. En tant que montures des deux principaux leaders, Sabel Draupter et moi bénéficiions d'une attention et d'une affection particulières. Comme nous étions aux premières loges, que nous pouvions entendre les paroles que s'échangeaient Hirkam et Aïchaëlle, en chamélisant côte à côte, nous étions considérés comme des sources d'information de première main. Sabel Draupter faisait un peu l'importante et se réjouissait du nombre de ses prétendants, ce qui m'irritait.

« Tu te comportes comme une péronnelle », lui reprochais-je.

Elle me toisait :

« C'est parce que les jeunes femelles n'ont pas commencé à te tourner autour. Tu es encore jaloux de moi. Quand tu seras grand, tu comprendras combien c'est grisant de se sentir aimé. »

C'est vrai, je l'évitais un peu pendant sa période cocotte. De mon côté, je devenais pénible, je n'avais que la Révolution à la bouche. Mes sentiments envers Sabel Draupter n'avaient pas changé : j'aurais donné ma vie pour elle. Et comme mon dogmatisme faisait de moi un gros balourd, ma sœur m'apprit ce que tout le monde savait. Ohannah Vicarelli (qui deviendrait ma compagne) était folle amoureuse de moi. Grâce à Sabel Draupter, j'acquis les rudiments de la conduite à tenir envers les Dames. Nous étions toujours proches, elle et moi. Nous sommes toujours restés proches. Toutefois, en ce temps-là, je préférais discuter avec mes amis, dont la foi égalitariste et la foi en les idéaux révolutionnaires étaient bien affirmées. Nous avions des discussions passionnées, nous soutenions nos maîtres avec ferveur et constance. Nous nous voyions, traçant la route de la Révolution, sur un chemin poudré d'or. Nous n'avions aucune idée de ce qui nous attendait vraiment : un chemin de boue et de sang.

Enfin le moment vint, où de sujet de discussion, la Révolution prolétarienne devint une action. Une série d'actions pour être exact. Le premier coup fut porté à Ghâzim, pendant la populeuse fête d'Injhit. Aïchaëlle avait de nombreux amis commerçants itinérants, qu'elle avait fait prévenir de ne pas entrer en ville, car l'attaque de la citadelle des Maîtres était imminente. La veille du jour J, je rencontrai pour la première fois Iskandar, qui avait recueilli Aïchaëlle alors qu'elle n'était qu'une enfant orpheline, une mendiante qui plus est, qu'il avait aimée et élevée comme sa propre fille. Le vieux musicien itinérant était inquiet pour sa fille adoptive, elle risquait la mort, ou pire. Quant à Don Van Vliet, le chameau de maître Iskandar avec qui je bavardais, il était plutôt circonspect par rapport à la Révolution prolétarienne.

« Les Humains sont tous les mêmes au fond. Ceux que tu sers, ces soi-disant Égalitaristes, n'ont qu'une idée en tête : prendre le Pouvoir aux Maîtres. Ils se gobergent avec de grands idéaux, ils font miroiter un avenir meilleur, mais le véritable enjeu reste le Pouvoir. Retiens bien ce que je te dis là. Ça va être une sale guerre. Les Maîtres ont une armée puissante et bien équipée. Je l'ai vue plusieurs fois lors de sa parade annuelle. Les soldats seront sans pitié. Et nous, pauvres animaux fidèles, serons pris inexorablement dans la folie meurtrière des Hommes. Enfin, quand je dis "nous", c'est par compassion et par solidarité envers toi et tous mes semblables. Mon maître ne risquera pas sa vie, ni la mienne. Le connaissant, il va se réfugier dans les montagnes du Shimkaz, le temps que les entre-tueries cessent. »

Don Van Vliet était un brave type, mais je trouvais son pessimisme sur la nature humaine à la limite de l'hérésie. Aujourd'hui, avec le recul, je comprends combien il était comme son maître, sage et avisé.

À ma grande déception, je ne participai pas à la prise de Ghâzim. Celle-ci ne requerrait que l'infanterie. La cavalerie n'aurait guère pu manœuvrer dans les ruelles étroites de la ville. En revanche, quand le bastion des Maîtres tomba, Hirkam et Aïchaëlle vinrent nous chercher, Sabel Draupter et moi, pour le défilé de leur triomphe. C'était un moment à la fois solennel et étrange. Car les combats avaient eu lieu dans la ville haute, où se trouvaient les palais-forteresses des Maîtres. Or, pendant ce temps-là, la ville basse, complètement ignorante de ce qui se passait derrière les remparts, était en effervescence à cause des festivités qui se préparaient. C'était à peine si l'on écoutait les hérauts égalitaristes qui, sur chaque place, proclamaient la naissance de la Cité libre de Ghâzim. Alors, pour marquer les esprits, Aïchaëlle eut l'idée d'une parade, où l'on entrerait par la porte principale de la ville, à dos de chameau, avec un enfant porte-drapeau et des joueurs de cor devant, et tout un cortège de soldats derrière, jusqu'à la place centrale de Tâaz-Ekmir. Ce défilé fit forte impression, et personnellement, me donna le sentiment que j'attendais de participer à quelque chose de grand. Sur chaque place, Hirkam et Aïchaëlle occupaient le centre et Hirkam haranguait la foule, proclamant le nouveau statut de l'oasis, « premier territoire libéré par l'Armée prolétarienne. » Les bonnes gens, depuis des années qu'Hirkam et Aïchaëlle tenaient des réunions clandestines, avaient peu ou prou entendu parler du « Mouvement ». Qu'il se fût extirpé des caves pour entrer en ville en pleine gloire était déconcertant. La plupart des gens n'avaient pas une conscience politique très développée. Eux, du moment qu'on les laissait gagner leur croûte, peu leur importait qui gouvernait et selon quelles modalités. Et voilà que cet homme et que cette femme, altiers, montés sur de superbes chameaux d'apparat, leur apprenaient qu'ils étaient libres et égaux entre eux. La déclaration fut suivie d'un silence, les gens ne sachant pas trop si c'était dans leur intérêt ou non. Hirkam, sentant le flou dans les esprits, sauva la situation :

« La fête d'Injhit continue, comme il en a toujours été. Vous demeurez libres d'exercer votre activité. Le roi Tarik ayant été destitué (en fait, décapité avec toute sa lignée), c'est moi-même qui procéderai à la distribution des céréales. »

Bon, au fond rien ne changeait vraiment et chacun, rassuré, retourna vaquer à ses occupations. En revanche, Aïchaëlle s'ouvrit franchement à Hirkam d'une inquiétude qui la taraudait :

« Dis, tu crois qu'on va pouvoir abolir l'esclavage aussi facilement qu'on l'avait prévu ? »

Le Peuple était-il prêt pour la Liberté ? Les Humains ?

La prise de Ghâzim montra à Hirkam et Aïchaëlle, ainsi qu'à tous leurs fidèles, que l'idéal égalitariste était loin d'avoir percolé parmi les consciences des gens du Peuple. Ils n'étaient pas ouvertement hostiles aux valeurs révolutionnaires, mais pas franchement emballés non plus. La politique était reléguée dans les profondeurs du classement de leurs préoccupations quotidiennes. Il allait falloir les éduquer, si l'on voulait établir durablement la démocratie. Les problèmes, en outre, se multiplièrent avec la prise, l'une après l'autre, des oasis. La Révolution triomphait pour se trouver immédiatement confrontée à mille difficultés d'ordre pratique. Hirkam, Aïchaëlle et les autres leaders avaient été un rien naïfs, en s'abusant de l'illusion que « le Peuple » était naturellement en demande de justice et de liberté. Ce n'était pas tout à fait faux, cependant « le Peuple » n'était pas une entité homogène, faite d'individus fraternellement d'accord sur tout.

« Et quoi ? disait celui qui possédait des esclaves. Je les nourris et je les loge, vous voudriez en plus que je les paie ? »

On dut faire des compromis avec la doctrine sur de nombreux points comme celui-là. L'esclavage, par exemple, était officiellement aboli, sauf pour les esclaves acquis avant la Révolution.

Le pouvoir égalitariste, à peine établi sur les oasis, dut faire face à la contre-attaque des Maîtres. Ceux-ci s'étaient rassemblés, avec leurs armées, dans le désert, à deux jours de marche de Maskande. Là, ils avaient réuni un état-major, avec ce qui restait de l'aristocratie et des gradés. Les règles de succession étant ce qu'elles étaient, ce fut un simple baron qui reçut la couronne royale d'Eskantylène, un comte celle de Maskande, et tout de même un duc (retiré en son domaine pendant les hostilités) le trône de Ghâzim. Des colonels ou même des lieutenants furent promus généraux. Les Maîtres s'organisaient : pas question d'abandonner le Pouvoir à ces misérables pouilleux des classes inférieures.

Ainsi commença un cycle interminable de pertes, de reconquêtes, de défaites à nouveau, de sièges et de batailles. Hirkam persistait à privilégier la voie diplomatique et pacifiste. Il envoyait systématiquement une délégation, avant la bataille, parlementer, négocier la reddition du camp adverse. Plusieurs fois (presque à chaque fois à vrai dire), les chameaux de la délégation revinrent seuls, chargés des corps décapités et émasculés des ambassadeurs, avec sur la tunique un message épinglé du type : « Nous avons gardé la tête et les couilles. Plus on vous en prend, plus il vous en manque. » Dans une bataille devant Qêsh, Sabel Draupter fut blessée au jarret par une flèche. Soraya, la chamane, la guérisseuse, prépara un cataplasme, qui atténuait la douleur et accélérait la cicatrisation. J'allai voir ma sœur dès que je le pus. Et je pris vraiment la mesure des horreurs de la guerre. Un enclos était réservé aux blessés. Ça ressemblait à un mouroir, où les odeurs de sang, d'aromates et de déjections se mêlaient. La plaie de certains camarades s'était infectée. Tout le savoir-faire de Soraya ne pouvait rien contre les miasmes de l'air et la pourriture. Le sort de certains était scellé, et ils le savaient. Ils demandaient la mort, vite. Leurs grands yeux noirs étaient un océan de douleur et de désespoir, où luisait aussi une flamme de colère contre nos maîtres. Le réel nous heurtait tous de plein fouet. Nous étions des Égalitaristes engagés. Seulement, nous avions été naïfs, nous aussi, de ne pas envisager qu'il faudrait éventuellement payer de nos vies pour nos convictions. Mais notre sort n'était pas différent de celui de nos maîtres.

Alors que j'approchais de Sabel Draupter, un camarade à l'agonie me supplia avec effort :

« S'il te plaît, fais qu'on m'achève d'une balle, la souffrance est insupportable… »

Puis sa tête roula sur le côté, et la fièvre le fit délirer en propos incohérents. J'étais horrifié, quand j'arrivai auprès de ma sœur. La flèche avait pénétré profondément, et quand Soraya l'avait retirée, ma sœur avait hurlé.

« J'ai manqué de courage, dit-elle. D'autres que moi sont bien plus à plaindre, et moi je crie pour un simple trou. »

À quoi je répondis que la Révolution prolétarienne nous coûtait cher à tous, qu'elle n'avait pas à rougir. On m'avait rapporté ses exploits. Elle était une brave combattante, qui souventes fois avait évité à Hirkam de prendre un mauvais coup, qu'elle avait vu venir et pas lui. Dans l'enclos des blessés, elle avait refusé tout traitement de faveur. Elle guérirait et repartirait au combat, et…

« Repose-toi, lui conseillai-je. Tu seras bientôt sur pieds, si tu restes tranquille un moment. Honore la Cause : fais en sorte de bien te rétablir. »

Je quittai Sabel Draupter triste et dépité. Il était impossible de savoir qui, des Maîtres ou de la Révolution, l'emporterait. Nous étions engagés sur une voie extrêmement périlleuse, incertaine et gourmande en vies, humaines et animales. J'allai voir Aïchaëlle et intercédai auprès d'elle, pour mon camarade qui réclamait une mort rapide et digne. Aïchaëlle aussi avait l'air fatiguée, au bord du découragement.

« Je m'en occupe moi-même, dit-elle en dégainant un revolver. Sur-le-champ. »

Dans les villes que nous tenions, nous tâchions d'éduquer le Peuple, et les animaux du Peuple, à l'Égalitarisme, en organisant des conférences publiques. Nous avions réformé l'école et les programmes. Il m'arrivait de passer devant une salle de classe, où un instructeur énumérait les articles du décalogue égalitariste. Et je songeais à Sabel Draupter et moi, dans une autre vie, pour laquelle j'éprouvais de la nostalgie. Je ne savais plus avec certitude ce qui était juste et ce qui ne l'était pas. Je me rappelais amèrement que si j'en étais là, c'était parce que j'avais détourné à mon profit une mission que le Parti m'avait confiée. J'avais été investi d'un tout petit pouvoir d'explorateur de friche, et j'en avais mésusé pour des motifs strictement personnels, pour m'introduire chez Svenska Corelli et approcher, toujours plus près, de Sabel Draupter. J'avais fait ce que font tous les Hommes : je n'avais servi que mon propre intérêt, en le dissimulant sous quelque prétexte fallacieux. Je n'étais pas meilleur que les autres. Je traînais moi aussi le poids d'un péché originel. Ma dévotion envers Aïchaëlle était une manière de me racheter à mes propres yeux, de rétablir un équilibre que mon outrecuidance infantile avait compromis. Car il se pouvait bien, après tout, qu'il existât dans l'Univers une Force qui équilibrait tout, et qu'on doive payer pour les déséquilibres qu'on occasionne, et qui reviennent en boomerang agir sur nos existences, dans une vie ou dans une autre. Tous ces gens, tous ces animaux qui mouraient par centaines, s'acquittaient peut-être d'une dette dont ils avaient perdu le souvenir. Mais pas le dieu comptable de l'Équilibre, qui jugeait du moment opportun pour nous présenter l'addition. « Bah, me dis-je, tu délires. Il n'y a pas de dieux ni de châtiment. Il y a juste la matière, qui sans cesse se désagrège et se réagrège, entraînant l'Univers dans son mouvement, ce qui cause les phénomènes naturels et les événements de nos existences. » À sa façon, le matérialisme scientifique ouvre sur des abîmes non moins vertigineux que la métaphysique. Nous sommes constitués de particules élémentaires. Certaines d'entre elles sont intriquées avec d'autres, qui interagissent avec elles en dépit des distances faramineuses, des millions d'années-lumière, comme si l'espace-temps n'existait pas. À un bout de l'Univers, un électron change soudain de charge, et dans votre corps, l'électron qui lui est intriqué subit la même modification, en même temps. On ne sait pratiquement rien des conséquences de l'intrication et de la simultanéité sur notre réalité. Peut-être des maladies, peut-être une idée qui vous traverse l'esprit, une émotion qui vous saisit ici et maintenant. La Révolution. En tant que camélidé, j'avais peu de chances de percer à jour ces mystères. Quant aux Hommes, je déplorais qu'ils se foutent sur la gueule au lieu de se pencher sérieusement sur ces questions cruciales. Ils voulaient seulement dominer, dans leurs prés carrés. Ils ne voulaient pas savoir ce qu'était vraiment la Réalité. Ils avaient bien trop peur de découvrir un Pouvoir qui les dépasse. Ils avaient l'équipement cérébral pour y atteindre, cependant ils inclinaient à faire de leur intelligence un usage destructeur.

Pendant deux années, les oasis furent à feu et à sang. Les échanges étaient perturbés, ainsi que le train ordinaire des travaux tels que les semailles et les moissons. L'approvisionnement vint à manquer, ce qui divise toujours les Hommes. Les volontés s'érodaient, le courage s'amenuisait. Des hordes désertèrent l'Armée révolutionnaire pour se livrer au pillage. Ces hommes et ces femmes, que la faim rendait cruels, terrorisaient les villageois et attaquaient les caravanes. On en venait à regretter le temps de l'ordre et de la sécurité, « où au moins, le pays était tenu. » Je fus moi aussi blessé, d'un vilain coup de lance dans le flanc gauche. Je m'affaissai sous la douleur et Aïchaëlle, désarçonnée, roula en boule à terre, un éclair dans ses yeux de louve, l'épée déjà brandie. Elle fit face au soldat des Maîtres qui, lance en avant, l'assaillait pour la transpercer. Elle para le coup et planta son cimeterre dans le ventre du soldat, qui s'écroula d'un bloc.

« Est-ce que tu peux regagner seul l'enclos ? » me demanda-t-elle.

Je me remis debout, vrillé par la douleur et dis que ça irait, qu'elle ne se préoccupe pas de moi.

« Tu es brave, Datchko Braumann. Allez va, Soraya te soignera. »

Hébété, je trottinai en plein champ de bataille, où tout n'était que violence et cris, souffrance et mort, fumées âcres, odeurs de poudre et de sang. Des deux côtés, des visages défigurés par la haine. Où était la Justice dans ce massacre ? La lance avait rencontré une côte, la blessure n'était pas très profonde.

« À un centimètre près, il t'atteignait au cœur, me dit Soraya. Tu as eu beaucoup de chance. Mais placée là, la blessure va t'obliger à rester assis jusqu'à la cicatrisation. Si tu bouges, tu risques de la rouvrir. »

Sabel Draupter, qui avait repris du service, venait me voir dès qu'elle en avait le temps. On n'était plus à l'époque des triomphes, mis en scène à l'entrée des villes, des parades avec harnais de cuir rouge et tapis de selle brodés. Ma sœur aussi avait perdu pas mal de ses illusions.

Un soir, nous avions repris Ghâzim depuis quelques jours, un soldat des Maîtres, fidèle à la cause égalitariste, vint prévenir Hirkam et Aïchaëlle que cette nuit même, une vaste opération coup de filet avait été organisée, dans toutes les oasis, pour capturer les leaders de la Révolution. Hirkam, Aïchaëlle et Yassim, le frère de sang d'Hirkam, le général qui se trouvait avec eux, prirent précipitamment la fuite. Nous gagnâmes les montagnes. Ça allait être leur dernière demeure. Hirkam et Aïchaëlle continuaient d'organiser la lutte, envoyant des missives ici et là. On changeait de cachette tous les jours, tous les deux jours au moins. Au bout de trois semaines, il devint évident que l'Armée révolutionnaire avait besoin d'être conduite par un général en chair et en os. Yassim prit ce commandement, pour le meilleur et pour le pire. Hirkam et lui étaient comme deux frères, mais ils n'étaient pas d'accord sur la méthode. Hirkam privilégiait toujours la négociation, les pourparlers. Yassim était un belliciste, qui prônait l'extermination totale de la race des Maîtres. Il se fit reconnaître général en chef de l'Armée prolétarienne, puis manœuvra pour évincer Hirkam et Aïchaëlle du commandement et des décisions stratégiques. À partir de là, me racontèrent des camarades qui revenaient du front, les choses dégénérèrent. Il fallait s'y attendre, avec les Humains. Ce qui fut, à ses débuts et dans son essence, un juste combat pour l'égalité et la liberté, se transforma en une atroce boucherie, dont l'enjeu était évidemment le Pouvoir. C'est-à-dire le contrôle des routes commerciales. Désormais, deux armées néolibérales s'affrontaient, que seules les armes pourraient départager.

Hirkam et Aïchaëlle n'avaient plus qu'une poignée de fidèles à leurs côtés, ceux qui sont restés jusqu'à la fin. Un matin, la police les débusqua dans la grotte où ils se cachaient. Yassim lui-même avait rédigé l'acte d'accusation, que le pauvre sergent à demi illettré avait toutes les peines du monde à lire à haute voix, aux deux accusés. Ainsi périt l'Égalitarisme humain, au milieu de nulle part, par la voix grêle et mal assurée d'un clown analphabète, qui décapitait nos valeurs à chaque ligne, en butant sur les mots. Hirkam et Aïchaëlle ne résistaient pas. Ils avaient admis leur sort, et tâchaient de trouver la paix dans le très peu de temps qui leur restait, de ce côté-ci de la réalité. Aïchaëlle se tourna une dernière fois vers Sabel Draupter et moi, qui depuis la clôture fixions la scène, pétrifiés. Ses yeux nous disaient adieu, et nous exprimaient quelque chose que nous n'avons pas compris dans l'instant. Nous étions seulement sûrs que *ça* n'était pas terminé. La partie continuait, sur un autre plan de réalité. (La nuit suivante, nous avons fait le même rêve, Sabel Draupter et moi. Aïchaëlle venait nous dire que nous n'avions pas encore accompli notre destin. Nous n'étions qu'au seuil, et il restait tant à faire, après l'avenir). Puis elle prit la main d'Hirkam et ils se regardèrent. Puis ils reçurent chacun une balle dans la tête, qui dévitalisa leur enveloppe ici-bas.

Sabel Draupter et moi restâmes quelque temps les yeux sur les deux corps inertes, pendant que la police continuait de « nettoyer le camp des rebelles. » Je suggérai à ma sœur de décamper. Les policiers allaient attacher les chameaux les uns aux autres, et les descendre dans la vallée, où ils seraient distribués à des cavaliers pour continuer la guerre. Moi, j'en avais assez de la guerre. Que les Humains, avec leur lâcheté et leurs trahisons se démerdent sans moi.

« Et toi, Sabel Draupter, qu'est-ce que tu en dis ? »

Elle ne répondit rien, et se dirigea droit vers le côté de l'enclos qui donnait sur les montagnes. Elle se cabra et, pesant de tout son poids, fit plier les fils de fer pour que nous puissions passer plus facilement. La plupart des camarades suivirent, mais certains, stupéfaits, le cœur déjà vaincu, restèrent figés sur place, attendant passivement que leurs nouveaux maîtres viennent les chercher.

Nous étions une centaine de chameaux rendus à la liberté. Nous connaissions très bien les montagnes, pour les avoir parcourues en long et en large. Nous connaissions les points d'eau et les plateaux à la végétation rase. Naturellement, à la saison des amours, des couples se formèrent. Ma sœur et moi fûmes bientôt parents pour la première fois. J'étais ému devant ce petit être tout neuf, fragile, qui était mon fils. Ohannah Vicarelli me disait que mon rôle s'arrêtait là, que désormais c'était elle qui prendrait soin du bébé. Je lui demandai pourquoi, et elle me répondit que c'était comme ça chez les chameaux, depuis toujours.

Le soir de cette naissance, je me décidai à prendre la parole devant notre petite troupe.

« Écoutez tous, mes amis. Si nous sommes prudents et avisés, nous pourrons vivre paisiblement loin du monde des Hommes. Nous sommes libres. Et maintenant nous avons des jeunes, qui à leur tour seront parents un jour. La question est : devons-nous renoncer à l'Égalitarisme parce que nous sommes affranchis des Humains et de leur folie ? Je crois qu'au contraire, nous devons plus que jamais cultiver et transmettre nos valeurs. Pour commencer, j'aimerais participer à l'éducation de mon fils, à égalité avec ma compagne. Je ne peux pas le nourrir, mais je peux lui donner de l'amour et lui apprendre des tas de choses, à commencer par le décalogue égalitariste. Dites-moi franchement : est-ce que mon désir vous paraît ridicule ou inapproprié ? Je crois que nous pouvons construire le monde que les Humains ne parviendront jamais à construire, vous les connaissez. Beaucoup de nos Sages sont parmi nous. Ils feront des disciples. Nous reconnaîtrons toujours leur autorité, avisée et impartiale. Les Sages doivent évaluer l'aspect éthique de nos actes. Ne faisons pas comme les Humains, comme si tout cela nous appartenait, et que nous pouvions prendre tout ce que nous voulons, quand nous le voulons. Vous avez vu à quoi cela mène. Nous sommes la dernière chance de l'Égalitarisme ici-bas, vous ne croyez pas ? »

Ma proposition reçut un accueil favorable. Les chamelles, en particulier, voyaient un avantage indéniable à se partager les tâches d'éducation. Les mâles se disaient qu'après tout, nous avions tout le temps que nous voulions, et que nous pouvions l'employer à notre guise. Alors pourquoi pas s'occuper des petits, jouer avec eux, leur apprendre à se repérer dans le désert, monter un club de foot. Un vent de renouveau soufflait sur notre communauté.

Nous nous trouvâmes un haut plateau, parfait pour nous, et nous nous y installâmes. Il était très difficile d'accès pour les Humains.

En neuf fois cent quarante-neuf ans, nous n'en avons vu que deux, égarés, dont un si excité qu'il nous prit en photo, avec son appareil éberlué. De temps à autre, un des nôtres ou un petit groupe, rescapés de la guerre, parvenaient jusqu'ici. Nous les accueillions et les invitions à rester, à condition qu'ils respectent le décalogue égalitariste. La plupart ne se faisaient pas prier. C'est ainsi que notre communauté grandit, et évolua vers la forme que nous avons prise aujourd'hui. Les plus anciens d'entre nous, après une vie comblée, pouvaient enfin se permettre de décéder. Alors, la roulant avec nos pattes avant, nous amenions la carcasse jusqu'au bord de l'à-pic et la précipitions dans le vide. Ensuite, les chacals, les vautours, les insectes et finalement les vents s'en chargeaient : il fallait rendre à la Nature ce qui lui appartenait. Il y va de notre honneur.

Parfois, Aïchaëlle ou Soraya venaient nous visiter dans nos rêves, Sabel Draupter et moi. Toujours respectueuses des désirs d'autrui, elles frappaient doucement à la porte de l'inconscient, et demandaient la permission d'entrer. Nous reprenions notre apparence d'enfants de dix ans, et nous bavardions gaiement. Nous nous rêvions sous une tente, en train de siroter un thé, ou en pique-nique dans la clairière d'une forêt, ou au bord de la mer. Aïchaëlle et Soraya étaient mieux informées que nous sur la situation planétaire. Soraya, quand elle était encore de ce monde, invoquait régulièrement Aïchaëlle (et Hirkam d'ailleurs), pour lui communiquer des informations. Le monde et ses soubresauts ne nous atteignaient pas là où nous étions. Aïchaëlle nous apprit, une fois, que le néolibéralisme régnait de nouveau.

« Cette fois-ci, ça va durer trois fois cent quarante-sept ans, disait-elle. Vous n'êtes pas obligés d'attendre tout ce temps, vous pouvez décéder quand bon vous semble. »

Mais pourquoi voudrions-nous décéder ? La vie était douce ici.

C'est la septième heure de la septième nuit du septième mois. Soraya vient me rendre visite sur les Terres oniriques. Le Temps ne veut rien dire ici, mais mon amie me salue étrangement :

« Datchko Braumann, cela fait sept fois quarante-neuf ans que je ne me suis pas invitée dans tes rêves. Si tu veux bien m'accompagner, Aïchaëlle et moi avons une grande nouvelle à t'annoncer. »

Je suis moi-même à l'intérieur du rêve éternel d'un ancien compagnon de route, perdu dans une autre réalité, durant le troisième siège d'Eskantylène. Soraya, qui avait abrégé ses souffrances et recueilli son dernier souffle, lui demande la permission d'interrompre notre entretien.

« Va, mon ami, dit-il, suis Soraya et entends ses paroles, tu ne seras pas déçu, crois-moi. »

En un éclair (le Temps ne veut rien dire ici), nous voici sous la tente, où Aïchaëlle et Sabel Draupter attendent en prenant le thé. Je suis immensément heureux que nous soyons réunis, tous les quatre. Quelque chose de ma conscience terrestre subsiste ici, et je me dis que, oui, ça doit faire assez longtemps, si ce mot a un sens, que ça ne s'est pas produit. Comme toujours sur ce plan de réalité, Sabel Draupter et moi revêtons notre forme humaine d'enfants de dix ans.

Je prends place à côté de celle qui fut mon amoureuse, et maintenant ma sœur jumelle, et membresse, comme moi, du Conseil des Sages de notre communauté chamelière. Aïchaëlle est toujours la plus belle femme que j'aie jamais vue. Elle nous a préparé un véritable festin. Deux gros chandeliers jettent des éclats intermittents sur les victuailles et les couverts d'argent. Aïchaëlle a éloigné les ténèbres des Terres oniriques, en disposant de nombreuses petites bougies un peu partout, sous la tente.

Soraya coupe le pain, dont l'odeur chaude et réconfortante nous met en appétit. Aïchaëlle joue son rôle d'hôtesse, en faisant passer les plats. Toujours malicieuse, elle ménage son effet, s'occupe d'abord de notre confort. Nous la connaissons si bien, nous jouons le jeu, gardant pour nous la question qui nous brûle les lèvres. Je n'ai jamais su cuisiner, je serais incapable de rêver un *fish and chips* aussi délicieux que celui que je savoure.

« Mes amis, dit enfin Aïchaëlle en reposant sa fourchette à escargots, je vous ai conviés à ce banquet pour vous annoncer une grande nouvelle. »

Elle s'essuie les lèvres et même Soraya, qui sait déjà tout, goûte tout ouïe les paroles qui suivent, comme un plat dont elle ne se lasse pas.

« Voilà, poursuit notre hôtesse, l'espèce humaine s'est éteinte. »

Elle fait une pause, boit une gorgée de vin aromatique des coteaux du Shimkaz.

« Ça devait arriver, continue-t-elle. Toutes les espèces, animales ou végétales, finissent par disparaître, c'est dans l'ordre naturel des choses. »

Sabel Draupter regarde alternativement son osso buco, Soraya, Aïchaëlle, moi, d'un œil interrogateur, incertaine quant à la nature, bonne ou mauvaise, de cette nouvelle. Soraya s'amuse de ce flottement dans l'esprit de la belle, de l'angélique Sabel Draupter. Quant à moi, j'entrevois l'aspect pratique de cette extinction, le bénéfice immédiat que les chameaux, et tous les animaux, vont pouvoir en tirer : désormais la Terre est à nous, comme avant l'apparition des Humains. C'est une excellente chose. Mais comment est-ce arrivé ?

« Vite », répond Aïchaëlle.

La toute dernière communauté humaine vivait dans l'oasis de Qêsh. L'antépénultième génération possédait, comme toutes celles qui l'avaient précédée, l'art de l'élevage et de l'agriculture. Ils n'étaient déjà plus très nombreux, car depuis environ un siècle, la moitié des individus naissait stérile. Cette génération donna naissance à l'avant-dernière, et tâcha de lui transmettre les savoirs ancestraux. Mais les enfants étaient idiots pour la plupart. Ils peinaient affreusement à apprendre quoi que ce soit. À peine communiquaient-ils, dans un langage rudimentaire. Ils avaient oublié, le lendemain, ce qu'on leur avait patiemment enseigné la veille. Les parents se désespéraient. En outre, quand l'avant-dernière génération atteignit l'âge nubile, il s'avéra qu'un individu sur quatre, seulement, était fécond.

Les aînés crurent à une punition divine, l'ombre de la Mort planait sur l'oasis de Qêsh. On exécuta des cérémonies de purification, on adressa des prières aux dieux, qui n'existaient que dans leur imagination : évidemment rien n'y fit. La vérité est beaucoup plus simple. La cause de leur malheur était la consanguinité. Le même fléau avait frappé les oasis de Ghâzim, Alaliq, Maskande, toutes les oasis du Karkayane. C'est qu'avec le temps, on avait oublié les routes qui reliaient les oasis entre elles, on s'était replié sur soi. À la fin, faute de mieux, on se mariait entre cousins germains, et même entre frères et sœurs. L'appauvrissement génétique eut raison des derniers Humains. Dans l'ultime génération, presque tous les enfants naissaient avec des malformations, et ne passaient pas leur première année. Ceux qui atteignirent l'âge adulte étaient tous stériles. Et ils étaient les rejetons de parents stupides, qui savaient à peine cultiver la terre et soigner le bétail. Les derniers ne possédaient plus le langage articulé. Ils se nourrissaient des bêtes mortes ou mourantes, viande de mauvaise qualité qu'ils ne cuisaient pas, n'ayant jamais pu apprendre à faire du feu. Puis ils se nourrirent des morts et pour finir, ils s'entre-tuèrent pour se dévorer les uns les autres. Une bien vilaine fin, pour une espèce qui avait reçu de la Nature tant de dons merveilleux. Ceux qui s'étaient élevés jusqu'aux étoiles sont retournés à la poussière.

« Vous avez une nouvelle responsabilité à présent », conclut Aïchaëlle.

En effet, notre communauté était la dernière dépositaire des valeurs égalitaristes. Les Humains ayant laissé le champ libre, de nouvelles espèces douées de conscience, comme la nôtre, avaient ou n'allaient pas tarder à émerger des marais brumeux de l'animalité.

« Envoyez des émissaires vers le sud, dans les forêts et les savanes, allez rencontrer les Proboscides. De même, marchez plein ouest jusqu'à l'Océan, où vous trouverez les Delphinides. Ces espèces ont accédé à la conscience depuis des millénaires. Les Humains les ont négligées par vanité. Ils leur ont concédé une certaine intelligence, dans la mesure où ils ont pu les dompter, les dresser pour leurs loisirs ou pour effectuer certains travaux pénibles. Porter de lourdes charges, poser des explosifs sur la coque de bâtiments ennemis. C'est bien les Humains ! Ils avaient sous les yeux des formes d'intelligence radicalement *autres*, et ils ont exploité ces animaux pour leurs capacités particulières, sans s'intéresser à ce qu'ils auraient pu leur apporter.

« Or, il se trouve que les Proboscides comme les Delphinides ont accompli un nouveau saut cognitif, ils ont accédé à l'Éveil. Ils ont changé de forme, comme vous. Délivrés des Humains, ils ont commencé à se rassembler en d'importantes communautés, agrégats des différentes troupes et groupes qu'ils ont toujours formés. Ils se sont forgé un langage commun. Ce qui leur manque, et que vous allez leur apporter, c'est une solide épine dorsale idéologique. Ils sont à un tournant de leur évolution, où ils pourraient rapidement tomber dans les travers des Humains. Vous savez où ils conduisent. Il faut que vous leur passiez les valeurs égalitaristes, il faut que vous mettiez les Proboscides et les Delphinides en relation les uns avec les autres. Maintenant que le monde est purifié du poison néolibéral, il faut que vous instauriez des relations pacifiques entre les espèces éveillées, présentes et à venir. Durant leur court règne, les Hommes ont semé le malheur, la destruction et la mort. Cette planète doit redevenir le paradis qu'elle était, avant qu'ils n'apparaissent et saccagent tout sur leur passage.

« C'est une chance inouïe qui s'offre à vous, ainsi qu'une tâche immense qui vous attend. Mais j'ai confiance en vous, mes amis. J'ai visité les rêves des Proboscides et des Delphinides les plus évolués. Que de lumière ! Que de joie d'être au monde ! Pas une once de cupidité ni de volonté de domination totale. Juste une insatiable curiosité, une soif de connaissance, une absence de préjugés et de violence. Ils sont prêts. Ils n'attendent que vous pour les guider, pour leur enseigner comment user au mieux de ce cadeau que l'Évolution vient de leur faire. Imaginez un monde où toutes les espèces conscientes seraient strictement égales entre elles et s'enrichiraient mutuellement. Les Humains ont eu toutes les clefs en main. Ils ont élaboré les concepts qui permettent de vivre en harmonie les uns avec les autres et avec son environnement. Ils ont gâché leurs chances une à une. Ils n'avaient pas la force d'âme suffisante pour se dégager totalement de leurs instincts prédateurs et destructeurs. Leurs plus nobles penseurs leur ont montré la Voie, mais les Hommes ont ri, et se sont détournés. Ils n'ont même pas cherché à peser le pour et le contre entre Pouvoir et Sagesse. Leur instinct de meute les vouait au Commandement pour quelques-uns, et à l'Obéissance pour tous les autres. Ils n'ont pas pu faire autrement. La Liberté était une trop lourde responsabilité pour eux. Ils se sont éteints sans même mesurer la valeur inestimable du trésor qu'ils avaient su, malgré tout, arracher aux ténèbres de leur animalité. Mais vous n'êtes pas des Humains. Vous êtes les gardiens du trésor. Et vous savez qu'il ne vaut rien si vous le gardez pour vous seuls. Alors allez, propagez-le, partagez-le, faites-en don aux Proboscides et aux Delphinides, qui n'attendent que vous. Ne vous ai-je pas dit, toi Datchko Braumann, et toi Sabel Draupter, que vous étiez promis à un grand destin ? Le voici qui s'étend devant vous. Vous, les Camélides, êtes les Passeurs des valeurs et de l'éthique égalitaristes. Il n'est plus question de règne, mais de partage. Il n'est plus question de pouvoir, mais d'équilibre. Le Cosmos tout entier tend à se maintenir dans un état d'équilibre. Les Humains, la violence et la cupidité des Humains, ont créé un grand trouble dans le Cosmos. Ils sont devenus une menace. C'est pourquoi le Cosmos les a anéantis, pour retrouver l'Équilibre. Je vous ai dit leur triste fin : à tout poison son antidote. Maintenant c'est un monde, non pas vierge, mais réparé qui s'offre à toutes les espèces conscientes, présentes et à venir. Vous serez toutes garantes de l'Équilibre universel. »

Conclusion : Description succincte d'une espèce disparue

Article de l'*Encyclopœdia delfinica*, XIXe édition, année 1362 de la 8e Ère

Humains (n. g) :

Les Humains sont une espèce intelligente, d'une longévité d'environ 270 000 ans, éteinte depuis sept millions d'années. Ils ne sont pas la seule espèce douée de conscience à avoir foulé le sol de notre planète en ces temps reculés. Ils ont même cohabité avec plusieurs d'entre elles, dont nos propres ancêtres dauphins, apparemment dans une relative indifférence. C'est une caractéristique funeste de cette espèce : les Humains se croyaient seuls en leur genre et maîtres du monde. Cependant ce qui nous les rend proches, c'est que comme nous, ils développèrent une technologie, bâtirent des villes et des infrastructures, pratiquèrent certains arts, et atteignirent un niveau de connaissance scientifique assez remarquable, compte tenu de leur nature primitive et de la brièveté de leur règne.

Les Humains nous sont connus par différentes sources. La géographie du monde ayant considérablement changé, les vestiges archéologiques, tout d'abord, sont assez rares. Ils sont de trois ordres : les artefacts, les documents (essentiellement numériques) et les ruines, dont la fonction n'est pas toujours clairement établie, sauf s'il s'agit de nécropoles. Ensuite viennent les très nombreux récits, mi-légendaires, mi-historiques, qui proviennent de la mémoire collective de trois espèces intelligentes ayant longuement côtoyé l'espèce humaine. Premièrement, nous avons les nôtres, du temps où notre espèce était aquatique. Ils sont bien connus et nous ne développerons pas. Signalons toutefois que les Humains étant eux-mêmes des créatures terrestres, les points de rencontre avec nos ancêtres n'ont été qu'épisodiques, et par le fait, ceux de nos récits qui mentionnent les Humains sont nécessairement parcellaires. En deuxième lieu, nos amis les Proboscides fournissent des récits plus détaillés (voir infra), concernant la période assez longue, pendant laquelle certains des leurs furent domestiqués par les Humains. Il en va de même, enfin, pour les multiples témoignages des Camélides, domestiqués plus tôt encore que les Proboscides. Nous y reviendrons, mais nous signalons ici le cycle de Datchko Braumann et Sabel Draupter, à la fois témoins directs des derniers feux de l'espèce humaine, et passeurs des valeurs égalitaristes. Celles que partagent unanimement, à l'heure actuelle, toutes les espèces conscientes de la planète. Pour clore la liste des sources, nous citerons l'inestimable *Journal d'un explorateur* d'Eric Drewson (sept volumes), humain et réfugié temporel, qui vécut parmi nous au siècle dernier. Les lumières d'Eric Drewson sur l'Humanité sont infiniment précieuses, cela dit avec les restrictions de rigueur. En effet, il était physicien et pas historien ni philosophe. Par conséquent, son Journal laisse de nombreuses zones d'ombre. Pire encore : les passages si souvent cités et commentés, où il tente d'expliquer les concepts, centraux pour la compréhension de l'Humanité, que sont le pouvoir, l'argent, la guerre, soulèvent autant de questions qu'ils apportent de réponses. Voilà pour nos sources.

Dans l'arbre phylogénétique des espèces animales, les Humains appartiennent à l'ordre des primates, qui n'est plus guère représenté aujourd'hui que par les Sapajides. Le Journal d'Eric Drewson nous apprend que le genre *homo* est apparu il y a neuf à dix millions d'années. C'est la maîtrise du feu et la fabrication d'outils (d'abord en pierre), qui le distingue de tous les autres primates. Schématiquement, l'évolution du genre *homo* commence avec *habilis*, puis *erectus*, pour aboutir à *sapiens*. Toutefois, il ne faut pas conclure de ce trop bref exposé que l'évolution du genre *homo* fut linéaire. C'est plutôt une sorte de buisson, ramifié en de multiples branches, dont certaines coexistent pendant des dizaines de millénaires, avant de s'éteindre. Le fait demeure cependant que, pendant environ cinquante mille ans, *sapiens* est resté le seul représentant du genre *homo*, le grand gagnant de l'Évolution, ce qui lui a inspiré cette arrogance et cette vanité de vainqueur. Sentiment qui a pu être exacerbé par les recherches que *sapiens* a conduites, sur ses propres origines. Nous avons retrouvé des lieux dédiés au stockage des découvertes archéologiques. Nous en ignorons la fonction exacte. Eric Drewson ne les mentionne pas dans son Journal. Était-ce des lieux d'étude pour les savants ? Des temples, à la gloire de l'Espèce ?

Pendant des dizaines de milliers d'années, *sapiens* vit en harmonie avec son environnement. Il est nomade et tire sa subsistance de la Nature. Puis, environ neuf mille ans avant son extinction (c'est-à-dire très tard dans son histoire), il commence à se sédentariser. Il domestique des animaux, pour la consommation et l'aide aux travaux agricoles. Les premiers villages apparaissent. Un mythe camélide, fort ancien, raconte comment un humain convainc Arimpar de se laisser dompter, en échange de soins et d'une nourriture régulière. La déesse Nashti apparaît en rêve à Arimpar. Elle lui promet une descendance « nombreuse comme les étoiles », fidèle aux Humains. Le mythe proboscide correspondant rapporte comment l'éléphante Nahâbhat, isolée de sa troupe, enceinte et traquée par une meute de lions, fut recueillie par un humain, qui lui offrit nourriture et protection. En échange, Nahâbhat voua sa descendance au service des Hommes.

C'est à partir de la sédentarisation des Humains que le difficile concept de pouvoir prend toute son ampleur, et s'impose comme le moteur essentiel de toute l'histoire humaine. Qu'est-ce que le Pouvoir ? Cette notion nous est totalement étrangère. Car, si nous reconnaissons l'autorité de nos Sages, ils se gardent bien d'influer sur notre organisation sociale. Or chez les Humains, c'est précisément l'Autorité qui impose sa volonté au reste de la communauté. On peut définir le Pouvoir comme une force de coercition, exercée par un individu ou un petit nombre d'individus, sur un ensemble plus vaste qui s'y soumet. Le Pouvoir est intimement lié, d'une part, à la force, physique dans les premiers temps, puis plus immatérielle ensuite (voir infra), et en outre, au consentement à la soumission de la part du plus grand nombre. C'est-à-dire que des millions d'individus abandonnent, collectivement, à un « Maître » leur destinée. Ils abdiquent leur liberté contre le confort, l'abondance et la sécurité que leur garantit (ou leur promet) le Maître. Cette étrange propension à la passivité, à la confiance absolue envers les Maîtres, à l'organisation sociale par « classes », hiérarchisées et plutôt étanches, est demeurée intacte, remarquablement stable, tout au long de l'histoire humaine. Or, le Pouvoir n'est finalement qu'un instinct de domination, plus développé chez certains individus. Chez tous les autres, l'instinct qui domine est la peur. Peur de la force du Maître. Peur d'être attaqué par un groupe plus puissant, peur de manquer de vivres, d'un toit, d'un emploi. Ils savent que la prospérité et la sécurité sont liées. C'est pourquoi ils se placent sous le contrôle du Maître, et remettent leur liberté entre ses mains.

Pour illustrer ce concept exotique, il faut nous tourner vers notre propre faune. Les képhéïs, par exemple, vivent en meutes. Chacune possède un territoire de chasse qu'elle défend jalousement, recourant à la violence s'il le faut. La meute est dirigée par un. e dominant. e, épaulé. e par trois ou quatre lieutenant.e.s, à qui tous les autres membres du groupe doivent unc obéissance absolue. De même, les Humains ont vécu en groupes, en sociétés, en civilisations, organisées sur le modèle d'une meute de képhéïs, *alors même qu'ils étaient doués de raison.* En fait l'Humanité, malgré son accès à une forme de conscience supérieure, n'a jamais cherché à atteindre sa plénitude. Contrairement à nous, et aux neuf autres espèces intelligentes qui vivent actuellement sur la planète, l'Humanité ne s'est jamais totalement affranchie de ses pulsions, notamment de son instinct de possession. L'Humanité est restée fondamentalement belliqueuse, violente, et régie par la loi du plus fort (voir infra). Les conflits ponctuent l'histoire humaine du début à la fin. Ils étaient de deux sortes : armés, dans l'intention de tuer autrui, ou financiers, dans l'intention de dépouiller autrui de ses possessions (ce qui est une mise à mort symbolique chez les Humains). C'est pourquoi les spécialistes les considèrent comme une semi-réussite, ou un semi-échec de l'Évolution.

Eric Drewson confirme dans son Journal (pp. 121-122) : « Quand on parle de l'Humanité, il ne faut pas se figurer une communauté homogène d'individus, vivant en bonne harmonie les uns avec les autres. Tous les membres de l'espèce humaine partagent les mêmes gènes. Mais en dépit de cette homogénéité, l'espèce humaine est constituée d'une multitude de peuples, ayant chacun sa langue, sa culture, son histoire, sa spiritualité, son génome. Ces différences peuvent être assimilées à des variantes locales. Car, sous l'apparente diversité de ses civilisations (au sens large), il est une constante absolue, quels que soient le lieu et l'époque : l'organisation fondamentale du groupe est celle de la Meute. *Cette organisation repose sur la loi du plus fort* (c'est nous qui soulignons). Le pouvoir revient à un individu dominant, femelle ou mâle, auquel les autres jurent obéissance. J'ai effectué de nombreux sauts temporels dans le passé de mon espèce. J'ai vu l'organisation typique de la Meute se mettre en place une fois pour toutes. Une pyramide, avec le chef au sommet. Plus on descend, plus on est nombreux et moins on a de pouvoir. Je peux assurer que l'organisation pyramidale s'est imposée partout. Il s'est toujours trouvé des Hommes que les autres craignaient. Des brutes, violentes et imprévisibles, ou des manipulateurs, malins et impitoyables. Ils ont pris le pouvoir sur les autres par la force, ou par la ruse. Car dans les premiers temps de l'Humanité, le pouvoir dépendait de la force physique, ou de l'agilité et de la rapidité pour les femmes. Tant que le mâle ou la femelle dominante étaient en mesure de battre leurs rivaux, ils demeuraient les chefs. Au fil du temps l'organisation de la Meute se complexifia. Par un glissement progressif, le pouvoir revint non plus à celui qui commandait, mais à celui qui produisait et fournissait les ressources pour la survie de la Meute. D'abord en nature, les ressources devinrent financières, quand on inventa la monnaie fiduciaire pour faciliter les échanges. Et c'est ainsi que le pouvoir changea de mains, revenant à ceux qui possédaient et contrôlaient les flux de capitaux. Mais le fait demeure que, tout au long de son Histoire, l'Humanité a préservé son organisation en Meutes, avec les rivalités et les alliances, les trahisons et les revanches qu'on s'attend à trouver dans un tel régime. »

Les témoignages d'Eric Drewson et de toutes les espèces (Proboscides, Camélides, nous-mêmes Delphinides, Félinides, etc.) qui l'ont vécu de près concordent : l'Humanité s'est autodétruite en quelques siècles seulement. On peut même affirmer qu'elle y a mis toute son intelligence, toute sa créativité, dévoyant par là le don que l'Évolution lui avait fait.

L'extinction des Humains, en effet, s'est produite avec une rapidité stupéfiante. Espèce plutôt discrète pendant ses premiers millénaires, *sapiens* exerce une activité de contrôle systématique des ressources naturelles dès sa sédentarisation. Il respecte le cycle de la Nature. Puis il trouve des métaux dans le sol, les roches, la montagne : de l'or, de l'argent, du cuivre, de l'étain, du fer. Les mines sont exploitées jusqu'à épuisement du gisement. Puis, une poignée de siècles avant son extinction, l'Humanité a commencé à perturber gravement les grands équilibrcs dc la planète. Tout s'accélère avec la découverte de l'énergie vapeur, et plus encore de l'électricité. Les Hommes construisent des machines, pour précipiter encore davantage le saccage irréversible de leur propre habitat. Il faut à peine plus de trois siècles pour que *sapiens* s'éteigne.

Les causes de cette extinction sont mal connues dans le détail. Nous avons des raisons de croire que les suivantes sont plausibles, compte tenu de ce que nous savons de *sapiens.* D'une part, les différentes Meutes, organisées en États, ont développé des moyens de plus en plus efficaces pour se détruire les unes les autres. L'enjeu de ces guerres fratricides était de conquérir de nouveaux territoires pour s'accaparer leurs richesses. Là encore, avec la guerre, nous butons sur un concept inconnu de nos civilisations. Pour nous, il va de soi que le monde est à tout le monde. L'on y circule librement, et nous nous en partageons les richesses. Les Humains, eux, semblent s'être âprement battus et entre-tués pour qu'une seule Meute triomphe de toutes les autres. D'autre part, l'Humanité a mis au point des machines et des systèmes toujours plus complexes, et toujours plus gourmands en énergie, pour exploiter les richesses de la Terre et s'assurer confort et abondance. Leurs civilisations sont devenues complètement dépendantes de sources d'énergie non pérennes, telles que le pétrole, le charbon, le gaz ou l'uranium. Nos prélèvements dans les glaces montrent une consommation de ces ressources affolante, pendant un peu plus de deux siècles, suivie d'un effondrement brutal, qui marque la dégénérescence de l'espèce humaine. En outre, la combustion de ces carburants a relâché massivement, dans l'atmosphère, des gaz à effet de serre, des quantités phénoménales de particules extrêmement nocives. Le climat global s'est complètement détraqué. Cela, joint aux pollutions diverses, notamment en métaux lourds, a rendu stérile une grande partie de la population. Finalement c'est tout le système climatique planétaire qui s'est trouvé bouleversé. En l'espace d'un siècle et demi, l'Humanité s'est trouvée presque anéantie par les pénuries de matières premières, et par les catastrophes naturelles qu'elle avait elle-même provoquées. Les très rares survivants ont dépéri sans descendance, ou en quelques générations, à l'exception du Peuple des Oasis, sur lequel nous reviendrons.

Bien sûr, des scientifiques et des sages ont tenté d'alerter les opinions publiques, sur la dévastation de la planète par les activités industrielles, et la surexploitation des ressources. Inexplicablement, les Humains sont restés très majoritairement passifs face à leur extinction prévisible, et prévue. Personne ne pouvait mettre un frein à la cupidité destructrice des Maîtres. Tout le système économico-politique avait été conçu dans le seul but de s'enrichir toujours plus, en dépit du bon sens et au détriment de l'immense majorité, réduite en esclavage. Personne n'était en mesure d'imposer une alternative qui eût nourri toutes les bouches, employé chacun, sans causer de dégâts irréversibles à l'environnement.

C'est d'ailleurs à la dernière des grandes guerres humaines, la plus terrible, que nous devons le phénomène des micro-trous noirs. Leur origine n'est pas certaine. En revanche, il est hors de doute que l'énergie noire a servi d'arme de destruction dans cette guerre. C'est apparemment la seule application que les Humains lui ont trouvée, parce que c'est la seule qu'ils ont cherchée. Pour détruire l'Autre. De l'énergie noire s'est répandue à la surface de la Terre, peut-être accidentellement, peut-être volontairement.

Depuis l'extinction de l'espèce humaine, il y a sept millions d'années, les micro-trous noirs nous ont arraché nombre des nôtres, et bien avant, nombre d'Humains aussi. Nous savons que les micro-trous noirs envoyaient ceux qu'ils happaient en arrière dans le passé. Les malheureux étaient emprisonnés dans une boucle temporelle. Partant du point aléatoire de l'espace-temps où le micro-trou noir les avait déposés, ils traversaient les siècles, les millénaires parfois, jusqu'à la seconde même de leur conception in utero. Là, ils se résorbaient sur eux-mêmes et s'évanouissaient. Après la gestation d'usage, ils renaissaient sans souvenir aucun de leurs expériences antérieures dans le passé, menaient exactement la même existence, jusqu'au moment fatidique où le micro-trou noir les absorbait de nouveau. À l'infini. Fort heureusement, les Félinides sont naturellement dotés d'un sens, qui leur permet de pressentir l'apparition des micro-trous noirs et de les localiser. C'est pourquoi ils ont envoyé des « Détecteurs » parmi toutes les communautés intelligentes. Enfin nous, les Delphinides, avons pu mettre au point la technologie qui annule les micro-trous noirs. Ainsi ceux qui se trouvaient prisonniers d'une boucle temporelle ont pu en être délivrés. Nous avons pu les ramener dans leur continuum, tous.

Catastrophes climatiques et guerres incessantes décimèrent donc l'Humanité. À la fin ne demeuraient plus que des îlots épars, des communautés qui périclitaient vite, et qui s'éteignirent tout à fait en deux ou trois générations. La plupart des communautés avaient été rendues stériles par différents produits toxiques présents dans l'air. Les rares communautés fécondes avaient un code génétique altéré, et donnaient naissance à des enfants débiles, victimes de malformations et de crétinisme congénitaux. Incapables d'apprendre comment assurer leur survie (à vrai dire, incapables d'apprendre quoi que ce soit), les tout derniers humains s'entre-tuèrent, pour se livrer au cannibalisme. Cette fin sordide résume l'essence de cette espèce, qui a finalement réalisé, au propre, les tendances autophages qu'elle a manifestées tout au long de son règne.

Il faut ici, et pour conclure, mentionner cette notable exception, à laquelle nous devons beaucoup : le Peuple des Oasis. Il vivait dans une région aujourd'hui submergée par cinq mille mètres de fond, sous l'océan Morador. Les Oasiens étaient féconds pour la plupart. Ils survécurent plus longtemps que les autres groupes humains, avant de connaître la même fin sinistre que les autres communautés, éparpillées à la surface de la Terre. Cependant, dans ses dernières décennies, cette culture vit naître deux figures remarquables : Hirkam-le-Magnifique et Aïchaëlle de Kûm. Ceux-ci fomentèrent une révolte, qui échoua, pour renverser les Maîtres des oasis. On ne sait à peu près rien d'eux, sauf qu'ils pratiquaient l'esclavage et régnaient d'une main de fer, par la force et la terreur. Hirkam et Aïchaëlle eurent juste le temps de propager l'idéal égalitariste, qui ne prit guère chez les Humains, mais influença profondément et durablement les ancêtres domestiqués des Camélides. Ici, la légende se mêle à la vérité historique. La conscience collective des Camélides retient que Datchko Braumann et Sabel Draupter, respectivement montures d'Aïchaëlle et d'Hirkam, lassés de la guerre qui sévissait dans les oasis, conduisirent une centaine des leurs vers un haut plateau, loin des Humains et de leurs turpitudes. Là, ils fondèrent la première communauté égalitariste camélide. Ce serait donc à deux humains, issus de la Culture des oasis, que nous devrions la passation des valeurs que toutes les espèces intelligentes partagent aujourd'hui.

Une découverte archéologique récente tend à corroborer cette hypothèse. En effet, une équipe de chercheurs sapajides a effectué une plongée sous-marine sur le site des anciennes oasis. Ils ont découvert une curieuse formation rocheuse, parfaitement circulaire, qui ne peut être naturelle. Au centre, sous les sédiments, les plongeurs ont dégagé deux tombes contenant des restes humains, heureusement placés dans des coffres de plomb hermétiquement scellés. Il s'agit très certainement d'Aïchaëlle et d'Hirkam. En effet, le squelette féminin a été inhumé avec un détecteur d'énergies. Or Eric Drewson affirme, dans son Journal, avoir fait cadeau d'un tel objet à Aïchaëlle, lors de son premier voyage temporel. Et il est hors de doute que le peuple des oasis n'aurait pu concevoir un tel appareil. L'homme tenait dans ses mains un livre, toujours en cours de déchiffrement. Le titre nous en est connu : *Le Manifeste du Parti communiste*, attesté par plusieurs bibliographies numériques. En outre, ce livre fait l'objet de nombreux récits, dans plusieurs mémoires collectives, des Proboscides aux Camélides en passant par les Félinides. Les premières analyses confirment qu'il s'agit d'un des textes fondateurs de l'Égalitarisme.

Cela n'explique pas pourquoi, l'ayant théorisé à un moment crucial de leur Histoire, les Humains l'ont rejeté. Un penseur d'exception, comme en compte tout de même l'Humanité, a délivré son message et donné la clef à ses frères et sœurs. Les esclaves, qui avaient au moins la force du nombre, qui subissaient l'exploitation des Maîtres, n'ont pas su faire bloc. Leur nature querelleuse et bornée les a divisés, alors qu'ils subissaient les mêmes injustices et étaient en mesure de juguler le pouvoir de l'argent. Et ils sont morts. Preuve est faite que cette espèce disposait des outils conceptuels pour se sortir de l'impasse dans laquelle elle s'était engagée. On ne s'explique pas que les Humains aient persisté, aveugles jusqu'à leur fin, dans une idéologie que nous avons nous-mêmes exclue, unanimement et définitivement, pour son extrême dangerosité. Elle repose sur des préceptes erronés, car ils tentent de justifier l'irrationnel : l'injustifiable cupidité des Humains. Sa finalité est l'accumulation personnelle de richesses, ses moyens sont tous les outils de lutte, impitoyable, pour y parvenir. Cette idéologie ne pouvait mener qu'à la coercition, à la répression de toute opposition contre cette intarissable soif de plus, toujours plus. On peut ajouter ici qu'en se divisant en communautés farouchement repliées sur elles-mêmes, l'Humanité est allée à contresens de son Histoire. Son intérêt en effet, qu'elle n'a pas perçu, eût été de ne faire qu'une. Une même planète, une seule Humanité, c'était l'ordre des choses. Pour l'avoir méconnu, ou plus exactement, pour avoir refusé sa destinée, l'Humanité s'est éteinte. Reste que cette découverte sapajide de premier plan montre l'ancienneté de notre idéal, son origine humaine, et son universalité.

Il est admis que les Camélides furent, historiquement, la première espèce à s'organiser autour des valeurs égalitaristes. Les Proboscides s'y rangèrent juste ensuite. Après l'avenir des Humains, quand de nouvelles espèces accédèrent à la conscience, des délégations camélides et proboscides leur proposèrent le modèle égalitariste. Les ambassadeurs étaient rigoureux. Ils représentaient aux Félinides, aux Sapajides, à nos aïeux, les deux modèles connus d'organisation politique. D'une part, la Meute. Les plaisirs élitistes de la toute-puissance, les affres de la servitude pour le plus grand nombre, et les raffinements démentiels et sans scrupules du capitalisme financier. D'autre part, les délices et les avantages du bien commun, la possibilité pour chacun de s'épanouir, la paix sociale, la paix entre les Peuples.

Nous, les Delphinides, avons toujours vécu en communautés, hiérarchisées mais pacifiques. Nous avons conservé une organisation communautaire, qui remonte à nos lointaines origines marines. Et la fraternité : quand un groupe en rencontrait un autre, au milieu de l'océan, c'était une occasion de fête, pas de conflit. Puis, quand nous avons changé de forme, toutes nos communautés, éparses dans tous les océans du monde, se réunirent en un seul et même Peuple. Les émissaires camélides et proboscides nous apportèrent les concepts, pour intellectualiser notre organisation sociale. Toutefois, dans les faits, nous pratiquions déjà l'Égalitarisme.

Les Sapajides d'avant l'Éveil avaient longtemps vécu en meutes. Ils ne voyaient pas pourquoi, maintenant que la Nature leur avait offert la conscience, ils conserveraient un mode d'organisation primitif, et périmé. Cela ne correspondait plus à leurs aspirations. Ils étaient (et sont restés) curieux, vifs, joyeux. L'Égalitarisme leur convenait à merveille. Il leur donnait un cadre éthique, dans lequel inscrire la passion de cette espèce pour la Connaissance. Au moment où la délégation camélido-proboscidienne vint à leur rencontre, les Sapajides disposaient d'un Conseil de Sages, mixte, et d'un système de redistribution des ressources juste et équilibré. Les Camélides et les Proboscides n'eurent qu'à semer la graine égalitariste dans un champ fertile, tout prêt à la recevoir et à la faire fructifier. Aujourd'hui, parmi les plus grands chercheurs, tous domaines confondus, on trouve au moins un Sapajide.

Quant aux Félinides, aucun d'entre eux n'aurait consenti à l'assujettissement à quoi que ce soit. Ils étaient demeurés tels que leurs ancêtres quadrupèdes : fondamentalement libres. Et comme tous les êtres libres, ils appliquaient, depuis leur Éveil, le principe de non-nuisance. Le caprice est l'antithèse de la Liberté. Car un acte libre ne nuit à personne, ni à autrui, ni à soi-même. L'acte motivé par le caprice n'obéit qu'aux pulsions de celui qui le commet, sans le moindre souci des conséquences. La non-nuisance est l'un des piliers de l'Égalitarisme. Tout comme la solidarité. Nobles, généreux, les Félinides avaient en outre, comme nous l'avons dit, le don de localiser les micro-trous noirs. Sans l'ombre d'une hésitation, ils offrirent les services de leurs Détecteurs. Sans eux, nous n'aurions jamais pu libérer les prisonniers de boucles temporelles.

Camélides, Proboscides, Delphinides, Sapajides, Félinides. Cinq espèces, rescapées des ravages toxiques et climatiques causés par les Humains. Nous avons toutes accédé à la conscience à peu près en même temps, en l'espace de dix mille ans. Quatre autres espèces ont atteint l'Éveil par la suite. Cette fois, ces nouvelles communautés recevaient une délégation de cinq ambassadeurs. Aucune n'a été rejetée. Le simple bon sens permet de discerner que l'Égalitarisme est le meilleur système possible, pour tout le monde. C'est pourquoi aujourd'hui nous vivons en paix les uns avec les autres, les uns parmi les autres.

Imprimé en France
ISBN 979-10-203-5041-1
Dépôt légal : 2e trimestre 2022